Allgemeines:

Torpedoförmiger Raumkörper; Länge ca. 16 Meter und Durchmesser ca. 4 Meter; 4 Mann Besatzung; in 15 Min. lichtschnell; wegen der humanoiden Form der Ganjasen (hervorgegangen aus dem Volk der Cappins) sind viele technische Konstruktionen und Entwicklungen der terranischen Technik ähnlich; das Beiboot ist für Flug in Weltraum und Atmosphäre vorgesehen.

Perry Rhodan

Welten in Angst

Perry Rhodan

Welten in Angst

Dieses Buch erscheint im
Paul Zsolnay Verlag GmbH, Wien
Redaktion: Horst Hoffmann
Titelillustration: Johnny Bruck
Druck und Bindung: Mohndruck
Graphische Betriebe, Gütersloh
Printed in Germany 1994
ISBN 3-8118-2068-0

Vorwort

Es ist soweit: Der an Irrungen und Wirrungen nicht gerade arme Halbzyklus der Hefte 400 bis 449 wird mit diesem 49. Band der PERRY RHODAN-Bibliothek abgeschlossen. Auch hier war wieder viel Arbeit nötig, um die schlimmsten Ungereimtheiten der Originalromane einigermaßen auszumerzen, und die Sonne scheint nun auch wieder für den ganzen Rest des Universums. (Bis es soweit ist, haben unsere Helden natürlich noch eine Menge Schwerstarbeit zu leisten.) Aber trotz mancher Frustration hat es doch sehr viel Motivation und Freude bereitet, aus einem Chaos an Widersprüchen ein lesbares Ganzes zu machen.

Ich möchte die ersten fünfzig Vierhunderterbände als Vorzyklus sehen, auf dem alles aufbaut, was nun folgt – bis wir nach voraussichtlich vier weiteren Bänden der Buchausgabe in den legendären Schwarm-Zyklus einsteigen können. Aber was bis dahin geschieht, das darf sich sehen lassen. Wir können gemeinsam Gruelfin kennenlernen, die Heimatgalaxis der Cappin-Völker. Wir werden unsere Freunde mit der MARCO POLO in die Tiefen des Weltalls begleiten und mit ihnen zittern und hoffen. Und die Geschichte der Cappins und Ovarons wird sich nach und nach aufklären und zeigen, daß der »Vorzyklus« wichtiger war, als es zunächst den Anschein haben mochte.

(Übrigens möchte ich alle diejenigen, die immer ganz genau hingucken und natürlich erwarten dürfen, daß in den PR-Büchern soviel wie eben möglich »aktualisiert« wird, für diesen Band darum bitten, beide Augen ganz fest zuzudrücken. Dies betrifft den Schluß des Buches und die Episode mit einem gewissen disziplinlosen Mausbiber, dessen Arrestierung und der Rohrpost, die Perry Rhodan die Begnadigungsgesuche mit einem lauten »Pfft!« auf den Schreibtisch spuckt. Dies herauszunehmen, brachte ich nicht übers Herz . . .)

Die diesem Buch zugrunde liegenden Originalromane sind: *Welten in Angst (444)* und *Der alte Admiral (448)* von *Hans Kneifel; Das*

Kommandogehirn (445) und *Die Zeitbrüder (446)* von *H.G. Ewers; Der Terraner und der Gläserne (447)* von *William Voltz* sowie *Das Ende des Diktators (449)* von *Clark Darlton.*

Ich bedanke mich ganz herzlich bei den Lesern, die mir durch ihre Anregungen, Kritiken und Hinweise dabei geholfen haben, dieses Buch so fertigzustellen, wie es nun vorliegt. Diese Unterstützung aus Leser- und Fankreisen kann nicht hoch genug eingeschätzt werden – schließlich sitzen wir »Macher« ja alle irgendwie im Glashaus und haben den einen und anderen blinden Fleck, wenn es um Fehler in der Handlung geht. Und gerade dieses Interesse der Leser und der Mut, uns einfach zu schreiben, war und ist eines der Erfolgsgeheimnisse von PERRY RHODAN.

Bergheim, im Sommer 1994 — Horst Hoffmann

Zeittafel

1971	Perry Rhodan erreicht mit der STARDUST den Mond und trifft auf die Arkoniden Thora und Crest.
1972	Mit Hilfe der arkonidischen Technik Aufbau der Dritten Macht und Einigung der Menschheit.
1976	Das Geistwesen ES gewährt Perry Rhodan und seinen engsten Wegbegleitern die relative Unsterblichkeit.
1984	Großmächte (Springer, Aras, Arkoniden, Akonen) versuchen, die aufstrebende Menschheit zu unterwerfen.
2040	Das Solare Imperium ist entstanden und stellt einen galaktischen Wirtschafts- und Machtfaktor ersten Ranges dar.
2326–2328	Gefahr durch die Hornschrecken und die Schreckwürmer. Kampf gegen die Blues.
2400–2406	Entdeckung der Transmitterstraße nach Andromeda; Abwehr von Invasionsversuchen von dort und Befreiung der Andromeda-Völker vom Terror-Regime der Meister der Insel.
2435–2437	Der Riesenroboter OLD MAN und die Zweitkonditionierten bedrohen die Galaxis. Perry Rhodan wird in die ferne Galaxis M 87 verschlagen. Nach seiner Rückkehr Sieg über die Erste Schwingungsmacht, die Uleb.
2909	Während der Second-Genesis-Krise kommen fast alle Mutanten ums Leben.
3430–3434	Die Menschheit ist in Sternenreiche zersplittert. Um einen Bruderkrieg zu verhindern, läßt Perry Rhodan das Solsystem um fünf Minuten in die Zukunft versetzen. Ein vor 200.000 Jahren von Cappins in der Sonne stationierter Satellit droht Sol in eine Nova zu verwandeln. Bei Zeitreisen in die Vergangenheit lernt Rhodan den Cappin Ovaron kennen, der sich den Terranern in ihrem Überlebenskampf anschließt.

Prolog

Seit dem Tag, an dem Perry Rhodan das gesamte Solsystem um exakt fünf Minuten in die Zukunft versetzen ließ, sind über drei Jahre vergangen. Das Heimatsystem der Menschheit, von den Eingeweihten auch als »Ghost-System« bezeichnet, existiert für die gegnerischen galaktischen Mächte nicht mehr – jedenfalls nicht auf ihrer Zeitebene. Inzwischen weiß man dort aber, daß Perry Rhodan noch lebt, und vermutet entsprechend ein perfekt getarntes Versteck auch der solaren Menschheit.

Daß das Solsystem nicht völlig isoliert ist, ist vor allem Anson Argyris zu verdanken, einem Vario-500-Roboter in der Maske des »Kaisers« des Freihandelsplaneten Olymp. Argyris präsentiert sich der Galaxis als legitimer Nachfolger Perry Rhodans und organisiert über die Temporalschleuse und Transmitterstraße die geheime Versorgung des Solsystems mit Gütern aller Art.

Perry Rhodan nimmt also weiterhin rege am galaktischen Geschehen teil. Und dies ist auch nötig, um gegen Gefahren aktiv zu werden, die die ganze Milchstraße bedrohen. Der Supermutant Ribald Corello als wohl größte Bedrohung konnte mittlerweile von seinem Offensivprogramm befreit werden. Für seine schrecklichen Taten nicht verantwortlich, sieht man in ihm einen künftigen Freund der Menschheit, und Corello kann seine neue Loyalität beweisen: Er stellt das Sextagonium her, das dringend benötigt wird, um in die Vergangenheit zu reisen und dort die Bedrohung des gesamten Solsystems durch den Todessatelliten in der Sonne zu eliminieren.

Dieser wurde vor rund 200.000 Jahren von Angehörigen des großen extragalaktischen Volks der Cappins installiert und durch Zufall von einem Accalaurie entdeckt. Seither leben die 25 Milliarden Menschen im Solsystem mit der Angst, daß die Sonne zur Novabildung angeregt wird und alle Planeten mit ihrem Höllenfeuer verschlingt.

Seine Erbauer kamen damals auf die Erde, um mit Menschen und anderen Wesen zu experimentieren. Die Lösung aller Probleme – falls es eine gibt – liegt also in der Vergangenheit. Perry Rhodan und ein ausgewähltes Team brechen mit dem Nullzeit-Deformator in den Zeitstrom auf, um die Installierung des Sonnensatelliten zu verhindern oder die Voraussetzungen dafür zu schaffen, daß sie ihn in ihrer Realzeit vernichten können. Möglich ist das nur durch die Mithilfe eines neuen Gefährten, den sie in der Vergangenheit Terras kennenlernen und der dort gegen die verbrecherischen Machenschaften seiner eigenen Artgenossen kämpft: Ovaron, selbst ein hochgestellter Cappin, aber noch ohne Erinnerung an die Aufgabe, die er im Solsystem wirklich zu erfüllen hat . . .

1.

5. Juni 3434

Joaquin Manuel Cascal kam in seinem weißen, flauschigen Morgenmantel aus der Kabine. In den vergangenen dreißig Minuten hatte er geduscht und sich rasieren lassen. Eine komplizierte Massage hatte die Prozedur beendet – jetzt fühlte sich Cascal nach den langen Tagen des Vorstoßes in die Unwirklichkeit der Vergangenheit wieder ausgezeichnet.

Cascal trank einen riesigen Schluck Orangensaft von guten, irdischen Früchten, dann atmete er tief durch.

»Ich fürchte«, murmelte der schlanke, breitschultrige Mann mit dem schwarzen Haar, »es wird ein harter Tag werden.«

Er ging langsam hinüber an das Spezialgerät und sah in der Liste nach, dann tippte er die einzelnen Posten seiner Bestellung in das winzige Eingabegerät des Hotelcomputers. Nachdem er die Taste *Bestellung* gedrückt hatte, schaltete Cascal den Visiphonschirm an und wartete auf die Morgennachrichten.

Das Fenster änderte seine Durchlässigkeit, als Cascals Hand über den Kontakt strich.

Jetzt sah er fast ungehindert über die Kante des Sichelwalles hinunter auf einen Teil des riesigen Raumhafens. Mitten in die Nachrichten hinein sagte die Stimme des Bedienungsroboters:

»Guten Morgen, Sir. Das Terrania City Spaceport Hotel wünscht Ihnen einen ausgezeichneten Appetit.«

Der Bedienungsrobot, auf dessen Rücken die von Cascal gewünschten Gerichte standen, fuhr auf breiten Gleitrollen durch das Zimmer und schob sich fast nahtlos in die Aussparung des Tisches vor dem Fenster.

»Danke«, murmelte Cascal, das Zeichen für den Robot, sich abzuschalten. Er setzte sich hin, nachdem er das riesige Fenster geöffnet hatte, und begann zu essen.

Die Nachrichten . . .

Sie schilderten, inzwischen als zwanzigste Wiederholung und stark gekürzt, eine Zusammenfassung der Folgerungen, die aus der letzten Zeitreisemission gezogen worden waren. Perry Rhodans und seines Teams Erlebnisse wurden kurz illustriert, dann erfolgte der erste Hinweis auf die morgige Blitzabstimmung.

Der Nachrichtensprecher schloß: »Abschließend geben wir die genauen Pläne für die Wetterkontrolle durch. Über Terrania City ist für heute und morgen Sonne geplant, gegen Mitternacht starker Regen und Wind. Sie hörten die Nachrichten . . .«

Cascal schaltete ab.

Während er langsam aß und sich wunderte, daß wieder die Gegenwart, aus der er stammte und deren Bezugssysteme er genau kannte, um ihn herum bestimmender Faktor geworden war, überlegte er. Die letzten Tage waren einigermaßen hektisch und erlebnisreich gewesen. Die Sextadimbombe – eine etwas sehr umfassende Bezeichnung für den Sprengkörper, der zweihundert Jahrtausende überdauern und dann angewendet werden sollte – war von Ovaron anno 196.516 v.Chr. in das Röhrensystem des Sonnensatelliten eingebaut worden.

In den nächsten Tagen sollte der letzte Akt dieses langwierigen und kostspieligen Schauspiels stattfinden.

Die Waffe aus der Vergangenheit sollte jetzt gezündet werden.

»Ich frage mich nur eines«, sagte Cascal leise zu sich selbst. »Nämlich: ob diese Bombe tatsächlich diese lange Zeit ausgehalten hat. Wir werden es ja in Kürze erleben – auch wenn es gefährlich sein wird.«

Acht Personen entschieden darüber, wann und unter welchen Umständen der Todessatellit gesprengt werden sollte.

Acht Personen, die Spitze einer Pyramide.

Diese Männer – eine Frau war dabei – führten den Willen von allen Menschen aus, die innerhalb des Ghost-Systems lebten. Zu diesem Zweck würde morgen die Blitzumfrage durchgeführt werden, die bereits heute in den Nachrichten angekündigt wurde.

Manuel Cascal aß ruhig und langsam, trank den heißen Kaffee, der auf seinen Wunsch doppelt so stark war wie der normale Hotelkaffee. Nach dem Essen stand Cascal auf und ging ans Fenster. Er brauchte nicht zu suchen; das riesige Schiff stand in der Nähe des Raumhafenrandes.

Die INTERSOLAR.

Sie würde das Trägerschiff sein. Jetzt wurden die letzten Checks durchgeführt. Das Testpersonal wirkte von hier aus wie Staubkörner an einem glattgeschliffenen Gebirgsmassiv. Cascals Hotel lag auf der Spitze des Sichelwalles, der den Raumhafen gegen die Stadt abschirmte. Cascals Zimmer, hier im einhundertelften Stockwerk, bot einen fabelhaften Ausblick auf den riesigen Kreis des Raumhafens, dessen anderes Ende sich am westlichen Horizont verlor, hinter den Ketten der stählernen Perlen.

In wenigen Stunden mußte Cascal dort in dem Schiff stehen und zusammen mit den anderen des Teams arbeiten und, wenn nötig, blitzschnell eingreifen. Atlan hatte ihn gebeten, an diesem Einsatz teilzunehmen. Außerdem waren die vier Männer in einer Art lockerer Freundschaft zusammengewachsen; Rhodan, der Arkonide, der Cappin Ovaron und Cascal.

Er aktivierte den Robot wieder, schloß sein Zimmer ab und schwang sich in den Abwärtsschacht des Hotels. In den mehr als dreihundertdreißig Metern mußte er mehrmals Schluckbewegungen machen, um den Druck in den Ohren loszuwerden.

Dann verließ er das Hotel, winkte einen Taxigleiter heran und beugte sich zum Fahrer hinunter. Das Verdeck des Wagens war hinter der Verkleidung verschwunden, die Schale war offen.

»Frei?« fragte er.

»Natürlich. Eine Fahrt?«

»Zum Raumhafen«, sagte Cascal und schwang sich aus dem Stand mit einem einzigen Satz in den Sessel neben dem Fahrer. Ein Hotelboy blieb stehen und starrte ihn verwundert an. »Zum Eingang K und dann auf das Flugfeld.«

Der Gleiter fuhr an.

»Aber ich habe keine Genehmigung, das Flugfeld zu befahren«, sagte der Fahrer entschuldigend und reihte sich in den fließenden Verkehr ein.

Cascal erwiderte ruhig:

»Ich habe eine Genehmigung.«

»Ausgezeichnet.«

Der Gleiter raste die weitausholenden Serpentinen des Saturn Hill hinunter, bog dann in einen der Tunnels ein und raste durch die kühle Dunkelheit. Die langgezogenen Leuchtflächen spiegelten sich im Lack der Motorhaube. Sie fuhren unter dem Sichelwall hindurch und kamen an eines der zahlreichen Tore, und Cascal wies seinen Ausweis vor. Der Posten sah die Unterschrift, starrte Cascal ins Gesicht und nickte dann.

»Freie Fahrt, Oberst!« wünschte er.

Cascal grinste: »Stehen Sie sich keine Hühneraugen«, sagte er. Der Gleiter fuhr geradeaus und hielt neben der Rampe, die in die INTERSOLAR hineinführte. Unterhalb der gigantischen Metallmasse lag noch die Feuchtigkeit des Morgentaus auf dem Beton, und der Fahrer schauderte leicht.

Cascal zahlte und gab ihm reichlich Trinkgeld.

Während sich der Taxifahrer beeilte, um zwischen den Landestützen hindurchzukommen, ging Cascal langsam die schwarze Rampe hinauf. Der Posten sah ihn kommen, grüßte knapp und sagte:

»Sie werden erwartet, Oberst Cascal. Oben, in Raum B neben der Schleusenkammer.«

»Danke«, sagte Cascal und ging geradeaus, bis er zum Hauptschacht kam, der sich von Pol zu Pol durch das Schiff zog. Er schwebte aufwärts, fing sich dann ab und verließ den Antigravschacht. Auf dem Weg zum Abschnitt B überlegte er wieder, konzentriert und bedächtig, weil er sich in der Beurteilung der Lage keinen Fehler leisten konnte.

Die Lage war riskant geworden. Eine starke, sehr deutlich zu registrierende Unruhe hatte von den betroffenen Personen Besitz ergriffen. Galbraith Deighton und seine Mitarbeiter hatten Beweise dafür, daß der Sonnensatellit experimentierte.

Wie konnte der Satellit »experimentieren«?

Er war zu einigen Teilen zerstört worden, aber die selbständigen Reparaturmechanismen schienen fieberhaft an der Wiederherstellung zu arbeiten. Die Vernichtungsschlacht zwischen den rund achttausend Cappins und der robotischen Besatzung des tödlichen Fremdkörpers hatte wichtige Schalteinheiten vernichtet. Es war natürlich fraglich, ob die Kontrollorgane nicht auch die Sextadimbombe entdeckt hatten.

Cascal betätigte den Summer und wurde in einen Raum eingelassen, in dem zwei bewaffnete Personen standen.

»Lordadmiral Atlan und Galbraith Deighton erwarten Sie, Oberst«, sagte einer der Posten leise.

Cascal schob die-Verbindungstür auf.

»Danke.«

Er blieb an der Tür stehen, die leise und langsam hinter ihm zuglitt. Sechs Personen, eine junge Frau und fünf Männer, saßen um einen großen runden Tisch. Vor jedem Sessel befand sich in der dunkelroten Kunststoffplatte eine runde Ausbuchtung. Pläne und ein auseinandergenommenes Modell des Todessatelliten befanden sich auf dem Tisch.

»Guten Morgen«, sagte Cascal und schüttelte der Cappin-Frau Merceile die Hand.

Dann begrüßte er die anderen.

Er folgte mit den Augen dem ausgestreckten Arm Perry Rhodans und setzte sich schweigend in den siebenten Sessel. Er streckte die Beine aus und wartete, daß jemand zu reden anfing.

Deighton fragte:

»Sie wissen, Cascal, warum wir hier sitzen und warten?«

Cascal nickte und studierte das Modell des Todessatelliten.

»Ich weiß«, sagte er. »Ich ahne es zumindest seit fünf Tagen.«

Vor fünf Tagen war das Team mit dem Nullzeit-Deformator aus der Vergangenheit wieder zurückgekehrt. Jetzt bereiteten sie den nächsten Einsatz vor, von Terrania City aus, der Hauptstadt der Erde.

»Gut. Der Großadministrator möchte zwei verschiedene Dinge ausprobieren. Erstens will er in einer Blitzabstimmung die Zustimmung aller Menschen, daß wir die Gefahr beseitigen sollen. Zweitens hat er eben die letzten Entwicklungen für die notfalls stattfindende Massenevakuierung mitverfolgt. Wir sind sozusagen startfertig.«

Cascal schaute den Cappin an und merkte, daß die terranische Kleidung, die Ovaron trug, ihn irgendwie veränderte. Er kam Cascal reifer vor. Aber gleichzeitig wußte der Oberst, daß Ovaron noch immer keine Ahnung von seiner wirklichen Identität hatte. Er war fremd hier, und er war auch ein Fremder innerhalb seines eigenen Volkes gewesen. Sie alle hatten das während des letzten Einsatzes mehr als deutlich merken müssen.

»Wie stehen die Chancen für die Evakuierung?« fragte Cascal halblaut.

Deighton sagte sofort: »Projekt IKARUS – so haben wir diese Aktion genannt – ist abgeschlossen worden. Tausende von Großraumschiffen und natürlich jeder Kubikmeter leeren Schiffsraumes, über den das Imperium verfügt, stehen bereit.

Außerdem sind sämtliche verfügbaren Container angehalten worden. Wir können, wenn auch mit den naturgemäß auftretenden Engpässen und Pannen, alle fünfundzwanzig Milliarden Menschen schlagartig evakuieren.«

Perry Rhodan nickte.

Er sah sich in den letzten Monaten einem ständigen Druck gegenüber. Er wurde gezwungen, ständig und sehr schnell Entscheidungen zu fällen, die kaum mehr rückgängig zu machen waren. Es waren nicht etwa kleinere, innenpolitische Vorgänge, die ihn beschäftigten, sondern ganz andere Größenordnungen. Es ging um die Existenz des in der Zukunft versteckten Sonnensystems und um das Leben von fünfundzwanzig Milliarden Menschen. Das Risiko, beim Sprengen des Sonnensatelliten das System auf dem Umweg über eine Nova zu vernichten, war groß – wie groß, hatte nicht einmal NATHAN ermitteln können, weil die genauen Daten fehlten. Diese Stimmung herrschte hier in dem verhältnismäßig kleinen Raum, diese Gedanken erfüllten Merceile und die Männer.

»Das klingt ausgezeichnet«, sagte Atlan. »Wir haben den Beginn der Aktion auf den sechsten Juni festgesetzt. Pünktlich um zwölf Uhr.«

Rhodan erklärte wütend:

»Wir müssen diesen verdammten Satelliten unschädlich machen. Meinetwegen bleibt er ewig in der Sonnenkorona – aber seine Maschinen müssen restlos vernichtet werden. Ob die Mehrheit der Menschen dieses Risiko in Kauf nimmt, werden wir in Kürze erfahren. Ich brauche nicht darauf hinzuweisen, was wir vor uns haben – es wird nicht so dramatisch wie die Vorstöße in die Vergangenheit, aber es hängt alles davon ab, ob Ovaron Glück hat.«

Der Cappin sah von Atlan zu Cascal und versicherte optimistisch:

»Ich habe keinen Anlaß, daran zu zweifeln, Rhodan.«

Cascal sah sich um und fragte:

»Wo ist eigentlich Takvorian?«

Atlan erwiderte:

»Er hat sich überzeugen lassen, daß wir ihn nicht unmittelbar brauchen. Er hält sich aber bereit. In der Zwischenzeit versucht er, die neue kulturelle Umwelt für sich zu entdecken.«

»Ich verstehe.«

Deighton legte ein Diagramm auf den Tisch und sagte laut: »Natürlich können wir nicht in den Satelliten hineinsehen. Aber wir können ständige Messungen vornehmen und die Aktivitäten beobachten, können gewisse Wahrscheinlichkeiten hochrechnen – ich wiederhole dies alles für Oberst Cascal. Wir haben festgestellt, daß die Reparaturarbeiten innerhalb des Satelliten so gut wie abgeschlossen sein müssen. Das bedeutet nichts anderes, als daß dieser verwünschte Fremdkörper in Kürze wieder zu arbeiten beginnen kann.«

Cascal hakte nach: »Arbeiten bedeutet in letzter Konsequenz das Anheizen der Sonne, so daß wir in Kürze mit der Bedrohung durch neue novaähnliche Erscheinungen rechnen müssen.«

»Das haben Sie ausgezeichnet und klar ausgedrückt«, sagte Reginald Bull und grinste Cascal an.

»Mein oberstes Prinzip ist logische Klarheit«, meinte Cascal und lächelte zurück. Er mochte Bully.

Rhodan deutete mit der Hand auf die Pläne und auf die Stücke des Modells.

»Ich bin dafür, Oberst Cascal die Leitung bis zum Beginn des Einsatzes zu übertragen. Er soll mit Merceile und Ovaron zusammenarbeiten und anhand der vermuteten Schwierigkeiten die Ausrüstung und den Weg vorbereiten. Dürfen wir auf Sie zählen, Oberst?«

»Selbstverständlich, Sir«, sagte Cascal in vorwurfsvollem Tonfall.

»Schön. Bully, Atlan und ich gehen jetzt von Bord und bereiten die Abstimmung vor. Ich rechne mit einem ziemlich hohen Ergebnis für unser Vorhaben.«

Die drei Männer standen auf und verabschiedeten sich. Cascal, Merceile und Ovaron blieben sitzen, während Deighton unruhig zwischen dem Tisch und der Wand hin und her zu gehen begann.

»Was halten Sie von unserem Plan?« fragte er Cascal.

»Nur das Positive, Deighton!« erwiderte der Cappin an des Obersten Stelle. »Ich habe als Zweidenker, mit Hilfe meiner Tryzom-Körperchen, darüber zwei verschiedenartige Überlegungen durchgeführt. Wenn nicht die Bombe selbst zerstört oder ersetzt worden ist, wird es gelingen.«

Cascal studierte das Modell, das nach den Photographien angefertigt worden war. Die Bilder waren während der Stunden entstanden, in denen Ovaron die Bombe eingebaut hatte.

»Selbst wenn die Bombe entdeckt worden ist, wird man ihre Natur nicht erkannt haben. Vermutlich befindet sie sich dann noch innerhalb des Satelliten.«

Merceile sagte:

»Ich bin sicher, wir werden eine großartige Explosion erleben.«

Cascal stand auf und sagte entschlossen:

»Fangen wir an, den Weg und die Ausrüstung zusammenzustellen. Und uns bleiben nicht mehr als vierundzwanzig Stunden.«

Er sah auf die Uhr.

In vierundzwanzig Stunden würde sich das Schicksal des Ghost-Systems entscheiden.

Galbraith Deighton schaute auf, als ihn Cascal an der Schulter berührte. Die beiden Männer kontrollierten im Vorraum der kleinen Hangarschleuse die zwei schweren Kampfanzüge durch.

»Ja?« fragte der Geheimdienstchef.

Cascal sagte:

»Wir wollen kurz nach der Abstimmung, die morgen früh stattfindet, das Schiff starten und den Satelliten zerstören. Wissen Sie übrigens, woher das Wort *Satellit* stammt?«

Deighton dachte daran, daß Merceile und Ovaron bei diesem Einsatz ganz allein sein würden. Er murmelte zerstreut:

»Nein. Wissen Sie's?«

»Natürlich«, sagte Cascal. »Das Wort kommt aus dem Französischen Alt-Terras. Der Wortstamm geht aber auf das Lateinische zurück, auf die Sprache der Wissenschaftler. Das Wort *sateles,* dessen Genitiv *satellitis* lautet, bedeutet ›Leibwächter‹ oder ›Trabant‹, in der Mehrzahl aber ›Gefolge‹. Ursprünglich kommt das Wort aus dem Etruskischen. Ganz nett alt, nicht wahr?«

Deighton nickte und erwiderte:

»Mein Gott, sind Sie klug! Alles gelesen, wie?«

»Ja«, sagte Cascal. »Lesen bildet, Reisen bildet auch, aber Lesen ist billiger. Aber jetzt brauche ich – ganz im Ernst – eine Aufklärung von Ihnen.«

Sie hakten die letzten Ziffern der Checkliste ab.

Rund um die beiden Anzüge, deren gesamte Anlage durchgetestet und für gut befunden worden war, standen die Ausrüstungsgegenstände. Dies war eine weitere Vorsichtsmaßnahme. Falls die Bombe nicht zündete, hatte sich Ovaron bereit erklärt, sich in den Satelliten zu begeben. »Ich höre«, sagte Deighton und schaltete den Interkom ein.

»Wie arbeiten eigentlich diese Pedotransferer?« fragte Cascal. »Ich habe einiges darüber gehört, aber ich bin noch nicht ganz klar.«

Deighton sagte deutlich:

»Ein Pedotransferer ist in der Lage, sein Ichbewußtsein in den Körper eines anderen Lebewesens zu verpflanzen.«

Cascal zählte die winzigen Ausrüstungsgegenstände ab und prüfte, soweit dies möglich war, die Funktionen. Sämtliche Geräte waren zweimal vorhanden – einmal für Ovaron, eine Reserve für Merceile.

»Das weiß ich inzwischen«, meinte er, »nachdem ich mich mit Alaska unterhalten habe.«

»Pedotransferer vom Rang Ovarons etwa lassen ihren Körper in der Form einer quallenartig verlaufenden Masse zurück. Dies geschieht aber nur dann, wenn sie ein organisches Wesen übernehmen.«

Cascal sah Deighton an; der Chef der Abwehr wirkte nervös.

»Aber nicht so im Fall dieses Satelliten«, führte Deighton weiter aus und hob eine Hand. »Der Todessatellit ist, wie jedermann behauptet, ein Pedopeiler. Bei Pedopeilern ist es nicht notwendig, den Körper zurückzulassen. Das wußten schon die rund achttausend Cappins, die in den Satelliten sprangen.«

»Falls also eine geeignete Empfangsstation auf der Sextadimhalbspur existiert, kann ein Cappin seinen gesamten Körper und seinen Verstand oder Geist in den Pedopeiler hineinversetzen?« fragte der Oberst der Abwehr.

Sie waren jetzt fertig und meldeten sich ab. Der Raum wurde hinter ihnen verschlossen und versiegelt.

»Vorausgesetzt, er beherrscht die Technik der Pedotransferierung«, stimmte Deighton zu und ging neben Cascal auf die Kommandozentrale des Schiffes zu.

»Er könnte dann auch die gesamte Ausrüstung mitnehmen – wobei Entfernungen unbedeutend sind?«

»So ist es«, sagte Deighton.

Jetzt war es Cascal klar: Bei der Übernahme eines organischen Körpers ließen die Cappins ihren eigenen Körper in Form dieser qualligen Masse zurück, bei einem Transfersprung zu einem mechanischen Peilgerät, das auf die Schwingungen justiert war, konnte alles mitgenommen werden, Körper, Ausrüstung, Bekleidung und zusätzliche Gepäckstücke. Das war die Voraussetzung für die geplante Aktion.

Cascal fragte schnell, als er am Ende eines langen Korridors Merceile und Ovaron erkannte:

»Glauben Sie, Chef, daß Ovaron von seiner Tryzom-Sache einen Vorteil hat?«

»Unbedingt, ja!« erwiderte Deighton. »Er ist in der Lage, zwei Probleme gleichzeitig durchzudenken. Bearbeiten kann er natürlich immer nur eines – aber er kann schneller und fundierter Entscheidungen treffen als ein Mensch.«

Dann sprangen sie vom Gleitband und blieben vor den beiden Cappins stehen.

Deighton sagte:

»Wir haben alles für morgen früh vorbereitet, Ovaron. Die gesamte Ausrüstung ist vollständig und perfekt. Und Sie können morgen, nachdem das Schiff auf der Merkurbahn steht, Ihre Vernichtungsschaltung vornehmen.«

Der Cappin musterte Cascal und Deighton; Deighton war ihm noch fremd, er hatte zu dem Oberst bessere, weil ältere Beziehungen.

»Ausgezeichnet«, sagte Ovaron. »Ich möchte aber über einen Punkt noch weitere Informationen haben, Deighton. Wie ich hörte, ist es achttausend Cappins gelungen, den Todessatelliten als Pedopeiler zu benutzen?«

Deighton erwiderte augenblicklich:

»Das ist richtig.«

Ovaron und Merceile ließen sich von ihm in einen Nebenraum der Hauptzentrale bringen. Dort setzten sich die vier Personen um einen Tisch.

»Was ist geschehen?« fragte Merceile.

»Es gelang rund achttausend Cappins, von einer uns unbekannten, im Zeitstrom verschollenen Experimentalstation den solaren Pedopeiler ohne weiteres zu erreichen. Die Wesen wurden durch die überlagernde Sexta-Bezugsfrequenzortung vernichtet.«

Ovaron und Merceile schienen entsetzt zu sein.

»Sie wundern sich?« fragte Deighton.

»Ja«, sagte Merceile leise. »Zu unserer Zeit, also von jetzt ab gerechnet vor zweihunderttausend Jahren, war es nur entsprechend hochstehenden und mehrfach geprüften Persönlichkeiten unseres Volkes möglich und erlaubt, sich einer Spezialschulung und einer Sonderbehandlung zu unterziehen. Ovaron und ich haben diese Behandlung erfahren – sie brachte die Kunst der Pedotransferierung an die Oberfläche unseres bewußten Denkens.«

Deighton runzelte die Stirn und fragte verblüfft zurück:

»Bedeutet das, daß zweihundert Jahrtausende diese Gabe oder Fähigkeit derart verbreiteten, daß jetzt, also in unserer Zeit, jeder Cappin die Pedotransferierung beherrscht?«

Merceile zuckte zusammen und warf ihr langes Haar dann in den Nacken.

»Ja. Es scheint neuerdings üblich geworden zu sein, daß jeder gewöhnliche Cappin die Fähigkeit besitzt. Was wissen Sie noch über die achttausend Cappins im Pedopeiler?«

Zwei Dinge schienen zumindest Ovaron mehr und mehr zu beunruhigen: die Tatsache, nicht mehr Privilegierter einer beschränkten Anzahl von Pedotransferern zu sein, und das Bewußtsein, noch immer nicht zu wissen, woher er eigentlich kam, was in ihm selbst noch verborgen lag.

Deighton antwortete Merceile:

»Den achttausend Cappins gelang es, anstandslos und ohne Zurücklassung ihrer Körpersubstanz in den Todessatelliten zu springen. Sie kamen aus einer fremden Galaxis, wie zwei ihrer Überlebenden sagten. Wir wissen nicht, wo diese Galaxis liegt.«

»Ist das alles?«

»Ja«, sagte Deighton. »Das ist alles.«

2.

Deighton und Rhodan saßen in Rhodans riesigem Büro im obersten Stockwerk der Administration.

Es war Nacht.

Hier waren die Anzeigegeräte aufgebaut worden. Überall standen ausgeschaltete Sichtschirme herum. Die beiden Männer saßen müde und abgespannt in den wuchtigen Schalensesseln.

»Ich gestehe«, sagte Rhodan und faßte nach seinem Zellaktivator, »daß ich mehr als nur unruhig bin.«

Deighton sah überrascht auf. Er betrachtete Rhodans Profil und fand, daß der Großadministrator tatsächlich, trotz der Unterstützung des Aktivators, einen überanstrengten Eindruck machte.

Deighton sagte:

»Jedenfalls ist Plan IKARUS bis ins letzte Detail ausgefeilt worden. Jeder einzelne Bewohner der Planeten weiß genau, was er zu tun hat. Panik wird sich hoffentlich nicht ausbreiten, aber garantiert gibt es Schwierigkeiten sachlicher Art. Wir haben in den letzten vier Tagen ständig Anweisungen, Bitten und Anordnungen herausgebracht. In jeder Nachrichtensendung wird auf die einzelnen Phasen hingewiesen.«

Rhodan nickte und warf einen nachdenklichen, langen Blick auf die Projektion der Galaxis, die dreidimensional und in zwölf verschiedenen Farbschattierungen die politische Lage der Milchstraße schilderte.

»Gut, gut«, sagte er. »Ich habe meine Ansprache bereits vorbereitet. Wie fühlen sich Merceile und Ovaron?«

Deighton erwiderte:

»Sie fühlen sich relativ gut, wenn auch eine gewisse Nervosität unverkennbar ist. Ovaron hadert immer noch mit seinen versteckten Erinnerungen und zeigte sich sehr betroffen darüber, daß heute offenbar jedem Cappin dieser ultimate Weg der Entfernungsüberwindung offensteht.«

»Und Merceile?«

Deightons Grinsen war nicht besonders ironisch, als er erwiderte:

»Sie schwankt.«

Rhodan runzelte die Stirn und murmelte:

»Trinkt sie etwa?«

Deighton begann zu lachen und sagte, plötzlich wesentlich besserer Laune:

»Sie schwankt in ihrer Zuneigung, Sir. Nämlich zwischen Ihnen und Ovaron. Während er etwas wie ein großer Bruder zu sein scheint, sind Sie der große geheimnisvolle Terraner; uralt, erfahren und dennoch charmant.«

»Es ist unglaublich«, sagte Rhodan scharf. »Während wir hier in Sorge um unsere Sonne zittern, hat diese junge Frau Probleme solcher Art.«

Galbraith Deighton deklamierte mit spöttisch bewegter Stimme:

»Ob Sonne oder nicht – Merceiles Zuneigung schwankt trotzdem zwischen Ihnen und Ovaron.«

Rhodan stöhnte:

»Hätte sie sich nicht einen anderen heraussuchen können? Zum Beispiel diesen . . .«

» . . . Cascal«, half Deighton aus.

»Richtig. Er ist ein großer Bewunderer exotischer Schönheiten.«

Deighton stand auf und schüttelte Rhodans Hand. Er sagte abschließend:

»Sie wissen genau, Sir, daß neben Ihnen Cascal zu einem bedeutungslosen Schemen verblaßt. Schlafen Sie, wenn möglich, tief, gut und traumlos!«

Rhodan nickte und blieb allein zurück.

Etwa acht Stunden später waren sämtliche Visiphongeräte des Solsystems eingeschaltet.

Die Kameras des Aufnahmeteams summten. Einige Scheinwerfer verbreiteten Helligkeit und Hitze, und in Rhodans Administration waren sämtliche Exhaustoren eingeschaltet.

Bis auf die relativ wenigen Menschen, die an ihrem Arbeitsplatz standen, saß fast jeder Bewohner des Sonnensystems vor seinem Empfänger.

Rund fünfundzwanzig Milliarden.

Auch in Firmen und Büros, in Betrieben, Labors und Schaltzentralen, in Raumschiffen und in den Hallen der Raumhäfen – überall waren zusätzliche Monitoren aufgebaut worden. Die Versammelten sahen nervös auf die Uhr.

Ein Teil des Raumes war frei gemacht worden.

Dort stand ein Tisch. Fünf Sessel waren linear dahinter aufgebaut. Ein farbiges, bewegliches Schaubild hinter dem Tisch zeigte eine graphische, etwa den wirklichen Verhältnissen entsprechende Wiedergabe der neun Planeten und des Asteroidengürtels des Sonnensystems. Daneben war ein graphischer Aufriß von Sol zu sehen.

Rhodan setzte sich in die Mitte, neben ihm nahmen Atlan und Reginald Bull Platz. Die beiden äußeren Plätze nahmen Ovaron und Deighton ein.

Die Sendung, die in einigen Minuten gestartet werden würde, war der Initiative Rhodans zuzuschreiben. Obwohl sich das Ergebnis vorausahnen ließ, wollte er auf alle Fälle eine demokratische Mehrheitsabstimmung herbeiführen.

Die Sprecherin von Solar-TV, die jetzt auf allen eingeschalteten Schirmen sichtbar wurde, sagte eben:

»Wie mehrfach angekündigt, unterbrechen wir jetzt unser morgendliches Programm mit einer wichtigen Sendung. Sie alle wissen, wie kritisch die Lage ist. In den kommenden Minuten schalten wir um in die Administration Perry Rhodans nach Terrania City. Der Großadministrator wird zu Ihnen sprechen und die Abstimmung einleiten. Ich rufe die Administration.«

Neben den Linsen der schwebenden, durch Antischwerkraftprojektoren gehaltenen Kamera leuchtete das stechende Rotlicht auf.

Sie waren auf Sendung.

Die Kamera strich zuerst über das Modell des Sonnensystems, verfolgte dann den blauen Planeten Erde und holte ihn ein, zeigte eine Vergrößerung und blieb schließlich auf dem Gesicht Rhodans haften.

Rhodan stand auf, die Kamera erfaßte ihn und nahm die Totale auf. Die Hitze nahm zu, auf den Stirnen der Männer erschienen die ersten Schweißtropfen. Rhodan sah genau in die Linse und begann zu sprechen.

»Terraner«, sagte er. »Wir stehen wieder einmal vor einer ernsten

Krise. Niemand von uns hat sie wissentlich verursacht oder herbeigesehnt. Aber wir wissen, daß unser Sonnensystem seit längerer Zeit durch einen Satelliten in der Sonnenkorona gefährdet wird. Da wir glauben, die Waffe gegen den Satelliten zu besitzen, wollen wir sie auch einsetzen. Sie wissen alle aus den Sendungen der letzten Tage, wie wir in den Besitz einer Waffe gelangt sind. Durch unseren Zeitsprung ist die Waffe zweihunderttausend Jahre alt geworden – aber wir hoffen, daß sie unverändert wirksam ist.

Wir besitzen die Demokratie. Im Sinne dieser Staatsform, in der jeder einzelne um seine Stimme gefragt ist und Verantwortung trägt, schlug ich diese Abstimmung vor. Ich werde Ihnen noch einmal alle wesentlichen Fakten aufzählen und bitte Sie, anschließend Ihre Stimme über die Computerterminals direkt abzugeben, die jedem von Ihnen zur Verfügung stehen.«

Die Kamera schwebte näher. Rhodan sagte beschwörend:

»Wir haben in der Vergangenheit, also vor zweihundert Jahrtausenden, im Todessatelliten eine Bombe eingebaut. Wir wollen heute um siebzehn Uhr diese Bombe zünden. Wenn sie gezündet werden kann, wird sie die Inneneinrichtung des Satelliten so vernichten, daß die Reparatureinrichtungen nichts mehr tun können – dann ist die Gefahr in der Sonne gebannt. Die Bombe ist nicht zu vergleichen mit unseren gebräuchlichen Waffen.

Sie wirkt weitestgehend in der sechsten Dimension, also allen anderen bekannten Dimensionen übergeordnet.

Wenn sie zur Detonation gebracht wird, kann dies auf der Sonne gewaltige, bisher unbekannte Energie- und Gasausbrüche hervorrufen. Diese Ausbrüche können unter Umständen dazu führen, daß der Planet Merkur weitestgehend zerstört wird.

Die Venus und die Erde könnten schwer geschädigt werden.

Und schließlich könnte die Oberfläche des Planeten Mars verwüstet werden.

Selbstverständlich werden wir während der Zeit, in der die Bombe detonieren soll, alles an Abschirmungen aufbieten, was wir besitzen. Unter anderem werden wieder die Paratronschutzschirme über die Planeten gelegt – ihre Wirkung haben wir schon einmal überzeugend bewiesen.

Unsere Frage an Sie: Sollen wir den Versuch unter den geschilderten Begleitumständen wagen?

Für den Fall Ihrer Zustimmung haben wir das Projekt IKARUS ausgearbeitet. Solarmarschall Reginald Bull und Lordadmiral Atlan werden Ihnen jetzt schildern, was wir getan haben, um die Gefahren weitestgehend herabzusetzen.«

Während die Kamera abwechselnd Atlan und Bully abtastete, erklärten die beiden Männer den Evakuierungsplan.

Schließlich deutete Atlan auf Ovaron, stellte ihn kurz vor und deutete an, welchen Teil der Arbeit jener neue Freund der Menschheit übernehmen wollte. Abschließend sagte Perry Rhodan:

»Die Sendung geht jetzt zu Ende. In dem Augenblick, an dem das Zeichen der Administration auf Ihren Schirmen aufleuchtet, geben Sie bitte Ihre Stimme ab. Drücken Sie auf Ihrem Terminal die Taste ›A‹ zum Zeichen der Zustimmung, und tasten Sie ›B‹, falls Sie gegen unser Vorhaben sind. Ich danke Ihnen – ganz gleich, wie Ihre Entscheidung ausfallen wird.«

Das Ergebnis der Abstimmung lag zwanzig Minuten später vor.

Von den fünfundzwanzig Milliarden Menschen des Solsystems hatten sich mehr als zwanzig Milliarden bewußt und unübersehbar für eine Sprengung des Sonnensatelliten entschieden.

Deighton schüttelte Rhodans Hand, während die Kameras wieder anliefen.

Rhodan verkündete kurz das Ergebnis, bedankte sich und wies auf die Kontrollmöglichkeiten hin, die dieses Ergebnis transparent machen konnten – die Computer logen nicht. Die Werte waren für alle Zeiten gespeichert.

Es war acht Uhr morgens.

»Wir treffen uns alle pünktlich mittags zwölf Uhr an Bord des Schiffes«, sagte er. »Um siebzehn Uhr starten wir den Versuch. Ovaron?«

Der Cappin nickte lächelnd und versprach:

»Ich werde auf meinem Posten sein.«

Die fünf Männer gingen auseinander und verteilten sich. Jeder hatte bis zum Zeitpunkt des Starts noch viel zu erledigen. Jetzt war die Entscheidung gefallen. Das Schicksal der Sonne, der Planeten und somit von Milliarden Menschen hing jetzt an einem hauchdünnen Haar.

Hatte die Bombe die unfaßbar lange Zeit überstanden?

Aus der Ferne betrachtet sah es aus, als hebe sich eine Kugel von einer runden Platte.

Die INTERSOLAR startete.

Rhodans Flaggschiff hob sich langsam und mit sehr mäßiger Geräuschentfaltung vom Raumhafen. Antigravfelder schoben es vom Boden weg; der volle Einsatz der Triebwerke hätte den Sichelwall in Form eines Tornados über die Stadt geblasen. Nur hin und wieder brüllte kurz korrigierend ein Triebwerk auf und verstummte nach einigen Sekunden wieder.

Das Team war an Bord.

Ovaron, Merceile, Atlan, Rhodan, Cascal . . .

Das Schiff hing jetzt wie ein gewaltiger Kunstmond über der Stadt, hob sich mehr und mehr, glitt höher und höher, schaltete in vierzehntausend Metern Höhe die Triebwerke ein, und als die Luft zu dünn war, um noch Schall leiten zu können, wurde die Leistung der Triebwerke voll eingesetzt.

In einer eleganten Kurve schoß die INTERSOLAR aus dem Raum zwischen Erde und Mond hervor und nahm geraden Kurs auf die Sonne.

Nachdem der silberne Punkt aus den Augen der Stadtbewohner verschwunden war, begannen die Vorbereitungen für die erste Phase von Projekt IKARUS.

Verblüffend kurze Zeit später – nach einem kurzen Linearmanöver – hatte der Kommandant des Schiffes den Metallkoloß auf der Merkurbahn stabilisiert.

Die INTERSOLAR stand rund 58 Millionen Kilometer von der Sonne entfernt.

Über sämtliche Linsen, die auf der Sonnenseite des Schiffes in den Weltraum starrten, glitten die vergüteten Doppelfilter.

Rhodan verließ die Kommandozentrale und ging durch die Korridore, die Schächte und die Rampen bis zu der kleinen Hangarschleuse, die man vorbereitet hatte.

Dort warteten die anderen auf ihn.

Atlan begrüßte seinen Freund mit einem kurzen Nicken, dann sagte er leise: »Du machst ein Gesicht, als ob du heiraten müßtest. Warum so pessimistisch?«

Rhodan deutete auf einen vier Quadratmeter großen Schirm, der fast die gesamte Wand des Raumes einnahm.

»Deswegen!« sagte er. Er blickte in die Sonne.

Ovaron steckte in einem leichten Raumanzug, aber der Helm stand noch neben ihm auf einem Tisch. Dort lag auch der Sender, der sorgfältig durchgetestet worden war. Mit diesem Sender wollte Ovaron seinen Pedoimpuls verstärken, um damit sicherzugehen, die Explosion auch unter erschwerten Bedingungen auslösen zu können.

Die Sonne!

Der Schirm zeigte ein dunkles, tiefbraunes Weltall. In dieser fast schwarzen Fläche stand ein ungeheurer Kreis, das Zentralgestirn dieses Systems. Sein Licht war so weit gefiltert worden, daß man hineinsehen konnte. Eine Farbe zwischen Grellorange und Hellbraun, mit den charakteristischen Strukturen der Fackeln und den Sonnenflecken.

Die Sonne!

Ihre Masse betrug das Dreihunderttausendfache der Erdmasse. Die Kugel auf dem Sichtschirm hatte einen Durchmesser von einer Million und dreihunderteinundneunzigtausend Kilometern. Ein gigantischer Atomofen, hellglühend und alles verschlingend. In Wirklichkeit leuchtete die äußerste Sonnenatmosphäre oder Korona grünlich-weiß, weil das Licht des Sternes von stark verdünnten Gasen, vor allem von Nickel und Eisen, reflektiert wurde. Die Gase hatten Temperaturen von mehreren Millionen Graden.

»Ein Anblick, der einen immer wieder schaudern läßt«, sagte der Cappin leise. Er konnte seine Augen nicht von dem Bild losreißen.

»Eine Sonne, in deren Korona unser Tod schwebt«, meinte der Arkonide.

Rhodan und Cascal schwiegen.

Die Oberflächentemperatur dieses Balles aus aufgeheizten Gasen betrug 5750 Grad Kelvin. Die Durchschnittsdichte der brennenden, glühenden Gase war fast eineinhalbmal so hoch wie Wasser. Schwerkraft und Gasdruck hielten sich die Waage, ließen den Glutball seit Jahrmilliarden arbeiten – unablässig, zuverlässig, heiß.

Die magnetisch arbeitenden Geräte des Schiffes wurden gestört.

Sonnenflecken, die von Explosionen heißer Gase begleitet waren, standen auf der gewaltigen Rundung des Gestirns.

Protuberanzen wurden losgeschleudert, schienen nach dem einsamen Schiff zu greifen, das wie ein Staubkörnchen wirkte neben diesem Giganten.

Rhodan sagte nach einer Weile:
»Sehen Sie den Satelliten, Ovaron?«
Während Cascal Merceile in den Raumanzug half, sah er sie genau an. Er mußte natürlich merken, wie Merceile ständig Ovaron und Rhodan beobachtete und die beiden Männer miteinander zu vergleichen schien. Offensichtlich war dies ein echter Gefühlsstreit. Cascal, der schon zu alt war, um noch allzu viele romantische Illusionen zu haben, wettete im stillen mit sich selbst, ob Rhodan oder Ovaron . . .
»Ich sehe ihn«, bestätigte Ovaron. Die Suchgeräte hatten das Objekt gefunden und durch komplizierte Ausfilterungsvorgänge deutlich auf einen Schirm gebracht.
Die Personen, die jetzt in der kleinen Zelle des Hangars standen, sprachen miteinander über die Helmfunkanlagen. Eine durchsichtige, aber stark lichtfilternde Platte war anstelle der Schleusentür angebracht worden.
Zur Sicherheit trugen sie nun alle Raumanzüge, obwohl der Raum mit Atemluft geflutet worden war.
Lordadmiral Atlan sagte:
»Perry – uns bleiben nur noch zwei Minuten. Ovaron – atmen Sie ein paarmal tief durch. Wir stehen vor der Entscheidung.«
In diesem Augenblick fielen auch die letzten Schutzschirme des Schiffes. Nachdem auch der Paratronschirm abgeschaltet worden war, hatte Ovaron nun die günstigste Ausgangssituation für seinen Versuch.
Die INTERSOLAR stand etwas jenseits der Merkurbahn; direkt vor sich vor der gewaltigen lodernden Sonne den für menschliche Augen unsichtbaren Satelliten.
Ovaron meldete sich:
»Ich bin bereit.«
Er hatte in den letzten Stunden zwei verschiedene Denkmodelle aufgestellt und sie gleichzeitig durchdacht. Nach seiner Meinung gab es keinen Fehler in seinen Überlegungen. Die Detonation des Satelliten war nur noch die Sache von einigen Minuten.
Ovaron setzte sich und schloß die Augen.
Er versuchte, die Struktur auf der Sextadimhalbspur zu erkennen – jenen Energieleiter, der sich entlang der unfaßbaren und kaum berechenbaren Zwischenzone hinzog; zwischen der fünften und der sech-

sten Dimension. Ovaron versuchte, entlang dieser unsichtbaren Bahn, die einem in sechs Dimensionen verknäulten Laserstrahl glich, seinen Pedoimpuls auf den Weg zu bringen. Der Impuls war auf die Bombe abgestimmt und sollte den Zündmechanismus auslösen.

Sechzig Sekunden vergingen . . .

Sie wagten nicht zu atmen. Vor ihnen schwebte auf dem Spezialschirm der Satellit, tödlich gefährlich und unerreichbar. Das Schiff lag jetzt ungeschützt mitten im energetischen Bombardement der Sonne.

Die zweite Minute verging . . .

Noch immer lag Ovaron bewegungslos in seinem Sessel, vor sich das Quadrat, hinter dem die Sonne loderte.

Rhodan sagte nach der dritten Minute leise:

»Es ist sicher, daß der Impuls auf der Sextadimhalbspur ungehindert und unbedingt im Empfangsgerät der Bombe ankommen muß. Wie steht es, Ovaron?«

Ovaron drehte den Kopf, öffnete die Augen und sah Rhodan verstört an.

»Ich habe es versucht. Sogar mit meinem Verstärker. Nichts – Sie sehen es selbst. Oder vielmehr sehen Sie nichts. Ich bin ganz verzweifelt.«

Cascal murmelte ausdruckslos:

»Hier sehen Sie, daß Sie nichts sehen. Das werden Sie gleich sehen.«

Atlan warf ihm einen strafenden Blick zu. Die ungeheuer große Nervenanspannung der Männer zeigte sich deutlich in ihren Gesichtern. Merceile lehnte schweigend und sehr nachdenklich an der Rückwand des Raumes, gegenüber der transparenten Fläche. Sie schüttelte den Kopf, als Rhodan sie fragend anblickte.

»Ovaron?« meinte der Lordadmiral.

»Ja?«

»Versuchen Sie es noch einmal. Oder mehrmals. So lange, bis das verdammte Ding dort drüben explodiert.«

Seine Stimme war lauter geworden als beabsichtigt.

In den folgenden dreißig Minuten versuchte der Cappin mehr als zwanzigmal, die Bombe zu zünden.

Nichts geschah.

Er versuchte sich den Schweiß von der Stirn zu wischen und schlug mit der behandschuhten Rechten gegen die Frontplatte des Helmes. Dann stand Ovaron auf.

»Ich kann nicht mehr«, sagte er. »Mir wird schwindlig.«

»Wie oft haben Sie es versucht?« fragte Cascal.

Ovaron sagte tonlos:

»Mindestens fünfundzwanzigmal. Sinnlos. Ich garantiere, daß ich meine Fähigkeiten bis an deren Grenze eingesetzt und belastet habe. Ohne Erfolg.«

Atlan erwiderte:

»Dieser verdammte Mechanismus hat die Bombe entdeckt und ausgeschaltet. Und ausgeworfen, denn wäre sie an Bord, würde der Todessatellit nicht mehr existieren. Ziehen wir uns zurück und erholen wir uns etwas.«

Sie verließen den Hangar und trafen sich mit geöffneten Raumanzügen dort, wo sie vor mehr als vierundzwanzig Stunden diskutiert hatten.

Ovaron sagte schuldbewußt:

»Sie sehen es selbst – es ist mir nicht gelungen, die Sextadimzeitbombe zu zünden. Ich bin ein Versager.«

Cascal widersprach energisch:

»Das sind Sie keinesfalls, Ovaron. Wir alle waren zu sehr von der Hoffnung auf die Technik eingenommen. Wir wußten aber vorher, wie riskant das Unternehmen ist. Sie sind weder für einen Fehler beim Bau der Bombe noch für irgendwelche Reaktionen der kybernetischen Überwachungssysteme verantwortlich zu machen. Schön, Sie haben versucht, was Sie konnten, aber es hat nicht geholfen.«

»Richtig. Es hat nicht geholfen«, sagte Ovaron und trank gierig ein riesiges Glas Fruchtsaft mit Traubenzucker in sich hinein.

»Wir haben noch eine Chance!« rief Merceile plötzlich.

Vier Augenpaare starrten sie an.

Merceile sprach mit fester Stimme:

»Irgendein Fehler wird sich im Verlauf der zweihunderttausend Jahre eingeschlichen haben. Ovaron soll es nochmals versuchen. Mißlingt die Zündung erneut, so wenden wir einfach unsere Fähigkeit als Pedotransferer an.«

Aus diesem Grund, weil sie mit dieser Möglichkeit gerechnet hatten, war die Ausrüstung der Solaren Abwehr an Bord gebracht und durchgetestet worden.

Rhodan stimmte zu:
»Einverstanden. Fühlen Sie sich wieder etwas gestärkt, Ovaron?«
»Ja, leidlich«, sagte der Cappin.
Merceile und er hatten mit Hypnoschulungen und durch Bandgeräte Interkosmo und Terranisch gelernt, und man konnte sich in zwei Sprachen fließend verständigen.
Die Spannung begann die Männer zu zermürben.
Rhodan und Ovaron verließen, nachdem sie die Raumanzüge geschlossen hatten, den Raum und gingen wieder in die Schleuse zurück.
Ovaron setzte sich wieder und versuchte es, bis er fast erschöpft war.
Nichts geschah.
Unversehrt hing der Satellit in der Sonnenkorona, als seien alle Versuche, ihn außer Funktion zu setzen, sinnlos von Anfang an.
Während der Versuche stand Rhodan dicht neben dem Sessel und beobachtete den Cappin.
Er konnte sich genau vorstellen, was der hochgewachsene Mann empfand, als er aufsah, langsam den Kopf unter dem durchsichtigen Helm schüttelte und leise sagte, als schäme er sich:
»Ich kann es nicht. Sie sehen es selbst.«
Sie gingen zusammen zurück.
Wieder errichteten sich die Schirme um das Schiff. Minuten vergingen. Als die Männer dann wieder in den Schleusenraum zurückkamen, wurden sie von zwei Gestalten im Kampfanzug begleitet.
Deightons Ausrüstung war also doch gebraucht worden.

3.

Beide Cappins, Merceile ebenso wie Ovaron, waren ohne weiteres in der Lage, den Todessatelliten als Pedopeiler zu benutzen, aber gerade das hatte man bisher vermeiden wollen. Sie würden ihre gesamte Körpermasse und die umfangreiche Ausrüstung und die Bewaffnung mitnehmen und damit an Bord des Satelliten rematerialisieren. Es war also eine rein mechanische Pedotransferierung, bei der die Körper nicht als quallenartige Masse auf dem Bodenbelag zurückbleiben würden.

Rhodan sagte nach einer Weile:

»Sie sollten nicht dort hineinspringen, Ovaron. Es ist für Sie zu gefährlich – bleiben Sie hier. Uns wird ein anderer Weg einfallen!«

Auch Atlan, der gewohnt war, Probleme mit der schnelleren und durchschlagenderen Methode eher als mit der subtilen zu lösen, zögerte.

Ovaron schüttelte den Kopf.

»Ich bestehe darauf«, sagte er entschlossen.

»Es bleibt gefährlich!« warnte Rhodan.

Ovarons Stimme klang jetzt lauter. Er sagte:

»Ich muß herausfinden, warum die Bombe nicht funktionierte. Sie ist von Ihnen mit einem Aufwand an Kosten und einem nicht weniger großen Aufwand an Sorgfalt hergestellt worden. Mit ähnlichem Aufwand habe ich die Bombe installiert.

Ich will jetzt den Grund herausfinden, weswegen dieser Satellit noch immer dort schwebt und das Leben von fünfundzwanzig Milliarden Menschen bedroht. Lassen Sie mich gehen, Rhodan. Sonst versuche ich es ohne Ihre Erlaubnis.«

Rhodan sagte leise:

»Gehen Sie, Ovaron. Und kommen Sie gesund zurück – mit Merceile. Alles andere ist zweitrangig.«

Atlan und Cascal sahen sich an und schwiegen.

Sie wußten genau, auf welches Wagnis die Cappins sich jetzt einließen. Es war ein Unterschied, ob eine Bombe an Ort und Stelle gezündet wurde oder aus relativ sicherer Entfernung.

»Gehen Sie«, wiederholte Rhodan tonlos. Er fühlte sich müde wie ein alter Mann.

Die beiden Cappins trugen die modernsten Kampfanzüge, über die die Technik der Solaren Abwehr und der Flotte verfügte – auf ihre Art kleine Raumschiffe mit starker Bewaffnung, ausreichender Versorgung an Lebensmöglichkeiten und genügend Defensiveinrichtungen.

Bisher kaum angewendete Waffen der Abwehr steckten in den

Taschen und an dem breiten Gürtel mit den Schalttasten, Drehschaltern und winzigen Anzeigen.

Es war zu erwarten, daß die Positronik des Satelliten sofort ansprechen würde.

Sie hatte achttausend Cappins umgebracht. Wie würde sie reagieren, wenn zwei derart waffenstarrende Cappins ankamen in einer Ausrüstung, die den Sicherheitsschaltungen der kybernetischen Inneneinrichtung schlagartig auffallen würde?

Ovaron und Merceile nahmen es in Kauf.

»Wir sind fertig«, sagte die Biotransfer-Korrektorin.

Ovaron deutete mit dem schwarzen Handschuh auf die Uhr über seinem Kopf.

»Noch sechzig Sekunden. Wir springen gleichzeitig, wenn die Minute um ist.«

»Verstanden, Ovaron!«

Kein Wort wurde gewechselt, man hörte in den feinabgestimmten Helmgeräten nur die keuchenden Atemzüge der fünf verschiedenen Wesen.

Nach dreißig Sekunden murmelte der Cappin:

»Es ist so wichtig, daß dieses Schreckgespenst aus der Sonne verschwindet!«

Zwanzig Sekunden . . .

Zehn Sekunden . . .

Cascal, Atlan und Rhodan starrten Merceile und Ovaron an, die sicher dastanden und den Satelliten ansahen. Die Schirme des Schiffes waren wieder abgeschaltet worden, so daß die beiden Cappins ungehindert . . .

. . . sie verschwanden, als der Sekundenzeiger den Strich berührte.

Wie Teleporter . . .

Perry Rhodan murmelte:

»Jetzt sind sie in der Sonne – ob wir sie noch einmal wiedersehen?«

Atlan versuchte sich die Ankunft von Merceile und Ovaron im Satelliten vorzustellen und fühlte einen kalten Schauer auf der Haut.

»Ovaron ist schnell und geschickt«, sagte der Lordadmiral. »Er wird im richtigen Augenblick richtig und präzise reagieren.«

Cascal öffnete das Schott, das aus dem kleinen Schleusenhangar ins Schiff hineinführte.

»Uns bleibt nur das Warten«, sagte er.

Sie wußten nicht, was im Satelliten geschah. Die Cappins konnten jetzt schon tot sein, umgebracht von der mörderischen Sicherheitsschaltung.

Einen winzigen wirklichen Vorteil hatten die Cappins, die in einem nicht mehr meßbar kurzen Zeitraum die Entfernung zwischen Merkurbahn und Todessatelliten zurücklegten.

Sie kannten aus den Tagen, in denen sie die Bombe installiert hatten, das Innere der gewaltigen Konstruktion sehr genau.

Als sich ihre Augen an das neue Licht gewöhnt hatten, sahen sie sich um.

Ovaron sagte schnell: »Ein merkwürdiges Gefühl, mitten in einem Stern zu stehen, nicht wahr?«

»Ja. Ich verstehe, wie Sie es meinen.«

Sie machten einige Schritte vorwärts und stellten fest, daß sie in der Hauptschaltzentrale gelandet waren oder zumindest an einem Platz dicht daneben. Neben ihnen glühten die Energiebalken des Sextadim-Empfangsgerätes. Die Ähnlichkeit mit einem terranischen Torbogentransmitter war unverkennbar.

»Roboter!« zischte Merceile schnell.

Sie senkte die Augen und stellte fest, daß sie sich in einer atembaren Atmosphäre befanden, ähnlich derjenigen des dritten Planeten.

»Nicht darum kümmern!« stieß Ovaron hervor.

Bis jetzt hatte die Sicherheitsschaltung noch nicht angesprochen – ihre Chancen stiegen mit jeder Sekunde.

Die Roboter kamen von allen Seiten in einer Art feierlichen Prozession herbei und blieben dann in zwei dichten Doppelreihen stehen. Wenn nicht alles täuschte, war dies eine Begrüßung.

Ovaron klappte das Visier seines Helmes hoch, schaltete die Helmfunkgeräte ab und sagte mit nachhallender Stimme:

»Ich bin Ovaron, ein Cappin höchsten Ranges. Ich fordere augenblicklich die Befehlsgewalt über diesen Pedopeiler!«

Die stählernen Wände, bedeckt mit Leiterelementen, Isolatoren, Schaltpulten und in verschiedenen Farben gespritzt, warfen ein Echo zurück.

»Gehen Sie in die Verteilerstation!« ertönte ein Lautsprecher.

Die Roboter bewegten sich wieder. Sie bildeten eine Gasse bis zu dem offenen Durchgang, hinter dem Ovaron und Merceile schon bei ihrer Ankunft die Einrichtung der Hauptschaltzentrale bemerkt hatten.

Merceile sagte leise: »Geradeaus, Ovaron. In die Zentrale.«

Er nickte schweigend.

Nebeneinander gingen sie zwischen den Robotern hindurch. Die rechte Hand lag auf dem Kolben der Waffe, die linke am Schalter des HÜ-Schirmfeldes, das ihnen einen höchstmöglichen Schutz versprach. Noch hatten sie es nicht gebraucht.

Die Roboter blieben stehen – es *war* eine feierliche Begrüßung gewesen.

Hatten sie gewonnen?

In der Schaltzentrale blieb Ovaron vor dem Programmierpult der mächtigen Rechenmaschine stehen und sagte laut:

»Sämtliche Einrichtungen gehorchen ab jetzt unseren Befehlen. Wir sind identifiziert worden. Wir übernehmen die Station in unsere Befehlsgewalt. Bestätigung.«

Die Robotstimme sagte nach einer Sekunde intensiver Rechenarbeit:

»Bestätigung ist gegeben.«

»Verstanden«, sagte Ovaron laut und wandte sich an Merceile. »Wir gehen jetzt in die Klimastation. Keinen überflüssigen und zeitraubenden Aufenthalt.«

»Ich verstehe.«

Sie kannten den Weg und schritten so schnell aus, wie es das Material der Kampfanzüge gestattete. Zuerst marschierten sie über eine spiral gewundene Rampe aus der Schaltzentrale heraus, warteten dann, bis sich ein Schott geöffnet hatte, und gingen in einem verhältnismäßig engen Schacht, sechseckig wie eine Wabe geformt, weiter. Überall schalteten sich vor ihnen Lichter ein, jeder Teil der Konstruktion wurde mit vorgewärmter Atemluft geflutet, bevor die neuen Befehlshaber des Satelliten ihn betreten konnten.

Sie gingen zwanzig Minuten lang durch den Satelliten. Es war ein merkwürdiger Eindruck, den sie bei diesem schnellen, schweigenden Rundgang bekamen.

Ein System aus verlassenen Räumen, ähnlich wie die Kombination eines riesigen, leeren Hotels mit Zimmern, Korridoren, Liftschächten, Hallen und Magazinen und einer Fabrik, die positronisch gesteuert wurde und vollautomatisch arbeitete – ebenfalls menschenleer, hallend und lichterfüllt.

Nebeneinander drangen die Cappins bis zur Klimastation vor.

Ovaron und Merceile waren inzwischen fünfunddreißig Minuten im Todessatelliten. An Bord der INTERSOLAR wartete man auf ein Ereignis, und sei es nur die Rückkehr der beiden. Und fünfundzwanzig Milliarden Menschen auf allen neun Planeten und zahlreichen Monden warteten ebenfalls.

Ovaron hob das Kinn und murmelte:

»Wir sind da.«

Nachdem das Schott aufgeglitten war, fragte die Robotstimme der Positronik:

»Ich muß diesen Vorgang notieren und speichern. Welchen Zweck verfolgen Sie mit der Inspektion?«

Es war nicht zu übersehen: Die Maschine glaubte nicht ganz an Ovarons Autorität und die Lauterkeit seines Vorhabens. Sie blieb auf ihre maschinenhafte Art mißtrauisch. Da sie aber keine sachunabhängige Phantasie besaß, konnte sie nicht ahnen, welchen Zweck die beiden Cappins wirklich verfolgten.

»Ich kontrolliere bestimmte Filtersätze im Röhrensystem«, sagte Ovaron.

»Nach meinen Kontrollfeststellungen sind alle Filter intakt«, versetzte die Robotstimme.

Ovaron blieb ruhig:

»Genau diesen Umstand möchte ich bestätigt wissen.«

Inzwischen hatte sich Merceile bereits orientiert. Sie stand genau unterhalb der Stelle, an der Ovaron das Stück des Rohres, das er herausgeschnitten hatte, durch die zylindrische Bombe ersetzt hatte.

»Ovaron?« fragte sie.

Der Cappin war mit wenigen Schritten an ihrer Seite.

»Was ist los?« fragte er beunruhigt.

»Sie sollten auf alle Fälle die Programmierung überprüfen. Vielleicht ist unser Einsatz im Rahmen einer Routinekontrolle herausgenommen worden.«

Ovaron erwiderte, während er auf das externe Kommunikationselement zuging:

»Eine Sekunde, Merceile.«

Er hatte natürlich sämtliche Daten im Kopf, die er brauchte. Er fragte den entsprechenden Speichersektor ab und erhielt die Auskunft, daß seit einer Zeit, die umgerechnet zweihundert Jahrtausende irdischer Berechnung ergab, dieser »Filter« nicht ausgewechselt worden war. Gegen alle seine Erwartungen war die Programmierung einwandfrei – die Zeitbombe war seit dem Tag ihrer Installation an Ort und Stelle geblieben.

Da der vermeintliche Filter, als der die Bombe in den Archiven der Positronik gespeichert war, niemals versagt hatte, hatte die Positronik auch niemals eine Reparatur für notwendig gehalten.

Die Bombe war nicht entdeckt worden.

Merceile fragte leise:

»Brauchen wir gegenüber der Positronik eine Begründung?«

Ovaron lockerte zwei der komplizierten, kleinen Werkzeuge an seinem Gürtel und erwiderte flüsternd:

»Nein. Fangen wir an.«

Sie machten sich an die Arbeit. Sie kannten noch jeden Griff und wickelten die Handgriffe in umgekehrter Reihenfolge ab. Vor Tagen, so schien es ihnen, hatte man die Bombe eingebaut, jetzt wurde sie ausgebaut.

Diese Arbeit dauerte eine halbe Stunde.

Als Ovaron die Bombe mit Hilfe einer kleinen Verbundapparatur testete, sah er den Ausschlag eines winzigen Zeigers.

Ovaron kannte jetzt den Grund, weswegen die Bombe nicht detoniert war.

Zwischen Merceile und Ovaron lag das zylindrische Rohrstück mit der dicken Wandung, der vermeintliche Filter. Mit einem simplen Schraubenzieher öffnete der Cappin unter der Lackschicht eine Schraube und zog einen winzigen Schaltkreis hervor. Die meisten Leitungen und Knotenpunkte waren in durchsichtigen Kunststoff eingegossen.

»Hier!« flüsterte Ovaron und deutete auf das Blättchen eines integrierten Schaltkreises, in dessen Mitte sich eine kleine Halbkugel erhob.

»Der Modifikator?« fragte Merceile.

»Ja«, sagte der Cappin. »Es ist der Sextakompakt-Modifikator;

eines von Waringers ungeheuer einprägsamen Schlagworten für Laien.«

Er setzte wieder das Prüfelement an und beobachtete die Zeigerausschläge. Ein Materialfehler hatte sich während der langen Zeit eingeschlichen.

Das Gerät, das er aus der Wandung des Zylinderstückes herausgezogen hatte, war eine Schalteinheit in der Größenordnung einer drei Millimeter dicken, glasartigen Platte, auf deren zwei Quadratzentimetern Oberfläche etwa elftausend Schalteinheiten untergebracht waren.

Im Licht der Raumbeleuchtung funkelte die winzige Schalteinheit wie ein Diamant. Aber sie war wesentlich teurer – und gänzlich nutzlos geworden.

Der wichtigste Bestandteil dieser kleinen Platte war die halbkugelige Erhöhung in ihrer Mitte. Es war ein Gramm Sextagonium. Sie hatten es mit Hilfe Ribald Corellos auf dem Planeten LAST HOPE erzeugt, in Waringers Großlabor.

Merceile flüsterte fassungslos:

»Das Sextagonium reagiert nicht mehr, Ovaron!«

Er nickte und antwortete:

»Es hat die zweihunderttausend Jahre nicht überdauert. Vermutlich ist es in einer Art Halbwertszeit zerfallen und zu Staub geworden. Das ist die einzige Fehlerquelle, die ich entdecken konnte.«

»Was tun wir?«

Ovaron steckte die Werkzeuge an seinen Gürtel zurück, zog das kleine Bauteil aus dem Gefüge der Bombe heraus und steckte ihn in die Tasche.

»Jetzt wissen wir, warum die Bombe nicht detoniert ist«, sagte er.

»Wir haben genügend Ersatz bei uns!« erinnerte ihn Merceile.

Er nickte.

Dann löste er die Hälfte einer schachtelförmigen Mikrobombe von seinem Gürtel. Merceile gab ihm das Gegenstück, und mit drei schnellen Griffen setzte Ovaron die atomare Mikrobombe zusammen und schärfte sie. Dann versteckte er sie hastig.

Drückte er auf einen Knopf an seinem Gürtel, begann der Zünder zu arbeiten – zehn Minuten später erfolgte eine ungeheure Detonation, deren Druckwelle in keinem Verhältnis zur Größe der Bombe stand und den Satelliten förmlich zerfetzen würde.

»Wir sind fertig«, sagte Ovaron. »Wir verlassen den Pedopeiler.«

Sie verließen die Klimazentrale auf dem ihnen gut bekannten Weg. Langsam näherten sie sich der Schaltzentrale, dem technischen Zentrum des Todessatelliten.

Ovaron dachte scharf nach.

Sie konnten nicht mit Hilfe eines Pedosprunges entfliehen, weil die INTERSOLAR kein Pedopeiler war.

Sie mußten sich des kleinen Raumbootes bedienen, das in einem der Hangars stand und überdimensionierte Schutzschirme besaß.

Das bedeutete einen zusätzlichen Weg und zusätzliches Risiko.

Merceile fragte leise, während vor ihnen ein Schott zurückglitt:

»Wie lange noch bis zu den Hangars?«

Ovaron glaubte erkannt zu haben, daß sich das Schott langsamer als alle anderen geöffnet hatte. Hatte die Positronik in einer Weise reagiert, die ihnen schaden konnte?

»Noch zehn Minuten etwa«, sagte er.

Sie befanden sich jetzt etwa in der Einschnürung zwischen beiden Teilen des Satelliten und bewegten sich schnell auf eines der stumpfen Enden zu. Vor ihnen erhellten sich die schmalen Korridore, öffneten und schlossen sich die Sicherheitsschotte.

Unwillkürlich wurden sie schneller.

Ovaron und Merceile schienen etwas zu spüren. Von dieser Lautlosigkeit ging eine deutliche Drohung aus. Die menschenleere Station atmete förmlich Leben aus. Kaltes, maschinenhaftes Leben.

Sicher war es nur Einbildung.

Aber sie wurden noch schneller, liefen geradeaus, um Ecken herum, über Rampen und vorbei an Leitungen, Röhren, Kabeln und Kontaktanlagen der Steuerpositronik.

»Was tun wir, wenn die Positronik angreift?« fragte Merceile atemlos.

Das Laufen in den starren Anzügen ermüdete schnell. Leichte Panik kam in den Cappins auf. Schließlich befanden sie sich in einem breiten Korridor, etwa drei Meter hoch, mit sehr vielen Nischen ausgestattet. Die Nischen waren schwere Schleusentore.

Ovaron sagte hart:

»Dort vorn, die dritte Tür – dahinter ist das Boot.«

Sie rannten darauf zu.

Und in dem Augenblick, als das Schleusentor im Boden versank und die Umrisse des tropfenförmigen Bootes dahinter sichtbar wurden, schaltete die Sicherheitsautomatik.

Von drei Seiten griffen Roboter an.

Merceile und Ovaron eröffneten sofort das Feuer; sie wußten, daß sie verloren waren, wenn es nicht gelang, die Roboter aufzuhalten und kampfunfähig zu schießen. Die krachenden, heißen Entladungen der Energiewaffen zuckten nach beiden Seiten. Die Maschinen hielten an und begannen mit ihrem Beschuß.

»In die Schleuse!« schrie Ovaron und stieß Merceile nach rechts.

Seine schwere Waffe spuckte unaufhörlich Strahlen und Blitze. Die ersten drei Reihen der Roboter hielten an, explodierten, lösten sich auf. Rauch verdunkelte das Schußfeld, und langsam zog sich Ovaron zurück.

Der Satellit befand sich in der Sonnenkorona, und nur die starken Abwehrfelder des Beibootes waren in der Lage, die Cappins zu retten – vorausgesetzt, sie konnten fliehen.

»Die Bombe!« rief Merceile.

»Danke!« schrie Ovaron zurück.

Während er pausenlos schoß, drückte er die Taste an seinem Gürtel. Ein winziger Sender arbeitete und gab den Impuls an die Zündung der Bombe ab. Als Ovaron nichts mehr sehen konnte und der Rauchvorhang zu dicht wurde, zog er eine der kleinen Bomben aus der Halterung und schleuderte sie mit aller Kraft nach vorn.

Eine dumpfe Explosion zerfetzte den Korridor und trieb die Wände nach außen. Ovaron und Merceile schlossen ihre Helme und schalteten die Schutzschirme ein.

Ovaron deutete auf das Boot.

»Startklar machen, Merceile!« sagte er.

Während die junge Frau, noch immer feuernd, sich in den Schutz des Hangars zurückzog, merkte Ovaron, daß die Spurstrahlen seiner Waffe dünner und kraftloser wurden. Er begriff augenblicklich: Die Steuerpositronik des Satelliten hatte ein überdimensional wirksames Kraftfeld errichtet, das sämtliche Energiewaffen, ja alle Energieentfaltung, die auf Strahlung beruhte, an der Entfaltung hinderte.

Die Folgen konnten für die beiden Cappins tödlich werden.

Die körpereigenen Schutzschirme der Kampfanzüge versagten.

»Verdammt!«

Ovaron warf seinen Strahler weg, bückte sich und riß die Raketenwaffe heraus. Gleichzeitig merkte er, daß sein Schirm zusammengebrochen war. Auch die Mikrobombe, die er eben über Funkimpulse gestartet hatte, würde nicht detonieren.

Sämtliche energetischen Waffen fielen aus.

Aber auch die Robots konnten nicht mehr mit den Strahlwaffen schießen.

Ovaron gab gezielte Schüsse ab. Die Raketengeschosse jagten kreischend und heulend, einen scharfen weißen Streifen hinter sich herziehend, in den dunklen Rauch hinein. Jeder Schuß war ein Treffer, ließ einen Robot explodieren.

Doch immer mehr Robots drangen aus den Rauchwolken hervor und schoben sich näher. Es kamen mehr Maschinen, als der Cappin abschießen konnte. Die Roboter feuerten jetzt ebenfalls mit raketenähnlichen Geschossen.

Der Korridor erstreckte sich nach links und rechts. Von beiden Seiten kamen die Maschinen.

In Ovarons Rücken befand sich eine massive Schleusentür.

Hinter diesem Schott breitete sich ein kurzes Stück Korridor aus, beleuchtet durch Deckenstrahler.

Dieser Korridor war vom eigentlichen Hangar durch eine weitere Schleusenöffnung verriegelt. Sie bestand aus einem durchsichtigen Material, und sie mußte offensichtlich für jede Bewegung mehrmals geschaltet werden. Merceile hatte die durchsichtige Wand heruntergleiten lassen und bereitete den Start vor.

Aber hinter ihr hatte sich die durchsichtige Platte wieder hochgeschoben.

Unmittelbar nach der Platte schloß sich der Hangar an, ein quadratischer, fast würfelförmiger Raum. Dort stand auf zwei Magnetschienen der tropfenförmige Flugkörper. Eine Leiter mit breiten Sprossen führte zum Einstieg hinauf, die Luke war weit offen.

Ovaron schoß weiterhin gezielt, aber er ging Schritt um Schritt rückwärts, in einem von der Verzweiflung diktierten Abwehrkampf.

Schließlich erreichte der Cappin den Hebel, der als zusätzliche Sicherung angebracht war. Er mußte herumgezogen werden, dann schob eine Servomaschine, die nicht auf hochdimensionaler Basis arbeitete, die Schleuse zu – es war wichtig für den Bestand des Satelliten. Ovaron schoß so lange, wie er konnte, während sich vor ihm eine dicke Barriere aus dem Boden schob.

Dann berührte die Oberkante der stählernen Doppelplatte die Decke des Korridors. Rauch, Flammen, Lärm und Schüsse blieben draußen.

Ovaron klappte das Visier hoch.

Der Raum um ihn herum blieb dunkel. Er befand sich zwischen der stählernen und der durchsichtigen Platte.

Schnell ging er auf die transparente Trennwand zu.

Rechts und links von ihr waren Eingänge in kleine Nebenkammern. Ovaron riß die Türen auf und sah, daß es sich um einfache Magazine handelte. Er lief weiter. Noch fünf Meter. Seine Lunge ging wie ein Blasebalg, sein Puls hämmerte, und in der Brust hatte er ein wütendes, heißes Stechen.

Ovaron erblickte einen Hebel an der rechten Seite der Wand, unterhalb der erloschenen Lichter der energetischen Schaltung für die Schleuse. Er drückte den Hebel nach oben.

Langsam, viel zu langsam senkte sich die durchsichtige Platte. Als ihr oberer Rand sich dem Boden näherte, sprang Ovaron darüber.

Er sprang in die Hölle.

Plötzlich krachten Strahlen kreuz und quer durch den Raum, immer haarscharf an dem Boot vorbei. Die Positronik hatte offensichtlich einen Weg gefunden, hier Strahlenschutzsperren einzuschalten.

Und Roboter tauchten auf.

Sie kamen rechts und links aus zwei niedrigen Durchgängen hervor, die zu anderen Hangars führen mochten.

Ovaron leistete unwahrscheinliche Arbeit.

Er schoß gezielt in die Wände, dorthin, woher die Strahlen kamen. Krachende Einschläge zerfetzten die Waffensysteme, und immer mehr Strahlen erloschen.

Ovaron hörte etwas, wirbelte herum und schoß noch mitten in der Bewegung. Ein Roboter zerfetzte zu einem Regen glühender Trümmer. Langsam stieg der Cappin auf den offenen Einstieg des Bootes zu.

»Schnell!« rief Merceile.

Ovaron schwang sich auf die dritte Stufe der Leiter und hatte jetzt den Rücken frei. Die Robots griffen das Boot nicht an; das sah ihre Programmierung nicht vor. Von rechts nach links schoß Ovaron einen Robot nach dem anderen ab.

Eine Fünfzehner-Serie von hochexplosiven Raketengeschossen verließ den ruckenden Lauf seiner Waffe und schlug in die gegenüberliegende Wand.

Eine wuchtige Verkleidungsplatte fiel donnernd und klappernd herunter und gab die Front eines Rechengehirns frei.

Die zweite Serie krachte in diese Positronik hinein.

Jetzt dämmerte eine Erinnerung in Ovaron – er hatte, als er die Positronik mit den falschen Daten über den »Filter« programmiert hatte, etwas von einem Überwachungsgehirn gelesen, das versteckt, energieautark und abgelegen eingebaut worden war. Es war eine Zweigstation der großen zentralen Positronik.

Krachend barst die Front auseinander. Rauch und Flammen schossen aus den Öffnungen der hinausgeschleuderten Kontrollampen und den Spalten zwischen den einzelnen Schalterblöcken.

Ovaron warf sich ins Innere des kleinen Bootes und klappte das Visier wieder herunter.

Dann, als er die Tür schloß, traf ihn eine mächtige Kraft.

Gleichzeitig mit dem Schwall der ausströmenden Luft der Hangarschleuse wurde das Boot auf einen von Merceile ausgelösten Impuls hin auf den Startschienen nach vorn gerissen.

Dann wurden die Schirme errichtet, während das Boot in die Sonne hinausglitt.

»Ovaron!«

Der Schrei kam von vorn, aus der winzigen Kabine.

»Hier!«

Ovaron stürzte nach vorn. Merceile saß im Pilotensitz und hantierte mit Schaltern und Hebeln.

»Ich habe Angst«, sagte sie.

Neben ihnen erhob sich eine weißglühende Wand.

Die Sonne.

Ihre hohe Schwerkraft riß und zerrte an dem winzigen Boot.

Vor die Sichtluken schob sich Filter über Filter. Jetzt wurde die strahlende Wand zu einem honiggelben Feld, aus dem sich eine Protuberanz dem Boot entgegenwölbte – es war ein furchtbarer, majestätischer Anblick.

Das riesige Raumschiff der Terraner war nirgendwo zu sehen.

Das Bombardement von Licht und sämtlichen solaren Strahlungen hämmerte gegen die Sextadimschirme des kleinen Bootes. Merceile kontrollierte sorgfältig sämtliche Anzeigen und beschleunigte aus der hohen Anziehungskraft des Sternes hinaus, Meter um Meter, Kilometer um Kilometer . . . und schließlich lag die Schwärze des Weltraumes vor dem Bug des kleinen Schiffes.

»Versuchen wir es einmal mit einer simplen Ortung«, sagte Ovaron nach einer Weile.

Merceile fragte zurück:

»Ob das Schiff uns sehen kann?«

Ovaron erwiderte nachdenklich:

»Das ist möglich, aber fraglich. Sie sehen aus der Dunkelheit in das hellste Licht, das es gibt. Und alle Instrumente werden gestört.«

»Ich verstehe, Ovaron.«

Sie aber schauten, ebenso wie die meisten ihrer Geräte, mit dem Licht im Rücken in die Dunkelheit des Alls.

Nach einigen Minuten fragte Merceile:

»Wo stand das Schiff? Wie weit entfernt?«

Ovaron antwortete leise:

»Auf der Merkurbahn, Merceile.«

Die letzten Minuten im Todessatelliten kreisten unablässig durch seine Gedanken.

Das Boot schoß aus der Sonnenkorona hervor, wurde schneller und schneller und richtete seine Nase auf den Punkt, den Merceile als vermutliches Ziel ermittelt hatte. Einige Minuten vergingen, in denen die zwei Cappins nur ihre eigenen Atemzüge und hin und wieder das Knacken einiger Instrumente oder Anzeigen hörten. Schließlich fragte Merceile:

»Unsere Mission ist gescheitert, nicht wahr?«

Ovaron stützte sein Gesicht in beide Hände und murmelte dumpf zwischen den Fingern hervor:

»Es sieht so aus. Aber ich bin gerade dabei, meine wenigen Einsichten, die ich von dort mitnehmen konnte, zu verarbeiten.«

Merceile sagte beharrlich:

»Aber der Sonnensatellit steht nach wie vor hinter uns in der Korona des Sterns.«

Jetzt verließen sie die letzten Gasschleier der äußersten Zone. Hinter ihnen wurden Protuberanzen und Filamente zu harmlosen Strahlenmassen und Plasmaregen, die sich entlang von Magnetlinien krümmten, wie Brücken über einen kochenden See.

Der Sextadimschirm, eine paratronähnliche Abschirmung, die sich kugelförmig um das tropfenförmige Boot spannte, hatte die mörderischen Strahlungen und die Hitze von den Wänden des Bootes abgehalten.

»Ja. Wir haben zwar eine Menge Schaden verursacht, aber das fällt nicht ins Gewicht.«

Merceile flüsterte:

»Vielleicht detoniert unsere gezündete Bombe, wenn jenes Energiefeld aufgehoben wird und die Reaktionen dadurch frei werden läßt!«

Ovaron schüttelte bedauernd den Kopf und brummte:

»Machen Sie sich keine Hoffnungen, Merceile. Falls die Positronik dieses Feld aufhebt, hat sie auch vorher jeden Quadratzentimeter sämtlicher Räume durchsucht, in denen wir uns aufgehalten haben. Wenn die Bombe gefunden wird . . .«

» . . . und sie wird gefunden!«

» . . . dann befördert sie ein Robot durch einen Abfallschacht in den Weltraum hinaus. Sie wird die Sonnenchromosphäre vielleicht erreichen, dann löst sie sich auf. Wir haben auf der ganzen Linie versagt.«

Er klopfte auf seine Brusttasche.

»Und dieses Sextagonium war die größte Enttäuschung. Es ist einfach zu Staub zerfallen. Wie ein Mineral mit einer kurzen Halbwertszeit.«

Das Boot jagte noch immer mit Höchstwerten der Merkurbahn entgegen.

Jetzt hatte Merceile mit ihrem Versuch, die INTERSOLAR zu orten, mehr Erfolg. Weit voraus zeichnete sich auf einem runden Schirm ein winziges Energieecho ab.

»Etwa vierzig Millionen Kilometer«, sagte sie. »Kann es die INTERSOLAR sein?«

»Vielleicht!«

Sie flogen weiter.

Sie flohen von der Sonne, die nur allmählich hinter ihnen kleiner wurde und sich wieder aus einem gigantischen Strahlenkessel in das Zentralgestirn eines Systems verwandelte, das von der Wärme und dem Licht dieser Sonne abhängig war. Und zugleich wurde der Satellit kleiner und unsichtbar, aber mit dieser optischen Verkleinerung ging die Verkleinerung der Gefährlichkeit nicht einher. Im Gegenteil:

Der Satellit war gefährlich geblieben und konnte jederzeit seine Aufgabe wieder übernehmen.

4.

Perry Rhodan, Atlan und Joaquin Manuel Cascal saßen in der Kabine des Großadministrators und warteten.

Atlan seufzte und sagte: »Sie sind tot, Perry!«

Stumm schüttelte Cascal den Kopf. »Ich glaube es einfach nicht«, beharrte er und trank einen kleinen Schluck Kaffee.

»Sie glauben es nicht, Oberst, weil Sie es nicht glauben wollen«, sagte Atlan.

Rhodan stand auf. »Wenn sie um Punkt ein Uhr nicht in Sichtweite sind, dann blase ich den Alarm ab«, verkündete er entschlossen.

»Einverstanden, Freund«, meinte der weißhaarige Arkonide und atmete tief ein und aus. Dann ging er zu der Exhaustoranlage und stellte die Raumtemperatur tiefer ein, erhöhte zugleich den Durchsatz der Lüfterturbinen.

»Jedenfalls steht fest, daß es Ovaron und Merceile nicht gelungen ist, den Satelliten zu sprengen«, sagte Rhodan.

Neben ihm befand sich ein großer Interkomschirm.

Ein Summton war zu hören. Der Schirm erhellte sich, und ein Gesicht tauchte aus den Schleiern auf.

»Hier Funkzentrale INTERSOLAR. Ich rufe den Großadministrator.«

Rhodan stieß sich von der Wand ab und drehte sich zum Bild herum, geriet in den Aufnahmebereich der Linsen.

»Ja?«

»Sir, eine Verbindung mit Reginald Bull aus der Administration. Durchschalten?«

»Ja«, sagte Rhodan müde und ging einige Meter zurück, so daß alle drei Männer gut sichtbar wurden. »Schalten Sie bitte durch.«

Eine Sekunde später stand das grobflächige Gesicht von Reginald Bull vor ihnen.

»Perry . . . ein paar ernste Fragen«, sagte Bully.

Rhodan biß sich auf den Knöchel seines Zeigefingers und nickte. »Ja?«

Cascal und Atlan schwiegen und beschäftigten sich mit den Erwartungen der nächsten Stunden und den Programmen, die aufgestellt werden mußten, wenn der Einsatz ohne Erfolg geblieben sein sollte. Cascal war sehr skeptisch; für ihn war diese Schlacht bereits verloren.

»Wir haben noch immer systemweiten Alarm«, sagte Bull, »wie du wohl weißt. Was soll geschehen?«

»Nehmt den Alarm um genau ein Uhr zurück.«

Bully zog erstaunt die Brauen hoch.

»Was wißt ihr?«

»Wir wissen nichts«, antwortete Rhodan bitter. »Merceile und Ovaron sind noch nicht zurück. Und der Todessatellit schwebt noch immer, anscheinend unzerstört, in der Sonnenkorona.«

Rhodan starrte Bully an, sein Freund runzelte die Stirn und schwieg.

»Wann landet ihr?« fragte er dann.

»Sobald wir die beiden Cappins wieder an Bord haben, kommen wir zurück. Es war geplant, daß sie mit Hilfe eines kleinen Bootes den Satelliten verlassen. Wir haben begreiflicherweise Schwierigkeiten mit den Ortungsanlagen, unmittelbar gegen die Sonne gerichtet.«

»In Ordnung«, erwiderte Bull.

»Noch etwas«, schloß Rhodan. »Ich möchte morgen früh eine kleine Konferenz abhalten. Bitte Waringer, Deighton und alle anderen wichtigen Personen in die Administration. Etwa neun Uhr.«

»Verstanden«, sagte Bully, nickte Atlan und Cascal zu und schaltete die Funkverbindung ab.

Aber der Schirm blieb hell.

Wieder meldete sich ein Mitglied der Schiffsbesatzung.

»Ortungszentrale, Sir! Wir haben sie! Ein winziges Echo auf Kollisionskurs.«

Rhodan schaute auf und begegnete dem befreiten Lächeln des Arkoniden.

»Ausgezeichnet«, sagte er. »Wir fliegen ihnen entgegen und schleusen sie ein. Geben Sie mir die Kommandozentrale!«

»Einen Augenblick, Sir!«

Ein drittes Mal wechselte das Bild, und Rhodan sprach jetzt mit den Männern des Kommandopultes.

»Sofort starten, langsame Fahrt und alles fertigmachen zum Einschleusen. Ich komme in Kürze selbst nach oben.«

»Verstanden, Sir!«

Das Schiff erwachte binnen weniger Sekunden zum Leben. Die mächtigen Maschinen sprangen an und trieben den kugelförmigen Stahlkoloß vorwärts. Die INTERSOLAR nahm direkten Kurs auf das winzige Echo, und die Schleusenmannschaft rannte durch die Gänge und nahm ihre Plätze ein.

Kommandos schwirrten umher.

Lautsprecherdurchsagen unterbrachen die Stille des Schiffes.

Eine leere Hangarschleuse wurde geöffnet, nachdem zwei Space-Jets gestartet und mit Höchstwerten dem Radarimpuls entgegengerast waren. Die Bedienungsmannschaft in leichten Raumanzügen versammelte sich. Das Schiff wurde gedreht, so daß die Schleusenöffnung zur Sonne wies.

Nach wenigen Minuten schwiegen die Triebwerke für kurze Zeit, dann wurden sie in entgegengesetzter Richtung eingesetzt.

Die Geschwindigkeit des Schiffes verringerte sich.

Während Atlan und Cascal im Bedienungsraum der Schleuse standen, durch die vierzöllige Panzerplastscheibe blickten und die dunklen Brillen aufgesetzt hatten, um gegen die Lichtflut des Sternes geschützt zu sein, rannte Rhodan hinauf in die Kommandozentrale.

Er beobachtete die Manöver der Flugkörper.

Von den Jets begleitet, kam das kleine Boot, das wie ein schlanker Tropfen aussah, auf das Riesenschiff zu und bremste jetzt seine hohe Fahrt ab. Das gleiche Manöver vollführten die beiden Diskusse.

»Sie kommen«, meldete einer der Offiziere.

»Was sie herausgefunden haben, würde mich ausgesprochen brennend interessieren – mich und rund fünfundzwanzig Milliarden Menschen«, sagte ein anderer und räusperte sich dann.

Rhodan drehte sich um, nahm seinen Blick von der Panoramagalerie und brummte:

»Mich auch!«

Langsam trieben jetzt die INTERSOLAR und das Boot aufeinander zu. Aus den Lautsprechern und den Kopfhörern kamen die

Kommandos. Das Schiff reagierte auf jeden Gedanken des Kapitäns. Wie eine Feder schwebte das Boot genau in den leeren Hangar hinein, nachdem die Schutzschirme des Schiffes abgeschaltet worden waren.

Reservehangars nahmen die Jets auf, dann schlossen sich die stählernen Tore wieder. Die Schirme flammten auf, und Rhodan befahl deutlich:

»Heimatkurs, Landung an der gleichen Stelle auf dem Flottenhafen Terrania City.«

»Verstanden.«

Rhodans Hoffnungen, auf den Nullpunkt abgesunken, stiegen wieder um einen geringfügigen Betrag. Er ging durch die Kommandozentrale, schweigend und schlank; niemand sah ihm an, was er wirklich dachte. Dann schwang er sich mit der Elastizität eines Fünfundzwanzigjährigen in den Fallschacht und betrat drei Minuten später den Hangar. Er war bereits geflutet worden.

Atlan, Rhodan und Cascal standen vor der Luke, als sie hochglitt und das ernste, gefaßte Gesicht von Ovaron freigab.

Der Cappin kletterte schweigend die Leiter herunter.

»Willkommen«, sagte der Arkonide leise. »Trotzdem.«

Ein langer, schweigender Blick Ovarons traf ihn.

Dann erschien in der Luke Merceile, noch immer im Kampfanzug. Rhodan streckte einen Arm aus und half ihr herunter. Einen Moment lang, so lange, wie ihre Hand in seiner lag, schien die Cappin-Frau noch unsicherer zu werden, dann stand sie zwischen den vier Männern auf dem Boden. Die Hangarmannschaft verankerte das Boot und tauschte fachmännische Urteile über Form und Bau aus.

»Wir sind Stümper!« klagte Ovaron.

Cascal sagte deutlich: »Zunächst sind Sie beide erschöpft; ich sehe es schon an Ihren Gesichtern. Kommen Sie aus der Schleuse . . . dorthin, nach rechts.«

Sie bewegten sich in einem traurigen Zug aus der Schleuse heraus und in den schon bekannten Nebenraum zurück, wo noch immer die Pläne und Zeichnungen auf dem mächtigen Mitteltisch lagen. Die indirekte Beleuchtung des Raumes ging an.

»Ich helfe Ihnen«, sagte Cascal.

Sie zogen sich langsam aus, und Cascal ging zum Schott und gab die beiden schweren Kampfanzüge einer der Wachen mit der Weisung, sie zur Kontrolle ins Magazin zu bringen. Dann brachte eine Ordonnanz erfrischende Getränke. Und während die INTERSOLAR durch den Raum raste, dem vertrauten dritten Planeten entgegen, erholten sich die Cappins langsam. Cascal hatte bemerkt, daß Ovaron aus einer Brusttasche des Kampfanzuges ein kleines Bauteil herausgenommen und in die Taschen seines Hemdes gesteckt hatte.

Rhodan löste sich aus dem unbehaglichen Schweigen und sprach zuerst: »Unabhängig von dem, was Sie erreicht haben«, sagte er leise, »kann ich Ihnen sagen, daß wir uns freuen, Sie wieder bei uns zu haben.«

»Danke«, sagte Merceile und setzte den Becher ab.

Die beiden Cappins schilderten im Verlauf der nächsten Viertelstunde ihre Flucht ab dem Zeitpunkt, an dem die Roboter aufgrund der Sicherheitsschaltung eingegriffen hatten.

Ovaron griff in die Tasche und hielt dann die ausgestreckte Hand, mit der Handfläche nach oben, in das Licht des Tiefstrahlers.

»Das ist . . .«, begann der Arkonide.

Ovaron nickte bedeutsam.

»Das ist ein zwei Quadratzentimeter großer Baustein unserer Bombe. Die dunkle Halbkugel in der Mitte war ein Gramm Sextagonium.«

Cascal fragte, sich vorbeugend: »War?«

»Ja, *war* Howalgonium, dann Sextagonium, schließlich in einer Art Halbwertszeit zerfallen. Vielleicht kann man damit Stahlteile putzen, aber als Bestandteil einer Zeitbombe ist es ziemlich unbrauchbar.«

Rhodan und Atlan wechselten einen langen Blick.

»Das war also der Grund.«

Merceile nickte und fügte hinzu:

»Das war der Grund, weswegen die Bombe nicht detonierte und weswegen auch der Satellit unverändert gefährlich ist.«

Cascal fragte:

»Wie weit sind die Roboteinrichtungen mit den Reparaturen?«

Ovaron hob die Schultern und fuhr sich mit der gespreizten Hand durch das Haar.

»Wir haben nirgends Reparaturarbeiten gesehen«, sagte er halblaut. »Offensichtlich sind alle Schäden schon ausgebessert worden.«

»Das ist fatal«, meinte Rhodan.

Er betrachtete das Schaltelement von allen Seiten, natürlich war nichts zu erkennen. Der Sextakompakt-Modifikator war ausgefallen.

»Ihre Mikroatombombe?«

Atlan richtete die Frage an Merceile.

»Sie hat aus einem merkwürdigen Grund versagt.«

Während die INTERSOLAR durch die Lufthülle der Erde fiel und abbremste, berichteten Ovaron und Merceile, wie die Positronik des Satelliten ein Kraftfeld oder mehrere Felder aufgebaut hatte, die sämtliche energetischen Anlagen der Eindringlinge hatten ausfallen lassen.

Cascal sah auf die Uhr.

»Es ist ein Uhr und wenige Minuten. Gerade jetzt wird der Vollalarm, Stufe eins von Plan IKARUS, zurückgenommen. Bis auf weiteres haben wir im Sonnensystem wieder normale Verhältnisse. Oder die Verhältnisse, die wir als normal ansehen.«

Auf seinen Antigravfeldern und mit ausgefahrenen Landestützen senkte sich der Stahlkoloß nach unten und berührte den Beton der Landeplatte. Fauchend federten die Landestützen ein. Dann wurden die Maschinen abgeschaltet. Wieder ertönten Kommandos, wieder verwandelte sich ein lebendiger technischer Mechanismus in ein stationäres Aggregat.

»Gelandet.«

Lordadmiral Atlan nickte und lehnte sich zurück.

»Haben Sie einen Plan, Ovaron und Merceile, wie wir diesem Satelliten jetzt noch zu Leibe rücken können?« fragte er unschlüssig.

Ovaron erwiderte:

»Noch nicht.«

Rhodan stand auf.

»Ich bin dafür«, sagte er müde, »daß wir alle jetzt bis morgen früh um neun Uhr versuchen, sämtliche Probleme zu vergessen. Schlaf eignet sich dazu am besten. Treffen wir uns um neun in der Administration? In meinem Büro?«

Atlan erhob sich ebenfalls.

»Einverstanden«, stimmte er zu. »Und . . . morgen werden wir dem Problem sicher ohne emotionelle Störungen gegenübertreten können.«

Zuerst hatte wegen des einfliegenden Riesenraumschiffes die Erde den vorübergehend errichteten Paratronschutzschirm abgeschaltet, der den Planeten umgeben hatte.

Nacheinander folgten die anderen Planeten.

Das Signal war der Anfang für eine Massenbewegung, die der entsprach, die vom Alarm ausgelöst worden war, als es um die Zündung des Sonnensatelliten ging. Jetzt lief sie rückwärts ab. Die Menschen gingen zurück in ihre Wohnungen; soweit erforderlich, an ihre Arbeitsstätten.

Häuser füllten sich wieder, die Lichter der Straßen und in den Fenstern brannten. Die Stadt in der Gobi wurde wieder zu einem Mehrfachkreis voller Licht, Farben und Bewegungen.

Auch die anderen Planeten kehrten in die normale Situation des Lebens zurück.

Fünfundzwanzig Milliarden Menschen bewegten sich wieder.

Aber die Angst vor dem Verhängnis, das der Sonnensatellit auslösen konnte, war geblieben.

»Und ich sage Ihnen allen, daß dies ein Umstand war, den keiner von uns ahnen konnte«, sagte Waringer. Es war der siebte Juni, morgens neun Uhr vierzig.

Joaquin Manuel Cascal, der eine schlafarme Nacht hinter sich hatte und unausgeschlafen stets etwas mürrisch war, hob die Hand.

»Ja?« fragte Waringer ihn.

»Verzeihen Sie, Professor Waringer«, sagte Cascal halblaut und konzentriert, »ich habe weder vor, Sie zu beleidigen, noch Ihren Ruf anzuzweifeln. Aber man kennt heutzutage doch die Zerfallszeiten sämtlicher Elemente, auch der Transurane. Ist niemand aus Ihrem Mitarbeiterstab auf den Einfall gekommen, die Dauer der Sextagoniumstabilität nachzumessen oder meinetwegen nachzurechnen?«

Waringer schüttelte den Kopf und antwortete einfach: »Nein.«

Atlan richtete seine rötlich schimmernden Augen auf den zwei Quadratzentimeter großen Baustein, der zwischen ihnen auf dem Tisch lag, und fragte: »Eine Antwort, der nichts mehr hinzuzufügen ist. Wie lange dauert es, bis Sie dieses Teil nachbauen können?«

Waringer zog einen Block mit Berechnungen aus seiner Tasche und las ab.

»Zwanzig Tage. Vermutlich kann ich es sogar in kürzerer Zeit schaffen.«

Plötzlich sagte Ovaron laut und deutlich:

»Was bisher besprochen worden ist, kann das Problem nicht lösen. Selbst wenn Professor Waringer das Schaltelement in zwanzig Minuten herstellen könnte, wäre es sinnlos. Sparen Sie sich den Aufwand und die Kosten.«

Eine Stille entstand, in der sich alle Gesichter dem Cappin zudrehten.

»Wie meinen Sie das?« fragte der Arkonide und beugte sich gespannt vor. Er atmete schwer.

»Es ist deshalb sinnlos«, erläuterte der Cappin schroff, »weil es weder Merceile noch mir möglich ist, jemals wieder den Sonnensatelliten als Pedopeiler zu benutzen.«

Rhodan fragte:

»Sie können nicht hinein – oder wollen Sie nicht hinein?«

Merceile antwortete statt Ovaron:

»Wir wollen nicht hinein. Das wäre Selbstmord.«

»Selbstmord?« fragte Deighton entgeistert. »Das müssen Sie erklären, Ovaron.«

Ovaron nickte bereitwillig und sagte halblaut, etwas weniger schroff als vorher:

»Es ist uns unmöglich gemacht worden . . . Nein, das ist nicht richtig ausgedrückt. Unsere Individualimpulse sind der Positronik bekannt. Sie hat uns, nicht zuletzt wegen des Gefechtes, als Verräter katalogisiert. In dem Augenblick, in dem wir versuchen würden, den Satelliten zu betreten, würden wir von den Robots vernichtet werden, kaum, daß wir aus dem Pedomaterialisator heraustreten.«

Wie das einzige Beweisstück eines Gerichtsverfahrens lag das Schaltelement in der Mitte des Tisches. Immer wieder irrten die Blicke der Versammelten ab und hefteten sich auf das blitzende Etwas.

Rhodan zog das Fazit der letzten Bemerkungen.

»Also – Waringer braucht das Schaltelement nicht anzufertigen. Wir sparen dadurch Aufwand und das vergleichsweise kostbare Sextagonium. Unsere beiden Freunde können ihre kostbare Fähigkeit bei der Beseitigung der Gefahr nicht mehr anwenden – es würde ihren Tod bedeuten, wenn sie den Satelliten betreten. Dieser Weg ist uns also auch versperrt. Ich muß gestehen – ich kenne keinen Weg. Keine Möglichkeit mehr, uns der Gefahr zu erwehren.«

Ovaron schien in der vergangenen Nacht eine entscheidende Wandlung durchgemacht zu haben. Seine Niedergeschlagenheit in den Stunden um Mitternacht war wie weggewischt. Er strahlte Selbstsicherheit und Zuversicht aus.

»Sie wissen nichts?« fragte er.

»Nein«, sagte der Großadministrator. »Sie etwa?«

Der Cappin nickte.

»Eines ist sicher«, antwortete Ovaron. »Eine weitere Reise in die Vergangenheit ist unerläßlich.«

Joaquin Manuel Cascal schnappte entgeistert nach Luft.

»Höre ich recht?« fragte er laut.

Ovaron lächelte kaum wahrnehmbar und lehnte sich zurück.

»Sie hören recht.«

»Wann?« fragte der Oberst.

»Möglichst bald«, erwiderte der Cappin.

Atlan musterte die Frau.

»Ich weiß nicht, was Ovaron meint«, sagte Merceile.

Ovaron beherrschte einen Moment lang die Szene. Er sagte ruhig, indem er alle Anwesenden musterte:

»Sie wissen, daß ich sozusagen zwei getrennte Verstandeskreisläufe habe; diese Tryzom-Angelegenheit, wie es unser spöttischer Freund Joaquin auszudrücken pflegt. Ich habe auf diesem Einsatz, hier auf dem dritten Planeten wie auch im Todessatelliten, eine Menge Beobachtungen gemacht.

Aufgrund dieser Beobachtungen konnte ich neue Erkenntnisse fassen.«

Perry Rhodan rückte seinen Sessel von der Tischplatte zurück und fragte vorsichtig:

»Und aus diesen Erkenntnissen hat sich ein Plan destilliert?«

Ovaron antwortete:

»Jawohl. Ein noch nicht ganz ausgereifter, aber tragfähiger Plan. Auf alle Fälle müssen wir wieder in die Vergangenheit. Und wenn möglich auch mit dem alten Team – wir sind inzwischen hervorragend aufeinander eingespielt.«

Rhodan überlegte.

Dieser Plan schien typisch für einen Cappin zu sein; für einen

Mann, dessen Fachgebiet so kompliziert war, daß sich Ovaron höchstens mit Geoffry Abel Waringer darüber verständigen konnte.

Sextadim-Navigator . . . ein Begriff, der eine wissenschaftliche Disziplin umfaßte, die von keinem Terraner begriffen oder gar wahrgenommen werden konnte.

Die Fragen blieben offen.

Wie weit sollte die Reise in die Vergangenheit gehen? Welche kulturelle Schnittlinie würde man treffen?

Welcher Zeitraum sollte überwunden werden?

Galbraith Deighton stand auf, schob seinen Sessel zur Seite und sah auf die Uhr.

»Ich habe zu arbeiten«, sagte er. »Ich darf annehmen, daß bis zum Morgen des neunten Juni meine Anwesenheit in diesem Raum nicht erforderlich ist?«

Rhodan schüttelte leicht den Kopf.

»Außerdem bin ich natürlich jederzeit erreichbar«, versicherte der Chef der Solaren Abwehr und verabschiedete sich.

Atlan sagte zu Rhodan: »Wir beide haben noch einige Dinge zu besprechen. Was haben Sie vor, Ovaron?«

Ovaron wiegte den Kopf und meinte:

»Ich werde mich mit meinen Plänen beschäftigen. Da ich genügend Platz und alle Unterstützung habe, werde ich Sie in den nächsten Tagen mit einer ziemlich aufregenden Sache konfrontieren.«

5.

Oberst Toronar Kasom genoß die Blicke, mit denen die Frauen und Mädchen am Crest Lake ihn bedachten. Insgeheim jedoch bedauerte er es, daß sich unter ihnen keine einzige Ertruserin befand.

Der Sand wirbelte unter seinen Füßen auf, als er zum Wasser hinunterlief. Kasom hatte darauf verzichtet, seinen Mikrogravitator anzulegen, der ihm sonst die von Ertrus gewohnte Schwerkraft von 3,4 Gravos vermittelte. Bei der relativ geringen Dichte irdischen Wassers wäre er wie ein Stein untergegangen.

Als er sich in die Fluten warf, wirkte es, als wäre ein vollbesetzter Gleiter in den Crest Lake gestürzt. Bei einem Nettogewicht von 16,3 Zentnern war das allerdings nicht verwunderlich.

Toronar tauchte, um den Verwünschungen einer älteren Dame zu entgehen, deren Kleid bespritzt worden war. Worte wie Nilpferd, Ochse oder Büffel hörte er lieber in anderer Beziehung.

Etwas wehmütig dachte er an die von kristallklarem Wasser gefüllten Grotten seiner Heimatwelt. Auf dem Planeten Ertrus gab es noch Badeplätze, wo man allein mit der Natur war. Aber das Kreit-System wurde von Diktatoren beherrscht und war ein schlechter Platz für Männer mit Selbstachtung. Mit zusammengebissenen Zähnen hatte Toronar sich von Jugend an gängeln und oft auch erniedrigen lassen, immer mit dem Vorsatz, nach seiner Ausbildung den Sprung in die Freiheit zu wagen. Er war von der herrschenden Ideologie berieselt worden, hatte hin und wieder aufbegehrt und sich dafür demütigen lassen. Als er glaubte, genug gelernt zu haben, um sich in einem freien System sein Leben aufzubauen und eine Existenzgrundlage zu schaffen, hatte sein Vater ihm das Vermächtnis seines Urgroßvaters übermittelt. Toronar Kasom begrub alle Träume von einem baldigen Sprung in die Freiheit. Melbar Kasoms Vermächtnis zwang ihn dazu, sich zum Dienst in der Raumflotte der Diktatoren zu melden.

Seine bisherigen Lehrer und Vorgesetzten, entweder fanatische Verfechter der herrschenden Ideologie oder resignierende Opportunisten, hatten sich ob seines Entschlusses zu ihrem Erziehungserfolg beglückwünscht. Toronar sah sich plötzlich von Leuten mit Ehrungen überschüttet, die ihn zuvor als schwarzes Schaf der Herde behandelt hatten.

Das brachte den jungen Ertruser auf die Palme. Dennoch tat er seinen Dienst bei der Raumflotte mit einem wahren Feuereifer. Seine Vorgesetzten, die von Urgroßvater Melbars Vermächtnis nichts ahnten, waren voll des Lobes. Sie gaben ihm die beste Ausbildung. Bald stellten sich auch die Beförderungen ein.

Toronar Kasom atmete auf, als sein Vater ihm mitteilte, es sei nun an der Zeit, die Fahnen zu wechseln. Doch dann erlebte er eine weitere große Enttäuschung. Sein Vater ließ ihn das Ziel seiner Flucht nicht selbst bestimmen, sondern befahl ihm, sich um den Dienst in der Raumflotte des Imperiums Dabrifa zu bewerben.

Er wechselte zwar die Fahnen, vertauschte aber nur ein diktatorisches Regime mit einem anderen. Am schlimmsten war, daß Imperator Dabrifa seine Diktatur als beste aller Demokratien zu bezeichnen pflegte und verlangte, alle seine Untergebenen hätten diese Meinung immer und überall zu verkünden.

Toronar hatte einige schlimme Jahre durchzumachen. Imperator Dabrifa erkannte die Fähigkeiten des Ertrusers sehr bald und ließ ihn die Rangleiter in der Flotte aufsteigen. Eines Tages betraute er ihn mit der Führung eines geheimen wissenschaftlichen Kommandos, das in der Nähe der Koordinaten des Solsystems aufklären sollte. Dabrifa wollte genau wissen, ob dort, wo sich eigentlich die Sonne und ihre neun Planeten befinden sollten, Raumschiffe auftauchten.

Toronar hatte bei seinem Geheimauftrag entdeckt, daß es bei den Koordinaten des Solsystems Raumschiffsverkehr gab. Er hatte die INTERSOLAR bei der Zeitschwelle gesehen.

Anschließend war er Zeuge geworden, wie der Zeitschirm um das Sonnensystem Sol zusammenbrach. Der sogenannte Todessatellit hatte einen dimensional übergeordneten Energieschirm um die Sonne aufgebaut und dadurch dem Hauptgezeitenwandler auf Merkur die Energiezufuhr abgeschnitten.

Toronar Kasom fand, nun sei es an der Zeit, Urgroßvaters Vermächtnis zu erfüllen. Er hatte verhindert, daß die Schiffe des Imperators entkamen und von einem wiederaufgetauchten Solsystem berichteten. Anschließend war er mit seinem Raumschiff auf der Erde gelandet und hatte sich Perry Rhodan zur Verfügung gestellt.

Nun gehörte er der terranischen Flotte im Rang eines Obersten an. Vor zwei Tagen war ihm mitgeteilt worden, daß er Perry Rhodan bei einer Reise in die Vergangenheit begleiten sollte.

Kasom tauchte auf, prustete und schwamm zügig zum Nordufer des Crest Lake. Hinter dem Sandstreifen lugte ein gelber Bungalow hinter den Palmen hervor. Das Gebäude wirkte irgendwie disproportioniert, massiger und höher als die übrigen Bungalows.

Dort wohnte Professor Tajiri Kase, ein hervorragender Mathelogiker und sehr enger Mitarbeiter von Geoffry Abel Waringer.

Vor allem aber war Kase Ertruser wie Toronar Kasom.

Toronar beschloß, dem Mathelogiker einen Blitzbesuch abzustatten. Er wußte auch schon, wie er sich Einlaß verschaffen konnte. Tajiri Kase hielt nämlich nichts von unangemeldeten Besuchern. Gestern hatte er sogar Lordadmiral Atlan an seiner Tür abgefertigt.

Als Kasoms Knie gegen Grund stießen, richtete er sich zu der vollen Größe von 2,51 Meter auf. Einige Kinder rannten schreiend weg, als die 2,13 Meter breiten Schultern aus dem Wasser auftauchten. Ein großer struppiger Köter kläffte ihn wütend an, zog jedoch den Schwanz ein, als Toronar mit ertrusischer Lautstärke lachte.

Kasom hinterließ tiefe Abdrücke im Sand und ging auf Kases Anwesen und dessen schmiedeeisernes Tor zu. Er legte die Hand auf die gelb schimmernde Signalplatte und stellte sich in den Aufnahmebereich des Fernsehauges.

»Ich bin nicht zu Hause«, ertönte eine verschlafene Stimme aus dem Lautsprechergitter. »Kommen Sie ein andermal wieder.«

Toronar Kasom verzog das Gesicht.

»Bitte, Professor!« sagte er demütig. »Ich bin Oberst Kasom. Lassen Sie einen Landsmann nicht vor der Tür stehen.«

»Ein Ertruser!« kam der erschrockene Ausruf. »Mann, gehen Sie vom Tor weg. Der ganze Weg senkt sich.«

»Sie brauchen nur zu öffnen, Professor Kase. Bitte!«

»Dazu müßte ich aufstehen. Außerdem bin ich nicht da. Ende!«

Kasom seufzte.

»Schade, sehr schade! Dabei hätte ich mir so gern Ihre Sammlung angesehen. Sie wäre einzigartig in der gesamten Galaxis, hat man mir versichert.«

Aus dem Lautsprechergitter kamen ächzende Geräusche, dann wurde das Tor geöffnet.

Grinsend schlenderte Toronar den mit extrastarken Platten aus Glasfaserbeton belegten Weg hinauf. Die breite, drei Meter hohe Tür aus massivem Hartholz öffnete sich, als er davor angelangt war. Ein massiger, sogar für ertrusische Verhältnisse großer Mann mit grobgeschnittenen Zügen in einem fleischigen Gesicht sah dem Besucher entgegen. Tajiri Kase war barfuß und trug einen rotgoldenen Hausmantel. Sein Haar war entgegen ertrusischer Art lang und endete in einem armdicken Zopf.

»Warum haben Sie nicht gleich gesagt, daß Sie meine Sammlung sehen möchten, Oberst?« fragte Kase vorwurfsvoll. »Wie sehen Sie denn aus? Nur mit einer Badehose bekleidet, wagen Sie, mir einen Besuch abzustatten?«

Der Mathelogiker war offensichtlich empört.

Oberst Kasom hob bedauernd die Hände.

»Meine Kleidung liegt in einer Kabine auf der anderen Seite des Sees, Professor Kase. Ich konnte leider nicht zurückschwimmen, weil eine Dame sich über meine Wasserverdrängung aufregte. Aber vielleicht könnten Sie mir mit einem Bademantel aushelfen?«

Tajiri Kase kratzte sich auf der dicht behaarten Brust, gähnte ungeniert und sagte:

»Na schön, Oberst. Kommen Sie rein. Ich habe einen Bademantel für Sie.«

Kasom folgte dem Wissenschaftler durch eine saalgroße Vorhalle in die Naßzelle des Bungalows, in dem sich ein großes Badebecken, eine Luftdusche und ein Massageroboter befanden.

Tajiri Kase legte die Hand auf eine bestimmte Stelle der Wand, und sie glitt zur Hälfte auf. Ein für terranische Begriffe zimmergroßer Schrank wurde sichtbar. Kase zog einen grünen Bademantel mit roter Stickerei hervor und warf ihn dem Oberst zu. Dann ließ er die Wand zugleiten und stapfte seinem Gast rasch voraus in den Wohnraum.

Kasom folgte dem Professor, im Gehen den Mantel schließend. Der Wohnraum wäre für einen Terraner ein Alptraum gewesen. Für Ertruser besaß er gerade die richtigen Dimensionen und war mit großem Geschmack eingerichtet. Der Boden war von massiven Platten aus Titanstahl bedeckt und strömte eine angenehme Wärme aus. Ein Terraner hätte nicht barfuß darauf stehen können. Auch die Luft war angenehm temperiert – für Ertruser angenehm.

Die fünf Meter vom Boden entfernte Decke war ganz aus Panzerglas und strahlte ein blaues Leuchten aus. In zwei Ecken des Zimmers standen, aus Terkonitstahl geformt, die Skulpturen ertrusischer Raumfahrer, wahrscheinlich Ahnen des Professors. Die Wände waren mit Platten aus grünem, starkem Leder benagelt. Eine Wand wurde zur Hälfte von einer stahlglänzenden Bar verborgen, eine andere von einem Schrank aus silberbeschlagenem Eichenholz. Mitten im Raum standen ein stählerner quadratischer Tisch und vier sehr massive Schalensessel.

Tajiri Kase hielt sich hier jedoch nicht auf, sondern eilte voraus durch das Zimmer und öffnete eine schwere Tür. Als er über die Schwelle trat, füllte sich der benachbarte Raum mit rosa Licht.

Toronar Kasom folgte seinem Gastgeber und hielt die Luft an, als er die in die Wände eingelassenen Schränke sah. Ihre Vorderfronten bestanden aus transparentem Panzertroplon, und dahinter erkannte Toronar auf schräggestellten Regalen alle möglichen Arten von Schneckenhäusern, große und kleine, runde und ovale, farblos wirkende und bunte. Der Oberst brauchte nicht zweimal hinzusehen, um die Besonderheit der Sammlung zu bemerken.

Alle Schneckenhäuser hatten Linksgewinde.

Tajiri Kase war offensichtlich erfreut, als er die aufrichtige Bewunderung in den Augen seines Besuchers entdeckte.

»Niemand vollbringt so unvergleichliche Kunstwerke wie die Natur, Oberst«, sagte er. »Sind sie nicht wundervoll?«

»Überwältigend!« rief Kasom. In der rosa Beleuchtung wirkten die Schneckenhäuser erst richtig. Jedes stellte ein Wunder der Natur dar.

»Und die haben Sie alle selbst gesammelt, Professor?«

»Nicht alle«, erwiderte Kase. »Einige wurden mir von Raumfahrern aus der Galaxis, andere wieder von Forschern mitgebracht. Aber die schönsten Exemplare habe ich selbst gefunden.«

Er senkte die Stimme zu einem verschwörerischen Flüstern.

»Eines der besten Exemplare ist übrigens zweihunderttausend Jahre alt, Oberst. Das heißt, ich habe es vor zweihunderttausend Jahren gefunden. In Wirklichkeit ist die Versteinerung bestimmt viele Millionen Jahre alt.«

Toronar Kasom sah den Gelehrten irritiert an.

»Sie haben es vor zweihunderttausend . . .!« Er lachte unsicher. »Beinahe wäre ich darauf hereingefallen, Professor.«

»Nun, in Wirklichkeit ist es nur einhundertneunzigtausendneunhundertfünfzig Jahre her, mein lieber Kasom. Die Lösung des Rätsels ist einfach: Ich fand es während unserer letzten Zeitreise auf dem Planeten Zeut.«

Er lachte dröhnend, und Toronar fiel schallend ein. Ein wenig beneidete er den Professor um seine Erlebnisse auf einem Planeten, der in der Jetztzeit nur noch als Trümmerring um die Sonne kreiste.

»Kommen Sie mit«, bat Tajiri Kase nach dieser Lachorgie. »Ich will Ihnen dieses Kleinod zeigen.«

Er ging zu einem Schrank auf der anderen Seite des Zimmers. Kasom sah schon von weitem, daß sich darin die besten Stücke der Sammlung befanden.

Nach einer Weile merkte er, daß der Professor wie erstarrt vor dem Schrank stand.

»Was ist los, Professor?« fragte er beunruhigt und versuchte, an Kase vorbei einen Blick auf die Regale zu werfen.

»Dieser Schuft!« rief Tajiri höchst erregt und fuchtelte mit den Händen herum. »Dieser vermaledeite ungebildete Mausezwerg!«

Er wandte sich um. Sein Gesicht sah eingefallen aus. Aber die Augen glühten vor Zorn. Er wollte davonlaufen, doch Kasom packte ihn am Arm und hielt ihn fest.

»Einen Augenblick, Professor!« redete er beruhigend auf ihn ein. »Sie sehen aus, als wollten Sie etwas Unüberlegtes tun. Wollen Sie mir nicht verraten, was geschehen ist?«

Professor Kase versuchte sich loszureißen, aber gegen Kasoms stahlharten Griff kam er nicht an. Bebend vor Zorn sagte er:

»Dieser Gucky hat mir meine Zeutschnecke kaputtgemacht. Er war vor zwei Stunden hier und hat sich meine Sammlung angesehen. Und jetzt ist das versteinerte Schneckenhaus zertrümmert.«

Während er sprach, legte sich seine Erregung etwas. Kasom ließ ihn los, und der Mathelogiker deutete zu dem Schrank.

»Sehen Sie sich das an, Oberst! Völlig zertrümmert. Das kann nur ein Telekinet gewesen sein.«

»Warum?« fragte Toronar und deutete auf die Lücke, die zwischen Panzertroplon und Schrankwand klaffte. »Steht der Schrank immer offen?«

Kase riß die Augen auf, kniete nieder und starrte fassungslos auf den handbreiten Spalt.

»Nein«, meinte er kleinlaut. »Ich verschließe die Wand immer. Man braucht einen speziellen Impulsgeber, um sie zu öffnen.«

Er schob die transparente Wand vollkommen zur Seite und nahm die Bruchstücke des Schneckenhauses in die Hand. Der Oberst erkannte, daß das Gehäuse sehr dickwandig war und ungefähr die Größe eines terranischen Suppentellers gehabt haben mußte. Die Wandung schimmerte in allen Farben und war von haarfeinen Rillen durchzogen. An der Innenseite des größten Bruchstückes war ein feuchter heller Fleck zu sehen.

Er deutete mit dem Finger darauf. »Was ist das, Professor?«

Tajiri Kase betrachtete die Stelle aufmerksam und roch daran. Dann fuhr er mit der Fingerkuppe darüber.

»Klebrig«, stellte er fest. »Wie Knochenleim. Ich verstehe das nicht. Sollte Gucky das Gehäuse versehentlich zerstört und danach versucht haben, es zu reparieren . . .?«

»Und ich verstehe nicht, warum Sie den Mausbiber so hartnäckig verdächtigen. Ich kenne Gucky erst seit kurzer Zeit, aber ich glaube nicht, daß er Ihnen *das* antun würde.«

»Außer ihm war niemand hier!« bestand Kase eigensinnig auf seiner Annahme. »Ich habe ihm meine Sammlung gezeigt, auch das Schneckenhaus von Zeut. Da war es noch ganz. Der Ilt hielt sich etwa fünfzehn Minuten allein hier auf, während ich ein wichtiges Visiphongespräch führte. Wenn er es nicht gewesen ist, war es wahrscheinlich ein Geist.«

Nach dieser ironischen Bemerkung stutzte er plötzlich.

»Bei allen meinen Vorfahren!« sagte er. »Jetzt fange ich schon an, Halluzinationen zu sehen.«

Oberst Toronar Kasom schaute ihn nachdenklich an.

»Die Aufregung, Professor«, sagte er begütigend. »Ich schlage vor, Sie setzen sich hin und trinken einen Schluck.«

Kase schüttelte den Kopf.

»Ich habe etwas durch mein Gesichtsfeld huschen sehen, Oberst Kasom. Es war ungefähr so groß . . .«, er zeigte mit den Händen eine Länge von etwa zehn Zentimetern an, » . . . und grau.«

Er überlegte.

»Terranische Mäuse sind grau und haben diese Größe. Offiziell leben Mäuse nur noch in Zoos, aber ich weiß, daß sie neulich dem Lordadmiral einen kostbaren Wandbehang aus Leder zerfressen haben.«

Er betrachtete die Bruchstücke in seinen Händen, dann legte er sie in den Schrank zurück.

»Aber das erklärt nicht dieses hier, Oberst Kasom. Obwohl die Tür geöffnet war . . .! Nein, eine Maus kann diesem steinharten Material nichts anhaben!«

Toronar streckte den Kopf in den Schrank und musterte nachdenklich den elektronischen Sperrknopf.

»Wenn man ihn berührt, müßte die Verriegelung eigentlich aufgehoben werden.«

Tajiri Kase lächelte.

»Seit wann kommen Einbrecher von innen, Oberst?«

Toronar blieb ernst.

»Und wenn es ein Ausbrecher war, Professor?« Er blickte vielsagend auf die Trümmer des Schneckenhauses.

Kase wurde bleich.

»Sie . . . Sie glauben, daß . . .?«

Toronar Kasom wehrte ab.

»Ich glaube überhaupt nichts. Aber es wäre doch möglich, daß das, was Sie für ein versteinertes Schneckenhaus hielten, etwas ganz anderes war.«

»Etwas anderes? Nein, mein lieber Oberst, ich verwechsle kein Ding dieses Universums mit einem Schneckenhaus. Bei meinen Erfahrungen wäre das unmöglich.«

»So!« meinte Kasom. »Wie ist es denn mit den seltsamen Lebensformen, die Ihnen auf Zeut beziehungsweise Taimon begegnet sind? Sie müssen schließlich nicht nur überwintern, sondern sich auch fortpflanzen, und wenn es sich um eierlegende Wesen handelt, dann müssen die Eier unter Umständen unter extremsten Verhältnissen den langen Winter überstehen. Die erwachsenen Lebewesen kommen bei etwa vierundzwanzig Grad Celsius ins Freie, die Jungen schlüpfen vielleicht erst bei viel höheren Temperaturen. Wie hoch haben Sie Ihren Regler eingestellt?«

»Auf vierundzwanzig Grad Celsius«, erklärte Professor Kase. »Ihre Argumente sind logisch fundiert, Oberst.« Er fuhr sich mit der Hand über die Augen. »Der Taimoner ist also aus dem vermeintlichen Schneckenhaus geschlüpft, hat die Tür von innen geöffnet und sich versteckt.«

»Und vorhin ist er vor Ihren Augen ins Wohnzimmer entwischt«, ergänzte Toronar Kasom.

Tajiri Kase lächelte grimmig, schloß den Schrank und eilte ins Wohnzimmer. Dort öffnete er eine schmale Tür des silberbeschlagenen Schrankes. Eine kleine Sammlung altertümlicher terranischer Waffen wurde sichtbar. Kase griff zwei doppelläufige Schrotflinten heraus, reichte eine davon dem Oberst und bückte sich, um eine Schachtel mit Munition vom Boden des Faches aufzuheben.

»Zerbrechen Sie mir dieses Spielzeug nicht«, mahnte er, während er die Schachtel öffnete und zwei Schrotpatronen herausnahm, die er seinem Besucher in die Hand drückte. »Die Flinten sind nicht für Ertruser gebaut worden. Immerhin könnte man sogar einen Ertruser damit umbringen. Für dieses kleine Ungeheuer von Zeut werden sie jedenfalls genügen.«

»Sie wollen es töten?« fragte Kasom. »Ein Baby, das nach Ihren eigenen Beobachtungen nicht größer als eine Maus ist . . .?«

Kase schob die Patronen in die Läufe und nickte.

»Wenn Sie miterlebt hätten, wozu die halbintelligenten Taimoner fähig sind, würden Sie nicht so naive Fragen stellen.«

Er blickte sich suchend um. Irgendwo im Zimmer raschelte etwas, dann war es wieder still. Tajiri Kase hielt die Flinte schußbereit in der Rechten, in seiner großen Hand verschwand sie zur Hälfte. Leise pirschte er an die Stelle heran, wo er das Wesen vermutete.

Kasom beobachtete den Mathelogiker, dann legte er die Flinte auf den quadratischen Tisch. Er verabscheute den Gedanken, ein eben erst aus dem Ei geschlüpftes Lebewesen mit einer Ladung Schrotkörner zu töten. Unbeweglich blieb er stehen. Er hoffte, den kleinen Taimoner mit dem Gehör ausmachen zu können, bevor Kase ihn entdeckte.

Der Professor schlich unterdessen um die Bartheke herum. Plötzlich blieb er stehen und fluchte gottserbärmlich. Er wartete, doch der Oberst rührte sich nicht vom Fleck.

»Es hat meine Cocktailkirschen gefressen«, flüsterte er. »Ein ganzes Glas voll. Es ist umgeworfen worden. Wahrscheinlich haben wir es gestört.«

Toronar mußte grinsen. Der Verlust Kases schmerzte ihn nicht. Im Gegenteil. Irgendwie freute er sich, daß dieser kleine Taimoner dem riesigen Kase einen Streich gespielt hatte.

Der Professor lachte unvermittelt.

»Es hat auch an meinem Rumtopf genascht!« teilte er triumphierend mit. »Der Alkohol wird es bewußtlos gemacht haben. Nun finden wir es bald.«

Ganz in Kasoms Nähe ertönte eine Lautfolge, die sich wie »Quantwon« anhörte.

Die beiden Ertruser erstarrten, dann wandten sie die Köpfe.

Auf der Tischplatte, direkt neben der Schrotflinte, stand ein kleines Lebewesen auf zwei Entenfüßen. Im ersten Moment sah es tatsächlich wie ein Entenküken aus. Doch dann erkannte Toronar Kasom die Unterschiede. Zwar entsprach die Körperform weitgehend der eines Entenkükens, aber bis auf die gefiederten Flügelstummel war seine Haut glatt, grobporig und stumpfgrau. Es besaß keinen Schnabel, sondern eine langgezogene Saurierschnauze mit zwei großen Nasenlöchern. Zwei terkonitblau strahlende Augen sahen treuherzig in die Welt.

Langsam hob Tajiri Kase seine Flinte.

Der Taimoner öffnete das Maul, wobei offenbar wurde, daß er keine Zähne besaß, und sagte erneut:

»Quantwon!« Dann fügte er hinzu: »Wanwa Weio Boblan Mum!«

Die Flinte in Kases Hand wackelte bedenklich, als das Wesen sich watschelnd über die Tischplatte bewegte und noch einmal »Quantwon« sagte. Dann murmelte der Professor etwas Unverständliches und knallte die Waffe auf die Bartheke.

Toronar hatte nichts anderes erwartet. Niemals würde Kase auf dieses unschuldige Wesen feuern. Es sah überhaupt nicht wie ein Ungeheuer aus, und die Tatsache, daß es Laute hervorbrachte, die sich wie ein unbeholfener Sprechversuch anhörten, machte es sofort sympathisch.

Der Oberst bückte sich und streckte vorsichtig seinen Zeigefinger aus. Der Taimoner gab eine neue Serie schnatternder und quakender Laute von sich, reckte den Hals und knabberte an Kasoms Finger. Toronar hob ihn behutsam hoch und setzte ihn auf seine Hand. Er zeigte nicht die geringste Scheu, sondern blickte mit schiefgehaltenem Kopf aus einem Auge in das Gesicht des Ertrusers.

»Quantwon?«

Tajiri Kase kicherte.

»Es hat Sie zu seiner Mutter erkoren, Oberst.«

Kasom überging diese ominöse Anspielung.

»Ich schlage vor, wir nennen es Anton«, sagte er. »In Anlehnung an das von ihm am meisten gebrauchte ›Wort‹.«

»Warum nicht gleich ›Sir Anthony‹?« entgegnete Kase verdrossen.

Das durchdringende Summen des Visiphon-Melders setzte der Debatte ein Ende. Tajiri Kase beeilte sich, das Gerät einzuschalten. Auf dem 3-D-Bildschirm erschien Perry Rhodans Gesicht.

Der Großadministrator hob grüßend die Hand, dann fragte er:

»Wir suchen Oberst Kasom, Professor. Haben Sie eine Ahnung, wo wir ihn finden können? Zuletzt wurde er am Badestrand gesehen. Crest Lake, Südufer.«

»Oberst Kasom ist hier, Sir«, meldete Kase.

Toronar Kasom trat in den Bilderfassungsbereich des Visiphons. Die Augen Rhodans weiteten sich etwas, als er den Taimoner auf Kasoms Handfläche erblickte.

»Was ist das?« fragte er mißtrauisch.

Kasom strich dieser seltsamen Kreatur, die man für eine Kreuzung zwischen Minisaurier und Ente halten konnte, mit dem Zeigefinger über den Rücken.

»Quantwon!« machte Anton.

»Oh, das ist Professor Kases neues Haustier, Sir«, sagte er leichthin. »Es heißt Anton.«

Der Taimoner bewegte den Kopf. Es sah aus, als nickte er bestätigend.

»So . . .!« erwiderte Perry Rhodan zurückhaltend. Er wandte den Blick von Anton und sah den Offizier an. »Seien Sie bitte in einer Stunde in der Großadministration, hundertachtzigster Stock, Privatbüro. Wir müssen über einen Vorschlag sprechen, den Ovaron gemacht hat.«

Kasom bestätigte.

Rhodan nickte und schaltete nach einem letzten prüfenden Blick auf Anton ab.

»Behandeln Sie ihn gut, Professor.« Mit diesen Worten legte der Oberst das kleine Wesen in Kases Hand.

Tajiri Kase starrte auf das seltsame Tier hinab.

»Aber Sie haben doch . . .«

Kasom winkte ab.

»Nichts da! Es gehört Ihnen. Ich habe es zwar zuerst angefaßt, aber damit hat es noch lange nicht den Besitzer gewechselt.«

Professor Kase nahm erschüttert Platz und schloß die Augen. Anton watschelte den Arm hinauf zur Schulter, reckte sich und brabbelte unverständliches Zeug in Kases Ohr. Dann schnappte es nach dem Ohrläppchen, flatterte mit den Flügelstummeln und schaukelte hin und her.

Der Oberst lachte.

»Anton hat Hunger – oder Durst, Professor. Von Cocktailkirschen und Rumfrüchten allein wird er offenbar nicht satt.«

»Rumfrüchte«, sagte Tajiri Kase verstört. »Es hat von meinen Rumfrüchten genascht, Kasom, ohne jetzt betrunken zu sein.«

»Ein trinkfester Bursche. Stören Sie sich nicht daran. Es hat einen anderen Metabolismus als wir. Sie haben da ein kleines Weltwunder aus der Vergangenheit mitgebracht, Professor.«

»Ich fürchte, daß ich mein blaues Wunder erleben werde«, gab Kase zurück. Aber da hatte der Oberst ihn bereits verlassen.

Professor Tajiri Kase löste Anton vorsichtig von seinem Ohrläppchen, trug ihn in die Küche und wählte am Versorgungsautomaten ungefähr zweihundert Kilogramm verschiedenster Gerichte und Lebensmittel, um den Geschmack seines neuen Hausgenossen zu testen.

Als Toronar Kasom die Umkleidekabine im Sektor für übergroße Extraterrestrier verließ, trug er wieder die Ausgehuniform eines Offiziers der Solaren Heimatflotte.

Er brauchte trotz des überfüllten Parkplatzes nicht nach seinem Gleiter zu suchen. Das Fahrzeug überragte alle anderen. In einem normalen terranischen Personengleiter hätte ein Ertruser niemals sitzen können. Ähnlich ging es ihm mit allen anderen Gebrauchsgütern, sie waren entweder Sonderanfertigungen oder Importe von Ertrus wie der Gleiter.

Kasom dachte jedoch nicht lange über die Probleme nach, vor die sich ein Ertruser auf der Erde gestellt sah. Er fragte sich, welchen Vorschlag Ovaron wohl unterbreitet haben mochte. Kasom kannte den Cappin nur von zwei Konferenzen her, aber er schätzte ihn als kühlen Denker mit umfangreichem Wissen ein, der ganz sicher wohlfundierte Vorschläge machen würde. Er war gespannt darauf, was der Sextadim-Navigator zu sagen hatte.

Toronar bog in die Jefferson Road ein und verließ sie nach anderthalb Kilometern wieder, um das breite Band des Artery Subway aufzusuchen. Der Artery Subway war eine Einbahnstraße und führte von den östlichen Randbezirken Terranias geradlinig unter der Stadt hindurch nach Westen, wo er durch ein gewaltiges Verteilersystem mit dem Vain Subway verbunden war, der wieder geradlinig nach Osten zurückführte.

Aber auch unterhalb der terranischen Großstadt und besonders unterhalb von Terrania City waren beide Subways durch mehrstökkige Verteilerkreise mit den wichtigsten Nebenstrecken verbunden.

Auf dem Artery Subway angelangt, schaltete Kasom die Steuerung auf Fernleitprogramm um. Er wählte als Ziel die Besucher-Tiefgarage unter dem Hauptgebäude der Großadministration. Dann machte er es sich bequem und dachte über die beginnende Konferenz nach.

Vor der Auffahrt zur Tiefgarage mußte er anhalten, um eine Detektorkontrolle über sich und seinen Wagen ergehen zu lassen. Vor ihm standen nur drei andere Gleiter, die Abfertigung war zügig. Ein Sergeant überprüfte seinen Sonderausweis, grüßte leger und klatschte einen magnetischen, münzengroßen Peilsender auf die Generatorhaube.

Der Peilsender war nicht mehr als ein Orientierungshinweis für die Fernsteuerpositronik der Garage. Der Computer wußte dadurch stets genau, wo sich Kasoms Gleiter befand, und konnte ihn mühelos zu einem freien Abstellplatz dirigieren.

Als der Ertruser ausstieg, sagte eine Robotstimme:

»Bitte benutzen Sie den Antigravlift Nummer 434, von Ihnen aus gesehen acht Meter nach links.«

»Man dankt«, sagte Toronar grinsend und bewegte sich auf den bezeichneten Lift zu.

Innerhalb der Großadministration und ihren Nebeneinrichtungen waren alle Räume, Flure und Lifts so gehalten, daß sich Lebewesen jeder Größe und jeden Gewichts gefahrlos darin bewegen konnten. Früher, als das Solsystem sich noch nicht hinter einen Zeitschirm zurückgezogen hatte, hatten hier täglich Hunderte von Extraterrestriern und umweltangepaßten Menschen der Kolonialwelten verkehrt.

Toronar Kasom kam nach ungefähr fünf Minuten vor der schweren Panzertür aus Terkonitstahl an, hinter der sich die Büros des Solaren Führungsstabes befanden. Zwei Raumsoldaten grüßten. Im Flur dahinter wurde Kasom nochmals von verborgenen Detektoren überprüft.

Als Toronar Kasom das Ende des Flures erreichte, öffnete sich eine weitere Panzertür. Oberst Hubert Selvin Maurice wartete dahinter und lächelte diskret. Die Uniform des Sicherheitsoffiziers war wie üblich korrekt, in den Stiefeln hätte man sich spiegeln können.

»Der Großadministrator erwartet Sie bereits, Oberst Kasom«, sagte Maurice. »Wenn Sie mir bitte folgen wollen!«

Toronar verbiß sich ein Lachen bei dem Gedanken an Anton. Wenn er ihn Maurice übergeben hätte . . . Wahrscheinlich wären einige Abwehrleute alarmiert worden, damit sie das Tier isolierten, und anschließend wären sie mit dem Besucher unter die Desinfektions-Strahldusche gegangen.

Perry Rhodan erhob sich, als Kasom das bequem eingerichtete Privatbüro betrat.

Der Großadministrator und der Ertruser schüttelten sich die Hände, während Hubert Maurice den Raum schweigend und in tadelloser Haltung verließ.

»Bitte, nehmen Sie Platz!« forderte Rhodan den Oberst auf. »Fühlen Sie sich wie zu Hause. Möchten Sie etwas trinken? Atlan und Ovaron kommen gleich wieder, sie haben momentan in der Hyperkomzentrale zu tun.«

»Kaffee wäre mir willkommen«, meinte Kasom. »Dieses Getränk ist eines der besten Dinge, die die Menschheit der Galaxis geschenkt hat.«

Perry Rhodan lachte. Er betätigte den Automaten auf dem runden Tisch, und Sekunden später standen zwei Tabletts auf der Tischplatte. Für den Ertruser war eine Tasse mit dem Aufnahmevermögen von zwei Litern geliefert worden, dazu ein Sahnekännchen im Format einer Kaffeekanne sowie entsprechend große Zuckerwürfel.

Kasom gab vier Zuckerwürfel hinein, goß Sahne zu und rührte mit einem Löffelchen von der doppelten Größe eines normalen Eßlöffels um.

Gucky materialisierte in einem freien Sessel und winkte zu Kasom hinüber.

»Tag, Großer! Wie geht es dir?«

Toronar nahm einen Schluck von dem brühheißen Kaffee, seufzte genießerisch und sagte:

»Ich fühle mich prächtig, Kleiner. Was machen deine Mohrrübenbeete?«

»Alles in bester Ordnung. Meine Gartenroboter spuren endlich, seitdem Geoffry ihre Programmierung verbessert hat. Vorher kam es vor, daß sie das Unkraut stehenließen und die Mohrrüben auf den Kompost warfen. Einmal haben sie statt Mohrrübensamen Mohnsamen gesät. Vierzehn Tage lang habe ich frühmorgens Mohnkuchen gegessen.«

Der Ertruser lachte hellauf.

Gucky übertrieb wahrscheinlich wieder. Oder er hatte aus Geiz die billigsten und primitivsten Gartenroboter angeschafft. Und nun hatte er den genialsten Wissenschaftler der Menschheit dazu gebracht, seine kostbare Zeit unentgeltlich für ihre Verbesserung zu verschwenden.

Der Mausbiber wollte zu schimpfen beginnen, weil er sich von Toronars Lachen beleidigt fühlte. Er schloß den Mund jedoch wieder, als Atlan und Ovaron den Raum betraten.

Toronar Kasom schüttelte Atlans Hand, dann wandte er sich dem Cappin zu. Aufmerksam musterte er das ausdrucksstarke Gesicht mit dem vorspringenden kantigen Kinn und der scharf gekrümmten Nase.

Was er sah, befriedigte ihn.

Ovaron nahm lächelnd die Hand des Ertrusers.

»Wie ich hörte, diente bereits Ihr Urgroßvater unter Perry Rhodan.«

Toronar Kasom lächelte ironisch.

»Ein Ertruser dient nicht. Er stellt sich eine Aufgabe. Melbar Kasom war Rhodans Freund.«

»So genau kennt Ovaron sich noch nicht bei uns aus«, lenkte Rhodan ein. »Niemand dient bei uns einer Person. Wir alle dienen nur der Menschheit, der eine in dieser, der andere in jener Position.«

»Ich bitte um Entschuldigung«, sagte der Cappin.

»Wofür?« fragte Kasom in gespielter Naivität.

Ovaron und er lachten. Sie verstanden sich bereits gut, der Cappin und der Ertruser.

Nachdem alle um den runden Tisch saßen, forderte Perry Rhodan Ovaron auf, ihnen seinen Vorschlag zu unterbreiten.

Der Cappin schloß sekundenlang die Augen. Sein Atem ging schwerer als zuvor. Obwohl er sich zu beherrschen suchte, blieb seine Erregung nicht verborgen.

Mit rauher, spröder Stimme sagte er:

»Ich habe Ihnen bisher einige Informationen über mich verschwiegen, da ich glaubte, sie besäßen nur eine private Bedeutung für mich allein.«

Deutlich war die Spannung zu spüren, die von einem Augenblick zum anderen im Raum herrschte.

Ovaron fuhr sich mit der Zungenspitze über die trockenen Lippen.

»Ich bin nicht auf dem üblichen Wege ins Tranat- beziehungsweise Solsystem gekommen. Jemand oder etwas hat mich auf dem sechsten Mond des siebten Planeten ausgeladen.«

Er dachte angestrengt nach.

»Das heißt, *damals* war es der siebte Planet. Da Zeut in Ihrer Jetztzeit nicht mehr existiert, handelt es sich um den sechsten.«

»Saturn«, bemerkte Rhodan sachlich. »Sein sechster Mond heißt Titan.«

Ovaron bestätigte das.

»Titan, ja. Wir nannten ihn Latrur, aber das spielt kaum eine Rolle. Also, die Vertreter einer Macht haben mich auf Titan abgesetzt.«

Er lächelte flüchtig. »Ich habe sogar das genaue Datum ausgerechnet. Es war am 23. Juni zweihunderttausendachtzehn vor Jetztzeit. Aber ich kenne weder die Macht, die mich nach Titan schickte, noch weiß ich, wie ich zum sechsten Saturnmond gekommen bin. Ich erinnere mich nur noch daran, daß ich plötzlich in meinem Geheimdepot stand und meine Ausrüstung zusammenstellte, um mit einem Raumschiff zum dritten Planeten zu fliegen. Woher ich kam, das weiß ich bis heute nicht.«

In Atlans Augen trat ganz kurz ein helles Leuchten, dann wirkte der Arkonide wieder unbeteiligt.

»Sie besitzen ein Geheimdepot auf Titan«, stellte er nüchtern fest. »Sie sind außerdem ein Sextadim-Navigator. Befindet sich in dem Geheimdepot alles, was ein Wissenschaftler von Ihrem Rang und mit Ihrer Aufgabe irgendwann einmal benötigen könnte?«

»Selbstverständlich. Sie würden staunen, wenn Sie mein Depot sehen könnten. Es enthält alles, was ein Wissenschaftler und Geheimagent brauchen könnte.«

Atlan begnügte sich mit dieser Antwort. Er merkte zwar, daß Ovaron seine Frage absichtlich unvollständig beantwortet hatte, entsann sich aber auch, daß der Cappin indirekte Fragestellungen nicht mochte. Wenn er direkt antworten sollte, verlangte er auch eine direkte Fragestellung.

Unwillkürlich mußte er an Ovarons ebenfalls geheime Schaltzentrale auf Lemu denken, dem untergegangenen Kontinent, wo ihre erste Begegnung stattgefunden hatte.

Perry Rhodan lächelte. Gleichzeitig aber beugte er sich ein wenig vor. Ihm brannte offensichtlich die gleiche Frage auf der Zunge, die der Lordadmiral angedeutet hatte.

»Ich bin – mit Ausnahme der Erinnerungen an die letzten achtzehn Jahre meines Lebens – ein Mann ohne Vergangenheit«, fuhr Ovaron fort. »Sie werden verstehen, daß ich mich damit nicht abfinde. Ihr Nullzeit-Deformator nun bietet mir die Gelegenheit, so weit in die Vergangenheit zu gehen, daß ich meine eigene Ankunft auf Titan beobachten kann . . .«

Toronar Kasom holte tief Luft. Dieser Cappin hatte wirklich Mut. Sich selbst zu begegnen hieß, ein Zeitparadoxon zu riskieren.

»Acht Tage«, sagte Ovaron. »Acht Tage vor meiner ersten Ankunft müßten genügen, um ein Versteck zu finden und sich auf die Beobachtung einzurichten.«

Er richtete den Blick auf Rhodan.

»Rhodan, ich bitte Sie, mir dafür den Nullzeit-Deformator zur Verfügung zu stellen.«

Kasom sah den Großadministrator aufmerksam an und fragte sich, wie er auf Ovarons Bitte reagieren würde.

Perry Rhodan antwortete nicht sofort. Toronar spürte förmlich, wie es hinter der Stirn dieses großen Terraners arbeitete. Er sah, daß sich die Züge plötzlich und kaum merkbar entspannten, und wußte, nun würde die Entscheidung fallen.

»Eine konkrete Frage, Ovaron«, sagte Rhodan langsam, »auf die ich eine konkrete Antwort haben möchte: Befindet sich in Ihrem Depot auf Titan genug Sextagonium, daß man damit mindestens einen neuen Sextakompakt-Modifikator ausstatten könnte?«

»Mehr als genug«, antwortete Ovaron. »Und ich kann Ihnen garantieren, daß dieses Sextagonium aus der Produktion meines Volkes weder im Laufe der Zeit zerfällt, wie es mit dem Produkt Ihres Supermutanten geschehen ist, noch von den Störeinflüssen des Sonnensatelliten beeinflußt wird. Sobald ich das Rätsel meiner Herkunft geklärt habe, können wir ins Depot gehen und uns das Sextagonium holen. Außerdem benötigen wir Geräte zur Veränderung der psychischen Individualstruktur eines Cappins. Damit können Merceile und ich abermals in den Sonnensatelliten eindringen, ohne gleich vernichtet zu werden. Die Positronik wird uns nicht erkennen.«

Rhodans Züge wurden streng.

»Wir werden anders vorgehen«, sagte er. »Und zwar werden wir gleichzeitig mit dem ersten Ovaron auf Titan eintreffen, das Sextagonium holen und sofort in die Jetztzeit zurückkehren.«

Der Cappin lehnte sich zurück und musterte Rhodans Gesicht. Auch er schaute entschlossen drein. Leise entgegnete er:

»Da mache ich nicht mit. Verstehen Sie denn nicht, daß ich endlich wissen muß, wer ich wirklich bin, woher ich komme, wer mich geschickt hat und welche Aufgaben mir noch bevorstehen?«

»Ich verstehe Sie sehr gut, Ovaron.« Rhodans Stimme wurde eindringlich. »Aber die Lebensinteressen von fünfundzwanzig Milliarden Menschen wiegen schwerer als der Wissensdurst eines einzelnen Mannes. – Acht Tage!« Er lachte bitter. »Sie wissen ebensogut wie ich, daß unser Nullzeit-Deformator noch nicht vollkommen arbeitet. Wir können nicht acht Tage in der Vergangenheit bleiben und am ersten Tag wieder in die Jetztzeit zurückkehren. Wenn wir in Ihrer Zeit acht Tage opfern, verlieren wir auch in der Jetztzeit acht volle Tage. Während dieser Zeit kommt Professor Waringer mit dem neuen SK-Modifikator nicht weiter. Möglicherweise besiegeln wir durch einen solchen Zeitverlust den Untergang der solaren Planeten. Die neuesten Messungen zeigen, daß im Sonnensatelliten dimensional übergeordnete Vorgänge ablaufen. Wir haben nur noch eine kurze Frist bis zur Reaktivierung des Prozesses, der unsere Sonne in eine Nova verwandeln soll.«

Ovaron machte ein Pokergesicht.

»Sie vergessen, daß man mir Kopien aller Meßdiagramme und Auswertungen zustellt. Ich versichere Ihnen, daß in den nächsten drei Wochen nicht mit einer Reaktivierung der Novaschaltung zu rechnen ist.«

Perry Rhodan atmete erregt.

»Warum haben Sie Ihr Wissen für sich behalten?«

»Niemand hat mich danach gefragt. Aber nun wissen Sie Bescheid. Bezweifeln Sie die Richtigkeit meiner Analyse?«

»Wie könnte ich«, wehrte Rhodan ab. »Professor Waringer hat mir versichert, daß niemand in der bekannten Galaxis es mit Ihrem Wissen aufnehmen kann.«

»Sie sind also mit meinem Plan einverstanden?«

Perry Rhodan nickte widerwillig.

»Was bleibt mir anderes übrig! Ich brauche Ihr Sextagonium, und Sie brauchen unsere Zeitmaschine. Eine Hand wäscht die andere.«

Er erhob sich.

»Ich lege den Start des Nullzeit-Deformators auf den Morgen des fünfzehnten Juni fest, meine Herren. Das wäre also übermorgen.«

»Vielen Dank, Sir«, sagte Ovaron.

Rhodan lächelte.

»Danken Sie mir nicht zu früh. Sie riskieren eine ganze Menge, Ovaron. Ehrlich gesagt, Ihr Plan fasziniert mich. Ich schlage vor, wir begeben uns in die Planungszentrale, um alles für den Start in die Wege zu leiten.«

Er wartete nicht, bis seine Besucher sich ebenfalls erhoben hatten, sondern ging zur Tür.

Gucky watschelte zu dem Cappin, blickte zu ihm auf und lispelte:

»Mich fasziniert dein Plan ebenfalls, Tryzom-Tänzer – aber nur, weil ich nicht in deiner Haut stecke.«

6.

Vor einer Stunde hatte der 15. Juni 3434 terranischer Zeitrechnung begonnen. Noch war die Sonne nicht über der ehemaligen Wüste Gobi und der Hauptstadt des Solaren Imperiums aufgegangen.

Das gewaltige Areal des Flottenhafens Terrania lag unter einer Glocke künstlichen Lichtes.

Der Ertruser wandte den Kopf und sah Rhodan aufmerksam an, der unbewegt zur INTERSOLAR schaute. Welche Gefühle mochten ihn jetzt beim Anblick seines Flaggschiffs bewegen?

Es mußte schmerzlich für Perry Rhodan sein, die INTERSOLAR untätig auf dem Feld eines Raumhafens stehen zu sehen, das Schiff, das dazu gebaut worden war, zwischen den Sternen und den Galaxien zu kreuzen.

»Bald . . .«, sagte Kasom, er konnte nicht anders, » . . . bald werden Sie wieder mit dem Schiff auf große Fahrt gehen, Sir.«

Rhodan drehte sich um und blickte den Urenkel seines längst

gestorbenen treuen Freundes Melbar Kasom an. Erneut spürte er, wie in ihm die gleiche Zuneigung aufwallte, die er für Melbar empfunden hatte. In Toronar lebte der alte Freund weiter.

Er riß sich von diesen Gedanken los und lächelte.

»Gewiß, Oberst Kasom. Und Sie werden mich begleiten. Vorerst aber müssen wir mit dieser Korvette vorliebnehmen.«

Er deutete auf die rechts von ihnen stehende Korvette, ein Beiboot der INTERSOLAR, vor dem sich eine kleine Gruppe versammelt hatte. Die Korvette sollte die Mannschaft des Nullzeit-Deformators zum sechsten Saturnmond befördern. Das Zeitreisegerät selbst war nach gründlicher Überholung in einen Raumfrachter verladen worden und hatte wahrscheinlich schon die Marsbahn überquert.

»Lassen Sie unseren Gleiter ins Schiff bringen, Oberst Maurice!« rief Perry Rhodan über die Schulter zurück. »Wir gehen den Rest der Strecke zu Fuß.«

Er setzte sich in Bewegung. Toronar Kasom blieb an seiner Seite. Hinter ihnen folgten Maurices Männer, die bisher reglos und schweigend gewartet hatten, erfahrene Zugehörige der Solaren Abwehr. Rhodan hatte gelernt, ihre Anwesenheit zu ignorieren. Er protestierte auch nicht mehr gegen Maurices Sicherheitsvorkehrungen, obwohl sie ihm manchmal überspitzt erschienen.

Ungefähr zehn Meter vor dem Landestützenring der Korvette blieb er abrupt stehen. Das kleine stumpfgraue Ding, das sich ihm aus Richtung des Beibootes unbekümmert genähert hatte, hielt ebenfalls an. Es spreizte die kümmerlichen, terkonitblau gefiederten Flügelstummel und legte den Kopf schief, um zu Kasoms Gesicht aufsehen zu können.

Dann öffnete es den unfertig wirkenden Saurierrachen und sagte:

»Quantwon!«

Von hinten stürmte Oberst Hubert S. Maurice an der Spitze seiner Leute mit gezogenem Strahler heran. Toronar Kasom stoppte die Abwehrleute mit energischer Armbewegung.

»Das ist doch Professor Kases Haustier«, flüsterte Perry Rhodan fassungslos. »Wie kommt das hierher?«

Kasoms Gesicht war ein einziges Fragezeichen.

»Ich begreife das auch nicht, Sir. Kase muß es mitgebracht haben.«

»Es ist kein irdisches Lebewesen!« rief Oberst Maurice entrüstet. Als ob das Tier etwas dafür könnte.

Toronar Kasom hob den Taimoner vorsichtshalber auf, damit niemand auf den Gedanken käme, auf ihn zu schießen.

»Antons Eltern wurden sicher nicht auf der Erde geboren«, sagte er gemessen. »Wohl aber Anton selbst. Nach den Gesetzen des Solaren Imperiums hat er damit automatisch das Heimatrecht auf Terra erworben. Oder sind Sie da anderer Meinung, Oberst Maurice?«

Der Sicherheitsoffizier trat näher und musterte den Taimoner, als wäre er eine hochbrisante Bombe.

»Ein Tier!« sagte er kalt. »Das ist ein Tier. Das Heimatrecht auf Terra können nur intelligente Lebewesen erwerben!«

»Schnoblkruwak!« sagte Anton.

»Ganz recht, mein Freund«, meinte der Ertruser und strich mit der Kuppe des Zeigefingers zart über den Rücken des Wesens. »Woher will Oberst Maurice wissen, ob du intelligent bist oder nicht? Einem menschlichen Neugeborenen sieht man es schließlich auch nicht an, daß es zu den intelligenten Lebewesen zählt.«

»Blabblgeik!« machte Anton.

»Woher stammt – hm – Anton?« fragte Rhodan. »Und wie kamen seine Eltern auf die Erde?«

Kasom lächelte.

»Seine Eltern leben nicht auf der Erde, Sir. Genaugenommen kennen wir seine Eltern überhaupt nicht. Anton schlüpfte vorgestern aus einem Überwinterungsei, das Professor Kase versehentlich für ein Schneckenhaus gehalten hatte und von der letzten Zeitexpedition mitbrachte.«

»Von Zeut?« fragte Rhodan.

Toronar bestätigte.

»Von Zeut oder von Taimon, wie dieser Planet vor rund zweihunderttausend Jahren genannt wurde. Ist Anton nicht ein süßes Kerlchen?«

Perry Rhodan seufzte.

Hubert Selvin Maurice holte tief Luft und sagte:

»Übergeben Sie mir dieses . . . dieses Ungeheuer, Oberst Kasom! Ich werde dafür sorgen, daß es ihm an nichts fehlen wird, aber ich dulde nicht, daß es sich in der Nähe des Großadministrators aufhält.«

»Machen Sie sich nicht lächerlich!« fuhr der Ertruser ihn an. »Anton kann niemandem etwas zuleide tun. Er ist ein harmloses, zutrauliches Baby. Außerdem gehört er nicht mir, sondern Professor Kase.«

Bevor Maurice antworten konnte, sagte Rhodan mit einer Stimme, die keinen Widerspruch duldete:

»Ich gehe jetzt mit Oberst Kasom zu Professor Kase und gebe ihm seinen Hausgefährten zurück. Wir haben keine Zeit zu langen Erörterungen. Während des Fluges nach Titan werde ich den Professor veranlassen, Anton einem Besatzungsmitglied der Korvette zur Pflege zu überlassen, bis wir zurückkommen.«

Der Gedanke an Kases Entdeckung belustigte ihn.

»Ich möchte Tajiris Gesicht gesehen haben, als er feststellte, daß aus einem neuen Stück seiner Sammlung ein Ding geschlüpft war, halb Ente und halb Minisaurier.«

»Er hat getobt«, berichtete Kasom, »als er das zerbrochene Gehäuse sah. Gucky hatte kurz zuvor seine Sammlung besichtigt, und deshalb dachte der Professor, er hätte sein kostbarstes Stück telekinetisch zertrümmert.« Er lachte laut auf. »Später ging er mit einer Schrotflinte auf Anton los.«

»Warum eigentlich Anton?« fragte Rhodan, während sie sich der Korvette näherten.

»Der erste Laut, den wir von ihm zu hören bekamen war ›Quantwon‹ oder so ähnlich. Nun, und das brachte mich auf den Gedanken, ihn Anton zu nennen. Professor Kase hat dann den stolzen Namen ›Sir Anthony‹ daraus gemacht.«

Hinter ihnen ertönte eine Folge eigenartiger Geräusche.

»Was ist los?« fragte Rhodan.

Die Geräusche verstummten, dann antwortete Oberst Maurice:

»Ich habe gelacht, Sir. Über den ›Sir Anthony‹. Ich bitte um Verzeihung, Sir.«

»Unfug!« widersprach Perry Rhodan. »Sie sollten mich künftig lieber um Verzeihung bitten, wenn Sie nicht lachen, obwohl ein Grund dazu vorliegt.«

»Jawohl, Sir«, sagte Maurice.

In die Gruppe unter dem Beiboot kam Bewegung. Jemand rannte über die Schleusenrampe und arbeitete sich rücksichtslos zwischen den im Wege stehenden Personen hindurch.

»Das ist doch Professor Kase!« sagte Toronar verwundert. »Was ist denn in den gefahren?«

Tajiri Kase fegte das letzte Hindernis, den Zentauren Takvorian, beiseite, was ihm einen Biß in die Schulter und einen Huftritt in den verlängerten Rücken eintrug. Er schien darauf überhaupt nicht zu reagieren. Wenige Schritte vor Perry Rhodan blieb der Mathelogiker stehen. Seine Hängebacken zitterten vor Erregung.

»Sir!« rief er erregt. »Sir, ich bitte dringend um Startaufschub. Ich muß noch einmal nach Hause. In privater Angelegenheit.«

»Privat . . .?« fragte Perry Rhodan gedehnt und mit allen Anzeichen der Mißbilligung. »Wir sollen wegen einer privaten Angelegenheit den Beginn einer Zeitreise verschieben, bei der es um das Überleben der solaren Menschheit geht . . .?«

Tajiri Kase trat verlegen von einem Fuß auf den anderen.

»Ich weiß nicht, wie ich es Ihnen erklären soll, Sir. Der Mann, der während meiner Abwesenheit mein – äh – Haus versorgen soll, hat über Visiphon angerufen und mitgeteilt . . .« Er schluckte. »Er hat gesagt, daß . . .«

» . . . daß Sir Anthony spurlos verschwunden sei«, beendete Rhodan den vergeblichen Versuch des Professors, eine Notlüge glaubwürdig zu formulieren.

»Woher wissen Sie . . . ?« begann Kase.

Dann entdeckte er den Taimoner auf Kasoms Handfläche. Sein Gesichtsausdruck wechselte von Fassungslosigkeit über jähe Freude bis zu tödlicher Verlegenheit.

»Geben Sie dem Professor seinen Hausgefährten, Oberst Kasom!« sagte Rhodan, um diesen peinlichen Momenten ein Ende zu bereiten. »Professor Kase, wir unterhalten uns während des Fluges über Anton.«

»Selbstverständlich, Sir«, antwortete Kase kleinlaut.

Er nahm seinen taimonischen Freund von Kasom entgegen und drückte den kleinen Körper an seine Wange. Kosenamen flüsternd, trat er den Rückweg zum Beiboot an.

Perry Rhodan begab sich sofort nach dem Start des Beibootes in die für ihn allein reservierte Kabine. Er wollte nachdenken und einige Anweisungen für seinen Stellvertreter auf Memo übertragen.

Erinnerungen tauchten auf, wanderten an seinem geistigen Auge vorbei und versanken wieder in der Finsternis. Perry sah sich zum erstenmal auf dem Mond stehen, das notgelandete Forschungsschiff der Arkoniden in Sichtweite.

Damals war ihm das Kugelschiff wie ein Gigant vorgekommen. Heute hätte er es als ein primitives Schiff durchschnittlicher Größe angesehen. Das Große Imperium der Arkoniden war damals der stärkste Machtfaktor der Galaxis gewesen, obwohl es innerlich schon verrottet gewesen war. Heute durften die Arkoniden froh sein, wenn man sie in Ruhe ließ. Die Imperien der abtrünnigen, von Menschen besiedelten Welten und die Akonen aus dem Blauen System teilten sich die Galaxis – und beide respektierten zähneknirschend und haßerfüllt die Macht, die Perry Rhodan und Kaiser Anson Argyris im Auftrag der solaren Menschheit repräsentierten und mit äußerster Entschlossenheit verteidigten.

Aber Repräsentation und Machtdemonstration waren nur Teile der Oberfläche. Wäre es nur darum gegangen, wie leicht hätte das Leben sein können.

Doch unter der Oberfläche wurden die wirklichen Konflikte ausgetragen, mußte sich die Menschheit täglich neu bewähren. Und sehr oft hatte sie um ihre bloße Existenz kämpfen müssen.

Perrys Finger krampften sich um die Sessellehnen, als er an den Überfall der Uleb-Bestien auf das Solsystem zurückdachte. Zu einer Zeit, als das Gros der terranischen Raumflotte das Uleb-System belagerte, waren plötzlich starke Verbände dieser Bestien über dem solaren Planeten erschienen. Sie hatten mit ihrer grauenhaftesten Waffe, dem Intervallstrahler, die terranischen Städte, Wälder und die Tierwelt zu Staub pulverisiert. Nur dem seit Jahrhunderten aufgebauten und immer wieder auf den neuesten Stand gebrachten Zivilschutz mit seinen Rettungstransmittern und Transportgeschwadern sowie den zahllosen Tiefbunkern verdankte die Menschheit, daß sie ohne große Verluste davongekommen war.

Und etwa zur gleichen Zeit war bei einem Kommandounternehmen auf einem Mond des Uleb-Planeten Rhodans Sohn gefallen – Michael Reginald Rhodan, der sich das Pseudonym Roi Danton zugelegt und mit seiner Freifahrerorganisation dem Imperium des Vaters Konkurrenz gemacht hatte. Perry hodan lächelte wehmütig, als er an die Auseinandersetzungen mit Roi und an die Abenteuer dachte, die sie gemeinsam durchgestanden hatten. Es war im großen und ganzen eine schöne Zeit gewesen.

Ein Schatten huschte über sein Gesicht.

Dann tauchten neue Erinnerungen auf, neue Gesichter: Mory, seine Frau, Allan D. Mercant, Iwan Iwanowitsch Goratschin und die anderen Mitglieder des Mutantenkorps. Tot. Von den Mutanten hatten nur Gucky, Tschubai und Lloyd die Second-Genesis-Krise überlebt. Goratschin ebenfalls, aber der Doppelkopfmutant war später von Ribald Corello ermordet worden.

Wie mochte es Corello jetzt gehen? Die letzten Nachrichten aus der Paraklinik auf Mimas waren verhalten positiv.

Perry Rhodan stand auf. Er fürchtete, noch weitere Geister der Vergangenheit heraufzubeschwören, wenn er länger allein blieb.

In der Mannschaftsmesse fand er die Teilnehmer der Zeitexpedition – außer Dr. Kenosa Bashra, der wahrscheinlich in einem Flur stand und rauchte. Es waren die gleichen Personen, die bei der ersten Zeitexpedition dabeigewesen waren, bis auf Ovaron, Merceile und Toronar Kasom. Anton stand auf dem langen Tisch und beschäftigte sich mit einer kleinen Schüssel Reisbrei. Die Anwesenden sahen aufmerksam zu, wie der Taimoner fraß und immer mehr anschwoll.

»Sage deiner rasierten Ente, sie soll aufhören«, meinte Gucky zu Professor Kase. »Der Vielfraß platzt sonst noch.«

Tajiri Kase rollte furchterregend mit den Augen.

»Was hast du zu Sir Anthony gesagt? Rasierte Ente! Du möchtest wohl mal einen rasierten Mausbiber im Spiegel sehen, was?«

»Reg dich ab, Tajiri!« erwiderte der Ilt. »Anton sieht nun einmal aus wie eine Ente, der man die Federn abrasiert hat.«

Anton rannte einen Viertelmeter rückwärts und bewies, daß seine Verdauung in Ordnung war. Danach eilte er wieder zum Freßnapf.

»Er sieht nicht nur so aus, er benimmt sich auch wie eine Ente«, behauptete Dr. Voigt Gosling. »Beinahe pausenlos fressen und verdauen.«

»Ich denke da anders«, warf Joak Cascal ein. »Ich weiß zum Beispiel nur, daß eine Ente braun und goldgelb aussieht und statt Eingeweiden eine schmackhafte Füllung besitzt.«

Gucky kicherte.

»Bevor ich zum Zeitreiseteam abkommandiert wurde«, sagte Gosling ernst, »hatte ich auf dem Mars eine kleine Farm und habe unter anderem auch Enten gezüchtet.«

Das Gesicht des Robotikers strahlte. Er deutete mit den Händen eine Höhe von etwa einem halben Meter und eine Länge von vielleicht siebzig Zentimetern an.

»So groß werden die weißen Aylesburyenten auf dem Mars. Wegen der geringeren Schwerkraft.«

»Sir Anthony wird viel größer werden, sehr viel größer«, erklärte der Ertruser. »Er ist seit vorgestern schon gewachsen. Da wog er nur vierzig Gramm, heute morgen wog er schon hundertsechzig Gramm.«

»Glumblubbil!« machte Anton und kletterte in die Schüssel, um die letzten Reiskörner zu verschlingen. Er fraß unheimlich schnell und konzentriert.

»Professor Kase . . .!« sagte Perry gedämpft.

Der Mathelogiker sah auf.

»Sir . . .?«

»Nehmen Sie bitte Ihren Taimoner und sehen Sie sich im Schiff nach jemandem um, der ihn während unserer Abwesenheit pflegt. Wir können ihn auf gar keinen Fall mit in die Vergangenheit nehmen.«

»Warum eigentlich nicht?« Atlan war anderer Meinung. »Das kleine Tier stört uns doch nicht. Und es stammt aus der Vergangenheit.«

»Es würde uns alle zu sehr von unserer Aufgabe ablenken«, erwiderte Perry Rhodan streng. »Du bist ja schon vernarrt in den kleinen Burschen.«

Atlan blickte Perry verblüfft an.

»Du hast recht, Freund. Jetzt, da du es aussprichst, merke ich, daß ich mich seit dem Start nur noch um Anton gekümmert habe.«

Rhodan nickte. »Sie alle sitzen hier und sehen einem Tier zu, anstatt Ihre Ausrüstungen noch einmal zu überprüfen und sich Gedanken über unsere Aufgabe zu machen.«

»Aber . . .«, begann Tajiri Kase.

»Es gibt kein Aber!« Rhodans Geduld war nun erschöpft. »Nehmen Sie Anton und verschwinden Sie!«

Der Ertruser stand hastig auf, nahm seinen Taimoner und verließ die Messe.

»Mann!« rief Gucky staunend. »Dir ist aber eine Laus über die Leber gelaufen, Chef!«

Rhodan blickte Ovaron an.

»Wir hatten leider nicht genügend Zeit, um über alle Probleme sprechen zu können, Ovaron. Mich interessiert eines: Wird Ihr Geheimdepot auf Titan bewacht?«

»Selbstverständlich«, antwortete der Cappin. »Es gibt ein Kommandogehirn und Verteidigungsanlagen. Ich habe die Verteidigungsanlagen allerdings niemals gesehen.«

»Niemals gesehen . . .?« wiederholte Atlan. »Das klingt, als wären Sie nicht nur einmal auf Titan gewesen.«

»Ich war elf- oder zwölfmal dort«, sagte Ovaron, »um Spezialausrüstung für meine Geheimdiensttätigkeit auf der Erde zu holen.«

»Und das Kommandogehirn hat Sie immer akzeptiert?« wollte Dr. Voigt Gosling wissen.

Schweigend öffnete der Zweidenker den Magnetverschluß seines linken Ärmels und streifte den Ärmel hoch. Ein fingerdickes, zehn Zentimeter breites Armband kam zum Vorschein. Es schimmerte in einem metallischen Blaurot.

»Mein Kommandoarmband«, erklärte der Cappin. »Es enthält unter anderem den Individualimpulsgeber, der den Öffnungsmechanismus des Depots aktiviert. Gleichzeitig weist es mich bei dem Kommandogehirn als eintrittsberechtigt aus.«

»Wahrscheinlich arbeitet es auf Sextadimbasis?« fragte Geoffry Abel Waringer mit feinem Lächeln.

Ovaron lächelte zurück. »Stimmt, Professor Waringer.«

Dem Hyperphysiker war nicht anzusehen, welche Gedankengänge hinter der hohen Stirn abliefen.

»Warum müssen wir eigentlich mehr als zweihunderttausend Jahre in die Vergangenheit gehen, um ein paar Gramm Sextagonium cappinscher Produktion zu holen? Ihr Geheimdepot müßte doch auch vor hunderttausend Jahren noch existieren, oder?«

Ovaron blickte den Professor an.

»Das habe ich mich auch schon gefragt, aber, um die Wahrheit zu sagen: Ich weiß es nicht.« Er sah Perry Rhodan fragend an. »Haben Terraner jemals ein Depot oder die Überreste eines Depots auf Titan entdeckt?«

Rhodan überlegte. An diese Möglichkeit hatte er zwar schon gedacht, sie aber rasch wieder verworfen. Auf dem sechsten Saturnmond war seit dem kosmischen Aufbruch der Menschheit so viel gebaut und verändert worden, daß ein großvolumiger Hohlraum bestimmt längst entdeckt worden wäre. Jetzt war er sich seiner Sache allerdings nicht mehr so sicher.

»Nein, Ovaron. Aber mir fiel eben ein, wie weit Sie uns mit Ihrer Sextadimtechnik überlegen sind. Falls die notwendigen Impulsaufnehmer und Tastergeräte und eventuelle Abschirmmechanismen auf Sextadimbasis arbeiten, war uns eine Anmessung bisher unmöglich.«

»Darf ich etwas dazu sagen, Sir?« fragte Dr. Multer Prest mit seiner sanften, leisen Stimme.

»Bitte!« sagte Rhodan.

Der Kosmopsychologe lächelte trübsinnig, was bei ihm allerdings ein Dauerzustand war. Unter gesenkten Lidern hervor musterte er den Cappin.

»Wie ich die Cappins einschätze«, formulierte er, ohne die Stimme zu heben, »sind sie viel zu vorsichtig, um sich auf ein solches Risiko einzulassen. Ich könnte mir vorstellen, daß sie das Depot spätestens dann demontierten, als auf der Erde die ersten Raumfahrzeuge erprobt wurden.«

»Was sollen diese Spekulationen?« fragte Ovaron verärgert. »Schön, vielleicht brauchten wir höchstens dreitausend Jahre in die Vergangenheit zu gehen, um das Sextagonium zu erhalten. Ich weiß es nicht.«

Er sah Rhodan fragend an. Perry atmete tief. Es war ihm unmöglich, sich dem Bann dieser Augen zu entziehen.

»Aber ganz gleich, ob *Sie* dreitausend, zehntausend oder auch zweihunderttausend Jahre in die Vergangenheit reisen – Sie würden ohne Sextagonium zurückkehren müssen.

Ich helfe Ihnen nur, wenn Sie mich genau acht Tage vor meiner Ankunft auf Titan absetzen und mich meine eigene Ankunft beobachten lassen!«

»Aber . . .!« hob Atlan zu einem Protest an.

»Sie täten gut daran, auf Ovaron zu hören, Lordadmiral«, warf Merceile ein. »Ich kenne ihn besser als Sie alle . . .«

»Na, na, na . . .!« meinte Multer Prest.

Merceile lächelte flüchtig und fuhr fort: » . . . und ich weiß, daß er nicht nachgeben wird. Am besten finden Sie sich damit ab. Ich kann außerdem verstehen, daß Ovaron wissen möchte, wer er eigentlich ist. Sein Plan, das von sich selbst zu erfahren, ist genial.«

Ovaron sah sie dankbar an.

Wenige Stunden später berührten die Landestützen der Korvette die Oberfläche des nahezu merkurgroßen Saturnmondes. Die künstlich erzeugte Atmosphäre entsprach im großen und ganzen der irdischen. Da sie von der Titanschwerkraft nicht gehalten werden konnte, diffundierte sie allmählich in den Weltraum, wenn auch sehr langsam. Hätte man diesen Vorgang sich selbst überlassen, wäre die Atmosphäre in ungefähr fünftausend Jahren zu dünn für den Menschen gewesen. Umwandlungsaggregate auf atomarer Basis führten ihr jedoch kontinuierlich neue Luft zu. Mit den gleichen Umwandlungsaggregaten war auch zu Beginn der Besiedlung die sehr dünne Methan-Wasserstoff-Atmosphäre eliminiert worden.

Perry Rhodan und Ovaron standen in der oberen Polkuppel des Beibootes und sahen zu dem Gebirgsmassiv am Nordpol hinüber, in dem in der Jetztzeit mächtige Verteidigungsanlagen untergebracht waren. Es war nur wenige hundert Kilometer vom Landeplatz der Korvette und des Raumfrachters entfernt, weit genug, um in der Vergangenheit nicht vom Kommandogehirn des Depots geortet zu werden, und nahe genug, um notfalls mit den Shifts in Schleichfahrt hinzugelangen.

»Zu meiner Zeit nannten wir sie die Akalos-Berge«, erläuterte der Cappin.

Rhodan spürte die verhaltene Erregung des Mannes. Er konnte ihm nachfühlen, wie ihm zumute sein mußte. Hier hatte für ihn seine Vergangenheit geendet und sein Agenteneinsatz begonnen.

»Wir . . .?« fragte er nachdrücklich.

Ovaron lächelte gedankenverloren.

»Natürlich *wir,* Großadministrator. Ich habe das Gebirge nicht benannt und kenne seinen Namen nur von dem Kommandogehirn.«

Rhodan merkte, daß auch er von einer kribbelnden Erregung gepackt wurde. Zum erstenmal verspürte er selbst den dringenden Wunsch, alles über Ovarons Vergangenheit zu erfahren. In der Vergangenheit mußten die Cappins, und nicht nur die, die auf der Erde experimentiert hatten, sehr viel über das Solsystem gewußt haben.

»Ersparen Sie sich bitte den Titel, Ovaron«, bat er leise. »Perry genügt vollkommen.«

Der Cappin sah ihn erst nachdenklich an, bevor er lächelnd antwortete:

»Einverstanden, Perry.«

Vom Schott her kam Atlans Stimme.

»Ich habe dafür gesorgt, daß der Bordmediziner sich Antons annimmt«, berichtete der Arkonide. »Dr. Cranich macht einen zuverlässigen Eindruck.«

»Danke, Atlan«, erwiderte Rhodan. »Nun wird Professor Kase hoffentlich wieder auf dem Teppich bleiben.«

Der Lordadmiral wechselte das Thema.

»Drüben wird soeben der Nullzeit-Deformator ausgeladen. Wir sollten hinübergehen. Die anderen Expeditionsteilnehmer haben die Korvette schon verlassen.«

Die Männer blickten zu dem großen Transportschiff, das nur dreihundert Meter neben der Korvette auf einem flachen Geröllfeld stand.

Das große Schott des Hauptfrachtraums hatte sich geöffnet, und die silbrig schimmernde Kugel der Zeitmaschine schwebte zentimeterweise auf unsichtbaren Kraftfeldern ins Freie.

Die beiden Giganten Tolot und Paladin stapften durch das Geröll. Takvorian sprang übermütig zwischen ihnen umher, seine Hufe schlugen Funken auf den glatten Kieseln. Lord Zwiebus saß im Sattel und bemühte sich angestrengt, darin zu bleiben. Manchmal berührten die Füße des riesigen Neandertalers den Boden.

»Er reitet Ihren Freund zuschanden«, sagte Atlan.

Ovaron schüttelte den Kopf.

»Takvorian würde niemanden im Sattel dulden, wenn er nicht wollte, Atlan. Keine Sorge, er ist sehr stark.«

Als der Boden des Nullzeit-Deformators auf der Geröllebene aufsetzte, schwangen sich die drei Männer in den Achslift und fuhren hinunter.

Eine warme Brise empfing sie draußen. Der von superstarken Kraftfeldern zusammengehaltene Kugelreaktor stand auf seiner Satellitenbahn um Titan im Zenit. Er sah aus wie die Sonne Sol von der Erde, und praktisch war er eine kleine künstliche Sonne, die wegen ihrer relativ geringen Masse lediglich von technisch erzeugten Kraftfeldern zusammengehalten werden mußte.

Perry sah hinüber zur Silhouette von Titan City, die den gesamten südlichen Horizont einnahm. Dies war die einzige Stadt des Mondes und die größte im Saturn-Sektor. Zu fast fünfzig Prozent bestand sie aus Großhotels und Bungalow-Siedlungen für die Touristen von der

Erde, die von Titan aus den Planetengiganten Saturn und sein herrliches Ringsystem beobachten wollten.

Dort, wohin wir reisen, dachte Perry Rhodan, gibt es weder Titan City noch irdische Touristen.

Es gibt auch keine Forts im Akalos-Gebirge – und wenn, dann sind sie nicht von Menschen erbaut.

Wie viele Geheimnisse birgt die Vergangenheit des Solsystems eigentlich noch? Was würden wir finden, wenn wir eine oder zwei Millionen Jahre in die Vergangenheit reisten?

Er atmete tief.

Dort, wo die Kraftfelderzeuger auf großen Antigravplattformen standen, dröhnte es auf. Mächtige Fusionskraftwerke erzeugten das Startfeld für den Raumtransporter. Langsam stieg das Kugelschiff in die Höhe, und bald war es den Blicken der Zeitreisenden entschwunden.

Unterdessen hatten Roboter und kleine Schweber die Zusatzausrüstung aus der Korvette in den Nullzeit-Deformator umgeladen. Der Kommandant des Beibootes erschien in der Bodenschleuse und meldete sich bei Rhodan ab.

Nacheinander betraten die Mitglieder der Zeitexpedition das kuppelförmige Gerät. Als das Außenschott sich hinter der letzten Person schloß, wurde die Korvette vom Startfeld angehoben.

Minuten später fuhren auch die Kraftwerksplattformen ab. Nur zwei Roboterdivisionen und fünfzig Flugpanzer blieben in respektvoller Entfernung zurück. Sie sorgten dafür, daß sich während der Jetztzeit niemand dem Ort näherte, auf dem der Nullzeit-Deformator bei seiner Rückkehr aus der Vergangenheit wieder auftauchen würde.

Aber noch war er nicht in der Vergangenheit. Perry Rhodan begab sich in die sogenannte Nullfeldzentrale.

Professor Waringer legte einen Schalthebel um. Die leistungsstarken Fusionsmeiler der Zeitmaschine liefen an. Das ganze Gerät erbebte unter dem Toben der gebändigten Kernreaktionen.

15. Juni 3434 – Jetztzeit. Neun Uhr morgens.

Die Klarmeldungen der einzelnen Abteilungen kamen prompt und mit lakonischer Kürze.

Perry Rhodan und Ovaron sahen sich kurz an, dann gab der Terraner seinem Schwiegersohn ein Zeichen.

Geoffry Abel Waringers Hand senkte sich auf eine rote Schaltplatte. In das Tosen der Fusionsmeiler mischten sich die Geräusche anderer Aggregate. Die Umgebung des Nullzeit-Deformators wurde zu einem wesenlosen Grau.

Die Reise in die Vergangenheit hatte begonnen . . .

7.

196.584 v.Chr.

Toronar Kasom lehnte mit über der Brust verschränkten Armen an der Nullfeldzentrale. Der Urenkel Melbar Kasoms verfolgte fasziniert die Vorgänge innerhalb und außerhalb der Zeitmaschine.

Für ihn war es die erste Zeitreise mit neuen Eindrücken, im Gegensatz zur Besatzung, die routinemäßig vorging.

Vollkommen erschütterungsfrei jagte der Nullzeit-Deformator gegen die Richtung des Zeitstroms in die ferne Vergangenheit. Waringers Hand lag auf einer leuchtend blauen Schaltplatte, bereit, sie im Gefahrenfall sofort einzudrücken.

Erstmalig seit dem gescheiterten ersten Vorstoß verzichtete man auf die Aktivierung des Dakkar-Tastresonators, der dafür bestimmt war, die gefährliche Rücksturzpolung zu kompensieren.

Ovaron hatte versichert, daß achtzehn Jahre vor dem Jahr 200.000 vor Jetztzeit der sogenannte Zeitläufer noch nicht eingeschaltet war. Er hatte ihn erst nach seiner Ankunft auf Titan und dem Flug zur Erde aktiviert. Dennoch war er bereits vorhanden, ebenso wie die SCHALTZENTRALE OVARON. Unbekannte hatten beides für ihn gebaut und installiert – Unbekannte auch für ihn.

Oberst Kasom schloß die Augen und konzentrierte sich auf die Arbeitsgeräusche des Nullzeit-Deformators. Er versuchte, Unregelmäßigkeiten festzustellen. Schließlich konnte niemand wissen, ob sich der Zeitläufer Ovarons nicht doch selbständig aktivierte, sowie seine Tasteranlage den Deformator im Zeitstrom entdeckte.

»Angst?« flüsterte Gucky.

Toronar senkte den Blick und sah den Mausbiber. Er hob ihn auf.

»Angst? Nein, Kleiner. Ich bin nur auf alles gefaßt. Wie will Ovaron wissen, ob sein Zeitläufer auf diesen unseren Vorstoß in die Vergangenheit reagiert hat? Er befand sich doch damals gar nicht im Solsystem.«

»Bis jetzt *hat* er nicht reagiert, Toronar. Und wenn er es noch tut, braucht Geoffry nur das Dakkar-Dingsda einzuschalten.«

Kasom fand die respektlose und burschikose Behandlung wissenschaftlicher Terminologie recht erheiternd. Dabei fragte er sich, wie oft wohl sein Urgroßvater Melbar über diesen Ilt gelächelt haben mochte.

»Wir nähern uns der Zielzeit!« meldete Waringer. Seine Stimme klang seltsam.

Ein Signal ertönte.

Alle Expeditionsteilnehmer schlossen ihre Kampfanzüge und Helme und besetzten die Gefechtsstationen. Die beiden Shifts waren klar zum Alarmstart.

Niemand konnte vorhersagen, was sie am 15. Juni 200.018 vor ihrer Realzeit auf Titan erwartete. Möglicherweise irrte sich Ovaron, und der Tag seines sogenannten Erwachens war nicht identisch mit dem Tag seiner Ankunft. In dem Fall würde der Nullzeit-Deformator vielleicht im Schußfeld eines fremden Raumschiffes auftauchen.

Der Gongschlag hallte dröhnend durch die Räume der Zeitmaschine.

Noch dreißig Sekunden.

Bei zehn minus X-Zeit zählte eine Robotstimme die Sekunden. Die Spannung unter den Zeitreisenden stieg.

»Null!«

Ein heftiger Ruck ließ den Ertruser taumeln. Gucky schrie auf. Ein tragbarer Telekom schlitterte über den Boden und gegen Merceiles Füße. Die Cappin-Frau stürzte zu Boden, wobei sie erschrocken aufschrie. Rhodan fing sie auf und mußte im nächsten Moment von Ovaron gehalten werden.

Ein dumpfes Poltern und Rumpeln drang in die Nullfeldzentrale, dann herrschte wieder Stille. Irgendwie kam der Boden Kasom schief vor. Professor Waringer schaltete die Fusionsmeiler herunter, und das Tosen wurde zu einem dumpfen Rumoren.

»Passiv-Ortung einsetzen!« befahl Rhodan.

»Eingeschaltet!« meldete Fellmer Lloyd gelassen. »Fremdenergieortung negativ.«

»Gut! Infrarotscheinwerfer an! Panoramaoptik auf Infrarotempfindlichkeit schalten!«

»Scheinwerfer an!« meldete Alaska Saedelaere.

»Panorama geschaltet«, gab Dr. Kenosa Bashra bekannt.

Oberst Toronar Kasom beobachtete aufmerksam die Schirme der Panoramagalerie, auf denen die Umgebung des Nullzeit-Deformators erscheinen mußte. Bis jetzt hatten sie nur ein verwaschenes Dunkelgrau ohne Konturen gezeigt.

Plötzlich waren Einzelheiten zu erkennen. Jemand lachte. Perry Rhodan bat um Ruhe. Eine grobkörnige Struktur wurde sichtbar.

»Wir liegen unter einem Geröllfeld«, berichtete Lloyd. Der Telepath hatte seine unerschütterliche Ruhe bewahrt. »Ich bitte um Genehmigung, die Aktiv-Ortung einzusetzen.«

»Einverstanden«, sagte Rhodan.

Fellmer Lloyd nahm eine Schaltung vor. Auf einem Bildschirm erschienen Zahlenkolonnen und Diagramme.

Lloyd wandte sich um. »Über dem oberen Punkt des Deformators liegen zwanzig Meter Geröll«, sagte er. »Nach der Rückkehr in die Jetztzeit müssen wir also die Theorie korrigieren, daß es auf Titan seit Millionen Jahren keine Bodenverschiebung gegeben hat.«

Merceile bewunderte die Kaltblütigkeit des Terraners. Ovaron dagegen nickte nur. Ihm erschien Lloyds Haltung offenbar als selbstverständlich.

»Gucky! Ras!« rief Perry Rhodan. »Springt hinaus und seht euch um. Aber vermeidet jedes Risiko.«

»Ich bin so vorsichtig wie ein Glaser«, versprach der Mausbiber, zeigte seinen Nagezahn und teleportierte.

Ras Tschubai grinste und entmaterialisierte ebenfalls.

Eine knappe Minute verstrich, da meldeten sich die Teleporter zurück. Ras Tschubai berichtete:

»Das über uns liegende Geröll hat die charakteristische Form einer Schutthalde, die von einem nahen Berghang heruntergekommen sein muß. Überhaupt sieht draußen alles anders aus als in der Jetztzeit. Von den Akalos-Bergen sieht man im Saturnschein nur die schroffen Gipfel. Der Rest wird durch mehr oder minder flache Faltengebirge verdeckt, die rings um uns aufsteigen.«

Er sah Rhodan bedeutungsvoll an und sagte:

»Außerdem besitzt Titan auf dieser Zeitebene eine geringfügig dichtere Atmosphäre als vor der Besiedlung. Mein Meßarmband wies die Moleküle von Methan sowie Wasserstoffatome auf. Die Temperatur beträgt hundertacht Grad Celsius – unter Null selbstverständlich.«

»Dichte der Atmosphäre?« fragte Rhodan.

»Mit dem einfachen Gerät nicht feststellbar. Der Luftdruck beträgt 0,12 Atmosphären, also nicht ganz ein Achtel des irdischen Luftdrucks in Meereshöhe.«

»Danke«, sagte Rhodan. »Nehmt zwei Kampfroboter vom humanoiden Typus und teleportiert mit ihnen hinaus. Die Maschinen sollen das Geröll mit ihren Desintegratoren abtragen. Aber nur feinste Strahlenbündelung anwenden!«

»Soll ich nicht telekinetisch . . .«, begann Gucky, wurde aber von Perry unterbrochen.

»Nein, dich brauchen wir später dringender, nehme ich an.«

Ovaron verstand, warum Rhodan die Roboter nur mit engster Strahlenbündelung arbeiten lassen wollte. Das Kommandogehirn des Depots durfte nicht auf ihre Ankunft aufmerksam gemacht werden.

Gucky und Tschubai verschwanden erneut. Die Zeitreisenden in der Nullfeldzentrale wußten, daß sie augenblicklich nicht viel mehr tun konnten als geduldig warten. Es würde wahrscheinlich Stunden dauern, bis der Nullzeit-Deformator völlig von den Geröllmassen befreit worden war. Schließlich mußte das gesamte hangseitige Geröll ebenfalls abgetragen werden, damit es nicht nachrutschte.

Nach einigen Minuten tauchte der Ilt wieder auf.

»Befehl ausgeführt, Perry!« meldete er. »Wir haben gleich vier Roboter an die Luft gesetzt. Jetzt eben war ich bei Icho. Freund Rotauge hat sich beinahe schiefgelacht über unser Mißgeschick, dabei ist es doch auch seines, oder?«

»Das ist eben die halutische Mentalität, Kleiner«, erklärte Rhodan. »Wo ist Ras?«

»Auch an der frischen Luft. Er läßt durch mich anfragen, ob wir uns ein wenig in der näheren Umgebung umsehen sollen.«

»Das wäre zweckmäßig. Was meinen Sie dazu, Ovaron?«

»Ich bin dafür, Perry – wenn Gucky mich mitnimmt.«

Der Terraner sagte belustigt:

»Ich auch – unter der gleichen Bedingung.« Er schloß seinen Helm wieder, den er nach den ersten Ortungsergebnissen zurückgeklappt hatte. »Atlan, würdest du während meiner Abwesenheit das Kommando übernehmen?«

Der Arkonide schlenderte zum Kaffeeautomaten.

»Wozu bin ich sonst mitgekommen«, sagte er leichten Tones. Er hob den Becher an die Lippen und nahm einen vorsichtigen Schluck. »Viel Spaß – und verlauft euch nicht.«

Perry wollte etwas erwidern, verzichtete aber dann darauf und nahm Guckys Hand. Ovaron nahm die andere, nachdem er ebenfalls seinen Druckhelm geschlossen hatte.

Der Mausbiber drehte sich zu Professor Tajiri Kase um, grinste ihn an und fragte:

»Warum fragst du nicht, ob wir uns nach linksverdrehten Schnekkenhäusern umsehen können . . .?«

Kase verzog das Gesicht, als hätte er Zahnschmerzen bekommen.

Gucky kicherte und verschwand. Rhodan und Ovaron mit ihm.

Sie materialisierten auf festem Fels neben der Geröllhalde. Im hellen Schein des riesenhaft über den Horizont ragenden Saturn waren die vier Roboter und Ras Tschubai deutlich zu erkennen.

Blaßgrüne, dünne Strahlenbündel zuckten von den Robotern immer wieder in das Geröll, strichen darüber hinweg und vergasten es Schicht um Schicht. Die Kampfmaschinen arbeiteten zügig und ununterbrochen.

Tschubai entdeckte die Angekommenen und kam zu ihnen herüber. In seiner Helmscheibe spiegelte sich ein Teil des Saturnringsystems wie ein blasser Geisterfinger.

»Wollen Sie sich umsehen?« fragte er über Helmtelekom.

»Etwas näher zum Depot hin«, antwortete Rhodan. »Aber nicht näher als bis zum Fuß der Akalos-Berge. Übernehmen Sie bitte Ovaron.«

»Gern«, sagte Ras, trat näher und faßte die im Handschuh des Raumanzugs steckende Hand Ovarons. »Gucky, ich schlage vor, wir teleportieren erst einmal auf diesen Bergkamm dort . . .«, er deutete mit der freien Hand zum Kamm eines flachen Faltengebirges, ». . . und orientieren uns.«

»Einverstanden, Ras«, sagte Gucky. Da befand er sich mit Rhodan allerdings schon auf dem bezeichneten Bergkamm. Kurz darauf rematerialisierten Tschubai und Ovaron.

»Wir teleportieren zu diesem leicht ansteigenden Hang im Schatten einer Felswand.« Rhodan deutete in Richtung Norden. Die bezeichnete Stelle war ungefähr acht Kilometer entfernt.

»Warum nur so ein kleines Stück?« fragte Gucky. Als er keine Antwort erhielt, konzentrierte er sich kurz und sprang.

Perry Rhodan spürte das leichte Ziehen der Wiederverstofflichung. Gleichzeitig fühlte er, wie ihm die Beine unter dem Leib wegglitten. Er stürzte auf den Rücken und schoß mit hoher Geschwindigkeit einen Hang hinab. In seinem Helmempfänger hörte er den Mausbiber schimpfen.

Eis! dachte er. Wir sind auf einem Eishang materialisiert!

Er wurde herumgewirbelt, als sein schwerer Aggregattornister gegen eine Unebenheit stieß. Etwa hundert Meter weiter erblickte Rhodan eine Gruppe gezackter Felsen. Er griff nach der Aggregatsteuerung, besann sich aber rechtzeitig und zog die Hand wieder zurück. Noch immer drehte er sich, und ein Impuls aus dem Pulsationstriebwerk mochte ihn noch schneller gegen die Felsen schleudern.

»Gucky!«

Perry spürte einen Griff an seinem Unterarm, dann saß er unterhalb des Eishanges auf einem Steinblock. Neben ihm kauerte der Mausbiber und starrte auf die Eisfläche, über die zwei Gestalten in Raumkampfanzügen schlitterten: Ovaron und Tschubai.

Der Teleporter sprang immer wieder, um Kontakt mit Ovaron zu erhalten, verfehlte den Cappin aber jedesmal.

Im nächsten Augenblick ging Ovaron hoch wie eine alte Düsenmaschine.

»Spring allein!« rief Gucky über Helmfunk.

Tschubai rematerialisierte neben Rhodan. Sekunden später setzte der Cappin zur Landung an und sank neben dem Mausbiber sanft zu Boden. »Vielen Dank, Gucky«, sagte er. Seine Stimme klang ein wenig belegt.

»Nichts zu danken«, erwiderte der Ilt. »Aber meinem Chef habe ich etwas zu sagen! Perry, beim nächstenmal siehst du genau hin, bevor du uns ein Teleportationsziel angibst!«

»Der Hang lag im Schatten, Kleiner«, entschuldigte sich Rhodan. »Was ist das eigentlich? Gefrorenes Wasser oder Trockeneis?«

»Trockeneis«, erwiderte Ras Tschubai.

»Woher wissen Sie das, Ras?« fragte Perry.

Der Teleporter streckte die Hand aus. Auf der Fläche lagen ein paar Krümel Eis. Die Männer und Gucky konnten zusehen, wie es ohne jeden Rückstand innerhalb von Sekunden verdunstete. Gefrorenes Wasser wäre auf dem warmen Handschuh geschmolzen.

»Die Atmosphäre muß also auch Kohlendioxyd enthalten«, meinte Rhodan. »Aber nur in geringen Mengen. Ich nehme an, das Trockeneis verdunstet nur dann in meßbaren Mengen, wenn die Rückstrahlung des Saturn die Temperatur der Atmosphäre ansteigen läßt. Sobald die Temperatur wieder sinkt, schlägt sich das CO_2 als Kohlensäureschnee nieder.«

Ovaron räusperte sich.

»Man könnte glauben, diese Expedition diene lediglich wissenschaftlichen Zwecken, Perry.«

»Das ist eben die terranische Art, wie wir die Dinge angehen«, antwortete Rhodan. »Uns interessieren in erster Linie wissenschaftliche Erkenntnisse und Zusammenhänge. Es ist das einzige Beständige im Universum. Die Kämpfe gegen irgendwelche Gegner sind dagegen nur Pflichtübungen, denen wir uns zum Zwecke der Selbsterhaltung unterziehen.«

»Ich verstehe«, erwiderte der Cappin. »Aber wenden wir uns nun wieder den Pflichtübungen zu. Ich schlage vor, die Teleporter bringen uns bis an den Fuß der Akalos-Berge heran, damit wir uns dort umsehen können.«

»Einverstanden«, sagte Perry Rhodan. »Gucky, Ras!«

Die beiden Teleporter faßten wieder die Hände ihrer Begleiter und sprangen. Ohne daß sie sich abgesprochen hätten, rematerialisierten sie in hundert Metern Höhe am Fuß der Akalos-Berge, orientierten sich während des Absturzes und teleportierten in einem Kurzsprung auf sicheren Boden.

Perry Rhodan ließ Guckys Hand los und sah sich um. Das Land lag im geisterhaft bleichen hellen Schein des Saturn und war von einer kalten, drohenden Schönheit.

An den schroffen, wie angenagt wirkenden Gipfeln der Berge hingen elfenhaft zarte, beinahe unsichtbare Kristallwolken. Trockeneisfelder reflektierten das Saturnlicht, und über ihnen war ein beständiges Flackern, Blitzen und Funkeln, hervorgerufen durch die Methan-Wasserstoff-Atmosphäre, die in der Verdunstungskälte über den Trockeneisfeldern kondensierte.

Plötzlich schoß eine Geröll-Lawine zu Tal, der Schall pflanzte sich in der dünnen Atmosphäre nur schlecht fort.

Perry blickte zur Seite, als er eine Bewegung Tschubais bemerkte. Ras hielt eine kleine, weltraumfeste elektronische Kamera in den Händen und filmte die Titan-Landschaft. Er lächelte.

Wir Terraner haben das Staunen noch nicht verlernt, dachte er, das ehrfürchtige Wundern über den Zauber der Natur. Dies hier ist nur die Oberfläche eines Mondes im Solsystem, dennoch nimmt ihre Schönheit uns gefangen, als wären wir in einer fremden Galaxis.

Nur mühsam kam er von diesen Gedanken los und wandte sich wieder praktischen Erwägungen zu.

Er musterte den halb mit Geröll verschütteten Austritt einer tiefen Schlucht. Sie schien direkt ins Herz der Akalos-Berge zu führen. Ihm erschien sie als guter Anmarschweg.

Rhodan machte den Cappin darauf aufmerksam.

»Ich hatte den gleichen Gedanken, Perry«, sagte Ovaron. »Leider weiß ich nicht, ob diese Schlucht ihre Richtung ungefähr beibehält. Ich habe mich bei meiner ersten Ankunft und den späteren Besuchen nicht weiter auf Titan umgesehen. Woher hätte ich wissen sollen, daß ich einmal Geländekenntnisse gebrauchen könnte!«

»Ein Terraner hätte sich umgesehen!« erwiderte Rhodan.

»Ich habe inzwischen selbst gemerkt, daß Sie sehr gründlich vorgehen«, antwortete Ovaron. »Vor wenigen Tagen hätte ich es noch für Pedanterie gehalten. Also, halten wir diese Schlucht als Anmarschweg fest, Perry. Je tiefer wir später ins Gebirge eindringen, desto besser werde ich mich orientieren können. Die Korkenzieherschlucht läßt sich auf jeden Fall nicht verfehlen.«

»Korkenzieherschlucht?« fragte Rhodan.

»So habe ich sie eben genannt, Perry. Langsam fange ich an, wie ein Terraner zu denken.«

»Das geht allen so, die mit diesen rauhbeinigen, sentimentalen Burschen von der Erde in nähere Berührung kommen«, lispelte Gucky. »Aber sollten wir nicht ein wenig näher an deine Flaschenöffnerschlucht gehen?«

»Nein, lieber nicht.« Ovaron hatte Bedenken. »Ich möchte das Kommandogehirn meines Depots nicht zu früh argwöhnisch machen.«

»Hm . . .!« stimmte Perry Rhodan zu. »Springen wir also zurück.«

Kurz darauf materialisierten sie neben »ihrer« Geröllhalde. Die Roboter hatten bereits Fortschritte erzielt. Ein Teil der Kuppel des Nullzeit-Deformators ragte über das Geröll hinaus. Die vier Personen konnten direkt sehen, wie Stück um Stück ihres Zeitreisegeräts freigelegt wurde.

»Bringt uns in die Nullfeldzentrale!« sagte Rhodan. »Ich denke, wir können die Ausschleusung der Shifts vorbereiten.«

»Wozu die Eile, Perry?« dämpfte der Cappin seinen Eifer. »Wir haben noch genug Zeit.«

Der Großadministrator antwortete nicht darauf.

Als sie in der Nullfeldzentrale wieder verstofflichten, fanden sie die Besatzung in heftiger Diskussion beisammen. Mit einem Blick sah Perry Rhodan, daß Tajiri Kase das Objekt des heiß entbrannten Streites war. Der Mathelogiker stand mit gesenktem Kopf da und ließ stoisch eine Schimpfkanonade Professor Bhang Paczeks über sich ergehen.

»Gut, daß Sie kommen, Sir!« rief der schmächtige Hyperstruktur-Kalkulator beim Auftauchen Rhodans. »Dieser Schneckensammler hat uns alle hinters Licht geführt.«

Perry schaute verständnislos drein.

»Anton ist an Bord«, erläuterte Atlan unbewegten Gesichts.

Die anderen wollten alle zugleich auf Rhodan einreden. Doch er befahl Ruhe.

»Das ist nur eine Behauptung«, sagte er zu Atlan. »Ich sehe den Taimoner nicht.«

»Das Vieh hat meine Zigaretten gefressen!« schrie Bhang Paczek. »Bis auf ein paar kärgliche Überreste.«

Er ging zu einem Schaltpult, nahm einen Karton und hielt ihn dem Großadministrator hin. Rhodan sah Tabakfasern, zerfetztes Zigarettenpapier und angefressene Zigarettenschachteln.

»Außerdem hat Anton sich in die Bordapotheke geschlichen und eine Zwanzigerpackung mit hochwertigem Ara-Stimulans gefressen«, sagte Dr. Multer Prest. »Wenn wir das Tier nicht innerhalb der nächsten fünf Minuten finden und behandeln, geht es ein.«

»Hoffentlich!« tobte Paczek.

»Seien Sie still!« fuhr Kase ihn zornig an. »Wie können Sie einem anderen Lebewesen den Tod wünschen!«

»Professor Kase!« sagte Rhodan streng. »Sie sollten Anton doch einem Besatzungsmitglied der Korvette überlassen . . .!«

»Das habe ich auch getan, Sir«, verteidigte sich der Ertruser.

Rhodan blickte seinen arkonidischen Freund fragend an.

Atlan nickte.

»Ich war selbst dabei, wie Anton an Dr. Cranich übergeben wurde, Professor Kase hatte keine Gelegenheit, noch einmal zurückzugehen und Anton mitzunehmen. Das Tier muß Cranich entwischt sein und sich heimlich an Bord des Deformators geschlichen haben.«

Perry Rhodan war ungehalten.

Da war nun bei dieser Zeitexpedition bis auf die Sache mit der Geröllebene alles glatt verlaufen, und nun stiftete diese kleine Mischung zwischen Ente und Minisaurier Verwirrung.

»Suchen Sie das Tier!« befahl er verdrossen. »Alle! Cascal, Sie werden inzwischen einen ausbruchssicheren Käfig herstellen. In dieser angespannten Situation können wir keine weiteren Nervenbelastungen ertragen.«

Er setzte sich in einen Sessel und blickte gedankenverloren auf die Bildschirme der Panoramagalerie, während einer nach dem anderen die Nullfeldzentrale verließ. Der Zwischenfall mit Anton war rasch vergessen. Er hatte ein wirkliches Problem. Es betraf die Notwendigkeit, einige Gramm Sextagonium aus der Cappin-Produktion so schnell wie möglich zu beschaffen und in die Jetztzeit zurückzubringen, ohne gegen die Interessen Ovarons zu verstoßen.

Nach langem Nachdenken atmete Rhodan befreit auf. Er glaubte, die Lösung gefunden zu haben. Er bat Ovaron über den Interkom, so schnell wie möglich in die Nullfeldzentrale zu kommen.

Der Cappin trat ein. Er war etwas außer Atem. »Ich habe Anton eingefangen, Perry«, berichtete er. »Dieser Taimoner hockte unter den Überladungspolen von Reaktor drei und war derart stark aufgeladen, daß man ihn nicht mit bloßen Händen berühren konnte.«

Rhodan hatte bei der Erwähnung des Tieres ärgerlich das Gesicht verzogen.

»Sie sprechen so, als lebte Anton noch, Ovaron?«

»Und wie er lebt!« Ovaron lachte, dann schüttelte er den Kopf. »Er muß einen absolut fremdartigen Metabolismus haben, denn er fühlte sich unter den Entladungspolen offensichtlich wohl. Außerdem ist er mächtig gewachsen. Er ist fast dreißig Zentimeter lang und zwanzig Zentimeter hoch. Wahrscheinlich eine Auswirkung des Ara-Stimulans.«

»Na, das freut mich aber«, erwiderte Rhodan sarkastisch. »Er wird noch so groß werden, daß er nicht mehr in den Deformator hineinpaßt. Vorher frißt er uns alle auf. Was haben Sie mit ihm gemacht?«

»Oberst Cascal hat ihn in seinem Käfig untergebracht. Inzwischen baut er einen neuen, größeren Käfig.«

Ovaron sah den Terraner prüfend an.

»Worüber wollten Sie mit mir sprechen, Perry?«

»Nehmen Sie Platz!« bat Rhodan. »Es geht um Ihren Kodegeber. Wie Sie sagten, sind Sie bei jedem Besuch anstandslos eingelassen worden.«

»Stimmt. Das Kommandogehirn kennt den Identifizierungskode.«

»Kennt es ihn jetzt schon?«

Ovaron stutzte.

»Sie meinen, heute, acht Tage vor meiner Ankunft?«

»Genau.«

»Ich weiß es nicht, Perry.«

»Aber es wäre doch denkbar, nicht wahr?«

»Worauf wollen Sie hinaus, Perry?«

Rhodan sah ihm offen ins Gesicht.

»Ich möchte ein Risiko vermeiden, Ovaron. Nennen wir Sie einmal Ovaron I und den Mann, der in acht Tagen auf Titan eintreffen soll, Ovaron II. Ovaron I kennt und vertraut uns, oder?«

»Das wissen Sie, Perry.«

»Schön. Aber Ovaron II kennt uns nicht. Er kann uns gar nicht vertrauen. Ich bin nicht sicher, daß Sie ihn dazu bewegen können, uns etwas Sextagonium abzugeben. Vielleicht hält er das Ganze für einen ausgemachten Betrug und weist sein Kommandogehirn an, uns nicht an das Depot herankommen zu lassen.«

»Ich verstehe. Sie wollen ein Risiko vermeiden und sind bereit, dafür ein anderes Risiko einzugehen. Offen gestanden, ich halte das für gefährlich. Außerdem verstößt es gegen unsere Abmachung.«

»Ich darf nicht an meine persönliche Sicherheit denken«, versetzte Perry Rhodan ruhig. »Die Existenz der solaren Menschheit hängt davon ab, daß wir ein paar Gramm Sextagonium aus der Produktion Ihres Volkes bekommen, Ovaron. Für Sie ist das Risiko größer, sich auf den guten Willen von Ovaron II zu verlassen, als das, vor seiner Ankunft ins Depot einzudringen. Das Kommandogehirn kennt den Kode entweder bereits jetzt und läßt uns ein, oder es kennt ihn noch nicht und läßt uns nicht ein. Ich persönlich denke mir, daß das Gehirn gleich nach der Fertigstellung des Depots Ihre Impulsdaten erhielt.«

»Warum fragen Sie mich dann überhaupt?« erwiderte Ovaron. »Brechen Sie unsere Abmachung ruhig.« Es klang bitter.

Rhodan preßte die Lippen zusammen.

»Ich schlage einen Kompromiß vor. Sie führen uns morgen zu Ihrem Depot. Das verstößt nicht gegen die Abmachung, denn wir müssen ohnehin vor der Ankunft von Ovaron II dort sein, um beobachten zu können. Alles Weitere besprechen wir an Ort und Stelle.«

Nach kurzer Überlegung sagte Ovaron zu.

»Akzeptiert, Perry.« Er lächelte. »Sie wollen natürlich versuchen, mich während der Fahrt umzustimmen. Das ist Ihr gutes Recht. Aber es ist auch mein gutes Recht, mich nicht umstimmen zu lassen.«

»Wir werden sehen«, sagte Rhodan ausweichend.

Zwei Stunden später war der Nullzeit-Deformator freigelegt. Unterdessen hatte der 16. Juni 200.018 vor Jetztzeit begonnen. Diese Seite Titans lag wieder in beinahe absoluter Dunkelheit, denn sie war vom Saturn abgewandt und der Großplanet stand außerdem zwischen Titan und Sol.

Die Außentemperatur war auf minus 180 Grad Celsius gesunken. Im Shift-Hangar des Deformators wurden die Startvorbereitungen beendet. Icho Tolot und der Paladin-Roboter standen unbeweglich auf der Geröllhalde. Sie sollten als Vorausabteilung und Rückendekkung fungieren. Da der Haluter am schwersten zu orten sein würde, sollte er als Vorhut das Gelände sondieren.

Außer Tolot und dem Thunderbolt-Team sollten Toronar Kasom, Ovaron und Merceile sowie Takvorian mitfahren. Außerdem Alaska Saedelaere, Lord Zwiebus und Professor Dr. Bhang Paczek. Die drei Mutanten nahmen selbstverständlich an dem Vorstoß teil.

Perry Rhodan und Atlan überwachten die Besetzung der Shifts.

Shift eins würde von Toronar Kasom gesteuert werden. Zu seiner Besatzung gehörten außer Perry Rhodan die beiden Cappins, Takvorian und Gucky. Die übrigen fünf Personen stiegen in Shift zwei.

»Ich bin es allmählich leid«, flüsterte der Arkonide, »immer nur als Befehlshaber des Deformators zurückzubleiben. Diese Aufgabe könnte ein anderer Mann ebensogut erfüllen.«

»Nicht so gut wie du«, widersprach Perry Rhodan leise. »Du besitzt die größten Erfahrungen, die größte Kaltblütigkeit und handelst umsichtiger, als ein anderer das könnte.«

»Das macht mich eigentlich für die Führung der Expedition geeignet, Perry. Warum bleibst du nicht einmal zurück?«

»Weil ich mit Ovaron noch eine Menge zu besprechen habe.«

Atlan sah ihn forschend an.

»Du willst ihn hoffentlich nicht zu einer Unvorsichtigkeit überreden, Perry! Ich kenne dich. Im Grunde deines Wesens bist du der neugierige, tatendurstige Barbar von ehemals geblieben.«

Rhodan lachte.

»Ich kenne mein Psychogramm selbst, Freund.« Seine Stimme wurde hart. »Es bleibt dabei. Du übernimmst den Befehl über den Nullzeit-Deformator, und ich führe die Shifts zu Ovarons Depot!«

Der Arkonide resignierte. »Wie du willst. Ich habe mich deinem Befehl unterstellt und muß die Konsequenzen tragen. Aber ich warne dich. Werde nicht leichtsinnig, Perry!«

»Du kennst mich doch, Atlan.«

»Eben!«

Der Lordadmiral drehte sich brüsk um und verließ den Hangar.

»Ist der Ex-Imperator sauer, Chef?« fragte Gucky von der Schleuse des ersten Shifts.

Auf Rhodans Stirn schwoll eine Ader.

»Sprich nicht so respektlos von Atlan! Er ist ein wunderbarer Mensch und ein zuverlässiger Freund.«

Gucky mimte den Beleidigten.

»Und er nörgelt dauernd an dir herum!«

»Atlan nörgelt nicht, er sagt nur offen seine Meinung, und zwar aus Pflichtbewußtsein und Freundschaft. Ein wirklicher Freund ist niemals ein bequemer Freund.«

»Soso . . .! Dann verstehe ich nicht, warum du vorhin so finster dreingeschaut hast, Perry.«

Rhodan sah Gucky scharf an. Der Mausbiber präsentierte die Unschuldsmiene eines Säuglings.

»Du verflixter Teufelsbraten, du!« sagte Perry Rhodan. »Hast wieder den Psychologen gespielt, weil du merktest, daß ich verärgert war!«

»Kann man sich über einen Freund ärgern?« fragte Gucky hinterhältig.

»Aber natürlich!«

»Aha! Und da du dich vorhin über mich geärgert hast, bin ich noch immer dein Freund«, stellte Gucky mit dreister Mausbiberlogik fest.

Er verschwand im Shift, bevor Perry etwas gefunden hatte, das er ihm an den Kopf werfen konnte.

Sekunden später betraten Ovaron, Merceile und Takvorian den Hangar. Der Mutant trug seinen transparenten Raumanzug, der auf der Erde für ihn angefertigt worden war. Der Aggregattornister war aufgelegt worden und hing links und rechts über Takvorians Rücken. Die Schaltungen dafür sowie zwei Energiewaffen befanden sich unter der Pferdekopfmaske und konnten von dem Oberkörper des Zentauren bedient werden.

»Nun, wie sehe ich aus?« fragte Takvorian und scharrte mit den Überhufen aus Panzertroplon.

»Wie ein Pferd im Raumanzug«, antwortete Rhodan schlagfertig.

Merceile amüsierte sich königlich.

»Steigen wir ein«, sagte Perry. »Ich möchte in fünf Minuten aufbrechen.«

Toronar Kasom hatte seinen Platz in der Steuerkanzel bereits eingenommen.

»Eine feine Sache, dieser Allzweckpanzer«, sagte er anerkennend und strich zärtlich über die Kontrollen. »Im Dabrifa-Imperium benutzt man noch die gleichen Ausführungen wie vor tausend Jahren. Diese Shifts hier aber sehen nicht nur ganz anders aus, sie sind in jeder Beziehung verbessert worden.«

»Wir sind eben fortschrittlich, Oberst!« konterte Rhodan. Mit seinen Gedanken war er aber schon vor Ovarons Geheimdepot.

Nachdem die Besatzung beider Shifts eingestiegen war, gab Rhodan den Startbefehl. Das Innenschott wurde geschlossen. Pumpen saugten die Luft aus dem Schleusenhangar, dann glitt das Außenschott zur Seite.

Mit seufzendem Geräusch schoß die dünne Titan-Atmosphäre herein. Man hatte in ihr unterdessen auch Spuren von Ammoniak entdeckt.

Das Summen der Antriebsreaktoren und Elektromotoren wirkte einschläfernd.

Die beiden Shifts kletterten einen Hang hinauf. Ihre breiten Gleisketten mahlten im Trockeneis und schleuderten weiße Schwaden nach hinten, die in der dünnen Atmosphäre verblüffend schnell wieder zu Boden sanken.

Aus dem Laderaum klangen die Stimmen von Merceile, Gucky und Takvorian in die Steuerkanzel. Neben dem mächtigen Spezialsessel Kasoms hatten nur noch ein normaler Sessel und ein Notsitz Platz. Ovaron benutzte den Notsitz und blickte grübelnd nach vorn.

Perry Rhodan betrachtete fasziniert das Ringsystem Saturns. Die Sonne war rund neun astronomische Einheiten von Saturn entfernt, also neunmal weiter als von der Erde. Dennoch gleißte und funkelte die Ringmaterie so hell, daß bei längerem Hinsehen die Augen schmerzten.

Saturn selbst nahm inzwischen den gesamten südlichen Himmel Titans ein und ragte östlich und westlich noch weit über den Mond hinaus. Der Anblick aus dieser Nähe hatte etwas Ehrfurchtgebietendes an sich.

Ein kleiner kreisförmiger Schatten wanderte über die erstarrt wirkenden Streifen Saturns. Im ersten Moment dachte Perry, es wäre der Schatten Titans, doch dann merkte er, daß sich das Gebilde entgegengesetzt der Titanbahn bewegte. Es konnte sich also nur um den Schatten der gegenläufigen Phoebe handeln, die weit draußen – ungefähr zehnmal weiter als Titan – um den Planeten kreiste.

Ein seltenes, atemberaubendes Schauspiel.

In der Jetztzeit, also mehr als 200.000 Jahre später, ließen die dichte Atmosphäre und die künstlichen Sonnen eine solche Beobachtung nur alle siebenhundertdrei Jahre zu.

Der Shift rutschte nach links, und die Antriebsmaschinen heulten auf, um das Fahrzeug wieder auf den richtigen Kurs zu bringen. Auf dem Kontrollpult blinkte eine gelbe Warnlampe.

»Die Ketten sind vereist!« gab der fassungslose Ertruser durch. Er stoppte hart, fuhr ruckartig wieder an und stoppte erneut. Langsam drehte sich das Heck des Shifts herum.

»Weiterfahren, Kasom!« schallte Tschubais Stimme aus dem Telekomempfänger.

Doch das Fahrzeug wollte dem Obersten nicht mehr gehorchen. Es kam kaum von der Stelle. Draußen wirbelte eine große Eiskristallwolke auf, dann stieß der Bug von Shift zwei sanft gegen die Flanke von Nummer eins.

Toronar Kasom betätigte die Verankerung. Aus den Kettengliedern spreizten sich scharfe Terkonitstacheln ab und bohrten sich in die Trockeneisfläche.

»Das muß ich mir von draußen ansehen, Sir«, sagte Kasom. Er schaltete den Antrieb aus und zwängte sich gebückt aus seinem Sitz. Ovaron mußte in den Laderaum klettern, um den Ertruser hinauszulassen.

Aus dem anderen Shift stieg zur gleichen Zeit Ras Tschubai aus. Die beiden Männer sahen sich die Gleisketten an, gestikulierten heftig und kehrten in ihre Shifts zurück.

»Nun . . .?« fragte Rhodan gespannt.

»Das Trockeneis sitzt wie Beton zwischen den Kettengliedern«, berichtete der Ertruser. »Wir sollten in Zukunft Eisflächen meiden.«

»Ich habe einen besseren Vorschlag«, warf der Cappin ein. »In dieser Zeit wird der Weltraum nur in Erdnähe überwacht, Perry. Wir könnten also ruhig die Antigrav- und Impulstriebwerke einsetzen, ohne daß die auf der Erde lebenden Cappins etwas davon merken.«

Perry Rhodan ließ sich diesen Vorschlag durch den Kopf gehen. Aber nach kurzer Überlegung lehnte er ab.

»Zu gefährlich, Ovaron. Ich kenne die Technik Ihres Volkes. Eine zufällige Ortung läßt sich nicht völlig ausschließen. Wir setzen den Weg weiterhin nur auf Gleisketten fort.«

Da der Telekom eingeschaltet war, wenn auch nur auf geringe Reichweite eingestellt, hatte Tschubai mithören können. Eine besondere Anweisung erübrigte sich demnach.

Toronar schaltete den Antrieb wieder ein, benutzte die Impulsknüppelsteuerung aber ausschließlich dazu, den Shift mit dem Bug in Fahrtrichtung zu halten. Die Ketten rutschten stärker als zuvor. Schlingernd und bockend jagte der Shift zum Rand des Eisfeldes, rumpelte durch Bodenwellen hindurch und gehorchte wieder.

Auf dem rauhen Fels bröckelte das Eis allmählich von den Ketten. Die Fahrt gestaltete sich dennoch recht schwierig, da sie von nun an allen Eisfeldern ausweichen mußten.

Perry Rhodan störte sich nicht daran. Es spielte keine Rolle, ob sie ein oder zwei Stunden später vor dem Geheimdepot ankamen als geplant. Das Problem »Ovaron II« dagegen bereitete ihm um so mehr Sorgen, je länger er darüber nachdachte.

Wenn der Cappin es in sieben Tagen ablehnte, den Terranern Sextagonium zu liefern, bedeutete das den Untergang der solaren Menschheit. Der Evakuierungsplan garantierte zwar die Rettung des Lebens, aber eine Zukunft ohne die Erde und die anderen solaren Planeten konnte sich Rhodan kaum vorstellen. Vor allem würde die Menschheit durch einen Verlust ihres Ursprungsplaneten schweren psychischen Schaden davontragen.

Saturn lenkte ihn für wenige Minuten von seinen Problemen ab. Titan stand jetzt so, daß man von den Shifts aus den Weltraum nicht mehr sehen konnte. Der gesamte Himmel wurde allein vom Saturn eingenommen. Es sah aus, als wölbte sich eine streifige Mondoberfläche. Die Ringe waren nur als schmaler Strich zu erkennen, der in der Mitte fast schwarz war und sich nach den Rändern zu allmählich aufhellte.

»Ein bedrückender Anblick«, meinte Ovaron. »Es sieht so aus, als wäre der Himmel ein riesiges Flammenmeer.«

Toronar Kasom schaltete den Telekom auf maximale Aufnahmeleistung und verstellte die Justierung. Aus den Lautsprechern kam ein hohles, an- und abschwellendes Brausen, Donnern und Heulen: die Radiostrahlung des Saturn.

»Musik aus der Hexenküche«, bemerkte der Ertruser.

Perry Rhodan nickte. Sein Gesicht wirkte im Licht Saturns bleich und abgespannt. Um die Augen lagen dunkle Schatten.

Oberst Kasom schaltete den Telekom wieder zurück und konzentrierte sich auf die Steuerung des Shifts. Im Osten wurde ein sichelförmig gebogener Streifen Dunkelheit erkennbar. Saturn hatte den Zenit überschritten.

Perry Rhodan sah zu den Akalos-Bergen hinüber. Sie waren höchstens noch zwölf Kilometer von ihrem Fuß entfernt. Das Licht Saturns ließ keinen Schatten zu, es war allgegenwärtig. Die bizarren Formen der steil aufragenden Berge wirkten irgendwie unnatürlich.

Sie schienen Kälte auszuströmen. Auf der Erde sahen Berge ganz anders aus, anheimelnd, beruhigend, verlockend.

Als die Shifts den Fuß des Gebirges erreichten, gab es auf Titan wieder Licht und Schatten. Vom Saturn war nur noch ein Drittel zu sehen. Bald mußte die Sonne aufgehen.

Kasom glich einem ehernen Denkmal. Reglos saß er da, nur die Hände bewegten sich ab und zu, um den Kurs oder die Geschwindigkeit zu korrigieren. Die Schlucht, die Rhodan und Ovaron zusammen mit den Teleportern ausgekundschaftet hatten, wurde erreicht. Unaufhaltsam setzten die Allzweckpanzer ihren Weg fort, umfuhren Hindernisse, kletterten über Geröllhalden und mieden die glitzernden Trockeneisfelder. Immer stärker breiteten sich die Schatten aus, füllten die Schlucht zum größten Teil und milderten die scharfen Kanten der Felsen. Mit prächtigem Farbenspiel ging Saturn unter.

Wenige Minuten später ging ein heller, funkelnder Stern auf – die Sonne. Perry Rhodan schaltete die Kanzelabfilterung ein und sah, daß Sol vom Titan aus nicht größer war als ein Daumennagel. Ohne Filter konnte man sie überhaupt nur als besonders hellen Stern sehen. Sie besaß nicht genug Kraft, um die Atmosphäre des Saturnmondes zu erwärmen. Im Gegenteil, die Temperatur sank um einige Grade. Die Rückstrahlung Saturns war stärker gewesen als die unmittelbare Strahlung der Sonne.

»Halten Sie bitte an, Oberst Kasom!« bat Ovaron unvermittelt.

Der Ertruser blickte Rhodan fragend an, der ihm ein Zeichen des Einverständnisses gab.

»Anhalten!« sagte Kasom zu Tschubai, fuhr wenige Meter weiter und betätigte dann die elektronische Bremse.

Der Shift wurde langsamer und hielt an.

»Ich erkenne den Vorsprung dort drüben«, sagte der Cappin und deutete zu einer natürlichen Plattform, die etwa hundert Meter weiter an einem scharfen Knick aus der rechten Wand der Schlucht ragte. Sie glich einer Kanzel.

»Wahrscheinlich habe ich den Vorsprung von der Schlucht aus gesehen«, fuhr Ovaron fort. »Wir müssen also ganz nahe sein.«

Er machte einen äußerst nervösen Eindruck. Das gepreßte Lachen paßte dazu.

»Seltsam, daß ich mich an etwas erinnere, das ich erst in sieben Tagen sehen werde. Es ist verrückt, nicht wahr?«

Rhodan nickte.

»Nur nicht zuviel darüber nachdenken, Ovaron. Sie sind, wenn ich es einmal so ausdrücken darf, ›unter‹ die eigene Vergangenheitsebene gereist. Das allein stellt schon ein Zeitparadoxon dar. Aber das wußten wir ja schon, bevor wir diese Zeitreise antraten.«

Ovarons Gesicht verriet, daß der Cappin soeben eine Psychokrise durchgemacht hatte. Sie war überstanden, aber es würde nicht die einzige bleiben.

»Wir fahren weiter!« entschied Rhodan. »Ovaron, sobald Sie den Eingang der Korkenzieherschlucht sehen, geben Sie Oberst Kasom ein Zeichen.«

Die Shifts ruckten an. Auf der Erde hätte man ihre Ketten über den Fels donnern hören, in der dünnen Atmosphäre Titans übermittelten die Außenmikrophone nur ein schwaches Knistern und Rascheln.

Bei der Felsenkanzel machte die Schlucht einen scharfen Knick nach links und verbreiterte sich. In höchstens zehn Metern Entfernung entdeckte Perry Rhodan in der rechten Steilwand einen dunklen Spalt.

Im nächsten Moment gebot der Cappin Halt.

»Wir sind da!« verkündete er mit leicht vibrierender Stimme. »Das ist der Eingang zur Korkenzieherschlucht!«

8.

»Hoffentlich ist Tolot nicht daran vorbeigelaufen«, meinte Kasom besorgt. »Ich sehe ihn nicht.«

Perry Rhodan lächelte amüsiert.

»Der Haluter und vorbeilaufen! Eher stürzt Titan auf den Saturn! Ich nehme an, er ist schon ein Stück vorausgegangen.«

Er wandte sich um und nickte befriedigt, als er den Paladin-Roboter unbeweglich unter der Felsenkanzel stehen sah. Uneingeweihte hätten ihn allerdings niemals für einen Roboter gehalten. Die biologisch lebende Verkleidung und der Kampfanzug mit dem mächtigen Kuppelhelm ließen Paladin wie einen Haluter aussehen – allerdings wie einen selbst für Halut riesenhaften.

Die Siganesen in dem gewaltigen Roboter mußten wohl bemerkt haben, daß Perry Rhodan zu ihnen hinüberblickte. Der Paladin hob beide Handlungsarme und drückte demonstrativ die Daumen.

»Ah, da kommt er ja!« rief Toronar Kasom. Die Stimme des Ertrusers dröhnte beinahe unerträglich in der Steuerkanzel.

Rhodan sah wieder nach vorn.

Der Haluter stand am Eingang der Korkenzieherschlucht und winkte. Dann sprang er mit einem einzigen Satz bis zu Shift eins.

»Ich bin einen Kilometer in die Schlucht hineingegangen, Rhodanos«, meldete er über Telekom. »Alles still und unverdächtig.«

»Daran wird sich kaum etwas ändern«, meinte Ovaron. »Ich habe so eine Ahnung, als ob das Kommandogehirn nicht auf die Annäherung Fremder reagiert. Es sei denn, jemand versucht, ins Depot einzubrechen.«

»Auch dann nicht, wenn die Annäherung sehr zielsicher erfolgt?« fragte Perry Rhodan.

Darauf konnte der Cappin keine befriedigende Antwort geben.

»Ich sprach von einer Ahnung, Perry. Meine Erinnerungen an die Programmierung des Gehirns sind sehr vage.«

»Das verstehe ich nicht«, erwiderte Rhodan. »Ich denke, Ihr Erinnerungsvermögen hat seit dem ›Erwachen‹ im Depot wieder normal funktioniert?«

»Planhirnauswertung, Rhodanos!« sagte Tolot. »Es erscheint logisch, daß das Kommandogehirn keine umfassenden Informationen über seine Programmierung gegeben hat, da es mit einer Gefangennahme und einem Sonderverhör Ovarons durch die verbrecherische Cappin-Organisation auf der Erde rechnen mußte.«

»So könnte es sein«, bestätigte Ovaron. »Ich rate jedenfalls dazu, daß wir das Gehirn nicht unnötig provozieren. Suchen wir uns Beobachtungsposten oberhalb der Schlucht.«

Rhodan lehnte den Vorschlag ab.

»Nein, Ovaron. Ich habe während der Fahrt nachgedacht und bin zu dem Schluß gekommen, daß unser Unternehmen, so, wie es ursprünglich geplant war, höchst fragwürdig ist.«

»Also wieder die alten Argumente!« sagte Ovaron bitter.

»So könnte man sagen. Aber ich habe mir alles wieder und wieder durch den Kopf gehen lassen. Glauben Sie nur nicht, ich wollte zuviel riskieren, Ovaron.«

Er atmete intensiv.

»Ein Vorschlag, der nicht gegen Ihre Interessen verstößt, Ovaron: Wir holen erst einmal das lebensnotwendige Sextagonium aus dem Depot, bringen es in die terranische Jetztzeit und kehren anschließend sofort hierher zurück, um die Ankunft von Ovaron II abzuwarten. Einverstanden?«

Der Cappin musterte den Terraner lange, bevor er zögernd erklärte: »Ihr Vorschlag ist fair, Perry – mir gegenüber. Ich könnte mich mit Ihrem Versprechen zufriedengeben, mich schnellstens wieder in die Vergangenheit zu bringen. Aber ich denke auch an Ihre Menschheit. Wenn das Gehirn mich nicht anerkennt, erhalten wir möglicherweise weder das Sextagonium noch die Chance, in Ihre Jetztzeit zurückzukehren.«

»Er hat recht, Chef!« rief Gucky. »Denk an Atlans Warnungen! Auch du kannst Rom nicht an einem Tag erbauen.«

»Spare dir deine unpassenden Vergleiche!« sagte Perry Rhodan mit vor Erregung heiserer Stimme.

Er trocknete sich die schweißnasse Stirn ab.

Schlagartig gewann er sein seelisches Gleichgewicht wieder. Sein Gesicht wirkte wie aus Stein gehauen.

»Wir versuchen es. Shift zwei bleibt als Rückendeckung und Reserve am Schluchteingang zurück. Gefechtsbereit selbstverständlich. In genau einer Stunde von jetzt an aktiviert Ras Tschubai den Paratronschirm. Shift eins geht langsam durch die Schlucht vor. Paladin diesmal wegen seiner starken Kampfkraft vor uns und Tolot als Sicherung nach rückwärts. Wenn nichts dazwischenkommt, sollten wir in spätestens einer Stunde vor Ovarons Geheimdepot stehen. Wir werden auf jeden Fall aber etwas länger als eine Stunde – von diesem Augenblick an – warten, bevor Ovaron seine Kodegeber aktiviert.

Im Falle eines Angriffs auf Shift eins ziehen wir uns so schnell wie möglich zurück. Shift zwei kommt uns vorsichtig entgegen, um uns notfalls Feuerschutz zu geben.«

»Alles klar!« bestätigte Tschubai gelassen. Er hatte ähnliche Unternehmen so oft mitgemacht, daß ihn nichts mehr erschüttern konnte.

»Klar, Sir!« dröhnte Kasoms Stimme auf. Der Ertruser strahlte über das ganze Gesicht. Es war das erstemal, daß er Seite an Seite mit dem Großadministrator in den Einsatz ging. Toronar brannte darauf, seinem unvergessenen Urahn Melbar nachzueifern.

»Warten Sie einen Augenblick!« rief Merceile aus dem Laderaum herauf. »Takvorian hat darum gebeten, den Shift verlassen zu dürfen. Er kann von hier unten nicht eingreifen.«

»Takvorian bleibt im Shift!« befahl Ovaron hart. »Wenn wir angegriffen werden, wäre er in der engen Schlucht verloren.«

Er legte Rhodan die Hand auf die Schulter.

»Gestatten Sie, daß ich die Buggeschütze übernehme, Perry?«

»Ich wollte Sie gerade darum bitten.«

»Ich übernehme den Intervallnadler im Heck«, sagte Merceile.

Die anfänglichen Bedenken Rhodans, ob sie damit umgehen könne, wurden rasch beseitigt. Merceiles sorgloses Lachen erreichte das.

»Schon gut«, sagte Rhodan. »Aber niemand schießt ohne meinen ausdrücklichen Befehl!«

Oberst Toronar Kasom fuhr an, während Ovaron und Merceile sich an ihre Plätze begaben. Gucky kletterte auf den Notsitz, den der Cappin bisher belegt gehabt hatte, und blickte aufmerksam nach vorn.

Paladin marschierte mit stampfenden Schritten voraus. Unter seinen Stiefeln wurden kleinere Felsbrocken zu Staub zermalmt. Der halbkugelige Kopf drehte sich beständig nach links und rechts. Die schweren Waffen in den riesigen Händen waren feuerbereit.

Langsam rollte der Shift hinter dem Riesenroboter her.

Die Schlucht besaß tatsächlich korkenzieherähnliche Windungen. Kasom mußte die Fahrtrichtung jede halbe Minute ändern. Es war dunkel. Die Wände stiegen beinahe senkrecht bis zu ungefähr fünfhundert Metern Höhe an, und die Breite betrug zwischen dreihundert und vierhundert Metern.

Nach wenigen Minuten versperrten Geröllhalden den Weg. Dazwischen lagen Felsbrocken, teilweise mit einer Höhe von fünfzig Metern und mehr. Das Geröll geriet in Bewegung, als Paladin darüber hinwegstampfte. Der Shift kletterte mit aufheulenden Maschinen über den Schotter, rutschte auf nachgebendem Geröll zurück und arbeitete sich unermüdlich weiter vor. Unter normalen Bedingungen hätte Rhodan das Geröll mit Schüssen aus der Impulskanone im Bug zusammenschmelzen lassen. Aber die Bedingungen waren alles andere als normal.

Der Boden stieg allmählich an. Das Gelände wurde unwegsamer. Immer häufiger rutschte der Shift auf nachgebendem Geröll zurück, wühlten sich die Gleisketten in den Schotter und schleuderten ihn hoch empor.

Toronar Kasom wußte sich zu helfen. Er steuerte den Allzweckpanzer dicht an die rechte Felswand, so daß die Steuerbordkette sich in der unnachgiebigen Wand verkrallte. Der Shift war nunmehr zwar um etwa dreißig Grad nach Backbord geneigt, aber er konnte nicht mehr zurückrutschen.

Die schlagartig einsetzende Helligkeit ließ alle zusammenzucken. Doch es war nur die Sonne, die ihren höchsten Stand erreicht hatte und ihr Licht nun auch bis zum Grund der Schlucht sandte.

»Nervös, Chef?« fragte Gucky. »Plagt dich das Gewissen? Es muß schlimm sein, wenn man sich nicht sicher ist, ob man die richtige Entscheidung getroffen hat.«

»In diesem Fall gibt es keine absolut richtige Entscheidung, Kleiner«, antwortete Rhodan leise. »Nur die Wahl zwischen dem kleineren und dem größeren Risiko.«

»Ich weiß nicht. Unser Risiko . . .«

»Um uns geht es überhaupt nicht!« unterbrach Perry ihn grob. »Wenn ich von Risiko sprach, dann bezog sich das auf die solare Menschheit.«

»Und warum bist du dann so nervös?« fragte der Mausbiber pfiffig.

Perry Rhodan verzichtete auf eine Antwort. Er blickte ostentativ nach vorn.

Soeben verschwand der Paladin um die nächste Biegung, kehrte unvermittelt zurück und gab den Personen im Shift mit Handzeichen zu verstehen, daß hinter der Biegung das Ziel der Fahrt lag.

Rhodan sah auf seinen Armband-Chronographen. Seit der Trennung von Shift zwei waren dreiundfünfzig Minuten vergangen.

»Langsamer weiterfahren, Kasom!« ordnete er an.

Über Telekom befahl er dem Thunderbolt-Team, mit Paladin an der letzten Biegung zu warten und dort zusammen mit dem Haluter Posten zu beziehen.

Allein rollte der Shift um die Biegung herum – und die Personen in der Kanzel sahen plötzlich eine schwach geneigte, mindestens zweitausend Meter hohe glatte Felswand vor sich.

»Wir sind da«, meldete Ovaron von seiner Gefechtsstation. Die Geschützkanzel am Bug bestand aus Panzertroplon und war ebenfalls durchsichtig. »In der Mitte der Felswand gibt es ein zwanzig Meter dickes Felsentor mit Anti-Ortungs-Multipler.«

»Was ist das: ein Anti-Ortungs-Multipler?« fragte Perry Rhodan. Die Felswand war noch etwa hundert Meter entfernt.

»Es handelt sich um kein Gerät, Perry«, antwortete der Cappin. Seine Stimme klang aufs höchste erregt. »Die Felswand ist subatomar präpariert und täuscht allen Analysator-Tastern dadurch eine Dicke von drei Kilometern vor. Bis jetzt konnte ich mich nicht daran erinnern.«

»Eine perfekte Tarnung«, kommentierte der Terraner. Ihm war klargeworden, daß sie ohne Ovarons Hilfe monatelang nach dem Geheimdepot hätten suchen können, ohne es zu finden.

»Halten Sie an, Kasom!« befahl er. »Ovaron!«

»Ja, Perry?«

»Strahlen Sie den Impuls ab!«

Als der Sextadim-Navigator nicht sofort antwortete, fragte Rhodan:

»Warum zögern Sie?«

»Weil ich das Unheil förmlich riechen kann, Perry. Unterschätzen Sie bitte nicht das Vernichtungspotential meines Depots!«

»Natürlich nicht, Ovaron«, entgegnete Rhodan einlenkend. Doch seine Augen schimmerten hart. »Halten Sie mich nicht für einen Fatalisten. Ich werde alles tun, um diesen Platz lebend zu verlassen. Aber ich habe dem Tod zu oft Auge in Auge gegenübergestanden, um noch Lampenfieber zu bekommen.«

Der Cappin versuchte es ein letztes Mal. »Sie lassen sich also wirklich nicht von Ihrem Entschluß abbringen?«

»Du kennst den Dickschädel immer noch nicht richtig, Ovaron«, lispelte Gucky. »Selbst wenn du mit Engelszungen reden würdest, hättest du kein Glück, Sex-Navigator.«

Merceile lachte schallend.

Rhodan gab weitere Befehle. »Kasom! Sobald Ovaron seinen Impuls abgestrahlt hat, aktivieren Sie den Paratronschutzschirm.«

Er sah auf seine Uhr.

Die volle Stunde war seit vier Minuten abgelaufen. Shift zwei würde inzwischen im Schutz seines nahezu unzerstörbaren Paratronschirmes sein.

Er verstärkte die Reichweite des Telekoms.

»General Dephin! Tolotos! Noch nach hinten sichern. Niemals nach vorn schießen. Notfalls schneller Rückzug, Ende!«

Ohne den Blick von der hohen Felswand zu wenden, fragte er gelassen: »Dürfte ich nun um den Impuls bitten, Ovaron?«

Der Cappin stieß einen ellenlangen Fluch in der Cappin-Sprache aus, den gottlob niemand verstand.

»Also gut!« erwiderte er hart. »Oberst Kasom, wenn ich ›jetzt‹ rufe, aktivieren Sie bitte sofort den Schutzschirm! Zögern Sie keine Zehntelsekunde!«

»Klar, Sir!« meldete der Ertruser. Er legte seine Linke ganz leicht auf die Schaltplatte der Paratron-Aktivierung.

»Jetzt!« rief Ovaron.

Er hatte das Wort noch nicht ganz ausgesprochen, da drückte Kasoms Hand bereits die Schaltplatte nieder. Tosend liefen die Energiewandler an. Die Projektoren hüllten den Shift in den bleifarben schimmernden Paratronschirm. Winzige Entladungen durchliefen unablässig die Schirmhülle, der Beweis dafür, daß sogar die den Schirm berührenden Moleküle der Atmosphäre in den Hyperraum abgeleitet wurden. Im Unterschied zu gewöhnlichen Entladungen gab es hier jedoch keine Lichtblitze, sondern einen unaufhörlichen Regen schwarzer Punkte, winzige Defekte im vierdimensionalen Raum-Zeit-Kontinuum.

Die Personen im Shift blickten fasziniert auf die Felswand, als hintereinander mehrere leichte Erschütterungen den Boden durchliefen. Rhodan aktivierte die Bildschirme des Paratron-Durchdringungs-Systems, kurz PADUS genannt, das die optisch störend wirkenden Einflüsse mittels eines computergesteuerten Ausgleichssystems eliminierte.

Gleich mußte sich das Felsentor öffnen!

Ovarons Warnruf ließ ihn zu den Seitenwänden der Schlucht blikken. Dort waren kreisrunde dunkle Öffnungen entstanden, aus denen sich metallisch schimmernde, zylindrische Gegenstände mit kuppelförmigen Aufsätzen schoben.

»Start!« befahl Rhodan.

Die Antriebsaggregate des Shifts heulten in schrillem Diskant. Ruckartig erhob sich das Fahrzeug. Antigrav- und Impulsantrieb arbeiteten gleichzeitig.

Da schossen von allen Seiten blendende Energiestrahlen heran, schlugen in den Paratronschutzschirm, dessen Energiewandler bis an ihre Leistungsgrenze belastet wurden.

Rings um den emporschießenden Shift tobten unheimliche Entladungen. Das vierdimensionale Raum-Zeit-Kontinuum riß auf, und der Paratronschirm schleuderte die auftreffenden Energien explosionsartig in das schwarze Wallen der Kontinuumsrisse hinein.

Kasom glich in diesen Sekunden einem Roboter, der blitzschnell schaltete und steuerte, starren Gesichts.

»Feuer nicht erwidern!« befahl Rhodan über Interkom und Telekom.

Ovaron lachte zornig.

»Gleich haben wir es geschafft, Perry!« rief der Mausbiber.

Der Shift befand sich nur noch wenige Meter unter dem Niveau der Schluchtränder.

Doch er kam nicht darüber hinaus.

In der Abschlußwand öffneten sich jetzt ebenfalls Geschützpforten. Der auf den Shift niedergehende Energiesturm verdoppelte seine Intensität. Die Entladungen des Paratronschirms mußten bis weit in den Weltraum zu sehen sein. Für das menschliche Auge sah es aus, als befände sich das Fahrzeug in der turbulenten Sonnenatmosphäre.

Beim nächsten Feuerschlag brach der Paratronschutzschirm zusammen. Der HÜ-Schirm wurde aktiviert. Dennoch konnte Toronar Kasom das Fahrzeug nicht mehr halten. Es trudelte abwärts, ein beinahe hilfloser Spielball mörderischer Gewalten. Eine Salve aus der gegenüberliegenden Felswand schleuderte den Shift quer durch die Schlucht auf die andere Wand zu.

Dem Ertruser gelang es im letzten Augenblick, das Heck herumzudrehen und die Impulsenergie des Haupttriebwerks gegen den Fels zu richten.

Der Shift schoß zur anderen Seite hinüber. Die nächste Salve ging durch dieses Manöver daneben. Dann zeigten die Fahrtkontrollen mit einem Schlag Rotwerte.

»Werden von Fesselfeldern festgehalten, Sir!« meldete Kasom. »Ich schlage Übergang zur Offensive vor.«

Mit unheimlicher Ruhe lehnte Perry Rhodan den Vorschlag ab. »Eine Gegenwehr würde das Kommandogehirn nur zur Verstärkung der eigenen Feuerkraft veranlassen.«

Ovaron lachte grimmig.

»Was habe ich Ihnen denn gesagt! Nun merken Sie, worauf Sie sich eingelassen haben!«

Das Fahrzeug rollte über Backbord, stellte sich auf den Bug und wurde wieder hochgeschleudert. Zum Glück hatte Kasom den Paratronschirm wieder aufbauen können. Dafür hing der Shift in einem unsichtbaren Netz und war wehrlos dem konzentrierten Feuer der Energiegeschütze preisgegeben.

Rhodan legte Kasom die Hand auf den Unterarm.

»Volle Kraft voraus, Oberst. Tun Sie so, als wollten wir das Felsentor rammen!«

Der Ertruser schaltete das Impulstriebwerk rücksichtslos hoch. Er riskierte dabei, daß die Energie zurückschlug. Nur im atmosphärelosen Raum durfte man auf volle Kraft schalten.

Das Risiko lohnte sich.

Der Shift überwand die Fesselfelder und schoß wie eine Granate auf die Abschlußwand zu. Der Mausbiber konnte nicht anders, er mußte die Augen schließen.

Das Abfangmanöver war selbst für einen reaktionsschnellen Ertruser schwierig. Erst wenige Zentimeter vor der Felswand hörte die Horizontalbewegung auf. Rasend schnell stieg das Fahrzeug unmittelbar an der Wand in die Höhe.

Die Abwehrforts in den Schluchtwänden verstummten. Sie hätten mit ihrem Feuer auch das Geheimdepot gefährdet. Und die Geschütze in der zweitausend Meter hohen Wand kamen nur ab und zu zum Schuß.

»Na bitte!« frohlockte der Mausbiber. »Ich habe doch gleich gesagt: Für Terraner ist das ein Kinderspiel!«

Ovaron gab Laute des Entsetzens von sich.

»Gleich wird es noch einmal kritisch«, gab Toronar bekannt. »Wir können nicht ewig vor der Wand bleiben.«

»Helme schließen!« befahl Rhodan. »Flug- und Schirmaggregate anlaufen lassen!«

»Wozu denn das?« fragte Gucky. Niemand beantwortete seine Frage.

Der Shift passierte den oberen Rand der Abschlußwand. Sofort drückte Kasom ihn wieder tiefer und schwenkte nach Backbord ab.

Die Kommandopositronik schien nur auf diesen Augenblick gewartet zu haben. Ein konzentrierter Feuerschlag brach über den Shift herein. Der Paratronschirm war plötzlich eine absolut lichtlose Hülle, die sich bis ins Unendliche auszudehnen schien.

Rhodan wartete verbissen darauf, daß sie mitsamt dem Shift in den Hyperraum abgestrahlt werden würden.

Der Donnerschlag einer heftigen Explosion machte ihm klar, daß ihnen dieses Schicksal erspart blieb. Dafür drohte ihnen der Tod im Normalraum.

Rauch verhüllte die Sicht. Dennoch sah Rhodan, daß der Shift abstürzte. Aus dem Reaktorraum kam ein gefährliches Tosen und Brodeln.

»Kasom!« schrie Rhodan. »Was ist los? Warum fangen Sie den Shift nicht auf?«

Schweigen.

Hastig schnallte Rhodan sich los und rutschte zu Kasom hinüber. Er stolperte über irgendwelche Gegenstände, ertastete Kasoms Druckhelm und bemerkte, daß der Kopf des Ertrusers nach vorn gefallen war.

Kurz entschlossen setzte sich Rhodan auf Kasoms Knie und packte die beiden Impulshebel. Stotternd und knallend sprangen die Korrekturtriebwerke an. Das Fahrzeug hob sich um wenige Zentimeter und glitt über eine gezackte Bergspitze hinweg. Die Unterseite schrammte mit häßlichem Knirschen über den Fels.

»Sind wir gelandet?« kam Ovarons Frage. »Ich kann nichts sehen. Die Kanzel ist halb geschmolzen.«

»Beinahe wären wir gelandet«, gab Rhodan trocken zurück.

Ein einzelner Energiestrahl fingerte nach dem Shift und brannte das Oberteil der Steuerkanzel weg. Die Innenatmosphäre entwich mit hohlem Brausen und verwandelte sich draußen in eine riesige Wolke glitzernder Kristalle.

»Tür zu, es zieht!« Guckys Galgenhumor, der auch dazu dienen sollte, sich selbst Mut zu machen, schlug nicht durch.

»Brand in den heckseitigen Speicherbänken«, meldete Merceile.

»In schätzungsweise einer Minute läuft das Sicherheitsschott auseinander.«

»Nur die Ruhe!« sagte Perry. »Wir werden es schaffen.«

Vorsichtig schob er den Schubsteuerungshebel des Impulstriebwerkes vor. Eine sonnenhelle Entladung schlug aus dem Heck. Der Shift wurde vorwärts gestoßen, und Rhodan konnte den Flug stabilisieren.

Dann fielen die Antigravaggregate und Andruckabsorber aus. Das Fahrzeug schmierte über Steuerbord ab. Perry Rhodan sah eine Landschaft aus messerscharfen Bergkämmen, nadelartigen Gipfeln und tiefen Schluchten auf sich zukommen.

Er holte tief Luft, gab dem Bestreben des Shifts nach, über Steuerbord abzukippen, und bekam ihn dadurch noch einmal in seine Gewalt. Seine Finger nahmen einige Schaltungen vor, dabei merkte er, daß dort, wo der Schaltblock für den Paratronschirm in das Steuerpult eingelassen sein sollte, eine Lücke klaffte. Nun hatte er auch eine Erklärung für Kasoms Bewußtlosigkeit. Der Schaltblock mußte ihm gegen die Brust geflogen sein, als er explodierte. Hoffentlich war sein Kampfanzug nicht beschädigt.

Er zog den Shift hoch und überquerte eine breite Schlucht. Auf der anderen Seite sackte das Fahrzeug jedoch durch und jagte wie ein Rennschlitten über ein Trockeneisfeld. Als das Eisfeld an einem Steilhang abbrach, überschlug sich der Shift.

Sich weiter überschlagend, flog er einige hundert Meter durch die Luft, schlug auf einem Geröllfeld auf, drehte sich und rollte über die Längsachse weiter.

Perry Rhodan errechnete seine Chance und wartete danach kaltblütig auf den richtigen Augenblick. Fünfzig Meter vor dem steil ansteigenden Gegenhang schob er den Schubhebel des Hecktriebwerks vor und zog ihn sofort wieder zurück.

Die Rollbewegung hörte abrupt auf. Rhodan kämpfte mit aller Energie gegen die aufsteigende Übelkeit.

Der Shift pflügte mit dem Bug voran durch das Geröll und näherte sich dem Gegenhang nur noch in flachem Winkel, getrieben vom ursprünglichen und vom Triebwerk erzeugten Richtungsimpuls.

Wenige Meter vor dem Gegenhang hatten sich beide Bewegungen gegenseitig aufgehoben.

Der Shift stand.

»Aussteigen! Schnell!« befahl Perry. »Gucky, nimm du Kasom und spring mit ihm ins Freie!«

Er sprang in den nach unten führenden Schacht und landete im Laderaum. Das Sicherheitsschott vor den Steuerbord-Speicherbänken glühte hellrot.

Merceile hatte soeben das Schleusenschott geöffnet und kehrte zurück, um Takvorian hinauszuhelfen. Rhodan gab ihr ein Zeichen, daß sie sich in Sicherheit bringen sollte. Gemeinsam mit Ovaron zogen und schoben sie den Pferdemutanten ins Freie.

Draußen liefen sie etwa fünfzig Meter und warfen sich hinter einen Felsblock. Aber die erwartete Explosion war nur schwach. Das rotglühende Heck platzte auf und entließ einen mächtigen Schwall angestauter Gase und Dämpfe, die sich innerhalb von Sekunden niederschlugen. Allmählich erlosch die Glut.

Perry atmete auf. Er sah sich aufmerksam um. Diese Gegend war ihm vollkommen unbekannt. Ringsum ragten Gipfel empor. Eisfelder blinkten im Schein des aufgehenden Saturn. Felswände und Geröllhänge vervollständigten die Kulisse.

»Ich kenne mich hier auch nicht aus«, bedauerte Ovaron. »Auf jeden Fall müssen wir parallel zum aufgehenden Saturn gehen oder fliegen. Wir brauchen nur die Richtung festzustellen.«

Gucky winkte herablassend ab.

»Kleinigkeit für mich.« Er deutete zu dem eisbedeckten Hochplateau in der Ferne mit den drei steil aufragenden Felstürmen. »Dort steht Shift Nummer zwei. Fellmer läßt fragen, ob er uns entgegenkommen soll.«

»Was soll die Frage?« Rhodan blickte den Ilt verwundert an. »Du teleportierst natürlich.«

Der Mausbiber zögerte und sah fragend zu Ovaron.

»Kann ich gefahrlos teleportieren, Adlernase?«

»Ich fürchte, das geht nicht«, antwortete der Cappin. »Nachdem die Verteidigungsanlagen des Depots voll aktiviert wurden, kann der Ortung die Paraspitze bei Guckys Sprung nicht entgangen sein. Das Kommandogehirn hat daraufhin mit Sicherheit einen Antipsischirm über die Akalos-Berge gelegt.«

»So etwas hatte ich vermutet«, meinte Gucky. »Fellmer sagte nämlich noch, daß Tolot mit seinem Planhirn eine hohe Wahrscheinlichkeit dafür errechnet hätte, falls . . .«

Er schüttelte seine kleinen Fäuste drohend.

»Na warte, Icho! Er hat gesagt, falls ich so dämlich gewesen sein sollte, aus dem Shift zu teleportieren.«

»Was regst du dich auf!« sagte Rhodan. »Kasom mußte ins Freie gebracht werden, und wir konnten ihn schließlich nicht tragen.«

»Sprechen Sie von mir, Sir?« fragte Oberst Kasom und richtete sich halb auf.

Verwundert blickte der riesenhafte Ertruser sich um.

»Was ist eigentlich los? Wo ist unser Shift?« Er faßte sich stöhnend an die Brust. »Ich habe das Gefühl, als wären mir sämtliche Rippen gebrochen worden.«

Er stand ganz auf, von Gucky telekinetisch unterstützt. Rhodans Warnung, nicht noch mehr Psifähigkeiten preiszugeben, kam zu spät.

»Der Paratron-Schaltblock ist explodiert und offenbar gegen Ihren Brustkasten geprallt«, erklärte Rhodan. »Sie waren einige Zeit bewußtlos.«

Toronar Kasom atmete vorsichtig.

»Wahrscheinlich haben Sie den Shift gelandet, Sir. Vielen Dank.«

»Gelandet ist stark übertrieben«, versetzte Merceile.

Kasom sah aufmerksam umher und entdeckte das Wrack des Allzweckpanzers. Er schluckte hörbar.

»Gucky teleportiert uns sicher zu Shift zwei?« fragte er nach einiger Zeit.

»Das geht leider nicht«, antwortete Rhodan und nannte ihm den Grund dafür.

»Wir müssen die Flugaggregate unserer Kampfanzüge benutzen«, meinte er schließlich. »Dank Gucky wissen wir wenigstens, in welche Richtung wir uns zu wenden haben.«

Ovaron räusperte sich und deutete in die Richtung, in der sich das Geheimdepot befinden mußte.

»Wir werden vorläufig zu Fuß gehen müssen. Das dort oben ist eine Flugsonde. Ich hatte Sie ja davor gewarnt, das Vernichtungspotential meines Depots zu unterschätzen, Perry«, flüsterte Ovaron und deutete zum Rand der engen Schlucht hinauf.

Perry Rhodan wandte den Kopf und sah einen kleinen kreisförmigen Schatten, der sich gegen das fahle Licht des Saturn abhob und wie ein Stern funkelte, wenn er sich nach links oder rechts neigte.

Es war die fünfte Flugsonde, die sie seit ihrem Abmarsch vom

Wrack des Shifts bemerkt hatten. Ob sie von den Sonden geortet worden waren, wußten sie nicht. Die Wahrscheinlichkeit sprach dafür, aber vielleicht funktionierte der neu entwickelte Ortungsschutz besser als gedacht.

»Diese Kampfanzüge sind auch für meine Begriffe perfekt«, sagte Ovaron, als ob er Rhodans Gedanken erraten hätte. Er trug selber seinen supermodernen terranischen Kampfanzug.

»Soll das heißen, daß damit eine Ortung unmöglich ist?«

»Solange wir die Flugaggregate nicht benutzen, sind wir sicher. Ansonsten sind die Anzüge ein Wunderwerk. Wir kennen den neuartigen Ortungsschutz jedenfalls nicht, Perry.«

Rhodan lächelte in sich hinein.

Es war für ihn beruhigend zu wissen, daß die Technik der Cappins im großen und ganzen wohl doch auf dem gleichen Stand wie die des Solaren Imperiums war – und nicht höher.

»Sie ist fort«, meldete Merceile.

Perry Rhodan erhob sich.

»Wir gehen weiter.«

Takvorian wälzte sich herum und sprang auf. Der Pferdemutant kam noch am besten vorwärts. Geschmeidig und kraftvoll sprang er über Geröllhalden und trabte über unebenen, harten Fels.

Nach einer Stunde erreichten sie das Ende der Schlucht. Vor ihnen lag eine leicht gewellte Ebene, bar jeden Lebens, kahl, rauh und von stumpfem Grau.

Das Gebirge bildete hier eine Art Einbuchtung, an deren anderer Seite Shift zwei wartete – hinter Bergen und Schluchten verborgen.

Gucky keuchte. Der Mausbiber war es nicht gewohnt, weite Strekken zu gehen. Normalerweise teleportierte er aus purer Bequemlichkeit, auch wenn es sich nur um fünfzig Meter handelte.

»So geht es nicht weiter, Perry!« jammerte er schwer atmend. »Ich werde hier warten, bis Ovaron II ankommt.«

»Das würde ich dir nicht raten, Kleiner«, sagte Ovaron mit eigenartiger Betonung. »Ein Nebeneffekt von Perrys grandiosem Leichtsinn wird nämlich darin bestehen, daß die Leute meines Transportkommandos in sieben Tagen vom Kommandogehirn über den Zwischenfall informiert werden. Außerdem sind die Spuren des Kampfes auf keinen Fall zu übersehen.«

Er wandte sich an Rhodan.

»Sie haben genau das erreicht, was Sie hatten vermeiden wollen, Perry. Ovaron II wird mir mit dem größten Mißtrauen begegnen.«

Rhodan verzichtete auf eine Antwort. Es gab nichts, was dazu zu sagen war und was er nicht schon vorher bedacht hatte. Er machte sich allerdings auch keine Vorwürfe. Das Risiko war einkalkuliert gewesen.

»Ich werde Gucky auf meinen Rücken nehmen«, sagte auf einmal Takvorian.

»Auf die Aggregat-Tornister?« fragte Merceile ironisch.

Perry Rhodan hatte seinen Entschluß unterdessen gefaßt.

»Wir benutzen die Flugaggregate. Ich habe ebenfalls keine Lust mehr, mich von Schlucht zu Schlucht, bergauf und bergab, durchs Gebirge zu arbeiten. Im offenen Gelände aber würde man uns ohnedies orten. Also fliegen wir mit größtmöglicher Beschleunigung und so niedrig wie möglich über die Ebene. Ich fliege voraus. Das Ziel der ersten Etappe ist die Einmündung der Schlucht dort drüben.«

Gucky stieß einen Seufzer der Erleichterung aus.

Ovaron öffnete den Mund, als wollte er etwas sagen, schwieg dann aber doch. Er war um eine Erfahrung reicher geworden, um die Erfahrung nämlich, daß dieser Terraner sich von einem einmal gefaßten Entschluß nicht wieder abbringen ließ.

Sie überprüften mit den Ortungsgeräten ihrer Kampfanzüge gründlich den »Luftraum« und fanden ihn zu ihrer Erleichterung frei. Danach hoben sie nacheinander vom Boden ab und jagten im Tiefflug über die Ebene.

Die Minuten verstrichen, als wären es kleine Ewigkeiten. Immer wieder sah Perry auf sein Kombinationsarmband, das auch die Anzeige der Ortungsgeräte enthielt.

Keine Sonde zu entdecken!

Er blickte sich während des Fluges um. Es war ein sonderbares Gefühl, ein Pferd in rasendem Flug zu sehen.

Rhodan richtete seinen Blick wieder nach vorn, auf das Ziel der ersten Etappe. Antigrav, Klimaanlage und Pulsationstriebwerke erzeugten ein durchdringendes Rumoren, das sich vom Aggregat-Tornister in den Anzug fortpflanzte.

Wenn wir bis zur Schlucht kommen, ohne geortet zu werden, überlegte Perry, verzichten wir auf eine Zwischenlandung. Sicher werden die Leute in Shift zwei schon ungeduldig sein.

Was Atlan wohl von dem Feuerzauber über den Akalos-Bergen gehalten hat? Hoffentlich griff der Arkonide nicht mit der Space-Jet ein und zog damit die Aufmerksamkeit des Kommandogehirns auf den Nullzeit-Deformator!

Er mußte gegen seinen Willen grinsen.

Nein, der ehemalige Arkonidenadmiral beging keinen so groben taktischen Fehler. Er war kaltblütig genug, um es ihm, Rhodan, und seinen Begleitern zu überlassen, sich durchzuschlagen oder irgendwo zu verkriechen, je nachdem, wie die Lage es erforderte.

Da war die Schlucht.

»Wir fliegen weiter!« befahl Perry Rhodan über Helmtelekom.

Er drosselte die Geschwindigkeit etwas, als er in die Schlucht einflog. Saturn versank soeben wieder hinter dem westlichen Horizont, und die Schatten in der engen Schlucht täuschten über die wirklichen Geländeformationen hinweg.

Ihm fiel ein, daß inzwischen der 17. Juni angebrochen sein mußte. Nur noch sechs Tage bis zur Ankunft von Ovaron II.

Womit würde er auf Titan eintreffen? Mit einem Raumschiff oder einem Transmitter? War es überhaupt möglich, daß eine Person sich selbst begegnete?

In sechs Tagen würden sie es erfahren, wenn sie bis dahin ungeschoren davongekommen waren.

Die Schlucht bog scharf nach links ab. Rhodan drosselte die Geschwindigkeit stärker. Nicht schneller als ein guter Läufer umflog er den vorspringenden Geröllhang – und fand sich plötzlich in der Korkenzieherschlucht wieder.

Erschrocken bremste er ab, landete und desaktivierte alle nicht unbedingt notwendigen Aggregate. Die Gefährten gingen neben ihm völlig erschöpft zu Boden.

»Wie ist das möglich?« fragte Perry leise. »Da stimmt doch etwas nicht.«

»Wir sind nicht in der Korkenzieherschlucht«, erklärte Ovaron. »Diese hier sieht zwar so ähnlich aus, aber sie ist es nicht. Ich sehe es an verschiedenen kleinen Merkmalen.«

»Im ersten Moment fürchtete ich, man hätte uns paramechanisch beeinflußt und gezwungen, zum Depot zurückzukehren. Wir können nur noch wenige Kilometer von Shift zwei entfernt sein. Ich denke, wir riskieren es, über das Niveau der Schluchtränder aufzusteigen.«

Ovaron lachte. »Sie sind ein sehr risikofreudiges Individuum, Perry. In diesem speziellen Fall bin ich allerdings der gleichen Meinung wie Sie. Wir müssen uns orientieren, wenn wir nicht im Kreise umherirren wollen.«

Nach kurzer Überlegung fügte er hinzu: »Ich fliege diesmal voraus, da ich die Korkenzieherschlucht – und zwar die richtige – am schnellsten erkennen werde.«

Keiner machte Einwände. Der Cappin stieg langsam auf. Die übrigen Personen folgten ihm in einiger Entfernung.

Sekundenlang verharrte Ovaron oberhalb der Schluchtränder, dann rief er:

»Gefunden! Mir nach!«

Sie jagten über einige Bergrücken hinweg, umflogen bizarre Felstürme und landeten am Eingang der Korkenzieherschlucht, an der ein Shift, ein Haluter und der Paladin-Roboter sie erwarteten.

Aber diesmal hatten sie weniger Glück gehabt als vorher.

Kaum waren sie neben dem Shift gelandet, als die Hypertaster des Allzweckpanzers eine Gruppe von zwölf fremdartigen Robotern feststellten, die sich von Ovarons Geheimdepot her in sechshundert Metern Höhe sehr schnell näherten.

Ihre Zielstrebigkeit verriet, daß sie präzise Kenntnis von dem Aufenthaltsort der Eindringlinge hatten.

9.

»In den Shift! Schnell!« rief Perry Rhodan. »Tolotos und Dephin! Ab mit euch zum Deformator! Paßt auf, daß man eure Spur nicht aufnehmen kann!«

Die beiden Giganten ließen sich auf ihre Laufarme fallen und stoben davon. Icho Tolot blieb etwas zurück, der Paladin war schneller als er.

Inzwischen kroch Toronar Kasom mit Takvorian durch die Schleuse in den Laderaum des Shifts. Ovaron, Merceile und Gucky folgten. Es wurde so eng, daß Rhodan sich nur mit größter Mühe hineinquetschen konnte. Sein linker Fuß blockierte noch das Innenschott der Schleuse, da startete Ras Tschubai bereits.

Oberst Kasom meldete sich über Helmtelekom vom Hauptgefechtsstand.

»Ich bitte um Feuererlaubnis, Sir. Die Burschen hole ich in genau sechs Sekunden herunter.«

»Keine Feuererlaubnis!« erwiderte Perry gehetzt, während Merceile seinen Fuß mit einem Ruck in den Laderaum zerrte und das Innenschott sich schloß.

Im nächsten Moment wurden die Personen im Laderaum von einer imaginären Riesenfaust nach hinten gestoßen. Rhodan stolperte über Takvorians Beine und fiel hin.

»Gegner eröffnet das Feuer!« meldete Tschubai gelassen. »Paratronschirm hält. Wenn ich die Roboter ramme, werden sie in den Hyperraum abgestrahlt.«

»Nein!« schrie Rhodan. Es gab einen neuen Ruck, und jemand setzte sich auf sein Gesicht. Er wälzte sich zur Seite. »Die Kommandopositronik würde den Verlust auf jeden Fall registrieren und an Ovaron II melden. Wir erwidern das Feuer auch nicht. Wer soll hinterher im Gebirge herumkriechen und die Trümmerstücke aufsammeln?«

Ovaron lachte. Toronar fiel brüllend ein. Tschubai schimpfte über den Lärm. Aber der trockene Humor löste die Spannung.

»Laßt mich zur Steuerkanzel durch!« befahl Perry Rhodan.

Hände, von denen er nicht wußte, zu wem sie gehörten, griffen nach ihm, zogen ihn in Richtung Durchstieg. Füße und Knie schoben nach. Der Mausbiber beschwerte sich darüber, daß jemand auf seinem Schwanz stünde. Dazu kamen immer wieder die Erschütterungen durch, die vom Paratronschirm weitergegeben wurden.

Endlich gelang es Rhodan, das untere Ende der stählernen Leiter zu ergreifen und sich mit dem Oberkörper in den Durchstieg zur Steuerkanzel zu ziehen. Das Gesicht des Neandertalers erschien oben, dann packten die kräftigen Arme Lord Zwiebus' zu und zogen den Großadministrator hoch.

Ras Tschubai ließ den Shift wie eine Rakete in den Himmel jagen. Aus der Richtung des Depots fingerten drei Energiestrahlen herüber, erloschen aber sofort wieder, als die zwölf Flugroboter dem Shift folgten.

Dafür zuckten vier andere Energiestrahler zwischen den Robotern hindurch. Sie kamen aus der Richtung, in die Tolot und der Paladin sich abgesetzt hatten.

»Endlich haben sie begriffen«, stellte Tschubai gelassen fest. Er lachte leise, als sechs Roboter sich von dem Shift lösten und sich auf die Suche nach den anderen Gegnern begaben.

»Wir müssen doch nach Süden!« meinte der Teleporter.

»Wenn man auf einer Kugel immer nach Norden geht, kommt man auch nach Süden«, erklärte Perry Rhodan lächelnd.

Tschubai hatte verstanden.

Er drückte den Shift tiefer, so daß er vom Depot aus nicht mehr beschossen werden konnte, und schob den Beschleunigungshebel bis dicht zum Anschlag nach vorn.

Ein Roboter, der sich zu nahe herangewagt hatte, geriet in den ultrahellen Glutstrahl des Impulstriebwerkes und wurde wuchtig zurückgeschleudert. Taumelnd zog er sich in Richtung Depot zurück.

Die restlichen fünf Roboter nahmen die Verfolgung auf, aber als der Nordpol überflogen war, verließ Tschubai die dünne Atmosphäre und aktivierte die Raumbeschleunigung. Perry Rhodan handelte, ohne daß eine Absprache nötig gewesen wäre. Er schaltete den Paratronschirm kurz aus und schoß eine Störsonde ab, die in Richtung Saturn davonjagte und die charakteristischen Emissionen starker Kraftwerke abstrahlte.

Nach kurzem Zögern ließ Rhodan den Paratronschirm desaktiviert. Tschubai schaltete das Triebwerk aus. Der Flugpanzer jagte antriebslos auf einer elliptischen Bahn um Titan.

»Roboter nehmen Verfolgung der Störsonde auf!« meldete Zwiebus von der Ortung. »Offensichtlich hat der Trick gewirkt. Sie sind nicht mehr auf unserer Spur.«

Ras drehte sich um und grinste Rhodan an. Perry kniff ein Auge zu und lachte. Sie hatten sich wieder einmal in bewährtem Zusammenspiel aus einer verzweifelt erscheinenden Lage gezogen.

Als sie sich relativ zu den Robotern und der Störsonde im Ortungsschatten des Mondes befanden, verließ Tschubai mit einem kräftigen Verzögerungsschub die Kreisbahn. Der Shift fiel auf die Oberfläche Titans zu. Kaltblütig ließ Ras ihn abstürzen. Er korrigierte die Richtung lediglich durch kurze Impulsstöße aus den Korrekturtriebwerken und drehte das Heck so, daß es nach unten zeigte.

Perry Rhodan sondierte aufmerksam die Umgebung. Dort, wo der Shift aufschlagen mußte, wenn er nicht vorher abgebremst würde, erstreckte sich eine mit Eisfeldern bedeckte Hochebene. Sie wurde von einer breiten, tief eingeschnittenen Schlucht geteilt. Die Relieftaster gaben ihre Tiefe mit vierzehn Kilometern an.

Rhodan nickte zufrieden. Tschubai hatte die beste denkbare Wahl getroffen. Anerkennend boxte er ihn in die Rippen.

Ovaron zwängte sich aus der Durchstiegsöffnung, blickte nach draußen und wurde blaß.

»Was ist mit den Triebwerken los, Perry?«

Ras wandte den Kopf und sagte: »Eben holen sie Luft.« Er widmete sich wieder den Kontrollen.

»Er läßt den Shift absichtlich abstürzen, Perry?« fragte der Cappin verblüfft, dieses Manöver übertraf sein Fassungsvermögen.

»Keineswegs, Ovaron«, erwiderte Rhodan betont harmlos. »Er läßt ihn nur ein Stück fallen.«

Ovaron stieß eine cappinsche Verwünschung aus, hielt sich an der Rückenlehne von Zwiebus' Kontursessel fest und beobachtete aus zusammengekniffenen Augen, wie die Schlucht näher kam. Aus dieser Höhe sah die Schlucht sehr eng aus und erweckte den Eindruck, daß der Shift mit den Rändern kollidieren müßte.

Der Cappin geriet völlig aus dem Häuschen. Er wußte natürlich, daß die Terraner nicht unbesonnen handelten, aber diese kaltblütige Einkalkulierung von Risiken verschlug ihm den Atem.

Rasend schnell kam die Schlucht näher. Tschubai korrigierte ein letztes Mal die Fallrichtung, dann flogen die Ränder vorbei. Der Shift huschte aus dem fahlen Licht eines Saturnaufgangs in die Finsternis einer scheinbar bodenlosen Schlucht.

Der Flugpanzer schüttelte sich, als das Impulstriebwerk ansprang und hochgejagt wurde. Sie bremsten den Sturz ab, aber noch immer rasten die Felswände viel zu schnell vorüber. Die Antigravaggregate gaben den Ausschlag.

Fünfhundert Meter über Grund war die Fallgeschwindigkeit aufgezehrt. Tschubai steuerte das Fahrzeug in dieser Höhe bis zum nördlichen Ausgang der Schlucht. Dort ließ er es sanft zu Boden sinken, schaltete die Triebwerke aus und wandte den Kopf.

»Landemanöver ausgeführt. Ich schlage vor, den Rest der Strecke per Kette zurückzulegen.«

»Einverstanden«, entgegnete Perry Rhodan. »Sie haben tadellose Arbeit geleistet – bis auf den Roboter, der vom Haupttriebwerk beschädigt wurde.«

Befreit lachte Ovaron auf.

»Ihr Terraner seid die sympathischsten Verrückten, denen ich je begegnet bin.«

Nach terranischer Zeitrechnung schrieb man den 18. Juni 3434 Jetztzeit, als die Personen in der Steuerkanzel des Shifts den Nullzeit-Deformator ausmachten.

Eine Sekunde später knackte es im Telekom, und die unverkennbare Stimme Atlans sprach eisigen Tones:

»Ich begrüße die Narren, die da auszogen, das Gruseln zu lernen. Hoffentlich habt ihr nicht mehr verloren als einen Shift. Übrigens verwende ich einen Richtstrahl. Ein Arkonide überlegt erst, bevor er handelt.«

Perry Rhodan blickte in das maliziös lächelnde Gesicht seines Freundes auf dem kleinen Bildschirm und erwiderte gelassen:

»Das wollte ich dir auch geraten haben, nachdem wir uns so viel Mühe gegeben haben, unsere Spur zu verwischen.«

Atlan feixte: »Hochnäsiger Barbar!«

»Dekadenter Arkonide!«

Beide Männer lachten.

Drüben, in der silbrig schimmernden Kuppel, öffnete sich ein schwach erleuchteter Spalt. Eine Gestalt in leichter Raumkombination trat an den Rand der Schleuse und winkte. Die Rampe glitt heraus und stieß gegen das Geröll.

Tschubai steuerte den Allzweckpanzer in den Hangar, schaltete alle Aggregate ab und erhob sich.

»Was ich jetzt brauche, sind eine Dusche und ein paar Stunden Schönheitsschlaf. Ich habe Blasen an den Händen vom Steuern.«

Das Außenschott des Schleusenhangars schloß sich. Pumpaggregate liefen an und preßten frische Luft herein, nachdem die eingedrungene Methanatmosphäre abgesaugt worden war.

Rhodan sah, daß der Mann, der sie erwartet hatte, Geoffry Abel Waringer war. Nach wenigen Minuten gab eine Lautsprecherstimme bekannt, daß der Shift ohne Raumanzüge verlassen werden konnte.

Aufatmend klappten die Insassen die Helme zurück und hatten es mit dem Verlassen des engen Fahrzeugs sehr eilig.

Rhodan und Waringer schüttelten sich die Hände.

»Bin ich froh, dich wiederzusehen«, sagte der Hyperphysiker. »Als es über den Akalos-Bergen zu wetterleuchten begann, fürchteten wir alle das Schlimmste.«

»Nun, besonders angenehm war es auch nicht«, erwiderte Rhodan. »Sind Tolot und der Paladin noch nicht hier?«

Sein Schwiegersohn schüttelte den Kopf.

»Bis jetzt noch nicht. Hoffentlich sind sie auch mit heiler Haut davongekommen.«

»Wie ich den Haluter und die Siganesen kenne, verlassen sie sich nicht auf ihr Glück, sondern tun selbst etwas für sich. Du kannst sicher sein, daß sie sich weder einfangen noch abschießen lassen.«

»So, wie du sicher warst, in Ovarons Depot hineinzukommen«, warf Atlan ein.

Der Arkonide war unbemerkt näher gekommen.

»Wir haben es versucht und keinen Erfolg gehabt«, sagte Rhodan nachdenklich. »Darüber läßt sich hinterher leicht spotten. Was hättest du gesagt, wenn wir mit dem Sextagonium aus dem Depot zurückgekehrt wären?«

»Daß dein Glück größer wäre als dein Verstand«, antwortete Atlan trocken. »Wo ist der andere Shift? Habt ihr ihn dem Kommandogehirn geschenkt?«

»Wir haben ihn irgendwo im Gebirge geparkt«, sagte Rhodan leichthin. »Er braucht einen neuen Maschinensatz und eine neue Außenhülle, sonst ist er in Ordnung.«

Atlan verbiß sich ein Lachen. Seine Augen verrieten, daß die letzten Stunden ihm großen Kummer und Sorge gebracht hatten.

»Na fein«, sagte er leise. »Ovaron II wird sich freuen, wenn er ankommt und überall Schrott herumliegt. Was glaubst du wohl, wie er darauf reagiert? *Er* kennt uns nicht, weiß nicht einmal, daß in seiner Zukunft eine Menschheit existiert. Folglich muß er annehmen, die verhinderten Einbrecher wären Angehörige von Lasallos Organisation gewesen.«

»Er wird keinen Schrott finden«, widersprach Rhodan. »Dafür sorge ich.«

Der Arkonide nickte.

»Das traue ich dir ohne weiteres zu. Aber wie ist es mit dem Kommandogehirn? Diese künstlichen Gehirne haben die unangenehme Eigenschaft, nichts zu vergessen.«

»Überlassen Sie das mir, Lordadmiral«, warf Ovaron ein. »Ich habe mich überreden lassen, den ID-Impuls abzustrahlen, folglich muß ich dafür sorgen, daß uns daraus keine unüberwindbaren Schwierigkeiten erwachsen.«

Atlan seufzte. »Perry hat Sie also schon mit dem terranischen Tollheitsbazillus infiziert. Na, Sie haben ja fast fünf volle Tage Zeit, sich etwas einfallen zu lassen. Ich möchte mich nun verabschieden, um zusammen mit ein paar vernünftigen Leuten nach Tolot und dem Paladin zu suchen.«

Er wandte sich ab und verließ den Hangar, ohne sich noch einmal umzublicken.

Ovaron und Rhodan sahen ihm nach, bis das Schott sich hinter ihm schloß.

»Ein großer Spötter . . .«, stellte der Cappin nachdenklich fest.

Perry Rhodan lächelte wissend.

»Atlan kann noch andere Dinge außer spotten, Ovaron, das können Sie mir glauben.«

»Davon bin ich überzeugt«, erwiderte Ovaron ernst.

Die beiden Männer verließen ebenfalls den Hangar. Alle anderen Teilnehmer des mißglückten Unternehmens waren längst gegangen. Der Shift blieb allein zurück. Um ihn würde sich Dr. Voigt Gosling im Lauf der nächsten Tage kümmern.

Auf der Innengalerie des Deformators begegnete ihnen Professor Tajiri Kase. Der Mathelogiker trug in jeder Hand einen dampfenden Kübel und wollte sich mit einem scheuen Gruß an Rhodan vorbeidrücken. Perry verstellte ihm den Weg. Er sah sich den Inhalt der Kübel an und fand, daß er aus gekochtem Gemüse, halbgarem Fleisch und Kartoffeln bestand.

»Wollen Sie das alles selbst essen?« fragte er argwöhnisch.

Tajiri Kase lächelte verkrampft. Auf seiner Stirn bildete sich ein Netz feiner Schweißperlen.

»Nicht direkt, Sir«, murmelte er verlegen. »Es ist für Sir Anthony bestimmt.«

»Für den kleinen Taimoner?« Rhodan blickte den Ertruser entrüstet an. »Das sind mindestens vierzig Kilo, Professor . . .!«

»Nun ja, Sir«, erwiderte Kase. »Es soll schließlich für den ganzen Tag reichen. Unsere Vorräte sind nicht unerschöpflich.«

»Das sind sie gewiß nicht! Ich komme mit, Professor. Ich möchte sehen, wie ein Minisaurier mit vierzig Kilogramm Nahrung fertig wird.«

»Jawohl, Sir.«

Es war verwirrend zu sehen, wie der riesenhafte Ertruser zaghaft die Treppe zum unteren Deck hinabstieg. Ovaron schloß sich den Männern an.

Kase tappte an den summenden Fusionsmeilern vorbei und blieb vor dem Schott zum Geräteraum stehen. Er setzte einen Kübel ab, um die Handfläche gegen das Thermoschloß zu drücken. Die beiden Schotthälften glitten in die Wände zurück.

Perry trat hinter dem Ertruser ein und erstarrte zur Salzsäule, als er den »kleinen« Taimoner sah.

Sir Anthony hatte die Größe einer ausgewachsenen Bärenrobbe erreicht. Seine Saurierschnauze öffnete sich beim Anblick der Futterkübel und entblößte zwei Reihen scharfer Zähne. Sir Anthony spreizte die unterarmlangen Flügel und schwankte auf seinen »Entenfüßen« hin und her. Die terkonitblauen Augen richteten sich auf Perry Rhodan.

»Guhrdeln Dlagh«, sagte Anton in einem scheußlich verstümmelten, quarrenden Interkosmo.

»Was war das?« fragte Rhodan entgeistert. »Sollte das etwa ›guten Tag‹ heißen . . .?«

Tajiri Kases Ohren liefen feuerrot an. Ohne den Kopf zu wenden, antwortete er: »Ja, Sir. Ich habe versucht, Sir Anthony etwas Interkosmo beizubringen.«

»Gaahsle Hluut, Bluhdär.« Der Taimoner watschelte vorwärts und steckte das Maul in einen Kübel. Schmatzend begann er zu fressen.

10.

»Wir müssen gleich da sein, Perry«, flüsterte Ovaron.

Im kalten matten Licht des Sonnentages erkannte Perry Rhodan die blauschwarzen düsteren Schatten der Schluchtwände, graue Geröllmassen und das metallische Funkeln eines Trockeneishanges.

»Ich sehe es«, flüsterte er zurück. »Das ist das letzte Tal vor der Ebene, auf der das Wrack des Shifts stehen muß.«

Der Cappin nickte. Hinter dem transparenten Kugelhelm war die Bewegung des Kopfes nur schemenhaft zu sehen.

»Haltet euch fest, meine Kinder!« grollte eine tiefe Stimme. »Es geht weiter.«

»Aber etwas langsamer, wenn ich bitten darf, Icho«, lispelte Gucky.

Der Mausbiber saß gemeinsam mit Perry Rhodan und Ovaron auf dem mächtigen Rücken des Haluters und hielt sich krampfhaft an einem Schultergurt fest. Als Icho Tolot auf seinen Säulenbeinen und den Laufarmen weitertrabte, wurde Gucky kräftig durchgeschüttelt.

Rhodan saß auf Tolots rechter Schulter. Seine Beine hingen nach vorn herab. Seine Hände umklammerten einen Gerätehalter, der aus Tolots Kampfkombination ragte.

Der Terraner sah aufmerksam zur linken Schulter des Haluters. Dort saß der Cappin, schaukelte und hopste bei diesem Auf und Ab. Bei besonders heftigen Erschütterungen, die bei Ichos Fortbewegungsart entstanden, gab er Klagelaute von sich.

Es war kein Vergnügen, auf einem Haluter zu »reiten«, der mit Geschwindigkeiten bis zu zweihundert Stundenkilometern über unebenen Fels und grobes Geröll jagte. Aber es war die sicherste Methode, dem Kommandogehirn des Geheimdepots die Ortung zu erschweren. In den letzten vier Tagen war es wieder ruhig auf Titan geworden. Das Kommandogehirn hatte all seine Kampfroboter und Ortungssonden zurückgezogen, während die Besatzung des Nullzeit-Deformators sich jeglicher Aktivität enthalten hatte.

Heute, wenige Stunden vor dem 23. Juni 200.018 vor Jetztzeit, war eine Aktion jedoch unumgänglich geworden. Es galt, die Trümmer des vor einigen Tagen abgeschossenen Shifts endlich zu beseitigen.

Der Haluter wich vor einem Steinschlag nach links aus, raste die steile Felswand ungefähr fünfzig Meter hoch und jagte dann wieder hinab. Gucky würgte und schimpfte unterdrückt.

Endlich lag die Geröllebene vor ihnen. Zur Linken stieg das Gelände an, und wenige Meter vor diesem Hang stand das Wrack des Shifts mit offener Schleuse und aufgerissenem Heck. Das Metall und eine kreisförmige Bodenfläche waren von einer gelbgrünen schaumigen Kruste überzogen: niedergeschlagene Dämpfe und Explosionsgase.

Icho Tolot hielt vor dieser Kreisfläche an und ließ seine »Passagiere« absteigen.

Rhodan wog die eiförmige Desintegrations-Handbombe nachdenklich in der Hand. Es war nicht möglich, das Wrack abzutransportieren. Dazu hätten sie einen Shift einsetzen müssen, dessen Aggregate leicht anzumessen waren. Zerschneiden und die Stücke einzeln abtransportieren kam ebenfalls nicht in Frage, dazu wären atomare Schneideapparate notwendig gewesen, deren Energie geortet werden konnte.

Es blieb nur eine Möglichkeit: die Desintegrationsbombe anzusetzen, die den Shift in eine Gaswolke verwandeln würde. Allerdings entstand auch dabei eine energetische Streustrahlung, aber sie hielt nur kurz an, und ihre Quelle ließ sich lediglich eine halbe Minute lang orten.

Gucky schien Rhodans Gedanken zu erraten, denn er fragte:

»Soll ich das Wrack nicht doch telekinetisch beseitigen? Ich könnte es in den Raum schleudern und ihm einen Impuls in Richtung Saturn geben.«

»Brächte er das wirklich fertig?« fragte Ovaron verblüfft und skeptisch.

Vom Ilt kam ein empörtes Schnaufen, und Rhodan betonte:

»Unser Gucky hat schon größere Leistungen vollbracht, Ovaron. Aber ich bin nicht dafür, daß er es versucht. Es genügt, daß das Kommandogehirn vor einigen Tagen Paraimpulse von ihm aufgefangen hat.«

Perry Rhodan ging vorsichtig auf den Shift zu. Der gelbgrüne

Niederschlag war stellenweise sehr glatt. Vor der offenen Schleuse schaltete Rhodan seinen auf der Brust befestigten Scheinwerfer an und leuchtete in den Laderaum. Auch hier hatten sich Dämpfe niedergeschlagen, und das Sicherheitsschott vor den Steuerbord-Speicherbänken war geschmolzen und zu einer grotesken Form erstarrt.

Rhodan überprüfte noch einmal die Zündereinstellung, dann entfernte er den Sicherungsbügel, drückte den Zündknopf und ließ ihn herausspringen. In genau vierzig Minuten von jetzt an würde der molekulare Auflösungsprozeß beginnen.

Prüfend sah Perry zum düsteren Himmel und ging zu seinen Gefährten zurück. Die Sonne verschwand soeben hinter dem Horizont. Es wurde schlagartig finster. Etwa so groß wie eine Männerhand war der helle Jupiter zu sehen. Rechts von ihm bewegten sich majestätisch langsam zwei seiner Monde – und dahinter funkelte ein anderer Himmelskörper: der Planet Zeut, der in der Zeit, aus der Rhodan kam, nur noch als Trümmerring um die Sonne kreiste.

Hauchzarte Wolkenschleier trieben in geringer Höhe über das Wrack und die Lebewesen dahin. Die Oberfläche des Titan wurde von einer Bebenwelle durchlaufen, schüttelte sich kurz – und lag wieder unbeweglich da. Von weitem klang das leise Grollen eines Bergrutsches herüber.

Tolot ließ sich wieder auf die Laufarme sinken.

»Kommen Sie, Rhodanos!« sagte er zu Rhodan. »Die Natur können Sie auch vom Nullzeit-Deformator aus bewundern.«

Ovaron und Gucky saßen auf. Perry Rhodan zog sich auf die Schulter des Haluters, warf noch einen Blick zurück zu dem Wrack und schlug dann mit der Handfläche gegen Tolots Druckhelm.

»Vorwärts, Tolotos, mein Pferdchen!«

Icho lachte brüllend und stob davon, Schotter und Eis hochwirbelnd.

Der unbrauchbare Shift blieb einsam zurück und in ihm die Bombe, die ihn zur festgesetzten Zeit auflösen würde.

Lordadmiral Atlan wandte den Blick von den Panoramaschirmen, als der Interkom-Melder summte. Gelassen schaltete er das Bildsprechgerät ein. Auf dem Schirm erschien das Bild des Mathelogikers Tajiri Kase.

Dem Arkoniden war nicht wohl, als er den völlig aus dem Häuschen geratenen Wissenschaftler sah.

»Was gibt es, Professor?« fragte er, von bösen Ahnungen erfüllt.

»Er ist fort!« rief der Ertruser erregt. »Verschwunden, Sir!«

»Wer . . .?«

Tajiri Kase schluckte.

»Sir Anthony natürlich!«

»Natürlich . . .«, bemerkte Atlan sarkastisch. »Ihr Saurier-Baby hat wieder einen Beitrag zur allgemeinen Unterhaltung . . .« Seine Augen weiteten sich. »Wohin ist Anton verschwunden?« Erschrokken dachte er daran, daß der Taimoner inzwischen die Größe eines einjährigen Elefanten hatte und schon einiges Unheil stiften konnte.

»Ich weiß es nicht, Sir«, antwortete Kase. Unablässig wischte er sich die schweißnasse Stirn ab. »Er hat drei Behälter Vaku-Öl gefressen und ist spurlos verschwunden.«

»Hoffentlich ist er nicht geplatzt«, warf Professor Waringer ein. Der Hyperphysiker befand sich wie Atlan in der Nullfeldzentrale und hatte das Gespräch mit angehört. »Das viele Öl . . .«

Der Arkonide überlegte angestrengt und musterte die Schleusenkontrollen. Er sah, daß die Leuchtplatte für die Lastenschleuse Gelblicht zeigte, der Beweis dafür, daß jemand durch die Schleuse gegangen war und zwar das Innenschott geschlossen hatte, aber nicht das Außenschott.

»Er muß draußen sein, Professor«, vermutete er bestürzt. »Dieser Tolpatsch!« Mitleid schwang in seiner Stimme mit. »Ich komme. Schließen Sie Ihre Raumkombination, Professor. Wir sehen vor der Schleuse nach.«

»Lassen Sie die Überreste doch von einem Roboter beseitigen, Atlan«, sagte Geoffry Abel Waringer.

Aber der Lordadmiral hörte gar nicht hin. Er stürmte aus dem Raum, im Laufen seine leichte Raumkombination schließend.

Professor Waringer sah ihm resignierend nach.

Vor dem Innenschott der Lastenschleuse traf Atlan mit Tajiri Kase zusammen. Der Ertruser hatte den Schließmechanismus für das

Außenschott aktiviert und wartete, bis die Kammer von der Methan-Wasserstoff-Atmosphäre Titans befreit worden war.

Kase tänzelte äußerst nervös. Wahrscheinlich hätte er das Innenschott längst geöffnet, wenn die Sicherheitsautomatik das nicht verhindert hätte. Erst als die Schleusenkammer mit der Atmosphäre des Zeitreisegeräts gefüllt war, glitt das Innenschott auf.

Es schloß sich wieder, die Luft wurde abgesaugt, das Außenschott öffnete sich.

Atlan trat ins Freie und sah sich um. Er erwartete, den Leichnam des Taimoners in unmittelbarer Nähe der Schleuse zu finden. In der dünnen Methan-Wasserstoff-Ammoniak-Atmosphäre und bei Temperaturen um momentan minus hundertfünf Grad Celsius würde auch ein Lebewesen mit Sir Anthonys Metabolismus bestenfalls Sekunden leben können. Es stammte schließlich von einer Sauerstoffwelt.

Aber von dem Taimoner war nichts zu sehen.

Professor Tajiri Kase stürmte aus der Schleuse und blickte sich wild um. Dann kletterte er den nächsten Berghang hinauf, für einen Ertruser eine Sache von wenigen Sekunden. Dort spähte er in alle Himmelsrichtungen. Der Saturntag hatte vor wenigen Minuten begonnen und warf sein bleiches Licht über diese Seite von Titan.

Aber Kase konnte offenbar selbst von seinem erhöhten Standort aus den Taimoner nicht sehen. Er rannte wieder hinunter und blieb vor Atlan stehen.

»Wir müssen ihn mit dem Shift suchen, Sir!« rief er in höchster Erregung.

»Nein«, widersprach der Arkonide fest. »Ich werde nicht riskieren, daß das Depot die Streustrahlung der Shift-Aggregate ortet.«

»Dann hole ich meinen flugfähigen Kampfanzug.«

»Nein, Professor!« sagte Atlan abermals, und sein Ton war hart.

Er hob die Hand zu den Schaltungen an der Unterseite seines Druckhelms und erhöhte die Reichweite des Telekoms um eine Kleinigkeit.

»Atlan ruft Oberst Kasom. Kasom, melden Sie sich!«

»Hier Kasom!« dröhnte wenig später die Stimme des anderen Ertrusers aus dem Empfänger.

»Kommen Sie sofort mit Ihrem leichten Raumanzug nach draußen!« befahl Atlan. »Bringen Sie einen Geländeschlitten mit folgenden Geräten mit: vier Austausch-Luftaggregate, einen Hochdruck-Nadler mit Betäubungspfeilen, eine Vierzig-Kubikmeter-Folie mit zwei LK-Sätzen und einen Universal-Rettungskasten! Verstanden?«

»Verstanden, Sir!« antwortete Kasom.

Atlan reduzierte die Reichweite seines Helmsenders wieder und wandte sich dann an Kase:

»Der Oberst wird Sie begleiten, Professor. Sir Anthony ist anscheinend widerstandsfähiger, als wir vermutet hatten. Ich hoffe nur, er geht nicht zu dicht an Ovarons Geheimdepot heran. Sie kehren aber auf jeden Fall um und kommen schnellstens zurück, sobald Sie nur noch zwei Austausch-Luftaggregate besitzen.«

»Ja, Sir«, erwiderte der Mathelogiker, ruhiger geworden, nachdem er gesehen hatte, daß Atlan etwas unternahm, um seinen Liebling zu retten.

Der Arkonide winkte ab und kehrte mit federnden Sätzen zur Schleuse zurück. Die geringe Anziehungskraft des Saturnmondes erlaubte dem erfahrenen Raumfahrer eine leichte, elegante Fortbewegung, sofern er nicht über lockeres Geröll gehen mußte, das aus dem gleichen Grunde bei der geringsten Berührung in Bewegung geriet.

Vor der Schleuse wartete er auf Melbar Kasoms Urenkel, gab ihm noch einige Anweisungen und sah danach zu, wie die beiden Ertruser sich mit weiten Sprüngen entfernten. Der Geländeschlitten rutschte schleudernd hinterher, von Toronar Kasom an einem Plastikseil gezogen. Atlan seufzte tief und trat in die Schleusenkammer.

»Da war etwas!« flüsterte Ovaron.

Icho Tolot stoppte seinen rasenden Galopp, und die »Reiter« glitten herab, ihre Waffen schußbereit in der Hand.

Der Cappins deutete zu einem eisbedeckten Sattel oberhalb einer stehenden Gebirgsfalte.

»Dort hat sich etwas bewegt und ist vermutlich in der verdeckten Mulde rechts davon untergetaucht.«

»Können Sie es beschreiben?« fragte Rhodan.

»Grau, würde ich sagen. Aber ich habe nur eine Art Schemen über die Eiskappe huschen sehen, und auch das nur aus den Augenwinkeln.«

»Das wird eine synapsische Täuschung gewesen sein«, lispelte Gucky.

»Optische Täuschung«, berichtigte Rhodan den Ilt, als er merkte, daß Ovaron ratlos war.

»Habe ich doch gesagt«, maulte der Mausbiber. »Vielleicht ein Lichtreflex. Ich will endlich nach Hause.«

Rhodan blickte den Cappin fragend durch den transparenten Helm an.

Ovaron blieb dabei. »Ich habe mich nicht getäuscht. Dort hat sich etwas Materielles bewegt.«

»Ich sehe allein nach«, warf Tolot ein. »Sie brauchen sich nicht in Gefahr zu begeben. Warten Sie hier.«

Ohne eine Antwort abzuwarten, raste der Haluter los. Bald danach tauchte er hinter einem Hang unter.

Gucky schob seinen Strahler zurück, setzte sich seufzend auf einen glatten Felsbrocken und starrte in die Richtung, in der der Cappin die Bewegung gesehen haben wollte.

Nach einigen Minuten sprang er mit allen Anzeichen hochgradiger Erregung auf.

»Da ist wirklich etwas!«

»Sicher«, meinte Perry trocken, »unser halutischer Freund.«

Gucky schüttelte den Kopf.

»Nein, Icho schirmt sich ab. Hm! Wenn ich nicht wüßte, daß Anton im Geräteraum des Nullzeit-Dingsda sitzt . . .! Die Hirnschwingungen und das Gefühlsmuster haben eine gewisse Ähnlichkeit.«

»Der Taimoner könnte nicht auf Titan leben«, sagte Rhodan.

Der Ilt ging nicht darauf ein.

»Das Wesen stirbt, aber es denkt an seine Wiedergeburt«, berichtete er bestürzt. »Es denkt an eine Umwandlung und Komprimierung. Jetzt brechen die Gedanken ab.«

Perry Rhodan dachte angestrengt nach.

Sollte es zu dieser Zeit tatsächlich Lebewesen auf dem sechsten Saturnmond geben? Lebewesen, die *dachten . . .?* Es schien ihm sehr unwahrscheinlich. In der Jetztzeit waren auf Titan keine Überreste tierischen Lebens gefunden worden.

Aber Guckys Äußerungen zufolge sollte das Lebewesen an seinen Tod gedacht haben. Es mußte also gestorben sein, und bei den niedrigen Temperaturen konnte es nicht verwesen. Warum hatte in der Realzeit niemand seinen tiefgefrorenen Leichnam gefunden?

Seine Gedankengänge wurden unterbrochen, als der Haluter auf einer Schuttlawine den Schluchthang herabritt. Unten angekommen, sprang er mit einem gewaltigen Satz zu den Wartenden.

»Nichts«, meldete er lakonisch. »Auf dem Eis des Bergsattels gibt es eine Schleifspur, aber die kann ebensogut hundert Jahre alt sein. Ich habe die Stelle dreimal in immer weiteren Kreisen umlaufen, aber nichts gefunden.«

»Das besagt nicht viel«, sagte Ovaron. »Wenn es ein Lebewesen war und wenn es sich so schnell wie Sie, Tolot, fortbewegen kann, dann konnten Sie es nicht finden.«

»Und außer der Schleifspur gab es keine Spuren?« fragte Rhodan.

»Keine, Rhodanos«, bestätigte der Haluter. »Aber ich habe etwas anderes, ganz Merkwürdiges gesehen. In der Mulde rechts unterhalb des Sattels war ein See.«

»Ein See?« fragte Gucky.

»Hauptsächlich Wasser«, berichtete Tolot weiter. »Ich habe meinen Helm geöffnet und einen Schluck getrunken. Es war H_2O mit geringfügigen unbekannten Beimischungen – und es war warm.«

»Natürlich«, bemerkte Gucky, »sonst wäre es ja Eis gewesen.«

»Eine heiße Quelle?« fragte Perry.

»Eben nicht, Rhodanos. Während ich noch dort stand und überlegte, bildete sich eine Eisschicht. Ich nehme an, es ist jetzt schon bis zum Grund gefroren.«

»Das ist wirklich merkwürdig«, sagte Ovaron. »Ich kann mir das nur so erklären, daß dort kurzfristig Energie freigesetzt wurde.«

»Das ist auch meine Überzeugung«, sagte Icho Tolot. »Aber es gab nichts, was die Energie hätte freisetzen können.«

»Die Sache kommt mir verdächtig vor«, erklärte Perry Rhodan. »Aber wir haben keine Zeit, um ihr jetzt weiter nachzugehen. Freund Tolotos, wir reiten weiter in der alten Richtung.«

Etwa eine Viertelstunde später hielt der Haluter ruckartig an und legte sich flach auf den Boden.

»Bewegung!« meldete er mit »gedämpfter« Stimme. »Vorn! Etwas huschte über einen Bergkamm und verschwand wieder.«

Perry Rhodan und Ovaron gingen hinter Tolots ausgebreiteten Handlungsarmen in Deckung.

Gucky dagegen blieb auf Tolots Rücken sitzen und verkündete mit schriller Stimme:

»Falscher Alarm, Jungs! Das sind unsere beiden Ertruser.«

»Toronar Kasom . . .«, sagte Perry Rhodan überrascht. »Und Professor Kase. Ich möchte wissen, was die hier zu suchen haben. Hoffentlich ist nichts passiert.«

Der Mausbiber fuhr erschrocken hoch, glitt von Tolots Rücken und fiel auf den Schotter.

»Sie suchen nach Anton!« Er richtete sich auf. »Der Taimoner ist ausgerissen, Perry! Ich ahne etwas. Oh, der arme Anton!«

Perry Rhodan ging ebenfalls ein Licht auf. Er sagte jedoch nichts, bis die beiden Ertruser vor ihnen auftauchten. Sie zogen einen Geländeschlitten hinter sich her.

»Haben Sie Sir Anthony gesehen, Sir?« fragte Tajiri Kase, kaum daß er Rhodan und seine Begleiter erblickt hatte.

Rhodan verneinte und ließ sich berichten, was im Nullzeit-Deformator geschehen war. Erst dann erzählte er von dem »Phantom«, das Ovaron gesichtet hatte und hinter dem Icho Tolot vergeblich hergelaufen war.

»Planhirnauswertung«, meldete der Haluter. »Anton hat sich in Wärmeenergie aufgelöst und dadurch den gefrorenen See für kurze Zeit aufgetaut. Es wäre zwecklos, weiter nach ihm zu suchen.«

»Wir können ihn doch nicht dort draußen liegenlassen!« protestierte Tajiri Kase. »Zumindest ein Grab . . .«

»Wie wollen Sie längst verflüchtigte Wärme begraben?« fragte der Haluter. »Ich verstehe nur nicht, daß der Taimoner freiwillig in eine für ihn tödliche Umgebung gelaufen ist.«

Der Mathelogiker sagte bedrückt:

»Ich glaube, ich kann es erklären. Er hatte bemerkt, daß er uns im Nullzeit-Deformator nur zur Last fiel. Vielleicht wußte er auch, daß er immer größer werden würde, so daß wir seinetwegen hätten verhungern müssen. Also suchte er den Tod.«

»Es klingt wie ein uraltes Märchen, wirklich rührend«, bemerkte Toronar Kasom.

»Vielleicht doch nicht«, warf Gucky ein. »Dieses ›Phantom‹, es dachte beim Sterben an eine Wiedergeburt. Angenommen, er *wußte,* daß es nur um einen Tod auf ›Zeit‹ ging, dann erschiene Tajiris Erklärung plausibel.«

»Ob Anton absichtlich oder unabsichtlich den Tod gesucht hat, ist für uns unerheblich«, meinte Rhodan. »Wir wissen, daß er nicht mehr lebt, und auch Sie, Professor, sollten sich mit dieser Tatsache abfinden.«

Er hob die Stimme.

»Außerdem habe ich keine Lust, mich auch von einem toten Saurier noch an der Nase herumführen zu lassen, so leid mir sein Tod tut. Das hat Anton zu seinen Lebzeiten mehr als reichlich besorgt.«

»Ich sehe jedenfalls an Tolots See nach, Sir«, sagte Tajiri Kase.

Nach kurzer Überlegung gab Perry Rhodan sein Einverständnis.

»Gut. Oberst Kasom, begleiten Sie den Professor bitte und passen Sie auf, daß es nicht zu spät wird. Tolotos, beschreiben Sie bitte das Gelände!«

Der Haluter gab den beiden Ertrusern eine genaue Beschreibung, so daß sie »Tolots See« ohne langes Suchen finden mußten. Danach trennten sich die beiden Gruppen.

»Es ist nicht zu fassen«, sagte Perry auf dem Weg zum Nullzeit-Deformator zu sich selbst, »was aus einem kleinen ›Schneckenhaus‹ alles werden kann. Beim nächsten Besuch eines fremden Planeten werde ich darauf achten, daß niemand etwas mitnimmt, von dem wir nicht genau wissen, worum es sich handelt.«

Perry Rhodans Privatkabine im Nullzeit-Deformator war nur vier Meter lang und zweieinhalb Meter breit. Sie enthielt außer einem in der Wand versenkbaren Bett einen Schalensessel, einen niedrigen runden Tisch und einen Hocker. Nach der Rückkehr von der Absturzstelle des Shifts hatte Rhodan seinen Bericht auf Memo gesprochen, sich umgezogen und war in seine Kabine gegangen.

Er saß in dem Schalensessel und sah zu, wie Lordadmiral Atlan nervös hin und her ging – zwei Schritte vor, Kehrtwendung, zwei Schritte zurück . . .

Rhodan sagte:

»Bleib stehen oder setz dich hin, Freund. Aber mach mich nicht mit deinem Vor und Zurück nervös.«

Widerstrebend ließ der ehemalige Arkonidenadmiral sich auf dem Hocker nieder.

»Ich kann dich nicht mehr nervös machen«, meinte der Arkonide spöttisch, »denn du bist es bereits. Du hast uns mit deinem voreiligen Versuch, ins Depot zu kommen, etwas Schönes eingebrockt. Das Kommandogehirn des Depots hat registriert, daß Unbefugte versucht haben, mit einem noch nicht gültigen Identifizierungskode ins Depot einzudringen. Es wird diese Information an Ovaron II weitergeben, sobald er auf Titan eintrifft. Was dann, mein Freund . . .?«

Perry Rhodan überlegte angestrengt. Dann aktivierte er seinen Armband-Telekom und bat Professor Waringer zu sich.

Geoffry Abel Waringer betrat kurz darauf die Kabine. Rhodan erklärte ihm, worum es ging. Der Hyperphysiker nickte bedächtig.

»Theoretisch sind mehrere verschiedene Lösungen des Problems denkbar. Es kommt auf den wissenschaftlichen Standpunkt an, den man einnimmt. Wir haben leider noch keine Erfahrungen mit der temporalen Persönlichkeitsspaltung, wie ich das gleichzeitige Auftreten zweier Temporalausgaben ein und derselben Person nenne. Ja, wir wissen noch nicht einmal, ob so etwas überhaupt praktisch möglich ist.«

»Nennen Sie uns Ihre Hypothese, Geoffry!« bat Atlan.

Waringer zog sich den kleinen Tisch heran und setzte sich ungezwungen darauf.

»Ich gehe davon aus«, sagte er mit geschlossenen Augen, »daß das, was geschehen wird, bereits geschehen ist. Begründung: Wir hätten andernfalls vor rund zweihunderttausend Jahren niemals Ovaron auf der Erde begegnen können. Da die Jetztzeit unser zentraler Bezugspunkt ist, meine ich natürlich zweihunderttausend Jahre vor Jetztzeit.«

»Können wir nicht auch sagen, wir würden andernfalls in achtzehn Jahren – von dieser Zeitebene an – Ovaron nicht auf der Erde antreffen . . .?« fragte der Arkonide mit Nachdruck.

Der Professor schüttelte den Kopf.

»Nein, genau das können wir nicht sagen, Atlan. Wir *sind* dem Cappin begegnet, und das *war* Realität, denn, wie gesagt, ist die Jetztzeit unser zentraler Bezugspunkt – oder auch unsere zentrale Bezugsebene. Wir müssen alles von diesem Bezugspunkt aus betrachten, und von der Jetztzeit gesehen, ist unser Zusammentreffen mit Ovaron I eine Tatsache, die hinter uns liegt.«

»Ich habe verstanden«, sagte der Arkonide, und Geoffry setzte seine Erläuterungen fort.

»Wir dürfen also die bevorstehende Information von Ovaron II durch seine Kommandopositronik im Hinblick auf das bevorstehende Handeln von Ovaron II und das Vergangenheit seiende Handeln von Ovarons temporaler Ganzheit außer acht lassen. Wir wissen, daß Ovaron trotz aller Informationen, die er durch seine Positronik erhält, im Jahr 200.018 vor Jetztzeit auf der Erde gelandet ist, um gegen die verbrecherische Cappin-Organisation Lasallos zu arbeiten.«

»Warum sollte er das tun?« fragte Rhodan.

»Er *hat* es getan«, entgegnete Waringer bestimmt. »Und damals war er eine Ganzheit, so, wie er wieder eine Ganzheit sein wird, sobald er zum erstenmal mit uns in seine Realzukunft vorstößt.«

»Wie kann er damals eine Ganzheit gewesen sein«, wandte Atlan ein, *»wenn* beide Ovarons gleichzeitig existieren?«

Der Hyperphysiker war nicht aus der Ruhe zu bringen.

»Ich gebe zu, es klingt verwirrend für jemanden, der die Dialektik Platons nicht beherrscht. Wenn man sich aber mit dem Gesetz der Negation auskennt, wird es bedeutend klarer. Ovaron ist als Ganzheit zur Erde geflogen, weil es nicht zutrifft, daß Ovaron I und Ovaron II nicht gleichzeitig existiert hätten.«

Atlan und Rhodan sahen sich schweigend an. Sie ahnten zwar, daß Geoffry Abel Waringers Erklärung der Wahrheit zumindest sehr nahekam, aber die Erklärung selbst erfaßten sie nicht.

»Bleiben wir lieber konkret, Geoffry«, sagte Perry nach einer Weile. »Warum wird Ovaron II nach seiner Ankunft so handeln, wie Ovaron I gehandelt hat?«

»Siehst du, du kommst zu keinem logischen Schluß, wenn du Platons Dialektik außer acht läßt. Was Ovaron II tun wird, *hat* Ovaron I längst getan, folglich wird Ovaron II nicht anders handeln können, weil sie eine Ganzheit sind, wobei du den Begriff ›Ganzheit‹ wiederum nicht wörtlich nehmen darfst, sondern ebenfalls dialektisch betrachten mußt.«

»Ich begreife, daß ich nicht begreife«, zeigte sich Rhodan resigniert. »Zumindest begreife ich nicht, warum du nicht begriffen hast, daß ich keine dialektische Antwort haben möchte, sondern eine konkrete.«

Atlan stand auf und ging zum Interkom.

»Was willst du?« fragte Perry Rhodan.

»Ich will Dr. Multer Prest anrufen«, antwortete der Arkonide. »Vielleicht gelingt es ihm, deinem Schwiegersohn eine klare, einfache Antwort auf eine klare und sehr einfache Frage zu entlocken.«

»Oh, eine *einfache* Antwort hast du erwartet, Perry«, sagte Waringer. »Warum halte ich mich dann mit wissenschaftlichen Erklärungen auf?«

Atlan wollte etwas sagen, verzichtete jedoch darauf, um Waringers Antwort nicht hinauszuzögern.

Der Hyperphysiker massierte sich angelegentlich seinen Nasenrücken.

»Eines steht fest: Im Jahr 200.018 vor Jetztzeit muß etwas geschehen sein, was den gelandeten Ovaron veranlaßte, trotz Informationen, die ihm sein Kommandogehirn gab, gemäß seinem Aktionsplan in den Einsatz zu gehen. Begründung: Wäre dies nicht geschehen, hätten wir Ovaron im Jahr 200.000 vor Jetztzeit niemals auf der Erde antreffen können.«

Er sah Rhodan und Atlan aufmerksam an.

»Zufrieden?«

Rhodan verzog das Gesicht, und Atlan sagte:

»Es leuchtet mir ein, daß etwas geschehen sein muß, was Ovaron bewegte, in den Einsatz zu gehen, obwohl er wußte, daß vor seiner Ankunft jemand versucht hatte, ins Depot einzudringen.« Er holte tief Luft. »Aber was ist geschehen oder – bei allen Göttern Arkons! – was wird geschehen . . .?«

Der Hyperphysiker wich aus.

»Geben Sie Ovaron sein Gedächtnis zurück, dann kann er Ihnen diese Frage selbst beantworten, Atlan.«

»Ovaron . . .?« fragte der Lordadmiral fassungslos. »Aber Ovaron I kann doch gar nicht wissen, warum Ovaron II so und nicht anders gehandelt hat! Die beiden Ovarons verschmelzen doch erst miteinander, wenn Ovaron II mit uns in seine Realzukunft reist!«

»Sie wollten eine einfache Erklärung haben, Atlan«, dozierte der Wissenschaftler mit sanfter Stimme. »Und nun merken Sie, daß diese Ihnen ohne die wissenschaftliche Grundlage nichts nützt. Ovaron I weiß, was Ovaron II erst noch erleben wird, mein Lieber, weil beide Ovarons im dialektischen Sinne eine Ganzheit darstellen. Verstehen Sie denn nicht, daß die ganze Sache mit der Löschung von Ovarons Gedächtnis und seiner Wiedergewinnung nur ein Kunstgriff ist, um die unvorhersehbaren Auswirkungen eines wirklichen Zeitparadoxons zu vermeiden . . .?«

Atlan wechselte die Farbe. Perry Rhodan sagte ungeduldig:

»Du sprichst in Rätseln, Schwiegersohn.«

»So . . .?« meinte Geoffry Abel Waringer gelassen. »Was glaubst du wohl, was geschehen wäre, wenn wir nicht im Jahre 200.018 vor Jetztzeit auf dem Titan gelandet wären, um Ovarons Ankunft zu beobachten?«

»Dann hätte Ovaron seine Herkunft nicht klären können, nehme ich an«, sagte Rhodan. Aber in seiner Stimme schwang eine große Unsicherheit mit.

Professor Waringer grinste. »Weit gefehlt!« rief er heiter. »Dann wäre nämlich Ovarons Gedächtnis nicht gelöscht worden, und wir hätten nicht hierherkommen müssen.«

»Jetzt verstehe ich«, sagte Perry Rhodan und mußte ebenfalls lächeln. »Die Sache ist wirklich ganz einfach, Atlan. Von der Jetztzeit betrachtet, *haben* wir Ovarons Ankunft nämlich schon beobachtet. Folglich mußten wir zurückkehren, um die negative Auswirkung dieses Besuches aufzuheben.«

»Richtig!« bestätigte Waringer. »Das ist Negation der Negation. Aus dir wird noch ein ganz brauchbarer Dialektiker, Perry.«

Atlan sah aus, als hätte er in eine Zitrone gebissen.

»Was waren das doch für schöne Zeiten, wo nicht geistreiche Erörterungen zählten, sondern die Taten eines Mannes . . .!«

Geoffry schwang sich elastisch vom Tisch, ging zu dem ehemaligen Arkonidenadmiral und tätschelte dessen Wangen.

»Niemand will einen Stubenhocker aus Ihnen machen, tatendurstiger Held. In Wirklichkeit ist nämlich beides notwendig: das Wort und die Tat.«

Er wurde übergangslos ernst.

»Aber es ist vorteilhafter, das Wort – beziehungsweise die Überlegung – vor die Tat zu stellen, damit nicht eines Tages eine Tat das letzte im Leben eines Helden ist.«

Er wich Atlans Boxhieb geschickt aus.

»Es wäre mir eine Ehre, Ihnen ein paar klare Fragen beantworten zu können, Lordadmiral.«

Waringer wandte sich um und ging zur Tür. Dort blieb er stehen und blickte noch einmal zurück.

»Keine Sorge, wir werden unser Ziel erreichen, oder wir wären niemals mit Ovaron zusammengetroffen.«

»Mit welchem Ovaron?« fragte Atlan verzweifelt.

»Mit dem richtigen«, sagte Waringer lakonisch und verließ den Raum.

11.

Ovaron sah zu, wie der Shift ausgeschleust wurde. Toronar Kasom steuerte den Allzweckpanzer und hielt ihn am Rande des Geröllfeldes an.

Der Cappin hob den Blick und sah den Paladin-Roboter und den Haluter auf zwei in der Nähe befindlichen Berggipfeln stehen. Die riesenhaften Gestalten hoben sich scharf gegen das geisterhaft fahle Leuchten des Saturn ab.

Nach Titanzeit war es Mittag, nach Erdzeit früher Morgen des 23. Juni.

Die fünf Kampfroboter vom humanoiden Typ stellten im Umkreis von hundertfünfzig Metern um die Deformationskuppel mehrere unscheinbare Geräte auf. Sobald die Einsatzgruppe sich in Marsch setzte, würde Lordadmiral Atlan in der Nullfeldzentrale einen Schalter umlegen und damit einen Reliefschirm über dem Deformator errichten. Der Reliefschirm baute eine energetische Pseudolandschaft auf, die auf den Ortungsschirmen eines Raumschiffes als reale Landschaft erscheinen würde. Voraussetzung dafür war allerdings, daß alle auf Quinta- und Sextadimbasis arbeitenden Geräte im Nullzeit-Deformator abgeschaltet würden.

Vor optischer Beobachtung schützte ein solcher Schirm natürlich nicht, aber das brauchte er auch nicht. Die Deformatorkuppel war mit einem Oberflächen-Strukturwandler bearbeitet worden und besaß die gleiche Farbe, die gleiche Gliederung und das gleiche Reflexionsvermögen wie das Geröllfeld, auf dem sie stand.

Ovaron beobachtete, wie die Einsatzgruppe den Nullzeit-Deformator verließ: an der Spitze Perry Rhodan, dahinter Lord Zwiebus und Alaska Saedelaere. Gucky, Tschubai und Lloyd bildeten eine kleine Gruppe für sich. Nach ihnen kamen Takvorian und Joak Cascal. Professor Tajiri Kase erschien in der Schleusenöffnung und blickte der Einsatzgruppe nach. Sein Anblick erinnerte Ovaron daran, wie der Mathelogiker und Oberst Kasom vor anderthalb Stunden zurückgekommen waren. Sie hatten Sir Anthony unter dem Eis des gefrorenen Sees gefunden oder vielmehr das, was aus ihm geworden war, nämlich die gleiche Zustandsform, in der der Taimoner auf Zeut entdeckt worden war.

Perry Rhodan hatte das »Überwinterungsei« sofort in eine Tiefkühltruhe legen lassen. Damit war das Problem »Sir Anthony« vorerst gelöst. Ob man das Wesen nach der Rückkehr in die Jetztzeit wiederbeleben würde, war noch nicht entschieden worden. Auf keinen Fall würden die Terraner dies einem Privatmann überlassen.

»Wollen Sie nicht mitkommen, Ovaron?« klang eine Stimme in seinem Helmempfänger auf.

Ovaron erkannte Perry Rhodans Stimme und sah, daß der größte Teil der Einsatzgruppe bereits im Shift verschwunden war.

»Ich komme sofort, Perry«, antwortete er.

Takvorian lag wieder ausgestreckt im Frachtraum. Der Kopfteil des Raumanzuges war geöffnet, und die Augen der Pferdekopfmaske schienen den Cappin vorwurfsvoll anzustarren.

Ovaron klappte seinen Helm zurück, schlug seinem Pferdemutanten leicht auf den Hals und sagte:

»Wir alle müssen einige Unbequemlichkeiten in Kauf nehmen, Takvorian. Versuche ein wenig zu schlafen.«

»Schlafen . . .?« gab der Mutant vorwurfsvoll zurück. Er zog die Pferdelippe hoch. »In diesem Mief hier?«

Ovaron ging seufzend weiter. Die Luft im Shift war klar und sauber. Takvorian hatte ganz einfach schlechte Laune. Er nickte Merceile im Vorbeigehen zu. Die Biotransfer-Korrektorin machte einen nervösen Eindruck.

Dabei bin ich es, der nervös sein müßte! dachte der Cappin bei sich. Schließlich will ich mir selbst begegnen.

Er kletterte den Schacht zur Pilotenkanzel hinauf und nahm auf dem Notsitz hinter Rhodan Platz.

»In wenigen Minuten geht's los«, sagte der Terraner, der blaß und recht abgespannt wirkte.

Der Telekommelder summte, und Atlans Gesicht erschien auf dem Bildschirm.

»Alles klar bei euch?« fragte er.

»Alles in Ordnung«, antwortete Rhodan. »In dreißig Sekunden fahren wir los. Halte die Ohren steif.«

Toronar Kasom grinste und schaltete den Kettenantrieb ein. Der Shift ruckte an und drehte sich auf der Stelle um einige Grad nach Steuerbord. Dann rollte er über den Schotter nach Norden.

Ovaron blickte durch die transparente Kuppel nach draußen. Der Paladin und Tolot hatten ihre Beobachtungsposten aufgegeben und waren in dem Gelände untergetaucht. Schleierartige Wolkenfetzen zogen über den Himmel. Es sah aus, als schwebten sie dicht über der Oberfläche des Saturn.

Der Sextadim-Navigator sah zurück.

Im ersten Moment glaubte er, der Nullzeit-Deformator wäre tatsächlich verschwunden, untergetaucht im Strom der Zeit. Doch dann sah er, daß etwas, das wie ein Geröllfeld aussah, einen schroffen Gipfel zur Hälfte verdeckte. Ohne genaue Kenntnis aller Geländemerkmale hätte er es allerdings nicht bemerkt.

Die Tarnung des Nullzeit-Deformators war fast perfekt. Natürlich durfte niemand der Kuppel zu nahe kommen, aber dieses Gefahrenmoment war gering und deshalb unbedeutend. Außerdem würde der zufällige Entdecker keine Informationen über den Deformator weitergeben können; eine »Behandlung« mit den terranischen Psychostrahlern würde ihn seine Entdeckung vergessen lassen.

Der Shift durchfuhr eine tiefe Schlucht und rollte in ein langgestrecktes Tal. Am jenseitigen Ende des Tales waren Paladin und der Haluter zu sehen. Aus der Entfernung von etwa drei Kilometern sah es aus, als bewegten sich Spielzeugroboter vor der Kulisse eines utopisch-phantastischen Films.

Ich denke immer mehr wie ein Terraner, überlegte Ovaron.

Aus dem Frachtraum drangen Satzfetzen von Gesprächen in die Pilotenkanzel. Ras Tschubai unterhielt sich mit Merceile über die möglichen Reaktionen von Ovaron II, wenn er bei seiner Ankunft über den Vorstoß Unbefugter informiert würde.

Ovaron – er lächelte bei dem Gedanken, daß er sich von nun an auch in seinen Überlegungen Ovaron I nennen mußte – war sicher, daß die Kommandopositronik ihren ersten Vorstoß als feindselige

Handlung eingestuft hatte. Ovaron II würde kaum an der sachgerechten Einstufung seiner Kommandopositronik zweifeln. Es wäre gefährlich gewesen, sich darüber Illusionen hinzugeben.

Ovaron II würde seine Pläne umwerfen und sich auf die neue Lage einstellen, das hieß, er würde Vorsorge treffen, die Bedrohung zu beseitigen.

Falls niemand ihn über den wahren Sachverhalt aufklärte . . .

Das Farbenspiel eines Saturnuntergangs tauchte die Akalos-Berge in ständig wechselndes Licht. Der Shift rollte über ein türkisfarben funkelndes Eisfeld, das von dottergelben, grünen und rosafarbenen Hängen umgeben war. Eine violett schimmernde zarte Wolke senkte sich auf die Kanzel und löste sich kurz danach auf.

Die Antriebsmotoren der Gleisketten summten ihr eintöniges Lied. Hinter dem Fahrzeug blieb eine häßliche Doppelspur zurück. Toronar Kasom bewegte die Impulsknüppel der Kettensteuerung. Die Backbord-Gleiskette wurde ausgekuppelt, und der Shift beschrieb eine scharfe Linkskurve.

Der Shift rollte ins Einfallstor der Akalos-Berge, jene breite Schlucht, die auch beim ersten Vorstoß benutzt worden war. In einer Höhlenöffnung am rechten Hang zeigte sich für wenige Sekunden ein Kampfroboter. Er gehörte zu der Gruppe der fünf kegelförmigen Roboter vom supermodernen Typ TARA-III-Uh, die hier als Eingreifreserve stationiert worden waren. Mit ihren Paratronschirmen und Transformwerfern stellten sie eine Streitmacht dar, die selbst einem Kampfraumschiff gefährlich werden konnte.

Trotzdem brachte ihre Anwesenheit keine wesentliche Beruhigung. Bei diesem Unternehmen kam es weniger auf die Feuerkraft als auf die Schnelligkeit und Exaktheit der Denkprozesse an. Sobald erst geschossen werden mußte, war ihr Unternehmen so gut wie gescheitert.

Gucky streckte seinen Kopf aus dem Verbindungsschacht und fragte:

»Sind wir noch nicht bald da, Chef? In dieser Sardinenbüchse bekommt man ja Platzangst.«

»Komm her, Sardine!« rief Kasom, ohne den Kopf zu wenden. »Ich habe Hunger.«

Der Mausbiber rollte empört die Augen.

»Jetzt fängt der Kerl genauso an wie sein Uropa! Der selige Melbar fraß auch alles, was ihm über den Weg lief.«

»Aß . . .!« rief Toronar.

»Was soll ich sein?« kreischte der Ilt.

»Du hast mich mißverstanden, Kleiner«, sagte der Oberst friedlich. »Ich wollte nur eine sprachliche Korrektur anbringen. Mein Urgroßvater fraß nicht, er aß.«

Gucky grinste. »Aber er aß so, daß eine siebenköpfige Raupe blaß vor Neid geworden wäre, wenn sie ihm hätte zusehen können. Ich brauche bloß an die gebratenen Rinderviertelchen zu denken, die er verputzte . . .«

Toronar nickte beifällig.

»Ja, mein Urgroßvater lebte sparsam und bescheiden. Er begnügte sich mit Rinderviertelchen anstatt mit Rinderhälften.«

Völlig außer sich sah der Mausbiber den Spötter an und ließ den Schachtrand los. Er stürzte in den Frachtraum. Von unten erscholl Joak Cascals Schreckensschrei, dem eine Verwünschung folgte, bei der Rhodan blaß wurde. Wahrscheinlich war der Ilt auf Cascals Kopf gefallen. Ovaron blickte aufmerksam nach draußen.

»Hat die Ortung noch nicht angesprochen?«

»Bis jetzt nicht. Außerdem wird ein anfliegendes Raumschiff – falls Ovaron II mit einem Schiff ankommen sollte – zuerst von den besseren Ortungsgeräten des Deformators entdeckt werden. In einem solchen Fall schickt Atlan uns einen Rafferimpuls.«

Rhodan sah den Cappin nachdenklich an und fragte:

»Gelingt es Ihnen wirklich nicht, sich zu erinnern, womit Sie auf Titan angekommen sind, Ovaron, und zu welcher Stunde?«

»Leider nicht, Perry. Eine Ahnung sagt mir, daß ich mit einem Schiff gekommen bin, aber Ahnungen sind trügerisch. Die genaue Zeit weiß ich ebenfalls nicht. Ich weiß nur, daß ich am 23. Juni 200.018 vor Jetztzeit, also heute, aus einer bewußtseinslöschenden Behandlung im Depot erwachte und drei Tage später zur Erde geflogen bin.«

»Hm!« machte Rhodan.

Er sah wieder nach draußen. Das Farbenspiel des Saturnuntergangs war erloschen. Finstere Schatten lagen auf den Bergen. In der Schlucht war es vollkommen dunkel.

Perry fragte sich, ob Geoffry recht behalten würde. Sein Schwiegersohn hatte eine auffallende Ruhe an den Tag gelegt. Er schien überzeugt zu sein, daß das, was vom Bezugspunkt Jetztzeit aus schon geschehen war, genauso geschehen würde.

Verwirrend war lediglich die Anschauung, Ovaron I und Ovaron II wären immer eine Ganzheit geblieben, obwohl sie doch bei der Ankunft von Ovaron II gleichzeitig zweimal existieren mußten.

»Wir werden sehen, was geschieht«, sagte Toronar Kasom. Der Ertruser schien genau zu wissen, was den Großadministrator bedrückte.

Hinter der nächsten Biegung der Schlucht tauchte Paladin auf. Er lief dem Shift entgegen, und Kasom hielt auf einen Wink Rhodans an.

»Wir sind gleich am Ziel, Sir«, erscholl Harl Dephins Stimme aus dem Telekom. Das dünne Stimmchen des nur handspannengroßen Siganesen wurde mechanisch verstärkt. »Tolot ist schon ziemlich weit in die Korkenzieherschlucht eingedrungen. Er hat nichts Verdächtiges bemerkt.«

»Ist es denkbar, daß Ihre Kommandopositronik alle Ortungsgeräte abgeschaltet hat, obwohl sie weiß, daß sich Fremde auf Titan befinden?« fragte Rhodan.

Ovaron konnte keine befriedigende Auskunft geben.

»Ich weiß es nicht, Perry. Aber normalerweise sind die Ortungsanlagen desaktiviert und liegen unter einem passiven Ortungsschutz, damit sie nicht selbst geortet werden können. Möglicherweise ist das Gehirn trotz unseres ersten Vorstoßes nach dieser Methode verfahren.«

»Danke. Das erhöht unsere Aussichten.«

Rhodan wandte sich wieder dem Mikrophon der Bildsprechanlage zu. »Nehmen Sie Ihre vorgesehene Position ein, General Dephin. Sagen Sie bitte auch Tolot Bescheid. Sobald wir uns in unser Versteck zurückgezogen haben, versuchen Sie, uns zu orten!«

»Verstanden, Sir!« erwiderte der Siganese.

Sekunden später ließ der Paladin sich wieder auf seine Laufarme fallen und raste davon.

Kasom ließ den Allzweckpanzer wieder anrollen. Nach einigen Minuten kam rechts der Felsüberhang in Sicht, der die letzte Biegung vor der Korkenzieherschlucht markierte.

Kurz darauf sah Perry Rhodan den Eingang der gewundenen Schlucht. Die Erinnerungen an die Ereignisse vor wenigen Tagen ließen ihn in der Phantasie als Höllentor erscheinen.

Tolot und der Paladin waren spurlos verschwunden.

Toronar steuerte den Shift am Eingang der Schlucht vorbei und fuhr fast einen Kilometer weiter. Eine andere Schlucht führte von dieser Stelle nach Süden, also vom Geheimdepot Ovarons fort. Der Shift rollte langsam hinein.

Nach kaum hundert Metern wurde die Schlucht so eng, daß manchmal beide Gleisketten gleichzeitig an den steilen Felswänden entlangschabten. Der Boden stieg allmählich an, dann senkte er sich. Auf dem Schirm der Infrarot-Ortung zeichnete sich die unregelmäßig geformte Öffnung einer Höhle ab.

Im Schrittempo rollte das Fahrzeug in den dunklen Schlund hinein. Die starken Infrarotscheinwerfer am Bug leuchteten jeden Winkel der Höhle aus. Nach etwa zwanzig Metern weitete sie sich. Der Shift rollte einen Trockeneishang hinab, schwenkte scharf nach Steuerbord ein und hielt in einer saalgroßen Grotte an.

»Fusionsreaktor ausschalten!« befahl Rhodan. »Von jetzt an leben wir aus den Energiespeichern.«

Die Infrarotscheinwerfer erloschen, und für kurze Zeit wurde es völlig finster. Dann leuchtete die Grotte im Schein von Gaslampen auf. Alaska Saedelaere stellte gemeinsam mit Joak Cascal zwölf Lampen auf. Das Licht wirkte beruhigend auf die Nerven.

Perry Rhodan und Ovaron stiegen aus. Sie nahmen Takvorian mit. Der Zentaur hatte darum gebeten, sich die Füße vertreten zu dürfen. Ihm bereitete der Aufenthalt größere Qualen als den anderen Teilnehmern der Expedition.

»Hier müßten wir vor einer Ortung sicher sein«, erwartete Rhodan. »Icho Tolot entdeckte die Höhle bei einem Erkundungsvorstoß. Damals befanden sich noch einige Ortungssonden des Depots in der Luft. Der Haluter versteckte sich hier, um nicht geortet zu werden. Er blieb unbehelligt.«

»Die Reststrahlung des Fusionsmeilers im Shift ist stärker als die Arbeitsstrahlung eines Raumanzug-Aggregats«, gab der Cappin zu bedenken.

Vor ihnen bog der Paladin-Roboter in die Grotte ein.

»Tolot und wir können die Reststrahlung des Shifts noch orten«, berichtete er. »Aber sie nimmt ab. In spätestens einer Stunde dürfte sie so weit abgeklungen sein, daß sie nur noch am Höhleneingang meßbar ist.«

»Ausgezeichnet«, erwiderte Rhodan. »Keine Nachricht von Atlan?«

»Bis vor zwei Minuten noch nicht, Sir. Übrigens habe ich mir die Umgebung genau angesehen. Wenn Ovaron mit einem Raumschiff kommt, dann bietet sich für die Landung ein Hochplateau, viereinhalb Kilometer nordwestlich von hier, geradezu an.«

Rasch musterte Rhodan Ovarons Gesicht hinter der durchsichtigen Helmwandung. Es wirkte noch kantiger als sonst. Die Lippen waren fest aufeinandergepreßt. Kein Zweifel, der Cappin stand unter einer ungeheuren nervlichen Anspannung.

Perry versuchte sich vorzustellen, daß er Ovaron sei und hier auf seine eigene Ankunft wartete, und erschauerte.

»Gehen Sie in Ruhestellung, General!« befahl er mit rauher Stimme. »Schalten Sie alles ab, was das Thunderbolt-Team nicht zum Leben braucht. Sie können sich ruhig die Füße vertreten, aber denken Sie immer daran, daß Takvorian und die Cappins noch nicht an den Umgang mit Siganesen gewöhnt sind.«

»Wir werden darauf achten, Perry«, sagte Ovaron.

Er rief Takvorian heran und erteilte ihm Instruktionen. Der Pferdemutant gab zu bedenken, daß der tierische Teil seines Körpers oft impulsiv reagierte. Das Auftauchen von zwergenhaften Wesen würde ihn unruhig machen.

Rhodan schlug vor, Takvorian sollte sich ausschließlich im hinteren Teil der Grotte aufhalten, während die Siganesen im vorderen Teil bleiben sollten. Der Shift wäre die Grenze.

Mit dieser Lösung waren sowohl Takvorian als auch die Thunderbolts einverstanden. Nacheinander kletterten die Siganesen aus der Fersenschleuse ihres Paladin-Roboters und erkundeten den vorderen Teil der Höhle, der ihnen wegen ihrer Kleinheit riesig vorkommen mußte. Ovaron sah ihnen fasziniert zu, er hatte sie bisher nur einmal gesehen, und das war bei einer Konferenz gewesen.

Plötzlich kreischten die Thunderbolts erschrocken auf.

»Keine Angst, meine lieben Kleinen«, ertönte Tolots dumpfe Stimme im Helmfunk. »Ich trete euch schon nicht tot.«

Mit einem gewaltigen Sprung setzte er über die Siganesen hinweg und landete neben dem Shift.

»Nachricht von Atlan, Rhodanos!« meldete er. »Ein Raumschiff nähert sich dem Titan aus Richtung Japetus!«

Während die Siganesen zur Fersenschleuse des Paladins eilten, dachte Perry Rhodan intensiv nach.

Aus Richtung Japetus! überlegte er. Japetus war der achte Saturnmond und damit der vorletzte der großen Saturnmond-Familie.

Das bedeutete, das Raumschiff war mitten im Mondsystem Saturns aufgetaucht, ohne daß die hochwertigen Ortungsgeräte des Nullzeit-Deformators es vorher erfaßt hatten!

Es mußte also zielsicher aus einem dimensional übergeordneten Kontinuum aufgetaucht sein, sonst wäre es vorher geortet worden.

Oder hatte es sich bereits seit längerer Zeit auf Japetus befunden . . .?

»Es handelt sich um ein eiförmiges Raumschiff«, berichtete Icho Tolot weiter. »Seine Länge beträgt zweitausendfünfhundert Meter, der größte Durchmesser tausenddreihundert Meter. Das Heck mit den Triebwerken sitzt im spitzen Ende. Die Fernanalyse des Materials ergab eine starke Ähnlichkeit mit unserer Ynkelonium-Terkonit-Legierung.«

»Der Form nach muß es sich um ein Schiff meines Volkes handeln, Perry«, warf Ovaron ein. »Das Schiff, mit dem ich vom Titan zur Erde flog, hat die gleiche Form, wenn es auch bedeutend kleiner ist. Auch der Sitz des Haupttriebwerks ist gleich. Hoffentlich hat Atlan die Aktiv-Ortung inzwischen eingestellt, sonst ist er geortet worden.«

»Keine Sorge, Ovaron«, sagte der Haluter beruhigend. »Der Arkonide ist ein umsichtiger Mann. Er hat nur zwölf Sekunden lang geortet und dann auch das letzte Energie-Aggregat im Deformator stillgelegt.«

»Gut«, erwiderte der Cappin. »Dann wäre es an der Zeit, das Spezialteleskop . . .«

Mit einer raschen Bewegung schaltete er seinen Helmtelekom aus. Sein Gesicht glich einer starren Maske. Das schrille Ticken des Tastereinfallzählers schwoll zu einem furchterregenden Heulen an, wurde leiser – und blieb plötzlich aus. Ovaron sah, daß der Terraner und Tolot ebenfalls ihre Helmfunkgeräte ausgeschaltet hatten.

Erst jetzt bemerkte der Cappin, daß er schweißüberströmt war.

Er grinste verzerrt, als er daran dachte, was wohl mit seinem Zeitbruder geschehen würde, falls die Cappins im Schiff das Versteck orteten und die gesamten Angehörigen der Einsatzgruppe vernichteten. Ovaron II würde weiterleben. Aber wie lange? Achtzehn Jahre lang? Und was dann?

Entweder würde er nach achtzehn Jahren mit den Terranern zusammentreffen oder nicht. Wahrscheinlich würde er sie treffen, sich mit ihnen verbünden und in die Vergangenheit reisen, um seine Ankunft zu beobachten, wobei er dann umkam.

Ovaron atmete erregt.

Wer käme dann um? Ovaron I oder Ovaron II?

Da Ovaron I dann schon tot war, müßte beim zweitenmal Ovaron II sterben.

Doch wer würde dann mit dem Schiff ankommen?

Ein dritter Ovaron? Ovaron III?

Und müßte ein Ovaron III nicht ebenfalls zur Erde fliegen, mit den Terranern zusammentreffen und den Tod finden, sobald er seine eigene Ankunft beobachten wollte?

Welcher Ovaron käme dann an? Ovaron IV?

Würde dieser tödliche Zyklus ewig ablaufen?

Nein, nur achtzehn Jahre lang. Aber diese achtzehn Jahre würden niemals aufhören, sondern sich immer wiederholen!

Vielleicht war derjenige, der mit dem Raumschiff ankam, gar nicht Ovaron II, sondern der hundertste Ovaron – und er der neunundneunzigste . . .!

Woher sollte er wissen, wie oft sein Zeitbruder schon angekommen und gestorben war?

Verwirrung überkam ihn.

Nein, es würde immer der gleiche Ovaron sein, der starb – und er konnte nur ein einziges Mal sterben. Oder zur gleichen Zeit unendlich viele Male.

Oder überhaupt nicht!

Da war das Ticken abermals. Es schwoll langsam an, sank zu einem kaum hörbaren Wispern herab, schwoll abermals an – und verlor sich in der Ferne.

Kurz entschlossen schaltete er seinen Helmtelekom wieder an. Nach anfänglichem Zögern folgten Perry Rhodan und der Haluter seinem Beispiel.

»Routinemäßige Abtastung«, erklärte der Cappin. »Wir sollten uns dadurch nicht stören lassen.«

»Und wenn das Kommandogehirn jetzt schon eine Meldung über die verdächtigen Vorfälle absetzt . . .?« fragte Rhodan.

»Soviel ich weiß, reagiert es nur auf den Kodeimpuls. Oder auf den Versuch, gewaltsam einzudringen.«

Perry erblaßte.

»Hoffentlich existiert es in der Jetztzeit nicht mehr. Sonst hält es womöglich normale Ausschachtungsarbeiten für einen Angriff und schlägt zurück.«

»Es ist in der Lage, den ganzen Saturnmond zu zersprengen, Perry. Aber ich denke nicht, daß es in Ihrer Jetztzeit noch existiert. Obwohl ich es natürlich nicht mit Sicherheit sagen kann.«

Rhodan schwieg. Dann befahl er über Telekom, das Spezialteleskop auszuladen. Kurz darauf stieg Toronar Kasom aus und reichte das Gerät dem Haluter.

Icho Tolot trug es eilends hinaus, von Rhodan und Ovaron begleitet. Draußen stellte der Haluter das Teleskop auf einen Felsblock, klappte seinen störenden Druckhelm zurück und beugte sich über das Okular. Langsam schwenkte er das Teleskop herum.

Nach etwa drei Minuten hielt er es mit einem Ruck an, klappte seinen Helm nach vorn und sagte:

»Ich habe es, Rhodanos. Es war leicht zu finden, da es von der Rückstrahlung des Saturn angeleuchtet wird.«

Ovaron trat einen halben Schritt nach vorn, blieb aber zögernd stehen.

Rhodan bemerkte es und forderte ihn auf:

»Sie zuerst, Ovaron!«

»Danke, Perry.«

Der Cappin stellte sich vor das Teleskop und preßte den transparenten Helm gegen das Okular, das mit einer batteriegeheizten hauchdünnen Folie gegen Kälte und zersetzende Einflüsse der Atmosphäre geschützt war.

Er sah einen blassen Fleck, kaum fingernagelgroß, langsam nach oben wandern. Die Form ließ sich nicht erkennen. Das war der Nachteil davon, daß keine elektronischen Verstärker und keine Feldspiegel verwendet werden durften, um das Ortungsrisiko auszuschließen.

Ovaron bediente zwei Stellräder, so daß das Teleskop dem Objekt folgte. Nach einigen Minuten, in denen er überschlägige Berechnungen angestellt hatte, wußte er, daß das Schiff in eine weite elliptische Bahn um den sechsten Saturnmond eingeschwenkt war.

Er überließ Rhodan das Teleskop.

»Viel ist nicht zu erkennen«, sagte er. »Sie werden sehr aufpassen müssen, um das Ausschleusen des Beibootes nicht zu verfehlen. Ich nehme jedenfalls an, daß ein Boot ausgeschleust wird, andernfalls wäre das Schiff nicht in einen Orbit gegangen, sondern direkt gelandet.«

Rhodan schaute durch das Okular, dann nickte er.

»Ich sehe nur einen Lichtfleck, Tolot, wie ist es bei Ihnen gewesen?«

Der halutische Gigant lachte.

»Meine Augen sind ein wenig besser als Ihre. Ich schlage vor, Sie lassen mich wieder ran.«

Perry Rhodan machte ihm bereitwillig Platz.

Icho Tolot öffnete abermals seinen Helm. Sein fremdartiger Metabolismus wurde spielend mit der dünnen, für Menschen tödlichen und eisigen Atmosphäre fertig.

»Ich erkenne die Eiform deutlich«, berichtete er. »Das Teleskop nimmt ausreichend Wärmestrahlung vom Schiff auf, so daß ich meine Augen nur auf Infrarot umzustellen brauche. – Jetzt müßte es eigentlich ein Boot . . . Schon geschehen! Ein winziges Objekt löst sich vom Schiff! Jetzt feuern die Triebwerke! Es bricht aus dem Orbit aus, kommt herunter.«

Perry Rhodan konnte trotz angestrengtester Beobachtung keine Triebwerksglut sehen. Vermutlich war das Beiboot noch zu weit entfernt. Außerdem stieg Saturn von Osten aus immer höher, und seine Rückstrahlung überlagerte alle schwächeren Leuchterscheinungen.

»Ebenfalls eiförmig«, sagte Tolot. »Achtung, Planhirnberechnung! Das Beiboot steuert offenbar den von Paladin entdeckten potentiellen Landeplatz an.«

»Das Hochplateau, viereinhalb Kilometer nordwestlich?« fragte Rhodan.

»So ist es, Rhodanos. Das beweist übrigens, daß die Besucher zum Geheimdepot Ovarons wollen.«

Er schwenkte das Teleskop nach unten und sah erneut hindurch.

»Das Plateau ist von hier aus gut einzusehen. Ich schlage vor, wir riskieren die Verwendung von elektronisch verstärkten Richtmikrophonen. Da wir die Cappin-Sprache beherrschen, könnten wir eventuelle Unterhaltungen außerhalb des Bootes verfolgen. Die geringfügige Energie-Emission geht in der Streustrahlungsflut der Schiffstriebwerke garantiert unter.«

»Meine geringfügige Para-Ausstrahlung ebenfalls!« rief jemand schrill und triumphierend.

Perry Rhodan wurde sichtlich nervös, als er Gucky erblickte. Der Mausbiber war ins Freie teleportiert, obwohl Ovaron sieben Tage zuvor von einem Antipsi-Feld gesprochen hatte!

»Ich habe es ausprobiert«, berichtete der Ilt stolz, »weil ich mir dachte, daß Ovarons Denkkasten die Para-Abwehr nicht unendlich lange aufrechterhalten wird. Da er wieder Verstecken spielt, darf er sich doch nicht verraten, und er muß annehmen, wir könnten das Antipsi-Feld orten.«

»Warum sollte er das annehmen?« fragte Rhodan.

»Weil ich damals nur einmal teleportiert bin, Chef.«

»Die Begründung ist stichhaltig«, warf Tolot ein. Die Stimme des Haluters klang seltsam dünn. Er sprach innerhalb einer sehr dünnen und wenig leitfähigen Atmosphäre.

Perry lenkte ein. »Na schön, aber wenn du wieder einmal herumprobierst, Kleiner, dann teile mir das vorher mit. Auch ein Mausbiber kann sich einmal irren.«

»Warum soll er besser sein als du«, gab Gucky trocken zurück.

Ovaron lachte.

»Beiboot fällt parabelförmig auf das Plateau zu!« meldete Icho Tolot. »Jetzt feuert das Haupttriebwerk wieder.«

Diesmal sahen es auch die anderen Personen. Über der Atmosphäre glomm ein blauweißer Glutkegel auf und erlosch wieder. Sekundenlang leuchtete die dem Saturn zugewandte Seite des Schiffes wie ein Spiegel, als das Metall das Saturnlicht reflektierte.

Rhodan versuchte, das landende Schiff weiterhin mit bloßem Auge zu verfolgen. Es gelang ihm jedoch erst, als es in die Atmosphäre eintauchte und von einem bläulichen Wabern umgeben wurde.

Perry Rhodan erteilte über Telekom den Befehl, drei Richtmikrophone aufzustellen.

Alaska Saedelaere und Joak Cascal erschienen wenig später mit den Leichtplastik-Gestellen. Die Richtmikrophone sahen aus wie Panzerfäuste vergangener düsterer Zeiten, in denen auf der Erde Terraner gegen Terraner gekämpft hatten. Doch von allen Personen außerhalb der Höhle konnte nur Perry Rhodan diesen Vergleich ziehen. Die anderen waren erst nach dem Zeitalter der Schande geboren worden oder zu den Terranern gestoßen.

Endlich waren auch mit bloßem Augen die Formen des Beibootes zu erkennen. Der Form nach glich es dem Mutterschiff, konnte aber nicht länger als vierzig Meter sein. Wenn sein Durchmesser im gleichen Verhältnis zur Länge stand wie bei dem großen Schiff, mußte es einen ungefähren Größendurchmesser von zwanzig Metern haben.

Rhodan sah überrascht zu dem Cappin hinüber, als er ihn seufzen hörte. Ovaron hatte die Finger in das poröse Gestein des Felsblocks gekrallt. Sein Gesicht hinter dem Helm wirkte angespannt.

Es mußte ein seltsames Gefühl für Ovaron sein, hier zu stehen und seine eigene Landung auf Titan zu beobachten. Denn es war *seine* Landung, auch wenn man den angekommenen Cappin Ovaron II nannte.

Perry verstand erst in diesem Augenblick völlig, was Geoffry Abel Waringer damit gemeint hatte, als er sagte, Ovaron I und Ovaron II wären im dialektischen Sinne immer eine Ganzheit.

Noch einmal stießen die Heckdüsen blauweißes Feuer aus, diesmal aber nur schwach, dafür jedoch anhaltend. Das Schiff verlor immer mehr an Fahrt, während es sich gleichzeitig aufrichtete. Mit dem Heck nach unten sank es sanft herab. Die Landestützen fuhren aus, spreizten sich – und Sekunden später berührten die Landeteller den Boden des Titan.

Die sechs Personen standen reglos in ihrem Versteck hinter dem Felsblock und warteten, während Saturn den Himmel über seinem sechsten Mond mehr und mehr ausfüllte.

Aber sie waren nicht die einzigen Lebewesen, die warteten. Ganz in ihrer Nähe, hoch oben in den Felsschründen eines Berghanges, lagen zwei andere Lebewesen in sicherer Deckung.

Es waren zwei gänzlich verschiedenartige Lebewesen, nicht nur vom Äußeren her, sondern auch von ihrer Mentalität.

Doch wie auch immer sie sich voneinander unterscheiden mochten, wie verschieden in Form, Färbung und Ausdruckskraft ihre Augenpaare waren, eines war ihnen gemeinsam:

Der Drang, zu erfahren, wer da auf diesem Himmelskörper gelandet war und wer da so heimlich und verstohlen beobachtete . . .

12.

Alaska Saedelaere und Joak Cascal knieten hinter den röhrenförmigen Richtmikrophonen. Die verdickten Enden der Geräte wiesen auf den nackten Fels unterhalb des gelandeten Bootes.

Ovaron stand hinter dem Teleskop, ganz Konzentration und Ruhe. Er atmete langsamer, seit die Landeteller seines Schiffes den Boden Titans berührt hatten.

Die Besatzung des Beibootes nahm sich Zeit. Sie schien es nicht eilig zu haben. Seit der Landung war bereits eine halbe Stunde verstrichen.

Ras Tschubai materialisierte neben Perry Rhodan und fragte, ob er ihn und Ovaron näher an den Landeplatz bringen sollte.

Rhodan verhielt sich abwartend.

Über dem konisch zulaufenden Düsenkranz des Beibootes gab es plötzlich ein hell erleuchtetes Rechteck. Eine Schleuse hatte sich geöffnet. Eine kurze Rampe schob sich heraus.

Rasch preßte der Cappin den Helm gegen das Okular des Spiegelteleskops.

Deutlich sah er die Gestalt im silbrig schimmernden Raumanzug in der Schleusenöffnung auftauchen. Er erkannte sogar das Gesicht, und ein Stein fiel ihm vom Herzen, als er sah, daß es nicht sein Gesicht war. Dort oben stand ein Fremder und zugleich ein Wesen, von dem eine eigenartig vertraute Ausstrahlung ausging.

Das Gesicht wurde unsichtbar, als der Cappin aus der Helligkeit der Schleusenkammer trat. Er ging auf die Rampe und schwebte im nächsten Moment in einer flimmernden Röhre nach unten. Die Röhre bestand nicht aus fester Materie, und Ovaron wußte mit einemmal, daß es sich um einen rein energetischen Antigravschacht handelte.

Eine zweite Person verließ das Boot, gesellte sich zu der ersten. Wieder strömten vertraute Impulse von ihr zu Ovaron I herüber.

Der Sextadim-Navigator fieberte. Diese Männer dort drüben mußten ihm bekannt sein, sie mußten zum Kreis seiner Vertrauten gehören, wenn er mit ihnen angekommen war.

Und schlagartig fiel ein imaginärer Vorhang von einem winzigen Teil seines blockierten Gedächtnisses.

»Takerer!« flüsterte er ins Mikrophon. »Die auf der Erde arbeitenden Cappins gehören zum Volk der Takerer.«

»Und zu welchem Volk gehören Sie, Ovaron?« fragte Perry Rhodan.

»Ich weiß nicht«, gab der Cappin halblaut zurück. »Aber ich ahne, daß ich nicht aus dem Volk der Takerer stammen kann. Es muß eine Art Konkurrenzkampf zwischen zweien unserer Völker bestehen, anders kann ich mir meinen Einsatz gegen die auf der Erde gelandeten Angehörigen des Takerischen Reiches nicht erklären.«

Perry wandte sich an Gucky:

»Gucky, hol bitte Fellmer herauf!«

Der Ilt entmaterialisierte und tauchte wenige Sekunden später mit Fellmer Lloyd wieder auf.

»Gucky und Fellmer«, sagte Rhodan, »versucht bitte, den Gedankeninhalt der Cappins zu lesen. Sie haben bisher kein Wort gesprochen, und ob sie noch sprechen werden, ist ungewiß.«

»Können wir nicht die Mikrophone auf das Schiff richten?« fragte Ovaron. »Dort finden sicher interessante Unterhaltungen statt.«

»Hm . . .!« Rhodan zögerte. »Dieser Meinung bin ich ebenfalls. Aber . . .! – Nein, lieber nicht, Ovaron. Die Taststrahlen könnten zufällig ein Ortungsgerät treffen. Das würde uns verraten.«

Der Cappin war mit seinen Gedanken schon wieder weg. Er blickte durch das Teleskop zum Plateau hinüber. In seinem Gehirn waren die Tryzome aktiv geworden und ließen wieder einmal zwei verschiedene Denkvorgänge gleichzeitig ablaufen.

Ovaron war schweißüberströmt. Er bemühte sich redlich, diese Denkvorgänge zu koordinieren. Er nahm nur verschwommen wahr, daß unterdessen zehn Cappins unter der Schleuse standen und sich zu einem Spalier formierten.

Auf der anderen Seite des Beibootes schwebten plötzlich drei flache, schalenförmige Fahrzeuge mit großen Stabilisierungsflossen zu Boden. Ihre Fensterflächen waren hell, und aus den Kuppeln auf den Oberflächen ragten die spiraligen Läufe von Energiewaffen.

»Ich spüre Besorgnis um das Leben einer hochgestellten Person«, meldete Lloyd. Er und Gucky konnten tatsächlich die Bewußtseinsausstrahlungen der Cappins empfangen – im Gegensatz zu den Cappin, die in der Vergangenheit Terraner übernommen hatten.

Rhodan blickte Ovaron von der Seite an.

Der Sextadim-Navigator hatte sich wieder etwas beruhigt. Aber er fühlte sich innerlich ausgehöhlt von dem Kampf mit seinen verschiedenen Denkvorgängen. Er fröstelte, obwohl er eben noch transpiriert hatte.

Doch er konnte endlich wieder klar sehen und das Wahrgenommene folgerichtig verarbeiten.

Eine elfte Person verließ soeben die Schleuse.

Sein Herz schlug bis zum Hals.

War er das selbst – Ovaron II . . .?

»Es ist der Kommandant des großen Schiffes«, flüsterte Gucky. »In den Gedanken der ausgestiegenen Cappins lese ich seinen Namen. Er heißt Moshaken.«

»Moshaken . . .«, wiederholte Ovaron. »Moshaken. Der Name kommt mir bekannt vor. Etwas in mir will an die Oberfläche meines Bewußtseins steigen. Jetzt ist es wieder fort.«

Er beobachtete, wie der Kommandant des Mutterschiffes durch das Spalier der zehn anderen Raumfahrer schritt und sich am anderen Ende aufstellte, das Gesicht zum Beiboot gewandt.

»Sie haben diese verblüffende Ähnlichkeit mit Terranern«, sagte Icho Tolot. »Woher mögen sie wohl kommen?«

Die beiden Gleiter setzten sich in Bewegung, fuhren um den Kreis der Landestützen herum und hielten in der Nähe des Kommandanten.

Plötzlich ging Bewegung durch die beiden Reihen der wartenden Cappins. Ihre Haltung veränderte sich. Sie standen hoch aufgerichtet und steif, die Gesichter gleichmäßig zum Boot hin gerichtet.

Ein zwölfter Cappin verließ die Schleuse und schwebte in dem Antigravfeld herab. Ovaron sah sein Gesicht nur für etwa eine halbe Sekunde. Doch das genügte ihm, um sich selbst zu erkennen.

Die Knie wurden weich. Er wollte etwas sagen, aber die Worte blieben ihm im Hals stecken.

»Es ist Ovaron II«, sagte Tolot, der auch ohne Teleskop alle Einzelheiten drüben auf dem Plateau erkennen konnte.

Ovaron I wandte sich ab und begann, hysterisch klingende Lachlaute von sich zu geben. Er setzte sich langsam. Seine Schultern zuckten.

Perry Rhodan ging zu ihm hinüber und sprach begütigend auf ihn ein.

»Fassen Sie sich, Ovaron!« sagte er beschwörend. »Ich kann mir vorstellen, wie Ihnen zumute sein muß.«

Ovaron hörte auf zu lachen.

»Nein, das können Sie nicht«, sagte er deprimiert. »Wissen Sie, vorhin drängte sich mir eine Zwangsvorstellung auf. Ich dachte daran, daß ich niemals hier stehen und meine eigene Ankunft beobachten könnte, wenn ich mich entschlösse, Ovaron II zu erschießen.«

»Sie irren sich«, entgegnete Rhodan. »Diese Gedanken kann ich mir sehr gut vorstellen. Aber ich glaube nicht, daß Sie Ovaron II erschießen könnten, selbst wenn Sie das wollten.«

»Wieso nicht?« gab Ovaron I zurück. »Ich brauchte nur meine Waffe zu ziehen, in Anschlag zu bringen und Ovaron II niederzuschießen. So einfach wäre das.«

Rhodan lachte. Er stellte sich vor, wie Geoffry an seiner Stelle argumentiert hätte, und war sich seiner Sache völlig sicher.

»So einfach wäre es eben nicht, Ovaron. Falls Sie Ovaron II tatsächlich töten könnten, wären wir uns niemals begegnet, denn dann wäre kein Ovaron jemals zur Erde geflogen. Wir hätten Sie in einem solchen Fall auch nicht zum Titan und in die Vergangenheit bringen können. Folglich hätten Sie Ovaron II niemals erschießen können.«

Icho Tolot stöhnte so laut, daß Perry Rhodan im ersten Augenblick erschrak – bis er sich daran erinnerte, daß sie ihre Helmsender nach der Landung des Beibootes auf minimale Reichweite eingestellt hatten. Schon in sechs Metern Entfernung konnte selbst Tolots lautestes Stöhnen nicht mehr empfangen werden.

»Zum erstenmal versagt mein Planhirn«, teilte der Haluter mit. »Ich bin nicht in der Lage, die Wahrscheinlichkeit Ihrer Argumente zu errechnen, Rhodanos.«

»Das kann ich mir vorstellen«, kommentierte Rhodan. »Ihnen fehlen einfach einige Fakten. Ein Planhirn ist eben nicht für das Philosophieren geschaffen. Aber Ovaron I wird Ovaron II kaum erschießen wollen, um Ihnen Fakten zu liefern, Tolotos.«

Der Haluter lachte schallend, bis Saedelaere sich zu ihm unwandte und mit einer Geste Schweigen gebot. Im nächsten Moment waren in den terranischen Helmempfängern Stimmen zu hören, die von den Richtmikrophonen aufgenommen und auf der gleichen Wellenlänge und Frequenz mit Minimalleistung gesendet wurden, auf die die terranischen Helmfunkgeräte eingestellt waren.

Ovaron I konzentrierte sich wieder auf die optische Beobachtung. Er sah, wie Ovaron II durch das Spalier schritt, und hörte gleichzeitig in seinem Helmempfänger einen Befehl Moshakens.

Der Kommandant des Mutterschiffes befahl den Spalier stehenden Cappins, die Augen auf den Ganjo zu richten.

Ovaron I hielt unwillkürlich den Atem an.

Ovaron II blieb am Ende des Spaliers stehen, dem Kommandanten zugewandt.

Moshaken legte beide Hände flach auf seine Brust und verneigte sich.

»Ich melde die Ausführung Ihres Befehls, ehrwürdiger Ganjo«, tönte es aus dem Telekomempfänger. »Aber bitte hört mich an, auch wenn ich gegen Sie nur ein Unwürdiger bin.«

»Was haben Sie mir zu sagen, Kommandant Moshaken?« fragte Ovaron II.

Ovaron I begann zu beben, als er seine eigene Stimme erkannte, die tatsächlich seine Stimme war, obwohl sie nicht aus seinem Munde kam. Da er sich selbst kannte, vermochte er die begleitenden Gefühle aus der Stimme herauszuhören: Zuneigung, Vertrauen und ein wenig Ungeduld.

Moshaken verneigte sich erneut, dann sah er Ovaron II offen ins Gesicht.

»Die Gefahren, die auf Lotron auf Sie lauern, Ganjo, sind groß«, sagte er mit volltönender Stimme. »Der abtrünnige Takerer Lasallo ist ein sehr intelligenter Mann. Er läßt sich nicht so leicht täuschen. Vor allem aber würde Ihnen der Biomech-Transferer Levtron gefährlich werden. Levtron ist als Fanatiker bekannt, wie Sie aus den Berichten unseres Geheimdienstes wissen. Ganjo, ich bitte Sie, die gefahrvolle Mission nicht persönlich anzutreten. Sie müssen dem Ganjasischen Reich erhalten bleiben.«

Perry Rhodan war aufgeregt. Da er, wie alle Personen der Zeitexpedition, die Sprache der Cappin-Völker einwandfrei beherrschte, hatte er jedes Wort verstehen können.

Er blickte zu Ovaron I hinüber, Fassungslosigkeit im Blick. Dieser Cappin, der sein Freund geworden war, schien eine außerordentlich hochstehende Persönlichkeit im Ganjasischen Reich zu sein.

Ganjasisches Reich – Ganjo . . .!

Schlagartig wurde Rhodan die Bedeutung des Titels klar.

Er atmete tief durch.

Drüben auf dem Plateau machte Ovaron II eine verneinende Geste.

»Kommandant Moshaken, ich muß Ihnen meinen Dank aussprechen. Ich weiß, daß Sie das Vertrauen, das ich Ihnen entgegenbringe, niemals enttäuschen werden. Aber Sie wissen, daß niemand außer mir diese Aufgabe erfüllen kann. Und nun muß ich gehen.«

Er hob die Hand. Die Gleiter schwebten näher, die Luken öffneten sich.

Ovaron II stieg mit Kommandant Moshaken in das erste Flugzeug, zwei andere Cappins stiegen in das zweite. Die Gleiter hoben ab und entfernten sich zielsicher in Richtung der Korkenzieherschlucht.

Ovaron I und Perry Rhodan sahen sich an. Das Gesicht des Sextadim-Navigators verriet nur wenig von dem Aufruhr der Gefühle, die in dem Cappin toben mußten. Aber in die blauen Augen war ein neuer Glanz getreten.

Nach einer Weile begann der Terraner zu fragen:

»Ihre Erinnerung ist zurückgekehrt, Ganjo. Habe ich recht?«

Ovaron schien unschlüssig. »Nicht ganz, Großadministrator.«

Perry lachte.

»Also schön! Bleiben wir bei ›Ovaron‹ und ›Perry‹.« Er wurde wieder ernst. »Woran können Sie sich erinnern?«

»Das Ganjasische Reich«, erwiderte Ovaron I bedächtig, »ist der Staatsverband des größten und mächtigsten Volkes der Cappins. Das Volk der Ganjasen ist zugleich das älteste aller Cappin-Völker, denn die anderen sind aus seiner Substanz hervorgegangen. Die Verhältnisse sind etwa vergleichbar mit denen in Ihrer Galaxis. Hier waren es die Lemurer, aus denen sich als direkte Nachkommen und Erben später die terranische Menschheit entwickelte. Die anderen humanoiden Völker dieser Galaxis, wie Arkoniden, Akonen, Ertruser, das Dabrifa-Imperium und so weiter, sind aus der Substanz des Lemurischen Imperiums hervorgegangen. Sie sind aber im gleichen Maße Menschen, wie die Takerer Cappins sind.«

»Einen Augenblick, Ovaron!« rief der Mausbiber dazwischen. »Ich empfange feindselige Gedankenimpulse von einem der außerhalb des Bootes stehenden Cappins. Feindseligkeit gegenüber Ovaron II!«

»Wie heißt dieser Cappin?« fragte Ovaron I.

»Das konnte ich nicht herausbekommen. Darf ich mit Fellmer näher herangehen, Perry?«

»Ich weiß nicht recht.« Rhodan zögerte, bis er es genehmigte. »Ich habe das Gefühl, daß man uns von irgendwoher beobachtet. Gefühle können natürlich trügen . . .«

»Bestimmt trügen sie diesmal, Chef«, fuhr Gucky dazwischen. »Ich empfange nämlich keine Gedankenimpulse – außer denen der Cappins dort drüben.«

»Du empfängst auch keine Impulse von Oberst Cascal oder Alaska Saedelaere oder von Lord Zwiebus und Toronar Kasom, weil sie mentalstabilisiert sind. Aber wir wollen das Risiko eingehen. Nur mußt du zusammen mit Fellmer in die Höhle zurückschleichen, bevor du mit ihm teleportierst. Und ihr dürft an keinem Fleck rematerialisieren, der aus der Umgebung eingesehen werden kann.«

Fellmer Lloyd sah sich prüfend um, dann sagte er zu Rhodan:

»Wir können hier ebenfalls nicht beobachtet werden. Nur der Platz am Teleskop und an den Richtmikrophonen kann theoretisch von den Hängen hinter uns eingesehen werden. Aber wer sollte sich dort verbergen?«

»Das weiß ich auch nicht«, erwiderte Perry. »Jedenfalls ist es ratsam, auf Nummer Sicher zu gehen.«

»Akzeptiert, Chef!« rief Gucky und watschelte davon. »Bis bald, Mister Sicherheit.«

Nachdem der Ilt und Lloyd das Versteck verlassen hatten, wandte sich Perry Rhodan wieder an Ovaron I:

»Sie sind unterbrochen worden, Ovaron . . .!«

Der Cappin nickte.

»Viel mehr weiß ich allerdings noch immer nicht. Nur so viel, daß der Titel ›Ganjo‹ ungefähr die gleiche Bedeutung hat wie der Titel ›Großadministrator‹. Möglicherweise trifft der Titel ›Imperator‹ die Sache konkreter, denn ich habe so eine Ahnung, als wäre ich der unumschränkte Herrscher über das Ganjasische Reich, etwa so, wie Kaiser Anson Argyris nach außen hin über die Freifahrer von Boszyks Stern herrscht.«

Wieder zögerte er.

»Wie gesagt, an mehr erinnere ich mich nicht, Perry.«

Rhodan lächelte.

»Das ist schon eine ganze Menge.«

Nachdenklich fügte er hinzu:

»Der Ganjo des Ganjasischen Reiches ist also persönlich zum solaren Titan gekommen, um in geheimer Mission nach Lotron, also nach der Erde, zu fliegen . . . Warum *mußte* er persönlich kommen und schickte nicht einfach einen fähigen Geheimagenten?«

»Ich habe dafür keine Erklärung, Perry.«

»Gestatten Sie mir die Bemerkung, Freund Rhodanos«, mischte sich der Haluter ins Gespräch. »Warum muß der Großadministrator des Solaren Imperiums die gefährlichsten und schwierigsten Einsätze immer persönlich leiten . . .?«

Ras Tschubai und Alaska Saedelaere lachten.

»Nur gut, daß Atlan das nicht gehört hat!« rief Tschubai. »Es wäre Wasser auf seine Mühle gewesen und Anlaß genug, seine sarkastischen Sprüche loszuwerden.«

Perry schmunzelte.

Tolot und Ras hatten vollkommen recht mit ihrer Kritik. Wahrscheinlich glichen sich Ovarons und seine Motive, ob der Cappin nun auf demokratische Weise gewählt worden war wie er oder aufgrund seiner hohen Geburt herrschte. Beide Fälle ließen eine Menge Möglichkeiten offen.

»Eins zu null für Sie, Tolotos«, sagte er. »Ich werde mich bei Gelegenheit revanchieren. Aber was nun? Ovaron II ist unterwegs zu seinem Geheimdepot. Bald wird er wissen, daß jemand versucht hat, vor seiner Ankunft mit seinem eigenen Impulsschlüssel ins Depot einzudringen. Wie wird er darauf reagieren?«

Nachdenklich betrachtete er Ovaron I.

»Wie haben Sie darauf reagiert, Ovaron? Sie waren schließlich Ovaron II, bevor Sie mit uns Ihre Jetztzeit verließen und in Ihre Realzukunft gingen.«

Der Sextadim-Navigator schüttelte den Kopf.

»Mir fehlt die Erinnerung daran, Perry. Vielleicht bin ich überhaupt nicht identisch mit Ovaron II.«

»Identisch? Nein, identisch mit ihm sind Sie nicht, Ovaron. Sie sind achtzehn Jahre älter als er – wenn wir von dieser Zeitebene aus urteilen.«

Er seufzte.

»Nein, wir müssen es von Ihrer Jetztzeit aus betrachten. In dem Fall sind beide Ovarons in jeder Beziehung wieder zur Ganzheit verschmolzen.«

»Ich bin also – von meiner Jetztzeit aus betrachtet – sowohl Ovaron I als auch Ovaron II«, sagte der Cappin bedächtig. »Folglich müßte ich wissen, wie ich auf dieser Zeitebene gehandelt habe. Aber ich weiß es eben nicht.«

Mißmutig schaute er vor sich hin.

Ihm war ein Gedanke gekommen, wie sich die Entstehung eines irreparablen Paradoxons vermeiden lassen konnte – vermieden worden sein mußte.

Doch nicht Ovaron II konnte es vermieden haben, denn der war völlig ahnungslos. Nur er selber, Ovaron I, konnte es vermeiden.

Er mußte persönlich eingreifen, um den gefährlichen Fehler, der Perry Rhodan unterlaufen war, wiedergutzumachen.

Allmählich formte sich in seinem Gehirn ein Plan. Es schien ein sicherer Plan zu sein, dennoch beschloß Ovaron I, ihn vorläufig für sich zu behalten.

In diesem Augenblick kehrten Gucky und Fellmer Lloyd zurück.

»Gefahr für Ovaron!« schrie der Ilt erregt. »Diese Cappins sind auch nicht besser als Menschen.«

»Bitte berichten Sie, Fellmer!« sagte Rhodan ruhig.

»Wir haben den Bewußtseinsinhalt der vor dem Beiboot wartenden Ganjasen sondiert«, meldete Lloyd. »Dabei stießen wir auf das Gedankengut eines gewissen Gavasor.«

»Der Name kommt mir bekannt vor«, bemerkte Ovaron I.

Fellmer Lloyd nickte.

»Er müßte Ihnen bekannt sein. Denn Gavasor ist ein Agent des

Nandor-Klans, einer zahlreichen, mächtigen und finanziell sehr gutgestellten Sippe, deren Mitglied er ganz offensichtlich ist. Wir fanden heraus, daß der Nandor-Klan den Ganjo stürzen möchte, um selbst an die Macht zu kommen. Gavasor befindet sich bei Ovaron II, um seinen genauen Plan bezüglich Lotrons zu erfahren und die Takerer heimlich zu unterrichten, damit der Ganjo in sein Verhängnis fliegt.«

»Was . . .?« fragte Ovaron I alarmiert. Heftig atmend fuhr er fort: »Ein Verräter im Kreis meiner Vertrauten? Ich muß diesen Gavasor festnehmen lassen!«

»*Sie* können ihn nicht festnehmen lassen«, widersprach Rhodan. »Das könnte nur Ovaron II, und der weiß nichts davon.«

»Nein, woher auch!« stimmte Ovaron I zu und starrte zu »seinem« Beiboot hinüber. »Aber Gavasor ist nicht dazu gekommen, mich zu verraten, sonst stünde ich nicht hier.«

Er lächelte plötzlich.

Sein Plan nahm feste Gestalt an.

Jetzt wußte er, wie er das Verhängnis abwenden konnte . . .

Die beiden Gleiter schwebten über den Schluchtrand und verloren an Höhe, während sie sich der abschließenden hohen Felswand näherten.

Ovaron II lehnte angeschnallt in seinem Sitz und blickte durch die transparente Rundung vor dem Pilotensitz auf die Felswand. Sein hartes, kantiges Gesicht mit der indianisch gebogenen Nase verriet nichts von dem, was in seinem Gehirn vorging. Aber die hellblauen Augen strahlten eine unwandelbare Entschlossenheit aus.

Hin und wieder betrachtete ihn der zu seiner Linken sitzende bärtige und kräftige Mann prüfend. Kommandant Moshaken bewunderte den Mut des Ganjos, gleichzeitig aber verzehrte er sich fast vor Sorge um das Schicksal, das Ovaron auf dem dritten Planeten der Sonne Tranat vielleicht erwartete.

Moshaken wußte, wie gefährlich Takerer wie Lasallo und Levtron waren. Der Ganjo würde es nicht leicht haben, seine Rolle als neuer Chef der Abwehr und Energieversorgung überzeugend zu spielen. Der bisherige Abwehrchef war während einer Jagd auf Zentauren von einem Raubtier angefallen worden und einige Tage später seinen Verletzungen erlegen.

Der ganjasische Geheimdienst hatte den takerischen Kurier abfangen können, der auf dem Wege der Pedotransferierung das Tranat-System verlassen hatte, um Ersatz für den gestorbenen Abwehrchef anzufordern.

Der Ganjo hatte sofort gehandelt, als ihm das gemeldet worden war. Geheimdienst-Spezialisten hatten das Geheimdepot auf dem sechsten Mond dieses Planeten mit den Ringen errichtet, waren sogar auf Lotron gelandet, um dort den Zeitläufer und die SCHALTZENTRALE OVARON zu installieren.

Ovarons Einsatz war so gründlich vorbereitet worden, daß man schon von absoluter Perfektion sprechen konnte.

Doch der Kommandant Moshaken wußte, daß es die absolute Perfektion nicht gab.

Wieder versuchte er, den Ganjo umzustimmen.

Ovaron II legte ihm die Hand auf die Schulter. Im gleichen Moment landete ihr Gleiter.

»Ich habe lange genug überlegt, Moshaken. Es gibt keine Alternative. Falls den Takerern ihre Pläne auf Lotron gelingen, ist nicht nur das Ganjasische Reich bedroht. Alle Cappin-Völker würden sich in einem langen Krieg gegenseitig dezimieren und danach Jahrtausende brauchen, um sich davon zu erholen. Wahrscheinlicher erscheint mir sogar, daß während dieser Zeit der Ohnmacht andere intelligente Völker das Stadium der kosmischen Raumfahrt erreichen und uns niederhalten, um ihre Macht mit niemandem teilen zu müssen.«

Er schnallte sich los und stand entschlossen auf.

»Nein, mein lieber Moshaken, ich muß es tun. Sollte ich dabei ums Leben kommen, wird ein anderer an meine Stelle treten. Ich weiß, Sie würden niemals zulassen, daß ein Unwürdiger die Herrschaft über das Ganjasische Reich antritt.«

Kommandant Moshaken neigte den Kopf. Er wußte, daß Ovarons Entschluß unumstößlich war. Da halfen keine noch so überzeugend klingenden Worte mehr.

»Ich wünsche Ihnen viel Erfolg, Ganjo!«

Ovaron II lächelte und schloß seinen Druckhelm. Dann verließ er den Gleiter und schritt langsam auf die hoch emporragende Felswand zu, hinter der sein Geheimdepot lag. Er kannte es bisher nur aus den geheimen Plänen.

Etwa dreißig Schritt vor der Wand blieb er stehen und griff nach dem Kommando-Armband, das über dem Raumanzug um das linke Handgelenk geschnallt war.

Der Ganjo fuhr mit den behandschuhten Fingern über einige Glieder, dann drückte er auf eine kaum erkennbare Erhebung.

Der unsichtbare Identifizierungsimpuls verließ den im Armband verborgenen Minisender.

Ovaron II wußte, daß das Kommandogehirn des Depots im gleichen Augenblick seine Individualdaten empfing und mit der positronischen Schablone verglich, die genau an diesem Tag und zu dieser Stunde aktiviert worden war.

Fiel der Vergleich positiv aus – und das mußte er –, würde das Gehirn ihn vom gleichen Augenblick an für alle Zeiten als alleinigen Befehlsberechtigten anerkennen.

Eine schwache Erschütterung durchlief den Boden der Schlucht. Kurz darauf zeigte sich ein Spalt im unteren Teil der Felswand. Der Spalt vergrößerte sich zusehends.

Langsam schwangen zwei rechteckige dickwandige Felswände zurück und gaben den Blick auf die hinter ihnen liegenden massiven Panzerschotte frei.

Ohne Zögern ging Ovaron II durch das offene Felsentor und weiter durch das erste Schott, das sich automatisch vor ihm öffnete. Hinter ihm schlossen sich Fels und Schott wieder.

Kurz betrachtete der Cappin den geradeaus führenden Gang. Die Wände bestanden aus schmucklosen glatten Panzerplatten. Durch die transparente Decke fiel mildes gelbes Licht und erhellte den Gang, ohne den Augen weh zu tun.

Zielsicher setzte Ovaron II seinen Weg fort. Er wußte, daß er vier Schleusensperren mit eingebauten Spezialtastern und tödlichen Waffen passieren mußte, bevor er den Kommandosaal betreten durfte. Es war eine Vorsichtsmaßnahme für den Fall, daß Unbefugte den Ganjo dazu zwangen, seinen Kodeimpuls zu senden, um dann selbst in das Depot eindringen zu können.

Ovaron II trat durch das erste Schott der ersten Sperre. Er blieb mitten in der Schleusenkammer stehen. Hätten Unbefugte zusammen mit ihm diese Schleuse betreten, wären sie rasch und schmerzlos durch Zerfallsstrahlung getötet worden.

Es sei denn, der Ganjo hätte zuvor Besucher angemeldet.

Als das zweite Schott nach oben glitt, verließ Ovaron II die Kammer. Er hatte nichts von der Überprüfung gemerkt, obwohl sie stattgefunden haben mußte.

In der zweiten Schleusensperre wurde geprüft, ob Ovarons Zweidenkerfunktion unversehrt war. Bei einer Mechanohypnose oder anderen psychischen Beeinflussungen wäre der chemoelektrische Haushalt eines bestimmten Gehirnsektors gestört gewesen. In einem solchen Fall hätte das Kommandogehirn den richtigen Weg gesperrt und eine Abzweigung geschaffen, die in einen Raum mit verborgenen Fesselfeld-Projektoren, Gasdüsen und einem Rettungstransmitter geführt hätte, der auf den gedanklichen Befehl des Ganjos ansprach.

Die dritte und vierte Schleusensperre endlich dienten der Überprüfung des Wachbewußtseins und der Tryzomkörper-Funktion.

Geduldig und gelassen ließ Ovaron II die Zwangspausen über sich ergehen. Er wußte, daß er voraussichtlich einige Jahre auf Lotron würde bleiben müssen, um genügend Beweismaterial zu sammeln. Was waren ein paar Minuten dagegen.

Dennoch atmete er auf, als die letzte Schleusensperre hinter ihm lag. Vor ihm endete der Gang mit der ovalen Öffnung eines Kraftfeldschachtes.

Ein Prüfgerät zeigte dem Ganjo an, daß das Kraftfeld aktiviert war. Er trat ein, spürte, wie er gewichtslos wurde, und stieß sich leicht ab, um seiner Körpermasse einen nach unten gerichteten Bewegungsimpuls zu geben.

Sanft sank er in die endlos erscheinende tiefe Röhre. Die Schachtwände glitten an ihm vorbei, und nach einiger Zeit landete er auf der unteren Abschlußplatte. Er griff nach den Haltebügeln und schwang sich durch die Ausstiegsöffnung.

Vor ihm lag ein kurzes Gangstück, hinter dessen Wänden insgesamt acht Kampfroboter in desaktiviertem Zustand verborgen waren, wie er wußte. Ein Befehl von ihm hätte genügt, und sie wären aktiviert worden und hätten ihm zur Verfügung gestanden.

Aber Ovaron II benötigte sie nicht.

Der Gang endete an einem zweiteiligen, blaurot schimmernden Panzerschott, das sich in dem Augenblick öffnete, als der Ganjo den Kraftfeldschacht verließ.

Ovaron II konnte nun in einen hallenartigen Raum sehen. Er trat ein und musterte aufmerksam Form und Einrichtung. Die Halle war kuppelförmig. Der Ganjo wußte, daß sie hundert Meter hoch war und ihre Grundfläche hundertfünfzig Meter durchmaß. (Er dachte selbstverständlich nicht in terranischen Maßeinheiten, aber seine cappinschen Maßeinheiten entsprachen der angegebenen Größe.)

Ein eigenartiges Klingen hallte durch den Kuppelsaal, begleitet von einem geheimnisvollen Raunen und Wispern. Es war so leise, daß man es nur hörte, wenn man sich auf diese Wahrnehmung konzentrierte.

Ovaron hörte es deshalb, weil er es erwartet hatte. Vom Konstruktionsplan her wußte er, daß er sich im Mittelpunkt seines Kommandogehirns befand. Unter der Grundfläche lag ein sockelförmiger Raum mit den Kraft- und Umformerstationen des Gehirns. In die Wände der Kuppel waren fast lückenlos die verschiedensten Arbeitseinheiten eingelassen. Diese Einheiten, jede in der Form eines Pyramidenstumpfes, verengten sich zur Halle hin, so daß ihre dem Blick verborgenen Trennwände sich berührten und von zahllosen Kontaktstellen übersät waren.

Die zur Halle weisenden kleinen Grundflächen waren unverkleidet geblieben. Ihre Vielfalt von Formen, Farben und Funktionen vermittelte dem Betrachter einen winzigen Einblick in die Arbeitsweise dieser Positronik.

Die Anordnung und Form der Arbeitseinheiten ermöglichten den Austausch einer ausgefallenen Einheit innerhalb weniger Sekunden. Ein separates Reparaturgehirn ließ von seinen hinter der Gehirnschale stationierten Manipulationen die defekte Arbeitseinheit einfach herausziehen und durch die bereitstehende Austauscheinheit ersetzen.

Ovaron II wandte sich dem runden Podest im Mittelpunkt der Grundfläche zu, einer zwanzig Meter durchmessenden und einen Meter hohen Scheibe.

Im Mittelpunkt dieses Podestes stand ein massiver, blaurot schimmernder Sessel mit hoher gepolsterter Lehne und ungewöhnlich breiten gepolsterten Armstützen auf nach außen gebogenen Säulenbeinen.

Der Sextadim-Navigator trat näher und musterte die Leuchtschaltbilder, Steuerschalter und Synchronisiereinrichtungen des bogenförmig geschwungenen Schaltpultes, das direkt vor dem Sessel stand.

Danach sah Ovaron II zu dem TLAP-Abschirmgerät hinauf, das

gleich einem überdimensionierten Vogelkäfig über Sessel und Schaltpult schwebte.

Ein schenkeldicker, silbrig glitzernder Strang, aus dem zahlreiche unterschiedliche Auswüchse ragten, verband das gitterförmige Aggregat mit den komplexen Kommunikationseinheiten des Gehirns.

Ovaron II dachte voller Hochachtung an Kommandant Moshaken, der diese Anordnung vorgeschlagen hatte. Hochmoderne Kommunikationsanlagen, bei denen man einfach in den Raum hineinsprach, ließen sich mit den entsprechenden Spezialgeräten abhören – auch aus großen Entfernungen. Das gesamte Gehirn energetisch abzuschirmen wäre wegen der starken Streustrahlung gefährlich gewesen. Aber ein mit Sykanit verkleideter einfacher Kabelstrang, von verschiedensten Raffern, Zerhackern und anderen Geräten dieser Art durchsetzt, sowie ein Abschirmkäfig für eine Person waren vor jedem Lauscher außerhalb des Depots sicher.

Langsam stieg der Ganjo die breite Treppe zum Podest hinauf, ging zum Sessel und ließ sich darin nieder. Er streckte die Rechte aus und berührte mehrere kleine Schaltplatten auf dem Pult.

Ein schwaches Summen ertönte, dann senkte sich der Gitterkäfig herab. Als er den Boden berührte, klickten unsichtbare Kontakte. Sessel, Schaltpult und Ovaron II befanden sich innerhalb des Abschirmgeräts.

Zwischen den Gitterstäben entstand ein dünnes Flimmern, dann sagte die Stimme des Kommandogehirns:

»Ich grüße Sie, Ganjo. Sie wurden als allein Befehlsberechtigter eingestuft und können über meine gesamte Leistungskapazität verfügen. Ich bitte jedoch um die Erlaubnis, über einen Vorfall berichten zu dürfen, der sich vor Aktivierung Ihrer ID-Schablone ereignete.«

Ovaron zuckte zusammen.

»Berichte, Gehirn!« befahl er mit harter Stimme.

»Fremde waren draußen vor dem Felsentor, Ganjo«, berichtete die Positronik. »Sie strahlten Individualimpulse ab, die ich damals nicht erkannte. Nach Aktivierung Ihrer ID-Schablone stellte ich fest, daß es sich dabei um Impulse handelte, die mit Ihren Individualimpulsen identisch sind.«

Ovaron II war nicht imstande, sofort zu reden.

Er wehrte sich mit aller Kraft gegen die aufsteigende Erregung. Bleich und verstört saß er da.

Fremde – und sie hatten seine Individualdaten abgestrahlt, die unnachahmlichen Individualdaten eines Ganjos . . .!

13.

»Wurden Wachbewußtsein, Zweidenkerfunktion und Kodeschlüssel überprüft?« fragte Ovaron II. Er hatte sich wieder gefaßt, obwohl er immer noch nicht glauben konnte, was das Gehirn berichtete.

»Sie wurden registriert und gespeichert, Ganjo, während ich gleichzeitig die Vernichtung der Fremden anordnete.«

»Die Vernichtung . . .?« rief der Cappin. Er erhob sich halb und sank dann wieder zurück. »Natürlich, so bist du programmiert worden. Damals kanntest du meine Daten nicht und konntest sie auch nicht vorzeitig abrufen.«

Es durchrieselte ihn kalt.

»Und hast du die Fremden – vernichtet . . .?«

»Es gelang mir, ihr flugfähiges Kettenfahrzeug abzuschießen. Meine Beobachtungssonden stellten später fest, daß das Fahrzeug der Fremden notlandete und die Besatzung offenbar entkommen konnte. Einige Personen wurden beobachtet, wie sie ein zweites Fahrzeug gleicher Art bestiegen. Ich ließ es durch Flugroboter verfolgen. Dabei wurden für kurze Zeit zwei Lebewesen einer unbekannten Art entdeckt. Sie tauchten spurlos im Gebirge unter, während das Fahrzeug sich den Robotern durch die Flucht in den Weltraum entzog.«

Ovaron II starrte ungläubig das Gitterwerk und dann das Schaltpult an. »Ein flugfähiges Kettenfahrzeug, das sich der Vernichtung entziehen konnte . . .! Hast du absichtlich nur schwache Waffen eingesetzt, Gehirn?«

Wäre die Positronik zu einem Gefühlsleben fähig gewesen, hätte sie sicher Unmut über diese Frage gezeigt. So stellte sie nur fest, daß die Frage zu verneinen sei, weil das den Tatsachen entsprach.

»Weder absichtlich noch unabsichtlich, Ganjo. Zuerst setzte ich die Batterien beider Schluchtwände ein. Als das nicht zum gewünschten Erfolg führte, schaltete ich die Hauptwand-Forts dazu. Das Kettenfahrzeug konnte kurzfristig in einem Fesselfeld gehalten und unter konzentrischen Beschuß genommen werden. Eine spätere Logikauswertung ergab, daß die eine Art ihrer Schirmfeld-Projektoren dabei überlastet wurde, was ihre Abgabeleistung stark senkte.

Leider gelang es dem Fahrzeug, sich aus dem Fesselfeld zu befreien und an der Hauptwand entlangzusteigen. Die Besatzung führte dazu ein unverantwortliches Gewaltmanöver durch. Möglicherweise handelt es sich zumindest bei dem Piloten und dem Kommandanten des Fahrzeugs um Lebewesen, deren Angst- und Furchtzentren im Gehirn eingefroren oder anderweitig ausgeschaltet worden waren.«

»Das ist unmöglich!« rief Ovaron II fassungslos aus. »Ein einziges Kettenfahrzeug wäre durch konzentrischen Beschuß innerhalb eines Sekundenbruchteils verdampft worden! Was war das für ein Schirmfeld, in das es sich gehüllt hat?«

»Fünfdimensional mit unbekannter erhöhter Konstante, Ganjo. Mit einer Sextadim-Resonatorschallbombe hätte das Fahrzeug vernichtet werden können. Dabei wäre jedoch das Depot zerstört worden.«

Dieser Bericht war alarmierend. Der Cappin befahl: »Ich benötige sofort Bildaufzeichnungen der beiden fremden Fahrzeuge und der Personen, die sich aus dem ersten Fahrzeug retten konnten. – Und dann Bildaufzeichnungen der beiden Lebewesen einer unbekannten Art.«

»Sofort, Ganjo. Bitte, aktivieren Sie den Bildübermittler!«

Ovaron II beugte sich vor und schaltete den Bildübermittler ein. Eine Bildscheibe leuchtete auf und gab farbig und dreidimensional eine Gebirgslandschaft wieder. Der Cappin sah ein fremdartiges Fahrzeug vom Boden der Schlucht aufsteigen. Im nächsten Moment schlugen Energiestrahlen bei diesem Flugpanzer ein.

Ovaron II schloß geblendet die Augen, als das normale Kontinuum aufriß und die Energie verschlang. Er bemerkte mit Unbehagen, daß sie es hier mit einem technisch hochstehenden Gegner zu tun hatten. *Wenn es ein Gegner war!* meldete sich ein zweiter Gedankengang, getragen von den Tryzomen.

Als der Ganjo die Augen wieder öffnete, sah er das Fahrzeug im Bann von Fesselfeldern taumeln. Er registrierte verwundert, daß es das Feuer nicht erwiderte.

Dann kam es plötzlich auf ihn zu, füllte den Bildschirm aus und verschwand. Einige Zeit später wurde es erneut eingefangen. Diesmal rief der Beschuß eine noch weitaus stärkere Entladung hervor. Das letzte, was Ovaron II von ihm sah, war ein rauchendes, abstürzendes Wrack.

Die Übertragung blendete um auf einen anderen Teil des Gebirges. Einige Lebewesen bestiegen hastig ein zweites Fahrzeug, das dem ersten glich. Die Lebewesen sahen aus wie Cappins, wenn man von den geringfügigen äußeren Unterschieden der Kampfanzüge absah.

Ovaron II beobachtete, wie das Fahrzeug rasch startete. Das Bild wurde unruhig, da es von einem Flugroboter während der Verfolgung aufgenommen worden war.

Einige Minuten später fuhren Energiestrahlen zwischen den Robotern hindurch.

Die Übertragung blendete abermals um. Auf dem Kamm eines Gebirgszuges tauchten zwei riesenhafte Gestalten auf, mit sechs Gliedmaßen, schwarzen, kuppelförmigen Köpfen und drei rotglühenden Augen unter den transparenten Kugelhelmen.

In der nächsten Sekunde waren die seltsamen Wesen hinter dem Kamm verschwunden. Der Übermittlerschirm zeigte mehrere Ausschnitte der Akalos-Berge. Die Riesen waren nicht mehr zu sehen.

Dann erlosch der Bildschirm.

»Das waren die komprimierten Aufzeichnungen, Ganjo«, meldete das Gehirn. »Es muß noch hinzugefügt werden, daß ich während der Flucht der Fremden kurzfristig eine psionische Entladung anmessen konnte. Daraufhin legte ich einen Antipsi-Schirm über die Akalos-Berge. Die Fremden müssen ihn geortet haben, denn es wurde kein Versuch weiterer psionischer Aktivität festgestellt.«

»Psionische Energie«, wiederholte Ovaron II. »Das können unmöglich Takerer gewesen sein, wenn die beiden riesigen Lebewesen auch auf biologische Zuchtmonstren hinzuweisen scheinen . . .!«

»Der Antipsi-Schirm wurde unterdessen wieder abgeschaltet, Ganjo«, meldete die Positronik. »Soll ich ihn wieder aktivieren?«

Der Cappin überlegte.

»Nein, Gehirn. Alles bleibt, wie es ist. Sollten erneut Fremde auftauchen, bitte ich um sofortige Meldung.«

Er beugte sich über das Pult und nahm einige Schaltungen vor. Von jetzt an entschied das Gehirn nicht mehr nach eigenen Gesichtspunkten. Von jetzt an war er der unumschränkte Herrscher über das Depot.

Der Gitterkäfig schwebte empor und gab Ovaron II frei. Einige Minuten lang blieb der Ganjo noch in dem mächtigen Sessel sitzen und sah nachdenklich auf die sinnverwirrenden Schalteinheiten an den Wänden.

Dann erhob er sich mechanisch wie ein Roboter und schritt dem Ausgang zu.

Als sich die Felsentore vor ihm öffneten, schaltete er den Helmfunk an und sagte:

»Kommandant Moshaken zu mir, bitte!«

Moshaken löste sich aus dem harten Schatten des ersten Gleiters und ging auf seinen Herrn zu. Ovaron II nahm ihn am Arm und führte seinen Vertrauten bis zum ersten Panzertor. Die Felsentore schlossen sich wieder.

Sie waren nun unter sich.

»Schalten Sie den Helmfunk auf minimale Reichweite!« befahl der Ganjo und griff gleichzeitig nach dem Stellknopf an der wulstigen Halskrause des Raumanzugs.

»Fertig, Ganjo.« Hinter der transparenten Helmscheibe wirkte Moshakens Gesicht bleich.

Ovaron II berichtete mit gedämpfter Stimme, was er über das Auftauchen von Fremden erfahren hatte. Er sah, welche Erregung die Mitteilung bei dem Kommandanten hervorrief, die Fremden hätten seinen Kodegeber benutzt und einer von ihnen hätte sogar seine Individualimpulse abgestrahlt.

»Das ist einfach unmöglich, Ganjo!« rief sein Vertrauter. »Niemand kann Ihre ureigensten Individualimpulse abstrahlen!«

»Wenn das unmöglich ist, müßte der Positronik ein Fehler unterlaufen sein, Kommandant Moshaken . . .«, entgegnete der Ganjo.

»Das wäre ungeheuerlich!«

Ovaron II lächelte sphinxhaft.

»Etwas anderes wäre noch ungeheuerlicher. Was schlagen Sie vor? Soll ich meine Pläne ändern oder nach Lotron fliegen, wie es vorgesehen war?«

Der bärtige Cappin dachte angestrengt nach. Er machte nun einen grimmig-entschlossenen Eindruck. Er kämpfte noch immer gegen das Entsetzen an, das die Mitteilung des Ganjos bei ihm ausgelöst hatte.

»Auf keinen Fall sollten Sie Ihren Bewußtseinsinhalt löschen lassen, Ganjo«, sagte er nach einer Weile. »Nicht, bevor dieser ungeheuerliche Zwischenfall aufgeklärt worden ist.«

»Sie schlagen damit gleichzeitig vor, meinen Abflug nach Lotron hinauszuschieben, Moshaken?«

»Selbstverständlich, Ganjo. Sie dürfen niemals mit Ihrem wahren Bewußtseinsinhalt nach Lotron fliegen. Die Takerer dort sind wegen ihrer Verbrechen mißtrauisch und werden Sie überprüfen. Ich halte es sogar für möglich, daß man paramechanische Mittel dazu anwendet.«

»Dann sind wir uns ja einig, Kommandant Moshaken. Wir werden zum Beiboot zurückkehren und meinen Entschluß verkünden.«

»Ganjo!« sagte Moshaken entschlossen.

»Ja?«

Der Kommandant holte tief Luft.

»Ich schlage vor, die Oberfläche dieses Mondes genau zu untersuchen. Das Mutterschiff könnte uns zwanzig Beiboote schicken, die diese Aufgabe zu übernehmen hätten.«

»Sie vermuten also, die Fremden hielten sich hier verborgen?«

»Wo sonst, Ganjo? Sicher, das eine Fahrzeug hat sich im Raum in Richtung des Riesenplaneten entfernt, aber die beiden seltsamen Lebewesen sind im Gebirge untergetaucht. Wahrscheinlich befindet sich irgendwo ein feindlicher Stützpunkt.«

»Das liegt durchaus im Bereich des Möglichen, Kommandant Moshaken. Er ist sicherlich gegen Ortung abgeschirmt. Nein, wir warten ab.«

»Wie Sie wünschen, Ganjo!« antwortete Moshaken grimmig, drehte sich um und stapfte wütend zum Ausgang. Er war offensichtlich unzufrieden über die letzte Entscheidung seines Herrschers.

Ovaron II sprach kein Wort, während sie ihren Gleiter bestiegen und im Beiboot zurückflogen.

Dort beorderte er alle Offiziere zu einer Lagebesprechung und schilderte die Situation, in die sie sich durch das geheimnisvolle Auftreten Fremder versetzt sahen. Er erklärte ihnen, warum er vorläufig weder sein Gedächtnis löschen lassen noch nach dem dritten Planeten fliegen wollte.

Seine Mitarbeiter stimmten ihm im großen und ganzen zu. Nur der Psychotaktiker Gavasor bat den Ganjo, den Einsatz Lotron dennoch durchzuführen, sein Gedächtnis jedoch nicht vollständig löschen zu lassen, sondern die Erinnerung an die merkwürdigen Ereignisse vor seiner Ankunft bestehen zu lassen. Es könnte ja sein, daß der Ganjo bei einem der für später geplanten Flüge von Lotron zum Mond des Riesenplaneten den Fremden persönlich begegnete. Dann würde es gefährlich sein, wenn er sich nicht an ihr erstes Auftreten erinnern könnte.

Dieser Gegenvorschlag klang logisch. Dennoch lehnte Ovaron II ihn ab, weil auch solche Erinnerungen ihn sofort hochverdächtig machen mußten, falls die Takerer auf dem dritten Planeten ihn paramechanisch überprüften.

Andere Mitarbeiter setzten sich dafür ein, augenblicklich Suchaktionen zu veranlassen, um der Fremden habhaft zu werden. Ovaron II vertröstete sie mit den gleichen Argumenten, die er Moshaken gegenüber vorgebracht hatte. Da der Kommandant dazu schwieg, gaben sie ihre Bemühungen bald auf.

Nach dieser Besprechung zog der Sextadim-Navigator sich in seine kleine Privatkabine zurück. Sie war ziemlich eng, denn sie diente nur einem vorübergehenden Aufenthalt.

Unablässig jagten sich die Gedanken. Zahllose Vermutungen gingen ihm durch den Kopf, aber zum Schluß war er von einer Lösung des Problems noch ebensoweit entfernt wie am Anfang.

Darüber schlief er ein.

Nach einiger Zeit erwachte er durch ein seltsames Geräusch, das von einem heftigen Luftzug begleitet war. Noch bevor er die Augen öffnete, tastete er nach seiner Waffe.

Aber dann waren seine Augen offen – und Ovaron II erstarrte, unfähig, sich zu bewegen.

Denn das, was er vor sich sah, konnte nur ein Geist sein.

Sein eigener Geist.

Der Ganjo sah sich selbst ins Gesicht . . .

14.

»Was wird Ovaron II jetzt unternehmen?« fragte Perry Rhodan den Sextadim-Navigator.

Ovaron I antwortete nicht sofort. Er hatte ebenfalls beobachten können, wie die beiden Gleiter wieder zum Beiboot zurückgekehrt waren, nachdem Ovaron II dem Depot einen Besuch abgestattet hatte. Das Kommandogehirn mußte seinen Zeitbruder über die Vorfälle informiert haben, was wiederum bei Ovaron II eine Reaktion auslösen mußte.

Aber bisher war von einer Reaktion nichts zu erkennen. Keine Suchschiffe stießen vom Mutterschiff herab auf die Oberfläche Titans, um nach dem Verbleib der rätselhaften Fremden zu forschen. Nicht eine einzige Roboterdivision wurde gelandet, um das Depot schärfer zu bewachen.

Welche Überlegungen mochte der Ganjo wohl anstellen?

»Ich empfange die Gedankenimpulse mehrerer hochgestellter Cappins«, flüsterte Gucky. »Sie beraten, was Ovaron II unternehmen soll. Dieser Verräter Gavasor will den Ganjo dazu überreden, nach der Erde aufzubrechen, ohne seine Erinnerungen vollständig löschen zu lassen.«

»Da wird Ovaron II kaum mitmachen«, warf Rhodan ein. »Er läßt sich bestimmt nicht ins Verderben schicken.«

»Hm! Ja, er lehnt Gavasors Vorschlag ab«, fuhr der Mausbiber fort. »Er will aber auch nichts unternehmen, um uns zu suchen. Ein schlauer Bursche! Er weiß genau, daß wir uns gegen Ortung abgesichert haben.«

Alaska Saedelaere lachte.

»Deine Beurteilung wundert mich, Kleiner. Du hattest doch lange genug Zeit, Ovaron einzuschätzen.«

Der Ilt fuhr zu dem Transmittergeschädigten herum.

»Wie? Aber das war doch Ovaron I! Ovaron II kenne ich bisher noch nicht.«

»Sie unterscheiden sich nicht voneinander, Gucky«, erklärte Rhodan mit mildem Vorwurf in der Stimme. »Außer durch ihr biologisches Alter.«

Der Mausbiber kicherte plötzlich.

»Klar, Chef! Ovaron II könnte der Sohn von Ovaron I sein – biologisch betrachtet natürlich nur.«

»Nicht biologisch, sondern *un*logisch betrachtet«, sagte Ras Tschubai sarkastisch. »Gucky, wo hast du heute deinen Verstand gelassen?«

Nach kurzem Murren konzentrierte sich Gucky wieder.

»Die Besprechung ist beendet«, berichtete er. »Ovaron II zieht sich in seine Kabine zurück. Er legt sich hin und grübelt nach. Bei allen Weltraumgeistern! Das ist vielleicht ein Gedankensalat!«

»Keine Majestätsbeleidigungen, bitte!« warf Cascal mit einem Seitenblick auf Ovaron I ein. »Wir haben es mit dem Ganjo des Ganjasischen Reiches zu tun, Trampgeborener.«

Icho Tolot lachte brüllend.

Der Ilt blinzelte verschmitzt, dann meldete er:

»Der Ganjo des Ganjasischen Reiches geruht einzuschlafen. Bin gespannt, was so ein mächtiger Herrscher träumt.«

»Wir werden ihn nicht zum Träumen kommen lassen!« bremste ihn Ovaron I ernst. »Perry, ich bitte Sie, mir Gucky und Tschubai für einen Sprung zu mir auszuleihen!«

»Sie wollen sich selbst einen Besuch abstatten?« fragte Perry Rhodan erschrocken. »Sind Sie sich klar darüber, Ovaron, was das für Sie – äh – beide für einen Schock bedeutet?«

Der Ganjo sagte entschlossen:

»Ich sehe darin die einzig wirksame Methode, ein Zeitparadoxon zu verhindern. Unbewußt wartet Ovaron II wahrscheinlich auf mein Erscheinen, sonst hätte er sich nicht zur Passivität entschlossen.«

Rhodan nickte bedächtig.

»Das klingt logisch. Aber Ovaron II wird stärkere Beweise als Ihre Aussage brauchen, um Ihnen und uns zu vertrauen, Ovaron. Ich schlage deshalb vor, ihn in den Nullzeit-Deformator zu bringen. Gucky und Ras, ihr teleportiert mit Ovaron I zu Ovaron II und paßt auf, daß die beiden sich nicht gegenseitig umbringen. Anschließend teleportiert ihr mit beiden Ovarons in den Deformator, kehrt hierher zurück und holt Merceile und mich ab.«

Ovaron bedankte sich, und Rhodan wünschte ihm Hals- und Beinbruch.

Gucky und Tschubai nahmen den Cappin an den Händen. Im nächsten Moment waren sie verschwunden.

Und im gleichen Augenblick materialisierten sie in der engen Kabine von Ovaron II.

Ovaron I sah, wie sein Zeitbruder zusammenzuckte und im Halbschlaf nach der Strahlwaffe im Gürtelhalfter tastete.

Er schob Gucky und Ras zur Seite, so daß Ovaron II nicht durch ihren Anblick erschreckt werden konnte.

Keinen Augenblick zu früh.

Ovaron II schlug die Augen auf. Sie weiteten sich in jähem Entsetzen, während sein Körper erstarrte.

Ovaron I klappte seinen Druckhelm zurück und neigte den Kopf.

»Ich grüße dich, mein Bruder in der Zeit. Wir beide sind ein Lebewesen, nur durch achtzehn Lotronjahre Zeit voneinander getrennt. Du bist erst heute auf diesem Himmelskörper gelandet, den ich Titan nenne, während ich vor achtzehn Lotronjahren Individualzeit hier eingetroffen und drei Tage später nach Lotron abgeflogen bin.«

Ovaron II löste sich erstaunlich schnell aus seiner Erstarrung. Er blickte nach links und rechts und musterte den Ilt und den Afroterraner aufmerksam.

»Psionisch begabte Fremdintelligenzen«, murmelte er. »Erzeugnisse der takerischen Bio-Experimente?«

»Nein, Ovaron. Es sind Zeitreisende, die mit mir zusammen aus unserer gemeinsamen Realzukunft kamen und mir halfen, mir selbst zu begegnen. Nach achtzehn Lotronjahren wirst du sie auf dem dritten Planeten der Sonne Tranat treffen und mit ihnen in unsere Zukunft gehen.«

»Interessant!«

Ovaron II deutete auf das Kommandoarmband an seinem Unterarm, danach auf das gleiche an dem Unterarm von Ovaron I.

»Du hattest versucht, vor meiner Ankunft ins Depot einzudringen. Wußtest du nicht, daß deine ID-Schablone da noch nicht aktiviert war?«

Ovaron I wunderte sich über die Gelassenheit, mit der er seine eigene Ankunft registrierte. Aber wahrscheinlich hatte Ovaron II die ganze Tragweite des Geschehens noch nicht erfassen können. Es ging alles zu überraschend, so begnügte er sich mit den Randproblemen.

»Ich wußte es nicht, bis du es mir sagtest«, erwiderte er.

In knappen Sätzen erklärte er seinem Zeitbruder, was er nach seiner Ankunft auf der Erde erlebt hatte. »Ich bitte dich, mich für kurze Zeit zu begleiten!« bat er anschließend und gab Tschubai einen verstohlenen Wink.

Ras hatte nicht auf Zustimmung oder Ablehnung gewartet, sondern Ovaron II wortlos an der Hand gefaßt, um mit ihm zu entmaterialisieren.

»Hinterher, Gucky!« flüsterte Ovaron I mit vor Erregung heiserer Stimme.

Als sie in der Nullfeldzentrale des Deformators rematerialisierten, waren Ovaron II und Ras eben angekommen.

Atlan stand halb aufgerichtet vor einem Kontursessel. Professor Geoffry Abel Waringer war gerade dabei, sich mit seinem Sessel zu den Ankömmlingen umzudrehen.

Außer den beiden Männern befand sich sonst niemand in dem Raum. Ras Tschubai hob die Hand und lächelte Atlan an.

»Keine Sorge, Lordadmiral! Wir bringen Freunde!«

Der Arkonide blickte stumm von Ovaron I zu Ovaron II.

Ovaron lächelte.

»Ich bin Ovaron I, Lordadmiral.« Er neigte den Kopf in Richtung seines biologisch jüngeren Ichs. »Und das ist Ovaron II, der vor knapp zwei Stunden auf Titan landete.«

Er stellte Atlan und Waringer vor.

Waringer erhob sich, streckte Ovaron II die Hand entgegen und lächelte offen.

»Ich freue mich, Sie zu sehen, Ovaron!«

Ovaron II starrte irritiert auf die ausgestreckte Hand. Er wußte nichts mit ihr anzufangen.

»Sein Titel ist Ganjo«, verkündete Gucky und watschelte zu einer Schale mit Markierungsstiften. »Er ist der Ganjo des Ganjasischen Reiches, was soviel wie Imperator, Kaiser oder Herrscher bedeutet.«

Er ging auf Ovaron I zu und malte ihm eine römische Eins auf das Brustteil seines Raumanzugs.

»Das zur besseren Unterscheidung. Nummer eins ist selbstverständlich auch der Ganjo des Ganjasischen Reiches.«

Der Arkonide lächelte träumerisch. Er schien an seine eigene Vergangenheit und seine erste Begegnung mit Terranern zu denken.

»Willkommen, Ganjo!« sagte er. »Ich kann nachfühlen, wie Ihnen zumute ist. Diese Terraner lieben die Überraschungen, auch wenn dieser kleine fellbedeckte Kerl hier nicht als Terraner geboren wurde. Ich übrigens auch nicht. Einst war ich der Kristallprinz des arkonidischen Imperiums.« Ein Schatten glitt über sein Gesicht. »Aber das ist lange her.«

Er fügte die Hände von Waringer und Ovaron II zusammen.

»Das ist die terranische Art freundschaftlicher Begrüßung, Ganjo.«

Ovaron II blickte seinen Zeitbruder fragend an.

Ovaron I lächelte.

»So ist es.«

Der Cappin wandte sich an die Teleporter:

»Gucky, hast du vergessen, daß der Großadministrator auf euch wartet?«

Der Ilt salutierte ungeschickt und entblößte seinen Nagezahn.

»Ich bitte um Gnade, Ganjo. Komm, Ras, du pflichtvergessenes Subjekt!«

Sie verschwanden mit den charakteristischen Begleiterscheinungen einer leichten Implosion.

Ovaron II hatte jedes Wort verstanden, da sich alle der Cappin-Sprache bedient hatten.

Nun lächelte er, halb verwirrt noch und schon belustigt.

»Es sind seltsame Wesen, mit denen du befreundet bist, Zeitbruder – und sympathische Wesen.«

Ovaron I bestätigte seine Ansicht.

»Es sind die Lebewesen, denen das Tranat-System gehört, und sie sind meine Freunde.«

Ovaron II wurde wieder ernst. Er atmete schwer.

»Ich kann es noch nicht fassen, daß ich meinem eigenen biologisch älteren Ich begegnet bin. Warum kamst du aus unserer gemeinsamen Zukunft in deine Vergangenheit und riskierst dabei ein Zeitparadoxon?«

»Weil ich nichts über meine Herkunft und Aufgabe wußte«, erwiderte Ovaron I gequält. »Ich erinnerte mich nur an die Zeit nach dem Wiedererwachen meines Bewußtseins im Depot. Was vorher war, wußte ich nicht – und weiß es auch jetzt kaum. Wahrscheinlich habe ich es restlos löschen lassen.«

»So ungefähr«, antwortete Ovaron II. »Wenn auch ›löschen‹ nicht ganz der richtige Ausdruck für die Erinnerungsblockade ist. Laut Plan soll ich mich, nachdem meine Erinnerung blockiert wurde, später wieder an alles erinnern, sobald ich das Kodewort ›Tajkonder‹ höre.«

»Tajkonder!« Ovaron I schrie es. Dann schloß er die Augen und taumelte. Atlan mußte ihn auffangen, sonst wäre er gestürzt. Behutsam geleitete der Arkonide den Cappin zu einem Sessel.

»Was ist geschehen?«

Diese Frage war von Rhodan gestellt worden.

Er war zusammen mit Merceile und den beiden Teleportern in der Nullfeldzentrale materialisiert.

Atlan stellte ihm Ovaron II vor und erklärte dabei:

»Ovaron I hat das Kodewort gehört, das ihm seine Erinnerung wiedergeben soll, Perry.«

»Oh!« sagte Rhodan nur. Er musterte Ovaron II genau, dann lächelte er.

»Sie, Ganjo, sind also der Cappin, den ich achtzehn Jahre später kennenlernen werde – oder kennengelernt habe.«

»Und der uns gefangennehmen wird«, fügte Ras Tschubai nicht sonderlich begeistert hinzu. Er dachte an den Vernichtungsgürtel, den Ovaron I ihm nach der Gefangennahme hatte umschnallen lassen, damit er bei einem eventuellen Teleportationsversuch von einem Atomflammer verbrannt würde.

»Ich kann es noch immer nicht recht fassen, aber wenn mein eigenes Ich es mir sagt, muß es wohl stimmen«, erwiderte Ovaron II dem Terraner und hielt ihm die Hand hin.

Perry Rhodan drückte sie fest.

Ein Stöhnen ließ ihn und den Ganjo herumfahren. Ovaron I nahm soeben die Hände von seinen Augen und sah sich verstört um.

»Mir war, als wollte mein Gehirn explodieren«, flüsterte er. »Das ganze Wissen, es kehrte schlagartig zurück. Ungeheuerlich!«

Er stemmte sich an den Armlehnen hoch. Langsam beruhigte er sich. In seine Augen trat ein entschlossener Glanz.

»Ovaron II!« sagte er fest. »Nun wissen wir beide alles voneinander. Eine Frage noch: Vertraust du mir?«

Ovaron II lächelte. Für einen Moment sah es aus, als wollte er sich selbst die Hände auf die Schultern legen. Doch dann schreckte er davor zurück.

»Wie könnte es anders sein«, sagte er verwirrt. »Wir sind ein und dieselbe Persönlichkeit, aber du hast mir achtzehn Lotronjahre Erfahrung voraus. Ja, ich vertraue dir – und wenn du es willst, vertraue ich auch deinen terranischen Freunden.«

Ovaron I nickte.

»Danke, Zeitbruder. Höre mir bitte genau zu: Mit dem, was ich über Lasallo und die auf Lotron arbeitende Verbrechergruppe der Takerer weiß, könntest du schon jetzt Anklage vor dem Gericht der Cappin-Völker erheben. Du brauchtest gar nicht erst nach Lotron zu fliegen und würdest achtzehn wertvolle Jahre sparen. Aber beachte meinen dringenden Rat: Vergiß unsere Begegnung und führe alles nach Plan durch. Andernfalls müßte ein Zeitparadoxon stattfinden, das unter Umständen die Existenz der Menschheit in Frage stellt. Die takerischen Bio-Experimente auf Lotron müssen durchgeführt werden, sosehr sie gegen die Gesetze aller Cappin-Völker sind. Doch aus der fernen Zukunft betrachtet, erweisen sie sich als notwendig. Aus diesen Experimenten geht nämlich eine ganz neue Rasse, die lemurische Rasse, hervor, ohne die es weder Terraner noch Arkoniden und viele andere Völker dieser Galaxis geben könnte.«

»Sie erweisen . . . sich . . . als . . . notwendig . . .?« Ovaron II war nun vollends verwirrt. »Diese Verbrechen sollen . . . durchgeführt werden?«

»So ist es, Zeitbruder«, antwortete Ovaron I ernst. »Das ändert nichts an ihrem verbrecherischen Charakter. Aber wir haben kein Recht, die Existenz von fünfundzwanzig Milliarden Bewohnern des Tranat- beziehungsweise Solsystems und vieler Milliarden Bewohner anderer Sonnensysteme zu gefährden, nur um unserem Recht Genüge zu tun.«

Ovaron II war blaß geworden.

»Aber es ist dennoch ungeheuerlich: ein Verbrechen dulden, um etwas, das noch lange nicht existieren wird, zu retten . . .!«

»Das ist eine Frage des Zeitpunktes«, warf Atlan ein. Der ehemalige Arkonidenadmiral lächelte kalt. »Sie können nicht ruhigen

Gewissens zweihunderttausend Jahre galaktischer Geschichte auslöschen, Ganjo. Oder doch . . .?«

Ovaron II blickte den Arkoniden prüfend an. Dann wanderte sein Blick weiter zu Geoffry Abel Waringer, Ras Tschubai und Perry Rhodan.

»Nein, ich glaube nicht«, gab er leise zurück. Seine Stimme klang belegt. »Ich werde tun, was mein ›älterer‹ Zeitbruder wünscht. Darf ich Ihnen, den Freunden aus meiner Zukunft, zum Abschied die Hand geben?«

Impulsiv ergriff Perry die Hand des Cappins.

»Wir alle danken Ihnen, Ganjo – Zeitbruder unseres Freundes Ovaron!«

Auch die anderen Personen schüttelten Ovaron II die Hand. Atlans Augen glitzerten seltsam dabei.

Dann neigte der Ganjo den Kopf, legte die Rechte auf seine Brust und sagte:

»Ich wünsche Ihnen allen Glück!«

Er sah Gucky und Tschubai auffordernd an. Die Teleporter stellten den Kontakt mit ihm her – und entmaterialisierten . . .

»Werden wir uns wiedersehen?« fragte Ovaron II, nachdem er mit Tschubai und dem Mausbiber in seiner Kabine an Bord des Beibootes materialisiert war.

Ras lächelte wissend.

»Nun, das ist relativ. Sie, Ganjo, werden uns wiedersehen. Aber wir haben Sie schon gesehen. Für uns war das hier das Wiedersehen.«

»Er wird uns wiedersehen«, bekräftigte der Mausbiber, »und nicht wissen, daß es ein Wiedersehen ist. Auf Wiedersehen, Ovaron, alter Freund!«

Er winkte und entmaterialisierte dabei. Ras Tschubai folgte ihm einen Augenblick später in die übergeordnete Dimension.

Ovaron II blickte nachdenklich dorthin, wo die beiden Teleporter eben noch gestanden hatten. Wenn er aufgrund des Wissens, das er durch Ovaron I erhalten hatte, handelte, würde er den Teleportern niemals begegnet sein.

Nein!

Der Ganjo fuhr sich mit dem Handrücken über die Augen, als müßte er einen Alptraum verscheuchen.

Wenn er so handelte, würde er dieses Wissen niemals bekommen – nicht, bevor er achtzehn Jahre lang auf Lotron – oder der Erde, wie die Terraner den dritten Planeten Tranats nannten – geweilt hatte.

Befreit lächelte er.

Die Besorgnisse dieses Arkoniden waren völlig unbegründet gewesen. Seine Handlungen lagen fest, waren vorherbestimmt, gleichsam in den Strom der Zeit programmiert.

Er konnte gar nicht anders handeln als Ovaron I, weil sie beide eine Ganzheit waren und – von einer bestimmten Ebene der Zeit aus gesehen – bereits so und nicht anders gehandelt hatten.

»Wer hätte sich das träumen lassen!« sagte er und dachte an die Begegnung mit sich selbst.

Er richtete die Augen auf die unsichtbare Stelle der Kabinenwand, an der sich die Blickschaltung befand. Sein Blick glitt darüber hinweg. An der Wand leuchtete ein Feldspiegel auf.

Der Herrscher des Ganjasischen Reiches sah, daß seine Wangen hektisch glühten. Er trat in die Naßzelle und ließ eiskaltes Wasser über sein Gesicht fließen, ohne das Feuer in seinem Innern löschen zu können. Er trocknete sich ab, dann fuhr er mit den Fingern über eine bestimmte Gruppe von Helligkeitsschaltungen seines Kommandoarmbandes.

»Moshaken hier, Ganjo! Sie wünschen?«

»Wir treffen uns bei Gleiter eins!« befahl Ovaron II. »Sofort!«

Der Kommandant bestätigte, ohne Fragen zu stellen. Wenn sein Ganjo ihn über die Geheimverbindung anrief, dann stellte man keine Fragen.

Wenig später trafen sich beide Männer im Gleiter-Hangar. Moshaken hielt seinem Gebieter die Tür auf und setzte sich auf den Pilotensitz.

»Zum Depot!« befahl Ovaron II.

Kommandant Moshaken stutzte, zögerte jedoch nicht eine Sekunde. Durch Fernschaltung öffnete er das Hangarschott. Der Gleiter schwebte hinaus in die dünne Methan-Wasserstoff-Ammoniak-Atmosphäre Titans. Es war dunkel draußen. Weder Saturn noch Sol erhellten die lebensfeindliche Landschaft des Mondes. Nur Jupiter stand als bleiche große Sichel dicht über dem Horizont.

Die beiden Cappins hatten allerdings keine Augen für die düstere Schönheit dieses Teils des Universums. Ovaron II konzentrierte sich auf das, was unmittelbar vor ihm lag, und Moshaken wurde von beklemmenden Ahnungen und unausgesprochenen Fragen gequält.

Nach wenigen Minuten schweigenden Fluges setzte das Fahrzeug sanft vor der hohen Felswand auf, hinter der sich der Zugang zum Geheimdepot verbarg.

»Warten Sie hier auf mich, Moshaken!« sagte der Ganjo. Mit kurzen, knappen Worten informierte er seinen Mitarbeiter.

»Sie waren mir keine Erklärung schuldig, Ganjo«, erwiderte der Kommandant mit rauher Stimme. »Ich würde auch so tun, was Sie mir befehlen.«

Ovaron II lächelte ihn freundschaftlich an, schloß seinen Druckhelm und verließ den Gleiter durch die kleine Personenschleuse.

Zum zweitenmal innerhalb weniger Stunden schritt er auf die Felswand zu und betätigte sein Kommandoarmband. Wieder schwangen die Felsentore auseinander und schlossen sich hinter ihm.

Wiederum mußten die vier Schleusensperren passiert werden. Doch die Überprüfung erfolgte bedeutend schneller als beim erstenmal, da Ovaron II durch seine vorhergehenden Schaltungen das Kommandogehirn für alle Zeiten zu seinem Diener gemacht hatte.

Im großen Kuppelsaal ließ Ovaron II sich auf dem Metallsessel nieder. Seine Finger glitten über das geschwungene Schaltpult, und kurz darauf senkte sich die Gitterhaube wieder herab.

Systematisch ließ der Ganjo seine Erinnerungen blockieren. Bevor er auch alles das tilgen ließ, was er seit seiner Ankunft auf Titan erlebt hatte, zog er den Umschlag hervor, den Ovaron I ihm vor dem Abschied überreicht hatte.

Er öffnete ihn und hielt eine Folie in der Hand.

»Lieber Zeitbruder«, las er, was mit einem Magnetschreiber notiert worden war. *»Das, was ich Dir hier mitteile, geht nur uns beide etwas an. Deshalb teile ich es Dir auf einem Wege mit, der Dich die Entscheidung ganz allein fällen läßt. Der Psychotaktiker Gavasor ist ein Verräter, ein Agent feindlich eingestellter Kräfte. Zwei terranische Telepathen haben mir mitgeteilt, was sie aus seinen Gedanken herausgelesen haben. Gavasor aus dem Nandor-Klan wurde keineswegs von seinem Klan verstoßen, weil er Dich unterstützte, sondern als Agent in unsere Reihen geschleust, um auf Deinen Sturz hinzuarbeiten.*

Der Nandor-Klan opponiert nicht nur, mein Zeitbruder, sondern ist das Zentrum einer ungeheuerlichen Verschwörung, die den Sturz des herrschenden Ganjos und seines Klans vorbereitet. Entweder Nandor oder ein anderes Mitglied seines Klans soll zum neuen Ganjo gemacht werden. Diese Mitteilung ist selbstverständlich kein Beweis, der vor einem Gericht der Cappin-Völker anerkannt würde. Aber die erwähnten Tatsachen entsprechen der Wahrheit.

Handle so, wie Du es für richtig hältst.

Aber um eines möchte ich Dich noch bitten. Wir wissen nicht, ob dieses Depot in der Realzeit der Terraner noch existieren wird. Sollte dies aber der Fall sein und sollten sich im Lauf der nächsten 200.018 Jahre wichtige Dinge hier auf dem Titan ereignet haben, dann soll das Kommandogehirn in genau 200.018 Jahren damit beginnen, Sendeimpulse abzustrahlen, die nur ich empfangen kann.

Dein Zeitbruder

Ovaron I.«

Ovaron war beim Lesen der Zeilen blaß geworden. Diese Mitteilung zeigte wahrhaftig eine Ungeheuerlichkeit auf. Nicht nur, daß Gavasor, dem er vertraut hatte, sich als Verräter erwies. Mit solchen Enttäuschungen mußte jeder Herrscher rechnen. Schlimmer war, daß er, der Ganjo, mindestens achtzehn Lotronjahre lang seine Heimat nicht mehr sehen würde, obwohl der Nandor-Klan eine Verschwörung gegen ihn aufgezogen hatte.

Diese Verschwörerclique mußte um jeden Preis zerschlagen werden. Hätten sie Erfolg, würde das gesamte Gefüge des Ganjasischen Reiches sich verschieben.

Ovaron II zog seinen eigenen Magnetschreiber hervor und schrieb eine Anweisung für Kommandant Moshaken unter den Bericht. Dann faltete er die Folie, schob sie in den Umschlag zurück und verschloß ihn.

Auf die Vorderseite schrieb er:

HEUTE NOCH AN MOSHAKEN WEITERGEBEN!

Dann legte er den Umschlag auf das Schaltpult und fuhr mit der Blockierung seiner Erinnerungen fort. Auch der Inhalt des Briefes verschwand aus seinem Gedächtnis.

Was zuletzt in seinem Bewußtsein blieb, war ausschließlich das, was der ganjasische Geheimdienst bereits vor dem Aufbruch zum Tranat-System als seine Erinnerungen geplant hatte . . .

Als Ovaron II erwachte, wußte er nicht mehr, daß er Ovaron II war, denn die Information über Ovaron I war nicht mehr in seinem Gedächtnis vorhanden.

Er wußte zu diesem Zeitpunkt nicht einmal mehr, daß er sich seiner Erinnerungen – oder wenigstens eines großen Teils – hatte berauben lassen. Dieses Wissen wäre ihm auf Lotron zum Verhängnis geworden.

Erst achtzehn Jahre später würde ihm einfallen, daß er nach einer partiellen Bewußtseinslöschung in seinem Geheimdepot auf Titan »erwacht« war.

Und diese Erinnerung würde ihn, während er um zweihunderttausend Jahre in die eigene Zukunft gegangen sein würde, dazu veranlassen, mit dem Nullzeit-Deformator wieder um zweihunderttausendachtzehn Jahre in die Vergangenheit zurückzugehen und als Ovaron I sich selbst, nämlich Ovaron II, zu begegnen.

Eine Melodie seiner Heimat vor sich hin summend, nahm der Ganjo einige Schaltungen vor. Die Gitterhaube stieg hoch und gab ihn frei.

Er sah den Umschlag mit der Anweisung in seiner eigenen Handschrift, ihn heute noch Moshaken auszuhändigen, und nahm ihn auf.

Unbeschwert von trüben Erinnerungen, verließ er die Kuppelhalle und das Depot.

Draußen wartete Kommandant Moshaken in dem Gleiter. Ovaron stieg ein, klappte den Druckhelm zurück und reichte seinem Vertrauten den Umschlag.

Moshaken wußte, daß sein Ganjo die Erinnerungsblockade plangemäß vorgenommen hatte, als er das Gesicht des Herrschers sah. Deshalb verzichtete er auf gefährliche Fragen. Er schob den Brief schweigend in eine Außentasche seines Raumanzugs und startete den Gleiter.

Später, als Ovaron II sich wieder in seine Kabine zurückgezogen hatte und den Schlaf des Ahnungslosen schlief, öffnete Moshaken verstohlen den Umschlag und zog die Folie heraus.

Als er die Mitteilung las, erblaßte er. Er zog sich in seine eigene Kabine an Bord des Beibootes zurück, setzte sich und kämpfte seine Erregung nieder. Anschließend las er den Brief zum zweitenmal. Bei den Anweisungen des Ganjos an ihn, Moshaken, angekommen, nickte er bekräftigend.

Ja, dies war die einzige Möglichkeit, gefährliche Machtverschiebungen innerhalb des Ganjasischen Reiches zu verhindern. Er würde den Willen des Ganjos erfüllen.

Kommandant Moshaken schaltete die Bildsprechanlage ein und beorderte fünf Offiziere und den Psychotaktiker Gavasor in den Laderaum neben dem Gleiterhangar.

Mit schwerem Schritt betrat er schließlich als letzter den halbrunden Laderaum.

Gavasor blickte ihm mit einem Lächeln entgegen, das ihn ohne sein Wissen um die Rolle des Psychotaktikers getäuscht hätte. Die übrigen Offiziere waren ebenfalls ahnungslos. Ihre Mienen verrieten mildes Interesse.

Moshaken sah die Männer der Reihe nach an. Zuletzt blickte er Gavasor ins Gesicht.

»Sie alle wissen«, begann er, »daß ich als Kommandant nicht nur die Befehlsgewalt über unser Mutterschiff und alle Beiboote ausübe, sondern auch die Gerichtsbarkeit, solange wir uns im Raum oder auf einem Territorium ohne eigene Gerichtsbarkeit befinden.«

»Das klingt wie die Einleitung zu einer Gerichtsverhandlung«, sagte Gavasor mit ironischem Lächeln.

Kommandant Moshaken sah ihn hart an.

»Es *ist* eine Gerichtsverhandlung!« sagte er eisigen Tones. »Und Sie, Gavasor vom Nandor-Klan, sind der Angeklagte. Ich beschuldige Sie der verbrecherischen Verschwörung gegen den herrschenden Ganjo und zum Schaden des Ganjasischen Reiches mit dem Ziel, den Ganjo zu stürzen und gemeinsam mit Ihrem Klan die Herrschaft über das Reich an sich zu reißen.«

Mit erhobener Stimme fuhr er fort:

»Darauf steht die Höchststrafe! Angeklagter, was haben Sie zu sagen, bevor ich das Todesurteil vollstrecke?«

Insgeheim erwartete er einen Rechtfertigungsversuch.

Aber Gavasor gab sich nicht erst Mühe, die Beschuldigungen abzustreiten.

Er war totenbleich geworden. Da er den Kommandanten genau kannte, wußte er auch, daß Moshaken niemals solche Anschuldigungen vorgebracht hätte, wenn er seine Rolle nicht tatsächlich durchschaute.

Er riß die Strahlwaffe heraus.

Doch Moshaken war schneller. Er hatte gezogen und geschossen, bevor der Verräter seine Waffe aus dem Halfter bekam.

Gavasor stieß einen erstickten Schrei aus und brach zusammen.

Er war tot, bevor er den Boden berührte . . .

15.

»Der Verräter Gavasor wurde soeben hingerichtet«, meldete Fellmer Lloyd. »Moshaken hat ihn erschossen.«

Perry Rhodan blickte Ovaron I fragend an.

Der Ganjo war ernst. »Ich hatte Ovaron II eine Mitteilung zugesteckt, bevor er uns verließ, Perry.«

»Das dachte ich mir«, entgegnete der Terraner. »Aber warum mußte Moshaken ihn erschießen? Bei uns kommt selbst ein Verräter vor ein ordentliches Gericht und erhält einen Verteidiger seiner Wahl.«

»Bei uns auch«, sagte Ovaron I, »im Normalfall. Dies hier war kein Normalfall. Erstens hätte Gavasor vor einem ordentlichen Gericht mein Geheimnis ausgeplaudert, wodurch die Takerer informiert worden wären. Ich durfte nicht riskieren, daß Ovaron II verraten und auf Lotron liquidiert würde. Außerdem ist der Nandor-Klan so stark, daß er die Freilassung Gavasors erreicht hätte.«

Er schüttelte den Kopf.

»Nein, der Verräter mußte sofort gerichtet werden. Kommandant Moshaken befindet sich in einem kriegsmäßigen Einsatz, was ihn zur sofortigen Urteilsvollstreckung ohne Gerichtsverfahren berechtigt. Bei euch Terranern müssen doch ähnliche Kriegsgesetze gelten.«

»Selbstverständlich!« rief Atlan. »Perry, du solltest deine Prinzipien nicht an jeden Fall anlegen. Das Gesetz der Selbsterhaltung wird immer und überall über allen geschriebenen Gesetzen stehen.«

»Deine Belehrung ist überflüssig«, sagte Rhodan ungehalten. »Ich wollte nur Ovarons Gründe kennenlernen. Er hatte keine Wahl, wenn er nicht das Leben seines sogenannten Zeitbruders und die Sicherheit des Ganjasischen Reiches gefährden wollte.«

»So ist es«, sagte Ovaron I und neigte den Kopf in Rhodans Richtung.

Die Männer hatten in der Nullfeldzentrale Platz genommen. Ras Tschubai und Gucky befanden sich inzwischen wieder im Höhlenstützpunkt. Fellmer Lloyd hielt telepathischen Kontakt zu dem Mausbiber.

Geoffry Abel Waringer blickte den Cappin nachdenklich an.

»Das Schlüsselwort hieß also ›Tajkonder‹ . . .«, sagte er nachdenklich. »Sie haben uns noch kaum etwas darüber erzählt, welche Erinnerungen die Nennung dieses Schlüsselwortes freigesetzt hat, Ovaron . . .!«

Ovaron I lächelte verstehend.

»Die Zeit war zu knapp dazu, Professor Waringer.« Sein Gesicht wurde ernst und war plötzlich von Müdigkeit gezeichnet. »Zuerst muß ich Sie über einen Irrtum aufklären, dem wir alle verfallen gewesen waren. Die Takerer experimentieren nicht nur deshalb mit der Erbmasse der irdischen Primaten, um sich jederzeit in einen Pedopeiler auf der Erde begeben zu können. Das ergäbe wenig Sinn, denn das Solsystem ist so weit vom Siedlungsgebiet der Cappin-Völker entfernt, daß ihm keine bedeutende Rolle als militärischer Stützpunkt zukommt.«

»Lord Zwiebus berichtete, die verbrecherische Organisation auf der Erde verfolge ihre Ziele nur deshalb, weil dem Universum eine gigantische Gefahr drohte«, warf Perry Rhodan ein.

»Er wurde falsch informiert«, erwiderte Ovaron I. »Natürlich versuchen die Takerer, Außenstehenden edle Motivationen vorzutäuschen, Perry.« Er lächelte kurz.

»In Wirklichkeit ist es ihr Ziel, alle Cappin-Völker gewaltsam zu unterwerfen, sich zu Herren und alle anderen Cappins zu Sklaven zu machen. Die genetischen Experimente auf der Erde finden nur zu dem Zweck statt, eine ganze Rasse brauchbarer Pedopeiler zu schaffen, die man auf zahllosen Planeten innerhalb des cappinschen Siedlungsgebietes stationieren kann. Satelliten, ähnlich dem die Sonne Sol umkreisenden Todessatelliten, sollten einen Verkehr ohne jeden Zeitverlust zwischen den geheimen Stützpunktwelten ermöglichen.

Die Sextadimschaltungen innerhalb des Satelliten können aber nur von Tryzom-Trägern aktiviert werden. Tryzom-Träger war aber stets nur eine einzige Person, der jeweilige Ganjo des Ganjasischen Reiches. Also begannen die verbrecherischen Takerer damit, auch anderen Personen die Tryzom-Körperchen künstlich einzupflanzen.

Im Falle eines Krieges, den die Takerer kaltblütig einkalkulieren, sollten die Stützpunktwelten mit ihren Pedopeilern schnellen und vor allem unauffälligen Truppenverschiebungen dienen.«

»Ein teuflischer Plan«, knurrte Geoffry.

Ovaron I nickte.

»Ihre Definition trifft voll und ganz zu, Professor. Nun werden Sie auch einsehen, daß niemand außer dem Ganjo als Geheimagent auf die Erde gehen durfte. Die Takerer dort, vor allem Lasallo und Levtron, erwarteten als Ersatz für den gestorbenen Sicherheitschef einen Tryzom-Träger, während wir Ganjasen noch nicht in der Lage sind, Tryzome künstlich zu übertragen.«

Waringer meinte nachdenklich:

»Ich nehme an, daß auch Ovaron II den Plan des ganjasischen Geheimdienstes nicht voll erfüllen kann, weil Sie, Ovaron I, vorzeitig mit uns in Ihre ferne Zukunft vorgedrungen sind . . .«

»Ja, das konnte natürlich in unserem Plan nicht vorgesehen sein, da wir nicht ahnten, daß bereits eine reale Zukunft existiert. Unsere Anklage vor dem Gerichtshof der Cappin-Völker, basierend auf meinen Ermittlungen, sollte zur Verurteilung der Führung des Takerischen Reiches führen. Das wird nicht mehr möglich sein, aber gewiß werden die auf Lotron experimentierenden Takerer dadurch nur eine Gnadenfrist erhalten.«

Er setzte hinzu:

»In gewisser Beziehung ist es schade, daß ich meine Aufgabe nicht voll erfüllen kann. Dadurch entsteht eine historische Unsicherheit, deren Ergebnis sich nicht vorausberechnen läßt.«

»Nun, ich hoffe«, sagte Perry Rhodan lächelnd, »daß dafür die solare Menschheit gerettet werden kann. Wann bekommen wir unser Sextagonium?«

Atlan lachte über die Bezeichnung »unser Sextagonium«. Sie erinnerte ihn an andere Erlebnisse mit dem großen Terraner. Perry war sehr besitzergreifend, wenn es um seine Menschheit ging.

»Sobald Ovaron II Titan verlassen hat«, antwortete der Cappin. »Wir dürfen nicht vergessen, daß er nichts mehr von uns weiß. Er hat seine Erinnerungen blockieren lassen. Wenn wir jetzt auftauchten, müßte er uns für Feinde halten.«

Perry Rhodan stand auf und lief nervös in der engen Nullfeldzentrale umher. Er bangte um das Schicksal einer Menschheit, die auf dieser Zeitebene noch gar nicht existierte, die aber andererseits nur mit den Mitteln gerettet werden konnte, die sie auf dieser Zeitebene finden würden.

Hoffentlich hielt der Sonnensatellit lange genug Ruhe! Hoffentlich verbrannten in der Jetztzeit nicht die solaren Planeten unter dem Feuer einer zur Nova gewordenen Sonne, während sie ahnungslos in der fernen Vergangenheit warteten!

Aber nein! Ovaron hatte behauptet, daß die Sonne noch nicht unmittelbar gefährdet war. Der Sextadim-Navigator mußte es wissen, denn ihm waren alle neuen Meßergebnisse zugänglich gemacht worden, die mit der energetischen Aktivität des Todessatelliten zu tun hatten.

Aber all diese Fakten vermochten die große Unruhe nicht zu beseitigen. Plötzlich unterbrach Rhodan sein nervöses Umhergehen.

Sein Blick ruhte auf einem Bildschirm der Außenbeobachtung, der den Nordsektor optisch hereinbrachte.

In den Akalos-Bergen flammte ein Glutkegel auf, dann schoß ein silbrig glänzendes Etwas in den Himmel über Titan.

Das Beiboot der Ganjasen war gestartet.

Ovaron II würde sicher irgendwo in seinem Depot sein, um die Ausrüstung für seinen Einsatz zusammenzustellen, ohne die geringste Ahnung, was sich einen Tag zuvor wirklich abgespielt hatte.

Und von den abfliegenden Ganjasen wußte einzig und allein Kommandant Moshaken Bescheid. Würde er dieses Wissen im Sinne seines Volkes und der solaren Menschheit nutzen?

In der Jetztzeit schrieb man den 28. Juni 3434.

Am gleichen Tag und Monat des Jahres 200.018 vor Jetztzeit stand der Nullzeit-Deformator noch immer auf einer Geröllebene des sechsten Saturnmondes.

Dr. Claudia Chabrol ließ sich erbittert über die energetische Stille an Bord der Zeitmaschine aus. Man war sogar so weit gegangen, daß man vor zwei Tagen keinen Speicherstrom mehr für die Tiefkühltruhe hatte abzweigen können, weil er zur Erfüllung unbedingt lebensnotwendiger Arbeiten gebraucht wurde.

Die Genmechanikerin und Ärztin war zum Küchendienst abkommandiert worden – wegen ihrer großen chirurgischen Erfahrungen, wie Spötter behaupteten. Nun rümpfte sie die Nase über einen terranischen Hammel, der auf dem Arbeitstisch der Bordküche lag.

Sie griff zum Vibrations-Skalpell aus ihrer chirurgischen Ausrüstung und begann den Hammel zu zerlegen. Joak Cascal nahm die Stücke, rieb sie kräftig mit Salz ab und warf sie in den Kessel, der zur Abwechslung mit Synthetik-Brennstoff beheizt wurde. Nachdem die Teile eine Viertelstunde lang in kochendem Wasser gelegen hatten, fischte er sie mit einem langen Messer heraus und legte sie auf den inzwischen gereinigten und desinfizierten Arbeitstisch.

Claudia Chabrol prüfte die Stücke und nickte anerkennend. Der leichte Fäulnisgeruch war verschwunden. Nachdem sie sie gewürzt hatte, schob sie die Teile in den chemisch beheizten Grill.

Sie wusch sich die Hände sorgfältig, dann ging sie zur zweiten Kühltruhe, um einige Packungen grüne Bohnen herauszunehmen. Aber kaum hatte sie den Deckel geöffnet, da schrie sie auf und schlug ihn hastig wieder zu.

Joak Cascal sah die Ärztin fragend an.

»Sie haben . . . sich . . . bewegt!« stammelte sie.

Der Oberst schaute verständnislos drein.

»Sie haben sich bewegt . . .? Ja, zum Teufel! Wer sind ›sie‹?«

»Die Bohnen! Die Packungen mit den grünen Bohnen!«

Joak Cascal grinste verächtlich. Claudias Reaktion schien seine Meinung über das weibliche Geschlecht zu bestätigen. Pfeifend schlenderte er zu der Truhe und klappte den Deckel zurück.

Im nächsten Moment stand sein Mund ebenso offen wie die Tiefkühltruhe. Aus geweiteten Augen starrte er auf die beiden Bohnenpäckchen, die sich heftig bewegten. Plötzlich kam eine kleine nasse Schnauze zum Vorschein, dann zwängte sich ein plumper grauer Körper auf zwei Entenfüßen durch die Pakete.

Entschlossen schlug Cascal den Deckel zu und setzte sich darauf.

»Holen Sie bitte sofort Professor Kase, Claudia!« flüsterte er bestürzt. »Schnell!«

»Was haben Sie gesehen?« fragte sie.

Der Oberst fuhr mit dem Handrücken über die schweißnasse Stirn. »Anton!« hauchte er verstört. »Kases Taimoner ist wieder aus seinem Überwinterungsei geschlüpft.«

Claudia wurde blaß, dann lachte sie. Sie konnte sich kaum wieder beruhigen.

»Nun holen Sie den Professor doch endlich!« rief er nach einer Weile ungeduldig. »Oder soll ich bis zum Jüngsten Tag auf diesem Deckel sitzen!«

Sie verließ die Küche. Nach knapp drei Minuten kam sie wieder zurück, hinter sich den ertrusischen Mathelogiker.

Professor Tajiri Kase sah nur kurz auf Anton – oder Sir Anthony, wie er den Taimoner nannte –, dann fiel er in Ohnmacht.

»Sie werden den Speiseplan für heute ändern müssen, Claudia«, stellte Cascal trocken fest. »Heute gibt es kein Gemüse – und morgen auch nicht. Wir werden die Truhe nicht eher öffnen, bis Anton sich in seine Überwinterungsform zurückverwandelt hat.«

Nachdenklich betrachtete er den bewußtlosen Ertruser.

»Tajiri Kase wird wohl nicht so bald wieder auf einer fremden Welt ›Schneckenhäuser‹ sammeln.«

Als die Episode mit dem »aufgetauten« Anton allgemein bekannt wurde, löste sie Heiterkeit aus. Die meisten Teilnehmer der Zeitexpedition betrachteten sie als willkommene Abwechslung, denn ihre Tätigkeit hatte notwendigerweise hauptsächlich im Warten bestanden. Lediglich Atlan blieb ernst.

Der Arkonide schlug vor, Anton für immer auf der Oberfläche Titans auszusetzen. Tajiri Kase gab jedoch zu bedenken, daß es zu Komplikationen führen mußte, falls das Überwinterungsei zur Zeit des Solaren Imperiums aufbrach, sobald der Titan eine künstlich geheizte Atmosphäre erhielt.

Man einigte sich schließlich darauf, den Taimoner in seiner Tiefkühltruhe bei Temperaturen um minus dreißig Grad Celsius zu belassen und erst nach der Rückkehr in die Jetztzeit die Truhe zu öffnen.

Perry Rhodan und Ovaron I hatten sich inzwischen von den beiden Teleportern wieder zum Höhlenversteck bringen lassen. Von dort aus teleportierten Gucky und Tschubai immer wieder in die Nähe des Depots.

Doch Ovaron II ließ sich nicht mehr im Freien sehen.

»Hoffentlich verläuft alles nach Plan«, sagte Rhodan zu Ovaron. »Heute müßte Ovaron II zur Erde starten, nicht wahr?«

Der Ganjo bestätigte.

»Er wird heute noch starten, Perry.« Er lächelte. »Keine Sorge, ich weiß es, denn ich bin am gleichen Tag gestartet.«

Rhodan schaute auf die Uhr.

Der 28. Juni war erst vier Stunden alt. Unter Umständen würden sie noch viele Stunden warten müssen. Sie alle hatten zwar gelernt, geduldig zu warten, aber in diesem Fall hing zuviel vom »richtigen« Ablauf der Ereignisse ab, als daß sie vollkommen ruhig bleiben konnten.

»Am besten geht das Thunderbolt-Team wieder auf seine Plätze, General Dephin. Ich werde auch Oberst Kasom anweisen, den Shift startbereit zu machen.«

»Zu Befehl, Sir! Die Thunderbolts werden in wenigen Sekunden auf ihren Plätzen sein«, bestätigte Harl Dephin.

Während Rhodan langsam zum Shift ging, erteilte General Dephin seine Befehle. Die fünf anderen Siganesen der Paladin-Besatzung begannen zu laufen.

Toronar Kasom kniete vor dem Heck des Shifts und unterhielt sich über Telekom mit Lord Zwiebus. Der Neandertaler lag unter dem Allzweckpanzer und überprüfte die Spürköpfe an der Außenfläche der Heckwanne. Kasom hatte nicht selber unter den Shift kriechen können, der Ertruser war zu groß und breit dafür.

Rhodan kniete neben ihm nieder.

»Alles klar bei Ihnen, Oberst?«

Toronar wandte ihm das Gesicht zu. Er lächelte.

»Selbstverständlich, Sir«, antwortete er stolz. »Lord Zwiebus nimmt nur eine letzte Überprüfung vor. Während der letzten acht Stunden haben wir den Shift überholt, so gut das ohne Energieaggregate ging.«

Perry war erstaunt.

»Überholt . . .? Hat es denn Beschädigungen gegeben, Oberst?«

Kasom nickte.

»Leider ja. Durch die Abschaltung des Fusionsmeilers fehlte der Außenhülle die permanente Schutzaufladung, und die Atmosphäre Titans ist ziemlich korrosiv. Besonders die empfindlichen Spürköpfe, Tasterantennen und die Rollenlaufwerke der Gleisketten sind leicht angefressen worden.«

Der Terraner erschrak. Was auf den Flugpanzer zutraf, galt in stärkerem Maße auch für den Nullzeit-Deformator. Rein technisch gesehen war das weiter kein Problem, denn sobald der Abflug von Ovaron II die Aktivierung der Energieerzeuger wieder zuließ, konnten alle entstandenen Schäden behoben und die Entstehung weiterer Schäden verhindert werden.

Aber das alles würde kostbare Zeit kosten. Wahrscheinlich würde das Zeitreisegerät vollständig überprüft werden müssen, um einen Ausfall wichtiger Aggregate während der Zeitreise zu verhindern. Rhodan dachte in diesem Zusammenhang besonders an die Feldantennen-Projektorköpfe des Dakkar-Tastresonators. Während der Reise nach 200.018 vor Jetztzeit hatten sie auf den Einsatz dieses Gerätes verzichten können. Bei der Rückreise in die Jetztzeit war das unmöglich, denn da würde Ovaron II bereits die Rücksturzpolung des lotronischen Zeitläufers aktiviert haben.

Perry Rhodan verschob diese Überlegungen. Sie mußten warten, bis Ovaron II fort war.

Wenn der Ganjase doch endlich starten würde!

»Sobald Zwiebus fertig ist, lassen Sie die Shift-Besatzung ihre Plätze einnehmen, Oberst Kasom!« befahl er. »Ich gehe wieder nach draußen.«

Toronar Kasom bestätigte. Der Ertruser sah Rhodan etwas beunruhigt nach. Er spürte, daß Rhodan Sorgen hatte, und empfand es schmerzlich, daß er ihm keine Hilfe anbieten konnte.

Gucky und Tschubai materialisierten in dem Moment, in dem Perry den Beobachtungsplatz erreichte.

»Vibrationen im Gelände hinter der Abschluß-Felswand!« meldete Ras Tschubai. »Dort laufen starke Aggregate an.«

»Die Startschachtverschlüsse werden geöffnet, Perry«, teilte Ovaron I mit. »Es ist eine ziemlich komplizierte Angelegenheit, da die Verschlüsse wegen der Ortungsgefahr vielfach verschachtelt sind.«

Perry Rhodan atmete auf.

Schweigend warteten die sechs Personen. Sogar Takvorian zwang sich zur Ruhe. Im Westen verschwand soeben der Saturn unter dem Horizont, nur die Ringe ragten rechts und links – im Norden und im Süden – über die Ränder Titans hinaus. Die Lichtbrechung der dünnen Atmosphäre bewirkte eine seltsam anmutende Aufwölbung. Es sah aus, als hätte der Titan bleiche Geisterschwingen erhalten und wollte sich damit ins All erheben.

Ein dumpfes Rumoren durchlief den Boden. Takvorian glitt aus und setzte sich auf die Hinterbacken. Seine Pferdekopfmaske reckte sich empor.

Rhodan blickte fasziniert in die Richtung, wo das Geheimdepot des Ganjos liegen mußte, als ein kaum sichtbarer flimmernder Strahlenfinger ausbrach und weit in die Atmosphäre des sechsten Saturnmondes stieß.

Sekunden später schwebte ein kleiner eiförmiger Körper in diesem Strahlenfinger nach oben. Die Triebwerke des Schiffes arbeiteten noch nicht, um keine verräterischen Schmelzspuren auf dem Gestein zu erzeugen. Ovaron II ließ sein Raumschiff im energetischen Startgerüst steigen.

Erst in etwa fünf Kilometern Höhe zündete das Hecktriebwerk. Im gleichen Moment erlosch das Kraftfeld. Schneller und immer schneller stieg das kleine Raumschiff empor, bis nur noch das Glühen seiner Triebwerke zu sehen war. Als der letzte Lichtschimmer sich verlor, verstärkte Rhodan die Sendeleistung seines Helmtelekoms und befahl General Dephin und Oberst Kasom, die Kraftwerke ihrer Fahrzeuge zu aktivieren.

Zum zweitenmal innerhalb eines Zeitraums von zwei Wochen rollte ein terranischer Shift durch die Korkenzieherschlucht der Akalos-Berge.

Ovaron und Perry Rhodan saßen hinter Toronar Kasom in der Steuerkanzel und blickten auf die wild zerklüftete Landschaft des Titan. Alles glich in fataler Weise dem ersten Vorstoß, der beinahe mit einer Katastrophe geendet hätte.

Aber diesmal gab es keine hitzige Diskussion über das Für und Wider des Unternehmens, keine Befürchtungen und verzweifelten Hoffnungen.

Rhodan und Ovaron waren nunmehr überzeugt.

Der Ganjo blickte den Großadministrator verstohlen von der Seite an, musterte dieses Gesicht, das Härte, Stolz und Willenskraft ausstrahlte.

Es war eigenartig, aber je länger er mit diesem Terraner zusammen war, desto stärker verwischten sich die ohnehin geringfügigen Wesensunterschiede zwischen ihm und sich selbst. Manchmal fühlte

Ovaron sich als Terraner, dann wieder glaubte er, in Perry Rhodan einen Ganjasen zu sehen, einen Angehörigen seines Volkes. Zeitweilig erinnerte ihn Rhodan an Wuthana, den ersten Ganjo des Ganjasischen Reiches, der schon so etwas wie eine Sagengestalt aus der Vorzeit aller Cappin-Völker geworden war. Es hieß, Wuthana hätte das Urvolk der Cappins zu seinem heutigen Siedlungsgebiet zwischen den fernen Sternen geführt. Leider waren die meisten Mikrofilm-Unterlagen aus jener Zeit in den Kriegswirren nach Wuthanas Tod vernichtet worden, so daß alle Informationen nur bruchstückhaften Charakter besaßen.

Die meisten Terraner ahnten wahrscheinlich gar nicht, welch ungeheures Glück sie hatten, daß Perry Rhodan einen Zellaktivator trug und dadurch unsterblich geworden war. Andernfalls wäre es nach seinem Tod und dem Tod der anderen Unsterblichen längst zu einem zerstörerischen Bruderkrieg gekommen, und die Menschheit hätte wieder einmal ganz von vorn beginnen müssen.

Oder sie hätte noch gar nicht richtig angefangen, eine Zivilisation aufzubauen . . .!

Angenommen, Perry Rhodan und er wären sich nicht in Rhodans ferner Vergangenheit begegnet, dann hätte er, Ovaron, nach seinem Einsatz auf Lotron weitere genetische Experimente der Takerer verhindert und die bisherigen Ergebnisse vernichtet.

In diesem Fall hätte es zumindest die Lemurer nicht gegeben, da den Vorfahren dieser ersten Menschheit der wichtigste Anreiz zu schnellem technischem Fortschritt gefehlt hätte: nämlich der Existenzkampf gegen die sogenannten Präbios.

Vielleicht gäbe es in diesem Fall auf der Erde gerade die ersten Anfänge einer Zivilisation, primitive Städte, Ackerbau, Viehzucht und Bronzegeräte.

Der Ganjo löste sich von diesen Gedanken. Zu weit war das Feld für Spekulationen und Hypothesen. Zuwenig wußte man noch über die im Zeitstrom verborgenen Kräfte und Möglichkeiten. Über die Möglichkeiten, die in der Zukunft schlummerten, wußte man überhaupt so gut wie nichts.

Die Menschen nahmen zwar nur zu gern an, daß sie sich an der höchsten Spitze des unsichtbaren Zeitstroms befanden, daß es darüber nichts mehr geben könnte, aber das gleiche hatte er bis vor kurzem auch von sich selbst und den Cappin-Völkern angenommen.

Und doch war – rund zweihunderttausend Erdjahre »weiter« – eine reale Zukunft existent, für ihn Zukunft und für die galaktische Menschheit Gegenwart. Konnte nicht ebensogut für die galaktische Menschheit eine weiter entfernte Zukunft existent sein . . .? Eine Zukunft, die für ihre Bewohner Gegenwart war . . .?

Möglicherweise gab es weder in Richtung Vergangenheit noch in Richtung Zukunft ein Ende, war die Zeit ebenso unendlich wie die anderen Dimensionen des Kosmos.

Perry Rhodan wandte den Kopf und blickte Ovaron prüfend an.

»Probleme, Freund?« fragte er.

Der Ganjo lächelte schmerzlich.

»Keine akuten Probleme, Perry. Ich habe nur über die Möglichkeiten der Zeit nachgedacht.«

»Die Zeit, mein Freund, hält noch zahllose Probleme für uns bereit, fürchte ich. Wir alle sind nur winzige Stäubchen in ihrem milliardenfach verästelten Strom.«

Er versuchte ein Lächeln.

»Aber darüber soll sich NATHAN ›den Kopf‹ zerbrechen. Uns bleibt vorerst nichts weiter übrig, als uns mit den unmittelbaren Problemen zu beschäftigen.«

»Allerdings«, bestätigte Ovaron. Er mußte unwillkürlich lachen, als er daran dachte, wie eine gigantische Inpotronik sich »den Kopf« zerbrach.

Sekunden später hielt Toronar Kasom den Shift an. Er wandte den Kopf und sagte:

»Wir sind am Ziel – wieder einmal. Ich hoffe, diesmal macht uns Ihr Kommandogehirn keine Schwierigkeiten, Ganjo.«

»Diesmal kann es uns keine Schwierigkeiten machen, Oberst«, versprach der Ganjase überzeugt. Er wollte seinen Druckhelm schließen und aussteigen.

Perry Rhodan hielt ihn zurück.

»Strahlen Sie Ihren Kommandoimpuls von hier ab, Ovaron. – Und, Kasom, Sie aktivieren sofort danach unseren Paratronschirm!«

Der Cappin sah ihn verblüfft an.

»Sie trauen offenbar niemandem, Perry.«

Rhodan lächelte vage.

»Vor allem traue ich keiner Maschine, Ovaron. Mit Positroniken und anderen künstlichen Gehirnen haben wir Menschen schon allerlei Erfahrungen gesammelt – und es waren nicht nur gute Erfahrungen.«

Schweigend hob Ovaron den linken Arm. Seine Rechte tastete nach dem Kommandoarmband.

»Fertig, Oberst Kasom!« sagte er kurz darauf.

Der Ertruser schaltete den Paratronschirm ein. Ein leichtes Beben durchlief den Boden, pflanzte sich bis in die Steuerkanzel des Allzweckpanzers fort.

Es war ähnlich wie beim ersten – mißglückten – Versuch.

Aber diesmal kamen keine Waffenkuppeln zum Vorschein. Nur die Felsentore des Depots glitten auseinander und gaben den Blick auf die massive Panzerpforte dahinter frei.

»Sie können den Paratronschirm desaktivieren, Oberst«, sagte Perry Rhodan.

»Das hätte ich Ihnen vorher sagen können«, kommentierte der Ganjo ungehalten.

»Ich auch«, gab Rhodan einsilbig zurück.

Ovaron schwieg, schloß seinen Druckhelm und schwang sich in den Schacht zum Frachtraum hinunter. Draußen preschten Icho Tolot und der Paladin vor und stellten sich links und rechts der Felsentore auf.

Langsam öffnete sich die Schleuse des Shifts.

Ovaron lächelte verwirrt, als er den Shift verließ und die beiden Giganten erblickte.

Diese Terraner vertrauten also nicht einmal ihrem Freund und Verbündeten! dachte er verbittert.

Doch dann entspannte er sich.

Er konnte Rhodans Vorsicht nur zu gut verstehen. Es ging um die Existenz der solaren Menschheit. Das verpflichtete den Großadministrator, keine Rücksicht auf seine eigenen Gefühle und die seines Freundes zu nehmen. Nicht persönliches Mißtrauen war es also, was Perry zu seinen Handlungen veranlaßte.

Nein, er hatte wahrscheinlich keinen Grund, beleidigt zu sein.

Lächelnd winkte er zum Shift zurück, dann ging er durch das geöffnete Felsentor auf die Panzerpforte zu. Hinter ihm schlossen sich die Felsen wieder.

Das Außenschott der Panzerschleuse glitt auf. Ovaron betrat die Schleusenkammer und aktivierte den Sender seines Kommandoarmbandes, während das Schott sich hinter ihm schloß und das Innenschott aufging. Er blieb jedoch in der Schleuse stehen.

»Ich benötige dringend fünf Gramm« – er sprach selbstverständlich die Cappinsprache und benutzte cappinsche Maße – »hochstabilisiertes Sextagonium. Außerdem brauche ich zwei Geräte zur Veränderung der psychischen Individualstruktur eines Cappins. Es sind sogenannte Strukturnetze. Ich werde hier warten. Laß das Gewünschte durch einen Roboter herbeischaffen, Gehirn.«

»Anforderung verstanden«, ertönte die metallisch klingende Stimme des Gehirns aus dem Empfänger des Kommandoarmbandes. »Anweisungen erteilt.«

Das Gehirn sagte nichts über die Zeit aus, die bis zur Auslieferung des Sextagoniums verstreichen würde, aber Ovaron wußte, daß es seinem Befehl so schnell wie möglich nachkam.

Er hoffte, daß er nicht lange warten mußte. Jede Sekunde, die sie draußen warteten, würde Rhodan und seinen Gefährten wie eine halbe Ewigkeit vorkommen.

Nach zehn Minuten öffnete sich im Hintergrund des Ganges ein Schott. Die massige Gestalt eines Roboters trat auf den Gang heraus und näherte sich mit stampfenden Schritten.

Die Maschine blieb einen Meter vor Ovaron stehen und hielt ihm einen golden schimmernden Zylinder und zwei faustgroße Behälter hin. In ihnen befanden sich die Netze.

»Der Zylinder enthält die gewünschten fünf Gramm Sextagonium«, sprach das Kommandogehirn aus dem Roboter. »Es handelt sich um hochstabilisiertes Material, dessen Zerfallszeit achtzig Millionen Jahre beträgt.«

Ovaron nahm den etwa zwanzig Zentimeter langen und fünf Zentimeter durchmessenden Gegenstand vorsichtig entgegen und schob ihn unter den Kombigürtel seines Raumanzuges.

»Ich danke dir, Gehirn!« sagte er, obwohl das für ein Positronengehirn natürlich nichts bedeutete, und nahm auch die beiden Strukturnetze.

»Immer zu Ihren Diensten, Ganjo«, kam die mechanische Antwort.

Der Roboter machte kehrt und marschierte wieder davon.

Ovaron verschloß seinen Helm erneut. Das Innenschott glitt zu, das äußere Schott öffnete sich.

Als die Felsentore vor ihm nach außen glitten, zog der Ganjo den goldschimmernden Zylinder unter seinem Gürtel hervor und schwang ihn über seinem Kopf.

Sekundenlang erscholl ohrenbetäubendes Freudengeschrei in seinem Helmempfänger, dann trat Stille ein, und Rhodan sagte:

»Lassen Sie den Zylinder um Himmels willen nicht fallen, Ovaron!«

Der Höhlenstützpunkt in den Akalos-Bergen war geräumt worden. Tolot, Paladin und der Shift befanden sich auf dem Rückweg zum Nullzeit-Deformator.

Perry Rhodan und Ovaron hatten sich von Gucky und Ras in die Zeitmaschine teleportieren lassen, wo Professor Waringer unverzüglich mit der Untersuchung des Sextagoniums begonnen hatte.

Der Ganjo fühlte sich müde und hätte am liebsten einige Stunden geschlafen. Aber er zog es vor, Geoffry Abel Waringer bei seiner Arbeit zuzusehen.

Fünf Gramm Sextagonium waren eine winzige Menge, und doch hing von ihr der Bestand des Solsystems ab. Ovaron wollte nicht riskieren, daß dieses kostbare Material durch unsachgemäße Behandlung in seiner Wirkung gemindert wurde.

Aber Waringer ging behutsam und sachkundig mit dem Stoff um. Nach einer Stunde Arbeit in seinem kleinen Laboratorium verstaute er das Sextagonium wieder sorgfältig in dem zylindrischen Behälter.

Seine Augen leuchteten, als er danach aufblickte.

»Ein unvergleichliches Material, Ganjo«, sagte er und umarmte Ovaron impulsiv. »Die gesamte Menschheit steht tief in Ihrer Schuld. Damit werden wir die solaren Planeten vor der Vernichtung retten.«

»Das war ja der Sinn meiner Aktion«, sagte Ovaron.

Lordadmiral Atlan und Rhodan traten durch die Tür. Sie hatten die letzten Worte Waringers und Ovarons mitgehört.

»Sie scheinen zufrieden zu sein, Geoffry«, meinte der Arkonide lächelnd.

Der Hyperphysiker blinzelte. Er war leicht verlegen.

»Das Sextagonium ist einwandfrei, soweit ich das mit meinen

unzureichenden Mitteln beurteilen kann«, gab er zurück. »Seine Struktur ist erheblich dichter als die des terranischen Sextagoniums, eine Art Suprastruktur möchte ich es nennen.«

Perry Rhodan nickte.

»Wahrscheinlich hat es einen sehr großen Wert als Handelsware – theoretisch, meine ich.«

Ovaron meinte erläuternd: »Für ein Gramm Sextagonium könnten Sie ein besiedeltes Sonnensystem fordern, Perry.«

Der Großadministrator lächelte.

»Nun, mir erscheinen fünf Gramm nicht zuviel für ein einziges Sonnensystem – für das solare nämlich.«

Er wurde sofort wieder ernst.

»Wir stehen tief in Ihrer Schuld, Ovaron.«

Der Herrscher des Ganjasischen Reiches sah den Terraner lange an, dann schüttelte er den Kopf und entgegnete leise:

»Sie irren sich, Perry. Als Ganjo ist es meine Pflicht, alles zu tun, um Ihre Menschheit vor dem Verhängnis zu bewahren, das von Leuten meiner Art über sie gebracht wurde.«

Er wog den Zylinder in der Hand.

»Dies ist nur der Anfang, Terraner. Das Schlimmste steht uns noch bevor.«

Perry Rhodan strahlte Zuversicht aus.

»Mit Ihrer Hilfe werden wir auch das schaffen, Ovaron.«

Nachdem Professor Waringer den Sextagonium-Behälter in seinem Tresor verschlossen hatte, verließ Perry Rhodan allein den Nullzeit-Deformator.

Tief in Gedanken versunken schritt er über die Geröllebene, deren Steine im Licht des Saturnaufgangs glänzten. Irgendwo ging eine Schotterlawine mit den eigentümlich gedämpften Geräuschen nieder, wie sie für eine so dünne Atmosphäre wie die Titans charakteristisch waren.

Als diese Geräusche verhallt waren, vernahm Rhodan ein schwaches Wispern und Rascheln.

Er wandte sich um und spähte nach Norden. Klar und scharf waren die Konturen des zurückkehrenden Shifts zu erkennen.

Neben dem Allzweckpanzer schritten die Giganten Tolot und Paladin einher. Perry Rhodan lächelte erleichtert und beobachtete wieder die Geröllebene.

Die Kuppel des Nullzeit-Deformators stand reglos im Saturnlicht. Eine schleierartige Wolke zog langsam darüber hin.

Nur noch wenige Tage, dann würde das Gerät überprüft sein, und die Rückkehr in das Solsystem der Jetztzeit konnte beginnen.

Doch was vorher noch geschehen sollte – das konnte sich Rhodan in seinen kühnsten Phantasien nicht ausmalen . . .

16.

Tage vorher: die Gefangenen

Als der Roboter hereinschwebte, gab ich vor zu schlafen, aber ich beobachtete jede seiner Bewegungen unter halbgeschlossenen Lidern. Wir nannten den Roboter Poseidon – das heißt, ich nannte ihn so, denn Merkosh wäre es im Traum nicht eingefallen, einen Namen zu akzeptieren, den ich ausgewählt hatte.

Merkosh nannte Poseidon »Hybscher«, jedenfalls klang das Wort, das er ab und zu in Zusammenhang mit dem Roboter aussprach, so oder ähnlich aus dem Lautsprecher des Translators. Der Opproner hatte eine Stimme wie ein Junge im schlimmsten Stadium eines schlimmsten Stimmbruchs. Er ging mir auf die Nerven. Vor allem, wenn er lachte. Manchmal gackerte er wie ein Huhn, um dann übergangslos ein schrilles Grunzen anzustimmen.

Diesmal war er still. Ich schielte zu ihm hinüber.

Er lag ausgestreckt auf seinem Bett. Sein unglaublich dürrer, zwei Meter langer Körper mit der transparenten Haut ließ ihn so hilflos und schutzbedürftig wirken, daß ich fast vergaß, wie gefährlich der Bursche war.

Poseidon hielt inmitten des Raumes an. Ich unterdrückte ein Grinsen. Natürlich hatte das Robotgehirn dieser mysteriösen Station andere Möglichkeiten, uns zu beobachten. Der Auftritt des Roboters, der sich regelmäßig alle acht Stunden wiederholte, hatte eine rein psychologische Bedeutung. Die Präsenz des Gehirns sollte uns durch das Auftauchen Poseidons klargemacht werden.

Ich stieß einen lautlosen Fluch aus.

Als hätte nicht jede winzige Schraube in dieser Station bewiesen, daß es dieses Gehirn gab! Von den unsichtbaren Kameras, Sensoren und Mikrophonen gar nicht zu reden.

Poseidon drehte sich ein paarmal um seine eigene Achse.

Ich war so sicher, daß Merkosh ihn ebenso beobachtete wie ich.

Wir spielten beide ein blödsinniges Spiel, obwohl es in unserer Lage besser gewesen wäre, wenn wir uns verbündet hätten. Ich hatte die Notwendigkeit eines solchen Bündnisses längst eingesehen, aber Merkosh machte keine Anstalten, mir ein bißchen entgegenzukommen. Es brauchte ja keine überschäumende Freundschaft zwischen uns zu entstehen – *das* war das letzte, was ich wollte. Selbstverständlich würde ich ihn auch als Verbündeten mißtrauisch beobachten, das verlangte schon der Selbsterhaltungstrieb.

Selbsterhaltungstrieb?

Ich hätte fast laut aufgelacht. Was, bei allen Planeten, konnten wir überhaupt noch erwarten?

Ein unglaubliches Schicksal hatte Merkosh und mich in diese Station verschlagen. (Merkosh sprach sogar von einer zeitlichen Verschiebung, aber daran glaubte ich nicht so richtig.)

Ich litt unter Gedächtnisschwäche, was mir einesteils sogar recht war, denn jede Erinnerung war mit Tod und Untergang verbunden.

Merkosh dagegen konnte sich an alle Einzelheiten seines Schicksals erinnern.

Meine Gedanken wurden unterbrochen, als Poseidon seinen Beobachtungsplatz verließ und aus dem Raum schwebte. Das geschah völlig lautlos. Eigentlich erstaunlich, denn wildes Getöse mit Rauch und Feuer hätte viel besser zu den Absichten des Robotergehirns dieser Station gepaßt. Aber *so tief* vermochte die Positronik – oder was immer es war – wohl auch nicht in die Gefühlswelt eines Menschen einzudringen.

Ich wartete.

Ich überlegte, ob meine Vorsicht unbegründet sein könnte. Es war immerhin möglich, daß der Gläserne, wie ich ihn wegen seiner durchsichtigen Haut auch nannte, ebenfalls schlief.

Ich brauchte Schlaf. Über Merkoshs Schlafbedürfnis wußte ich nichts. Vielleicht konnte er tagelang wach bleiben. Dann war es nur eine Frage der Zeit, bis er mich überwältigen würde.

Aber, so strapazierte ich zum unzähligsten Mal mein Gehirn, warum sollte er mich ausschalten wollen? Doch nur, um alle eventuellen Rettungschancen für sich allein in Anspruch nehmen zu können.

Unsinn! dachte ich.

Merkosh hatte behauptet, daß er aus einer Galaxis kam, die er Maasbar nannte. Seine Aussichten auf Rettung waren so gering, daß er nicht einmal davon träumen durfte.

Da hatte ich schon bessere Chancen.

Ich zuckte zusammen. Fast wäre ich eingeschlafen. Es war nicht gut, ruhig hier zu liegen und zu warten. Aber ich mußte durchhalten und herausfinden, was der Kerl vorhatte.

Seine dürren Beine waren so lang, daß sie ein Stück über das Lager ragten, das Merkosh sich aus zusammengetragenen Teilen gebaut hatte. Ich konnte die Überreste von Schwimmhäuten zwischen den sechs Zehen deutlich sehen.

Mindestens eineinhalb Stunden nach Poseidons letztem Erscheinen verstrichen, ohne daß etwas geschah. Merkosh lag ruhig da, wie tot – ein moderner Ritter von trauriger Gestalt.

Vielleicht war er wirklich tot!

Es war durchaus möglich, daß ihm die Luft nicht bekam, die aus unsichtbaren Düsen in Hallen und Korridore der Station geblasen wurde. Zwar hatte er behauptet, ebenso wie ich Sauerstoffatmer zu sein, aber der Teufel selbst konnte nicht wissen, wann diese Bohnenstange log und wann sie die Wahrheit sprach.

Unter anderen Umständen hätte mich eine solche Situation amüsiert, aber jetzt ging es um mein Leben.

Hätte Merkosh doch seinen Mund gehalten. Allmählich glaubte ich selbst an diese Zeitversetzung. Schließlich war ich durch eine Zeitmaschine hierhergekommen, soviel wußte ich noch.

In diesem Augenblick bewegte sich Merkosh.

Mir wurde bei diesem Anblick immer ganz übel. Merkosh schien ein Skelett aus Gummi zu besitzen. Einmal hatte ich beobachtet, wie er seine Beine zu einer Spirale verflochten hatte. Ähnliche Kunststückchen konnte er auch mit seinen Armen ausführen.

Merkosh richtete sich auf und schwang die Beine vom Bett. Jeder Mensch, der das hätte beobachten können, wäre sicher sehr erstaunt gewesen, daß das Knacken von Gelenken oder sogar Knochengerassel ausblieben. Merkosh konnte sich ebenso lautlos bewegen wie Poseidon – und wahrscheinlich ebenso schnell.

Schlechte Aussichten für mich, einen Kampf gegen den Gläsernen siegreich zu beenden.

Merkosh starrte intensiv zu mir herüber. Seine dunkelgrünen Glotzaugen durchmaßen sechs Zentimeter, so daß es alles andere als angenehm war, solche Blicke auf sich zu spüren.

Obwohl es mir eiskalt über den Rücken lief, triumphierte ich im stillen. Es kam alles so, wie ich es erwartet hatte. Merkosh wollte meine Müdigkeit ausnutzen und mich töten. Aber ich würde seinen Plan vereiteln.

Der Oproner stand ruckartig auf. Sein Oberkörper schwankte wie im Sturm hin und her, so daß ich unwillkürlich darauf wartete, daß er in zwei Hälften zerbrechen würde. Irgendwie gelang es dem Gläsernen, diese Bewegung zu neutralisieren, so daß er einigermaßen würdevoll vor seinem Bett stand.

Er beobachtete mich.

In diesem Augenblick fiel mir der Unsinn von hypnotischen Blikken einer Schlange wieder ein, und ich war geneigt, an so etwas zu glauben.

Merkoshs transparente Haut gab den Blick auf alle Organe und Knochen frei, sogar seine elastische Schädelhülle war noch durchsichtig genug, daß ich den dunklen Klumpen des Gehirns sehen konnte.

Merkosh schwang die Beine. Sobald er sich bewegte, erinnerte er mich an einen Flamingo, obwohl er eigentlich mit einem solchen Stelzvogel wenig gemeinsam hatte.

Ich begann zu schwitzen.

Oft genug hatte ich überlegt, daß Merkosh harmlos und ungefährlich aussah.

Daran dachte ich jetzt nicht mehr.

Merkoshs Blicke schienen sich an mir festzusaugen. Wie auf Katzenpfoten schlich der Gläserne heran. Erst jetzt merkte ich, daß er keine Waffe trug.

Seine gesamte Ausrüstung lag drüben unter dem Bett.

Wollte er mich vielleicht erwürgen?

Diese Möglichkeit konnte ich ausschalten, denn der Oproner konnte unmöglich mit der körperlichen Beschaffenheit eines Terraners so vertraut sein, daß er wußte, *wo* man lebensgefährliche Griffe ansetzte.

Merkosh stand jetzt neben meinem Lager. Ich konnte sein Gesicht nicht mehr sehen. Dazu hätte ich die Augen vollständig öffnen müssen, was mir aber unter den gegebenen Umständen als zu gefährlich erschien. Plötzlich fühlte ich, wie mir sein warmer Atem über das Gesicht strich.

Ich zog meine rechte Hand mit dem Kombistrahler unter meinem Körper hervor und richtete mich auf. Die Mündung meiner Waffe zielte genau auf die Brust des Gläsernen, wo sechs fremdartig aussehende Organe hinter der durchsichtigen Haut pulsierten.

Merkosh war so erschrocken, daß er wie erstarrt stehenblieb. Mit einer Hand umklammerte er mein Ausrüstungspaket.

Mit einem Schlag verstand ich, warum er sich an mein Lager geschlichen hatte. Er war nicht gekommen, um mich zu töten, sondern um mich zu bestehlen.

»Gaahk-gaahk-gaahk!« machte Merkosh aufgeregt, als gäbe es kein anderes Wort in einem solchen Augenblick.

Ich schaltete den Translator ein, den ich immer bei mir trug.

»Ruhe!« schrie ich den Opponer an.

Die Spannung fiel von mir ab. Ich ließ mich zurücksinken, damit der Gläserne mein Zittern nicht sehen konnte.

»Leg den Beutel zurück!« befahl ich dem Oproner.

Sein Rüssel, den er bisher völlig in die Mundpartie eingezogen hatte, begann zu zucken.

»Wage nicht, deine Trompete auch nur einen Millimeter auszufahren!« schrie ich ihn an und hob drohend den Strahler. »Wenn du das tust, drücke ich sofort ab.«

Er krächzte und wackelte mit dem Kopf. Sein Oberkörper begann wieder zu schwanken. Er sah so mitleiderweckend aus wie ein großer Vogel mit gebrochenen Flügeln. Ich beobachtete sein Gesicht. Der Oproner war zu keiner Mimik im menschlichen Sinne fähig. Nur mit seinem Rüssel konnte er Gefühle ausdrücken. Nicht allein das – dieser Rüssel befähigte ihn auch, katastrophale Zerstörungen anzurichten. Von dort kam die »Böse Stimme«.

»Warum wolltest du meine Ausrüstung stehlen?« fragte ich und gab mir Mühe, in ruhigem Ton zu sprechen. »Du weißt doch, daß ich alle meine Waffen am Körper trage.«

»Ich bin krybscher«, erklärte Merkosh mit seiner Reibeisenstimme. »Und wenn ich krybscher bin, dann bin ich nicht zu korbschen.«

Jedem, der Merkosh zum erstenmal gegenüberstand, wären bei solchen Worten, noch dazu in gräßlichstem Ton ausgestoßen, die Augen aus den Höhlen getreten. Ich dagegen hatte mich in den wenigen Tagen unseres Zusammenseins einigermaßen an dieses »Stimmwunder« gewöhnt.

Ich klopfte mit den Knöcheln gegen den Translator.

»Wähle andere Worte!« befahl ich. »Dieses Kauderwelsch kann kein Mensch verstehen.«

Sein acht Zentimeter langer Hals, beweglich wie der eines Vogels, formte sich zu einem großen S; Merkosh starrte auf mich herab. Er sah aus wie ein alter wohlwollender Lehrer oder Richter, obwohl er völlig haarlos war. Er schwieg.

»Ich kann mir vorstellen, daß du scharf auf meine Ausrüstung bist, du dürrer Teufel!« schrie ich ihn an. »Aber wenn ich dich noch einmal erwische, strahle ich dir ein Loch in deinen kahlen Schädel. Hast du das verstanden?«

»Merkwürdigerweise«, gab er zurück. Es hörte sich an, als würde er gleichzeitig mit großen Felsbrocken gurgeln.

»Und jetzt legst du meine Ausrüstung wieder an ihren Platz. Schön vorsichtig und ohne eine falsche Bewegung!«

Diesmal kam er meinem Befehl nach.

»Was interessiert dich so sehr an meiner Ausrüstung, mein Freund?« Ich fuchtelte mit der Waffe vor seinem Gesicht herum, um meiner Frage Nachdruck zu verleihen.

»Wissenschaftliche Neugier«, röhrte er. »In der Tat.«

Ich stand langsam auf, denn ich zitterte nicht mehr.

Ich stieß ihm den Lauf des Strahlers dort gegen den Körper, wo einige schwarze Linien durch die Haut schimmerten. Vielleicht handelte es sich um Rippen.

»Du willst ein Wissenschaftler sein? Daß ich nicht lache! Ich habe dich beobachtet, als wir gemeinsam diese Station untersuchten. Du findest dich mit den Schaltungen in keiner Weise zurecht.«

Er nickte traurig.

»Kein Wrrrrunder! Ich bin ja auch in Maasbar geboren. Dort sieht alles anders aus.«

Ich zog die Beine an, so daß ich im Schneidersitz auf meinem Bett hockte. Der Gläserne stand vor mir und wartete darauf, daß ich eine Entscheidung treffen würde.

Ich packte meine Ausrüstung und riß am Öffner. Alles, was ich besaß, lag vor unseren Augen. Wehmütig betrachtete ich die Gegenstände, die mich an eine andere, bessere Zeit erinnerten.

»Lorbalos!« krächzte Merkosh entzückt. »Einfach Lorbalos!«

Seine Arme bewegten sich unruhig. Ich wurde den Eindruck nicht los, daß er meine Sachen jeden Augenblick packen und damit davonrennen würde. Unter seinem Bett hatte er alle möglichen Gegenstände aus der Station zusammengetragen. Ich konnte nicht einmal ahnen, was er damit anfangen wollte. Ab und zu verließ er die Station durch die kleine Seitenschleuse und schleppte Teile seines Besitzes hinaus. Wahrscheinlich besaß er draußen zwischen den Felsen ein Versteck.

»Du bist ein Dieb, Merkosh. Und Diebe müssen bestraft werden.«

»Ich brrrin dein Freund!« beteuerte er.

»Hör zu, Merkosh! Wir wissen zu wenig voneinander, um Freunde sein zu können. Außerdem versuchst du ständig, mir zu schaden. Der versuchte Diebstahl ist ein neuer Beweis.«

»Aber ich bin krybscher!« beteuerte der Gläserne verzweifelt. »Und wenn ich krybscher bin, dann bin ich nicht . . .«

»Ich kann es nicht mehr hören!« Ich sprang auf und schaltete den Translator ab.

Merkosh sagte etwas. Es hörte sich an, als würden tausend Fingernägel gleichzeitig über eine Schiefertafel kratzen. In diesem Augenblick beschloß ich, mir etwas zu suchen, womit ich mir die Ohren zustopfen konnte.

Ich wurde abgelenkt, als Poseidon durch den Haupteingang hereinkam.

Merkosh bemerkte meinen Blick und drehte sich um.

»He!« rief ich erstaunt und schaltete den Translator wieder ein. »Für den Kerl ist es noch sechs Stunden zu früh.«

»Vrrrrielleicht ist etwas passiert«, vermutete Merkosh.

»Kluger Junge!« seufzte ich.

Gemeinsam beobachteten wir den Roboter, der seinen üblichen Platz inmitten des Raumes einnahm und sich um seine eigene Achse drehte.

»Das regt mich auf!« grölte Merkosh.

Ich hatte inzwischen die Erfahrung gemacht, daß der Oproner sehr jähzornig werden konnte. Einige seiner Wutanfälle hatte ich nur durch Glück und Umsicht überlebt.

Der Gläserne entfernte sich ein paar Meter von meinem Lager und breitete die Arme aus, als wollte er alles umfassen, was in seiner Nähe war. Er sah aus wie eine Vogelscheuche.

Poseidon drehte sich noch immer um die eigene Achse, als wollte er sagen: »Jetzt seid mal schön friedlich, ihr werdet beobachtet!«

Merkosh verknotete vor Aufregung seine Arme, so daß sie wie ein großes X aussahen, und rief: »Verschwinde, Hybscher! Du brrrrist zu früh.«

»Er heißt Poseidon!« bemerkte ich, denn ich war nicht in der Stimmung, Merkosh auch nur in diesem einen Punkt nachzugeben.

»Hybscher!« korrigierte Merkosh und wandte mir einen Augenblick den Kopf zu.

Ich zuckte zusammen, als ich sah, daß er seinen zwanzig Zentimeter langen Rüssel ausgefahren und aufgestülpt hatte. Die trichterartige Aufwölbung durchmaß etwa sieben Zentimeter.

»Merkosh! Nicht!« schrie ich.

Doch es war zu spät.

Merkosh besaß ein parapsychisch begabtes Gehirn, mit dem er normale Energie in fünfdimensionale Intervallenergie umwandeln konnte. Diese Energiestöße konnte er gleichgerichtet abstrahlen. Merkosh nannte diese Fähigkeit die »Böse Stimme«. Ursprünglich, so hatte er mir berichtet, hatte er die Parafähigkeit der Traummeditation besessen. Das mußte irgendwie mit einer Reise durch die Zeit allein mit psionischer Geisteskraft zu tun haben. Nachdem er auf ähnliche Weise wie ich in diese Station verschlagen worden war, hatte er die Fähigkeit der Traummeditation verloren und war zu einem Frequenzwandler geworden.

Das war der phantastischste Teil von Merkoshs unwahrscheinlicher Geschichte, aber ich, der ich selbst Unvorstellbares erlebt hatte, schenkte dem Oproner tatsächlich Glauben.

Merkosh setzte seine Böse Stimme ein.

Wie von unsichtbaren Titanenfäusten zerschlagen, bröckelte Poseidon auseinander und fiel zu Boden.

»Merkosh!« Meine Stimme überschlug sich fast. »Um Himmels

willen, aufhören! Das Gehirn wird uns töten, wenn wir seine Roboter angreifen.«

Poseidon war zu Staub zerfallen.

Alles hatte nicht länger als ein paar Sekunden gedauert. Das bewies mir erneut, wie schnell Merkosh mich töten konnte, wenn er das wirklich beabsichtigen sollte.

Als der Gläserne sich zu mir umwandte, war sein Rüssel wieder in der Mundpartie verschwunden.

»Gaahk-gaahk-gaahk!« lachte er schrill. »Hybscher wird nicht mehr unpünktlich sein.«

Ich ließ mich stöhnend auf mein Lager zurücksinken.

»Du hast Nerven, Merkosh! Was, glaubst du, wird das Robotgehirn jetzt unternehmen?«

»Verrrrmutlich einen neuen Hybscher schicken, gaahk-gaahk-gaahk!«

Ich zog mir eine alte Decke über den Kopf, um das schreckliche Gelächter nicht mehr anhören zu müssen. Nach einer Weile beruhigte sich der Gläserne und berührte mich an der Schulter.

»Komm!« schlug er vor. »Machen wir einen Rundgang.«

Argwöhnisch blickte ich zu ihm auf.

»Und was hast du wirklich vor?«

Er machte eine Verbeugung, die selbst einem Robotbutler die Schamröte ins Gesicht getrieben hätte.

»Nur einen Rundgang, Terraner.«

Jedesmal, wenn er mich Terraner nannte, dröhnte und knirschte es in seiner mächtigen Brust, als hätte er dort eine Kraftanlage verborgen. Ich verzog das Gesicht.

»Tu mir den Gefallen und nenne mich nicht Terraner, Merkosh. Sonst platzen mir noch die Trommelfelle.«

Die grünen Augen leuchteten geheimnisvoll. Es waren Augen, die die Wunder einer unglaublich fernen Galaxis gesehen hatten. Augen, für die alles, was sie hier erblickten, fremd sein mußte.

»Wie soll ich dich nennen?«

»Meinetwegen Robinson. Robinson der Zweite.«

»Gaahk-gaahk-gaahk! Das hört sich grrrrut an. Robrrrinson der Zwrrreite! Zwrreite!«

»Auch das noch!« Ich stand auf, weil das offenbar die einzige Möglichkeit war, Merkosh zum Schweigen zu bringen. Ich schob meinen Strahler in den Gürtel, denn es sah im Augenblick nicht so aus, als wollte der Gläserne mich angreifen.

Ich deutete auf den Schutzanzug, der neben meinem Lager an der Wand hing. Diesen Anzug hatte ich auf meiner seltsamen »Reise« mit in diese Station gebracht.

Merkosh war ohne Schutzanzug gekommen, aber das Robotgehirn hatte in einer seiner Fabrikationsanlagen einen für ihn konstruiert, damit er ebenso wie ich die Station verlassen konnte. Das Robotgehirn wußte genau, daß wir nicht fliehen konnten.

Wohin hätten wir uns auch wenden sollen?

Der Saturnmond Titan war eine öde Welt.

Was nutzte das Gasgemisch von Methan, Ammoniak und Wasserstoff, das wie ein dünner Schleier über Titan hing und den Namen Atmosphäre nicht verdiente?

Ich nickte Merkosh zu. »Gehen wir, Gläserner.«

Alles hätte ich ertragen: Hunger, Krankheit und Entwürdigung.

Aber das Zusammensein mit dieser zweibeinigen Kreatur brachte mich bald um den Verstand. Dieses Wesen konnte nur ein Tier sein, das durch eine unglückliche Fügung der Natur eine Spur von Intelligenz erhalten hatte.

Diese mordlustige Bestie, die kein anderes Ziel kannte, als mich zu hintergehen, war außer mir das einzige lebende Wesen in dieser unheimlichen Station.

Bisher war es mir gelungen, den Fremden bei einigermaßen guter Stimmung zu halten, aber ich war sicher, daß er früher oder später versuchen würde, mich zu töten.

Mein voller Name ist Jabosh yl Karatsch. Er nennt mich nur Merkosh.

Früher, so erinnerte ich mich, hatte ich Stolz empfunden, der einzige Vertreter meines Volkes zu sein, der die Fähigkeit der Traummeditation besaß. Auf Opronos im Aheiku-System hatte man mich mit allen nur denkbaren Ehrungen überhäuft. Dreimal war es mir gelungen, in die Vergangenheit zu gehen. Jedesmal kurze Sprünge, von denen ich sofort wieder zurückgekehrt war.

Der vierte Sprung, der gleichzeitig mein weitester und letzter hatte sein sollen, wurde mir zum Verhängnis.

Ich geriet in den Einflußbereich einer seltsamen Maschine. Ich konnte es mir nur so erklären, daß sich jemand in der Vergangenheit aufhielt, der die Gefahren von Zeitreisen genau kannte und sie deshalb zu verhindern suchte. Anstatt irgendwann in der Vergangenheit von Opronos zu landen, kam ich in einer Station heraus, die dieser hier glich. Diese Station lag auf einer Felseninsel, die von einem See aus kochender Materie umgeben war. Innerhalb der Station befand sich ein großes, unheimlich aussehendes Gerät. Es war spindelförmig und goldfarben.

Ich erhielt keine Gelegenheit, mich länger in dieser Station aufzuhalten. Roboter ergriffen mich und brachten mich zu einer Art hyperenergetischer Transportanlage. Ich wurde desintegriert und in diese Station abgestrahlt.

Meine Ahnung sagte mir, daß die goldene Spindel irgend etwas mit dem Unfall während meiner Zeitreise zu tun hatte. Aber ich traf die Erbauer dieser Maschine nie. Ich erfuhr auch nicht, warum ich in eine andere Station gebracht wurde, wo ich mit dem Terraner zusammentraf.

Der Terraner konnte sich nicht mehr genau erinnern, wie er in diese Station gekommen war. Er behauptete jedoch, eine Zeitreise mit einer Maschine durchgeführt zu haben. Dabei wollte er mir nicht glauben, daß wir uns weit von unserer Realzeit entfernt hatten. Er dachte widersprüchlich. Außerdem erschien es mir unwahrscheinlich, daß jemand eine Maschine konstruieren konnte, mit der sich die Zeit überwinden läßt. Mir wurde bald klar, daß ich allein mit einem Verrückten in dieser Station zusammenleben mußte. Ich nahm mir vor, das Beste aus dieser Situation zu machen.

Robinson der Zweite!

Sein Name war genauso verrückt wie sein Benehmen.

»Gehen wir, Gläserner!«

Die Stimme des Terraners schreckte mich aus meinen düsteren Gedanken. Ich sah ihn an.

Er war nicht so groß wie ich, aber sehr fett und schwerfällig. Unter seiner Haut mußte sich eine dicke Speckschicht befinden, denn man konnte weder seine Knochen noch seine Organe erkennen. Er sprach so leise, daß ich ihn oft genug kaum verstand.

Schließlich war ich es, der einen Rundgang vorgeschlagen hatte, und so deutete ich mit einem Arm auf den Ausgang.

»Geh voraus, Robinson der Zweite.«

Er verzog das Gesicht wie immer, wenn ich meine Stimme erhob. Vielleicht gehörte das bei seinem Volk zu den Gebräuchen im Umgang mit anderen; ich empfand es jedenfalls als ungehörig.

»Ich gehe nicht voraus, Merkosh. Das könnte dir so passen.«

»Gaahk-gaahk-gaahk!« Ich erriet seine Gedanken und mußte lachen. Manchmal lachte ich nur, um ihn zu ärgern. Diesmal war ich wirklich belustigt. »Meinetwegen, dann gehe ich voraus.«

Wir hatten die Station schon oft durchsucht, allein und gemeinsam. Natürlich gab es Räume, in die wir nicht eindringen konnten. Sie waren versperrt oder wurden von Robotern bewacht.

Manchmal spielte ich mit dem Gedanken, meine Böse Stimme einzusetzen, die ich während der seltsamen Ereignisse erhalten hatte, aber im entscheidenden Augenblick scheute ich immer vor einer solchen Maßnahme zurück. Ich mußte damit rechnen, daß das Robotgehirn uns sofort töten würde, wenn ich es in einer Weise angriff, daß es um seine Sicherheit fürchten mußte.

Ich verließ unseren Aufenthaltsraum durch das große Tor, ohne mich davon zu überzeugen, ob der Terraner mir folgte. Wir hatten unsere Schutzanzüge zurückgelassen, denn ich beabsichtigte nicht, die Station zu verlassen.

»Wohin gehst du?« erkundigte sich Robinson der Zweite, als ich den langen Korridor betrat, der von unserem Aufenthaltsraum in eine große Maschinenhalle führte. »Die Maschinen haben wir schon ein dutzendmal untersucht. Was hat es für einen Sinn, noch einmal dorthin zu gehen?«

Ich gab ihm keine Antwort. Er hatte die schreckliche Angewohnheit, über alles zu diskutieren. Über belanglose Dinge konnte er stundenlang argumentieren, wobei er mit seinen fetten Armen in der Luft herumwedelte, als hätte er lebenswichtige Dinge zu sagen.

Das Interessanteste an ihm war sein Ausrüstungspaket. Es enthielt Dinge, wie ich sie noch nie gesehen hatte. Meine Versuche, ihm dieses Paket zu entwenden, waren bisher gescheitert. Das war ein sicheres Zeichen, daß er mich ständig beobachtete.

Vor der Maschinenhalle blieb ich stehen. Zu beiden Seiten waren Türen in die Wände eingelassen. Schon ein paarmal hatten wir versucht, in die anschließenden Räume einzudringen, aber bisher war uns das noch nie gelungen.

»Warum bleibst du stehen?« erkundigte sich mein Begleiter.

Ich deutete auf die Türen.

»Nachdem du den Maschinenraum schon ein paarmal gesehen hast, willst du dich vielleicht hier umsehen.«

Er lehnte sich gegen eine Tür und atmete schwer. Es war mir immer ein Rätsel, daß er sich mit einem solchen Körper überhaupt bewegen konnte.

»Merkosh, du weißt ebenso wie ich, daß diese Türen versperrt sind.«

Ich schockierte ihn mit dem Vorschlag, die Türen mit Hilfe meiner Bösen Stimme gewaltsam zu öffnen.

»Nein!« lehnte er sofort ab. »Das würde das Robotgehirn endgültig gegen uns aufbringen. Gehen wir wieder in die Maschinenhalle.«

Ich setzte mich in Bewegung. Wie immer ging ich sehr langsam, damit er mir überhaupt folgen konnte. Ohne seine Waffen wäre er vollkommen hilflos gewesen. Ich fragte mich immer wieder, wie die Terraner überhaupt die Raumfahrt hatten entwickeln können. Robinson der Zweite *war* ein Raumfahrer, das bewies schon der Schutzanzug, mit dem er in dieser Station angekommen war.

Außerdem berichtete er immer wieder von seinen Abenteuern. Viele seiner Geschichten wirkten sehr erheiternd, andere konnten nur erlogen sein.

Wir erreichten die Maschinenhalle, in der sich der Terraner bisher weitaus besser zurechtgefunden hatte als ich. Ich hatte ihn deshalb schon verdächtigt, einer meiner Entführer zu sein. Inzwischen wußte ich jedoch, daß dieser Gedanke absurd war, denn Robinson der Zweite befand sich in der gleichen Lage wie ich. Wenn ihm die Konstruktion einzelner Maschinen einigermaßen vertraut war, dann konnte das nur daran liegen, daß Wesen diese Station geschaffen hatten, die in derselben Galaxis lebten wie der Terraner.

»Ich glaube, das Robotgehirn ist nicht unbedingt unser Gegner«, bemerkte Robinson der Zweite, als wir ein paar Maschinen untersuchten. »Es läßt zu, daß wir uns hier umsehen, obwohl du Poseidon vernichtet hast.«

»Das war Hybscher«, verbesserte ich ihn, denn ich durfte auf keinen Fall zulassen, daß er seinen Willen durchsetzte. »Sicher war es ein völlig wertloser Roboter.«

Er warf mir einen Seitenblick zu.

»Trotzdem solltest du dein Temperament zügeln«, meinte er. »Wir dürfen uns von der großen Positronik nicht aus der Reserve locken lassen. Irgendwie müssen wir sie zwingen, uns Informationen zu geben.«

Ich lachte ihn aus. Glaubte er im Ernst, daß sich die Steuerzentrale dieser Station überlisten ließ?

Wir gingen um einen großen Maschinenblock herum.

Robinson der Zweite blieb plötzlich stehen und deutete auf eine Tür, die unserer Aufmerksamkeit bisher entgangen war.

»Sie wird verschlossen sein«, vermutete ich.

Er zuckte mit den Schultern.

Er bewegte sich jetzt ein bißchen schneller. Trotzdem erreichte ich die Tür vor ihm. Manchmal machte es mir Spaß, meine Überlegenheit auf diese Weise zu demonstrieren.

Ich betätigte den Öffnungsmechanismus, der bei allen Türen gleich war. Die Wand aus Metall glitt zur Seite.

»Ah!« machte Robinson der Zweite. »Diesmal haben wir Glück, Merkosh. Ich bin gespannt, was wir diesmal entdecken.«

Der Raum, den wir betraten, war im Gegensatz zu allen anderen nur unvollkommen beleuchtet. Meine Augen gewöhnten sich schnell an das Halbdunkel. Auch der Terraner schien sich gut zurechtzufinden, denn er näherte sich dem Mittelpunkt des Raumes, wo ein bizarr aussehendes Instrumentarium aufgebaut war.

»Ich glaube, dieser Raum ist ein Observatorium«, sagte Robinson der Zweite. »Weißt du, was das ist?«

Ich schrieb diese dumme Frage der Erregung zu, in der er sich zweifellos befand. Seit unserem ersten Zusammentreffen hatte ich ihn nur zwei- oder dreimal so aufgeregt erlebt wie in diesem Augenblick.

Er ließ sich in einer Art Sessel nieder und bewegte die davor angebrachten Schalthebel.

»Tu das lieber nicht!« warnte ich ihn. »Wir wissen nicht, was wir durch solche Experimente auslösen.«

Sein Gesicht bekam ein paar häßliche Querfalten.

»Angst, Gläserner?« Er machte eine Armbewegung. »Keine Sorge, das sind nur die Hebel, um den Sessel in die jeweils richtige Stellung zu bringen. Uns kann nichts passieren, wenn wir uns hier ein wenig umsehen.«

Der Sessel, in dem er sich niedergelassen hatte, hob sich plötzlich vom Boden ab und glitt zu ein paar röhrenförmigen Gebilden empor, die schräg unter der Decke befestigt waren.

»Ein Observatorium dient der Sternenbeobachtung«, erklärte mir der Terraner. »Vielleicht kann ich ein paar interessante Dinge entdecken, die mir helfen, die Zeit zu bestimmen, in der wir uns befinden.«

Er brauchte einige Zeit, bis er die Kontrolle des Sessels beherrschte. Ich kümmerte mich nicht länger um ihn, sondern machte mich daran, die Einrichtung des Observatoriums zu untersuchen.

Zwischen zwei konisch geformten Behältern entdeckte ich eine Nische in der Wand. Sie war nicht sehr hoch, so daß ich mich bücken mußte, um hineinzukriechen. Die Luft, die ich jetzt atmete, erschien mir wärmer als zuvor. Ich berührte die Wand. Meine Haut begann zu prickeln. Mißtrauisch geworden, wollte ich mich aus der Nische zurückziehen, doch eine unsichtbare Wand hinderte mich daran.

Ich unterdrückte einen Aufschrei. Der Terraner durfte nicht merken, in welcher Lage ich mich befand.

Ich ließ mich auf den Boden sinken und stemmte meine Beine gegen das unsichtbare Hindernis.

Die Nische wurde von einer Energiebarriere vom Observatorium getrennt. Ich glaubte nicht, daß es sich um eine Falle handelte. Irgendwie gehörte die Nische zur Einrichtung dieses Raumes. Nur ein Fremder, der sich hier nicht auskannte, konnte so in Gefahr geraten wie ich.

Ich stülpte meinen Rüssel nach außen. In den vergangenen Tagen hatte ich gelernt, meine Böse Stimme ohne vorherige Konzentration zu benutzen.

Ich setzte die fünfdimensionalen Energiestöße gegen die Barriere ein. Was ich befürchtet hatte, trat ein: Die Barriere hielt!

Ich verhielt mich jetzt vollkommen ruhig und dachte nach. Wenn der Terraner merkte, wie hilflos ich war, konnte er mich meinem Schicksal überlassen und alles tun, woran ihn meine Anwesenheit bisher gehindert hatte.

Ich blickte zu Robinson dem Zweiten hinüber. Er schwebte mit dem Sessel hoch über dem Boden und preßte sein Gesicht gegen das dünne Ende einer der großen Röhren.

Er beobachtete die Sterne.

Ich atmete auf, denn es war anzunehmen, daß er damit noch einige Zeit beschäftigt sein würde. In der Zwischenzeit mußte ich mich befreien.

Ich untersuchte alle Nischenwände, um vielleicht einen Schalter zu finden, mit dem ich die Barriere abschalten konnte.

Allmählich bekam ich Angst.

Ich wagte nicht, meine Böse Stimme gegen die Rückwand der Nische einzusetzen. Erstens wußte ich nicht, was sich hinter dieser Wand befand, außerdem war unschwer zu erraten, wie das Robotgehirn auf einen solchen Angriff reagieren würde.

Als alle Versuche fehlschlugen, begann ich zu resignieren. Ich fürchtete mich weniger vor einem Tod innerhalb dieser Nische als vor den Worten des Terraners.

Robinson der Zweite würde mich verhöhnen.

Ich setzte mich auf den Boden und lehnte mich mit dem Rücken gegen die Nischenwand, so daß ich den Terraner beobachten konnte. Ab und zu änderte er die Stellung des Sessels und des Teleskops. Ich wußte, daß astronomische Beobachtungen viel Zeit in Anspruch nahmen. Das Observatorium war eine der interessantesten Entdekkungen, die wir bisher gemacht hatten. Fraglos würde es noch einige Zeit dauern, bis der Terraner seinen Platz verließ.

Ich dachte über viele Dinge nach. Schließlich versuchte ich mir einzureden, daß der Tod angenehmer war als das ungewisse Schicksal, das mich innerhalb dieser Station vielleicht noch erwartet hätte.

Nach einer Weile bewegte sich der Sessel mit Robinson dem Zweiten darin auf den Boden zurück. Der Terraner stand auf. Er machte einen nachdenklichen Eindruck. Er blickte sich um. Das konnte nur bedeuten, daß er mich suchte.

Ich hoffte, daß er mich übersah. Das würde mir Spott und Demütigung ersparen.

Doch seinen Augen entging nichts.

Er kam langsam auf mich zu. Sein Verhalten irritierte mich.

Als er unmittelbar vor der Nische stand, spürte ich instinktiv, daß er aus einem unbekannten Grund sehr niedergeschlagen war.

Er hatte überhaupt noch nicht gespürt, daß ich in der Nische gefangen war.

Hastig richtete ich mich auf.

Natürlich!

Robinson der Zweite konnte die Energiebarriere nicht sehen! Solange er sie nicht berührte, mußte er annehmen, daß ich in der Nische stand und mich ausruhte.

Er *durfte* die Barriere nicht berühren!

Ich mußte ihn irgendwie veranlassen, das Observatorium möglichst schnell zu verlassen.

»Du hattest recht, Gläserner!« sagte er unvermittelt.

»Was?« Ich war überrascht. »Was ist los?«

Er strich sich über die Porenauswüchse auf seinem Kopf.

»Ich habe gerade eine Entdeckung gemacht, die mir beweist, daß ich weit von meiner eigenen Zeit entfernt bin. Weiter, als ich befürchtet hatte.« Er senkte den Kopf. Ich konnte ihn kaum noch verstehen, als er flüsterte: »Ich bin verloren.«

Ich unterdrückte ein Lachen. Das Schicksal spielte uns einen Streich. Wir hatten beide eine Niederlage erlitten, wenn auch völlig verschiedener Art.

»Ich wußte es«, sagte ich zu ihm. »Du wolltest mir nie glauben.«

»In meiner Zeit besitzt dieses Sonnensystem neun Planeten«, fuhr er fort, als hätte er mir überhaupt nicht zugehört. »Jetzt sind es noch zehn. Zwischen Mars und Jupiter befindet sich Zeut. Ich kann mir also ungefähr ausrechnen, wie weit ich mindestens in die Vergangenheit geraten bin.« Seine Augen weiteten sich. »Aber wer hat dann diese Station erbaut?«

Ich hörte kaum zu. Es kam mir nur darauf an, ihn möglichst schnell zum Verlassen des Observatoriums zu bewegen.

Der Terraner ballte die Fäuste und preßte sie an die Stirn.

»Ich bin hier, weil es die einzige Möglichkeit war, mein Leben zu retten. Vielleicht hätte ich nicht versuchen sollen, den Tod zu überlisten. Ich weiß nicht, was schlimmer ist: im Atombrand zu sterben oder in dieser Station auf das Ende zu warten.«

Seine Verzweiflung war offensichtlich. Er hatte darüber sogar vergessen, daß wir Gegner waren.

»Vielleicht solltest du dich jetzt ein bißchen hinlegen«, schlug ich vor.

Er starrte mich an. Dann machte er einen Schritt auf die Nische zu.

Ich schloß die Augen. Er stieß mit den Händen gegen die Barriere und gab einen glucksenden Laut der Überraschung von sich.

»Merkosh!« rief er. »Komm da heraus!«

Ich öffnete die Augen. Wir sahen uns an. Irgendwie waren wir uns in diesem Augenblick näher als je zuvor. Sein kümmerlicher Mund wurde breiter.

»Du sitzt in der Falle, Gläserner!«

Es hatte keinen Sinn zu leugnen. Der Terraner besaß einen wissenschaftlich geschulten Verstand und hatte blitzschnell die richtigen Schlüsse gezogen. Deshalb antwortete ich nicht, sondern wartete, was er tun würde.

»Das nennt man Glück im Unglück, Gläserner«, sagte der Terraner. »Jetzt kann ich mich endlich innerhalb der Station bewegen, wie ich will. Ich kann nach draußen gehen, wann ich möchte, und kann mit der Suche nach einem kleinen Raumschiff beginnen.«

»Ich hätte dich töten sollen!«

Er hob beide Arme.

»Aber Merkosh! Hast du das nicht oft genug versucht? Was wäre mit mir geschehen, wenn ich dich aus den Augen gelassen hätte?«

Entschlossen, nicht um seine Hilfe zu bitten, wandte ich mich von ihm ab. Obwohl ich ihm den Rücken zuwandte, konnte ich ihn vor mir sehen: fett und unbeweglich, das häßliche Gesicht zu einem breiten Lachen verzogen. Aber, so tröstete ich mich, es war nicht sein Verdienst, daß er über mich triumphieren konnte. Das Robotgehirn der Station hatte ihm ungewollt geholfen.

Ich fuhr erregt meinen Rüssel aus, als ich an das Robotgehirn dachte. Es mußte wissen, in welcher Lage ich mich befand. Durch zahlreiche Kameras und Ortungsgeräte beobachtete es jeden unserer Schritte. Wenn es meinen Tod nicht wollte, würde es mich früher oder später aus dieser Lage befreien. Es brauchte nur die Barriere abzuschalten.

Der Terraner saß mit überkreuzten Beinen vor der Nische und beobachtete mich. Ich drehte mich ihm wieder zu.

»Verschwinde!« zischte ich. »Du hast keinen Grund, dich über mich lustig zu machen.«

Er beugte sich nach vorn. »Ich könnte dir vielleicht helfen.«

»Gaahk-gaahk-gaahk! Glaubst du vielleicht, daß ich dir in die Falle gehe?«

»Ich kenne mich in technischen Schaltungen gut aus. Vielleicht kann ich die Energiebarriere abschalten.«

Ich sah ihn an und überlegte, ob er wirklich bereit war, mir zu helfen. Vielleicht hatte ihn der Schock, den er erlitten hatte, von seinen ursprünglichen Absichten abgebracht.

»Ich kann mich jederzeit selbst befreien«, behauptete ich. »Du brauchst dich nicht um mich zu kümmern.«

Er stand wortlos auf und verließ das Observatorium. Sein plötzliches Verschwinden ließ mich den Ernst meiner Lage erkennen. Jetzt konnte ich den Terraner nicht mehr um Hilfe bitten.

Nun konnte er sich ungehindert bewegen. Er würde meine Verstecke innerhalb und außerhalb der Station ausplündern. Niemand war da, um ihn an der Ausführung seiner Pläne zu hindern. Ich rechnete nicht mehr so sehr damit, daß das Robotgehirn eingreifen würde. Hybschers Nachfolger würde den Terraner weiterhin kontrollieren, aber um mich würde sich niemand kümmern.

Allmählich gelang es mir, meine Angst einzudämmen. Ich machte mich mit dem Gedanken an den Tod vertraut. Nun hatte ich Zeit, über Ereignisse auf meiner Heimatwelt nachzudenken.

Der Terraner, der sich Robinson der Zweite nannte, hatte durch glückliche Umstände einen unverdienten Sieg davongetragen.

Aber was hatte er eigentlich davon?

Ich wußte nicht, wieviel Zeit verstrichen war, als er ins Observatorium zurückkam und sich vor der Nische auf dem Boden niederließ. Er sagte nichts, sondern saß nur da und beobachtete mich. Zunächst hatte ich Erleichterung empfunden, aber allmählich bekam ich Zorn.

»Was willst du?« schrie ich ihn an. »Warum kommst du zurück?«

Er hielt sich seine häßlichen Ohren zu. »Ich dachte, du hättest Vernunft angenommen. Ich wollte dir ein Angebot machen.«

»Gaahk-gaahk-gaahk! Was könntest du mir schon anbieten?«

Er streckte mir die Hände entgegen. Am Boden sitzend, sah er noch häßlicher aus als im Stehen.

»Die Freiheit!« sagte er.

»Und was willst du dafür?«

Er sah an mir vorbei.

»Dein Ehrenwort, daß du in Zukunft mit mir zusammenarbeitest und Befehle von mir entgegennimmst.«

Ich krümmte meinen Hals und klappte verächtlich mit den Hautlappen über meinen Ohren. Glaubte der Terraner, daß er mich auf diese Weise zu seinem Sklaven machen konnte?

»Also nein«, erriet er.

»Ganz recht: nein und nochmals nein! Es ist besser, wenn du wieder verschwindest.«

Er zuckte mit den Schultern und ging davon. Ich war ärgerlich auf mich selbst, daß ich nicht auf seinen unwürdigen Vorschlag eingegangen war. Später, wenn er mich aus der Nische herausgeholt hatte, hätte ich mich nicht an unsere Abmachungen zu halten brauchen.

Ein zweites Mal würde er nicht wieder zurückkommen.

Die Zeit verging. Ich wurde müde.

Die Angst kam zurück.

»Terraner!«

Ich zuckte zusammen. Zum erstenmal erschrak ich vor dem Klang meiner eigenen Stimme.

Ich hatte gerufen!

Meine Blicke richteten sich auf den Eingang des Observatoriums. Hoffentlich hatte mein Gegner diesen unbewußt ausgestoßenen Schrei nicht gehört. Er kam jedoch sofort herein. Seine Bewegungen wirkten herausfordernd.

»Du hast draußen neben der Tür gestanden und gewartet!« warf ich ihm vor.

Er lachte so heftig, daß seine winzigen Augen kaum noch zu sehen waren. Ich wartete geduldig, bis er sich beruhigt hatte.

»Du kannst wieder gehen, es ist nichts«, sagte ich dann.

»Wie du willst, Merkosh! Aber diesmal komme ich nicht zurück.«

Sein breiter Körper bewegte sich auf den Ausgang zu. Noch langsamer als sonst, wie mir schien. Sicher wartete er darauf, daß ich ihn zurückrufen würde. Robinson der Zweite rechnete nicht mit dem Stolz eines Oproners!

Er hatte die Tür fast erreicht.

Er ging hinaus.

»Terraner!«

Er blieb stehen.

»Ich bin einverstanden«, sagte ich leise. »Ich akzeptiere deine Bedingungen, wenn du mich aus der Nische befreist.«

Diesmal kam er sehr schnell zurück. Ich sah, daß er auf ein paar Schaltknöpfe neben der Nische drückte. Die Energiebarriere fiel in sich zusammen.

Langsam kam ich heraus. Er wich ein paar Schritte vor mir zurück, als rechnete er damit, daß ich ihn angreifen würde.

»Ich hoffe, daß du dich an die Abmachungen hältst, Gläserner.«

»Ja«, sagte ich mit dumpfer Stimme.

Er deutete auf die Nische.

»Ich vermute, daß dieser kleine Raum für einen bestimmten Zweck gedacht ist. Dort werden astronomische Aufnahmen entwikkelt. Damit die Wissenschaftler oder Roboter, die dort arbeiten, nicht gestört werden, entsteht eine Energiesperre, sobald jemand in die Nische tritt.«

»Warum erzählst du mir das?«

Er lächelte. »Damit du begreifst, daß die Energiebarriere früher oder später ohne mein Zutun erloschen wäre. Vielleicht sogar schon in ein paar Minuten.«

17.

Von meiner frühesten Jugend an hatte ich gelernt, in ungewöhnlichen Situationen zu bestehen. Diesem Umstand verdanke ich es, daß ich schnell über den Schock hinwegkam, den die Entdeckung in mir ausgelöst hatte. Im Grunde genommen war es auch gleichgültig, ob ich zehn- oder hunderttausend Jahre in die Vergangenheit geraten war: Das Problem der Rückkehr änderte sich dadurch nicht.

Die Station, in der Merkosh und ich leben mußten, bewies mir, daß es in dieser Zeit Menschen oder menschenähnliche Wesen geben mußte, die eine hochentwickelte Technik besaßen. Sie schienen fähig zu sein, Zeitreisen zu beeinflussen. Wenn ihnen das gelang, konnten sie mich vielleicht in meine Zeit zurückschicken. Dabei war es nicht wichtig, daß sie eine Ortsveränderung vornahmen: Titan war auch in meiner Zeit kolonisiert, und der Kontakt mit meinen alten Freunden würde mir schnell gelingen.

Merkosh und ich waren in unseren Aufenthaltsraum zurückgekehrt. Gegen seine sonstige Art verhielt der Gläserne sich sehr ruhig. Er konnte mir nicht verzeihen, daß ich ihn überrumpelt hatte.

Ich war gespannt, ob er sich an unsere Abmachung halten würde. Seine Mentalität unterschied sich in fast allen Beziehungen von der menschlichen, so daß nicht sicher war, ob er einen Ehrenkodex besaß oder überhaupt Moralbegriffe kannte.

Merkosh stand schweigend neben der Tür. Ich fragte mich, was in seinem Gehirn vorgehen mochte.

Woran dachte ein Wesen wie er in einem solchen Augenblick?

»Merkosh!«

»Was wrrrillst du?« Seine Stimme klang wie eine auslaufende Turbine; es war unmöglich, von ihr auf die Stimmung des Gläsernen zu schließen.

Ich ging zu ihm und berührte ihn leicht am Arm, obwohl ich nicht wußte, wie er auf eine so vertrauliche Geste reagieren würde. Er bewegte sich nicht.

»Machen wir einen kleinen Ausflug«, schlug ich vor. »Jetzt, da wir Freundschaft geschlossen haben, wirst du mir sicher das Versteck zeigen wollen, das du draußen angelegt hast.«

Er bog seinen Kopf nach hinten.

»Ich bin mrrrüde!«

Das war natürlich eine Ausrede. Er wollte unter allen Umständen verhindern, daß ich die Dinge zu sehen bekam, die er irgendwo in einer Felsenschlucht zusammengetragen hatte.

Ich beschloß, die Wirksamkeit unserer Abmachung zu überprüfen.

»Und wenn ich darauf bestehe, daß du mich nach draußen begleitest?«

Wortlos ging er zu seinem Lager und ergriff den Schutzanzug. Ich sah zu, wie er ihn anlegte. Es war verdächtig, daß er so schnell nachgegeben hatte. Was immer er draußen versteckt hielt, mußte ihm sehr wertvoll erscheinen, so daß ich seiner Nachgiebigkeit mißtraute.

Nachdem ich meinen Schutzanzug angelegt hatte, verließen wir den Aufenthaltsraum. Diesmal schlugen wir eine andere Richtung ein. Durch einen schmalen Korridor, dessen Wände von einem verwirrenden Muster aus Röhren und Kabeln überzogen waren, gelangten wir in einen Raum, in dem einige Dutzend Roboter standen und auf ihren Einsatz warteten. Es waren verschiedenartige Modelle, deren Konstruktion mir jedoch vertraut vorkam. Überhaupt hätten viele Dinge in diesen Räumen von Menschen ausgedacht und hergestellt sein können. Es gab aber auch Gegenstände, deren Bedeutung ich nur erraten konnte oder die mir sinnlos erschienen.

Merkosh deutete mit einem seiner dürren Arme auf die Roboter. »Früher oder später werde ich sie vernichten. Ich mag sie nicht.«

Obwohl diese Ankündigung nicht unbedingt ernst zu nehmen war, beschloß ich, einen solchen sinnlosen Angriff auf jeden Fall zu verhindern, denn das Robotgehirn würde nicht dulden, daß der Gläserne nach Poseidon noch andere Roboter zerstörte.

»Weitergehen!« rief ich Merkosh zu. »Die Roboter interessieren uns jetzt nicht.«

Wir erreichten die kleine Schleuse, durch die wir die Station verlassen konnten. Es gab auch einen großen Ausgang, aber der Weg dorthin war uns versperrt.

Ich überprüfte das Ausrüstungspaket meines Schutzanzuges. Es war fast ein Wunder, daß er noch funktionierte. Nach meiner Ankunft in dieser Station hatte ich ihn reparieren müssen. Darin ins Freie zu gehen bedeutete jedesmal ein Risiko.

Merkosh und ich spielten das Spiel, das sich an dieser Stelle immer wiederholte. Der Gläserne trat zur Seite, um mich an die Schalthebel zu lassen. Er tat, als könnte er den Mechanismus der Schleuse nicht betätigen. Dabei hatte er die Station schon einige Male allein verlassen. Er mußte wissen, daß mir das nicht verborgen geblieben war. Trotzdem verzichtete er auch diesmal nicht darauf, den Unwissenden zu spielen. Ich tat ihm den Gefallen und öffnete die Schleuse.

Die schroffe und lebensfeindliche Oberfläche des Saturnmondes Titan lag vor uns.

Das Bild, das sich meinen Augen bot, beeindruckte mich immer wieder.

Ich bezweifelte, daß Merkosh ähnlich empfand, denn er nahm sich niemals die Zeit, einen Augenblick stehenzubleiben und sich umzusehen. Sein Volk hatte wahrscheinlich völlig andere Schönheitsbegriffe entwickelt.

Wenn er ab und zu von seiner Heimat sprach, entwickelte der

Gläserne Phantasie und Gefühl. Was er mir allerdings beschrieb, mußte vollkommen fremdartig sein, denn ich konnte mir kein richtiges Bild davon machen.

Maasbar!

Allein der Name war geheimnisvoll.

Ich gab mir einen Ruck.

Jetzt durfte ich Merkosh auf keinen Fall aus den Augen verlieren. Er hatte sich schon ein paar Dutzend Meter von mir entfernt. Hier draußen besaß er nicht den Vorteil einer größeren Schnelligkeit, denn ich konnte ihn mit Hilfe meines Flugaggregats jederzeit einholen. Der Projektor, den ihm das Robotgehirn zur Verfügung gestellt hatte, war meinem nicht überlegen.

Ich holte Merkosh ein. Er tat, als bemerkte er mich nicht.

Rechts von uns ragte eine zweitausend Meter hohe Felswand in den Himmel des Saturnmondes. Dort befand sich der Haupteingang der Station. Einmal war ich auf die Gipfel der anschließenden Berge geflogen und hatte eine mit zahlreichen Windungen durchzogene Schlucht entdeckt, die drei Kilometer weit nach Süden verlief. An die südlichen Randgebiete schloß sich eine ausgedehnte Geröllebene an.

Die Seitenpforte, durch die wir die Station verlassen konnten, lag außerhalb der langen Schlucht. Links von diesem Tor erstreckte sich eine Doppelkette zwei- bis fünfhundert Meter hoher Berge.

»Führst du mich jetzt zu deinem Versteck, Gläserner?« fragte ich den Oproner gespannt.

Er blieb stehen. In seinem Schutzanzug sah er kräftig aus. Ein unaufmerksamer Beobachter hätte ihn für einen Menschen halten können.

»Wrrreißt du nicht, wo dieses Versteck liegt?« erkundigte er sich. Obwohl er dabei pfiff und röchelte, als wollte er jede Sekunde sein Leben aushauchen, hörte ich den lauernden Unterton aus seiner Stimme heraus.

»Ich kenne die ungefähre Richtung, in der wir uns bewegen müssen«, antwortete ich vorsichtig. Ich deutete zu der spitzen Felsnadel, von der ich annahm, daß sie Merkosh als Bezugspunkt diente. »Dort ist dein Wegweiser.«

»Gaahk-gaahk-gaahk!« dröhnte es in meinem Helmlautsprecher.

Wir flogen nebeneinander über ein paar schroffe Felszacken hinweg. Der Boden besaß, sofern er nicht von Trockeneis bedeckt war, eine dunkelbraune bis schwarze Färbung und war von Rissen durchzogen. Wo immer wir unsere Füße aufsetzten, berührten sie totes Gestein, das niemals Leben getragen hatte.

Plötzlich ließ Merkosh sich zu Boden sinken.

»Sind wir angekommen?« fragte ich.

»Nein!« Ich sah, wie er sich an seinem Aggregat zu schaffen machte.

»Was ist passiert?«

»Ich wrrreiß nicht, Robrrinson der Zwrrreite«, gab er zurück. »Auf jeden Fall kann ich nicht weiterfliegen.«

Ich stieß eine Verwünschung aus. Das war doch nur ein übler Trick des Gläsernen. Indem er Bewegungsunfähigkeit vortäuschte, wollte er eine Entdeckung seines Verstecks verhindern. Inmitten dieser Felsen konnte man ohne Flugaggregat nur mühsam vorankommen.

Ich landete neben dem Oproner am Boden. Er ließ es zu, daß ich das Aggregat untersuchte. Ich konnte keinen Schaden feststellen, aber als ich es auf volle Leistung schaltete, gab es nicht genügend Energie ab, um Merkosh vom Boden abzuheben.

»Du hast es absichtlich beschädigt, Bohnenstange!« warf ich ihm wütend vor. »Damit willst du verhindern, daß ich dein Versteck zu sehen bekomme. Aber darauf lasse ich mich nicht ein. Ich weiß, wo deine Sachen liegen. Dort werde ich jetzt hinfliegen und mich umsehen. Du kannst zurückbleiben und warten, bis ich dich hole.«

Er bekam einen Tobsuchtsanfall. Durch die Sichtscheibe seines Helmes konnte ich den aufgestülpten Rüssel erkennen.

Ich schaltete meinen Helmempfänger aus, weil ich sein schrilles Geschrei nicht mehr ertragen konnte.

Es fiel mir schwer, ihm den Rücken zuzuwenden, aber jetzt war die Chance gekommen, ihn so zu schockieren, daß er in Zukunft keinen Widerstand mehr leisten würde.

Ich hob mich vom Boden ab und flog davon. Ich schlug die Richtung ein, in der ich sein Versteck vermutete.

Der Bluff wirkte. Es dauerte noch keine Minute, und der Oproner befand sich wieder an meiner Seite.

Ich schaltete den Helmempfänger ein.

»Hallo, Merkosh!« spottete ich. »Du hast den Schaden an deinem Aggregat schnell behoben.«

»Ja«, entgegnete er, jetzt wieder völlig gelassen. »Ich bin ein Mrrreister in technischen Dingen.«

Ich grinste. In den vergangenen Tagen hatte Merkosh oft genug bewiesen, daß er mit der Technik dieser Station nichts anzufangen wußte.

Er begann mir leid zu tun, denn ich konnte mir vorstellen, was ihm sein so sorgfältig geheimgehaltenes Versteck bedeutete.

Ich beschloß, ihn zu beruhigen.

»Ich will dir nichts von deinen Sachen abnehmen, mein Freund«, versicherte ich ihm. »Mich interessiert nur, was du aus der Station geschleppt hast. Vielleicht können wir davon etwas brauchen.«

»In der Tat, vrrrielleicht«, erwiderte er in seiner seltsamen Sprechweise.

Ich ließ ihn jetzt nicht aus den Augen, denn ich wartete auf irgendeine Reaktion, die mir zeigen würde, daß das Versteck in der Nähe war. Nach einer Weile verlangsamte er seinen Flug.

Er flog auf eine Felsenbarriere zu, die zahlreiche Einschnitte und Bodenspalten aufwies. Sie erschien mir als ein idealer Platz, um etwas zu verstecken.

Merkosh landete auf einer großen Steinplatte, die fast vollkommen glatt war.

»Dort drüben zwischen den Felsrrren liegt alles, Terraner!« Er deutete in die entsprechende Richtung.

Seine Bereitwilligkeit erhöhte mein Mißtrauen. Ich zögerte jetzt, das Versteck des Oproners zu untersuchen.

Andererseits durfte ich keine Schwäche erkennen lassen, weil Merkosh das sofort ausnutzen würde.

»Geh du voraus, Stimmbrüchiger!« forderte ich ihn auf.

Er sah, daß ich meinen Strahler gezogen hatte.

»Was hast du vrrror?«

Ich hielt ihm die Waffe drohend entgegen.

»Du sollst verstehen, daß ich keine Tricks dulden werde. Sobald du mich angreifst, werde ich diese Waffe benutzen.«

Er sprang von der Steinplatte.

»Gaahk-gaahk-gaahk! Du kannst mir mit deiner Waffe keine Furcht einjagen.«

Ich verstand diese Worte als Drohung. Die Spannung zwischen uns hatte sich fühlbar erhöht, trotz Merkoshs auffälliger Nachgiebigkeit.

Ich ahnte, daß etwas passieren würde. Der Gläserne war gereizt. Wenn er jetzt einen seiner Zornesausbrüche bekam, mußte ich damit rechnen, daß er seine Böse Stimme gegen mich einsetzte.

Der entscheidende Moment würde kommen, wenn wir vor dem Versteck des Opproners standen. Die Fähigkeit, sich zu beherrschen, war bei Merkosh ja nicht besonders ausgeprägt; er handelte manchmal, ohne zu denken. Ich mußte darauf gefaßt sein, einen blitzschnellen Angriff zurückzuschlagen.

Merkosh entfernte sich. Ich blieb mit schußbereiter Waffe hinter ihm. Er bewegte sich auf einen breiten Riß zwischen den Felsen zu. Hinter der Barriere erhoben sich zweihundert Meter große Berge. Über ihren Gipfeln sah ich einen Teil des Saturn.

Die zerklüftete Felswand, vor der wir standen, besaß eine schiefergraue Färbung. Schmutziggelbe Flecken unterbrachen die Eintönigkeit dieses Anblicks. Auf vorspringenden Felszacken leuchteten Eisbrocken.

Ich schaltete meinen Helmscheinwerfer ein, denn im Schatten war fast nichts zu erkennen.

Merkosh zwängte sich in den eineinhalb Meter breiten Riß.

»Hier ist es, Terraner!«

Ich hielt meinen Strahler schußbereit auf ihn gerichtet.

»Wir können das Versteck nicht zusrrrammen ansehen«, fuhr er fort. »Einer von uns mrrruß draußen bleiben.«

Ich hörte den Spott aus seiner Stimme heraus. Er wollte andeuten, daß er mich leicht überrumpeln konnte, wenn ich mit der Untersuchung des Verstecks beschäftigt war.

Es war sein letzter, aber auch eindrucksvollster Versuch, mich von einer Untersuchung der Höhle abzuhalten.

Aber jetzt konnte ich nicht mehr zurück. Ein Rückzug hätte mich in Merkoshs Augen zum Feigling werden lassen.

»Komm heraus!« sagte ich entschlossen. »Ich will mir die Sache ansehen.«

Verblüfft verließ er seinen Platz. Offenbar hatte er nicht damit gerechnet, daß ich auf meinem Vorhaben bestehen würde.

Ich starrte ihn an.

»Ich werde wachsam sein«, warnte ich schließlich. »Solltest du mich angreifen, solange ich dein Versteck durchsuche, werde ich noch Kraft und Zeit haben, um dich zu erledigen.«

»Gaahk-gaahk-gaahk!«

Sein durchdringendes Gelächter tat mir in den Ohren weh. Ich wandte mich abrupt um und ging zu der Felsenspalte hinüber, die offenbar den Eingang zu Merkoshs Versteck bildete. Der Lichtstrahl meines Scheinwerfers wanderte vor mir über den Boden. Obwohl die Klimaanlage meines Schutzanzuges einwandfrei funktionierte, begann ich zu frösteln. Merkosh stand ein paar Dutzend Meter hinter mir, und ich wußte nicht, was er vorhatte.

Ich erreichte den Riß in der Felswand und leuchtete in den dahinter liegenden Hohlraum.

Am Boden lagen ein ausgebranntes Aggregat, ein paar nutzlose Kabelstränge und drei Abdeckungen aus Metall mit den dazugehörigen Verschlüssen. Ich starrte diese armselige Sammlung an und versuchte zu verstehen.

»Bist du jetzt zufrieden?« klang Merkoshs Stimme in meinem Helmlautsprecher auf.

Ich zwängte mich durch den Spalt ins Innere der kleinen Höhle und leuchtete die Wände ab. Es gab keinen Durchgang in eine zweite Höhle. Danach untersuchte ich Merkoshs Habseligkeiten. Wie konnte ein intelligentes Wesen sich der anstrengenden Arbeit unterziehen und solche Gegenstände aus der Station in dieses Versteck schleppen? Lag das wirklich nur an Merkoshs mangelndem Verständnis für die Technik der Station, oder spielten dabei Gründe eine Rolle, von denen ich nichts ahnte?

Vielleicht waren Abdeckungen, Kabel und das ausgebrannte Aggregat nur für mich sinnlos und besaßen für den Gläsernen einen unvorstellbaren Wert.

Ich dachte angestrengt über die Zusammenhänge nach.

»Willst du nrrricht mehr herauskommen?« erkundigte sich der Oproner.

Ich packte ein Kabelbündel und schleuderte es hinaus. Der Mißerfolg hatte mich wütend gemacht. Insgeheim hatte ich gehofft, daß Merkosh Dinge aus der Station entwendet hatte, die auch mir von Nutzen sein konnten. Dabei hatte ich übersehen, daß das Robotgehirn eine solche Aktion bestimmt verhindert hätte.

Als ich die kleine Höhle verließ, stand der Frequenzwandler noch immer neben der Steinplatte.

»Zufrieden?« erkundigte er sich.

Meine Augen verengten sich.
»Was verheimlichst du mir, Gläserner?«
»In der Tat, nrrrichts!«
Zwischen den Felsen sah die dunkle Silhouette seines in einen unförmigen Schutzanzug gehüllten Körpers geradezu grotesk aus. Seine langen Arme pendelten hin und her.
»Wozu hast du den Schrott hierhergebracht, Gläserner?«
»Ich tue das immer, wenn ich krybscher brrrin.«
Plötzlich erkannte ich die Wahrheit. Sie war ein Beweis für die Schläue dieses Wesens.
Merkosh hatte geglaubt, mich überlisten zu können. In allen Überlegungen, die er bisher angestellt hatte, mußte sein Versteck ein wichtiger Faktor sein.
Aber nicht *dieses* Versteck!
Das hatte er nur angelegt, um es mir zeigen zu können, wenn ich ihn in die Enge treiben sollte. Das war nun geschehen. Merkosh hatte ein paar nutzlose Dinge hierhergebracht.
Die ihm wichtigen Geräte, die er aus der Station gestohlen hatte, bewahrte er an anderer Stelle auf. Diese kleine Höhle sollte mich ablenken. Das allein mußte der Grund für seine Bereitwilligkeit und verhältnismäßig große Friedfertigkeit sein.
Ich ging zu Merkosh zurück.
»Können wir in die Station zurückkehren, Terraner?«
»Ja«, sagte ich langsam und preßte ihm den Lauf des Strahlers gegen den Körper.
»Zuvor, mein Freund, möchte ich jedoch dein Versteck sehen.«
»Wrrras?« sprudelte er hervor. »Was soll dieser Unsrrrinn?«
Ich stieß mit der Waffe zu. »Ich warte nicht, Gläserner.«
Er antwortete nicht, sondern setzte sich in Bewegung. Ich blieb dicht hinter ihm.

Im Grunde genommen hing alles davon ab, wie schnell er seine Waffe einsetzen konnte. Er ging hinter mir, und ich spürte den Druck des Energiestrahlers in meinem Rücken.
Im Augenblick hatte ich keine andere Wahl, als seine Befehle zu befolgen. Es hatte keinen Sinn, wenn ich mir jetzt Selbstvorwürfe machte. Natürlich hätte ich den Terraner längst töten können, doch

ich war kein Oproner, der ausgelassenen Möglichkeiten nachtrauerte. Unser Duell, das schon begonnen hatte, als wir uns zum erstenmal begegnet waren, hatte ein entscheidendes Stadium erreicht. Das wußte der Terraner ebenso wie ich.

Nur einer von uns beiden würde in die Station zurückkehren! Der andere würde hier draußen bleiben, auf dem Rücken liegend, mit gebrochenen Augen.

Ich sah ein, daß der Terraner jetzt nicht mehr zurückkonnte. Er hatte meinen Plan durchschaut und entsprechend gehandelt. Ein klügeres Wesen als er hätte die kleine Höhle vielleicht akzeptiert und einen Kampf vermieden. Das Versteck, das ich ihm gezeigt hatte, war die letzte Möglichkeit eines Kompromisses gewesen.

Ich kletterte vor Robinson dem Zweiten über die Felsen hinweg. Das Flugaggregat jetzt einzuschalten wäre einem Selbstmord gleichgekommen, denn der Terraner würde bei jeder verdächtigen Bewegung schießen.

Ich hatte meinen Rüssel ausgefahren, bereit, meine tödliche Stimme ertönen zu lassen.

Meine Gedanken lösten sich von den Problemen der Gegenwart. Ich dachte an meine Heimat, die ich wahrscheinlich nicht mehr sehen würde. Hatte es überhaupt einen Sinn, wenn ich den Terraner besiegte?

Ich hob den Kopf.

Über mir spannte sich ein fremder Sternenhimmel. Maasbar war viel zu weit entfernt, um auch nur ein winziger Lichtpunkt unter vielen anderen zu sein.

Ich fröstelte. Wie war es möglich, daß die spindelförmige Maschine meinen Zeitsprung beeinflußt hatte, obwohl sie räumlich so weit von meiner Heimatgalaxis entfernt war?

Ich konnte mir das nur so erklären, daß bei einem Zeitsprung der Raum jede Bedeutung verlor. Ein Körper, der sich an der Zeitlinie entlangbewegte, tauschte zwar zwei Zeitebenen miteinander aus, kam aber immer an jener Stelle an, von der aus er gestartet war. Während der Zeitreise jedoch hielt er sich in einem überlagerten Medium auf, das offenbar völlig anderen Gesetzen unterworfen war als ein dreidimensionaler Raum.

Die Tatsache, daß ich mich auf diesem Mond in einer fremden Galaxis befand, konnte nur bedeuten, daß die fremdartige Energie der spindelförmigen Maschine unter bestimmten Umständen Zeitreisen an *jedem* Punkt des Universums beeinflussen konnte, einfach deshalb, weil es im Zeitstrom keine räumlichen Maßstäbe gab. Die Zeit war ein Komplex, der sich weder teilen noch räumlich unterscheiden ließ. Energie, die innerhalb des Zeitstroms wirksam wurde, beeinflußte deshalb die Zeit überall im Universum.

Der Druck in meinem Rücken verstärkte sich; ich war unwillkürlich stehengeblieben.

»Vorwärts, Merkosh!« befahl der Terraner.

Ich kletterte über die Felsen. Zu Fuß kam ich besser voran als mein Gegner, aber Robinson der Zweite würde sicher von der Möglichkeit Gebrauch machen, sein Flugaggregat einzuschalten.

Während wir uns meinem Hauptversteck näherten, dachte ich noch einmal an die Feierlichkeiten während des Yabusch-Ker-Ansses auf Opronos. Sie hatten unmittelbar vor meinem vierten Zeitsprung stattgefunden, und der Orbos hatte sie mir gewidmet. Damals hatte ich die schönsten Stunden meines Lebens verbracht.

Der Terraner und ich bewegten uns an der Felsenbarriere entlang. Ich konnte bereits den Einschnitt erkennen, wo ich alle gestohlenen Sachen unter einem Felsvorsprung abgelegt hatte.

»Sobald wir die richtige Stelle erreicht haben, hebst du beide Arme über den Kopf!« ordnete Robinson der Zweite an. »Außerdem mußt du darauf achten, daß du mir nie dein Gesicht zuwendest. Es ist deine Sache, darauf aufzupassen, denn ich werde nicht erst nach dem Grund fragen, wenn es doch passieren sollte. Ich werde sofort schießen, wenn ich dein Gesicht sehe.«

Er war noch vorsichtiger geworden.

Ich bedauerte jetzt, daß ich ihn in das Geheimnis meiner Bösen Stimme eingeweiht hatte. Nur weil er meine parapsychische Fähigkeit kannte, war er in der Lage, sich dagegen zu wappnen.

Was war während des vierten Zeitsprungs in meinem Gehirn vorgegangen, daß ich die Fähigkeit der Traummeditation völlig verloren hatte und zum Frequenzwandler geworden war? Auch daran konnten nur die Energien des Zeitstoppers schuld sein.

Ich war mir darüber im klaren, daß ich mein neues Talent noch nicht völlig begriffen hatte. Sicher verfügte ich über Kräfte, die exakt kontrolliert werden konnten. Es waren zerstörerische Kräfte, die beherrscht sein wollten. Sollte ich jemals nach Maasbar zurückkehren, mußte ich alle Wutanfälle vermeiden, denn sie konnten dazu führen, daß ich die Böse Stimme unbewußt einsetzen würde.

Ich holte tief Atem. Wahrscheinlich würde sich diese Fähigkeit noch als eine Belastung erweisen. Ich konnte nur hoffen, daß sie im Laufe der Zeit nachließ und ich wieder zu einem Traummeditator wurde.

Ich war so in Gedanken versunken, daß ich fast am Versteck vorbeigegangen wäre.

Ich blieb stehen und hob beide Arme, genau wie der Terraner es von mir verlangt hatte.

»Wo ist es?« fragte er sofort.

»Unter dem Felsvorsprung, Terraner.«

Ich versuchte mir vorzustellen, wie er sich umschaute, um nach einem geeigneten Platz zu suchen, wo er mich außerhalb des Verstecks zurücklassen konnte. Vielleicht würde er auch schießen, sobald er die gestohlenen Geräte gefunden hatte. Ich überlegte, ob ich das Risiko eingehen und mich umdrehen sollte. Das konnte einen tödlichen Schuß nach sich ziehen.

Warum redete der Terraner nicht?

Das hätte mir einen Hinweis geben können, was er jetzt gerade tat. Er ließ mich absichtlich im unklaren, damit ich nicht wußte, woran ich war. Ich mußte zugeben, daß er sich sehr klug verhielt.

Jetzt war der Zeitpunkt gekommen, daß er sich unter den Felsvorsprung beugen würde, um nach meinen dort zusammengetragenen Geräten zu greifen. Eine gute Gelegenheit, um ihn endgültig auszuschalten.

Aber tat er wirklich, was ich von ihm erwartete? Konnte es nicht möglich sein, daß er noch hinter mir stand und mich beobachtete?

Ich hielt die Ungewißheit nicht länger aus.

»Kann ich etwas fragen, Terraner?«

»Natürlich«, erwiderte er. »Du darfst dich dabei nur nicht bewegen!«

Ich mußte ihn in ein Gespräch verwickeln und versuchen, von ihm Hinweise zu bekommen. Das mußte schnell geschehen, denn bald konnte es für ein Eingreifen zu spät sein.

»Hast du jemals daran gedacht, daß wir beide die Station übernehmen könnten?« fragte ich ihn. Ich wußte genau, daß er sich mit diesem Plan beschäftigte. Verschiedene seiner Bemerkungen ließen keinen Zweifel daran. »Wir könnten doch versuchen, das Robotgehirn auszuschalten, um uns alle Anlagen nutzbar zu machen. Vielleicht gelänge uns dann sogar eine Rückkehr in unsere Zeit.«

Ich hörte ihn leise auflachen.

»Ich hätte dich für klüger gehalten, Gläserner. Jetzt ist es für ein solches Bündnis zu spät. Du kannst mich nicht überlisten. Deine einzige Chance besteht darin, dich sehr vorsichtig zu verhalten. Dann werde ich dich in der Station in einen Raum einsperren, aus dem du nicht entkommen kannst, ohne daß das Robotgehirn aufmerksam wird. Natürlich werde ich dich mit Nahrung versorgen.«

Ich stieß vor Empörung einen Schrei aus. Das also hatte er vor. Er wollte mich nicht nur zu seinem Sklaven, sondern zu seinem Gefangenen machen. Außer mir vor Zorn fuhr ich herum, bereit, ihn mit meiner Bösen Stimme zu treffen. Als ich ihn nicht sah, wartete ich auf den tödlichen Schuß.

Doch nichts geschah.

Der Felsvorsprung lag verlassen vor mir.

Der Terraner war verschwunden.

Wieder hörte ich sein leises, herausforderndes Lachen.

»Nun, Merkosh? Bewege dich nicht, mein Freund, das wäre dein Ende.«

Etwa sechzig Meter über mir blitzte es in der Felswand auf. Neben mir zerbarst ein Felsen. Eine Rauchwolke verflüchtigte sich in der dünnen Atmosphäre des Mondes.

Der Terraner war die Steilwand hinaufgeflogen und hatte sich zwischen den Felsen verkrochen.

Damit hatte ich nicht gerechnet. Ich wußte, daß er mich jetzt erschießen konnte, bevor ich ein genaues Ziel für meine Böse Stimme gefunden hatte.

»Du hast dich nicht in mein Versteck gewagt«, stellte ich fest. »Du wußtest, daß ich dich dann hätte töten können.«

»Tatsächlich, Gläserner?«

Meine Augen, die pausenlos den dunklen Steilhang absuchten, konnten ihn nicht entdecken. Ich war sicher, daß er seine Position ständig wechselte.

»Hör mir jetzt zu, Merkosh! Du bist klug und weißt, daß du im Augenblick der Unterlegene bist. Ich will dir noch etwas sagen: Dein Sauerstoff reicht nur noch für eine halbe Stunde.«

Ich erschrak so sehr, daß ich zu zittern begann.

»Das ist nicht wahr!« schrie ich entsetzt.

»Doch! Ich habe mir erlaubt, dein Aggregat vor dem Verlassen der Station entsprechend zu präparieren.« Er machte eine Pause, als wollte er mir Gelegenheit geben, über seine Worte nachzudenken. Dann fuhr er fort: »Wenn du überleben willst, mußt du jetzt in die Station zurückkehren und dein Aggregat aufladen. Bis du wieder hier bist, vergeht eine knappe Stunde. Zeit genug für mich, dein Versteck zu untersuchen.«

»Das ist nicht wahr! Das ist nicht wahr! Ich habe mein Aggregat nie aus den Augen gelassen.«

»Wirklich nicht?«

Ich konnte mir vorstellen, wie er dort oben irgendwo zwischen den Felsen kauerte und triumphierte. Er hatte mich erneut geschlagen, denn ich wäre ein Narr gewesen, wenn ich nicht eingesehen hätte, daß ich in der Klemme saß.

»Du bluffst nur!« rief ich. »Ich habe soeben mein Aggregat untersucht. Es ist vollkommen in Ordnung.«

»Dann kannst du ja unbesorgt die nächste halbe Stunde dort unten stehenbleiben, Gläserner. Ich bin gespannt, wie sich deine Stimme anhört, wenn dir allmählich die Luft ausgeht.«

Ich konnte mich nicht länger beherrschen. In meiner Erregung richtete ich meine Böse Stimme gegen den Steilhang. Hoch über mir pulverisierten einige Felsen. Die Trümmer regneten die Ebene herab.

Ich sah es an einer Stelle aufblitzen. Neben mir wurde der Boden von einem Strahlschuß aufgerissen.

»Gläserner, du riskierst zuviel!«

Ich schickte einen Intervallstrahl psionischer Energie in die Richtung, wo seine Waffe aufgeleuchtet war.

Ein höhnisches Lachen wurde in meinem Helmlautsprecher hörbar.

»Du mußt den ganzen Berg in Trümmer legen, wenn du mich treffen willst, Bohnenstange. Aber dazu wird es nicht kommen, denn ich kann dich erschießen, wann immer ich will.«

Um seine Worte zu bestätigen, ließ er vor mir einen Felsen verglühen. Niemals zuvor hatte man mich auf diese Weise beleidigt und entwürdigt. Wenn ich diesen Kampf gewann, woran ich jetzt nicht mehr glaubte, würde ich lange Zeit brauchen, um die Schmach zu vergessen, die mir der Terraner zugefügt hatte.

Ich zog meinen Rüssel ein und flog in Richtung der Station davon. Noch einmal hörte ich Robinson den Zweiten lachen.

Ich wußte, daß er sich bereits an den Abstieg machte. Während meiner Abwesenheit würde er mein Versteck aufsuchen und es ausplündern.

Vor mir lag die Station. Ich hatte noch zehn Minuten Zeit, aber das nutzte mir wenig. Ich mußte hinein und mein Aggregat aufladen. Inzwischen würde der Terraner mein Versteck längst durchsucht haben. Mühsam unterdrückte ich meine Erregung. Der Wunsch nach Rache war so stark in mir, daß ich an mich halten mußte, um die Böse Stimme nicht sinnlos abzustrahlen.

Ich landete vor der kleinen Pforte, durch die der Terraner und ich aus und ein gehen konnten. Sobald ich die Station betreten hatte, konnte ich sie so verriegeln, daß Robinson der Zweite ausgeschlossen war. Er würde dann in ähnliche Schwierigkeiten kommen wie ich jetzt.

Ich verwarf diesen Plan. Mein Gegner besaß eine Strahlenwaffe und würde sie gegen die kleine Schleuse einsetzen, wenn ihm keine andere Möglichkeit mehr blieb.

Als ich öffnen wollte, klang seine Stimme im Helmlautsprecher auf.

»Hallo, Gläserner! Hast du die Station schon erreicht?«

Ich erstickte fast vor Zorn, als ich seine schwächliche Stimme hörte, die in keiner Weise zu seinem aufgedunsenen Körper paßte.

»Warum antwortest du nicht, Merkosh?« wollte er wissen, als ich schweigend vor dem Eingang stand und überlegte, ob ich auf seinen Ruf reagieren sollte.

»Was ist los?« stieß ich hervor.

Er räusperte sich.

»Würdest du bitte etwas leiser sprechen, damit mein Helmlautsprecher aufhört zu vibrieren? Er wird sonst noch kristallisieren.«

»Ich betrete jetzt die Station!« Ich griff nach dem Schalthebel, der in die Felsen eingelassen war. »Warum soll ich mir dieses Geschwätz anhören?«

»Warte!« rief er hastig. »Gläserner, ich habe dich belogen! Dein Aggregat ist vollkommen in Ordnung. Du mußt schnell hierher zurückkehren.«

Ich hatte mich entschlossen, nicht die Beherrschung zu verlieren, aber jetzt mußte ich meinem Ärger mit einigen Intervallstrahlen psionischer Energie ein Ventil verschaffen. Auf der anderen Seite der steil aufragenden Felswand entstand ein großes Loch.

»Du mußt mir helfen, Gläserner!« rief der Terraner.

In meiner Erregung hätte ich ihn fast nicht gehört.

»Helfen?« wiederholte ich ungläubig. »Wenn du dort draußen in Schwierigkeiten bist, werde ich kommen und dich auslachen.«

»Ich glaube«, erwiderte er gedehnt, »wir sind beide in Schwierigkeiten.«

»Was heißt das?« fragte ich verblüfft.

»Ich habe dein Versteck untersucht und dabei mein Ortungsgerät gefunden, das ich seit einigen Tagen vermisse. Es war Zufall, daß ich es einschaltete, aber ich habe dabei etwas entdeckt. Nicht weit von hier entfernt steht ein Objekt, das viel Energie abstrahlt. Es war vorher nicht da.«

Glaubte er wirklich, daß er mich mit dieser Geschichte wieder von der Station weglocken konnte? Er hatte sich offenbar entschlossen, mich sterben zu lassen. Dieser Plan konnte nur gelingen, wenn ich mein Aggregat nicht auflud.

»Ich komme zurück«, sagte ich. »Aber erst, wenn ich mein Aggregat aufgeladen habe.«

Ich hörte ihn heftig atmen.

»Es ist ein Raumschiff!« rief er aus. »Es kann nur ein Raumschiff sein. Verstehst du nicht, was das für uns beide bedeutet? Vielleicht sind das die Erbauer dieser Station und des Zeitstoppers, die auf Titan angekommen sind.«

»Gaahk-gaahk-gaahk!«

»Du glaubst mir nicht?«

»In der Tat!«

»Lade dein Aggregat auf und komm hierher zurück. Ich stelle das Ortungsgerät gut sichtbar vor deinem Versteck auf. Du kannst dann selbst überprüfen, ob ich recht habe. Ich werde über dir in den Felsen liegen und dich beobachten. Wenn du das Ortungsgerät kontrolliert hast, wirst du einsehen, daß wir jetzt zusammenhalten müssen.«

Ich griff nach dem Schalthebel und öffnete die Schleuse. Ich wollte seine Stimme nicht mehr hören. Was wollte er mit all diesen Lügen erreichen?

»Merkosh!« rief er beinahe flehend. »Komm heraus und hilf mir festzustellen, was sich in einiger Entfernung abspielt.«

»Gut!« hörte ich mich zu meiner Überraschung sagen. »Ich werde kommen und mir das Ortungsgerät ansehen.«

18.

Ich lehnte mich mit dem Rücken gegen einen Felsen und blickte zu der Steinplatte hinab, wo ich das Ortungsgerät abgestellt hatte.

Merkosh war vor wenigen Augenblicken eingetroffen, aber bisher hatte er das Gerät noch nicht untersucht. Es hätte mich interessiert, ob er sein Aggregat aufgeladen oder mir geglaubt hatte. Zeit genug war ihm zu einer Aufladung geblieben.

Merkosh konnte mich nicht sehen, denn ich befand mich im Schatten eines Felsvorsprungs. Ich war froh, daß er nicht redete, wartete aber ungeduldig darauf, daß er sich endlich mit dem Ortungsgerät befassen würde.

Nach der Stärke des Ausschlages zu schließen, war irgendein großer Körper auf Titan angekommen. Es konnte sich meiner Ansicht nach nur um ein Raumschiff handeln.

Wenn meine Vermutung zutraf, ergaben sich ungeahnte Möglichkeiten für Merkosh und mich. Allerdings mußten wir zusammenhalten, wenn wir etwas erreichen wollten. Vielleicht konnte Merkosh unsere Streitigkeiten vergessen.

Ich konnte meine Ungeduld nicht länger zügeln.

»Das ist keine Bombe, Stimmbrüchiger!« rief ich. »Es ist das Ortungsgerät, das du mir gestohlen hast. Wie lange willst du noch mit einer Untersuchung warten?«

Von meinem Platz aus sah es aus, als würde Merkosh sich einen Ruck geben. Er beugte sich über das Ortungsgerät.

»Es zeigt irgend etwrrras an«, gab er zu. Seine Stimme klang einigermaßen verständlich. »Aber ich wrrreiß nicht genau, wrrras es bedeutet. Es ist möglich, daß es die Station anzeigt, in der wrrrir uns die meiste Zeit aufhalten.«

Ich erhob mich aus meinem Versteck. Wenn ich ihn jetzt nicht überzeugen konnte, würde eine einmalige Chance ungenutzt vorübergehen.

»Das Ortungsgerät zeigt auch die Richtung an, aus der die energetische Strahlung kommt«, erklärte ich. »Man muß die Werte nur richtig ablesen.«

»Es ist dein Gerät«, sagte er nur. »Du kannst alles mögliche behaupten.«

Ich schaltete meinen Flugprojektor auf volle Leistung und schwebte zu ihm hinab. Hoffentlich war er vernünftig genug, mich jetzt nicht anzugreifen.

»Ich ziehe jetzt meine Waffe, Merkosh. Aber nicht, um auf dich zu schießen, sondern um sie auf den Boden zu legen. Daran kannst du sehen, daß ich es ehrlich meine.«

Vorsichtig, um sein Mißtrauen nicht zu vergrößern, zog ich die Waffe aus meinem Gürtel. Ich ergriff sie am Lauf. Jede Bewegung dauerte lange, denn ich wollte den Opproner nicht erschrecken.

Schließlich lag die Waffe zwischen uns am Boden.

Merkosh gab ein seufzendes Geräusch von sich.

»Wrrras soll das alles, Robrrrinson der Zwrrreite?«

Ich warf ihm einen Seitenblick zu.

»Ich glaube, es liegt nur an deiner Stimme, daß wir uns nicht verstehen, Gläserner. Sie macht mich wahnsinnig.«

»Gaahk-gaahk-gaahk! Wrrrenn ich ruhig bin, können wrrrir uns nicht vrrrerständigen.«

»Das ist richtig!« Ich deutete auf das Ortungsgerät und versuchte, ihm die Bedeutung der Skalen und Zahlen klarzumachen. Er hörte mir schweigend zu. Sicher war es nicht einfach, ihn zu überzeugen.

Ich ließ ihm Zeit zum Nachdenken.

»Es ist möglich, daß du die Wrrrahrheit sprichst«, meinte er nach einer Weile. »Aber das können wrrrir nur feststellen, wrrrenn wrrrir dorthin fliegen, wo das Raumschiff angeblich gelandet sein soll.«

Das war ursprünglich auch mein Plan gewesen. Inzwischen hatte ich meine Meinung jedoch geändert. Wenn in der Nähe der Station tatsächlich ein Raumschiff gelandet war, mußten einige Mitglieder seiner Besatzung früher oder später hier auftauchen. Wir brauchten uns also nur zwischen den Felsen zu verstecken und abzuwarten.

Auf keinen Fall durfte ich vergessen, das Robotgehirn in der Station in meine Überlegungen einzubeziehen. Wenn es zwischen dem gelandeten Raumschiff und der Station eine Verbindung gab, würde das Robotgehirn die Besatzungsmitglieder über die Anwesenheit von zwei Fremden unterrichten. Es würde ihnen sagen, daß sich diese beiden Fremden im Augenblick außerhalb der Station aufhielten.

Die Frage war nur, wann die Besatzungsmitglieder des Raumschiffs diese Information erhielten!

Vielleicht war schon eine entsprechende Funkbotschaft abgestrahlt worden.

Dann brauchten wir nicht auf eine Chance zu hoffen.

»Wrrrorauf wrrrarten wrrrir noch?« erkundigte sich der Opproner.

Ich starrte ihn entsetzt an.

»Könntest du diese Frage noch einmal sehr langsam und deutlich wiederholen? Vielleicht auch ein bißchen leiser?«

Er tat mir den Gefallen.

»Sobald wir Kontakt mit meinen Freunden bekommen, werde ich dafür sorgen, daß man etwas für deine Mandeln tut. Sie müssen so groß wie Tennisbälle sein.«

»Mrrrandeln?« röchelte er verständnislos. »Wrrras bedeutet das schon wrrrieder?«

»Nichts!« versicherte ich hastig, bevor er weitere Fragen stellen konnte.

Ich erklärte ihm, warum ich nicht zu der Stelle fliegen wollte, wo ich das Raumschiff vermutete. Merkosh hörte mir aufmerksam zu. Zu meinem Erstaunen wedelte er zustimmend mit seinen Armen.

»Du bist klüger, als ich gedacht habe, Terraner. Wrrrir wrrrarten hier.«

Ich deutete zu der zweitausend Meter hohen Steilwand hinauf.

»Dort oben«, entschied ich, »ist der beste Platz.«

Wie nicht anders zu erwarten, protestierte er sofort.

»Wrrrir gehen in die Schlucht. Vrrron dort wrrrerden sich die Fremden der Station nähern, denn dort liegt das große Tor.«

Dieses Argument war nicht zu widerlegen, aber ich hatte einmal auf die Steilwand hingewiesen und wollte nicht nachgeben. Außerdem erschien mir ein Beobachtungsplatz in dieser Höhe wesentlich sicherer zu sein als unten in der Schlucht.

»Wir fliegen dort hinauf!« beharrte ich.

»Meinetwrrregen kannst du dort einen Platz suchen, ich wrrrerde in der Schlucht wrrrarten.«

Wieder standen wir uns streitend gegenüber, und keiner war bereit, die Ansichten des anderen zu akzeptieren. Voller Unbehagen dachte ich an die Möglichkeit, daß wir im Augenblick des Eintreffens der Raumfahrer ein paar Kilometer voneinander getrennt sein würden. Das würde ein gemeinsames Handeln erschweren, denn wir durften nicht riskieren, uns dann noch über unsere Helmfunkanlage zu verständigen.

Da hatte ich eine rettende Idee.

»Laß uns knobeln«, schlug ich vor.

Seine grünen Glotzaugen schienen mich durchbohren zu wollen.

»Knobeln?« Sein Rüssel zuckte mißtrauisch vor und zurück. »Wrrrillst du mich wieder betrügen?«

Ich bückte mich und hob einen kleinen Stein auf.

»Ich werde diesen Stein in eine meiner Hände legen«, erklärte ich dem Opproner. »Du mußt raten, welche Hand es ist. Gelingt dir das, folge ich dir in die Schlucht. Andernfalls mußt du mit zum Hügel hinauf. Einverstanden?«

»In der Tat, Robrrrinson der Zwrrreite.«

Ich erschauerte. Schnell legte ich beide Hände auf den Rücken und ließ den Stein fallen. Jeder fünfjährige Knirps terranischer Abstammung würde meinen Trick durchschauen, aber Merkosh hatte noch niemals zuvor mit einem Terraner gespielt. Es war zu bezweifeln, ob auf Opronos solche Spiele überhaupt bekannt waren.

Ich zog meine Hände hervor und streckte sie ihm entgegen.

Er zögerte lange, dann berührte er meine Rechte.

Ich öffnete sie und zeigte Merkosh die leere Handfläche. Gleichzeitig tat ich so, als würde ich mit der linken Hand das Steinchen wegwerfen.

»Pech gehabt, Gläserner! Wirst du mir folgen?«

Er unterdrückte seine Enttäuschung.

»In der Tat.«

Jetzt schämte ich mich meiner Handlungsweise. Zum erstenmal hatte er mir vertraut, und ich hatte ihn betrogen. Fast hätte ich verraten, wie ich ihn überlistet hatte, doch ich dachte noch rechtzeitig an die Komplikationen, die sich daraus entwickeln würden.

»Komm!« sagte ich heftig. »Wir wollen nicht länger warten.«

Seite an Seite flogen wir an der Steilwand entlang nach oben. Zum erstenmal, seit wir uns kennengelernt hatten, besaßen wir ein gemeinsames Ziel. Mir wurde warm bei dem Gedanken, daß Merkosh und ich vielleicht doch noch gute Freunde werden würden. Möglich war schließlich alles. Wenn er vernünftig blieb, konnte ich mich vielleicht sogar an seine Stimme gewöhnen.

Die im Schatten liegende Felswand blieb unter uns zurück. Aus dieser Höhe hatten wir einen Einblick auf eine große Trockeneisebene. Wir flogen über der Steilwand dahin und suchten nach einem geeigneten Landeplatz.

Merkosh entdeckte ein kleines Plateau, das von Felszacken umgeben war. »Dort!« rief er. »Wrrrir können uns vrrrerstecken und gleichzeitig die Schlucht beobachten.«

Noch immer voller Schuldbewußtsein, stimmte ich zu. Wenn er erstaunt war, daß ich diesmal nichts an seinem Vorschlag auszusetzen hatte, dann zeigte er es nicht.

Wir landeten in unserem neuen Versteck und machten es uns bequem. Ich beobachtete das Ortungsgerät. Es würde uns zeigen, wann sich jemand der Station näherte.

Merkosh gähnte. Bei ihm hörte sich das an wie das Gebrüll eines Raubtiers.

»Ich bin hungrig«, eröffnete er mir. »Es wrrrird Zeit, daß ich etwrrras zu essen bekomme.«

Ich umfaßte meinen Helm mit beiden Händen. Auch das noch! dachte ich.

»Nahrung ist nur unten in der Station. Dorthin können wir jetzt nicht zurück.«

»Ich bin aber hungrig«, beharrte er. »Ich kann nicht wrrrarten.«

Ich stieß einen Fluch aus. Mit dieser Bohnenstange hatte man nichts als Schwierigkeiten. Bei seiner Figur war es zwar verständlich, wenn er großen Appetit entwickelte, aber er hätte sich ein bißchen beherrschen sollen.

»Man wird dich in der Station festhalten, Merkosh«, prophezeite ich ihm.

»Gaahk-gaahk-gaahk! Ich brauche nicht in die Station. Einen Teil meiner Nahrungsvorräte habe ich unten in mein Vrrersteck gebracht.«

Ich wappnete mich mit Geduld.

»Was hätte das für einen Sinn, wenn du das Zeug jetzt holst, Gläserner? Du könntest es nicht essen. Dein Anzug ist nicht so konstruiert, daß du durch ihn Nahrung aufnehmen kannst.«

Er sah mich hilflos an. »Es wrrräre zumindest ein beruhigendes Gefühl, das Essen hier oben zu haben.«

Mit einem Seufzer lehnte ich mich zurück. Merkosh entwickelte manchmal eine sehr seltsame Logik. Es war sinnlos, ihm zu widersprechen, denn von seinem Standpunkt tat er das Richtige, zumal er in den meisten Fällen nach dem Gefühl und nicht nach dem Verstand entschied.

»Wann willst du losfliegen?«

»Am besten sofort.« Er richtete sich auf. Gegen den Hintergrund des Saturnhimmels sah er wie eine Gestalt aus einem Gruselfilm aus.

Ich warf einen Blick auf das Ortungsgerät und zuckte zusammen.

»Bleib um Himmels willen hier, Merkosh! Jemand nähert sich diesem Gebiet.«

Er ließ sich neben mir nieder und beobachtete das ovale Gerät mit den darin eingelassenen Skalen und Anzeigen.

»Du suchst nur einen Grund, um mich hier festzuhalten, Terraner!« warf er mir vor.

Ich biß mir auf die Unterlippe. Ich mußte ruhig bleiben. Wenn Merkosh die Nerven verlor, konnten wir uns ebensogut unten mitten in die Schlucht stellen und auf die Ankunft der Fremden warten.

»Sieh dir das an!« Ich deutete auf den kleinen Registrierschirm. Dort waren neben dem ruhig an einem Platz verharrenden Peilpunkt, den ich für ein Raumschiff hielt, zwei kleinere Punkte aufgetaucht. Sie bewegten sich von dem großen Punkt weg. »Es sieht ganz so aus, als hätten die Ankömmlinge zwei Beiboote ausgeschleust. Sie sind auf dem Weg hierher.«

Einmal mehr bewies Merkosh sein technisches Unverständnis.

»Wrrrarum sollten sie mit kleinen Schiffen hierherfliegen?« meinte er. »Das hätten sie leichter haben können, wrrrenn sie sofort mit dem Mutterschiff hier gelandet wrrrären.«

»Und wo hätten sie deiner Ansicht nach landen sollen, Stimmbrüchiger?«

»Unten in der Schlucht.«

Ich hob verzweifelt beide Arme.

»Das Schiff ist zu groß, um dort zu landen. Es braucht viel Platz. Außerdem wollte der Kommandant vermeiden, die Station zu beschädigen.«

»Gaahk-gaahk-gaahk! Das ist Unsinn, Robrrrinson der Zwrrreite! Wrrrarum sollte der Kommandant bei der Landung eine Station seines eigenen Vrrrolkes beschädigen?«

Ich griff nach einem spitzen Felsbrocken und hob ihn drohend.

»Wenn du nicht augenblicklich still bist, erschlage ich dich damit.«

Er fuhr von seinem Platz hoch. Erstaunlicherweise hielt der Anzug seine halsbrecherischen Verrenkungen aus.

»Ich rede, wrrrann und wrrras ich wrrrill!«

»Wrrrrrr!« knurrte ich ihn an. »Wrrr! Wrrr!«

Er hüpfte erfreut um mich herum.

»Vrrrielleicht erlernst du doch noch unsere Sprache, Terraner!«

Ich schaltete mein Helmgerät und den Translator ab. Was zuviel war, war zuviel. Früher hatte man mir Nervenstärke nachgesagt, aber wenn ich noch ein paar Tage mit dieser Bohnenstange leben mußte, würde ich einen Nervenzusammenbruch erleiden.

Merkosh verhielt sich wie ein Kind. Die ganze Zeit über hatte ich mich mit einem jähzornigen, rechthaberischen Kind gestritten. Zum erstenmal sah ich, wie dieser dürre Bursche wirklich war.

Er fing, an mir sympathisch zu werden.

Wenn er nur eine andere Stimme gehabt hätte!

Seit ein paar Minuten hatte ich aufgehört, das fremde Raumschiff zu beobachten. Es würde seinen Standort nicht verändern. Wichtiger waren die beiden anderen Leuchtpunkte auf dem kleinen Schirm, die sich langsam, aber regelmäßig in Richtung der Station bewegten.

Ich fragte mich, warum sie nur so langsam vorankamen. Als sie ein paar unregelmäßige Bewegungen vollführten, fand ich die Erklärung: Es mußte sich um Bodenfahrzeuge handeln, die größeren Bergen auswichen.

Ich dachte angestrengt nach. Warum näherten sich die Fremden dieser Station nicht mit flugfähigen Fahrzeugen? Die Hauptschleuse war groß genug, um auch Beiboote aufzunehmen.

Es war undenkbar, daß Wesen, die ein so großes Raumschiff konstruierten, keine Beiboote mit sich führten.

Die beiden Fahrzeuge bildeten zunächst noch ein Rätsel.

Ich wurde in meinen Gedanken unterbrochen, als Merkosh mich am Arm packte und mich heftig schüttelte. Ich sah, daß sein Mund mit dem eingefahrenen Rüssel sich bewegte.

Er wollte mit mir sprechen.

Ich tat ihm den Gefallen und schaltete Translator und Helmgerät wieder ein.

»Was ist los, Gläserner?«

»Wrrrie lange dauert es noch?«

»Die Annäherung der beiden Fahrzeuge? Schwer zu sagen. Sie kommen nur sehr langsam voran.«

Ich rechnete damit, daß er nun wieder einen seiner irrsinnigen Vorschläge machen würde, aber er blieb merkwürdigerweise ruhig. Er hatte sogar darauf verzichtet, zu seinem Versteck hinabzufliegen und Nahrungsmittel zu holen. Wahrscheinlich hatte er die Sache mit den Lebensmitteln sowieso nur vorgeschlagen, um einen Grund zu haben, sein Versteck zu räumen, bevor es die Fremden finden konnten.

Wir saßen neben dem Ortungsgerät und verfolgten alle Bewegungen der beiden Fahrzeuge über den kleinen Bildschirm. Leider sagten die beiden Peilpunkte nicht viel über Aussehen und Größe der Maschinen aus.

Merkosh brach schließlich erneut das Schweigen.

»Wrrrie sie wrrrohl aussehen?«

Ich begriff sofort, daß er die Fremden meinte. Ebenso wie ich hatte er die ganze Zeit über schon nachgedacht, wer sie sein könnten. Mehr noch als ich mußte er mit vollkommen fremden Intelligenzen rechnen.

»Vrrrielleicht sind es Angehörige deines Vrrrolkes«, sagte er, als ich nicht antwortete.

Ich lachte rauh. »Bestimmt nicht, Stimmbrüchiger! In dieser Zeit hat mein Volk noch nicht existiert.«

Er starrte in die Schlucht, die nach wie vor verlassen unter uns lag. Auf der einen Seite wurde sie vom Schatten der Berge verdunkelt. Wir konnten nicht weit in sie einsehen; die vielen Windungen versperrten uns den Einblick.

»Ob sie uns freundlich gesinnt sein wrrrerden?«

Ich hob die Schultern. »Wer will das sagen? Das Robotgehirn innerhalb der Station ist bisher zurückhaltend gewesen. Es ließ uns relativ viel Freiheit. Ich hoffe, daß wir daraus Rückschlüsse auf die Mentalität seiner Erbauer ziehen können.«

»Wrrrarum gehen wrrrir dann nicht hinab und stellen uns?« fragte Merkosh scharfsinnig.

»Sollten wir das deiner Ansicht nach tun?«

Er streckte beide Beine von sich und stieß ein paar Felsbrocken über den Rand des Plateaus.

»Ich wrrreiß nicht, wrrras wrrrir tun können«, gestand er. »Aber ich gebe zu, daß ich froh bin, dich in meiner Nähe zu haben.«

Niemals zuvor hatte seine Stimme so angenehm in meinen Ohren geklungen.

»Das gilt auch für mich«, sagte ich ehrlich. »Ich bin froh, daß ich nicht allein bin. Verdammt froh, Bohnenstange!«

»Gaahk-gaahk-gaahk!«

Obwohl es ein zufriedenes Lächeln war, trieb mir dieses Geräusch erneut einen eiskalten Schauer über den Rücken.

»Sie müssen jetzt unmittelbar vor der Schlucht sein«, sagte ich und beugte mich über das Ortungsgerät.

»Wrrras?« brummte Merkosh, der nicht verstanden hatte.

Ich deutete auf das Ortungsgerät.

»Da! Die beiden Fahrzeuge sind zum Stillstand gekommen. Sie stehen vor der Schlucht. Ich möchte wissen, warum sie nicht näher herankommen. Man könnte glauben, daß sie mißtrauisch sind.«

Merkosh beugte sich so weit über die Felsen, daß ich ihn festhielt, um zu verhindern, daß er aus dem Versteck kippte.

»Wrrrarum sollten sie mißtrauisch sein?« fragte er erstaunt. »Schließlich ist es ihre Station.«

Ich antwortete nicht, aber meine Gedanken arbeiteten fieberhaft. Gehörte die Station wirklich jenen Wesen, die sich ihr so vorsichtig näherten? Oder waren die Ankömmlinge Gegner der Erbauer dieser Station?

»Wrrras sollen wrrrir jetzt tun?« Merkosh richtete sich wieder auf. »Ich bin dafür, daß wrrrir nach unten fliegen und uns umsehen.«

Ich schüttelte den Kopf.

»Nein, wir bleiben hier und warten ab. Es wird bald etwas geschehen, denn die beiden Fahrzeuge bleiben bestimmt nicht ewig am Eingang der Schlucht stehen.«

»Wrrrenn wrrrir sie nur sehen könnten«, seufzte Merkosh. »Ich bin sehr aufgeregt.«

Ich klopfte ihm beruhigend auf den Rücken.

»Du mußt dich zurückhalten, Stimmbrüchiger.«

Auf dem kleinen Bildschirm des Ortungsgeräts entstand eine Bewegung. Ich zuckte zusammen.

»Eine der Maschinen fährt los!« stellte ich fest. »Seltsam! Die andere bleibt am Eingang der Schlucht zurück.«

»Sie sind wrrrirklich sehr vrrrorsichtig«, bestätigte der Oproner mit einer Stimme, die in einer anderen Umgebung eine Steinlawine ausgelöst hätte.

Bedeutete das Zurückbleiben des zweiten Fahrzeugs nicht, daß die Unbekannten mit dieser Station nicht vertraut waren?

Ich wurde immer nervöser.

Beinahe ziellos wanderte der zweite kleine Leuchtpunkt über den Bildschirm. Die Maschine bahnte sich einen Weg durch die zahlreichen Windungen der drei Kilometer langen Schlucht.

Ich warf einen Blick zur Hauptschleuse der Station hinab. Dort blieb alles ruhig. Das Tor öffnete sich nicht. Es tauchten auch keine Roboter auf.

Die Entwicklung war besorgniserregend. Ich hatte mit einer baldigen Klärung der Zusammenhänge gerechnet, aber die Sache wurde immer mysteriöser.

Merkosh rührte sich nicht. Er kniete hinter den Felsen und starrte angespannt in die Schlucht hinab.

Das zweite Fahrzeug mußte jeden Augenblick auftauchen.

Doch es hielt noch einmal kurz an. An Bord schien man nachzudenken. Worüber?

Welche Probleme hatten die Fremden an Bord des Beibootes? Wenn es überhaupt ein Beiboot war!

Das Fahrzeug nahm seine Fahrt wieder auf. Wenig später bog es um die letzte Kurve und rollte auf die Station zu.

Fast stockte mir der Atem. Mein Herzschlag beschleunigte sich und meine Hände ballten sich zu Fäusten.

»Das . . . das . . .«, brachte ich hervor. Merkosh war so in die Beobachtung des Fahrzeugs vertieft, daß er mich nicht hörte.

Das war auch gut so, denn meine Erregung klang schnell wieder ab und wich einer tiefen Enttäuschung.

Das, was ich im ersten Augenblick für einen Shift gehalten hatte, erwies sich bei näherer Betrachtung als ein gepanzertes Raupenfahrzeug, das zwar eine gewisse Ähnlichkeit mit einem Shift besaß, sich aber doch in vielen Dingen von einem solchen unterschied.

»Das sieht aber wrrrirklich komisch aus!« bemerkte Merkosh.

Ich konnte nur nicken, denn ich traute meiner Stimme noch nicht.

»Wrrras hast du?« erkundigte sich Merkosh und wandte sich zu mir um. »Fürchtest du dich?«

»Es ist nichts«, entgegnete ich tonlos. »Laß uns weiter beobachten.«

Im stillen schalt ich mich einen Narren. Mein Wunsch, mit Terranern zusammenzutreffen, war so intensiv, daß ich schon Dinge sah, die nicht existierten.

Dort unten stand ein fremdartiges Fahrzeug, das zufällig eine gewisse Ähnlichkeit mit jenen Shifts besaß, wie sie zu meiner Zeit der Solaren Flotte zur Verfügung gestanden hatten.

Allein der Gedanke, daß ein solches Allzweckfahrzeug hier auftauchen könnte, war absurd. Ich tröstete mich mit dem Gedanken, daß die Insassen des Fahrzeugs vielleicht menschenähnliche Wesen sein könnten, wenn sie ähnliche Fahrzeuge wie wir Terraner konstruierten.

Auf dem freien Platz vor der Hauptschleuse hielt das Fahrzeug an.

Das Fehlen jeder Bewegung unten in der Schlucht löste eine Spannung aus, die auch auf Merkosh überzugreifen schien, denn er bewegte sich unruhig hinter seiner Deckung.

Ich wurde den Eindruck nicht los, daß sich dort unten Kontrahenten gegenüberstanden, die sich gegenseitig belauerten.

Jede Sekunde, so fürchtete ich, konnte sich die Spannung in einem Ausbruch der Feindseligkeit lösen.

»Wrrrarum geschieht nichts mehr?« wollte der Gläserne wissen.

Ich brauchte nicht zu antworten, denn in diesem Augenblick legte sich ein grüner Schutzschirm um das gepanzerte Fahrzeug. Jetzt zweifelte ich nicht mehr daran, daß die Passagiere des Fahrzeugs und die Erbauer der Station Gegner waren.

Unter uns in den Felswänden bewegte sich etwas. Beinahe gleichzeitig hob das Fahrzeug vom Boden ab. Da keine Triebwerksstrahlen zu sehen waren, mußte es von Antigravprojektoren getragen werden.

Genau wie bei einem Shift! dachte ich.

In den Felswänden ringsum waren plötzlich Geschützstellungen sichtbar geworden, die bisher hinter den Felsen verborgen geblieben waren. »Hinlegen!« rief ich Merkosh zu. »Flach auf den Boden!«

Die Geschütze begannen zu feuern. Der Berg vibrierte, und unten in der Schlucht brach das Chaos über die Maschine herein, die sich zu weit an die Station herangewagt hatte.

Der Boden unter mir wurde so stark erschüttert, als würden tausend Böse Stimmen gleichzeitig ihre Intervallstrahlen gegen ihn schleudern. Die Schlucht war in ein fahles Licht getaucht, das meinen Augen weh tat.

Ich senkte den Kopf und barg ihn zwischen den Armen.

Da ich nicht sehen konnte, was eigentlich vor sich ging, machte ich mir phantastische Vorstellungen von dem Kampf in der Schlucht. Jeden Augenblick rechnete ich damit, daß die Stelle, wo wir lagen, getroffen und aus der Steilwand gerissen würde.

Ich drehte vorsichtig den Kopf herum.

Neben mir lag der Terraner. Er hatte den Kopf erhoben und spähte durch eine Felsspalte in die Schlucht hinab.

»Roboter!« rief er plötzlich. »Sie nehmen die Verfolgung auf.«

Die Vibrationen ließen allmählich an Heftigkeit nach.

Der Terraner erhob sich und winkte mir zu, daß ich aufstehen sollte. Ich war noch zu benommen, um mich gegen seine Aufforderung zu sträuben.

»Es ist alles vorüber!« stellte er erleichtert fest. »Die Maschine ist geflohen und wird von Robotern verfolgt. Ich weiß nicht, ob sie während des unverhofften Feuerüberfalls beschädigt wurde.« Durch die Sichtscheibe des Helmes konnte ich erkennen, wie er seine Stirn runzelte. »Die Passagiere des Fahrzeugs müssen mit einem Angriff gerechnet haben, sonst hätten sie den Schutzschirm nicht eingeschaltet.«

Solche Überlegungen erschienen mir zum jetzigen Zeitpunkt unnötig. Wir mußten uns schnell in Sicherheit bringen, denn der

Kampf war bestimmt nicht vorüber. Wenn die Fremden die Absicht hatten, in die Station einzudringen, würden sie es ein zweites Mal versuchen. Dabei würden sie nicht so zurückhaltend vorgehen wie bei ihrer ersten Annäherung.

»Warum gehen wir nicht in die Station zurück, solange wir noch Zeit haben?« fragte ich. »Dort sind wir am sichersten.«

Er nickte langsam.

»Du hast recht, Gläserner.«

Wir hoben uns vom Boden ab und flohen aus unserem Versteck. Ich empfand starkes Unbehagen, als wir entlang der Steilwand nach unten schwebten. Überall in den Felsen befanden sich Geschütze, die jetzt wieder unsichtbar waren. Bestand nicht die Gefahr, daß sie auch uns unter Beschuß nehmen würden?

»Vielleicht erfahren wir etwas vom Robotgehirn«, überlegte der Terraner laut. »Ich bin entschlossen, ein paar Fragen zu stellen.«

»Bisher hat es auf keine unserer Fragen geantwortet«, gab ich zu bedenken.

»Das stimmt!« Er flog einen Bogen und landete sicher vor der kleinen Pforte. »Aber es hat schon zu uns gesprochen, um uns Anweisungen zu geben. Vielleicht haben wir Glück. Ein Versuch kann jedenfalls nicht schaden.«

Ich setzte neben ihm auf. Als wir vor Stunden herausgekommen waren, hatten wir uns noch mißtraut und waren bereit gewesen, uns notfalls gegenseitig umzubringen. Eigenartig, wie das Auftauchen eines fremden Raumschiffs uns zusammengeführt hatte.

Robinson der Zweite öffnete die kleine Schleuse.

»Eigentlich hatte ich vor, dich auszusperren«, gestand ich ihm.

»Das dachte ich mir, Gläserner.«

Ich blickte ihn nachdenklich an.

»Vielleicht muß ich dich irgendwann töten, Terraner. Es wird mir jedoch nicht leichtfallen.«

Er trat vor mir in die Schleuse.

»Hoffentlich bist du dir der doppelten Bedeutung deiner Worte bewußt, Stimmbrüchiger.«

Die äußere Schleusenwand glitt hinter uns zu. Wir befanden uns wieder in der Station. Wir begaben uns sofort zu unserem Aufenthaltsraum. Ich war froh, als ich den unbeweglichen Schutzanzug ablegen konnte. Nachdem ich mir aus den vorhandenen Konzentraten eine nahrhafte Flüssigkeit zubereitet hatte, zog ich mich damit zu meinem Lager zurück. Zum erstenmal, seit ich mit dem Terraner zusammengetroffen war, aß ich ohne Furcht, von ihm angegriffen zu werden.

Er sah mir von seinem Platz aus zu.

»Mußt du einen solchen Lärm beim Essen machen?« fragte er. »Wenn du weniger schlürfen würdest, wäre das sehr angenehm für mich.«

Ich unterbrach die Nahrungsaufnahme einen Augenblick und blickte zu ihm hinüber. Von meinem Rüssel tropfte Flüssigkeit in den Teller.

»Alle Oproner essen so«, unterrichtete ich ihn. »Ich bin schließlich keine Ausnahme.«

Er drehte mir den Rücken zu.

»Ich kann nicht mehr sehen, wie dir das Essen den Schlund hinabläuft«, sagte er angewidert. »Ich werde sehen, ob ich nicht irgendwo ein Hemd mit hohem Kragen für dich finde.«

Ich verschluckte mich fast.

»Du hast es nötig, über mein Aussehen zu urteilen. Wenn ich so fett und häßlich wäre wie du, würde ich keine Nahrung mehr anrühren.«

»Wir wollen uns nicht wieder streiten«, lenkte er ein.

Ich schob meinen Teller zur Seite und deutete zur Tür.

»Da kommt Hybscher!«

»Das ist nicht Poseidon, sondern ein Roboter, der genauso aussieht.«

Der Roboter nahm den üblichen Platz ein. Er drehte sich um die eigene Achse und beobachtete. Der Angriff des Panzerwagens schien das Robotgehirn nicht von seinen Gewohnheiten abgebracht zu haben. Robinson der Zweite stand auf und näherte sich dem Roboter. Ich beobachtete ihn gespannt.

»Verstehst du mich?« fragte der Terraner.

»Ja«, sagte eine laute Stimme. Sie kam jedoch nicht von dem Roboter, sondern aus einem verborgenen Lautsprecher. Ich fragte mich, ob das Robotgehirn sprach oder irgendein Wesen, das in den Räumen lebte, die wir bisher nicht hatten betreten dürfen.

»Wir haben gesehen, was draußen geschehen ist«, berichtete Robinson der Zweite. »Kannst du uns eine Erklärung geben?«

»Das hatte ich vor.«

Ich richtete mich auf. Zum erstenmal ließ sich das Robotgehirn – oder wer immer es war – auf ein Gespräch mit uns ein.

»Wir warten«, sagte Robinson der Zweite.

Seine Gelassenheit war bewundernswert. Bedauerlicherweise verfügte er nicht über eine Stimme, die seiner Haltung entsprochen hätte. Wer ihn so dastehen sah und sprechen hörte, würde nicht beeindruckt, sondern bestenfalls belustigt sein.

Ich bog meinen Hals nach hinten. Ich mußte endlich aufhören, ihn nach opronischen Wertmaßstäben zu beurteilen. Bei seinem Volk war er vielleicht eine wichtige Persönlichkeit.

»Ein Fremder wollte mich betrügen«, sagte die Lautsprecherstimme unvermittelt. »Er wollte diese Station für seine Zwecke gewinnen. Das ist jedoch mißlungen.«

»Das haben wir auch festgestellt«, sagte der Terraner ungeduldig. »Die Zusammenhänge interessieren uns weitaus mehr.«

»Ihr dürft vorläufig die Station nicht verlassen«, fuhr das Robotgehirn unbeeindruckt fort. »Wenn in ein paar Tagen der echte Ganjo kommt, wird er entscheiden, was mit euch geschehen soll.«

»Was ist der Unterschied zwischen dem Fremden und dem echten Ganjo?« fragte Robinson der Zweite sofort. »Was ist ein Ganjo überhaupt?«

Er erhielt keine Antwort, auch dann nicht, als er seine Frage wiederholte.

Er blieb inmitten des Raumes stehen und wartete geduldig. Der Lautsprecher blieb stumm. Nach einer Weile zog Hybscher II sich zurück. Der Terraner wandte sich mir zu.

»Offensichtlich ist das Robotgehirn um unsere Sicherheit besorgt. Das ist der einzige Grund, warum es uns in der Station festhalten will.«

Ich wickelte meine Arme um meinen Hals.

»Das ist sehr vernünftig. Ich habe auch keine Lust, noch einmal nach draußen zu gehen.«

»Aber ich! Hier in der Station sind wir von allen Ereignissen abgeschnitten. Wer immer dieser Ganjo ist, von dem das Gehirn gesprochen hat: Ich will sehen, wie er hier ankommt und was er will.«

Ich löste meine verknoteten Arme auf und deutete in Richtung des Ausgangs.

»Dann versuch doch hinauszukommen.«

»Entweder wir gehen zusammen oder überhaupt nicht.«

Langsam lehnte ich mich zurück und verschränkte die Arme hinter dem Kopf. Ich ließ den Terraner nicht aus den Augen.

»Also überhaupt nicht«, sagte ich gedehnt.

Er fuhr herum und machte ein paar Schritte auf mich zu. Sein Oberkörper war nach vorn gebeugt, ein sicheres Zeichen, daß Robinson der Zweite erregt war. »Du einfältiger Narr!« schrie er.

»Gaahk-gaahk-gaahk!« Immer wenn er zu schreien versuchte, mußte ich lachen, denn seine Stimme konnte sich in keiner Weise mit der eines Opronen messen.

»Wir müssen hinaus!« sagte er etwas ruhiger. »Wenn wir nicht feststellen, was draußen los ist, müssen wir vielleicht bis zum Tod hier leben.«

»Schon möglich, in der Tat«, antwortete ich.

Zu meinem Erstaunen konnte er mich diesmal nicht aufregen. Das Essen und die Strapazen der vergangenen Stunden hatten mich ermüdet. Im Augenblick war mir egal, was der Terraner vorhatte.

»Wir müssen hinaus!« wiederholte er. »Ich will frei sein und erfahren, was hier überhaupt gespielt wird.«

Seine animalische Aktivität ging mir allmählich auf die Nerven. Um ihm nicht mehr zuhören zu müssen, schlang ich meine Arme so um den Kopf, daß sie die Ohren bedeckten.

Er stürmte aus dem Aufenthaltsraum.

Unser gutes Verhältnis, stellte ich voller Bedauern fest, hatte nicht lange gedauert. Wahrscheinlich war er schon wieder bereit, mir eine Energiesalve in den Körper zu jagen.

Jabush mol Karransh!

Er hatte wirklich nichts anderes verdient als eine Ladung psionischer Energie von meiner Bösen Stimme.

Ich stürmte durch den Korridor der kleinen Schleuse entgegen. Mochte der Opronen zurückbleiben und sich ausruhen! Er würde schon noch merken, daß Untätigkeit zu nichts führte.

Vor allen Dingen mußte ich feststellen, ob das Robotgehirn es ernst meinte, wenn es uns davor warnte, die Station in den nächsten Tagen zu verlassen. Die kleine Pforte mußte überprüft werden.

Außerdem mußte ich das Robotgehirn unter allen Umständen noch einmal in ein Gespräch verwickeln und erfahren, wer oder was ein Ganjo war. Ich vermutete, daß irgendein Fremder sich als Ganjo ausgegeben und auf diese Weise in die Station einzudringen versucht hatte.

Welche beiden Machtgruppen standen sich auf Titan gegenüber? Waren es Wesen aus diesem Sonnensystem, oder kamen sie aus den Tiefen dieser oder einer anderen Galaxis?

Fragen über Fragen!

Und Merkosh lag im Aufenthaltsraum und döste vor sich hin. Anscheinend war er zufrieden, wenn er nur zu essen bekam.

Ich erreichte die Seitenschleuse. Sie sah unverändert aus. In meiner Erregung hatte ich meinen Schutzanzug zurückgelassen, aber ich konnte zumindest die Innentür ausprobieren und versuchen, ob ich die Schleusenkammer betreten konnte.

Gespannt betätigte ich den entsprechenden Hebel. Der Impuls, der die Tür bisher immer geöffnet hatte, blieb aus.

Wir waren gefangen.

Ich stieß eine Verwünschung aus. Nötigenfalls mußten wir das Robotgehirn zwingen, uns hinauszulassen.

Ich rannte in den Aufenthaltsraum zurück. Merkosh war auf seinem Lager eingeschlafen. Jedenfalls lag er bewegungslos auf dem Rücken und starrte zur Decke hinauf. Seine lidlosen Augen bewegten sich nicht. Ich packte ihn am Arm und schüttelte ihn heftig.

Er zuckte zusammen, und ich war jetzt sicher, daß er geschlafen hatte. Im stillen verwünschte ich ihn. Wie konnte er jetzt an Schlaf denken?

»Die Schleuse läßt sich nicht öffnen«, informierte ich ihn.

Er machte sich los.

»Das ist doch klar«, erwiderte er überheblich. »Das Robotgehirn wrrrußte, wrrren es hier gefangenhält.«

»Aber wir müssen hinaus, Merkosh! Es ist unsere einzige Chance.«

Er wedelte mit seinen dürren Armen, als wollte er ein lästiges Insekt verscheuchen. Unter der durchsichtigen Haut sah ich ein paar Organe zucken. Merkosh erinnerte mich immer wieder an ein lebendes Röntgenbild.

»Ich wrrrill jetzt schlafen, Robrrrinson der Zwrrreite! Wrrras hat es da für einen Sinn, die Station vrrrerlassen zu wrrrollen?«

Seine Philosophie ließ mich aufstöhnen.

»Das vrrrerstehst du doch, oder? Es ist schließlich gleichgültig, ob die Schleuse offen oder zu ist, solange wrrrir hier liegen und schlafen.«

Ich ließ ihn liegen und ging zu meinem Lager hinüber. Diese Logik mußte ich erst verdauen.

Sah dieser dürre Bursche nicht ein, daß wir uns um das Robotgehirn kümmern mußten, wenn wir jemals wieder ins Freie wollten? Wenn wir untätig herumlagen, würde es uns niemals helfen.

»Merkosh!«

»Wrrras ist jetzt schon wrrrieder los?«

»Wenn du mir nicht hilfst, handele ich auf eigene Faust.«

»Wrrrie schön, in der Tat.«

Er hatte ausnahmsweise einmal leise gesprochen, ein sicheres Zeichen, daß er wieder am Einschlafen war. Ich überlegte, ob ich mich mit dem Robotgehirn auseinandersetzen oder Merkosh vorher die Kehle zudrücken sollte.

»Merkosh!«

Keine Antwort. Er schlief oder gab vor zu schlafen. Auf jeden Fall würde er sich nicht mit mir unterhalten.

Ich griff unter mein Lager und zog den Kasten mit den Nahrungskonzentraten hervor. Während ich aß, dachte ich über meine nächsten Schritte nach. Nötigenfalls mußte ich das Robotgehirn herausfordern, um eine Reaktion von ihm zu erreichen.

Wer war dieser Ganjo? Dieser Begriff ging mir nicht aus dem Kopf. Es mußte eine wichtige Persönlichkeit sein, wenn Fremde sich für ihn ausgaben und auf diese Weise in diese Station eindringen wollten.

Das Robotgehirn hatte den Betrug jedoch rechtzeitig bemerkt. Also mußte es zwischen ihm und dem Ganjo ein vereinbartes Signal geben. Sobald dieses Signal ertönte, war der echte Ganjo auf Titan angekommen. Gab es eine Möglichkeit für mich, dieses Signal ebenfalls zu empfangen?

Ich mußte mich in der Station umsehen, ob ich nicht entsprechende Geräte fand.

Mit diesem Gedanken schlief ich ein.

Ich erwachte von einem dumpfen Druck auf meiner Brust. Erschrokken schlug ich die Augen auf und sah ein sackförmiges Gebilde auf mir liegen. Neben meinem Lager kniete Merkosh und zog alles hervor, was er erreichen konnte.

Und er hatte so ziemlich alles erreicht!

In dem Sack, der jetzt leer und zusammengewickelt auf mir lag, hatte ich vorher wertvolle Ersatzteile aufbewahrt.

Ich wollte nach meinem Strahler greifen, doch der Platz, wo ich ihn hingelegt hatte, war leer. Merkosh hatte die Waffe!

Der Halunke war so mit meinen Habseligkeiten beschäftigt, daß er nicht bemerkte, daß ich erwacht war. Er machte einen Lärm, als wollte er Tote aufwecken.

Ich rollte mich seitwärts vom Lager und ließ mich auf ihn fallen. Es war ein Gefühl, als würde ich einen Gummischlauch umklammern. Der Oproner entglitt meinen Händen und machte einen Satz aus der Reichweite meiner Arme.

»Du dürrer Teufel!« schrie ich außer mir. »Du wolltest mich ausrauben, obwohl wir eine Abmachung getroffen haben. Du redest von Freundschaft und meinst etwas anderes.«

»Möglicherwrrreise, in der Tat!« schrillte er.

Er jetzt sah ich, daß er noch etwas in den Händen hielt.

»Gib das sofort her!«

Er warf es mir widerspruchslos zu.

Ich durchsuchte die Sachen, die Merkosh neben meinem Bett zusammengetragen hatte, und fand meinen Strahler.

»Ich sollte dir ein Loch in deinen haarlosen Schädel brennen.«

Er stand abwartend da und überlegte offenbar, was ich tun würde. Sein Rüssel war nur halb ausgefahren, aber er würde genügend Zeit haben, um einen Schuß aus meiner Waffe mit dem Intervallstrahl psionischer Energie zu erwidern.

Ich brachte meine Sachen in Ordnung. Dann ging ich wortlos zum Lager des Gläsernen hinüber, durchwühlte seine Sachen und zog alles unter dem Bett hervor, was ich fassen konnte. Schließlich trampelte ich darauf herum.

Merkosh sah mir unbeeindruckt zu.

Ich trat auf ihn zu und drohte ihm.

»Ab sofort werde ich auf jede deiner Aktionen in ähnlicher Weise antworten, Stimmbrüchiger.«

Er betrachtete mich mit einem Interesse, als wäre ich ein Virus unter einem Mikroskop.

»Du bist also auch krybscher?«

Die Augen traten mir fast aus dem Kopf.

»Krybscher? Nein, zum Teufel, das bin ich nicht! Merke dir das.«

Er seufzte enttäuscht. »Schade«, gackerte er. »Ich dachte schon, wrrrir wrrrürden uns noch besser vrrrerstehen lernen.«

»Dich werde ich niemals verstehen.«

Er hob seine schmalen Schultern und ging zu seinem Lager. Es schien ihn nicht aufzuregen, daß er seine Sachen in Ordnung bringen mußte. Ich legte meinen Schutzanzug an und verstaute meine wertvollsten Besitztümer in den Gürteltaschen.

»Ich gehe jetzt los und versuche, irgend etwas zu erreichen. Du kommst sicher nicht mit.«

»Nein. Ich wrrrarte hier auf dich.«

»Das brauchst du nicht.« Ich wandte mich ab. »Wenn ich eine Gelegenheit bekomme, die Station zu verlassen, werde ich dich nicht unterrichten. Ab sofort handle ich auf eigene Faust.«

Er warf einen gierigen Blick in Richtung meines Lagers. Ich verstand ihn nur zu gut.

»Geh nur, Terraner«, sagte er. »Ich wrrrerde mich inzwischen auf meine Wrrreise vrrrergnügen.«

Ich schüttelte mich. Mochte mir auf meinem Rundgang durch die Station passieren, was wollte: Diese entsetzliche Stimme würde ich auf jeden Fall einige Zeit nicht mehr hören.

Das Robotgehirn hatte sich damit begnügt, die kleine Schleuse abzusperren. Alle anderen Räume, die Merkosh und ich seither betreten hatten, standen noch immer offen. Ich wußte inzwischen genau, wohin ich mich wenden konnte. Wenn nicht der Zufall oder das Glück halfen, würde ich nichts Besonderes entdecken, das wußte ich schon jetzt.

Das Observatorium fiel mir ein. Dort hatte ich Zeut entdeckt. Vielleicht gab es außer dem großen Teleskop dort auch ein Beobachtungsgerät, mit dem ich die Umgebung der Station untersuchen konnte. Wenn das möglich war, konnte ich zunächst auf einen Ausflug ins Freie verzichten.

Ich ging auf dem schnellsten Weg zum Observatorium. Die Tür war verschlossen. Das Robotgehirn hatte meine Ankunft vorausgeahnt.

Ich zog meine Waffe und richtete sie auf den Verschluß der Tür.

Am Ende des Ganges tauchten vier Roboter auf. Ihre Waffenarme zielten in meine Richtung. Das war unmißverständlich.

Ich gab meinen Plan auf. Nun gut, dachte ich. Wenn es nicht im Observatorium klappte, dann vielleicht woanders.

Ich begab mich zum Antigravlift und schwebte in die nächste Ebene hinab. Hier waren die großen Energieanlagen untergebracht. Überall summte es. Auch hier gab es verschlossene Türen. Nur die unwichtigen Korridore und Lagerräume waren geöffnet.

Seitdem ich versucht hatte, das Observatorium zu betreten, wurde ich pausenlos von den Robotern verfolgt. Das Gehirn ging kein Risiko ein. Ich ahnte, daß mein Leben in Gefahr war, wenn ich nicht vorsichtig vorging.

Ich brauchte knapp sieben Stunden, um alle Räume zu durchsuchen, die Merkosh und mir offenstanden. Obwohl ich gründlich vorging, entdeckte ich nichts, was mir zusätzliche Hinweise über die Erbauer der Station hätte geben können.

Erschöpft ließ ich mich auf einem Maschinenblock nieder. Mein Helm war aufgeklappt, denn es gab in allen Räumen der Station atembare Luft.

»Also gut«, sagte ich laut. »Ich gebe auf. Wenn du mir nicht freiwillig sagen willst, wer der Ganjo ist, werde ich es wohl nie erfahren.«

Das Robotgehirn gab keine Antwort.

Es wollte uns nicht hinauslassen und lehnte jede Diskussion ab. Damit durfte ich mich nicht abfinden. Wenn ich Pech hatte, kehrte eine solche Chance nicht wieder. Das Robotgehirn täuschte sich bestimmt nicht, wenn es die Ankunft des Ganjos vorhersagte. Wenn dieser Zeitpunkt kam, mußte ich vorbereitet sein. Ich mußte mit den fremden Intelligenzen Kontakt aufnehmen, denn nur mit ihrer Hilfe konnte ich zur Erde und vielleicht sogar in meine eigene Zeit zurückkehren.

»Vielleicht könnte ich dir helfen«, sagte ich. »Auf dieser Welt gibt es Wesen, die deine Gegner sind. Sie könnten den echten Ganjo am Eindringen in diese Station hindern.«

Das Robotgehirn blieb stumm.

Ich machte noch vier Versuche, wobei ich jedesmal anders argumentierte. Als danach noch immer keine Antwort erfolgte, sah ich ein, daß jeder weitere Versuch sinnlos sein würde.

Trotzdem hatte ich noch nicht alle Hoffnung aufgegeben. Es kam darauf an, ein logisches Argument zu finden, das auch das Robotgehirn überzeugte.

Als ich in den Aufenthaltsraum zurückkam, war Merkosh verschwunden. Ich überzeugte mich, daß sein Schutzanzug noch an seinem Platz hing. Der Gläserne konnte sich also nur innerhalb der Station aufhalten. Vielleicht schaute er sich wieder nach Dingen um, die er ohne Gefahr an sich nehmen und in den Aufenthaltsraum schleppen konnte.

Die vier bewaffneten Roboter waren mir bis hierher gefolgt. Ich überzeugte mich, daß sie noch draußen vor dem Eingang standen. Sie würden mich jetzt auf jedem Rundgang begleiten.

Einerlei! dachte ich. Es war mir gleichgültig, ob ich von unsichtbaren Ortungsgeräten oder von Robotern beobachtet wurde.

Merkoshs Abwesenheit beunruhigte mich nicht. Es war anzunehmen, daß er vom Robotgehirn ebenso scharf kontrolliert wurde wie ich. Im Augenblick machte ich mir mehr Sorgen über den Zeitbegriff des Robotgehirns. Im allgemeinen funktionierte der Translator einwandfrei, aber ob er die Symbolik des Robotgehirns richtig übersetzt hatte, war eine andere Sache. Ein paar Tage konnten durchaus Jahre bedeuten.

Ich setzte mich auf mein Lager. Den Anzug hatte ich abgelegt und an der Wand aufgehängt. Mehr als jedes andere Überbleibsel meiner Ausrüstung erinnerte er mich an die Vorgänge . . .

Der Name fiel mir nicht ein.

Es war ein Wunder, daß ich noch lebte.

Ich erinnerte mich, daß ich einen Volltreffer erhalten hatte, den der Schutzschirm meines Anzugs nicht vollständig absorbiert hatte. Bewußtlos hatte ich einige Zeit in einem kraterähnlichen Loch gelegen. Als ich wieder zu mir gekommen war, hatte eine Sonnenexplosion stattgefunden. Ein paar Minuten waren mir noch geblieben. Ein Fremder war aufgetaucht, ein Hyperphysiker der . . . Gurrads.

Gurrads! Endlich fiel mir das Wort wieder ein.

Der Gurrad hatte bemerkt, daß ich mich bewegte, und mich aus dem Krater gezogen.

Ja, es war ein Krater gewesen, der durch eine Explosion entstanden war.

Ich merkte, daß ich mir die Lippen blutig biß. Das geschah immer dann, wenn mich die Erinnerung übermannte. Jedesmal, wenn meine Gedanken in die Vergangenheit glitten, die eigentlich die Zukunft war, vervollständigte sich meine Erinnerung.

Bald würde ich alles wissen!

Meine Freunde hatten keine Zeit gehabt, um mich aus dem Krater zu ziehen. Vermutlich hatten sie mich für tot gehalten.

Ich schüttelte heftig den Kopf.

Schluß jetzt! Ich durfte mich nicht mit Erinnerungen überanstrengen. Es war wichtig, daß ich vollkommen ruhig blieb, um meine gegenwärtige Situation zu verstehen und sie zu ändern.

Die Tür öffnete sich, und Merkosh kam in den Aufenthaltsraum.

»Schon zurück?« erkundigte ich mich spöttisch und blickte auf seine leeren Hände.

»Die Roboter machen mich nervös«, gestand er. »Sie begleiten mich auf meinem Wrrreg durch die Station.«

»Warum sollte es dir besser gehen als mir.«

»Wrrras hast du herausgefunden?« wollte er wissen.

»Eine Menge!« erwiderte ich, denn ich wollte ihm gegenüber nicht zugeben, daß ich ohne Erfolg in den Aufenthaltsraum zurückgekommen war.

»Sprich darüber, Terraner!«

Ich machte eine abwehrende Handbewegung.

»Nein, Gläserner! Ich habe dir angekündigt, daß ich ab sofort auf eigene Faust handeln werde. Dabei bleibt es. Du bist mir zu unzuverlässig.«

Dieser Vorwurf schien ihn nicht zu stören, denn er ließ sich kichernd auf sein Lager fallen.

»Das Observrrratorium ist vrrrerschlossen«, bemerkte er nach einer Weile.

Ich blickte erstaunt zu ihm hinüber. Er hatte offenbar den gleichen Gedanken gehabt wie ich. Anscheinend war er nicht so dumm und gleichgültig, wie er manchmal zu sein vorgab.

»Ich weiß«, erwiderte ich. »Ich war ebenfalls dort.«

»Ich habe gehört, wrrrie du mit dem Robotgehirn gesprochen hast.«

Verdammt! Ich hatte vergessen, meine Helmsprechanlage auszuschalten. Obwohl ich den Helm zurückgeklappt hatte, war alles zu verstehen gewesen.

»Es war ein Versuch«, murmelte ich.

»Wrrras?«

»Nichts! Kümmere dich um deine eigenen Angelegenheiten.«

»Wrrrie du wrrrillst.«

Das bedeutete vorläufig das Ende unseres Dialogs. Schweigen breitete sich aus.

Ich fiel in unruhigen Schlaf.

In alptraumartigen Visionen erlebte ich noch einmal Ereignisse aus einer vergangenen Zukunft. Schließlich erwachte ich schreiend und schweißgebadet.

Merkosh stand neben meinem Lager und starrte aus seinen grünen Augen auf mich herab.

Ich ärgerte mich, daß er mich in diesem Zustand sah.

»Du hast eine zwrrreite Stimme«, stellte er fest.

»Verschwinde!«

»Das interessiert mich«, sagte er unbeeindruckt. »Vrrrielleicht kann ich herausfinden, wrrras deine zwrrreite Stimme uns sagen wrrrill.«

Ich preßte meine Hände gegen die Schläfen. Ich hatte heftige Kopfschmerzen.

»Du solltest wieder schlafen«, empfahl mir Merkosh. »Ich wrrrede zuhören.«

Ich schwang die Beine von meinem primitiven Lager und stützte den Kopf in beide Hände. Merkosh reichte mir etwas zu essen. Ich kaute auf den Konzentraten herum, deren charakteristischer Fleischgeschmack mir diesmal widerwärtig erschien. Nachdem ich ein Glas Wasser getrunken hatte, fühlte ich mich besser.

Ich gab Merkosh den leeren Becher zurück.

»Das Robotgehirn könnte uns auf sehr einfache Weise töten, Gläserner. Es brauchte nur die Nahrungsmittelversorgung einzustellen.«

»Ich glaube nicht, daß es das tun wrrrird.«

Ich dachte wieder an den Ganjo, der irgendwann in nächster Zeit hier auftauchen mußte. Er würde wahrscheinlich über unser Schicksal entscheiden. Alles hing davon ab, welche Mentalität er besaß. Vielleicht würde man Merkosh und mich zu Forschungszwecken benutzen oder uns als ungewöhnliche Exemplare in eine Ausstellung bringen. Möglich war alles. Meine Augen brannten. Ich spürte, wie mir das Blut in meinen schmerzenden Kopf stieg.

Ich schluckte ein paarmal, um die Verkrampfung in meiner Kehle loszuwerden. Auf meiner Stirn stand kalter Schweiß.

Ich wurde krank!

Wenn der Opproner merkte, was mit mir los war, dann ließ er sich nichts anmerken.

Ich log ihm vor, daß ich auf meinem Lager blieb, um ihm Gelegenheit zu geben, noch einmal meine Zweite Stimme zu hören. Vielleicht redete ich in meinen Fieberphantasien sogar wirres Zeug.

Merkosh versorgte mich mit Wasser und Nahrung. Schon bald verlor ich jeden Zeitbegriff. Ich wußte nicht, ob ein, fünf oder zehn Tage vergangen waren, seit ich Fieber bekommen hatte.

Ich war so schwach, daß ich mich kaum bewegen konnte. Merkosh mußte mich stützen, wenn ich mich in die an unseren Aufenthaltsraum anschließende Toilette schleppte.

»Jetzt könntest du mich leicht töten, Gläserner«, sagte ich zu ihm, als er mir zum wiederholten Male Wasser brachte.

»Es wrrrürde mir keinen Spaß machen, Robrrrinson der Zwrrreite. Es ginge zu leicht.«

Ich hatte den Strahler neben mir liegen, aber ich wußte nicht, ob ich überhaupt die Kraft besitzen würde, um ihn zu benutzen.

Merkosh gab sich keine besondere Mühe mit mir, aber er vernachlässigte mich auch nicht. Ein paarmal verschwand er ohne Schutzanzug aus dem Aufenthaltsraum. Obwohl ich es nicht wahrhaben wollte, hatte ich in solchen Augenblicken Angst, daß er nicht zurückkommen würde. Durch meine Wachträume geisterten seltsame Begriffe: *Uleb . . . Bestien . . . Okefenokees . . .*

Ich wußte damit nichts anzufangen, aber all diese Worte paßten irgendwie in das Stückwerk meiner Erinnerung. Ich brauchte die einzelnen Teile nur zu einem Mosaik zusammenzufügen, um alles über meine Vergangenheit zu wissen.

Es gab Minuten, in denen ich vollkommen klar denken konnte. Dann trocknete der Schweiß auf meinem Körper, mein Atem ging langsamer, und meine Blicke klärten sich.

Endlich wurden die Abstände zwischen meinen Fieberanfällen länger.

Als ich den ersten Versuch machen wollte, ohne Hilfe auf die Beine zu kommen, stand der Oproner neben mir und drückte mich sanft, aber nachdrücklich auf das Lager zurück.

Ich starrte ihn an.

»Was soll das?« fragte ich. »Paßt es dir nicht, wenn ich wieder auf eigenen Beinen stehen kann?«

Er bog seinen Hals nach hinten. Dann legte er mir eine Hand auf den Mund. Es war eine unangenehme Berührung. Er wollte damit erreichen, daß ich meinen Mund hielt.

Aber warum?

Er machte die gleiche Bewegung bei sich, dann ging er in Richtung seines Lagers.

Nein, er ging nicht – er taumelte!

Ich erschrak!

Hatte ich ihn vielleicht angesteckt? Das würde bedeuten, daß wir beide mehr oder weniger hilflos daliegen und auf die Unterstützung eines Roboters angewiesen sein würden.

Aber ich glaubte nicht daran, daß er erkrankt war. Sein Metabolismus unterschied sich so sehr von dem eines Menschen, daß es mehr als unwahrscheinlich war, daß er und ich an derselben Krankheit litten.

Er hatte irgend etwas vor. Wollte er mich umkommen lassen? Das war schwer zu glauben, denn dann hätte er mich die ganze Zeit über nicht zu pflegen brauchen.

Da außer uns beiden kein lebendes Wesen in der Station weilte, konnte sein seltsames Verhalten nur etwas mit dem Robotgehirn zu tun haben. Er wollte das Robotgehirn zu einer Reaktion zwingen.

Plötzlich verstand ich ihn. Wenn wir beide krank auf unseren Betten lagen, mußte das Gehirn annehmen, daß wir bis zur Ankunft des Ganjos sterben würden. Es mußte irgend etwas unternehmen, um uns zu helfen. Je länger ich nachdachte, desto überzeugter wurde ich, daß Merkosh das Robotgehirn überlisten wollte. Ich fand seinen Plan nicht schlecht. Es kam nur darauf an, daß wir lange genug auf unseren Plätzen blieben. Wir durften nicht einmal aufstehen, um uns Wasser und Konzentrate zu holen, denn dann würde das Robotgehirn merken, daß alles nur ein Trick war.

Stunde um Stunde verstrich.

Merkosh und ich lagen da und schwiegen.

Wir bewegten uns nicht.

Es war ein schweigsamer Kampf, bei dem der Oproner und ich von Anfang an die schlechteren Voraussetzungen mitbrachten, denn wir mußten essen und trinken. Außerdem stand nicht fest, ob das Robotgehirn so reagieren würde, wie wir uns das erhofften.

Mein Fieber war zurückgegangen. Ich fühlte mich stark genug, um einen Rundgang zu machen, aber ich blieb auf meinem Lager. Eines war sicher: *Vor* Merkosh würde ich nicht aufstehen. Ich würde dem Frequenzwandler beweisen, daß ich ausdauernder war als er.

Das Schweigen erschien mir noch schlimmer als das ruhige Daliegen. Innerhalb des Aufenthaltsraums war es vollkommen still. Nur ab und zu hörte ich Merkosh stöhnen. Es klang sehr eindrucksvoll.

Die Zeit verging. Poseidon II erschien, nahm den Platz ein, auf dem schon Poseidon I immer gestanden hatte, drehte sich um die eigene Achse und beobachtete. Wir schenkten ihm keine Beachtung, obwohl er länger blieb als üblich.

War das ein erstes Anzeichen für eine Reaktion des Robotgehirns?

Ich schloß die Augen und wandte den Kopf zur Wand. Als ich nach einiger Zeit den Kopf wieder drehte, war Poseidon II verschwunden. Merkosh stöhnte. Ich schätzte, daß wir schon zehn Stunden dalagen und warteten. Ich begann an einem Erfolg unserer Aktion zu zweifeln. Das Robotgehirn ließ sich nicht überlisten. Wenn es wirklich glaubte, daß wir krank waren, ließ es sich davon nicht beeindrucken.

Dann erklang plötzlich die Lautsprecherstimme.

»Versteht ihr mich?«

Ich biß noch rechtzeitig die Zähne zusammen. Eine zu schnelle Reaktion auf diese Frage hätte das Robotgehirn mißtrauisch werden lassen. Auch der Oproner antwortete nicht.

»Werdet ihr sterben?«

Merkosh stöhnte ein bißchen lauter. Ich begann mich hin und her zu wälzen.

»Was?« murmelte ich. »Was ist los, Merkosh?«

»Hier spricht die Zentrale der Station«, sagte die Lautsprecherstimme, und ich hätte schwören können, daß sie ungeduldig klang. »Es ist nicht nötig, daß ihr den Tod erleidet.«

»Was sollen . . . wir tun?« fragte ich.

»Woran liegt es, daß ihr nicht mehr aufstehen könnt?«

»Uns fehlt die Freiheit«, erwiderte Merkosh. »Wrrrir können uns nicht draußen bewegen. Deshalb müssen wrrrir sterben.«

Ich unterdrückte einen bewundernden Ausruf. Merkosh wollte nicht nur ein Gespräch mit dem Robotgehirn erzwingen, sondern es auch veranlassen, uns die Seitenschleuse zu öffnen. Das hätte ich dem Gläsernen nicht zugetraut. Sollte er mit seiner Methode Erfolg haben, mußte ich ihn einmal mehr als den Klügeren anerkennen. Während ich in der Station herumgerannt war, hatte er nachgedacht und den einzig erfolgversprechenden Plan entwickelt.

Natürlich war das Wort »Freiheit« für das Robotgehirn ein völlig abstrakter Begriff, aber gerade deshalb mußte es in irgendeiner Weise damit fertig werden und reagieren. Wenn seinen Erbauern Gefühle nicht fremd waren, mußte das Robotgehirn schon mehrmals abstrakten Begriffen begegnet sein. Vielleicht war es sogar damit vertraut.

»Wäre euer Tod zu verhindern, wenn ich euch die kleine Schleuse wieder öffne?« erkundigte sich die Zentrale.

»Gaahk-gaahk-gaahk!« machte der Opproner. Dann, als er seinen Triumph unterdrückt hatte, fügte er hinzu: »Wahrscheinlich sind wir schon zu schwach, um überhaupt hinauszukommen.«

»Aber wir könnten es versuchen«, warf ich hastig ein, denn ich fürchtete, daß die Bereitschaft des Robotgehirns erlöschen würde, wenn es sich von seiner Aktion keinen Erfolg versprechen konnte.

Wir erhielten keine Antwort mehr, doch wenige Augenblicke später kamen ein paar Roboter herein und halfen uns in unsere Schutzanzüge. Sie überzeugten sich davon, daß alles in Ordnung war, und trugen uns zur kleinen Schleuse.

Ich atmete erleichtert auf, als wir in der Schleusenkammer standen. Die Roboter blieben zurück.

Die äußere Schleusentür glitt auf.

Merkosh und ich traten ins Freie. Ich war noch ein bißchen wacklig auf den Beinen, aber Merkosh stützte mich. Wir schalteten unsere

Aggregate ein und flogen davon. Als wir zweitausend Meter über der kleinen Schleuse gelandet waren, mußte ich mich erschöpft gegen die Felsen lehnen. Trotzdem fühlte ich mich wohl.

Merkosh stand nur ein paar Meter von mir entfernt und spähte in die Schlucht.

Ich gab mir einen Ruck. »Ich muß dir ein Kompliment machen, Stimmbrüchiger! Das hast du wunderbar gemacht.«

»Merkwrrrürdigerweise.« Er wandte sich zu mir um. »Ich dachte mir, daß es vrrron Vrrrorteil sein könnte, wrrrenn ich mich einmal selbst um diese Sache kümmere.«

Genau das hatte ich auch gedacht, überlegte ich. Allerdings war mein Erfolg verglichen mit dem Merkoshs mehr als bescheiden gewesen.

Trotz seines fetten Körpers besaß der Terraner eine erstaunliche Konstitution. Er erholte sich schnell von seiner Schwäche, so daß wir gemeinsam zu unserem alten Beobachtungsplatz fliegen konnten, wo noch immer das Ortungsgerät stand.

»Ich bin gespannt, was wir anpeilen können«, sagte Robinson der Zweite. »Vor allem interessiert es mich, ob das Raumschiff noch da ist.«

Er schaltete das Ortungsgerät ein und deutete auf den kleinen Bildschirm.

»Da! Der große Punkt steht noch immer am selben Platz. Die Fremden haben also ihren Plan nicht aufgegeben.«

»Ist auch ein Beiboot zu sehen?« erkundigte ich mich.

Er deutete auf einen winzigen, kaum sichtbaren Fleck am Bildschirmrand.

»Ja, hier!«

Ich beugte mich zu dem Gerät hinab.

»Warum ist das Ding nur so undeutlich zu sehen?«

Er lächelte im Gefühl seiner Überlegenheit.

»Ganz einfach. Die Fremden haben ihr Fahrzeug in eine Höhle oder in eine enge Schlucht gesteuert, damit es nicht so leicht entdeckt werden kann.«

Das leuchtete mir ein. Die technischen Erklärungen des Terraners klangen stets vernünftig und überzeugend.

»Weißt du auch, was mit dem zweiten Beiboot geschehen ist?«

Ich sah ihn nicken.

»Ich nehme an, daß es zerstört wurde, Merkosh«, sagte er. Er deutete auf einen schwach ausschlagenden Zeiger. »Hier werden noch geringe Spuren eines Energieausbruchs gemessen. Sie werden sich bald verflüchtigen. Dort könnten die Trümmer des zweiten Fahrzeugs liegen.«

Ich dachte nach. Vielleicht hatte während unseres Aufenthalts in der Station ein zweiter Eroberungsversuch stattgefunden. Er mußte, ebenso wie der erste, fehlgeschlagen sein. Vielleicht hatten die Fremden seither auch nichts unternommen. Es war möglich, daß sie ebenso wie wir auf eine Chance warteten.

»Es ist nicht viel passiert«, stellte der Terraner enttäuscht fest. »Wir werden ein paar Stunden warten und dann zu dem großen Raumschiff hinüberfliegen. Es ist unsere letzte Chance.«

Ich wackelte skeptisch mit meinem Rüssel.

»Das Schiff ist ziemlich weit von uns entfernt.«

»Das stört mich nicht. Unsere Aggregate geben uns die Möglichkeit, es zu erreichen und nötigenfalls hierher zurückzukommen.«

Früher hätte ich gegen seinen Plan heftig protestiert, aber diesmal erklärte ich mich einverstanden. Ich lachte geräuschlos. Es sah so aus, als würden wir uns im Freien besser vertragen als im Innern der Station.

Der Terraner tastete über seinen leeren Gürtel.

»Die Roboter haben uns die Waffen nicht mitgegeben.«

»Das macht nichts«, meinte ich. »Nötigenfalls haben wir noch meine Böse Stimme.«

Ich konnte sein Gesicht nicht sehen, denn es lag im Schatten der Helmplatte, aber ich fühlte, daß seine Blicke auf mir ruhten.

»Jetzt könntest du mich töten, ohne daß das Robotgehirn etwas davon erfährt. Wenn du zurückkehrst, kannst du behaupten, daß ich abgestürzt oder meiner Krankheit zum Opfer gefallen wäre.«

Ich wurde wütend.

»Kannst du an nichts anderes denken?«

Er murmelte irgendeine Entschuldigung.

»Das ist die Macht der Gewohnheit«, sagte er abschließend.

Wir setzten uns nebeneinander zwischen die Felsen und warteten. Keiner von uns konnte wissen, wann der mysteriöse Ganjo auftauchen würde, aber eine Vorahnung sagte mir, daß ungewöhnliche Ereignisse bevorstanden.

»Nötigenfalls«, bemerkte Robinson der Zweite, »müssen wir uns ablösen, damit immer einer von uns in der Station schlafen kann.«

»Gute Idee«, stimmte ich zu. »Du wirst zuerst schlafen.«

Er zögerte, erklärte sich aber schließlich einverstanden. Er schien zu befürchten, daß ein Widerspruch unsere junge Freundschaft gefährden könnte. Vorläufig traf er jedoch keine Anstalten, unser Versteck zu verlassen. Er wollte noch einige Zeit mit mir zusammen beobachten. Unsere Ausdauer wurde schließlich belohnt.

Der Massetaster des Ortungsgerätes schlug aus. Gleich darauf huschte ein Leuchtpunkt über den Bildschirm.

Der Terraner beugte sich erregt nach vorn.

»Ein riesiges Raumschiff! Es befindet sich anscheinend im Orbit, deshalb werden wir es wieder aus der Peilung verlieren.«

Seine Worte bestätigten sich.

»Glaubst du, daß jetzt der Ganjo kommt?«

Er nickte grimmig. »Er wird kommen, wer immer er ist.«

Wie um seine Worte zu bestätigen, erschien auf dem Bildschirm ein weiteres Peilzeichen.

»Sie landen ein Beiboot!« rief Robinson der Zweite, der für solche Ereignisse immer überraschend schnell eine Erklärung fand. »Wenn mich nicht alles täuscht, werden sie hier in der Nähe landen.«

Die Erregung, die ihn ergriffen hatte, sprang auf mich über. Nervös scharrte ich mit den Füßen über den Boden. Was würden die Fremden in der Schlucht tun, wenn jetzt ein gegnerisches Raumschiff auftauchte? Oder war es kein gegnerisches Raumschiff, sondern Verstärkung? Wir mußten abwarten, wenn wir Antworten auf diese Fragen bekommen wollten.

An Schlafen dachte jetzt keiner von uns beiden.

Ich suchte mit den Augen den Himmel ab und entdeckte einen kleinen Punkt, der das Licht der Sonne reflektierte und schnell größer wurde. Der Terraner hatte es ebenfalls entdeckt.

»Da ist es!« stieß er hervor. »Das ist das Beiboot, das vom Mutterschiff im Orbit ausgeschleust wurde.«

Wir standen zwischen den Felsen und beobachteten. Immer mehr hatte ich das Gefühl, daß wir nur zwei hilflose Zuschauer bei einem Ereignis von kosmischer Bedeutung waren.

20.

Das Beiboot war eiförmig, etwa vierzig Meter lang und an der dicksten Stelle zwanzig Meter breit. Eine solche Schiffskonstruktion sah ich zum erstenmal.

Ich merkte, wie sich meine Hände um einen vorspringenden Felszacken schlossen.

Merkosh stand neben mir und starrte in den Himmel.

Das Beiboot sank mit dem Heck voran nach unten. Aus den Triebwerken stießen blauweiße Feuersäulen.

»Es sieht unheimlich aus«, murmelte ich. »Ich habe so etwas schon tausendmal gesehen, ohne daß es mich aufgeregt hat, aber diesmal ist es etwas anderes.«

Merkosh verharrte in seiner Stellung.

»Vrrrielleicht sollten wrrrir doch in die Station zurückkehren, Terraner. Wrrrir wrrrissen nicht, wrrras uns hier erwrrrartet.«

»Es ist besser, wenn wir diesen Platz vorläufig nicht verlassen«, entgegnete ich. »Wenn die Fremden hochwertige Ortungsgeräte besitzen, was ich nicht bezweifle, würden sie die Energieausstrahlung unserer Flugprojektoren anpeilen.«

»Ich wrrrill mich über diese Dinge nicht mit dir streiten.«

Die Heckdüsen des Beiboots spien erneut blauweißes Feuer, diesmal jedoch schwächer als beim Eintritt in die Atmosphäre. Die Geschwindigkeit des Schiffes verlangsamte sich. Die Landestützen wurden ausgefahren.

»Jetzt setzt es bald auf«, murmelte ich.

Das Beiboot landete etwa vier Kilometer von uns entfernt auf einem Hochplateau. Seine Triebwerke kamen zur Ruhe.

Merkosh und ich warteten schweigend, was nun geschehen würde. Ich zweifelte nicht mehr daran, daß sich zwei gegnerische Parteien auf Titan gegenüberstanden. Was würde mit den zuerst angekommenen Fremden geschehen, wenn sie von den Besatzungsmitgliedern des eiförmigen Beibootes entdeckt wurden?

Die Neuankömmlinge waren so nahe bei der Station gelandet, daß an ihrem Ziel kein Zweifel mehr bestehen konnte. Die Station mußte eine große Bedeutung besitzen, wenn zwei verschiedene Gruppen sich so sehr um sie bemühten.

Ich lächelte voller Selbstironie. Eigentlich waren es drei Gruppen, wenn man den Opproner und mich einbezog. Merkosh und ich bildeten allerdings die mit Abstand schwächste Streitmacht. Wir konnten nur warten, wie die Auseinandersetzung zweier mächtiger Kontrahenten enden würde. Vielleicht hatten wir dann die Chance des unbeteiligten Dritten.

»Sie scheinen zu wrrrarten«, bemerkte Merkosh ungeduldig.

Wir hatten die Reichweite unserer Helmsprechgeräte auf ein Minimum gedrosselt, so daß wir nicht zu befürchten brauchten, von den Fremden angepeilt zu werden.

»Alles braucht seine Zeit«, entgegnete ich.

Er warf mir einen schnellen Blick zu.

»Wrrrolltest du nicht schlafen gehen?«

»Soll das ein Witz sein? Ausgerechnet jetzt!«

»Meinetwrregen kannst du hierbleiben. Aber vrrrergiß nicht, daß du noch krank bist.«

Ich mußte lachen.

»An meine Krankheit habe ich in den letzten Minuten bestimmt nicht gedacht.«

Unser Gespräch wurde unterbrochen, als zwei schalenförmige Gleiter aus dem Hangar des Beibootes schwebten und neben der Rampe landeten.

Ein paar winzige Gestalten, die auf diese Entfernung wie Menschen aussahen, bewegten sich darauf zu.

»Wrrras bedeutet das?«

»Sie steigen noch einmal um«, beantwortete ich Merkoshs Frage. »Wahrscheinlich kommen sie mit den Gleitern hierher.«

Merkosh beugte sich über die Felsenbrüstung.

»Wrrrir wrrrerden sie also sehen können?«

»Wenn es keinen Hangar gibt, durch den sie in die Station einfliegen können, ohne die Gleiter zu verlassen.«

Ich versuchte mich zu entspannen, sehnte mich nach einem Schluck Wasser. Aber um zu trinken, hätten wir in die Station zurückkehren müssen. Dazu war jetzt keine Zeit.

»Ich habe eine Idee«, verkündete Merkosh. »Wrrrenn wrrrir uns den Neuankömmlingen stellen und ihnen vrrrerraten, daß Fremde hier sind, die ebenfalls in die Station eindringen wrrrollen, helfen sie uns vrrrielleicht.«

Ich sah ihn skeptisch an.

»Wenn sie dich sehen, werden sie sofort auf uns schießen.«

Er wandte sich verärgert ab. Natürlich war er von seinem Standpunkt aus ein hübscher Bursche, aber das dachte ich auch von mir, ohne die Meinung des Oproners zu berücksichtigen.

Ich konnte sehen, wie ein paar Gestalten in die Gleiter stiegen. Die offene Schleuse des Beiboots bildete ein helles Rechteck gegen seine dunkle Außenfläche.

Unmittelbar darauf hoben die Gleiter vom Boden ab.

Sie nahmen Kurs auf die Station.

»Sie kommen hierher!« grollte Merkosh.

»Laß deine Gewitterstimme für eine Weile verstummen, Stimmbrüchiger«, sagte ich. »Wir müssen jetzt doppelt vorsichtig sein.«

Abwartend lagen wir nebeneinander und starrten in die Schlucht hinab.

Die beiden Gleiter überflogen uns in einer Höhe von hundert Metern und tauchten dann in die Schlucht ein. Sie verloren rasch an Höhe.

Ich vermutete, daß sie unmittelbar vor der Steilwand landen würden. Bisher hatte die Station ihre Geschützstellung nicht wieder ausgefahren. Das konnte bedeuten, daß sie die Neuankömmlinge zu akzeptieren bereit war.

Vielleicht konnten Merkosh und ich uns einen Gleiter schnappen, wenn die Besatzungen ausstiegen, überlegte ich. Das würde zwar ein Unternehmen auf Leben und Tod sein, aber wir hatten schließlich nichts zu verlieren. Ich rechnete aus, wie lange wir brauchen würden, um in die Schlucht hinabzufliegen und mit einem Gleiter zu starten. Ich würde ein paar Minuten benötigen, um mich mit den Schaltungen eines völlig fremden Fahrzeugs vertraut zu machen – wenn es mir überhaupt gelingen würde.

Ein verrückter Plan! Es war besser, wenn ich nicht länger daran dachte.

Die Gleiter landeten. Einer war unmittelbar vor der Steilwand zu Boden gesunken. Seine großen Stabilisierungsflossen ragten wie die

Flügel eines Riesenvogels in die Höhe. Aus der Oberflächenkuppel drohten die Läufe eines Energiegeschützes.

Dann kam ein Mann aus dem Gleiter!

Ich schloß einen Augenblick die Augen, während mein Herz bis zum Hals schlug.

Als ich die Augen wieder öffnete, war der Mann immer noch da.

Es war ein Humanoider, absolut wie ein Mensch, wenn er auch einen seltsam aussehenden Schutzanzug mit einem Druckhelm trug.

»Der sieht aus wrrrie du!« zischte Merkosh verblüfft.

»Still!« gab ich zurück.

Meine Blicke saugten sich förmlich an dem Fremden fest. Vielleicht, dachte ich, täuschte der Schutzanzug des Wesens über Unterschiede in unserem Äußeren hinweg, vielleicht war er viel fremdartiger, als ich jetzt vermuten konnte.

Dreißig Meter vor der Steilwand blieb der Fremde stehen und machte sich an seinem linken Handgelenk zu schaffen. Wahrscheinlich trug er dort ein Kommando-Armband.

Ich spürte, wie der Berg leicht erschüttert wurde. Im unteren Teil der Felswand entstand ein heller Spalt. Dicke Felsen glitten zur Seite und gaben den Blick auf die gepanzerte Vorschleuse frei.

Ohne zu zögern, betrat der Fremde die vordere Schleusenkammer. Hinter ihm schloß sich die Felsenwand.

»Er ist wrrreg!« sagte Merkosh. »Vrrrermutest du etwrrras?«

Ich nickte. »Das war der Ganjo, Gläserner. Der *echte* Ganjo, auf den die Station so lange gewartet hat.«

Stunde um Stunde verstrich. Ich versuchte mir vorzustellen, wann der Ganjo mit dem Robotgehirn in Kontakt trat und von allen Ereignissen erfuhr, die sich in den letzten Tagen auf Titan zugetragen hatten.

Der Mann – ich hatte keinen Grund, ihn anders zu nennen – würde einen vollständigen Bericht erhalten. Weder Merkoshs noch meine Anwesenheit würde ihm verborgen bleiben. Das Robotgehirn würde ihm auch von dem kurzen Kampf mit den zuerst aufgetauchten Fremden berichten.

Meine Gedanken bewegten sich nur noch um die Frage, wie der Mann darauf reagieren würde.

Die Gleiter standen ruhig vor der Steilwand. Durch die Oberflächenkuppeln konnte ich ab und zu eine Bewegung in ihnen wahrnehmen, was bedeutete, daß sie nicht von ihrer gesamten Besatzung verlassen waren.

Ich fragte mich, warum der Ganjo bisher nichts gegen die Fremden am Ende der Schlucht unternommen hatte. Ebenso wie wir mußte er doch das gepanzerte shiftähnliche Fahrzeug orten.

Ab und zu schlugen die Instrumente meines Ortungsgerätes ohne erkennbaren Grund heftig aus. In- und außerhalb der Station schienen sich geheimnisvolle Vorgänge abzuspielen. Ich fragte mich, ob parapsychische Kräfte am Werk sein könnten, verwarf diesen Gedanken aber wieder.

Ich hörte den Opproner gähnen. »Ich bin müde«, gestand er. »Lange kann ich nicht mehr wach bleiben.«

Auch ich war erschöpft. Meine Krankheit hatte mich geschwächt. Ich brauchte dringend ein paar Stunden Schlaf.

»Wrrrollen wrrrir in die Station zurück?« fragte Merkosh, der meine Gedanken zu erraten schien.

Ich schüttelte heftig den Kopf.

»Das wäre das Verkehrteste, was wir jetzt tun könnten. Wir haben hier einen guten Platz. Nötigenfalls können wir sogar fliehen.«

»Dann«, verkündete Merkosh mit seiner holprigen Stimme, »wrrrerde ich hier schlafen.«

Er lehnte sich zurück und war kurz darauf eingeschlafen.

Ich beobachtete ihn. Vor ein paar Tagen hätte ich ihn wegen seiner fatalistischen Haltung noch verachtet und beschimpft. Jetzt glaubte ich ihn zu verstehen.

Ich drehte mich um und blickte in die Schlucht. Irgendwann mußte dort unten etwas geschehen. Die Gleiter konnten nicht ewig stehenbleiben.

Aber meine Hoffnung wurde enttäuscht. Es fiel mir immer schwerer, nicht zwischen den Felsen einzuschlafen. Über den Helmempfänger vernahm ich Merkoshs röchelnde Atemzüge.

Ich merkte, wie mich dieses Geräusch einschläferte. Gewaltsam hielt ich die Augen offen. Ab und zu erhob ich mich auf die Knie und kroch zum Ortungsgerät. Es zeigte keine Veränderungen an. Auch das zuletzt gelandete Beiboot stand noch auf seinem Platz auf dem Hochplateau.

Ich kontrollierte mein Aggregat. Das alles tat ich, um nicht einzuschlafen. Schließlich konnte mein geschwächter Körper der Müdigkeit nicht mehr widerstehen. Mein Kopf sank zur Seite. Ich rollte mich auf den Rücken und schlief ein.

Der Traum brachte die Erinnerung.

Wieder sah ich mich in dem Krater liegen.

Der gurradsche Hyperphysiker stand über mir und schrie. Der Himmel stand in Flammen. Der Gurrad kletterte zu mir herab und half mir aus dem Krater. »Ich wußte, daß Sie nicht tot waren, Terraner!« rief er triumphierend. Seine prächtige Mähne bewegte sich in Wellenlinien, als er den Kopf zurückwarf.

Ich blickte mich um.

»Die Sonne ist explodiert!« schrie der Gurrad. »Uleb I wird jeden Augenblick zerbersten.«

Die Todesangst nahm mir den Atem. Keiner meiner Begleiter war noch zu sehen. Die Expedition, die ich geführt hatte, war gescheitert. Es war unser Auftrag gewesen, alle Geheimdaten über das Dimetranstriebwerk und den Paratronschirm aus der Riesenpositronik der Bestien herauszuholen.

»Wir sind verloren!« krächzte ich. »Meine Männer sind tot oder geflüchtet. Es ist kein Schiff mehr in der Nähe.«

»Wir haben noch eine Chance!« brüllte der Gurrad. »Dort drüben in dem großen Gebäude haben die Bestien mit einer Zeitmaschine experimentiert. Ich mußte ihnen wegen meiner Kenntnisse oft helfen. Als ihr Gefangener genoß ich deshalb Vorzüge.«

Ich nickte. Wir rannten los. Der Boden vibrierte unter unseren Füßen. Der Himmel nahm eine seltsame Farbe an. Die Wolken quirlten durcheinander, als würden sie von einem mächtigen Orkan erfaßt. Ich war froh, daß ich meinen Schutzanzug trug, denn ich befürchtete, daß Uleb I jeden Augenblick seine Atmosphäre verlieren würde.

Ich litt noch immer an den Folgen der Paralyse, aber die Angst trieb mich voran. Der Gurrad erreichte den Eingang des Gebäudes vor mir. Auf der anderen Seite des freien Platzes standen ein paar riesige Bestien. Sie schienen nicht zu wissen, was sie tun sollten, denn sie starrten bewegungslos in den Himmel.

»Keine von ihnen wird überleben!« schrie der Gurrad triumphierend. »Das ist mehr, als ich je zu hoffen wagte.«

Der Haß veränderte seine Stimme. Ich fragte mich entsetzt, was er in der Gefangenschaft der Bestien alles durchgemacht hatte.

»Können wir nicht noch ein paar Gohks retten?« fragte ich den gurradschen Hyperphysiker.

»Enemy hat sich schon in eine Nova verwandelt«, erwiderte er. »Für solche Rettungsaktionen ist jetzt keine Zeit mehr.«

Voller Bedauern dachte ich an die eichhörnchenähnlichen Wesen, die nun zusammen mit den Bestien in dem von den Okefenokees entfachten Sonnenfeuer umkommen würden.

Wir erreichten den Eingang der gigantischen Forschungsstation. Glücklicherweise kannte sich der Gurrad genau aus, so daß wir keine Zeit zur Orientierung zu verlieren brauchten. Der Vorraum war verlassen und dunkel. Ich hielt mich dicht hinter meinem Begleiter. Aus der Ferne erklang der Lärm einer fürchterlichen Explosion. Auf Uleb I begann die Apokalypse.

Plötzlich wurde es hell. Das Dach war an einer Stelle aufgebrochen und gab den Blick auf den brennenden Himmel frei.

Ich stieß ein irres Lachen aus.

»Wir schaffen es nicht!« schrie ich. »Es ist aussichtslos.«

Trotzdem rannte ich verbissen weiter. Wir gelangten in eine große Halle, deren Mittelpunkt ein trapezförmiges Gebilde war.

»Das ist die Zeitmaschine!« rief der Gurrad. »Die Bestien haben sie noch nicht erprobt, aber wir sollten trotzdem einen Versuch riskieren. Eine Reise in die Vergangenheit ist immer noch besser als ein Tod in den Flammen.«

Auf der anderen Seite tauchten ein paar Bestien auf. Sie waren bewaffnet. Noch hatten sie uns nicht entdeckt.

Ich sprang durch den großen Einstieg ins Innere der Maschine. Mein Atem klang keuchend. Der Gurrad war neben mir und machte sich an den Hebeln zu schaffen.

»Ich muß noch einmal hinaus«, sagte er. »Die Hauptschaltung . . .«

Ich wollte ihn festhalten, denn draußen näherten sich die Bestien, die offenbar ebenfalls mit Hilfe der Zeitmaschine die Flucht ergreifen wollten.

Der Gurrad riß sich los.

Wenige Sekunden später blitzte es draußen auf. Der Gurrad schrie. Die Bestien hatten ihn entdeckt und schossen auf ihn.

Ich wollte die Maschine verlassen und meinem neuen Freund helfen. Doch es war zu spät.

Der Gurrad hatte offenbar die Hauptschaltanlage erreicht.

Um mich herum löste sich alles auf, und ich stürzte der Vergangenheit entgegen. Seltsamerweise kam ich nicht in der Zeitmaschine auf Uleb I zu mir, sondern in einem Raum innerhalb einer fremden Station, die auf einer Insel mitten in einem kochenden Asphaltsee lag. Ich vermutete, daß ich mich auf der Erde befand.

Bevor ich mich in allen Räumen umsehen konnte, erschienen ein paar Roboter, die mir erklärten, daß ich von einem Zeitläufer angepeilt und eingefangen worden sei. Es wäre dringend nötig, mich zu untersuchen. Sie schleppten mich in einen Transmitter, durch den ich in die Station auf Titan gelangte.

Dort traf ich mit dem Oproner zusammen, der auf ähnliche Weise auf dem sechsten Saturnmond gelandet war.

»Wrrrarum schreist du so, Terraner?« Merkosh beugte sich über mich und schüttelte mich. »Wrrrenn du so wrrreitermachst, wrrrerden dich die Fremden noch hören.«

Ich schlug die Augen auf. Es dauerte ein paar Sekunden, bis ich mich in der realen Umgebung zurechtfand. Mein Traum war mir in allen Einzelheiten in Erinnerung geblieben.

Zitternd griff ich nach dem Arm des Frequenzwandlers.

»Ich erinnere mich jetzt an alles, Gläserner. Ich weiß, wer ich bin und wie ich hierhergekommen bin. Ich habe davon geträumt.«

Merkosh bog seinen Hals nach hinten. »Dann ist ja alles gut«, meinte er. Er hatte offenbar kein Interesse, an meiner Geschichte.

»Der Gurrad hat mir das Leben gerettet«, sagte ich. »Ohne ihn wäre ich jetzt tot. Aber vielleicht war ihm das Schicksal gnädiger als mir.«

»Vrrrergiß das jetzt!« forderte der Oproner mich auf.

Er deutete zum Hochplateau hinüber, wo das Beiboot des Ganjos nicht mehr zu sehen war. Ich kniff die Augen zusammen.

»Merkosh!« rief ich. »Was ist passiert? Warum hast du mich nicht geweckt?«

»Das habe ich ja versucht«, erwiderte er unwillig. »Aber du warst wie ein Felsblock. Ich dachte schon, du würdest überhaupt nicht mehr zu dir kommen.«

Ich warf einen Blick auf das Ortungsgerät.

»Wie lange habe ich geschlafen?«

»Wrrroher soll ich das wrrrissen? Als ich erwrrrachte, wrrrarst du schon eingeschlafen.«

Enttäuscht lehnte ich mich gegen die Felsen. Ich hatte eine einmalige Chance verschlafen. Das Beiboot war verschwunden und würde so schnell nicht zurückkommen.

Ein Blick auf das Ortungsgerät zeigte mir, daß die zuerst angekommenen Fremden Titan noch nicht verlassen hatten. Also hatten Merkosh und ich noch immer eine Möglichkeit zur Flucht.

Ich griff nach dem Ortungsgerät. »Wir fliegen zur Station hinab. Vielleicht können wir vom Robotgehirn etwas erfahren.«

Als ich mich über den Felsvorsprung schwingen wollte, blieb ich wie erstarrt stehen. Unten in der Schlucht lief ein Pferd herum.

Ein Pferd in einem Schutzanzug!

Die Ereignisse der letzten Tage hatten mich offenbar den Verstand gekostet.

(Ende dieses Berichts)

21.

»Da draußen ist jemand!« rief Professor Waringer plötzlich.

Rhodan fuhr herum.

»Was heißt das? Ovaron II ist längst wieder gestartet. Draußen können bestenfalls ein paar Roboter aus der Station herumfliegen.«

»Es sind aber keine Roboter«, ließ sich Gucky vernehmen. »Ich habe soeben ein paar undeutliche Bewußtseinsimpulse wahrgenommen.« Er deutete eine Verbeugung an. »Soweit das in diesem emotionellen Chaos überhaupt möglich ist.« Er spielte damit auf die gespannte Atmosphäre an Bord des Nullzeit-Deformators an. Das Warten bis zum Start wurde zur Nervenbelastung für alle.

Rhodan bewegte sich auf die Kontrollen des Nullzeit-Deformators zu.

»Ich habe vorsichtshalber den Paratronschirm eingeschaltet«, bemerkte Atlan. »Irgendwie habe auch ich das Gefühl, daß draußen jemand um die Zeitmaschine herumschleicht.«

Rhodan schüttelte ärgerlich den Kopf.

»Das ist unmöglich!«

Ras Tschubai trat an seine Seite.

»Gucky und ich könnten einen Erkundungssprung machen.«

Rhodan zögerte. Er wußte nicht, was draußen vorging, deshalb wollte er die Sicherheit der beiden Teleporter nicht unmittelbar vor dem Aufbruch gefährden.

»Das Ortungsgerät zeigt jetzt nichts mehr an.« Waringer deutete auf den dunklen Bildschirm. »Aber das kann ebensogut an unserem Schutzschirm liegen.«

»Ist es möglich, daß Sie sich getäuscht haben?« fragte Ovaron.

»Das ist nicht ausgeschlossen, aber ich bin sicher, daß ich etwas gesehen habe.«

»Wir sollten sofort starten«, schlug Atlan vor. »Die Arbeiten am Deformator sind doch so gut wie abgeschlossen.«

Das wäre zweifellos vernünftig gewesen, überlegte Rhodan. Trotzdem zögerte er, einen entsprechenden Befehl zu geben. Wenn sich wirklich da draußen jemand herumtrieb, konnte er auf geheimnisvolle Weise mit den Ereignissen der letzten Tage im Zusammenhang stehen. Es war deshalb besser, wenn sie das Rätsel zu lösen versuchten.

»Roboter aus der Station sind es bestimmt nicht«, sagte Ovaron. »Die Zentrale hatte keinen Befehl von mir erhalten. Grundlos würde sie die Roboter nicht ausschicken.«

Atlan lehnte sich in seinem Sitz zurück.

»Also, was tun wir?«

Rhodan winkte Dr. Gosling heran.

»Machen Sie drei Kampfroboter zum Ausschleusen bereit. Sie sollen sich draußen umsehen.«

Die Kampfmaschinen vom Typ TARA III UH glitten hintereinander auf die Schleuse zu. Waringer schaltete den Paratronschutzschirm einen Augenblick ab, damit die Roboter ungehindert ins Freie gelangen konnten.

»Sie sind draußen«, meldete Tajiri Kase, der den Bildschirm beobachtete.

»Sie sollen die Felsformationen in der näheren Umgebung absuchen!« befahl Rhodan.

»Wieso hat das Robotgehirn mir nichts gesagt?« überlegte Ovaron laut.

Waringer lächelte ironisch.

»Vielleicht weiß Ovaron II Bescheid.«

Auf einem der Bildschirme blitzte es auf. Rhodan war zusammengezuckt. Ungläubig blickte er auf den Bildschirm, wo sich eine Rauchwolke zwischen den Felsen verflüchtigte.

»Armer Roboter!« bemerkte Dr. Paczek trocken.

»Parapsychische Energie!« rief Waringer. »Dort draußen ist ein Mutant am Werk.«

Rhodan hörte, wie jemand »Gespenstisch!« murmelte, aber er drehte sich nicht nach dem Sprecher um. Er ließ die Bildschirme nicht aus den Augen. Das Ganze war mehr als mysteriös.

Wieder blitzte es auf den Bildschirmen auf. Die gesamte Besatzung des Nullzeit-Deformators hatte sich inzwischen um die Kontrollen versammelt.

»Lassen Sie den Paladin und mich hinaus, Rhodanos«, forderte Icho Tolot. »Wir werden den Gespenstern zu Leibe rücken.«

Rhodan antwortete nicht. Solange die beiden Roboter noch draußen waren, wollte er nichts mehr unternehmen. Der Gegner, wer immer es war, schien überraschend stark zu sein.

Erneut huschte ein Blitz über den Bildschirm.

»Diesmal war es ein Energiestrahler«, verkündete Waringer. »Leichte Bauart, Impulsmodus.«

Die beiden übriggebliebenen Kampfroboter irrten ziellos zwischen den Felsen hin und her. Offenbar wußten sie nicht, wie sie vorgehen sollten.

»Gib ihnen einen Angriffsbefehl!« verlangte Atlan.

»Noch nicht!« Rhodan blickte auf die Uhr. »Erst will ich wissen, mit wem wir es zu tun haben.«

Er hatte den Satz kaum zu Ende gesprochen, als der zweite Roboter explodierte. Er war von keinem sichtbaren Energiestrahl getroffen worden. Trotzdem löste er sich in Staub auf.

»Parapsychische Energie in starken Intervallen«, meldete Waringer, der die Meßgeräte nicht aus den Augen ließ. »Dort draußen scheint jemand ein superhohes C zu singen, wenn ich es einmal so ausdrücken darf.«

Rhodan befeuchtete seine trockenen Lippen mit der Zungenspitze. Es war ein Zeichen seiner Nervosität.

»Dieser Jemand ist sehr an unserem Nullzeit-Deformator interessiert«, warf Atlan ein. »Es wird Zeit, daß wir ihm klarmachen, daß wir uns das nicht bieten lassen.«

»Wir stellen ein Kommando zusammen«, entschied Rhodan.

Als er an der Spitze einer zweiten Robotergruppe und von sieben Besatzungsmitgliedern aufbrach, explodierte draußen der dritte Roboter.

Rhodan und Ovaron schwebten nebeneinander in dreißig Metern Höhe über der Korkenzieherschlucht. Sie waren den beiden Unbekannten bis zur Station gefolgt. Als sie sie fast eingeholt hatten, waren die Fremden durch eine Seitenschleuse in der Station verschwunden.

»Was sagen Sie jetzt?« wandte sich Perry Rhodan an den Ganjo. »Es scheint außer Ihnen und Ovaron II noch andere Wesen zu geben, die hier ein und aus gehen. Die beiden sind vor uns in die Station geflohen.«

»Sie kennen sogar den Notausgang«, erwiderte Ovaron verwirrt. »Wir müssen feststellen, wer sie sind.«

Er schaltete sein Kommando-Armband ein und rief das Robotgehirn.

»Hier ist der Ganjo!« sagte er. »Verstehst du mich?«

Auch Rhodan konnte in seinem Helmempfänger die Bestätigung des Robotgehirns hören.

»Wer sind die beiden Fremden, die soeben die Station betreten haben?«

»Ihre Gefangenen, Ganjo!«

»Was?« riefen Ovaron und Rhodan gleichzeitig. Sie hörten in ihren Helmempfängern das spöttische Gelächter Atlans, der mit den Robotern am Eingang der Schlucht zurückgeblieben war, um nötigenfalls eingreifen zu können.

»Ich verlange eine Erklärung«, forderte Ovaron.

»Es handelt sich um zwei Zuchtobjekte, die Sie später untersuchen und dann in Freiheit setzen wollten, Ganjo«, sagte das Gehirn.

Rhodan hörte sich aufatmen.

»Zwei Präbios von der Erde«, sagte er. »Ovaron II muß von ihnen erfahren haben, hielt es aber offenbar nicht für wichtig genug, es uns mitzuteilen. Sicher wurden sie durch den Transmitter hierhergeschickt.«

»Dazu müssen sie aber die Insel im Asphaltsee erreicht haben«, gab Ovaron zu bedenken. »Sie wissen, wie schwierig das sogar für den Paladin war, Perry. Es müssen zwei außergewöhnliche Präbios sein. Wir wollen sie untersuchen. Zuvor jedoch werde ich dem Robotgehirn befehlen, sie in einem Raum einzusperren, denn sie scheinen gefährlich zu sein.«

Er gab die entsprechenden Anordnungen.

Während Rhodan und Ovaron die Station betraten, blieb Atlan mit den anderen in der Schlucht zurück. Der Cappin erfuhr von dem Gehirn, in welchem Raum sich die beiden vermeintlichen Präbios aufhielten.

Als die beiden Männer in den Korridor traten, wurden sie von Merceile eingeholt.

Ovaron wandte sich unwillig zu der Wissenschaftlerin um.

»Sie hätten draußen warten sollen, Merceile. Das ist zu gefährlich für Sie.«

Sie klappte ihren Druckhelm nach hinten und lächelte grimmig.

»Werfen Sie mich doch hinaus.«

Ovaron zuckte mit den Schultern und ging weiter.

Rhodan war gespannt, wie die beiden gezüchteten Wesen aussahen, die von der Erde aus hierhergekommen waren.

Eine eigenartige Erregung ergriff ihn, als sie endlich vor der Tür des Gefängnisses standen. Die beiden Männer griffen nach ihren Waffen.

»Hier ist es, Ganjo!« meldete das Gehirn.

Ovaron stieß die Tür auf.

Auf der anderen Seite des Raumes standen die beiden Fremden. Einer von ihnen war groß und unglaublich mager. Seine Haut war so durchsichtig, daß man die Organe in seinem Körper sehen konnte.

Der andere Fremde sah aus wie ein Mensch.

Als er aufblickte, vergrößerten sich seine Augen, und er brach in ein irres Gelächter aus. Auch Rhodan begann zu lachen, so daß Ovaron glaubte, daß die beiden den Verstand verloren hatten.

»Jetzt wird mir alles klar!« schrie der Mann. »Du mußt mir nur sagen, wieviel Zeit ich gewonnen habe, Alter.«

»Tausend Jahre!« erwiderte Rhodan. »Und das ohne Zellaktivator. Wir schreiben nämlich das Jahr dreitausendvierhundertvierunddreißig in unserer Realzeit.«

»Was bedeutet das alles?« fragte Ovaron verständnislos. »Ich werde den Verdacht nicht los, daß Sie diesen Mann kennen. Er ist bestimmt kein Präbio.«

Rhodan und der Fremde lachten, bis ihnen die Tränen in die Augen kamen.

»Wollen Sie mir jetzt erklären, was überhaupt los ist?« erkundigte sich der Cappin.

»Das«, erwiderte Rhodan, »ist vermutlich eine lange und tolle Geschichte.«

Er wandte sich wieder an den Mann.

»Wer ist dieser Fremde mit der durchsichtigen Haut?«

»Er nennt sich Merkosh. Er ist mein bester Freund.«

»Ja«, bestätigte Merkosh. Rhodan und die beiden Cappins wichen unwillkürlich zurück, als die Stimme des Gläsernen ertönte. »Wrrir sind Freunde in der Tat.«

»Genug geredet!« Der Mann näherte sich mit tänzelnden Schritten der verblüfften Merceile.

»Gestatten Sie mir, daß ich Sie jetzt aus der Gegenwart dieses Pöbels entführe, meine Allergnädigste?«

Rhodan und Ovaron standen fassungslos da und sahen zu, wie der Mann und Merceile Arm in Arm hinausgingen.

Ovaron gab ein undeutliches Geräusch von sich.

Rhodan ergriff den Cappin am Arm und zog ihn mit sich.

»Dieser Bursche ist ein Naturereignis, Ovaron«, sagte er. »Aber wir werden uns an ihn gewöhnen.«

Sie wollten hinausgehen.

»Wrrartet!« schrie eine unmenschliche Stimme hinter ihnen. »Wrrrollt ihr mich vrrrielleicht allein hier zurücklassen?«

Bordbuch des Nullzeit-Deformators am 2. Juli 3434:

Wir sind sicher in der Realzeit angekommen, haben aber zwei Passagiere mehr an Bord als bei unserem Aufbruch. Der eine heißt Merkosh, der andere Roi Danton.

22.

4. Juli 3434

Es hatte den Anschein, als habe der Saturn einen elften Mond erhalten. Die INTERSOLAR näherte sich in langsamstem Flug dem Titan, der von Huygens im Jahr 1655 entdeckt worden war.

Langsam driftete das gewaltige Raumschiff heran.

Die gesamte Ausrüstung war während des Anflugs von der Erde bereitgestellt und überprüft worden.

Rhodan erkundigte sich:

»Sind sämtliche Landefragen geklärt?«

»Selbstverständlich«, sagte Atlan. »Das Beiboot wird dreißig Kilometer von der Korkenzieherschlucht entfernt landen.«

Oberst Joaquin Cascal schaute sich um.

Alles, was sie brauchten, waren zwei schwere Shifts. Die erneute Mission würde vermutlich weder lange dauern noch viele Umstände machen. Alle Teilnehmer steckten in leichten Kampfanzügen und waren so ausreichend ausgerüstet, daß sie jeder Eventualität begegnen konnten.

Alaska Saedelaere wandte sich an den Cappin.

»Ovaron?« fragte er. »Sie rechnen allen Ernstes damit, daß alles innerhalb Ihres Depots auch heute noch hundertprozentig funktioniert?«

Ovaron strich sich das Haar aus seinem Gesicht und zog den magnetischen Verschluß des halbhohen Stiefels zu.

»Ich rechne nicht nur fest damit«, sagte er halblaut und richtete seinen Blick auf Paladin, der sich bereits in den Laderaum eines der festgezurrten Shifts hineinzwängte. »Ich weiß es sehr genau. Denn ich habe das Signal aus der Station erhalten, das nur dann in Ihrer

Jetztzeit abgestrahlt werden sollte, wenn erstens das Depot auf Titan noch einwandfrei erhalten ist und zweitens etwas für mich sehr Wichtiges geschehen ist. So gut wie jeder Mechanismus dort ist selbstreparabel ausgelegt worden. Wenn man nicht den Berg in die Luft gesprengt hat, dann finden wir alles so vor, wie ich es vor rund zweihunderttausend Jahren verlassen habe.«

Saedelaere nickte.

»Sir!« wandte er sich an Rhodan.

Der Großadministrator drehte sich um und musterte Alaska.

»Ja?«

»Ich war eben in der Funkstation des Schiffes. Unsere Landung, deren Sinn ja niemandem bekanntgegeben wurde, ruft auf Titan einige Unruhen hervor. Wozu diese Geheimhaltung?«

»Einen Moment«, sagte Rhodan, hielt seinen Interkom ans Ohr und sagte dann ins Mikrophon:

»Verstanden. Alles klar.«

Ein leichter Ruck ging durch das kugelförmige Beiboot. Es hatte sich eben aus dem riesigen Hangar des Flaggschiffes entfernt und Kurs auf Titan genommen.

Rhodan sagte zu Saedelaere:

»Wir sind eben gestartet.«

Das Einsatzteam hatte sich hier in der Bodenschleuse versammelt, in der die beiden wuchtigen Schwebepanzer verankert waren.

Cascal kam zusammen mit Roi Danton näher und blieb vor Rhodan und Saedelaere stehen.

»Warum die Geheimhaltung, Sir?« erinnerte Saedelaere.

Rhodan erwiderte halblaut:

»Wir haben auf den neun Planeten schon genügend Unruhe und Sorgen. Wir müssen den Menschen nicht noch mehr Aufregungen bereiten. Vielleicht geht die Nachricht, die er erhalten wird, auch nur Ovaron etwas an und hat nichts mit dem Sonnensatelliten zu tun. Aber er hat uns gebeten, ihn zu begleiten. Unser Aufenthalt auf Titan wird sehr kurz sein, ich rechne nur mit Stunden. Deshalb: Nachrichtensperre und keine Aufregung. Keine zusätzliche Aufregung.«

Cascal sagte:

»Das ist einzusehen.«

Der Haluter und Paladin III hatten die Laderäume betreten, und ein Teil der Mannschaft saß ebenfalls in den breiten Sesseln unter der durchsichtigen Kuppel der Schwebepanzer. Nur Rhodan, Cascal, Saedelaere, Roi und Merceile standen zwischen den beiden Shifts. Roi bot mit seiner weißgepuderten Perücke einen mehr als grotesken Gegensatz zu dem einfarbigen, schmucklosen Aufzug mit dem breiten Gürtel und den glänzenden halbhohen Stiefeln. Warum auch immer, aber Rhodans Sohn schien mit seinem Gehabe einen tiefen Rückfall in »schlimmste« Zeiten erlitten zu haben.

Cascal sah auf die Uhr. Er kannte natürlich die zeitliche Planung dieses Einsatzes sehr genau.

»Noch zwei Minuten bis zur Landung«, sagte er knapp. »Sie entschuldigen mich . . . ich muß einen Shift steuern.«

»Nur zu«, sagte Roi. »Inzwischen werde ich die Gesellschaft der schönen Demoiselle Merceile ausgiebig genießen.«

Die Cappin-Frau schenkte ihm ein Lächeln, das Ovaron, der durch die transparente Kuppel sah, deutlich ärgerte.

Roi grinste ihn an.

Das Beiboot hatte sich von der riesigen Metallkugel gelöst, die in dieselbe Bahn ging, die der Mond Titan um Saturn zog. Jetzt schwebte das Boot auf den gebirgigen Teil Titans zu. Funksprüche wurden gewechselt, und durch den dünnen Schleier der Lufthülle tauchte der Raumhafen auf, der in der Nähe der Korkenzieherschlucht lag. Die mächtige Kulisse des ringbewehrten Saturn wurde undeutlicher, als das Boot durch die Gashülle auf sein Ziel zuglitt.

Die Landebeine wurden ausgefahren.

Einige Minuten später setzte das Boot auf, und unmittelbar darauf öffnete sich die Polschleuse. Rhodan sagte über die zusammengeschaltete Funkkommunikation beider Shifts:

»Rhodan spricht. Die Fahrtroute ist bekannt – bitte sofort ausschleusen, starten und zur Schlucht fliegen.«

Roi und Merceile schwangen sich in einen Shift, Cascal und Saedelaere, die die Maschinen steuerten, erwiderten fast zur gleichen Zeit: »Verstanden.«

Die beiden Shifts lösten sich unmittelbar nach dem Auslaufen der Maschinen aus den magnetischen Halterungen und wurden von den Piloten nacheinander aus der Schleuse herausbugsiert. Der kleine Raumhafen war ebenso wie jeder andere im System auf den Stichtag IKARUS ausgerichtet: Raumschiffe standen bereit, um bei der Evakuierung mitzuwirken und die Menschen dieses Mondes in Sicherheit zu bringen.

Die Sonne hatte wieder zu flammen begonnen. Der Todessatellit der Cappins hatte endgültig seine unheilvolle Tätigkeit wiederaufgenommen. Ovaron und Merceile blieb nur noch kurze Zeit, um zum zweitenmal in ihn einzudringen und ihn zu vernichten.

Doch der Ganjo wollte vorher wissen, weshalb sein Depot das Signal an ihn abgestrahlt hatte. Es konnte entscheidende Bedeutung haben.

Die Shifts schwebten aus dem Schiff heraus, wurden langsamer, und die Piloten richteten sich nach den Geländemerkmalen aus. Dann nahmen beide Fahrzeuge Geschwindigkeit auf und flogen dicht über dem glatten Boden des Hafens auf den Ausgang zu. Einige Gleiter der Hafenbehörde schwebten in der Nähe, und die Insassen sahen aufmerksam zu den Shifts herüber.

Cascal nahm das Mikrophon in eine Hand und steuerte mit der anderen. Er berührte den Kontaktknopf und fragte leise:

»Alaska?«

Saedelaere meldete sich sofort.

»Ja?«

»Ich nehme an«, sagte Cascal, »daß sich unser Herr Großadministrator wie üblich an die Spitze des Unternehmens setzen möchte. Ich bitte Sie, Alaska, die Führung zu übernehmen. Ich werde meinen Shift in Ihrem Kielwasser steuern.«

Der Transmittergeschädigte mit der Plastikmaske pflichtete ihm bei.

»Ich bin Ihrer Auffassung, Joak. Sehen Sie, wie neugierig die Gleiterbesatzungen zu uns herübersehen?«

»Sie werden sich den historischen Augenblick und unseren Anblick nicht entgehen lassen wollen«, meinte der Oberst.

Der Flug auf der Oberfläche Titans ging unter merkwürdigen, wenn auch nicht unerwarteten Umweltbedingungen vor sich.

Die meisten Gebiete der Oberfläche lagen im Bereich einer 1-g-Schwerkraft, das war die Vorbedingung für die Menge der nötigen atembaren Lufthülle. Und über der horizontalen Linie hing, in den Farben abgeschwächt, aber unübersehbar, das gigantische Bild des Planeten Saturn. Die Lufthülle schien etwas getrübt wie ein kaum wahrnehmbarer Nebel. Und die Atomsonnen, die in genau errechneten Abständen die Rolle des fernen, jetzt entfesselten Zentralgestirns übernahmen und ihren Strom aus riesigen Meilern bezogen, schufen von jedem Gegenstand vier Schatten.

Roi Danton schlug die Beine übereinander und entnahm der Brusttasche seines Kampfanzugs ein Batisttüchlein mit handrolliertem Rand und Klöppelspitzen. Gleichzeitig zog eine betäubende Duftwolke durch den Shift. Es roch durchdringend nach einer futuristischen Art Eau de Cologne mit Juchten.

»Marsianisch Leder!« flüsterte Roi, als er Atlans fragend hochgezogene Augenbrauen sah.

Lordadmiral Atlan schüttelte fassungslos den Kopf.

»Eine Frage, schönster exotischer Import der letzten Jahrtausende«, sagte Danton und wedelte mit dem weißen Tuch vor seiner und Merceiles Nase herum.

»Ja?« Merceile lachte und zog die Nase kraus, als sie der Geruch erreichte.

»Wie gefällt Ihnen unser Ausflug?«

»Bis jetzt recht gut«, erwiderte sie. »Warum haben Sie eigentlich dieses etwas merkwürdige Gebaren an sich, Roi?«

Rois Geste schien den ganzen Kosmos zu umfassen.

»Sie irren«, stellte er ruhig fest.

»Wie?«

»Es ist indes nämlich so«, erwiderte er so laut, daß die Mikrophone und die Lautsprecher seine Worte in den von Cascal gesteuerten Shift leiteten, »daß nicht ich mich merkwürdig benehme, sondern alle anderen Menschen. Sie haben es nur noch nicht erkannt.«

Atlan drehte sich um und musterte Roi, anschließend Merceile.

»Eine etwas kühne Behauptung«, sagte er. »Roi Danton als Angelpunkt des Universums zu betrachten scheint mir wenig wissenschaftlich zu sein.«

Roi machte eine wegwerfende Handbewegung.

»Was bedeutet schon ›wissenschaftlich‹?« fragte er verächtlich. »Wissenschaft ist eine Krücke des Geistes, der die Zusammenhänge, die Weltallschau nicht richtig zu ermessen versteht. Stört es Ihn, Lordadmiral, daß ich unsere trockene Fahrt zu der Schlucht mit fröhlichen Reden würze?«

Atlan grinste und gab zurück: »Mich stört es nicht. Aber vielleicht ermüdet es Merceile!«

Roi kratzte sich demonstrativ unter der Perücke und schnippte dann ein imaginäres Insekt in Atlans Richtung.

»Sire!« sagte Roi laut. »Sie müssen eine Zeitreise unternehmen! Verjünge Er sich, Lordadmiral!«

Atlan blickte an sich hinunter. Was er sah, schien ihm zu genügen.

»Wozu?«

»Ein bald zwölftausendjähriger Greis wie Ihr, edler Atlan, sollte nur dann mit jungen Männern wie mir konkurrieren wollen, wenn er sich wesentlich jünger fühlt als heute. Und . . . steht es nicht für uns alle fest, daß Ihr mit mir um die Gunst der Holden hier buhlt?«

Schallendes Gelächter ertönte in dem Shift.

Sie näherten sich der Korkenzieherschlucht, dem auch heute noch kennzeichnenden Einschnitt zwischen zwei Bergrücken, die in der Gegenwart hauptsächlich mit automatischen Fabriken, Atommeilern und Energieverteilungsstationen bedeckt waren. Ein breiter Streifen Wald säumte die Schlucht.

Als die beiden Shifts, schräg hintereinander fliegend, sich der Schlucht näherten, hallte plötzlich eine Stimme in sämtlichen Lautsprechern. Sie sagte:

»Halten Sie sofort an. Sie befinden sich in einem Naturschutzgebiet des Mondes Titan. Das Gelände, in dem Sie sich bewegen, dient der arbeitenden Bevölkerung zur Erholung. Sie werden hiermit aufgefordert, die Straße sofort wieder zu verlassen, umzukehren und auf keinen Fall weiter vorzudringen.«

Cascal bremste und setzte nach weiteren fünfzig Metern den Shift auf dem Belag der schmalen, gewundenen Straße ab. Auch Alaska landete, ohne die Aufforderung ein zweites Mal hören zu müssen.

Alaska wandte sich an Rhodan und sagte:

»Was nun? Weiter zu Fuß?«

Rhodan schüttelte den Kopf und überlegte.

Dann hörten sie, wie Alaska sagte:

»Die Angelegenheit wird sich klären lassen. Ein Gleiter kommt auf uns zu.«

Die Türen der Shifts öffneten sich, und aus dem einen Fahrzeug kam Rhodan heraus, aus dem anderen Ovaron. Sie gingen aufeinander zu und blieben zwischen den beiden Flugpanzern stehen, sahen dem Gleiter entgegen. In dem Gleiter saßen zwei Männer.

Ovaron fragte:

»Schwierigkeiten, Perry?«

»Schwierigkeiten, ja«, erklärte Rhodan. »Aber keine solchen, die wir nicht beseitigen können. Ich habe mit dieser Art von Unruhe gerechnet.«

Beide Männer warteten, bis der Gleiter neben ihnen hielt.

Die drei ungleich großen Fahrzeuge standen auf einem runden Platz. Die gewundene, schmale Straße, die aus quadratischen Kunststoffflächen bestand, weitete sich hier etwas. Bis hierher hatten sich die Bauten der kleinen Stadt erstreckt. Jetzt traten die Gebäude zurück und machten einem ziemlich alten, dichten Kulturwald Platz. Bäume, Büsche und Rasenflächen wechselten sich bis zu den Hängen des Bergrückens ab. Der V-förmige Einschnitt geradeaus war bereits der Anfang der Schlucht mit dem merkwürdigen, aber charakteristischen Namen. Der Platz, rundum von dichten Büschen umstanden, war mit glatten, rubinroten Kieselsteinen ausgelegt. Die Schatten der Fahrzeuge brachen sich in funkelnden Linien. Aus dem Gleiter stiegen zwei Männer und kamen schnell auf Ovaron und Rhodan zu.

Einer der beiden Männer schrie schon von weitem:

»Haben Sie die Funkanlage nicht gehört?«

Der andere stieß ihn an, als er den Großadministrator erkannte. Rhodan und Ovaron warteten schweigend, bis die Männer vor ihnen standen.

»Ich habe Sie nicht erkannt, Sir«, sagte der andere Mann entschuldigend. »Aber wir passen hier ein wenig auf. Das Befahren dieser Anlage ist verboten, müssen Sie wissen.«

Rhodan lächelte und fragte freundlich zurück:

»Sie haben nicht gehört, daß die INTERSOLAR Titan angeflogen und uns ausgeschleust hat?«

»Nein«, war die Antwort.

Ovaron sagte laut:

»Wir haben im Innern der Schlucht etwas zu erledigen . . .«

Einer der Männer wandte sich an den Cappin.

»Aber . . . dort ist nichts, was Sie interessieren könnte. Nur Felswände, gefährliche Überhänge und viel Geröll. Und außerdem ist die Schlucht eine Sackgasse. Sie können nicht hindurchfahren – was ist übrigens los? Alles scheint sehr geheim zu sein?«

Ovaron versicherte:

»In ein paar Stunden haben wir das Gelände wieder verlassen. Das ist alles. Es ist nur noch nicht der richtige Zeitpunkt, alles deutlich unter den Augen der Öffentlichkeit zu tun. Dürfen wir jetzt weiter, ehe Sie uns mit vorgehaltener Waffe bedrohen?«

Die beiden Männer sahen sich an. »Selbstverständlich«, erwiderte der eine. »Wir hätten Sie nicht aufgehalten, wenn wir gewußt hätten, daß der Großadministrator in einem der Shifts sitzt.«

Rhodan nickte und hielt sich am Bügel neben der kleinen Schleuse fest. Er sagte:

»Wir versprechen Ihnen und der Bevölkerung Titans: keine Aufregung und keine Gefahren. In fünf Stunden ist alles vorbei, nach dieser Zeit sind wir nicht mehr da. Bitte teilen Sie das auch den anderen Leuten mit. Es liegt mir daran, niemanden zu beunruhigen.«

»Selbstverständlich. Eine Frage, Sir!«

Rhodan blieb auf der untersten Sprosse der stabilen Leiter stehen und drehte sich halb um.

»Ja?«

»Wie groß sind die Chancen, den Sonnensatelliten endlich außer Betrieb zu setzen?«

Rhodan gab die Frage an Ovaron weiter, der eben einstieg. Der Cappin lachte laut und rief zurück: »Achtundneunzig zu zwei. In einigen Tagen ist der Satellit verschwunden.«

»Das ist auch Ihre Meinung, Sir?«

»Ja«, versicherte Rhodan, während der Shift langsam vom Boden abhob. »Das ist auch meine Ansicht. Ich weiß, daß wir diesmal Sieger bleiben werden.«

Dann schwebten die beiden Flugpanzer weiter.

In den nächsten Minuten wandelte sich das Bild erneut.

Nachdem der runde Platz verlassen worden war, schlängelte sich die schmale Straße zwischen niedrigen Bäumen entlang. Die Felswände, die zuerst aus einem flachen Hang herausbrachen, wurden immer steiler. Das Licht nahm ab. Cascal schaltete nacheinander die Scheinwerfer und den mächtigen Kegel des Suchers ein. Leise summend bewegten sich die Shifts hintereinander in die Schlucht hinein.

Cascal bemerkte:

»Sie hat sich, abgesehen von der Umgebung, kaum verändert, seit wir das letztemal hier waren, nicht wahr?«

Alaska im anderen Ende des Flugpanzers gab zurück:

»Nur unwesentlich. Schließlich kann der Homo sapiens nicht jeden Quadratzentimeter des Kosmos verändern.«

»Aber er wird es versuchen. Immer wieder«, versicherte Cascal.

Das Licht nahm noch mehr ab, es blieb lediglich ein schmaler Spalt. Die breiten Lichtbalken der Scheinwerfer stachen in die Dunkelheit und ließen die Felsen und Spalten, die Geröllflächen und die heruntergebrochenen Felsentrümmer aufleuchten und plastisch hervortreten. Das künstliche Tageslicht war jetzt schon verschwunden. Das Zehnmannteam schwebte in eine steinerne Region hinein.

Takvorian scharrte unruhig mit den Hufen zwischen den Sesselbefestigungen.

Mächtige Felsen tauchten im Scheinwerferlicht auf. Sie hingen da, überlastig an den senkrechten Abhängen, bereit, jede Sekunde hinunterzubrechen. Breite Spalten durchzogen die Felswände. Einmal hing ein riesiger Block eingekeilt zwischen den aufragenden Wänden, und die Shifts schwebten vorsichtig darunter hindurch. Die Farben wirkten bedrohlich: Ein glänzendes, blauschwarzes Loch gähnte vor den Männern und der jungen Frau. Seitliche Flächen blitzten im Scheinwerferlicht hellgrau auf, vereinzelte Lichtblitze deuteten darauf hin, daß es Drusen gab, Einschüsse von Halbedelsteinen oder irgendwelchem glänzenden Zeug. Es war wie ein schweigender Flug durch eine dunkle, immer enger werdende Röhre, die sich in irren Serpentinen aufwärts drehte.

Cascal sah auf die Uhr und fragte: »Noch etwa fünf Minuten. Weiter so wie bisher?«

Lordadmiral Atlan erwiderte: »Genauso, Joak. Wir bleiben in entsprechendem Abstand von der senkrechten Felswand stehen.«

Sie dachten daran, welche gefährlichen Momente während ihres letzten Vordringens hier aufgetreten waren. Die nervöse Spannung, die seit dem Betreten der Polschleuse bestand, verstärkte sich. Unterhaltungen wurden abgebrochen. Nur noch das Summen der schweren Maschinen war zu hören.

Die beiden Schwebepanzer flogen weiter, langsam und meisterhaft gesteuert, entlang den Windungen der Korkenzieherschlucht. Es ging leicht aufwärts. Das Licht aus den Scheinwerfern ließ die Felsen zu kurzem Leben erwachen. Schatten und Licht riefen gespenstische Effekte hervor.

Irgendwo hoch über den Fahrzeugen begann ein Stein zu rollen.

»Vorsicht!« rief Alaska im ersten Shift.

»Verstanden!« gab Cascal zurück. Gleichzeitig schalteten beide Piloten den HÜ-Schirm über dem Fahrzeug an.

Der Stein polterte einen Hang hinunter, schlug auf, sprengte andere Steine los. Diese kleine Lawine wurde immer größer, der erschütternde Lärm fallender Steine und rutschenden Gerölls nahm zu. Die Teammitglieder zogen unwillkürlich die Köpfe ein, bis auf Paladin und Tolot.

Dicht hinter Cascals Shift prasselte die Gesteinslawine herunter, riß eine Felsplatte mit, die herumkippte und mit der Kante auf den Rand des Schirms aufschlug. Eine grauschwarze Staubwolke verhinderte die Sicht nach hinten. Losgerissene Felsen rasten im Zickzack zwischen den Wänden hin und her, und ein mächtiger Stein schlug krachend an die Gleiskette des letzten Shifts.

Alaska Saedelaere fragte über Funk:

»Haben Sie Schaden genommen, Joak?«

»Keineswegs«, erwiderte Cascal. »Aber die Stimmung leidet unter diesen Vorkommnissen. Wir sind alle etwas schreckhaft geworden. Kein Wunder nach all diesen Strapazen der letzten Monate.«

Er sah, wie sich die Staubwolke langsam senkte. Vor ihnen tauchte jetzt die abschließende, glatte Felswand hoch, in einer Entfernung von etwa siebenhundert Metern.

Cascal konnte verstehen, daß Ovaron schwieg. Er hatte die Blicke gesehen, mit denen der Cappin Roi Danton gemustert hatte. Cascal hatte, nachdem Roi wie durch ein Wunder plötzlich wiederaufgetaucht war, entsprechende Buchfilme nachgelesen und einiges aus dem Leben des ehemaligen Freifahrers behalten. Roi Danton, Rhodans Sohn, war wirklich ein Mann, auf den man gängige Maßstäbe nicht anwenden durfte. Ovaron sah seit einigen Tagen, wie Merceile und Roi sich mehr und mehr anfreundeten, und das schien ihn zu stören – verständlich, denn Roi jagte in seinem Revier.

Roi sagte eben: »Potz, Rhodan! Wie lange brauchen wir noch, bis ich mir endlich die Beine vertreten kann?«

Cascal schwenkte den Sucher herum und richtete ihn vorbei am anderen Shift auf die dunkle Felswand.

Dann schaltete er herunter und beschleunigte, während er seitwärts am vorderen Fahrzeug vorbeifuhr und dann den Shift absetzte.

Alaska rief über den Lautsprecher:

»Endstation! Alles aussteigen. Der Einsatz beginnt!«

Die Shifts standen mit etwa fünfzehn Metern seitlichem Abstand nebeneinander und richteten die Scheinwerfer auf die Felswand. Die Prallfelder wurden abgeschaltet, die HÜ-Schirme erloschen. Die Schleusentüren glitten auf, und nacheinander stiegen die Teilnehmer aus und blieben in kleinen Gruppen stehen.

Die Männer musterten die Felswand, als würde dort etwas geschehen.

Schließlich schwang sich Ovaron aus dem anderen Shift und blieb in der Nähe Rhodans stehen.

Der Terraner fragte leise:

»Bereit, Ovaron?«

»Ja, bereit, Perry.«

Die zehn Personen, an beiden Seiten befanden sich die mächtigen Gestalten von Icho Tolot und Paladin III, bildeten einen offenen Halbkreis. Sie standen auf einer schräg ansteigenden Halde aus Sand, Steinen, Geröll und scharfkantigen Felsen, deren Ecken im Scheinwerferlicht wie mit Diamanten besetzt aussahen. Die Schatten der Männer waren zwanzig Meter lang und länger, sie reichten fast bis zu dem Punkt, wo der Hang des heruntergefallenen Gerölls mit der Steilwand einen stumpfen Winkel bildete. Nur das Summen der leerlaufenden Maschinen der Shifts und ein gelegentlicher scharfer Atemzug von einem der Teammitglieder unterbrachen die erwartungsvolle, gespannte Stille.

Ovaron ging etwa zehn Meter aus dem Halbkreis nach vorn in Richtung Felswand. Sie wirkte wie eine schwarze, nasse Mauer.

Sprünge, Vertiefungen, Vorsprünge und herunterhängende Felsnasen, kleine Kanzeln und Risse durchzogen die mächtige Wand.

Ovaron winkelte den Arm an und justierte sein breites Armbandgerät.

Roi Danton hüstelte affektiert und sagte:

»Sesam, öffne dich!«

Ovaron drückte den breiten, gesicherten Knopf herunter. Ein sechsdimensionaler Kodeimpuls wurde abgestrahlt, nur einen Sekundenbruchteil lang. Er enthielt unter anderem die Individualschwingungen des Cappins, ohne die niemand in dieses Geheimdepot eindringen konnte.

Dann sicherte Ovaron den Knopf wieder und wartete.

Nichts geschah.

Schweigend und in größter Spannung standen die zehn Mann des Teams bereit. Keiner sprach ein Wort, nur hin und wieder räusperte sich jemand nervös. Eine Minute verstrich, noch immer hatte sich nichts gerührt. In rhythmischen Abständen fielen Tropfen von einem Felsen und klatschten auf einen anderen herunter. Dieses Geräusch war wie das Ticken einer riesigen altmodischen Uhr und trug dazu bei, die Spannung zu vergrößern. Hände fuhren in unkontrollierten Bewegungen an die Gürtel, tasteten nach den Griffen der Waffen. Eine weitere Minute verging.

»Verdammt! Das dauert aber!« sagte Alaska heiser.

Niemand antwortete.

Die dritte Minute verging, dann ertönte ein hartes, donnerndes Knacken, als ob ein Fels abbräche.

Ein rauschender Ton wie das stetige Rauschen eines starken Windes zwischen durchlöcherten Felsen war zu hören.

»Was ist das?« fragte Merceile unruhig.

Roi Danton faßte nach ihrer Hand und sagte:

»Das ist offensichtlich der Rausch der Sinne – eines Positronengehirns.«

Trotz seiner Unruhe, die seinen Mund austrocknete und sein Herz schneller schlagen ließ, mußte Cascal grinsen. Danton war ein Mensch nach seinem Geschmack.

Es war das Rauschen eines großen Lautsprechers gewesen . . . denn jetzt hörte man eine Stimme.

Die Lautsprecher waren zu stark eingestellt. Die Stimme brüllte, und das Echo ihrer Worte setzte sich nachhallend in der Korkenzieherschlucht fort.

Die Stimme redete in der Sprache der Cappins.

23.

Die Stimme der Kommandopositronik des Geheimdepots auf dem Saturnmond Titan meldete sich nach einem Zeitraum von etwa zweihunderttausend Jahren. Bis auf die übersteuerten Lautsprecher schien die Positronik noch immer hervorragend zu funktionieren. Die Positronik hieß den Ganjo nach einer endlos langen Zeit willkommen. Die Maschinenstimme fügte hinzu, daß innerhalb des Depots sämtliche Geräte und Vorräte in bester Ordnung wären, wie es die Programmierung befahl.

Es gab eine Pause von wenigen Sekunden.

Erst jetzt begriff Perry Rhodan das ganze Ausmaß des hier Erlebten. Niemals seit der Kolonisierung Titans war etwas von dieser Station geortet worden – und doch hatte sie schlummernd die ganze Zeit über existiert und darauf gewartet, daß sich ihr Herr nach 200.018 Jahren wieder per Impuls zu erkennen gab. Es war unglaublich.

Dann fuhr die automatische Stimme fort:

»Die Positronik, Ganjo, bittet Sie, einen anderen Eingang in das Depot zu benutzen.«

Ovaron fragte laut zurück:

»Warum soll ich einen anderen Eingang benutzen, Gehirn?«

Die Antwort kam sofort.

»Wegen der Ortungsgefahr, die beim Öffnen der großen Haupttore besteht. Die Nachkommen der vor langer Zeit biologisch aufgezüchteten Wesen würden das Depot entdecken können. Größere Sicherheit besteht, wenn ein Nebeneingang benutzt wird. Ich darf Sie bitten, Ganjo, dem Robot zu folgen.«

Sie warteten auf den Robot.

Eine erleuchtete, runde Öffnung erschien nach einer Weile in der schwarzen Felswand. Der Lichtkreis des Scheinwerfers lag darauf. Aus dem Felsen hatte sich ein runder, korkenartiger Pfropfen nach innen bewegt. Ein Robot, annähernd würfelförmig, mit einigen Fortsätzen, die Linsen, Mikrophone oder Lautsprecher zu tragen schienen, schwebte aus dem Loch.

In einem eleganten Schwung, einer Doppelkurve, schwebte der Robot heran und blieb vor Ovaron in der Luft stehen, etwa einen halben Meter über dem Boden.

Cascal rief fragend:

»Kann das eine Falle sein? Der Nebeneingang hat sich geschlossen!«

Er schwenkte den Scheinwerfer herum und richtete ihn auf die Füße Ovarons und den Robot.

Die Kommandopositronik sagte: »Folgen Sie bitte dem Robot. Es geht nach links, durch eine Nebenschlucht.«

Rhodan hob den Arm.

»Zurück in die Shifts!« befahl er.

Fünf Minuten später schwebten die beiden Shifts dem Robot nach, in einem Abstand von annähernd fünf Metern.

Alaska fragte neugierig:

»Haben Sie eine Ahnung, Ovaron, wohin uns der Robot führt?«

Ovaron erwiderte:

»In das Depot. Es geht vermutlich, wenn ich mich richtig erinnere, im Zickzack bis zu einem kleinen Kessel, der nur aus der Luft zugänglich ist. Aber ich kann es nicht ganz sicher sagen.«

»Verstanden.«

Die drei Maschinen flogen etwa hundert Meter in die Schlucht zurück und schwenkten dann nach rechts. Ein schmaler Spalt öffnete sich, und die zwei Piloten mußten Maßarbeit verrichten. Neben den Bordwänden blieben weniger als zehn Zentimeter Abstand. Die Nebenschlucht verlief im Zickzack, der Boden stieg an, und auch hier waren die Ablagerungen der halben Ewigkeit zu sehen. Die künstlich umgewandelte Gashülle hatte die gleichen Folgen hervorgerufen wie die Erosion auf der Erde. Geröll und Schutt lagen herum. Schließlich schwebten die Shifts über einen Kamm und wieder steil hinunter in einen Kessel, der aussah, als habe ihn ein gigantischer Bohrer aus den Felsen gefräst. Die Höhe dieses Schachtes betrug etwa hundert Meter, der Innendurchmesser nicht mehr als dreißig Meter. Dann, als beide Shifts nebeneinanderstanden, schwebte der Robot langsam auf eine bestimmte Stelle der Felswand zu.

»Hier ist es«, stellte Ovaron fest.

Vor dem Robot klappte eine rechteckige Felsfläche nach außen. Auch hier war der Fels nur Tarnung. Er war auf einer massiven Stahlblechplatte befestigt, deren matter Schimmer im Licht glänzte, das aus dem Berg fiel.

Sie waren wieder in der Nähe des Depots, aber der Flug war in einem Dreiviertelkreis erfolgt.

Ovaron sagte:

»Meine Anwesenheit genügt, um Sie alle zu Freunden zu machen – gegenüber den wachsamen Linsen des Kommandogehirns.«

Die kleine Karawane bewegte sich auf die Pforte im Felsen zu.

Die schwere Platte, die mit der Außenkante im Geröll aufschlug, bebte nicht einmal, als Icho Tolot auftrat und vor Ovaron, der schräg hinter ihm ging, das Labyrinth der Gänge betrat.

Nacheinander folgten die anderen – den Schluß bildete Paladin III.

Der Robot führte sie durch die von hellem Licht erfüllten Gänge. Sie waren maschinell aus den Felsen gefräst worden und führten zunächst gerade in das Depot hinein. Etwa zweihundert Meter ging es geradeaus. Niemand sprach.

An den Wänden sah man die Platten von automatischen Türen, die dicken Steuerleitungen der Kontrollverbindungen und dicht über dem Boden die breiten, vergitterten Schlitze der Luftwälzanlage. Die Temperatur schien gleichmäßig zu sein und betrug etwa vierundzwanzig Grad Celsius.

Dann kam die erste Abzweigung.

Der Roboter glitt nach rechts, und wieder folgte ihm das Team schweigend. Ein zweiter Gang, der in einem Halbkreis irgendwohin führte. Nach einer halben Stunde schweigenden Marsches kamen sie an einen Knotenpunkt. Es war eine zylindrische Halle mit zehn Metern Höhe und dreißig oder mehr Metern Durchmesser. Etwa zehn schwere, luftdicht verschließbare Portale und acht Korridore waren zu erkennen.

Ein feiner Summton durchschnitt die Stille.

Ovaron hob seinen Arm und legte den Lautsprecher seines Armbandallzweckgerätes an sein Ohr.

Er hörte wieder die Stimme des Kommandogehirns.

»Ein Mann, der Ihr hohes Vertrauen verdient, Ganjo, liegt hier seit rund zweihunderttausend Jahren im Depot. Ich habe ihn an das

Tiefschlafgerät angeschlossen und überwache die Konservierung. Dieser Mann wartet seit dieser Zeit auf Sie. Seine Botschaft ist für Sie von größter Wichtigkeit. Aus diesem Grund sendete ich die Impulse, die nur Sie zu empfangen vermögen, so, wie es mir aufgetragen worden ist.«

»Danke, Gehirn«, erwiderte Ovaron.

»Der Robot wird Sie jetzt in diese Abteilung führen.«

Der Lautsprecher verstummte, und der Robot schwebte auf eines der hohen Portale zu. Ein unhörbarer Kodeimpuls wurde ausgestrahlt, und die beiden Torflügel öffneten sich.

Ovaron und Rhodan sahen sich bedeutungsvoll an.

»Was hat das zu bedeuten?« fragte Rhodan flüsternd. Die Stille ringsum beeindruckte ihn.

Ovaron war blaß geworden. Er gab keine Antwort.

Hinter den zurückgeglittenen Portalen schaltete sich jetzt die Beleuchtung ein. Die Männer sahen in einen rechteckigen Saal von ebenfalls zehn Metern Höhe, dessen Wände fein bearbeiteter Naturfels waren. In der Mitte des Saales standen wuchtige Maschinen, hingen Tiefstrahler, schwebten Kabel und Röhren.

Der Roboter war auf dem Weg in den Saal.

»Gehen wir«, sagte Ovaron ungeduldig. »Sehen wir nach, was die Positronik gemeint haben mag.«

Minuten später umstanden sie den Mann, der seit zweihundert Jahrtausenden schlief.

Ovaron flüsterte erschüttert:

»Moshaken!«

Die technische Umgebung dieser Halle hatte sich als eine biologisch-energetische Station ausgewiesen. Hier waren Anlagen aufgestellt worden, die in der Lage waren, einen organischen Körper als Energiekonserve über einen beliebig langen Zeitraum hinweg zu erhalten und dann wieder zu erwecken. In einem Stasisfeld, das wie ein Block aus Glas aussah, lag ausgestreckt der Körper Moshakens – unbeweglich und ohne jeden Hinweis darauf, daß er je wieder zu sich kommen könnte; auf einem flachen, sarkophagähnlichen Untersatz, umgeben von den Feldern der Projektoren.

»Moshaken«, sagte der Cappin fassungslos. »Ich brauche nicht zu erklären, wann und unter welchen Umständen wir ihn kennengelernt haben.«

Kommandant Moshaken war vollkommen angezogen. Er war ein alter Mann geworden mit weißem Haar und einem weißen Bart. Jetzt trug er die Uniform und Abzeichen eines kommandierenden Admirals.

Ovaron fuhr fort, als spräche er nur zu sich selbst:

»Die Abzeichen beweisen mir, daß Moshaken während der Zeit, als ich auf der Erde war und dort Perry und seine Leute kennenlernte, befördert worden ist. Ich habe in dieser Zeit versucht, meine Aufgaben wahrzunehmen . . .« Der Rest des Satzes verlor sich in einem Murmeln.

Perry Rhodan stützte sich schwer auf eine Schaltbank, betrachtete den Cappin nachdenklich und sagte schließlich:

»Eine unerwartete Begegnung, Ovaron. Was haben Sie jetzt vor?«

Ovaron erwiderte, ohne den Kopf zu heben:

»Ich werde die Automatik veranlassen, Moshaken aufzuwecken. Ich hatte nicht im entferntesten vermutet, daß ich hier mehr antreffe als nur ein menschenleeres Depot, in dem nur noch die Positronik arbeitet. Die Anwesenheit Moshakens ist für mich fast ein Schock.«

Atlan deutete auf die unbekannten Geräte, Schränke und Projektoren und fragte:

»Erteilen Sie Befehl, den Cappin-Admiral aufzuwecken?«

Ovaron nickte, hob den Kopf und sah Atlan fest an.

»Ja!« flüsterte er.

Er hob langsam, in einer zeitlupenartigen Bewegung, den linken Arm und brachte das breite, stumpfglühende Armband in die Nähe seines Gesichts.

Atlan und Rhodan sahen ihm gebannt zu.

Ovaron nahm einige Einstellungen vor, dann sprach er in das winzige Mikrophon. Er sprach schnell und leise, so daß kaum eines seiner Worte verstanden wurde.

Die Robotstimme des Kommandogehirns erwiderte:

»Befehl verstanden. Die Ausführung dauert fünf Stunden.«

Rhodan blickte auf seine Uhr und runzelte die Stirn, sagte aber nichts. Natürlich paßte ihm die Verzögerung nicht, denn Ovaron und Merceile mußten endlich in den Sonnensatelliten.

Die Stille in dem zylindrischen Raum war drückend.

Die Anwesenden standen abwartend, voller eigener Gedanken, um den ausgestreckten Cappin herum. Sie schienen zu ahnen, daß diese unerwartete Konfrontation mit einer Gestalt, die sich aus der Vergangenheit hierhergerettet hatte, entscheidende Einsichten vermitteln konnte.

Sie warteten zweihundertachtzig Minuten lang.

Ein Kreis schweigender, wartender Gestalten umgab die sarkophagartige Platte, auf der Moshaken lag.

Jetzt war der Körper nicht mehr starr, er wirkte nicht mehr wie eingefroren, sondern lebendig. Aber es war ein trügerisches Leben, das jede Sekunde aufhören konnte.

Moshaken wirkte wie ein uralter Mann, einen Hauch vom Tod entfernt.

Er sah Ovaron an.

Ovaron verkrampfte seine Finger in Atlans Schulter und fragte leise, als ob er die Stille in dem Raum nicht unterbrechen wollte:

»Ich bin mehr als überrascht, Admiral . . . Können Sie sprechen?«

Moshaken nickte schwach und flüsterte zurück:

»Ja. Ich habe lange gewartet, um mit Ihnen sprechen zu können, Ganjo.«

Rhodan bemerkte:

»Zweihundert Jahrtausende!«

In den nächsten Stunden erfuhren Ovaron und seine Begleiter eine erschütternde Geschichte.

»Es ist mir gelungen, Ganjo«, sagte der Admiral leise mit zitternder Stimme, »den Verräter zu töten. Sie wissen . . . dieser Offizier Gavasor aus der Familie des Nandor-Klans. Trotzdem ist es dem Nandor-Klan gelungen, die Regierungsgewalt über das Ganjasische Reich an sich zu reißen.«

Ovaron nickte.

Dies war etwa achtzehn Jahre nach dem Beginn von Ovarons Einsatz auf dem dritten Planeten dieses Systems geschehen. Langsam berichtete Moshaken weiter:

Die treuen Offiziere des Ganjasischen Reiches hatten in Gruelfin, der Heimatgalaxis der Cappin-Völker, verzweifelt auf die Rückkehr Ovarons gewartet. Dieses Warten zermürbte die Männer und gab ihren Feinden mehr Möglichkeiten in die Hände, als sie sonst jemals bekommen hätten.

Atlan flüsterte:

»Das muß damals gewesen sein, nachdem Ovaron und Merceile zu uns stießen und zusammen mit dem Nullzeit-Deformator in die Realzeit kamen.«

Der Mann, der aussah, als ob er bereits im Schattenreich weilte, berichtete mit leiser Stimme weiter. Die Aufnahmegeräte im Inneren Paladins zeichneten jedes Wort auf.

Moshaken hatte erfahren, daß Ovaron mit der merkwürdigen Maschine der Fremden verschwunden war.

»Nachdem Ovaron spurlos verschwunden war«, setzte Admiral Moshaken mit brüchiger Stimme seinen Bericht fort, der von langen Schwächepausen unterbrochen wurde, »habe ich mit Hilfe der Geheimdienstmänner des Ganjasischen Reiches neue Agenten in die Reihen der verbrecherischen Takerer einschleusen lassen.«

Er berichtete weiter.

»Ich liege im Sterben, Ganjo«, sagte er und bewegte den Kopf leicht hin und her, als Ovaron abwehrend die Hand hob. »Unterbrechen Sie mich bitte nicht – ich habe nicht mehr viel Zeit.«

Nach einer Pause, in der niemand zu atmen wagte, sprach er weiter.

»Ich spüre, daß die energetische Konservierung für mich alten Mann zu lange gedauert hat. Zweihundert Jahrtausende sind eine lange Zeit. Mir ist nicht mehr zu helfen . . . Hören Sie weiter: Eigenmächtig traten wir, die treuen Offiziere und ich, mit einer gewaltigen Armada von Schiffen den Flug zur Erde an.

Als wir starteten, wurde in der Heimat gerade Ihre Familie, Ovaron, gestürzt und aller ihrer Ämter und jeglichen Einflusses beraubt. Der Nandor-Klan übernahm endgültig die Macht im Ganjasischen Reich.«

Die Flotte kam im Solsystem an – vor zweihundert Jahrtausenden.

Moshaken als Befehlshaber schlug unerbittlich, schnell und ohne Warnung zu. Sämtliche verbrecherischen Cappins aus dem Volk der Takerer wurden auf der Erde vernichtet. Zur Zeit dieser wütenden Aktion waren die biologischen Versuche mit den Zyklopen, den Pseudo-Neandertalern in den verschiedenen Formen und den Zentauren bereits abgeschlossen. Die Cappins konnten nichts mehr tun.

Es gab aber intelligente Menschen.

Sie waren keine cappinschen Zuchtergebnisse gewesen, sondern

Geschöpfe, die auf dem dritten Planeten entstanden waren und sich aus Cromagnons hervorgebildet hatten. Durch die Tätigkeit der Takerer waren sie durch entsprechende Experimente in ihren Denkmöglichkeiten und der Spannweite ihres Verstandes um einige Jahrhunderttausende ihrer eigenen Kultur voraus gewesen.

Eine erbarmungslose Raumschlacht tobte um den dritten Planeten.

Sämtliche im Weltraum und auf den Planeten operierenden Takerer wurden von den treuen Truppen vernichtet. Zehn Minuten lang schilderte der Sterbende die Schlacht.

Moshakens Flotte war ebenfalls so stark getroffen worden, daß die Kommandanten keine andere Wahl mehr hatten, als Zuflucht auf der Erde zu suchen. Die Schiffe landeten meist als unbrauchbare Wracks. Die Mannschaften und Offiziere verstreuten sich und breiteten sich aus, wie es Schiffbrüchige überall und zu allen Zeiten taten. Die Männer gingen mit den Frauen der frühen Terraner Verbindungen ein – und zur Verblüffung aller waren diese Verbindungen fruchtbar.

Millionen Kinder wurden geboren.

Atlan sagte leise:

»Es waren, wenn wir alle nicht fundamental irren, die Vorfahren der Lemurer.«

Rhodan sah in die rötlichen Augen des Arkoniden und senkte den Kopf.

Die Cappins hatten schon damals erkannt – beziehungsweise war es in dieser Zeit die herrschende Theorie gewesen –, daß zwischen Cappins und Terranern eine direkte biologische Verwandtschaft bestand, denn sonst wären keine Kinder geboren worden. Die Vermischung der beiden Rassen war gelungen.

Und die Präbios, die aus den Zuchtexperimenten entstandenen Monstren?

Sie wurden nicht bekämpft oder nur dann, wenn sie sich zu einer echten, unmittelbaren Bedrohung entwickelten, was in einzelnen Fällen geschah. Man hatte sie am Leben gelassen, weil sie einen Faktor darstellten, der lebensnotwendig war. Ein dauernder Umweltsdruck in Form eines Kampfes würde die Kultur und die Zivilisation schneller sich entwickeln lassen, sagte man sich damals. Der Erfolg gab den Überlegungen recht. Das neuentstandene Volk auf dem dritten Planeten wurde durch den andauernden Kampf um sein Dasein lebenstüchtiger, kräftiger und erfindungsreicher. Auch die Cappins hatten keine andere Möglichkeit gesehen als den Krieg, der auch damals leider schon der »Vater aller Dinge« gewesen war.

Moshaken handelte verantwortungsbewußt und plante für die weitere Zukunft.

Er flog zum Titan und zur Korkenzieherschlucht und wies sich der Positronik aus.

Er hatte die Sachlage erklärt und um die Konservierung gebeten. Das Rechenzentrum hatte den Wert seines Wissens erkannt und seinem Wunsch entsprochen – und entschieden, zum verlangten Zeitpunkt in der fernen Zukunft den Impuls an den Ganjo abzustrahlen.

Dies war nun geschehen.

Moshaken schloß:

»Ganjo . . . Sie haben gesehen und gehört, was geschehen ist. Ich konnte nichts ändern, nur so handeln, wie ich handelte. Meine Aufgabe ist somit erfüllt, und ich fühle, wie ich immer schwächer werde. Lassen Sie mich allein sterben.«

Ovaron nickte und sagte heiser:

»Ja. Natürlich. Selbstverständlich.«

Die anderen verließen den Raum, und nur Ovaron blieb noch zwischen den Torflügeln stehen und blickte in den Raum hinein, wo der Robot unbeweglich neben dem sterbenden Cappin schwebte. Einige Minuten später zeigten die Lichtsignale, daß Moshaken den letzten Atemzug getan hatte.

Ovaron gab der Kommandopositronik den Befehl, den Leichnam des Cappins in dem Depot zu konservieren.

Das Robotgehirn gehorchte.

Schweigend versammelten sich die Terraner in einigen Gruppen und begannen zu diskutieren. Die Worte, die sie eben gehört hatten, die Schilderung jenes gewaltigen Geschehens und die Tragödie des sterbenden Admirals hatten sie zutiefst erschüttert, aber das Wissen, das Moshaken ihnen vermittelt hatte, bewegte sie ebenfalls.

Dreißig Minuten später sagte Roi Danton zu Rhodan und Atlan:

»Jetzt wissen wir – zumindest glauben wir zu wissen –, wie der moderne Mensch, den wir als Lemurer kennengelernt haben, wirklich entstanden ist.«

Rhodan sagte beunruhigt:

»Die Lemurer sind eine Mischung zwischen in Not geratenen cappinschen Raumschiffsbesatzungen und frühterranischen Frauen, die mit diesen Cappins Kinder zeugten. Vielleicht gab es auch Frauen unter den Besatzungsmitgliedern, aber sicher haben sie damals im Sinn von Moshakens Geschichte keine erhebliche Rolle gespielt. Von Einzelschicksalen wissen wir ohnehin nichts.«

Atlan legte seine Hand auf Rhodans Arm und sah ihn zweifelnd an.

»Ich vermisse eine Frage«, sagte er.

Rhodan entgegnete ruhig:

»Ich weiß! Aus welchem Grund ist die biologische Artverwandtschaft so einwandfrei, daß die Zeugung des Nachwuchses zwischen Cappins und frühen Terranern so gut gelang? Wir alle wissen, wie unendlich viele Gene zueinander passen müssen, wie genau beide Rassen identisch sein müssen, um sich gemeinsam vermehren zu können.«

»Keine Ahnung«, sagte Ovaron zögernd. »Eigentlich müßte die biologische Artverwandtschaft zwischen Terranern und Cappins fremder sein, unmöglicher erscheinen als . . . Mir fehlt ein Beispiel. Ich habe wirklich keine Ahnung – aber es zeichnen sich da Aspekte und Konsequenzen von ungeheurer Tragweite ab.«

Atlan flüsterte verblüfft:

»Allerdings! Das will ich meinen!«

Joaquin Manuel Cascal sagte um eine Spur lauter als beabsichtigt:

»Ich bin überzeugt, daß man zu geeigneter Stunde auch noch dieses Rätsel lösen wird. Am Ende sind selbst die Ahnen der Ahnen unserer Urahnen noch echte Importartikel gewesen. Wer weiß?«

Perry Rhodan lag die Vernichtung des Sonnensatelliten im Augenblick näher als die vermutliche Herkunft des ersten aufrechtgehenden Wesens auf dem dritten Planeten dieses Systems. Er befahl die Umkehr. Ovaron fand noch die Zeit, sich aus den Vorräten des Depots eine zusätzliche Waffe zu besorgen.

Es war eine Sextadimbombe, deren Zünder auf einen Pedokontakt eines Tryzom-Tänzers reagierte und die Detonationen herbeiführte. Die Minibombe war stabförmig und paßte hervorragend in eine Oberschenkeltasche des Einsatzanzuges.

Ovaron blieb an der Innenwand des Raumes stehen, in dem die Geräte Moshakens Leichnam konservierten, und schaltete ein Kommunikationselement ein. Er sprach jetzt direkt mit der Kommandopositronik.

»Ist die Konservierung eingeleitet worden?«

»Selbstverständlich, Ganjo«, erwiderte das Gehirn.

»Ich verlasse jetzt das Depot. Bis ich wiederkomme, gelten die gleichen Vorsichtsmaßnahmen. Verstanden?«

»Ja.«

»Der Robot soll mich hinausführen.«

»Verstanden.«

Er schaltete das Kommunikationselement aus und gab den Befehl, das Portal wieder zu schließen.

Einige Minuten später bewegte sich der Zug, an dessen Spitze wieder der würfelförmige Robot mit den merkwürdigen Kontaktfortsätzen schwebte, in Richtung des Ausganges.

Noch immer mit intensiver Gedankenarbeit beschäftigt, schwiegen sämtliche Teilnehmer. Der Aufenthalt innerhalb des Depots hatte zehn Stunden gedauert – und alle waren erschöpft.

Ein Bann wich von ihnen, als sie die beiden Shifts sahen und darüber den nebelhaften Himmel über Titan.

24.

Joaquin Manuel Cascal stand an der Bordwand des Shifts und überlegte. Man sah seinem Gesicht, das außerdem im Schatten der geöffneten Schleusentür lag, keinerlei Regung an.

Im engen Felsenkessel abseits der Korkenzieherschlucht hatte er den gewaltigen Augenblick erlebt, der die gesamte Vergangenheit des menschlichen Geschlechts umfaßte.

Von den Halbaffen, die zum erstenmal einen Stein warfen, bis heute, bis zu dem Lebensstandard, den die Menschheit erreicht hatte, bis zu dem erweiterten Wissen, das bis über die Grenzen der Galaxis hinausreichte. Trotzdem hatte sich nichts geändert. Fast nichts. Nur . . . es gab weniger Generäle als vor eintausendvierhundertvierundsechzig Jahren. Und mehr Forschungsschiffe.

Aber viele Probleme waren geblieben, und was damals die Angst vor dem Atomkrieg gewesen war, das war heute die Angst vor der Nova, die das System und die Sonne zu vernichten drohte.

Alaska Saedelaere rief aus dem offenen Einstieg des anderen Shifts:

»Joak! Ans Steuer – zurück zum Schiff!«

Aus dem Augenwinkel sah Cascal, wie sich die korkenförmige Öffnung wieder schloß. Das Depot war wieder versiegelt. Für wie viele Jahrtausende?

Das Geröll wurde durcheinandergewirbelt, als Takvorian neben dem Shift anhielt und mühsam ins Innere kletterte.

Ein bedauernswertes Opfer einer verbrecherischen Geisteshaltung.

Es sprach für Ovaron, daß dieser Mutant, eigentlich eine Mißgeburt mit überraschenden Eigenschaften, sein Freund war.

»Eine merkwürdige Mannschaft«, sagte Cascal und stieg ein.

Minuten später stiegen die Shifts hoch und schwebten über den Gebirgszug auf den Raumhafen zu.

Die Verabschiedung des Beibootes übernahm die Funkabteilung.

Und als die INTERSOLAR ihre Triebwerke zündete, um auf Erdkurs zu gehen, dachten die Bewohner von mindestens fünf Saturnmonden, ein Komet nähere sich ihrem kleinen System, das auf eine Art Ähnlichkeit mit dem Sonnensystem selbst hatte.

Die INTERSOLAR raste dem dritten Planeten entgegen.

Man schrieb den dreizehnten Juli 3434.

Wieder stand die INTERSOLAR etwa auf der Merkurbahn. Obwohl ein Pedosprung kein Problem der tatsächlichen Entfernung war, hatte Rhodan diese Position gewählt.

Die Vorbereitungen hatten jenen aufs Haar geglichen, die vor dem ersten Sprung unternommen worden waren.

Wieder hatte Rhodan Cascal gebeten, die Vorbereitungen zu leiten und sämtliche Eventualitäten zu beachten. Cascal, Rhodan, Atlan, Merceile und Ovaron standen in dem kleinen Schleusenraum in der Nähe der Raumschiffswand. Wieder leuchtete, durch starke Filter gedämpft, die Sonne in den Raum hinein. Jeder Gegenstand schien glühende Kanten zu haben.

Perry Rhodan betrachtete Merceile aufmerksam. Die junge Frau war in einen silberglänzenden Anzug gekleidet, der ziemlich eng anlag. Ein breiter Gürtel, einige auffallende Abzeichen, zwei merkwürdige Waffen und das Netz, das ihre Individualimpulse verfremden sollte. Die Ausrüstung stammte fast ausnahmslos aus dem Depot.

Rhodan fragte leise, aber mit deutlicher Unruhe:

»Wie fühlen Sie sich, Merceile?«

Mit weit auseinandergespreizten Fingern berührte Merceile ihr Haar.

»Bis jetzt ganz gut. Etwas Kopfschmerzen. Dieses Netz . . .«

Die zwei wichtigsten Ausrüstungsgegenstände, die aus dem verborgenen Depot mitgenommen worden waren, sah man nicht. Sie waren unter dem Haar verborgen.

»Kopfschmerzen? Wird es den Einsatz beeinträchtigen können?« erkundigte sich Cascal.

»Ich glaube nicht«, antwortete sie.

Die netzartigen Geräte bestanden aus einem spiralförmig gedrehten Spezialdraht. An den Knotenpunkten der Netze saßen kleine schwarze Kügelchen wie Perlen. Die Netze emittierten eine total veränderte Individualstrahlung. Das maschinell feststellbare Psychogramm der beiden Cappins wurde durch die Strukturnetze völlig fremd.

Die Informationen, die das wachsame und mißtrauische Positronengehirn aufnehmen würde, entsprachen nicht mehr den gespeicherten Werten von Ovarons und Merceiles erstem Pedosprung. Für das Kommandogehirn würden es zwei völlig neue, nie gekannte Cappins sein, die den Satelliten betraten. Lordadmiral Atlan räusperte sich und fragte, an Ovaron gewandt:

»Sind Sie bereit?«

Ovaron griff in die Brusttasche seines silberschimmernden Anzugs und holte, in eine halbdurchsichtige Plastikverpackung gehüllt, das Schaltelement heraus. Es war der Kompakt-Modifikator, der anstelle des unbrauchbaren Teiles in die Bombe eingeführt werden mußte.

»Ja. Wir sind bereit.«

Rhodan sagte leise: »Ich bin noch immer nicht hundertprozentig überzeugt. Werden Sie, ohne angegriffen zu werden, den Modifikator auswechseln können?«

Merceile versicherte:
»Wir brauchen nicht länger als zwei Stunden. Wir werden schneller handeln als beim letzten Mal. Und wir werden diesmal nicht in ein Feuergefecht verwickelt werden.«
Cascal nahm die stabförmige Bombe und gab sie Ovaron.
»Falls ein Ablenkungsmanöver stattfinden muß . . . hier, bitte.«
Ovaron schob die Bombe, ebenfalls ein auf sechsdimensionaler Basis funktionierender Sprengkörper, in die Oberschenkeltasche seines Anzugs. Dann drehte er sich um und betrachtete die dunkelbraune Scheibe, die vor ihnen im Raum hing. Die INTERSOLAR befand sich ein wenig näher als der Planet Merkur an der Sonne und trieb langsam auf den Stern zu. Lange Protuberanzen wehten durch den Raum und schienen nach dem Riesenschiff zu greifen.
»Danke.«
Heute sollten endgültig und unwiderruflich die Voraussetzungen geschaffen werden, den tödlichen Satelliten zu sprengen. Wieder und immer wieder waren die Wissenschaftler unter Berücksichtigung aller Einzelheiten und Möglichkeiten den Planungen Ovarons nachgegangen und hatten mit den Computern die Wahrscheinlichkeiten für Erfolg oder Mißerfolg ausgerechnet. Diesmal mußte es zu schaffen sein – das Leben der Planeten hing davon ab. Und die Unruhe unter den fünfundzwanzig Milliarden Menschen des Sonnensystems hatte ihren absoluten Höhepunkt erreicht.
Rhodan sah auf die Uhr, betrachtete die vergrößerten Schirme, die in Farbumkehr den Satelliten zeigten.
»Wir richten uns auf eine Wartezeit von hundertvierzig Minuten ein, Freunde«, sagte er leise.
Ovaron erwiderte:
»Einverstanden, Perry.«
Cascal sah sich um, nichts war vergessen worden.
»In zwanzig Sekunden«, sagte er. »Dann haben wir genau neun Uhr morgens.«
Langsam verstrichen die zwanzig Sekunden. Die beiden Cappins hatten sich umgedreht und blickten zur Sonne. Sie konzentrierten sich darauf, einen Pedotransfersprung zu unternehmen, der sie wieder zwischen den transmitterähnlichen Säulen des Empfangsgerätes herauswirbeln würde.
»Noch zwei Sekunden . . . eine . . .!«

Atlan atmete schwer, als die beiden Cappins verschwanden. Die Luft kehrte mit einem seufzenden Geräusch in das Vakuum zurück, das ihre Körper hinterlassen hatten.

Rhodan wandte sein bleiches Gesicht Atlan und Cascal zu.

»Jetzt bleibt uns nichts anderes als das Warten«, sagte er.

Cascal schloß:

»Zwei Stunden und zwanzig Minuten. Hoffentlich haben wir dieses Mal endlich das Glück, diesen verdammten Satelliten tödlich zu treffen.«

Sie nickten sich zu und verließen den kleinen Raum.

Es war wie beim erstenmal.

Merceile und Ovaron erschienen zwischen den beiden glühenden Balken, blieben stehen und sahen sich einem dreifach gestaffelten Ring von schwerbewaffneten Robots gegenüber. Ein Entkommen war unmöglich.

Ovaron holte tief Luft und registrierte automatisch, daß die Atemluft gut und kühl war. Hatte der Satellit sie schon erwartet?

»Was soll das?« rief er, so laut er konnte.

Die Roboter bewegten sich nicht von der Stelle, aber die Waffen richteten sich auf die Ankömmlinge.

Die Positronik erwiderte:

»Vorsichtsmaßregel. Wer sind Sie?«

Ovaron schrie:

»Welcher Vollidiot hat denn dieses mechanische Gehirn programmiert? Ich bin Admiral Moshaken mit meiner Assistentin – wir müssen den Satelliten inspizieren. Was tun diese Kampfmaschinen hier?«

Diesmal warteten sie drei Sekunden, bis die Automatik antwortete. Langsam bewegten sich Merceile und Ovaron von der leicht erhöhten Ankunftsplattform herunter. Sie wußten, daß sie sich in akuter Lebensgefahr befanden.

Die Stimme des Kommandogehirns sagte:

»Vor einiger Zeit verschafften sich zwei verräterische Cappins Eintritt. Unter dem Vorwand, eine Inspektion durchzuführen, haben sie sich mit den Wachrobots ein Feuergefecht geliefert und wertvolle Einrichtungen vernichtet. Daher meine Vorsicht.«

Mit einem wuchtigen, gezielten Fußtritt schleuderte Ovaron einen Roboter zur Seite und blieb stehen. Er rief:

»Ich bin sehr überrascht, auf diese Weise empfangen zu werden. Das bin ich nicht gewohnt! Schicke sofort die Robots zurück!«

In dem Ring der Maschinen bildete sich eine Lücke.

Sie war groß genug, um die zwei Cappins durchzulassen. In diesem Moment wußten Ovaron und Merceile, ohne daß sie sich verständigt hatten, daß für den ersten Moment keine unmittelbare Gefahr mehr bestand.

Die Psychoimpulse, die von den Netzen im Haar der beiden Cappins ausgestrahlt wurden, waren aufgefangen worden. Sie spiegelten der mißtrauischen Kommandopositronik vor, daß tatsächlich zwei andere Cappins gekommen waren und sich anschickten, die Station offiziell in Besitz zu nehmen.

Die Automatik richtete eine weitere Frage an die Ankömmlinge.

»Was ist der Grund Ihrer Anwesenheit?«

Merceile ging neben Ovaron auf den Eingang eines Korridors zu, der, wie sie wußte, zur Klimastation führte.

»Wir inspizieren die wichtigsten Einrichtungen«, sagte sie deutlich. »Unsere Aufgabe ist es, für rund hunderttausend Cappins die Bedingungen zu testen, unter denen sie hier leben werden können.«

»Verstanden«, sagte das Positronengehirn.

Vier der Roboter formierten sich und schwebten langsam auf die Ankömmlinge zu. Ovaron drehte sich um und musterte sie erstaunt, dann fragte er mit erhobener Stimme:

»Warum eigentlich diese vielen bewaffneten Roboter?«

Da die von der Kommandoeinrichtung aufgenommenen Psychoimpulse nicht diejenigen von Merceile und Ovaron waren, erteilte das Gehirn die Auskunft.

»Ich gehe kein unnötiges Risiko ein. Die beiden Cappins . . .«

Ovaron ging rasch weiter und unterbrach die Positronik mit seiner Frage: »Was hatten die beiden Verräter hier zu tun?«

»Sie inspizierten ebenfalls die Anlagen. Sie kontrollierten die Filter in den Lufterneuerungsanlagen.«

Ovaron spielte hervorragend den überraschten Befehlshaber.

»Warum habe ich das nicht sofort erfahren?« rief er aufgebracht. »Vermutlich wollten sie etwas sabotieren – führe uns sofort dorthin, wo die beiden gearbeitet haben!«

»Ich bin nicht gefragt worden«, war die Antwort.

»Folgendes ist wichtig«, sagte Ovaron und blieb vor einem Bildsprechgerät stehen. »Wir sind sehr in Eile. Wir unternehmen nur einige Stichproben und Kontrollen, dann starten wir wieder. Wir brauchen sofort ein startfertiges kleines Raumboot. Verstanden?«

»Verstanden.«

»Dieses Schiff muß die Sonnenkorona durchdringen können. Wir gehen jetzt in die Klimastation, um nachzusehen, wo sabotiert worden ist. Das Schiff muß in unmittelbarer Nähe warten . . . Ist das möglich?«

Die Positronik sagte:

»Ich werde zwischen der Klimastation und dem kleinen Hangar einen Korridor öffnen.«

»Gut. Richtig.«

Sie gingen weiter, hinter ihnen schwebten die vier Roboter. Merceile und Ovaron eilten mit hastigen Schritten, aber nicht auffällig schnell durch einen breiten, erleuchteten Korridor, in dessen einzelnen Abschnitten sich jeweils Schotte hoben und senkten. Sie kannten den Weg, aber sie zögerten dreimal, um die Positronik weiter irrezuführen. Nach einer Viertelstunde blieb Ovaron stehen, drehte sich um und sah auf die vier Roboter. Er rief:

»Und lasse diese vier Maschinen verschwinden! Sie stören uns!«

Seine Stimme hallte in dem wabenförmig geschnittenen Korridor laut wider.

»Verstanden.«

Nach dem nächsten Schott blieben die Robots zurück. Merceile und Ovaron waren allein. Sie verständigten sich mit Blicken und winzigen Gesten und eilten weiter. Hin und wieder blieben sie stehen, nahmen einige Funktionskontrollen vor und unterhielten sich beiläufig über die Qualität der Atemluft, die Wärme und die Menge der notwendigen Vorräte. Sie spielten ihre Rolle sehr überzeugend.

Endlich waren sie in der Klimazentrale. Ovaron rief aufgebracht:

»Wo ist die Stelle, an der die beiden arbeiteten?«

Die Positronik erwiderte:

»Dort vorn, das Rohrsystem. Sie machten sich an einem Filtereinsatz zu schaffen, der aber restlos intakt war.«

»Gut.«

Sie gingen durch den Raum, beachteten die Kontrollichter und blieben dann vor dem Rohrstück stehen. Jetzt kam der entscheidende Moment. Ovaron und Merceile stellten sich derart auf, daß jeweils der Körper des anderen den Linsensystemen den genauen Blick auf das betreffende Rohrstück verwehrte. Ovaron sagte etwas leise vor sich hin, holte den von Waringer nachgebauten Sextagonium-Kompaktmodulator aus der Tasche und streifte mit den Fingern die Umhüllung ab.

Laut sagte er:

»Sie haben offensichtlich versucht, einen Fremdkörper in den Filter einzubauen. Es ist ihnen aber nicht gelungen.«

Merceile stöhnte leise und fing einen besorgten Blick von Ovaron auf, der gerade das neue Bauteil in die Öffnung schob und einen kurzen Funktionstest unternahm.

Er fragte leise:

»Was ist los?«

Merceile antwortete mit gequältem Gesichtsausdruck.

»Wahnsinnig starke Kopfschmerzen!«

»Durchhalten, Merceile«, sagte Ovaron beschwörend.

»Schon gut.«

Mit wenigen Handgriffen stellte Ovaron den alten Zustand des »Filterstückes« wieder her. Er richtete sich auf und fragte so laut, daß die Positronik sich angesprochen fühlen mußte:

»Wir haben keinen Schaden gefunden – was ergibt die Funktionsprüfung der Kontrollpositronik?«

Einige Sekunden Pause.

Verstohlen tastete Ovaron nach der Bombe in seiner Tasche.

»Keine Funktionsstörung.«

Ovaron sagte laut:

»Gut. Dieses Kapitel kann abgeschlossen werden. Wir sehen, daß der Satellit voll funktioniert. In einigen Tagen werden rund zehntausend Cappins als Vorauskommando hier eintreffen – richte dich danach!«

»Ich habe verstanden.«

Ovaron und Merceile zogen sich langsam aus dem Raum zurück. Ovaron erinnerte noch einmal an das Raumboot und erfuhr, daß es startbereit in dem Hangar stünde. Zwischen dem Hangar und der Klimastation bestand jetzt eine direkte Verbindung, die Positronik hatte widerstandslos gehorcht und sämtliche Schotte hochgezogen.

Der Sextakompakt-Modifikator war untergebracht worden.

Die Bombe, weit in der Vergangenheit installiert und jetzt mit einem neuen Zündmechanismus versehen, würde funktionieren.

Zur Sicherheit war eine zweite Bombe mitgenommen worden, die man verstecken konnte – konnte noch etwas schiefgehen?

Sie gingen weiter. Noch zweihundert Meter bis zum Hangar.

Ovaron fühlte einige Sekunden später, wie Merceile taumelte und sich schwer gegen ihn lehnte.

»Was ist los?«

Er griff nach ihrem Arm und zog sie zu sich heran. Sie durften jetzt auf keinen Fall auffallen.

»Ich habe wahnsinnige Kopfschmerzen!« sagte sie keuchend.

Er zog sie weiter mit sich. Noch hundertachtzig Meter. Die offenen Tore des Hangars waren das Ziel. Die junge Frau, die sich auf ihn stützte, schwankte wie eine Betrunkene hin und her und atmete schwer.

»Noch hundertfünfzig Meter!« tröstete sie Ovaron.

Irgendwie schaffte es bei Merceile das Strukturnetz, ihre Nerven so zu stimulieren, daß der Kopfschmerz sie halb blind machte. Neben dem Cappin taumelte, stolperte und wankte sie dem Hangar entgegen. Eine deutliche Angst ergriff Ovaron. Wenn Merceile nicht durchhielt, waren sie praktisch jetzt schon tot. Sie waren nicht dafür ausgerüstet, sich noch einmal mit unendlich großen Mengen schießender Roboter zu messen.

»Schaffen Sie es noch?« fragte er leise.

Aus ihrem Mund kam ein undeutliches Murmeln, kein Wort war zu verstehen. Er holte Luft und schleppte sie weiter. Fünfzig Meter schafften sie in einer gewaltigen Anstrengung.

Die Kommandopositronik fragte:

»Ihre Assistentin, Admiral Moshaken . . . kann sie nicht mehr gehen?«

Ovaron sagte wütend:

»Sie ist von einer vorübergehenden Schwäche befallen worden. Es geht gleich wieder. Ich brauche keine Hilfe.«

»Verstanden.«

Er blieb stehen, legte seinen Arm um Merceiles Schultern und sah kurz die Hangartore an, dann ging er weiter. Im gleichen Augenblick bewegte sich Merceile. Sie wimmerte kurz, dann berührten ihre

Finger, verkrampft und gekrümmt, das Haar, schoben es zur Seite und versuchten, das Strukturnetz anzuheben.

»Sind Sie wahnsinnig?« rief Ovaron unterdrückt und begann zu laufen. Sie stolperte keuchend hinter ihm her.

Für eine halbe Sekunde war der Schutz des Strukturnetzes unwirksam geworden. Die hochempfindlichen Geräte der Überwachungseinrichtung hatten die Schwingungen aufgefangen – statt zwei verschiedenen Individualschwingungen waren kurzzeitig drei vorhanden gewesen. Die Mechanik verglich und kam mit robotischer Schnelligkeit zu dem Schluß, daß die neu aufgetretenen Individualschwingungen mit denen identisch waren, die vor über einem Monat bei einem der Verräter festgestellt worden waren.

Alarm! Eine Sirene gellte auf.

Ovaron wußte, was es zu bedeuten hatte. Noch achtzig Meter oder etwas weniger. Er riß Merceile an sich und setzte zu einem Spurt an, gleichzeitig überlegte er fieberhaft. Er mußte die Positronik täuschen, auf einen falschen Weg führen . . .

»Los!« rief er. »Das Netz herunter!«

Sie stöhnte. »Ja!«

Ihre Finger begannen an dem dünnen Netz in ihren Haaren zu reißen und zu zerren. Die kleinen Kügelchen lösten sich und kollerten über den Boden. Diese Prozedur schien zu helfen, denn plötzlich löste sich Merceile aus Ovarons Griff und lief allein weiter.

Noch fünfzig Meter.

Die Situation ähnelte verzweifelt der des letzten Besuches. Nur schien heute der Zeitfaktor für die beiden Cappins zu arbeiten. Während des Rennens fingerte Ovaron die Bombe aus der Tasche hervor, hielt an der Kante an, die Korridor und Hangar bildeten, und schob die röhrenförmige Bombe in eine Vertiefung.

Die Handlung war gezielt.

Sie geschah so auffällig-unauffällig, daß die Positronik die Bombe finden mußte. Das bedeutete für das mathematisch orientierte Bewußtsein der Kommandoeinheit, daß eine Gefahr hergestellt und beseitigt worden war. Bis jetzt hatte sich noch kein Robot gezeigt, aber jede Sekunde konnten die ersten Maschinen auftauchen. Die zwei Cappins rasten in den Hangar hinein, Merceile schwang sich ins Innere des kleinen Bootes, das sich kaum von dem unterschied, in dem sie das letztemal geflohen waren.

»Schnell!«

Ovaron nahm einige Schaltungen vor, schoß mehrmals in die Sicherungsblöcke hinein und warf sich dann ins Innere des Bootes. Gleichzeitig mit dem Schließen der Luke bauten sich Sextadimschirme auf, öffnete sich die Schleuse. Die Helligkeit der Sonne schlug ins Innere des Hangars, und der Startmechanismus schleuderte das Boot mit einem Ruck hinaus in die Sonnenkorona.

»Ich fliege«, sagte Ovaron und bahnte sich einen Weg in den Pilotensessel.

Merceile sah ihn aus roten, entzündeten Augen an.

»Es geht schon wieder«, sagte sie und zog die letzten Drähte aus ihrem Haar. »Ich wäre fast wahnsinnig geworden vor Schmerzen«, gestand sie dann noch leiser.

Ovaron beschleunigte und sah, wie sich die heißen Gase der Korona an den Schirmen brachen. Er setzte die Geschwindigkeit des kleinen Bootes weiter herauf und zwang es gegen die Anziehung des mächtigen Sternes weg von der Sonne, hinaus in den dunklen, kühlen Weltraum. Einige Minuten vergingen.

Der Todessatellit blieb hinter ihnen zurück, wurde kleiner und verschwand in der gleißenden Helligkeit.

Ovaron lehnte sich wie betäubt gegen die hohe Rückenlehne des Sitzes und sagte halblaut:

»Ich glaube, wir haben dennoch gewonnen. Die Positronik ist nur bedingt in der Lage, phantasievolle Schlüsse zu ziehen. Sie hat festgestellt, daß der Filter einwandfrei funktioniert – dank meiner Programmierung. Sie hat weiter festgestellt, daß Sie identisch mit der Merceile von vor fünf Wochen waren. Das hat den Alarm ausgelöst. Der Umstand, daß ich dabei beobachtet worden bin, wie ich die Sextadimbombe versteckte, wird uns helfen. Die Bombe wird gefunden und unschädlich gemacht werden. Also ist die Gefahr ein zweites Mal beseitigt worden, und die Experimente mit dem Stern werden weitergehen. Ich bin überzeugt, daß wir den Todessatelliten sprengen können. Wenn es nach mir ginge, würde ich jetzt schon meinen Pedoimpuls ausstrahlen, aber das widerspräche der Planung unseres Freundes Rhodan.«

Merceile sah zu, wie aus der endlosen, sternenlosen Schwärze vor ihnen ein silberner Punkt größer wurde und näher kam: die INTERSOLAR.

»Er wäre nicht damit einverstanden«, sagte sie erschöpft.

Ovaron wandte sich zu ihr um und sah ihr voll ins bleiche Gesicht.

»Wie geht es Ihnen?« fragte er.

»Schon besser. Aber ich bin vollkommen erschöpft . . . ich weiß nicht . . . es klingt albern, aber ich habe mich bisher immer beherrschen können. Das war einfach zuviel für mich . . . ich wußte nicht mehr, was ich tat.«

Er nickte.

»Schon gut«, sagte er.

Die Kugel war noch größer geworden. Aus einer offenen Luke drang weiches gelbes Licht, das förmlich einladend wirkte.

Ovaron verringerte die rasende Fahrt des kleinen Raumbootes und schaltete die Sextadimschirme ab.

Einige Minuten später war die kleine Schleuse geschlossen, der Hangar wieder geflutet worden.

Merceile trat schwankend aus dem Raumboot und ergriff Roi Dantons ausgestreckte Hand, um sich auf den Boden des Hangars herunterhelfen zu lassen.

»Meiner Treu! Das ist neu!« sagte Danton.

»Sie dichten?« fragte Cascal, der neben Rhodan ging.

Roi erklärte:

»Ein Zufall, fürwahr! Ich reime selten. Ich stutze vielmehr. Unsere überaus bezaubernde Freundin sieht abgegriffen . . . äh . . . angegriffen aus.«

Merceile lehnte sich leicht an ihn und lächelte.

»Ich brauche unbedingt etwas gegen meine Kopfschmerzen. Ich hätte beinahe – sozusagen um mehrere Haare – unseren Einsatz in eine Falle des Todes verwandelt.«

Roi ergriff ihre Hand und zog sie mit sich. Er brachte die Cappin-Frau bis zu der nächsten medizinischen Station des riesigen Schiffes. Wenn sich Cappins und Terraner biologisch vermischen konnten, so war vermuten, daß terranische Medikamente auch den Kreislauf der Cappins beeinflussen würden.

Nachdem Merceile eine Spritze bekommen hatte, sagte Roi Danton:

»Sie sollten sich jetzt hinlegen und einige Viertelstündchen schlafen. In dieser Zeit werde ich neben Ihnen sitzen und Ihre Hand halten, und Sie dürfen mich ab und zu streicheln. Aber sanft, ich vertrage nicht viel.«

Sie lächelte ihn an.

Neben dem Raumboot drängte sich inzwischen eine kleine Versammlung zusammen. In ihrem Mittelpunkt stand der Ganjo Ovaron.

»Wie ist es gelaufen?« fragte Atlan.

»Bis einhundert Meter vor dem Hangar ausgezeichnet«, sagte Ovaron. »Ich bin restlos überzeugt, daß wir gesiegt haben. Sprengen wir gleich?«

Rhodan schüttelte den Kopf.

»Nein, auf keinen Fall. Wir haben eine Menge von Faktoren und Maßnahmen zu beachten, die sich über das ganze Sonnensystem erstrecken.«

Cascal sah an der Fläche des silbernen Anzugs von Ovaron hinunter und entdeckte, daß die Bombe fehlte. Was er sich aufgrund dieser Beobachtung nicht zusammenreimen konnte, erfuhr er aus der Schilderung, die der Cappin abgab. Die gesamte Gruppe ging langsam in die Richtung des kleinen Konferenzraumes, wo Ovaron den Einsatz in allen Einzelheiten schilderte.

Es sah positiv aus.

25.

Von seinem Arbeitstisch aus sah Geoffry Abel Waringer die Wüste und den Ansatz der Berge.

Ein waagerechter Horizont, der den Abschluß einer rostbraunen, staubigen Fläche bildete. Dieser Ausblick war keine Erholung für das Auge. Er zwang denjenigen, der die grauenvolle Öde der tibetanischen Hochwüste anblickte, zur Arbeit und zur Konzentration. Waringer kam sich wie eine Ameise in einer Felsenspalte vor.

Es war etwas unendlich Niederdrückendes in dieser leblosen, graubraunen Einöde. Keine einzige Pflanze außer einigen kümmerlichen Moosflecken. Über der Linie des Horizonts die untergehende Sonne.

Sie war von einem bösen, niederträchtigen Rot und leuchtete riesengroß durch den Dunst. Ihre Strahlen brachen sich dreieckförmig nach beiden Seiten, so daß der Stern wie ein Oval schien.

Die Sonne glühte mörderisch – in kurzer Zeit würde man den Planeten Merkur räumen müssen.

Das feuerrote Licht schuf auf einer Bergwand einen spitzkegeligen Lichtreflex. Waringer schloß gequält die Augen und sah, daß die Flammen der Sonne zu wachsen schienen. Aber bei dem Grad seiner Erschöpfung waren solche Halluzinationen möglich.

»Verdammt«, sagte er.

Waringer schaltete den Interkomschirm auf seinem Tisch ein und sagte, nachdem sich das Bild einer jungen Frau aus der Vermittlungsstelle aufgebaut hatte:

»Die INTERSOLAR steht wieder irgendwo in der Nähe des Merkur. An Bord des Schiffes befindet sich Perry Rhodan. Ich brauche eine Verbindung.«

»Selbstverständlich, Professor. Ich rufe wieder zurück, wenn die Verbindung steht.«

Waringer nickte müde.

»Ich bitte darum«, sagte er und schaltete den Schirm aus.

Dann wandte er seine Aufmerksamkeit wieder der Landschaft zu.

Man hatte bewußt nicht die gesamte Umgebung der Stadt Terrania City umgestaltet. Eingriffe in die Natur waren nur wenige gemacht worden.

Am Südrand des Berges modellierten Licht und Schatten einen messerscharfen Grat heraus. Er senkte sich zu einem Einschnitt, lief dann eine Weile mit der Horizontlinie parallel und ging dann in eine steile Wand über, die jetzt im Schatten lag und drohend, schwarz und wie eine Mauer aus Finsternis wirkte. Die Felsen sahen wie eine erstarrte Brandungswelle aus, wie schwarzes Eis. Glatt und voller rätselhafter Schattenmuster.

Waringer erschauerte.

Ein Windstoß fuhr die Felswand hinunter. Ein grauer Nebelfetzen, gemischt mit Staub, trieb von links nach rechts durch das Bild, das Waringer aus dem Fensterausschnitt deutlich sehen konnte.

Dann ertönte der Summer.

Waringer drückte den Kontaktknopf herunter und meldete sich.

»Die Verbindung steht, Professor.«

»Danke.«

Gerade als Waringer sich seinem Gesprächspartner zuwenden wollte, sah er es. Noch niemals in seinem langen Leben hatte er diese Art von Naturschauspiel gesehen. Nachdem die Sonne hinter dem Horizont versunken war, flammte noch eine Weile eine waagerechte rote Linie über der Hochwüste.

Dann plötzlich schoß eine Fackel hoch, ein langgezogenes, spindelförmiges Gebilde, wie eine Speerspitze. Sie nahm fünf bis sieben Grad ein, dann zerfiel sie in eine Reihe von tropfenförmigen Punkten, die langsam dem Zenit entgegentrieben und vergingen, noch ehe sie zu beobachten waren.

Die Sonne schleuderte ihre Energie nach den Planeten.

»Geoffry!« Rhodan war auf dem Bildschirm zu sehen.

Waringer fuhr hoch. Beide Männer sahen sich an und merkten, wie müde, erschöpft und niedergeschlagen der andere war. Rhodans Niedergeschlagenheit aber wurde von der Einsicht, einen entscheidenden Schlag vorbereitet zu haben, gemildert.

»Ich habe hier die neuesten Untersuchungsergebnisse, Perry«, sagte Waringer. »Die Sonne wird unablässig von unserem Freund in der Korona aufgeheizt. Sie entwickelt sich langsam, in einer genau errechneten Kurve, zur Nova. Die ersten Anzeichen haben wir mehrfach gesehen. Durch vergleichende Beobachtungen, die an anderen Sternen durchgeführt worden sind, haben die Computer folgendes errechnet:

Um den siebzehnten Juli des Jahres 3434 herum wird die Sonne ihren kritischen Punkt erreicht haben. Sie wird dann am fünfundzwanzigsten Juli explodieren und die Planeten vernichten. Das ist die übereinstimmende Meinung aller meiner Leute und außerdem das Ergebnis einer langwierigen und komplizierten Computerrechnung, die achtmal kontrolliert worden ist, jeweils nach einem anderen Checksystem.

Die Ergebnisse sind unanfechtbar. Uns kann nur ein Wunder retten. Wie ging eure Aktion aus?«

Rhodan lächelte verloren.

»Knapp, aber gut. Wir können hoffen, daß wir den Satelliten sprengen werden.«

Waringer sagte mißmutig:

»Ich rate dir, dich zu beeilen. Eher früher sprengen als zu spät.

Der Prozeß, vom Satelliten eingeleitet, kann selbst durch dessen Sprengung nicht rückgängig gemacht werden, wenn der kritische Punkt überschritten ist.«

Der Großadministrator fragte:

»Wann genau ist der kritische Punkt?«

Waringer senkte den Kopf und erwiderte:

»Siebzehnter Juli, Mitternacht. Wehe uns allen, wenn der Satellit bis dahin nicht vernichtet ist. Dann ist das Sonnensystem unwiderruflich verloren.«

Rhodan hob die Hand und sagte:

»Ich danke dir. Ich werde mir das Datum gut merken – keine Sorge, wir sprengen rechtzeitig!«

»Es wäre nützlich!«

Sie grüßten sich, dann wurde die Verbindung unterbrochen.

Waringer sah wieder nach draußen. Jetzt herrschte dort das Dunkel der Nacht. Aber die Sterne waren noch immer nicht sichtbar.

»Auch das ist es, was die Menschheit bedrückt«, sagte Waringer.

Dann stand er auf, um sein Arbeitszimmer zu verlassen und schlafen zu gehen. Aber er wußte, daß er in dieser Nacht und in den kommenden Nächten wenig Schlaf finden würde.

Warum zögerte Rhodan noch? Waringer konnte es nicht verstehen. Es mußten sehr wichtige Gründe sein, die ihn jetzt noch von der Sprengung zurückhielten . . .

Der äußerste Planet des Solsystems ist Pluto.

Pluto, für den bisher die Sonne ein Stern unter anderen Sternen war, vollendete seine Bahn um sie in zweihundertachtundvierzig Jahren und hunderteinundzwanzig Tagen.

Neununddreißigeinhalb astronomische Einheiten von Pluto entfernt, rund 12.000 Millionen Kilometer, leuchtete jetzt die Sonne.

Sie war nicht mehr ein Stern unter anderen wie vor der Einschaltung des Antitemporalen Gezeitenfeldes.

Sie war der einzige Lichtpunkt am Himmel.

Sie loderte, strahlte und warf mit Flammen um sich. Sie schien ungeheuer angewachsen zu sein. Sie schien auf die kalten Flächen des Planeten, strahlte in die Risse und Spalten der Oberfläche hinunter und erhellte, zum erstenmal seit der Schöpfung, den Planeten.

Neptun war nur dreißig astronomische Einheiten von Sol entfernt, also dreißigmal so weit wie die Erde von der Sonne.

Die Monde Triton und Nereide umkreisten den Planeten, der seinen Weg um die Sonne in knapp einhundertfünfundsechzig Jahren vollendete. Die Schatten der Monde wurden schärfer, und die Monde selbst traten für den Beobachter auf Neptun stärker hervor. Die Sonne loderte im Mittelpunkt des Systems. Sie schien sich aufgebläht zu haben.

Noch niemals hatten die Besatzungen der terranischen Stationen auf diesem Planeten und auf den beiden Monden in der Zeit, in der die Hälfte der Atomsonnen ausgeschaltet wurde, die natürliche Sonne so deutlich und so hell gesehen. Eine leichte Panik begann sich unter den Terranern auszubreiten, denn sie wußten genau, was im Zentrum des Systems passierte.

Kam es jetzt zur Anwendung des Fluchtplanes IKARUS?

Wurde die Evakuierung durchgeführt?

Jedenfalls standen auch hier genügend Schiffe zur Verfügung, um die Menschen und einen winzigen Bruchteil ihres persönlichen Besitzes zu retten.

Nicht anders war es auf Uranus.

Der Planet brauchte vierundachtzig Jahre zu einem Umlauf, er war heller und wärmer als je zuvor. Da aber Uranus wie ein Ball der Linie seiner Bahn entlangrollte, blieb eine Polhalbkugel dauernd im Sonnenlicht. Hier rief die Hitze bereits Abschmelzungen und Zerstörungen hervor.

Die Monde, zwischen zweihundert und eintausendsiebenhundert Kilometer durchmessend, erlebten die Sonnenaufgänge und die verschiedenen Tagesperioden als eine Zeit der Hitze, der flirrenden Helligkeiten und der aufgeheizten Gashüllen. Schon Unterschiede von wenigen Graden riefen Tornados hervor.

Ähnlich war es auf dem Saturn und den Monden dieses Planeten. Die Körper des Miniatursonnensystems lagen unter der harten, erbarmungslosen Lichtfülle und der Wärme, die aus der Sonne kam.

Die Meldungen und die Katastrophendurchsagen häuften sich.

Einzelne Fluchtmanöver wurden bereits geprobt, und die Menschen packten ihre wenigen Kilogramm Gepäck zusammen.

Zwischen der Erde und sämtlichen Außenstationen bestand eine dauernde, aber meist leicht gestörte Bildfunkverbindung.

Die etwa fünfzigtausend Asteroiden des Gürtels waren, wenn überhaupt erschlossen, meist mit halbautomatischen Besatzungen besetzt. Raumschiffe sammelten die terranischen Besatzungen ein und gingen zielstrebig vor – man vermied jedes unnötige Risiko, und die Kommandanten der Bergungsschiffe taten alles, um keine Panik und keine offene Unruhe aufkommen zu lassen.

Aber die geheime, unterdrückte Furcht konnte nicht eingedämmt werden.

Jupiter, hinter dem Asteroidenring liegend, sah sich einer Energieflut der Sonne gegenüber, die einmalig war. Harte Schatten, gleißende Methanflächen, heftige Stürme und Verschiebungen der Oberflächendecke waren die Folgen.

Nur die Monde mit ihren meist künstlichen Atmosphären litten nicht so stark unter der Flut aus Hitze und Helligkeit.

Mars.

Erde.

Venus und Merkur.

Überall tobte die Sonne. Überall wuchs die Panik, und auf allen Planeten und deren Monden herrschte das Schreckgespenst einer gigantischen Feuerwalze aus dem Zentrum des Planetensystems.

Und Perry Rhodan zögerte. Jetzt, da Ovaron den Sonnensatelliten mit einem einzigen Pedoimpuls zünden konnte, wartete der Terraner ab.

Seine Gründe lagen weit außerhalb des von der Apokalypse bedrohten Systems . . .

26.

Er wußte, daß er keine Chance mehr hatte, aber er gab nicht auf.

Sie waren hinter ihm her, und es konnte nur noch eine Frage der Zeit sein, bis sie ihn erwischten. Was dann mit ihm geschah, konnte er sich ausrechnen. Sie würden ihn töten, aber das bereitete ihm keine besonderen Sorgen. Seit er für die Widerstandsbewegung arbeitete, hatte er mit dem Leben abgeschlossen.

Sie würden ihm vorher allerdings Informationen entlocken wollen. Sicher, der Hypnoblock würde verhindern, daß er sprach, aber wenn sie den richtigen Schlüssel fanden, konnten sie seinen Hypnoblock lösen.

Und dann wußten sie alles.

Seine Zungenspitze fuhr leicht über die silberne Zahnplombe. Ein starker Druck, und das Gift würde innerhalb von Sekundenbruchteilen wirken.

Nach der dritten Station verließ er den Untergrundzug und blieb bei einem Kiosk stehen. Unauffällig betrachtete er die an ihm vorüberströmende Menschenmenge, aber er konnte keinen der Verfolger entdecken. Er hielt es für unwahrscheinlich, daß sie ihn verloren hatten. Viel wahrscheinlicher war, daß sie ihn jetzt beobachteten und hofften, er würde sie zu seinen Auftraggebern führen. Da hatten sie sich aber geirrt. Auch wenn er wollte, so hätte er sie niemals direkt zu ihnen führen können, weil er sie natürlich selbst nicht kannte.

Neben ihm kaufte ein Mann mehrere Zeitschriften, blätterte in ihnen und schob sie schließlich in die Manteltasche. Das Gesicht kam dem Flüchtling bekannt vor, aber er wußte nicht, wo er es schon gesehen hatte. Der Mann ging weiter.

Der Flüchtling nutzte die Gelegenheit, als er ihm für einen Augenblick den Rücken zudrehte, um in der Menschenmenge unterzutauchen. So schnell er konnte, ging er zum Lift, der nach oben führte. Als er auf der Straße stand, atmete er auf. Vielleicht war es ihm gelungen, die Verfolger abzuschütteln, aber das bedeutete noch keine endgültige Sicherheit.

Er wußte, daß es mehr als nur einen Verfolger gab, und sie würden in ständiger Funkverbindung stehen. Es hatte also nicht viel zu sagen, wenn ihn einer aus den Augen verlor. Ein anderer würde ihn dafür finden.

Der Geheimdienst des interstellaren Diktators Dabrifa arbeitete mit absolut tödlicher Perfektion. Er war in vielen Jahrhunderten von den besten Experten aufgebaut und geleitet worden. Wer einmal in seine Fänge geriet, entkam ihm nicht. Nur so war es möglich, daß Dabrifa noch lebte, der dank seines Zellaktivators zwar keines natürlichen Todes sterben, sehr wohl aber getötet werden konnte.

Dabrifa war der alleinige Herrscher über das nach ihm selbst benannte Sternenreich Dabrifa, das mehr als sechshundert Sonnensysteme umfaßte. Das Zentralsystem hieß nach seiner Sonne Normon, war nicht ganz fünfzehntausend Lichtjahre von der Erde entfernt und besaß acht Planeten.

Einer davon war Nosmo, Mittelpunkt des Imperiums Dabrifa.

Die Hauptstadt hieß Dabrifala.

Der verfolgte Agent der Widerstandsbewegung kannte sie wie seine Westentasche, aber auch das würde ihm nicht weiterhelfen, seine Verhaftung höchstens verzögern. In seine Wohnung zurückzukehren, wagte er nicht. Vielleicht konnte er in einem der vielen Hotels Unterschlupf finden. Geld besaß er noch genug.

Er ging an einem Stand für Lufttaxis vorbei und verlangsamte das Tempo. Unauffällig sah er sich nach allen Seiten um, aber er konnte, wie üblich, keinen Verfolger entdecken. Mit drei schnellen Schritten war er beim ersten Taxi und stieg ein. Mit sicherer Hand drückte er den Knopf der Steuerautomatik ein und steckte eine Kreditkarte in den dafür bestimmten Schlitz. Blitzschnell erhob sich das Gefährt und orientierte sich mit Taststrahlen, ob die gespeicherte Strecke frei war. Dann schoß es davon.

Er saß in der Kabine und sah nach hinten. Mindestens zehn weitere Taxis flogen in seiner Richtung, aber er konnte nicht feststellen, welches von ihnen gleichzeitig mit ihm gestartet war. Jedes von ihnen konnte einen Mann des Geheimdienstes tragen.

Unter ihm lag die Stadt, die er fast diagonal überflog. Die Hotels lagen am Zentralpark, abseits der verkehrsreichen Geschäftsstraßen. Mit seiner Identitätskarte würde er keine Schwierigkeiten haben, ein Zimmer zu bekommen. Wenn ihn niemand beim Betreten des Hotels beobachtete, konnte es Tage dauern, bis sie ihn hier aufspürten.

Das Taxi landete und stieg sofort wieder auf, nachdem er es verlassen und die Tür geschlossen hatte. Er nahm seinen flachen Aktenkoffer und ignorierte den Gepäckträger, der unbeweglich auf einen Auftrag wartete. Sein Prestige würde darunter nicht leiden, denn der Gepäckträger war ein Roboter, genauso wie das gesamte Personal des Hotels.

Er betrat den Empfangssaal und blieb einen Augenblick stehen, um sich zu orientieren. Der Robot-Portier blickte ihm mit ausdruckslosem Gesicht entgegen. Er ging zu ihm und überreichte ihm wortlos seine Identitätskarte. Der Roboter nahm sie und warf einen kurzen Blick darauf. Er hatte die Karte photographiert und ihre Daten gespeichert. Dann legte er sie in ein Fach, dem er gleichzeitig einen flachen Schlüssel entnahm. Auf dem Schlüssel stand die Nummer des Zimmers. Es war ein Einzelzimmer, denn der Roboter hatte nur eine Karte erhalten.

Der Mann nahm den Schlüssel und ging zum Lift. Er drehte sich noch einmal um und überblickte die Empfangshalle. Es waren nur wenige Hotelgäste anwesend, meist Geschäftsreisende aus dem Imperium, die in Dabrifala Station machten.

Er atmete auf, als er endlich in seinem Zimmer war und die Tür hinter sich geschlossen hatte. Das Fenster führte zum Park, und für einige Minuten stand er versonnen da und beobachtete die Spaziergänger, die einzeln oder in Gruppen den Sonnenschein genossen.

Dann schloß er das Fenster und setzte sich aufs Bett. Er befand sich jetzt in relativer Sicherheit, aber niemand hätte zu sagen vermocht, wie lange dieser beruhigende Zustand andauern konnte. Die Geheimpolizei hatte es einfach. Sie schickte ihre Agenten in die verschiedenen Hotels. Dort hatten sie nichts anderes zu tun, als die beim Portier abgegebenen Identitätskarten zu überprüfen. Eine solche Karte zu fälschen war beim Stand der imperialen Technik so gut wie unmöglich. Sie speicherte die Individualimpulse ihres Besitzers. Mit Spezialgeräten konnten diese Impulse nachgewiesen und verglichen werden.

Immerhin war es notwendig, daß eine der Karten das Mißtrauen des Geheimdienstes hervorrief, denn eine willkürliche Überprüfung harmloser Geschäftsreisender ließ das Prestige des Diktators nicht zu. Dabrifa legte außerordentlichen Wert darauf, als tolerant und großzügig zu gelten.

Die elektronisch gespeicherten Individualimpulse auf der Karte des Widerstandskämpfers stimmten nicht mit seinen eigenen überein. Aber der eingeprägte Name stimmte. Es war der Name eines gut beleumdeten Geschäftsmannes von einem der Kolonialplaneten, der sich hin und wieder in Dabrifala aufgehalten hatte. Noch wußte niemand, daß dieser Mann seit geraumer Zeit tot war.

Er nahm den Aktenkoffer auf die Knie und öffnete ihn. Er lächelte, als er hineinsah. Bis auf einen kleinen Nadelstrahler war der Koffer leer. Die Pistole verschoß winzige Geschosse, die an Nadeln erinnerten und absolut tödlich wirkten, wenn man von ihnen getroffen wurde.

Der Koffer enthielt weder Akten noch Aufzeichnungen. Die Informationen, die der Kurier zu überbringen hatte, waren in seinem Gehirn verankert. Sie schlummerten tief in seinem Unterbewußtsein, und erst eine Hypnobehandlung würde sie wieder an die Oberfläche seines Bewußtseins auftauchen lassen. Und erst dann würde auch er wieder wissen, welche Nachrichten er zu überbringen hatte.

Er schloß den Koffer und stellte ihn auf den Schrank. Im Badezimmer erfrischte er sich, und als er ins Zimmer zurückkam, schreckte ihn das plötzliche Summen des Interkoms auf.

Die Angst war wie eine riesige Faust, die nach ihm griff.

Hatten sie ihn gefunden? Wußten sie schon, daß der Mann, unter dessen Namen er sich verbarg, bereits tot war? Hatten sie Verdacht geschöpft und kamen, um ihn zu überprüfen?

Ihm blieb keine Zeit, lange darüber nachzudenken.

Er drückte auf den Knopf des Interkoms. Der Bildschirm wurde hell. Das Gesicht des Portiers erschien darauf. Seine starren Augen sahen ihn an.

»Ein Herr möchte Sie sprechen.«

»Wer ist es? Ich erwarte keinen Besuch.«

»Er hat keinen Namen genannt, behauptet jedoch, ein Freund von Ihnen zu sein.«

»Dann ist es gut. Schicken Sie ihn herauf.«

Er drückte wieder auf den Knopf, und der Bildschirm wurde dunkel. Hastig nahm er den Nadler aus dem Koffer und überprüfte ihn. Er schob ihn entsichert in die Rocktasche und wartete. Es mußte nicht unbedingt sein, daß der unbekannte Besucher vom Geheimdienst kam. Es konnte genausogut sein, daß er der Widerstandsbewegung angehörte und kam, um ihm aus der Klemme zu helfen. Es war durchaus möglich, daß man seine Flucht beobachtet hatte. Tausend verschiedene Dinge waren möglich.

Als wenig später abermals ein Summzeichen ertönte, öffnete er das Schloß und sprang hinter die Tür. Ein Mann betrat langsam und mit emporgehobenen Armen das Zimmer. Er ging bis zur Zimmermitte und blieb stehen. Seine Hände waren leer. Vorsichtig drehte er sich um und sagte:

»Sie können beruhigt sein. Ich komme von Omarin Ligzuta. Schließen Sie die Tür.«

Das war das Stichwort.

Der bekannte Historiker Professor Omarin Ligzuta war der Gründer und Anführer der Widerstandsbewegung, deren einziges Ziel es war, die Willkürherrschaft des Diktators Dabrifa ein für allemal zu beseitigen. Die Tür wurde geschlossen, und die beiden Männer gaben sich die Hand.

»Es war nicht schwer, Sie zu finden.« Der Besucher lächelte. »Dem Geheimdienst wird es schwerer fallen. Noch weiß niemand, daß der Kaufmann Ramil tot ist.«

»Sie wissen, daß man mich verfolgt?«

»Ja, natürlich. Deswegen bin ich hier. Ich will Ihnen helfen. Aber zuerst benötige ich die Informationen, die Sie zu überbringen haben.« Er lächelte abermals. »Für alle Fälle.«

Der angebliche Kaufmann Ramil hatte seine Waffe in die Rocktasche geschoben.

»Welche Informationen? Sie wissen so gut wie ich, daß ich Ihnen keine Informationen übergeben kann, die in meinem Unterbewußtsein gespeichert sind. Oder ist Ihnen das Stichwort der Hypnobehandlung bekannt?«

Der Besucher nickte.

»Selbstverständlich kenne ich das Stichwort. Kommen Sie, setzen wir uns. Und entspannen Sie sich. Es droht Ihnen keine Gefahr mehr, und Sie sind in Sicherheit. Versuchen Sie, an nichts zu denken, höchstens an den Sonnenschein draußen, an die Wärme, an den Frieden. An die Spaziergänger, die zwitschernden Vögel, an Ruhe.« Sie saßen auf dem Bett. »Nun, alles in Ordnung? Können wir anfangen?«

Er spürte die unglaubliche Ruhe, die sein Besucher ausstrahlte und auf ihn übertrug. Trotzdem fragte er:

»Sind Sie berechtigt, mir das Stichwort zu geben? Ich kenne Sie nicht und weiß nicht, wer Sie sind. Sie könnten auch . . .«

»Wenn ich vom Geheimdienst wäre, hätte ich eine andere Methode angewendet. Stellen Sie jetzt bitte keine überflüssigen Fragen. Wir wissen nicht, wieviel Zeit wir noch haben. Vertrauen Sie mir. Wäre ich nicht berechtigt, wüßte ich das Stichwort nicht.« Er sah Ramil in die Augen. »Crockzil!«

Das Stichwort sank hinab in Ramils Unterbewußtsein, bis es auf die Hypnosperre traf und sie löste. Und während der Block schmolz, kehrte die gespeicherte Erinnerung zurück.

Er begann zu sprechen.

Der Besucher wußte, wie wichtig die Botschaft sein würde, die der namenlose Kurier überbringen sollte, aber nun wurden alle seine Vermutungen übertroffen. Jetzt wußte er, warum sie ihn so erbarmungslos gejagt hatten. Und er begann zu ahnen, was passieren konnte, wenn der Kurier in die Hände des Geheimdienstes fiel, bevor er die Botschaft losgeworden war. Wenn sie ihn jetzt schnappten, war es nicht mehr so schlimm. Sie mußten annehmen, daß er seine Informationen noch nicht übermittelt hatte.

Er sah den falschen Ramil durchdringend an.

»Also wieder einmal Terra! Dabrifa will nicht aufgeben. Er hält die Zeit für gekommen, das Solare Imperium anzugreifen und Perry Rhodan die entscheidende Raumschlacht zu liefern.« Er schüttelte den Kopf. »Ich glaube, das wird Ligzuta sehr interessieren. Ich möchte nur wissen, vom wem die Nachricht stammt und ob sie zuverlässig ist.«

Der angebliche Ramil machte eine unbestimmte Geste.

»Das weiß ich nicht. Ich weiß nicht einmal, wer mir die Informationen übergab. Ich weiß nur, wem ich sie zu überbringen habe – und Sie waren das nicht.«

»Das stimmt, aber ich glaube, es spielt jetzt keine Rolle mehr. Wichtig ist nur, daß Ligzuta die Information erhält. Ich nehme wenigstens an, daß sie für ihn direkt bestimmt ist. Ich werde sie ihm überbringen, und wenn es mir nicht gelingt, dann Ihnen. Wir wissen nun beide davon, und einer von uns wird bestimmt durchkommen. Vielleicht haben wir beide Glück.«

»Etwas ist noch nicht ganz klar«, sagte der Kurier. »Sie kennen nun die Information, erhielten aber keinen hypnotischen Sperrblock. Wenn Sie gefaßt werden, verraten Sie alles, ob Sie nun wollen oder nicht.«

Der andere schüttelte den Kopf.

»Sie vergessen die Sonderbehandlung, die wir beide erhielten. Wenn ich jetzt das Sperr-Stichwort sage, werden Sie wie auch ich die Information vergessen. Sie wird im Unterbewußtsein gespeichert und kann nur durch Nennung eines anderen Stichwortes wieder hervorgeholt werden. Und nun entspannen Sie sich, bitte . . .«

»Aber . . .«

»Denken Sie nicht mehr. Nicht mehr an die Information, nicht mehr an die Gefahr, in der wir beide schweben. Vergessen Sie den verfluchten Geheimdienst und Dabrifa. Werden Sie ganz ruhig, so, wie auch ich ganz ruhig werde . . . ganz gelöst . . .«

Er wartete noch einen Augenblick, dann sagte er ein mehrsilbiges Wort. Im gleichen Moment war es dem Kurier, als versänke er selbst auf den Grund eines finsteren, lichtlosen Meeres, dabei war es nur die Information, die in sein Unterbewußtsein hinabsank und die Erinnerung an sie mitnahm.

Er hatte alles wieder vergessen. Nur nicht die Tatsache, daß er in Lebensgefahr schwebte.

»Es war eine wichtige Information, das weiß ich noch, aber ihr Inhalt ging verloren.«

»Ich habe sie übernommen und werde sie weitertragen, mein Freund. Mehr weiß auch ich jetzt nicht. Ich habe alles vergessen, und niemand, der das Stichwort nicht kennt, wird jemals von uns erfahren können, was wir als Geheimnis mit uns tragen.«

Der Fremde erhob sich und ging zur Tür, wo er stehenblieb und sich umdrehte. Er sagte: »Leben Sie wohl. Ich hoffe, Sie kommen durch. Niemand kann Ihnen jetzt helfen, und zwei Kuriere sind besser als einer. Sie wissen, an wen Sie sich zu wenden haben.«

Der falsche Ramil nickte ihm zu.

»Machen Sie sich keine Sorgen um mich. Ich werde es schon schaffen. Vielleicht begegnen sich unsere Wege noch einmal?«

»Jetzt ist nur die Information wichtig.« Bevor er die Tür öffnete, fügte er noch hinzu: »Tod dem Diktator!«

»Tod dem Diktator!« erwiderte der Kurier den Gruß.

Die Tür schloß sich, und er war wieder allein.

Tagsüber blieb er auf seinem Zimmer und ließ sich das Abendessen heraufbringen. Bei einer guten Flasche Wein dachte er darüber nach, wie seltsam, geheimnisvoll und auch gefährlich sein Leben geworden war, seit er der Widerstandsbewegung angehörte. Er dachte auch über den Fremden nach, der ihn besucht hatte. Er hatte ihm eine vielleicht lebenswichtige Information übergeben, die ihm selbst nicht mehr bekannt war. Eine Sicherheitsmaßnahme, natürlich, aber eine zweischneidige. Nun gab es zwei Kuriere, die im Unterbewußtsein die Information mit sich herumtrugen.

Die Begegnung hatte ihm gezeigt, daß sein Weg von den Leuten der Widerstandsbewegung genau beobachtet wurde. Und sie schienen auch damit zu rechnen, daß er sein Ziel nicht erreichen würde. Aber wenn das wirklich so war, warum halfen sie ihm nicht? Warum nahmen sie ihm die Information ab und ließen ihn allein im Hotel zurück, wo er jeden Augenblick von der Geheimpolizei verhaftet werden konnte? Und wenn die das Stichwort kannten . . .

Er mußte über seine Zweifel und Bedenken lächeln. Schließlich wußte er, wie vorsichtig die Männer der Widerstandsbewegung sein mußten. Wenn sie sich auch nur die geringste Blöße gaben, führten immer mehr Spuren zum Hauptquartier. Wenn man ihn opferte, kam wenigstens der andere durch. Oder umgekehrt.

Er entfernte die Plastikkappe von seinem Giftzahn. Beim Essen trug er sie, da er sich sonst in Gefahr gebracht hätte. Dann entschloß er sich zu einem heißen Bad.

Später schaltete er das Videogerät ein, um sich einen Film anzusehen. Er wollte danach auf die Nachrichtenmeldungen verzichten, war aber zu faul, das Gerät abzuschalten. Also blieb er noch sitzen.

Vor einigen Tagen, so erfuhr er, hatte das bisher größte Raumflottenmanöver begonnen. Die Schiffe der Kolonialsysteme waren zusammengezogen und eingesetzt worden. An dem Manöver nahmen auch die Einheiten der Zentralgalaktischen Union teil.

Er raffte sich auf und schaltete ab. Als er im Bett lag und gegen die Decke starrte, schien etwas in seinem Unterbewußtsein zu bohren. Irgend etwas von den Videomeldungen klopfte an seine hypnogelöschte Erinnerung. Die Meldungen und seine eigene Information besaßen einen Zusammenhang. Es war ihm jedoch nicht möglich, zu erkennen. Endlich schlief er ein.

Am anderen Morgen fühlte er sich frisch und munter, und vor allen Dingen fühlte er sich wieder zuversichtlicher. Wenn sie ihn bis jetzt noch nicht gefunden hatten, war es sehr gut möglich, daß das Schicksal ihm eine Chance gab. Die Frage war nur, was besser war: hier im Zimmer zu bleiben oder die Flucht zu wagen . . .?

Mit Sicherheit waren in dieser Nacht die Hotelkontrollen erfolgt. Wäre dem Geheimdienst bei dieser Gelegenheit an dem Kaufmann Ramil etwas Verdächtiges aufgefallen, hätte man ihn aus dem Bett geholt. Das jedoch war nicht geschehen. Nicht einmal eine Anfrage des Portiers war erfolgt.

In aller Ruhe stand er auf, wusch sich, zog sich an und bestellte das Frühstück, das ihm wieder aufs Zimmer gebracht wurde.

Dann beschloß er, einen Erkundungsspaziergang zu unternehmen.

Die unmittelbaren Verfolger hatte er abschütteln können, und er mußte die Pause ausnutzen, rechtzeitig unterzutauchen und sein Auftragsziel zu erreichen. Sehr lange würde diese Pause nicht sein. Früher oder später erfuhren sie, daß es den Kaufmann Ramil nicht mehr gab, und der Erinnerungsspeicher des Hotelportiers war unbestechlich und vergaß nichts.

Als er den Lift verließ und die Hotelhalle betrat, wußte er, daß er einen Fehler gemacht hatte. Er hatte den Geheimdienst unterschätzt. Mit Sicherheit waren die Identitätskarten überprüft worden, aber sie hatten anscheinend kein sichtbares Ergebnis gebracht. Immerhin mußten sie – oder zumindest eine von ihnen – den Verdacht der Geheimpolizei geweckt haben. Da es sich jedoch bei den Gästen des Hotels meist um einflußreiche Geschäftsleute handelte, meist noch um Besucher von anderen Sonnensystemen, konnte sich auch die Staatspolizei von Nosmo keinerlei Übergriffe erlauben. Auf der anderen Seite war es ihr nicht verboten, die Gäste unauffällig zu überwachen.

Gerade dieses Unauffällige aber war es, das ihm auffiel.

Die beiden Männer in Zivil musterten ihn und sahen dann betont uninteressiert in eine andere Richtung. Ramil kannte den Typ.

Geheimpolizisten!

Er ging weiter, aber noch bevor er die Ausgangstür erreichen konnte, erhoben sich die beiden Männer und verstellten ihm den Weg. Der Kurier behielt die Hand in der Rocktasche, den Zeigefinger um den Abzug seines Nadlers gekrümmt. Unbefangen und ein wenig neugierig sah er ihnen entgegen.

Der eine von ihnen sagte:

»Wir hätten uns gleich denken können, daß Sie es sind. Warum haben Sie den Fehler begangen, Ihr Zimmer zu verlassen?«

Sein Gesicht drückte absolute Ratlosigkeit aus.

»Es tut mir leid, meine Herren, aber ich kenne Sie nicht. Ich weiß wirklich nicht, was Sie von mir wollen.«

»Wenn Sie es nicht wissen, so werden Sie es bald erfahren. Kommen Sie mit. Wir brauchen Ihre Identitätskarte.«

Aber so schnell gab er nicht auf.

»Sie haben, soweit ich die Gesetze kenne, kein Recht dazu, meine Karte ohne stichhaltige Gründe zu überprüfen. Ich komme vom

Planeten Benar, habe hier auf Nosmo einige Geschäfte zu erledigen und fliege morgen nach Rendar weiter. Wenn Sie mich belästigen, werde ich mich bei der Polizei beschweren.«

»Da brauchen Sie nicht weit zu gehen. Wer immer Sie auch sind, wir wissen, daß Sie einer verbotenen Organisation angehören. Kommen Sie mit, und machen Sie keine Schwierigkeiten.«

Er dachte nicht daran, *keine* Schwierigkeiten zu machen. Er war verloren, daran konnte nun kein Zweifel mehr bestehen. Das Vergleichen der in der Identitätskarte gespeicherten Individualimpulse mit seinen eigenen würde nur zu eindeutig seine Schuld ergeben. Und die beiden Männer würden nicht nachgeben, da halfen alle seine Unschuldsbeteuerungen nicht.

Er war verloren.

Aber er wußte, daß Dabrifa in letzter Zeit an Sympathien verloren hatte. Seine Willkür war verhaßt, aber niemand hatte es bisher gewagt, sich ihr offen gegenüberzustellen. Und wenn es jemand getan hätte, so lebte er nicht mehr.

Auch er, der angebliche Ramil, würde nicht mehr lange leben, so oder so nicht.

Er wollte seinem Tod wenigstens einen Sinn geben, und außerdem wollte er vermeiden, daß man doch noch die Information aus seinem Unterbewußtsein hervorholte.

Er nahm die Hand aus der Tasche und richtete den Nadler auf die beiden Männer, die ihn aus kalten Augen prüfend ansahen.

»Nun gut, Sie haben gewonnen.« Er sprach laut genug, um die Hotelgäste aufmerksam zu machen. Jeder konnte ihn hören. Und sie sahen nun auch alle zu der Gruppe herüber, aber niemand wagte es, einzugreifen. »Ich gehöre der Widerstandsbewegung an, deren oberstes Ziel es ist, den Diktator Dabrifa zu stürzen. Alle Verhandlungen mit ihm sind sinnlos. Er trägt einen Zellaktivator und ist damit unsterblich. Seine Willkürherrschaft würde somit ewig dauern, wenn sie nicht mit Gewalt beendet würde. Wir werden Dabrifa töten! Eines Tages werden wir ihn töten, und dann sind wir wieder frei.«

Einer der beiden Männer riß seine eigene Waffe aus der Tasche und sprang zur Seite. Der Kurier erschoß ihn, geriet aber dabei in den Nadelstrom der Waffe des anderen. Er starb, noch während er stürzte. Die Gäste waren aufgesprungen, aber der überlebende Geheimpolizist hob die freie Hand.

»Bleiben Sie, wo Sie sind. Stören Sie keine Amtshandlung, oder Sie werden sich zu verantworten haben. Wie Sie selbst sahen, wurde ein Mörder gerichtet. Er hat einen Beamten des Imperiums vor Ihren Augen getötet.« Er holte tief Luft. »Es gibt keine Widerstandsbewegung.«

Ein älterer Mann nickte.

»Sie haben recht, mein Herr. Es kann auch keine geben. Denn gäbe es eine und gehörte der von Ihnen Getötete dazu, wäre er nicht so allein gestorben, so einsam. Jemand hätte ihm geholfen, nicht wahr?«

Der Geheimpolizist wich seinem forschenden Blick aus.

»Sicher, so wäre es gewesen, Sie haben recht.« Er winkte dem Portier. »Benachrichtigen Sie die Polizei.«

Er sah hinab auf seinen toten Kollegen, dann in das Gesicht des Kuriers, das einen seltsamen Ausdruck zeigte.

Es sah so aus, als fühlte der Mann sich noch im Tode als Sieger.

27.

Merkur war geräumt worden. Selbst die Wissenschaftler hatten ihn verlassen müssen. Zurückgeblieben waren nur die gewaltigen Anlagen, die der Erhaltung des Zeitfeldes dienten, welches das gesamte System ständig fünf Minuten in der Zukunft hielt.

Über Venus, Erde und Mars mit ihren Monden lagen hochgespannte Paratronschirme, die die Hitze vorerst noch abhielten.

Die INTERSOLAR bewegte sich mit geringer Fahrt zwischen den Bahnen von Mars und Jupiter. Fast alle maßgeblichen Persönlichkeiten des Solaren Imperiums hielten sich an Bord auf. Sie warteten ungeduldig auf die Entscheidung Rhodans.

Abwehrchef Galbraith Deighton, erst vor einer halben Stunde eingetroffen, sah in die gespannten Gesichter der anderen Konferenzteilnehmer. Zwischen Reginald Bull und Julian Tifflor saß er Rhodan und Ovaron gegenüber. Weiter anwesend waren Atlan, Professor Waringer, Alaska Saedelaere, Joak Cascal, die Cappin-

Frau Merceile und die Mutanten Fellmer Lloyd, Ras Tschubai und Gucky. Das waren die Hauptpersonen. Einige von ihnen waren erst vor kurzem von der Erde gekommen. Rhodan hatte die wichtigsten Offiziere der INTERSOLAR, darunter Oberst Korom-Khan, ebenfalls hinzugezogen. Er ahnte, daß er den Rat erfahrener Offiziere und auch Spezialisten benötigen würde.

»Dicke Luft!« brummte Gucky seinem Nachbarn Fellmer Lloyd zu. »Aber du als Telepath weißt das ja selbst.«

Fellmer nickte wortlos und sah Deighton gespannt an.

Rhodan eröffnete die Konferenz.

»Wir freuen uns über Ihren Besuch, Galbraith, auch wenn er nichts Gutes verspricht. Besonders die Tatsache, daß auch Tifflor und Bull mitgekommen sind, gibt mir zu denken. Was ist los?«

Deighton nahm mehrere Akten aus der flachen Mappe, die vor ihm auf dem Tisch lag. Er nahm die erste und schlug sie auf.

»Es handelt sich, wie Sie sehen, um die gesammelten Meldungen unserer Agenten, die in der ganzen Galaxis verstreut sind und mit denen wir ständigen Kontakt halten. Erst in der Abwehrzentrale in Terrania ist es möglich, alle Meldungen aufzunehmen und zu koordinieren. Diese bewährte Methode wiederum ergibt erst ein Gesamtbild, und das, meine Herren, scheint mir nicht gerade ermutigend zu sein. Aber eins nach dem anderen.« Er blätterte in der Akte, bis er die richtige Stelle gefunden hatte. Er deutete darauf und fuhr fort: »Vor einigen Tagen begannen im Imperium Dabrifa die größten Flottenmanöver seit Menschengedenken. Es ist noch niemals geschehen, daß jemand seine gesamte Flotte zusammenzog, um ein Manöver abzuhalten – allein dieser Umstand wäre schon verdächtig genug gewesen. Aber leider kommen noch weitere Umstände hinzu, die unseren Verdacht, daß der Imperator einen Angriff plant, zur Gewißheit werden lassen. Die Zentralgalaktische Union nimmt übrigens an diesem sogenannten Manöver teil.«

Unter den Zuhörern entstand Unruhe. Es war allgemein bekannt, daß Dabrifa dem Solaren Imperium nicht gerade wohlgesinnt war. Es war auch bekannt, daß ständig Aufklärer gesichtet wurden, die anscheinend vergeblich – bisher wenigstens – nach dem verschwundenen Sonnensystem suchten. Und nun ein solches Manöver . . .?

»Sprechen Sie weiter, Galbraith«, sagte Rhodan ruhig. »Das ist ja wohl noch nicht alles.«

Deighton nickte.

»Nein, es ist der Anfang. Die Flotte setzte sich, nachdem sie zusammengezogen war, in Marsch. Zuerst konnte die Zielrichtung nicht bestimmt werden, aber nach einigen Linearetappen konnte kein Zweifel mehr daran bestehen, daß unser System das Ziel des Fluges ist.«

»Ein Angriff also . . .?«

»Ohne Zweifel. Dabrifa will uns angreifen. Aber nicht nur er. Mit zwanzigtausend Einheiten ist die Zentralgalaktische Union dabei. Dabrifa hat fünfunddreißigtausend Einheiten aufgeboten. Es stehen uns somit fünfundfünfzigtausend feindliche Schiffe gegenüber.«

Professor Waringer fragte:

»Woher wollen Sie wissen, Deighton, daß es die Absicht dieser gewaltigen Flotte ist, die Erde anzugreifen? Noch halten wir uns fünf Minuten in der Zukunft auf, und wer sollte uns da finden?«

»Stimmt, Sie haben recht, aber wenn ich richtig informiert bin, soll doch der Sonnensatellit vernichtet werden, und uns allen ist doch wohl klar, daß dabei der Zusammenbruch des Zeitfeldes riskiert wird. Ich frage mich nur, woher Dabrifa das wissen kann – *wenn* er es weiß und der Angriff kein Zufall ist. Kein Zufall zu diesem Zeitpunkt, meine ich.«

»Wann sind sie hier?« fragte Rhodan.

»Den letzten Meldungen nach kann das schon morgen sein, Sir.«

Rhodan sah Tifflor an.

»Was ist mit unserer Flotte?«

»Ich habe alles Notwendige veranlaßt, Perry. Über Olymp. Es werden an die vierzigtausend Einheiten sein, die sich auf dem Anflug befinden.«

»Geben Sie den Kommandanten den Befehl, auf keinen Fall anzugreifen. Ich möchte unsere Schiffe nur in Bereitschaft wissen, das ist alles.« Er sah wieder Deighton an. »Weiter, Galbraith. Ich weiß, daß es noch immer nicht alles ist.«

»Wie recht Sie haben. Aber ich bin nicht nur gekommen, um Hiobsbotschaften zu verbreiten. Ich kann Ihnen auch erfreuliche Dinge mitteilen; ob sie den Lauf der Dinge beeinflussen können, entzieht sich meiner Kenntnis. Unsere Agenten berichten schon länger von einer Widerstandsbewegung, die von einem gewissen Omarin Ligzuta angeführt wird. Ihr Ziel ist es, den Diktator zu stürzen und wieder normale Verhältnisse herzustellen. Dazu gehören auch friedliche Beziehungen zu uns und allen anderen Sternenreichen. Nun aber ist der wahrscheinliche Angriff auf uns dazwischengekommen. Ligzutas Organisation wird nichts dagegen unternehmen können – vielleicht.«

»Immerhin ein Lichtblick, das müssen Sie zugeben.« Rhodan schüttelte den Kopf. »Wie kann Dabrifa so sicher sein, daß unser System noch existiert?«

»Ich glaube, Sie haben die Tatsache vergessen, daß Mitte Januar dieses Jahres unser System kurzfristig in die Normalzeit zurückstürzte, als der Sonnensatellit den Hypertronzapfer unterbrach und damit zwangsläufig auch die Energieversorgung des Antitemporalen Gezeitenfeldes.«

Deighton sprach nicht weiter, denn ihm gegenüber war Ovaron aufgesprungen. Der Cappin starrte ihn erschrocken und fast entsetzt an, setzte sich aber dann wieder.

»Was ist, Ovaron?« fragte Rhodan.

Der Cappin schüttelte den Kopf.

»Nichts, Perry, gar nichts.«

Rhodan wußte, daß Ovaron nicht die Wahrheit sagte. Die Tatsache, daß sich das Solsystem für eine kurze Zeit in der Normalzeit befunden hatte, schien für den Cappin von außerordentlicher Bedeutung zu sein. Er sah hinüber zu den beiden Telepathen, aber sowohl Fellmer wie auch Gucky zuckten die Schultern. Sie hatten nichts erfahren können.

Obwohl Ovaron etwas Wichtiges gedacht hatte.

Deighton fuhr fort: »Es wurden damals mehrere Aufklärungsschiffe der Dabrifaner vernichtet, aber einem von ihnen gelang es, einen Funkspruch abzusetzen, der auch prompt sein Ziel erreichte. So erfuhr Dabrifa, daß unser System noch existiert, und gleichzeitig entdeckte er unser Geheimnis: das Antitemporale Gezeitenfeld.«

Rhodan sah ihn durchdringend an.

»Nun gut, jetzt weiß er davon. Aber was verspricht er sich, wenn er uns mit einer so gewaltigen Flotte aufsucht? Glaubt er denn, uns einholen zu können? Niemals kann er fünf Minuten Zeit einholen.«

»Natürlich kann er das nicht, aber er hat es auch gar nicht vor. Er hat vor einem halben Jahr erfahren, daß wir uns in einer anderen Zeitebene aufhalten. Er hat sofort seine Maßnahmen getroffen, und erst heute wurde mir klar, was inzwischen auf dem Planeten der Galaktischen Wissenschaftler geschah. Es gab dort verschiedene Vorkommnisse, die wir niemals ganz zu klären vermochten. Ich wußte durch Agentenberichte, daß sich Wissenschaftler von Dabrifa auf dem Planeten der Galaktischen Wissenschaftler aufhielten, aber es gelang mir niemals, den Zweck ihres Aufenthaltes herauszubringen. Bis auf heute.«

»Heute wissen sie es?« fragte Rhodan gespannt.

Galbraith Deighton nickte. »Ja. Wir haben in dieser Sache mit der Widerstandsbewegung des Ligzuta zusammengearbeitet, wie schon öfter zuvor. Die Leute sind zuverlässig. Die Meldung vom beabsichtigten Angriff auf unser System stammt ebenfalls von einem ihrer Agenten. Er starb, als die Geheimpolizei von Nosmo ihn verhaften wollte. Ja, um auf den Planeten der Galaktischen Wissenschaftler zurückzukommen: Es wurde dort ein völlig neuartiges Gerät entwikkelt, dessen Bezeichnung ›Zeitfeld-Zerstörer‹ lautet. Ich glaube, dazu brauche ich Ihnen keine weiteren Erklärungen mehr abzugeben. Mit dem Gerät soll ein Zeitfeld abgebaut werden.«

»*Unser* Zeitfeld!« sagte Rhodan langsam.

»Kein anderes«, bestätigte Deighton ernst. »Und wir wissen, daß sich dieses Gerät auf einem der Schiffe befindet, die sich uns nähern. Dabrifas Plan ist somit klar: Unser Sonnensystem soll mit dem neuartigen Zeitfeld-Zerstörer in die Gegenwart zurückgebracht und somit wieder sichtbar gemacht werden. Dann werden uns die beiden Flotten mit vernichtender Wucht angreifen, wobei ich betonen möchte, daß die Zentralgalaktische Union zu diesem Schritt von Dabrifa gezwungen wurde. Wir dürfen also damit rechnen, daß zwanzigtausend Einheiten sofort die Seiten wechseln würden, wenn die Kommandanten auch nur die geringste Hoffnung sähen, daß Dabrifas irrsinniger Plan mißlingt.«

»Was ist mit dem Carsualschen Bund?«

»Die Ertruser halten sich heraus. Sie haben alle entsprechenden Aufforderungen Dabrifas abgelehnt. Wenn er uns vernichten sollte, ist auch Carsual verloren. Wer nicht für Dabrifa ist, ist gegen ihn.«

»Immerhin ist die Zentralgalaktische Union auch gegen Dabrifa, aber die Kalfaktoren haben sich einschüchtern lassen. Aber unzuverlässige und schlechte Freunde sind gefährlicher als ehrliche und gute Gegner. Dabrifa scheint das vergessen zu haben.«

»Hat er«, stimmte Deighton Rhodan zu. »Und vielleicht wird gerade diese Tatsache seinen Sturz beschleunigen.«

»Haben Sie regelmäßig Kontakt mit Ligzuta?«

»Nicht mit ihm selbst, das wäre zu gefährlich für ihn, aber mit seinen Agenten. Nur so erfuhren wir von dem angeblichen Manöver und dem tatsächlich geplanten Angriff auf uns. Auf Nosmo selbst wird der entscheidende Schlag gegen den Diktator vorbereitet, und vielleicht ergibt sich jetzt die günstigste Gelegenheit dazu, denn Dabrifa persönlich wird den Angriff seiner Flotte auf unser Sonnensystem leiten.«

»Er selbst?« Rhodan sah plötzlich wieder zuversichtlicher aus. »Das wäre doch eine Chance für uns?«

»Immerhin haben wir eine große Flotte gegen uns«, dämpfte Deighton seinen Optimismus. Er legte die Akte beiseite und nahm sich eine andere vor. »Ich bin aber noch nicht fertig mit meinen Berichten. Auch vom Handelsplaneten Olymp trafen Nachrichten ein, von Kaiser Argyris selbst. Er teilte mir mit, daß er durch kosmische Freifahrer und die Piratin Tipa Riordan erfahren habe, daß Dabrifa beabsichtige, Olymp zu annektieren. Ob während oder erst nach der Schlacht gegen Terra, das ging nicht eindeutig aus den Meldungen hervor.«

»Da stehen uns ja bewegte Zeiten bevor«, stellte Waringer trocken fest.

Rhodan legte die Hand auf seinen Arm.

»Die Lage hat sich entscheidend verändert. Ich sehe jetzt keinen Grund mehr, die Vernichtung des Sonnensatelliten noch länger hinauszuschieben. Die Gefahr, daß das Solsystem in die Realzeit zurückstürzt, ist durch Dabrifas Waffe zweitrangig geworden. Unser System wird seinen Schutz so oder so verlieren.«

Niemand sagte etwas.

»Keine Einwände? Gut, dann werde ich Vollalarm für das Sonnensystem geben lassen. Die Venus muß evakuiert werden, da alles Leben dort gefährdet ist. Plan IKARUS ist praktisch durchgeführt. Seit Tagen läuft Plan LAURIN II. Sie wissen alle, was er beinhaltet: die Errichtung einer Paratronblase um das Solsystem, für den Fall daß wir in die normale Zeitebene zurückfallen. Bis dahin gilt der reguläre Alarmzustand. Die einzelnen Paratronschirme um die Planeten bleiben aktiviert.« Er lächelte. »LAURIN I bedeutet das

Verschwinden in der Zukunft, LAURIN II bedeutet das Verschwinden hinter einem undurchdringlichen Paratronschutzschirm. Es würde auch Dabrifa sicherlich schwerfallen, einen solchen gigantischen Schirm zu beseitigen.«

Zum ersten Mal in dieser Debatte ließ sich Reginald Bull vernehmen. Er sagte:

»Na also, warum regen wir uns denn auf? Was kann schon passieren, meine Herren?« Er sah sich fragend um, dann fügte er hinzu: »Nichts, absolut nichts! Merken Sie nicht, wie das die Nerven beruhigt?«

»Außerordentlich!« gab Waringer ihm spöttisch recht.

»Deine sind ja auch wie Drahtseile!« rief Gucky seinem Busenfreund zu. »Wir sind alle zarter besaitet.«

Bully nickte ihm zu.

»Ja, besonders du, Kleiner. Ganz besonders du!«

Rhodan erhob sich.

»In zwei Stunden wird Ovaron den Satelliten vernichten. Bis dahin müssen alle Vorbereitungen getroffen sein. Die Evakuierung der Venus ist in einer Stunde abgeschlossen.« Er nickte ihnen zu. »Die Aussprache ist beendet.«

Die INTERSOLAR änderte den Kurs und flog in Richtung Erde zurück. Auch auf Terra waren die Vorbereitungen zur Notevakuierung abgeschlossen worden, aber es bestand kaum eine Gefahr für den Planeten, selbst dann nicht, wenn Merkur einer Katastrophe zum Opfer fiel, wie es zu befürchten stand.

Der 17. Juli war angebrochen.

Und damit die Stunde der Entscheidung.

Perry Rhodan und Ovaron waren diesmal allein.

»Jetzt gilt es also«, sagte Rhodan gepreßt. »Darf ich Sie bitten, Ovaron, mit dem Versuch zu beginnen.«

Der Cappin gab den Händedruck des Terraners zurück. Er warf noch einen kurzen Blick auf den Bildschirm des Interkoms, der jetzt mit dem Panoramaschirm der Kommandozentrale verbunden war und dasselbe Bild zeigte: die flammende Sonne.

Ovaron erstarrte, als er sich konzentrierte.

Ganz ruhig saß Rhodan in seinem Sessel und beobachtete ihn.

Der Zweidenker und Tryzom-Tänzer vereinigte seine beiden Gehirnfrequenzen zu einer einzigen. Das sechsdimensionale Zündungssignal bahnte sich seinen Weg durch die Sonne, die nur fünfdimensionale Energien verstrahlte und somit den Zündungskontakt weder unterbrechen noch verhindern konnte.

Der Impuls erreichte das Zündsystem der Sextadimzeitbombe und aktivierte es.

Die Zeitbombe im Todessatelliten explodierte.

Was dann geschah, erfolgte blitzschnell und ohne jeden Zeitverlust. Die hyperschnellen Ortergeräte übermittelten das Geschehen mit Überlichtgeschwindigkeit.

Die Sonne schien sich aufzuwölben. Gleichzeitig veränderte sich ihre Farbe. Sie wurde tiefgrün und riesengroß.

Sie blähte sich auf wie ein Ballon, aber dann fanden die freiwerdenden Energien den von Ovaron bereits in vielen Besprechungen der letzten Tage vorausgesagten Ableiter. Nach wie vor existierte der Hypertronzapfstrahl zu dem Planeten Merkur. Immer noch versorgte er den Hauptgezeitenwandler dort mit Energie. Doch dann, von einem Moment zum anderen, wurde das Gleichgewicht empfindlich gestört. Die Energie von Millionen Atombomben peitschte durch den Zapfstrahl und zerschlug den Hauptgezeitenwandler. Der Strom ungebändigter Kraft war nicht aufzuhalten. Er zerstörte den Nordpol des Planeten.

Gleichzeitig erlosch das Antitemporale Gezeitenfeld.

Das Solsystem stürzte in die Gegenwart zurück.

Rhodan starrte wie gebannt auf den Bildschirm, auf dem die Sterne wieder sichtbar geworden waren. Eine kurz eingeblendete Vergrößerung zeigte deutlich den Merkur, dessen nördliche Polkappe regelrecht abgesprengt worden war. Kein Mensch hätte dort die Katastrophe überleben können, aber der Planet selbst war nicht vernichtet worden.

Die Welle des Energieausbruches erreichte Minuten später die Venus und durchbrach an mehreren Stellen den Paratronschutzschirm, ohne jedoch entscheidenden Schaden anzurichten. Die Strukturrisse schlossen sich sofort wieder. Venus hielt stand.

Die Bewohner der Erde, die ihre Bunker aufgesucht hatten, erlitten keinen Schaden. Hier war der Energiestoß bereits so schwach, daß er am Paratronschirm vorbeiglitt, Mars und Jupiter entgegen.

Der Schutzschirm der INTERSOLAR flammte auf, als die Partikel mit ihm kollidierten. Aber auch er hielt. Lediglich die empfangenen Orterbilder wurden schwächer und undeutlicher. Der Funkverkehr fiel für längere Zeit fast völlig aus. Als er wieder funktionierte, war fast alles schon vorbei.

Ovaron sah Rhodan an.

»Es ist geschehen, Perry. Das Antitemporale Gezeitenfeld existiert nicht mehr. Das Solare Imperium muß von nun an wieder in der Gegenwart leben – mit allen ihren Gefahren. Es ist nicht meine Schuld.«

»Niemand spricht von einer Schuld.« Rhodan erhob sich und ging zu ihm. Er legte ihm die Hand auf die Schulter. »Wir alle, Ovaron, stehen ganz im Gegenteil tief in *Ihrer* Schuld. Wir haben Ihnen das Sonnensystem zu verdanken. Alles, was nun noch geschieht, wäre ohnehin geschehen. Die größte aller Gefahren war der Sonnensatellit, der unsere Sonne früher oder später in eine Nova verwandelt hätte. Er ist beseitigt worden. Die Folgeerscheinungen mußten in Kauf genommen werden. Ich habe Ihnen zu danken, Ovaron. Ohne Sie hätten wir es nie geschafft.«

Ovaron setzte sich und deutete auf den Bildschirm, der wieder scharfe und klare Konturen wiedergab.

»Die Sterne! Die Menschen können die Sterne wieder sehen.«

»Sie haben sie fast vier Jahre vermissen müssen, Ovaron. Hoffentlich bedeuten sie Glück für uns.«

Die Minuten vergingen und reihten sich zu einer Stunde. Das grüne Flammen der Sonne war schwächer geworden. Die Energien hatten sich ausgetobt. An immer mehr Stellen funkelte das ursprüngliche Goldgelb wieder durch. Die fürchterlichen Entladungen ließen nach.

Der Interkom summte. Solarmarschall Tifflor wollte Rhodan sprechen. Die Verbindung kam zustande.

»Was gibt es, Julian?«

»Wir benötigen Ihre Entscheidung, Perry. Die Flotte Dabrifas ist vor wenigen Minuten aus dem Linearraum jenseits der Plutobahn aufgetaucht. Sie hat eine Kreisbahn um das System eingeschlagen und nähert sich somit nicht weiter. Man muß unseren Rücksturz in die Gegenwart beobachtet haben.«

»Also kein Angriff auf uns – noch nicht?«

»Im Moment nicht. Was tun wir?«

»Wir warten, Julian. Wo steht unsere Flotte?«

»Abwehrbereit. Vierzigtausend Einheiten insgesamt, auf die verschiedenen Sektoren verteilt.«

»Gut. Warten Sie ab, Julian. Nicht voreilig handeln. Ich glaube, wir haben eine Chance, die Schlacht zu verhindern. Ich erhielt neue Geheimmeldungen von Galbraith. Sieht so aus, als stünde er mit Dabrifa direkt in Verbindung.«

»Indirekt tut er das auch«, sagte Tifflor und lachte. »Er hat so seine Kanäle. Ich wette, er kann uns den geplanten Angriff Dabrifas in dem Augenblick mitteilen, wenn der Diktator sich dazu entschließt. Und danach sieht es jetzt noch nicht aus.«

»Ich werde LAURIN II auf jeden Fall anlaufen lassen.«

»Unsere Flotte wird sich außerhalb der Paratronblase befinden.«

»Richtig so. Sie kennen ja die Stellen, an denen wir Strukturrisse hervorrufen können. Durch sie können sich die Einheiten jederzeit bei Gefahr in Sicherheit bringen.«

»Ich rufe später wieder, Perry.«

Rhodan nickte ihm zu, dann erlosch der Bildschirm.

»Die Entscheidung bahnt sich an«, sagte Ovaron ruhig.

»Sie ist schon lange fällig«, meinte Perry Rhodan.

28.

Der Mann, der dem angeblichen Kaufmann Ramil die Information rechtzeitig abgenommen hatte, hieß Renta Markus. Bis vor einigen Monaten war er einer von Omarin Ligzutas wissenschaftlichen Assistenten gewesen, bis er seine Vorliebe für das abenteuerliche Leben eines Geheimkuriers entdeckt hatte. Er wußte vom Doppelleben seines Professors und teilte dessen politische Meinung.

Offiziell war er noch immer der Mitarbeiter des Gelehrten.

Und so kam es, daß die geheime Botschaft ohne weiteren Aufenthalt direkt zu Ligzuta gelangte. Renta Markus übermittelte sie, als der falsche Ramil noch lebte.

Als dieser starb, war die Revolution bereits angelaufen.

Omarin Ligzuta hatte seit Jahren auf die günstige Gelegenheit gewartet, den vom Volk gehaßten Diktator stürzen zu können. Solange Dabrifa sich auf Nosmo aufhielt, war eine Revolte sinnlos. Der Diktator hatte sich selbst so vorzüglich gegen jeden Angriff abgesichert, daß ein Attentat auf ihn unmöglich wurde. Und solange er in der Steuerzentrale seiner Verteidigungsautomatik saß, blieben er und seine Robottruppen unangreifbar. Hinzu kam, daß er von seinem Palast aus die gesamte Nachrichtengebung kontrollierte.

Aber nun war er mit seiner Flotte unterwegs, um das Sonnensystem Rhodans anzugreifen und damit die Erde, den Ursprungsplaneten der modernen Menschheit.

Omarin Ligzuta gab das seit langem erwartete Zeichen.

Der Offizier, der Dabrifa in der Verteidigungszentrale vertrat, besaß nicht die Mentalität seines obersten Vorgesetzten, sondern richtete sich nur nach seinen Instruktionen. Er gehörte nicht der Widerstandsbewegung an, hatte aber genug von ihr gehört. Ihre Ziele waren ihm keineswegs unsympathisch, aber ihm fehlte der persönliche Mut, seine sichere Position innerhalb des bestehenden Machtapparates aufs Spiel zu setzen. Er genoß das volle Vertrauen Dabrifas, und dafür wollte er sich dankbar zeigen.

Die Steuerzentrale im Palast war hermetisch von der Außenwelt abgeschlossen, wenn man von den Nachrichtenverbindungen absah. Auf Dutzenden von Bildschirmen orientierte sich General Rogalla über das, was außerhalb des Palastes geschah.

Da erreichten ihn die ersten Alarmmeldungen des Geheimdienstes. In der Nähe der Hauptstadt Dabrifala gab es mehrere Lager, in denen politisch Unzuverlässige unter unmenschlichen Bedingungen festgehalten wurden. Besonders geschulte Männer des Geheimdienstes bewachten die Gefangenen und sorgten auf ihre Weise dafür, daß es nicht zu viele wurden. Jedenfalls war es kein Geheimnis, daß mehr Menschen hier eingeliefert als später in andere Straflager weitertransportiert wurden.

General Rogalla hatte gerade die von der winzigen Automatikküche zubereitete Mahlzeit beendet, als eines der Nachrichtengeräte anschlug. Zuerst glaubte er, Dabrifa wollte sich mit ihm in Verbindung setzen, aber dann war es nur der Kommandant von Lager Sieben.

»Ich habe zu tun, Major«, sagte Rogalla ungehalten.

»Das tut mir leid, General, aber ich muß stören. Unser Lager wird von bewaffneten Truppen angegriffen. Schicken Sie uns Verstärkung.«

General Rogalla starrte in das Gesicht auf dem Bildschirm.

»Sagen Sie das noch einmal, Major!«

»Wir werden angegriffen, von regulären Truppen. Wir können uns nicht mehr lange halten und brauchen Verstärkung. Aber schnell!«

»Von regulären Truppen? Das ist doch nicht möglich!«

»Leider ja, Augenblick . . .« Er wandte sich zur Seite, anscheinend um die Meldung eines Untergebenen entgegenzunehmen. Als er sich wieder Rogalla zudrehte, war sein Gesicht noch ernster geworden. »Die Angreifer sind auf der Nordseite in das Lager eingedrungen und beginnen damit, die Gefangenen zu befreien und mit den Waffen der Gefallenen zu versorgen. Eine Revolte, Sir!«

»Halten Sie aus! Ich schicke Ihnen Spezialeinheiten des Geheimdienstes. Hoffentlich handelt es sich nur um eine örtlich begrenzte Aktion der Widerstandsbewegung.«

»Danke«, sagte der Major und unterbrach die Verbindung.

Es war das letzte, was man von ihm hörte und sah.

Rogallas Spezialeinheiten kamen zu spät. Das Lager war bis auf die getöteten Wachmannschaften leer und zum Teil zerstört. Der aufgespeicherte Haß gegen die Gewaltherrschaft Dabrifas schien sich hier konzentriert entladen zu haben. Er hatte keinen einzigen Mann verschont, der dem Diktator treu ergeben war. Nur wenige Offiziere und Soldaten befanden sich nicht unter den Toten. Es konnte kein Zweifel daran bestehen, daß sie sich den Revolutionären angeschlossen hatten.

Und damit begannen die Zweifel des Generals.

Sie verstärkten sich, als weitere Alarmmeldungen eintrafen.

Sie trafen jedoch nicht nur von dem Planeten Nosmo ein, sondern kamen aus allen Teilen des Imperiums. Es gab Systeme, die bereits völlig von den Dabrifa-Anhängern gesäubert worden waren. Provisorische Regierungen übernahmen die Gewalt und informierten die Revolutionäre anderer Planeten, die noch im Kampf standen.

General Rogalla begann einzusehen, daß er noch eine winzige Chance hatte. Über mehrere Kanäle seines Nachrichtendienstes nahm er Verbindung zu Professor Ligzuta auf. Es dauerte fast eine halbe Stunde, ehe er in die klugen und weisen Augen jenes Mannes blicken konnte, der als Anführer der Widerstandsbewegung galt, ohne daß man ihm etwas nachzuweisen vermochte.

»Professor Ligzuta, ich habe mit Ihnen zu sprechen.«

»Ich hörte es, General. Und was ist es, was Sie mir zu sagen haben?«

»Sie leiten die Revolution?«

Der alte Mann nickte gelassen.

»Sie vermuten richtig. Die Toleranzrevolution, wie wir sie nennen. Und ich hoffe, Sie sehen ein, daß sie gerechtfertigt ist.«

»Was ich denke, hat nichts zu sagen. Dabrifa hat mich auf diesen Posten gestellt, und ich werde ihn auszufüllen haben, ob ich will oder nicht. Ich fordere Sie auf, Ihre Aktion sofort einzustellen. Sie wissen selbst, wie ernst die Lage ist. Unsere Flotte greift das Solare Imperium an – das dürfte Ihnen also kein Geheimnis sein. Wenn Sie jetzt Ihre Revolution durchführen, so fallen Sie uns allen in den Rücken. Sie werden damit zum Verbrecher.«

Ligzuta lächelte.

»Sie glauben selbst nicht an Ihre Worte, General. Ich weiß, was Sie wirklich denken. Sie sind sich nur noch nicht schlüssig. Sie fürchten um Ihren Posten, um Ihre Sicherheit, nicht wahr? Da kann ich Sie beruhigen. Die Männer der Widerstandsbewegung haben strikte Anweisungen, niemanden zu töten, der sich ihnen anschließt. Sollten Sie klug sein, General, werden Sie Rang und Posten behalten. Es wird Ihnen kein Haar gekrümmt werden.«

»Der Palast ist uneinnehmbar.«

»Das stimmt allerdings«, gab Ligzuta zu. »Aber was nützt es Ihnen, wenn Sie allein mit Ihren Robotern in Ihrer Zentrale sitzen und vergeblich auf die Knöpfe drücken, weil wir die Außenanlagen zerstörten und Ihnen niemand mehr gehorcht? Und niemand wird verhindern können, daß wir unsere eigenen Nachrichtenmittel in Anspruch nehmen, um die Wahrheit auf Nosmo und in allen Teilen des Imperiums zu verbreiten. Ihre Gegendarstellungen werden von den tatsächlichen Ereignissen ad absurdum geführt. Sie werden niemanden mehr überzeugen können, General. Also überlegen Sie es sich.«

»Ich habe eine Bedingung.«

»Und die wäre?«

»Geben Sie mir eine Stunde Bedenkzeit.«

Ligzuta nickte. »Ich kann mir denken, wozu Sie diese Stunde benötigen. Sie wollen sich mit Dabrifa in Verbindung setzen. Gut, das dürfen Sie. Es ist nur nützlich für uns, wenn Dabrifa von den Vorkommnissen erfährt. Vielleicht dämpft das ein wenig seinen Angriffsgeist. Vielleicht kann er sich sogar entschließen, mit der Flotte zurückzukehren.«

»Das wäre Ihr Ende, Professor.«

Wieder lächelte Ligzuta.

»So, meinen Sie wirklich?« Er wurde ernst. »Also gut, eine Stunde. Ich nehme dann wieder Verbindung mit Ihnen auf. Überlegen Sie sich Ihre Entscheidung gut. Ihre Zukunft wird davon abhängen.«

Der Bildschirm erlosch.

Mindestens zehn Minuten saß General Rogalla da und starrte auf die laufend wechselnden Bilder der anderen Schirme. Er blickte sie zwar an, aber er begriff nicht, was auf ihnen geschah. Er sah, wie Menschen getötet wurden, Gefängnisse gestürmt und die Insassen freigelassen wurden, er wurde Zeuge von erfolgreichen Angriffen der Revolutionäre auf Kasernen des Geheimdienstes. Er sah es, aber sein Gehirn registrierte die Tatsachen kaum.

Er wog die Chancen gegeneinander ab.

Dann endlich gab er der Automatik die Anweisung, eine Verbindung zum Flaggschiff der Gesamtflotte, zur DOMALO, herzustellen.

Es dauerte abermals wertvolle fünfzehn Minuten, bis endlich das von interstellaren Funkstörungen verzerrte Gesicht eines Offiziers auf dem Bildschirm erschien. Es war der Funkoffizier der DOMALO.

General Rogalla identifizierte sich und verlangte Dabrifa zu sprechen. Wiederum vergingen die Minuten, ehe Rogalla Dabrifas Gesicht erkannte. Die Tonverständigung war gut.

»Was gibt es, Rogalla?«

»Ich muß Ihnen über ernste Vorkommnisse berichten, Imperator. Die Widerstandsbewegung, von deren Existenz wir seit langem wissen, ist aktiv geworden. Wir haben sie völlig unterschätzt. Sie hat die Toleranzrevolution ausgerufen.«

»Was hat sie ausgerufen?«

»Die Toleranzrevolution, Imperator. Die führenden Männer gehören ausnahmslos zur Intelligenzschicht unseres Volkes. Professor Ligzuta ist der Chef des sogenannten Toleranzrates. Man hat die günstige Gelegenheit Ihrer Abwesenheit ausgenutzt und . . .«

»Was soll das? Sind Sie nicht mein Stellvertreter, und haben Sie nicht dieselben Möglichkeiten wie ich, wenn ich dort wäre?«

»Nein, Imperator, die habe ich nicht. Mir fehlt die persönliche Leibwache, die Sie jetzt begleitet. Mir fehlen damit die Spezialroboter, die mich gegen jeden Angriff verteidigen könnten. Ich sitze zwar in der isolierten Kontrollzentrale Ihres Palastes, aber das hilft mir nicht weiter. Die Hälfte des Ihnen treu ergebenen Geheimdienstes existiert nicht mehr. Viele der Offiziere sind zu den Revolutionären übergelaufen. Die Gefängnisse wurden gestürmt und die Insassen befreit. Auf anderen Planeten brach ebenfalls die Revolution aus, Imperator. Ich erwarte von Ihnen konkrete Anweisungen, was ich zu unternehmen habe.«

»Was Sie unternehmen sollen? Was für eine Frage! Schießen Sie die Verrückten zusammen und geben Sie Befehl, daß keine Gefangenen gemacht werden. Diesmal nicht mehr! Und erwischen Sie Professor Ligzuta, den allerdings lebend. Ich will ihn selbst sterben sehen.«

Rogalla räusperte sich. »Verzeihen Sie, aber das scheint mir kein vernünftiger Befehl zu sein, weil er der Wirklichkeit nicht mehr gerecht wird. Mit wem soll ich die Widerstandsbewegung angreifen, wenn ich mich schon nicht mehr auf den Geheimdienst verlassen kann?«

»Setzen Sie die Roboter in Bewegung, General, dazu haben wir sie. Sie sind unbestechlich und können nur schwer vernichtet werden. Rotten Sie die verdammte Intelligenzbrut aus! Und beeilen Sie sich gefälligst. Ich habe hier andere Sorgen als Ihre Revolution. Mit der müssen Sie allein fertig werden.«

»Imperator, Sie verkennen die Lage und . . .«

»Verkennen, meinen Sie? Nein, ich verkenne sie durchaus nicht, nur habe ich mich in Ihnen getäuscht. Ich habe den falschen Mann auf den wichtigsten Posten des Reiches gesetzt. Was ich davon halte, werden Sie noch merken. Aber jetzt tun Sie Ihre Pflicht!«

»Soll ich nicht besser verhandeln . . .?«

»Verhandeln? Mit einer Schlange wie Ligzuta? Kein Wort wird verhandelt, General! Verhandeln ist nur ein Zeichen der Schwäche! Kämpfen Sie, vernichten Sie, siegen Sie! Das wäre alles, Ende!«

»Aber . . .«

General Rogalla schwieg.

Der Bildschirm zeigte nur noch bunte Farbmuster, abstrakt und sinnlos.

Störungen interstellarer Art.

Dabrifa hatte die Verbindung einfach unterbrochen.

Das konnte auf keinen Fall bedeuten, daß er die Revolution nicht ernst nahm. Es bedeutete nur, so schloß Rogalla, daß er ihn, seinen Stellvertreter, nicht mehr ernst nahm.

Und es bedeutete weiter, daß Dabrifa ihn nach seiner Rückkehr liquidieren würde.

Ohne etwas zu unternehmen, saß er hinter dem Kontrolltisch und sah wieder auf die anderen Bildschirme und hörte die Kommentare. Einige Regierungssender waren bereits von den Rebellen übernommen worden. So erhielt Rogalla, wenn er den Durchschnitt der Meldungen nahm, ein ziemlich objektives Bild von der Lage.

Sie sah nicht gut für Dabrifa aus.

Von den mehr als sechshundert Sonnensystemen des Imperiums waren bereits hundertfünfzig fest in den Händen des Toleranzrates. Nosmo selbst erbebte unter den Schlägen der Rebellen, und es konnte nur noch eine Frage der Zeit sein, bis auch der Rest der regulären Truppen und des Geheimdienstes aufgerieben war.

Aber da gab es ja noch die Robotarmee, die in unterirdischen Hangars nur auf den Funkimpuls zum Angriff wartete. Sie war eine Macht, die eine entscheidende Wendung herbeiführen konnte. Wenn Rogalla sie einsetzte, hatte er sich endgültig auf Dabrifas Seite geschlagen, und vielleicht gelang es ihm dann noch einmal, die Gunst des Diktators zurückzuerlangen.

Zuerst wollte er mit Professor Ligzuta sprechen. Die angekündigte Bedenkzeit war vorüber. Wenn Ligzuta Wort hielt, mußte sein Gesicht jeden Augenblick auf dem Bildschirm erscheinen.

Und es erschien – auf die Sekunde genau.

Rogalla schloß daraus, daß der Führer der Widerstandsbewegung wenigstens in dieser Hinsicht zuverlässig sein mußte.

»Nun, General, haben Sie es sich überlegt? Sie wissen, daß in der einen Stunde eine Menge passiert ist.«

»Sicherlich, Professor, eine ganze Menge. Ich habe inzwischen mit Dabrifa gesprochen. Er ist also informiert.«

»Und was meint er dazu? Ist er bereit, nachzugeben und freie Wahlen zuzulassen?«

»Das war nicht das Thema unserer Unterredung, Professor. Ich glaube auch nicht, daß Dabrifa derartige Wahlen auch nur in Betracht zieht. Er will das Solare Imperium vernichten, und ihm untersteht die Raumflotte. Wenn er mit ihr zurückkehrt, wird er ein Blutbad anrichten, darüber sind Sie sich doch wohl klar? Außerdem vergessen Sie die Robotarmee, die noch nicht eingesetzt wurde.«

»Wir haben sie nicht vergessen, und es wird nur von Ihrer Entscheidung abhängen, wie viele Opfer noch gebracht werden müssen, ehe die Freiheit erkämpft sein wird. Denn seien Sie sich darüber klar, General Rogalla: Selbst Ihre Roboter werden die Freiheit nicht aufhalten können! Wir werden siegen, noch ehe Dabrifa zurückkehrt.«

»Ich erhielt vom Imperator den Befehl, die Revolution mit allen zur Verfügung stehenden Mitteln niederzuschlagen.«

»Und was ist mit den anderen zweihundert Sonnensystemen, die bereits befreit wurden?« Professor Ligzuta lächelte nachsichtig. »Wie wollen Sie denn dort die Freiheit, die Toleranz bekämpfen? Dort gibt es schon keine Robotarmeen mehr. Sie wurden vernichtet.«

»Die Armee von Nosmo ist unbezwingbar.«

»Sie ist es nicht, General Rogalla. Jede Gewalt läßt sich bezwingen, die Toleranz und Freiheit auf die Dauer nicht. Das ist der Unterschied, den zu begreifen ich Sie bitte.«

»Warum bitten Sie, wenn Sie sich Ihrer Sache sicher sind?«

»Weil ich Opfer vermeiden möchte. Es sind schon genug Menschen gestorben.« Ligzuta machte eine kurze Pause, dann fragte er: »Sind Sie persönlich daran interessiert, daß es eine Raumschlacht zwischen fast hunderttausend Schiffen gibt?«

»Natürlich nicht. Ich halte den Krieg gegen Terra für sinnlos.«

»Abgesehen von dem Krieg an sich – welchen Sinn hätte eine solche Schlacht? Material von unübersehbarem Wert würde vernichtet, und es stürben mehr Menschen, als je in einer Schlacht starben. Wozu? Um Dabrifas Macht zu stärken oder um seinen Untergang zu beschleunigen? Um Terra zu vernichten oder das Imperium Dabrifa?«

Rogalla zuckte mit den Achseln. »Ich bin nicht Dabrifa, daher kann ich Ihre Frage nicht beantworten.«

»Dann denken Sie gefälligst mal nach, General! Benutzen Sie Ihr Gehirn, das Ihnen Ihren Posten einbrachte. Und denken Sie schnell. Wir haben nicht mehr viel Zeit. Unser Gespräch wird in genau einer Minute von der Zentrale unterbrochen. Sie haben eine weitere halbe Stunde, sich endgültig zu entscheiden. Sie können dann Verbindung über den palasteigenen Interkom mit mir aufnehmen. Es wird unsere letzte Diskussion sein, wenn Sie Ihre Meinung nicht ändern. Aber eins kann ich Ihnen versprechen: Auch dann, wenn wir über Ihre Robotarmee siegen und Sie gefangennehmen, werden wir Sie nicht töten. Wir werden berücksichtigen, daß Sie nur Ihre Pflicht taten – oder das, was Sie als Ihre Pflicht betrachten. Bis dann . . .«

Der Bildschirm wurde dunkel.

General Rogalla saß da und rührte sich nicht. Sein Blick wanderte seitwärts zu dem roten Knopf, den er nur einzudrücken brauchte, um die vieltausendköpfige Robotarmee zu aktivieren. Sie war fertig programmiert für diesen Ernstfall. Sie würde ohne Rücksicht auf ihre eigene Existenz kämpfen, bis zur völligen Vernichtung. Aber sie würde Zehntausende bis dahin getötet haben.

Dabrifa hatte ihm mit Entmachtung gedroht. Ligzuta wollte ihm das Leben schenken, auch wenn er gegen ihn kämpfte. Diktatur auf der einen, Toleranz auf der anderen Seite.

Gewalt gegen Freiheit.

Rogalla saß noch immer so da, als der Interkom erneut summte und ihn aus seinen Gedanken schreckte.

Es war die Wachautomatik am Portal.

Die ausdruckslosen Linsenaugen des Roboters sahen ihn an, und genau in diesem Moment mußte er daran denken, wie ausdruckslos das ganze Ideengut der Dabrifa-Philosophie eigentlich war.

Lebendig und doch tot.

Nichtssagend.

Er stellte die Verbindung her.

»Ja, was ist?«

»Professor Ligzuta wünscht Sie zu sprechen, Sir.«

»Bitte.«

Einen Augenblick später sah er zum drittenmal das Gesicht des Gelehrten.

»Die Entscheidung, General. Ich habe bisher Ihre Robotarmee vermißt. Warum warten Sie so lange damit?«

General Rogalla nickte ihm langsam zu.
»Sie haben gewonnen, Professor. Sehen Sie, der Knopf zur Aktivierung liegt wenige Zentimeter von meinem rechten Daumen entfernt und doch unendlich weit weg. Viel zu weit, als daß ich ihn drücken könnte. Verstehen Sie das?«
»Ja, das verstehe ich, denn ich kenne Sie.«
»Was soll das heißen?«
»Manchmal genügt ein Gespräch, einen Menschen kennenzulernen, und oft genügt ein ganzes Leben nicht dafür. Werden Sie das Portal öffnen?«
»Entschuldigen Sie – natürlich. Ich erwarte Sie. Alle Sicherheitsautomatiken werden außer Betrieb gesetzt. Sie können unbesorgt zu mir kommen.«
»Danke, General. Erwarten Sie mich. Und erschrecken Sie nicht, wenn ich von Soldaten und Widerstandskämpfern begleitet werde – das gehört nun mal dazu. Ihnen wird nichts geschehen.«
»Ich vertraue auf Ihr Wort, Professor.«
»Das können Sie, denn es wurde freiwillig gegeben.«
General Rogalla wartete, bis der Bildschirm dunkel wurde. Er ignorierte die anderen Schirme und schaltete die Sicherheitsanlage ab. Dann stand er auf und ging den Siegern entgegen.

29.

Es war kein Zufall, daß Dabrifas Gesamtflotte außerhalb der Plutobahn aus dem Linearraum auftauchte. Man hatte damit rechnen müssen, daß das Antitemporale Zeitfeld noch existierte, und das neuartige Gerät, mit dem dieses Feld beseitigt werden konnte, war nur außerhalb einzusetzen, wenn es wirksam werden sollte.
Dabrifa befand sich an Bord seines Flaggschiffs DOMALO, eines Schlachtraumers in Kugelform von 2500 Metern Durchmesser. Sein ständiger Begleiter, Admiral Hoga Merontus, war gleichzeitig Befehlshaber der beiden Raumflotten. Auch die 20.000 Einheiten der Zentralgalaktischen Union waren ihm unterstellt.

Rein äußerlich wirkte Dabrifa fast sympathisch. Er war ein hochgewachsener, dunkelhaariger Mann mit markanten Gesichtszügen. Erst wenn er sich mit jemandem unterhielt, kam sein wahres Wesen zum Vorschein. Dann wurde er penetrant überlegen und protzte mit seiner Intelligenz.

Admiral Merontus war das glatte Gegenteil. Er war wuchtig und breit gebaut, ein älterer Mann mit hartem Gesicht und scharfem Profil. Er galt als äußerst streng, aber gerecht. Von seinen Untergebenen forderte er unbedingten Gehorsam.

Er mußte es, sonst wäre er niemals Oberbefehlshaber einer Raumflotte und Vertrauter Dabrifas geworden.

Als die Flotte materialisierte, erlosch gerade das Zeitfeld um das Solsystem. Das war ein Ereignis, mit dem niemand gerechnet hatte.

Selbst Dabrifa war überrascht.

Da hatte er in monatelanger Arbeit endlich ein Gerät schaffen lassen, mit dem man das Zeitfeld beseitigen konnte, und nun verschwand es von selbst – wie eine höhnische Herausforderung. Zuerst galt sein Ärger ebendieser Tatsache, aber dann gewann sein starker Verstand wieder die Oberhand. Er vermutete eine Falle, bis die Beobachtungsinstrumente seines Schiffes die plötzlich grünlich aufflammende Sonne registrierten. Zum ersten Mal begann Dabrifa in diesem Augenblick an eine kosmische Katastrophe zu glauben. Er gab nicht den Befehl, das Sonnensystem und die bereits georteten terranischen Flotteneinheiten anzugreifen.

Er zögerte, und das war sein Glück. Er zögerte deshalb, weil er eine Falle vermutete, die Rhodan ihm zu stellen beabsichtigte. Wenn Rhodan das Zeitfeld abschaltete, dann doch keineswegs aus einer Laune heraus. Sein vorzüglicher Geheimdienst war bestimmt darüber orientiert, daß Flottenmanöver des Imperiums Dabrifa stattfanden. Vielleicht wußte er sogar von dem geplanten Überfall.

Und in einer solchen Situation sollte Rhodan auf den Gedanken kommen, das tarnende Zeitfeld abzuschalten?

Nie und nimmer! Warum aber geschah es doch?

Er starrte fassungslos auf den Panoramaschirm der DOMALO. Zum ersten Mal seit vielen Jahren sah er wieder das altgewohnte Bild des terranischen Sonnensystems. Die Planeten funkelten wie eh und je, nur die Sonne blähte sich auf und flammte in grünem Feuer, absolut ungewohnt und fremdartig. Und keineswegs normal.

Dabrifa begann zu bezweifeln, daß es ein Trick Rhodans war. Es konnte sich nur um eine Katastrophe handeln, die ihm, Dabrifa, zu Hilfe kam. Das Schicksal war auf seiner Seite.

Vielleicht sollte er jetzt doch angreifen.

Da kam Admiral Merontus zu ihm. Beide Männer hielten sich in der Kommandozentrale auf. Oberst Horatio, der Kommandant des Flaggschiffs, leitete die Flugmanöver höchstpersönlich. Über eine Spezialanlage stand er mit den Kommandanten der anderen Einheiten in ständiger Verbindung.

»Was halten Sie davon, Imperator?«

»Ich weiß es nicht, Admiral. Jedenfalls ein ungewöhnliches Ereignis, das mit dem Erlöschen des Zeitfeldes zu tun haben muß. Oder glauben Sie, daß eine bestimmte Absicht dahintersteckt? Ich meine, nehmen Sie an, es handelt sich um eine künstliche Aufheizung der Sonne?«

»Welchen Sinn sollte das haben, gerade jetzt, da wir mit der Flotte erscheinen?« Der Admiral schüttelte den Kopf. »Nein, das glaube ich nicht. Es kann sich nur um eine Katastrophe handeln.«

»Dann sollten wir die Gelegenheit nutzen und . . .«

Er wurde von Oberst Horatio unterbrochen. Der Kommandant sagte:

»Die Solare Flotte hat sich formiert, Imperator. Es sieht ganz so aus, als wolle sie sich zum Kampf stellen. Bleiben wir auf dem bisherigen Kurs?«

»Wohin führt er?«

»Eine Umlaufbahn um das System. Wir bleiben in Bewegung, aber wir nähern uns nicht der Sonne.«

»Das ist auch besser so. Ich traue dieser grünen Sonne nicht, Oberst. Vorerst wollen wir jede Feindberührung vermeiden. Sorgen Sie dafür, daß niemand das Feuer vorzeitig eröffnet.«

In der Tür zur Hyperfunkzentrale war ein Offizier erschienen, der Dabrifa zuwinkte. Das konnte nur eine wichtige Verbindung nach Nosmo bedeuten. Vielleicht wollte General Rogalla mit ihm sprechen. Er ließ den Admiral und den Kommandanten stehen und ging zur Funkzentrale.

»Nosmo?«

»Ja, Imperator. General Rogalla.«

So ganz ließen sich die dumpfen Ahnungen nicht unterdrücken, die Dabrifa in diesem Augenblick zu spüren begann. Wenn Rogalla ihn zu sprechen wünschte, jetzt, mitten im Einsatz, dann konnte es sich nur um eine äußerst wichtige Angelegenheit handeln. Und wichtige Angelegenheiten hatten es nun einmal an sich, auch meist ernster Natur zu sein.

Die Bildverbindung war schlecht, der Ton gut.

Dabrifa erfuhr von der Revolte.

Als er in die Kommandozentrale zurückkehrte, ignorierte er die gespannten Gesichter seiner beiden höchsten Offiziere. Er starrte auf den Panoramaschirm und die schon schwächer flammende Sonne. Hinter seiner Stirn arbeitete es, aber noch konnte er zu keinem Entschluß kommen.

Endlich sagte er:

»Diese verdammte Brut! Ich habe sie schon immer beseitigen wollen. Hätte ich es nur getan!«

»Imperator?« erkundigte sich der Admiral tonlos.

Dabrifa sah ihn forschend an.

»Hätten Sie es für möglich gehalten, daß jemand gegen mich revoltiert, Admiral? Gegen mich, den Beherrscher eines mächtigen Sternenreiches, einen Mann, der ein Imperium aufbaute und unsterblich wurde? Hätten Sie das jemals angenommen?«

»Eine Revolution, Imperator? Wo?«

»Im Imperium. Fast zweihundert Systeme sind bereits in den Händen der Rebellen. Auf Nosmo wird noch gekämpft. General Rogalla berichtete es mir soeben. Er verlangt unsere sofortige Rückkehr, weil er sonst die Niederlage befürchtet.« Er sah den Admiral fragend an. »Was soll ich tun?«

Für den Bruchteil einer Sekunde nur huschte ein unmerkliches Lächeln über Merontus' Gesicht. Niemand konnte es zur Kenntnis nehmen.

»Was Sie tun sollen?« Er zuckte die Achseln. »Ich war niemals mit dem Angriff auf die Erde einverstanden, Imperator.«

Dabrifa starrte ihn verwundert an.

»Davon haben Sie aber nie etwas gesagt.«

»Hätten Sie auf mich gehört?«

Dabrifa schwieg. Natürlich hätte er nicht auf seinen Oberbefehlshaber gehört. Er hörte niemals auf einen anderen Menschen, nur auf sich selbst.

Kommandant Horatio unterbrach die düsteren Gedankengänge des Diktators.

»Die Flotte der Zentralgalaktischen Union bleibt weiter zurück, Imperator. Der Abstand wäre bei einem Angriff zu groß.«

Dabrifa sah Admiral Merontus an.

»Was soll das, Admiral? Sind Sie nicht für die Bewegungen der anderen Flotte verantwortlich?«

»Die Kommandeure kennen meine Anweisungen, Imperator. Ich kann kaum mehr tun, als sie zu wiederholen. Im übrigen glaube ich nicht, daß ein größerer Abstand unsere eigene Kampfkraft beeinträchtigt.«

»Mir jedenfalls gefällt das nicht«, knurrte Dabrifa, nur um etwas zu sagen. Seine Gedanken beschäftigten sich mehr, als er eigentlich wünschte, mit der Revolte auf Nosmo. Ausgerechnet jetzt mußte das passieren! »Wir werden nun in das Solsystem eindringen und abwarten, was die Solare Flotte unternimmt. Je eher wir das alles hinter uns haben, desto besser.«

Admiral Merontus schwieg. Er machte keine Anstalten, sich auf seinen Gefechtsposten zu begeben. Unschlüssig sah er auf den großen Panoramaschirm, als überlegte er sich seine Antwort gut.

Zu gut vielleicht. Oberst Horatio wartete. Seine rechte Hand lag wie zufällig auf dem blitzenden Kolben seiner Strahlwaffe, die jeder Offizier im Einsatz trug.

Dabrifa bemerkte es nicht. Auch er sah auf den Bildschirm und registrierte halb im Unterbewußtsein die Veränderung, die plötzlich mit dem Sonnensystem vorging. Zuerst war es so, als lege sich ein Schleier vor die Sterne, ein Schleier, der von Sekunde zu Sekunde dichter wurde und das Licht der Sonne erblassen ließ. Auch die Sterne und Planeten wurden lichtschwächer, bis sie fast erloschen.

Dann erst begriff Dabrifa, was geschehen war.

Ungläubig sprach er es aus:

»Ein Paratronschirm! Sie haben einen Paratronschirm um das ganze System gelegt! Das kann doch nicht möglich sein! Derartige Anlagen gibt es gar nicht . . .!«

»Ein Paratronschirm, ganz richtig«, stimmte ihm Admiral Merontus mit ungewöhnlich ruhiger Stimme zu. »Nun wissen wir auch, warum die Terraner das Zeitfeld abschalten und in die Gegenwart zurückkehren konnten, ohne unseren Angriff fürchten zu müssen. Es ist unmöglich, einen solch gigantischen Schirm zu durchbrechen. Genausogut könnte sich das Solsystem noch in der Zukunft befinden.«

Dabrifa verlor zum ersten Mal die Beherrschung.

»Dann versuchen wir es eben!« brüllte er seinen Oberbefehlshaber zornig an. »Wir haben keine andere Wahl. Wenn wir ein Punktfeuer aus zehntausend Geschützen auf eine Stelle des Schirmes eröffnen, muß er zumindest an dieser einen Stelle zusammenbrechen. Ein Strukturriß entsteht, durch den wir uns einschleusen können. Es dauert Minuten, bis er verschwunden ist.«

Oberst Horatio sah den Admiral an.

Er sah nicht Dabrifa an.

Dabrifa wurde wieder gefaßter. Er spürte den plötzlichen Widerstand seiner Offiziere, ohne daß er greifbar geworden wäre. Vielleicht machte er einen Fehler. Aber nein, er, Dabrifa, konnte keinen Fehler machen!

Sie waren seine Offiziere, und sie hatten zu gehorchen.

»Geben Sie zehntausend Einheiten den Befehl, das Punktfeuer zu eröffnen. Die übrigen Schiffe halten sich dicht dahinter und beschleunigen, sobald der Strukturriß sichtbar wird. Die Zentralgalaktische Union greift die Solare Flotte inzwischen an, damit sie uns nicht in den Rücken fällt.« Er sah Merontus an. »Nun, Admiral, worauf warten Sie noch? Leiten Sie meine Befehle weiter!«

Betont langsam zog Admiral Merontus seine Strahlwaffe und richtete sie auf Dabrifa, der fassungslos in die Mündung starrte, ohne nach seiner eigenen Waffe zu greifen.

»Das werde ich nicht tun, Imperator.« Er sprach den Titel langsam und mit seltsamer Betonung aus. »Vorsicht, keine falsche Bewegung, Dabrifa. Im Namen des Toleranzrates, in dessen Auftrag ich handele, erkläre ich Sie hiermit für abgesetzt und festgenommen. Geben Sie mir Ihre Waffe.«

Inzwischen hatte auch Oberst Horatio seinen Strahler gezückt und auf den Diktator gerichtet. Die übrigen Offiziere in der Kommandozentrale handelten unterschiedlich. Einige von ihnen schienen ehrlich erschrocken zu sein und wußten offenbar nicht, wie sie sich zu verhalten hatten. Andere wiederum entsicherten ihre eigenen Waffen, ohne Partei zu ergreifen.

Dabrifa stierte Admiral Merontus mit hervortretenden Augen an.

Seine Arme hingen lose herab. Sein Strahler war in der Gürteltasche vorschriftsmäßig befestigt. Er benötigte beide Hände, um ihn zu lockern und herauszuziehen.

Aber nicht umsonst hieß es, daß Dabrifa der bestgeschützte Mann der ganzen Galaxis sei. Niemand jedoch wußte, daß damit nicht nur seine Robotwachen und andere Sicherheitsvorkehrungen gemeint waren.

Dabrifa verfügte noch über ganz andere Mittel, von denen niemand etwas ahnte. Diejenigen, die sie geschaffen hatten, lebten seit Jahrhunderten nicht mehr.

»Sie also auch, Admiral!« Er nickte mehrmals, ohne seine Gegner aus den Augen zu lassen. »Ich hätte es mir eigentlich denken können.« Er schüttelte den Kopf. »Ich denke nicht daran, Ihnen meine Waffe zu geben. Betrachten *Sie* sich als abgesetzt und festgenommen, Merontus.«

Der Admiral erwiderte:

»Sie haben genau eine Minute Bedenkzeit, Dabrifa. Wenn Sie mir bis dahin nicht Ihre Waffe gegeben haben, werde ich Sie erschießen. Die Genehmigung dazu wurde mir vom Toleranzrat bereits erteilt. Man hat Sie in Abwesenheit zum Tode verurteilt.«

Obwohl es im Innern Dabrifas tobte, blieb er äußerlich ruhig und gelassen. Er hatte auch allen Grund dazu. Noch hielt er einige Trümpfe in der Hand, von der seine Offiziere nichts wußten. Er hielt sie natürlich nicht bildlich gesprochen in der Hand. Wenn man genau sein wollte, dann hielt er sie in seinem rechten Armmuskel. Als uneingeschränkter Herrscher über ein gewaltiges Sternenreich war er von mißtrauischer Natur, und er kannte die Angst.

Die Angst, die seinem schlechten Gewissen entsprang.

»Die Minute ist vorbei«, stellte Admiral Merontus sachlich fest und drückte auf den Feuerknopf seiner Waffe.

Das grellweiße Energiebündel schoß auf Dabrifa zu . . .

Aber der Diktator war schneller gewesen. Ein unmerkliches Zukken des rechten Armmuskels hatte genügt, um den hochwertigen HÜ-Schirm aufzubauen. Das Energiebündel wurde abgeleitet und fuhr in die Kontrollanlagen hinter ihm. Mit einer normalen Strahlenwaffe war ihm nun nichts mehr anzuhaben. Der Schirm war geschlossen, bis auf eine winzige Öffnung dicht über dem Boden, durch den die Funkwellen seines Sprechgerätes, das er eingeschaltet hatte, noch drangen. Aus dem großen Lautsprecher des Interkoms kam seine Stimme, gräßlich verzerrt durch die ungewollte Verstärkung:

»Irrtum, Merontus! Haben Sie geglaubt, mich einfach erschießen zu können? Oder dachten Sie, ich hätte nicht mit Verrätern in den eigenen Reihen gerechnet? Bleiben Sie stehen, wo Sie sind. Versuchen Sie nicht, mit den Kommandanten der anderen Schiffe zu sprechen. Ich gebe jetzt das Funksignal für meine programmierten Roboter und meine Leibwache. Es sind insgesamt hundert Roboter, im ganzen Schiff verteilt. Bis Sie die erledigt haben, Merontus, vergeht eine geraume Zeit, falls Sie sie überhaupt erledigen können. Sie wurden vorzüglich programmiert, glauben Sie mir das. Und wissen Sie auch, wozu ich sie programmieren ließ? Nein? Dann will ich es Ihnen verraten: zum Töten! Nur zum Töten!«

Admiral Merontus verzichtete auf eine Entgegnung. Er rief Horatio und den anderen Offizieren zu:

»Alarm für die Besatzung! Und dann Punktfeuer auf Dabrifa. Vielleicht können wir seinen Schirm so schwächen, daß er zusammenbricht.«

Aber Dabrifa schien geahnt zu haben, was Merontus befehlen würde. Mit schnellen Sätzen durchquerte er die Kommandozentrale und rannte in die Funkzentrale. Er warf die Tür hinter sich zu. Das positronische Schloß schnappte ein.

Für wenige Sekunden schaltete er den HÜ-Schirm ab und erschoß die anwesenden Offiziere. Er fragte nicht, ob sie auf seiner Seite standen oder auf der Ligzutas. Er mußte seine Wut und seine Erbitterung abreagieren, und er tat es, indem er Menschen tötete.

Durch den zweiten Eingang gelangten zehn seiner Leibwachen-Roboter zu ihm, dann versiegelte er auch diesen. Es war keine absolute Sicherheitsgarantie, aber vorerst erhielt er so Zeit, sich auf die Verteidigung vorzubereiten.

Inzwischen begann in der DOMALO die entscheidende Auseinandersetzung zwischen den Revolutionären auf der einen sowie den dabrifatreuen Mannschaften und den Robotern auf der anderen Seite.

Längst hatte Julian Tifflor bemerkt, daß sich die zwanzigtausend Einheiten der Zentralgalaktischen Union nicht so verhielten, wie man es von den Bundesgenossen Dabrifas eigentlich hätte erwarten können. Tifflor hielt sich an Rhodans Befehl, nicht anzugreifen.

Der Paratronschirm um das Solsystem stand. Die INTERSOLAR befand sich innerhalb dieser schützenden Energieblase und somit in absoluter Sicherheit. Nicht so die Solare Raumflotte. Mit ihren vierzigtausend zusammengezogenen Einheiten konnte sie Dabrifas Streitkräften durchaus die Stirn bieten. Außerdem gab es genug Geheimberichte, aus denen eindeutig hervorging, daß sich der Diktator nicht auf die zwanzigtausend Schiffe der Zentralgalaktischen Union verlassen konnte.

Vielleicht nicht einmal auf seine eigenen.

Immer größer wurde der Abstand zwischen Dabrifas Schiffen und dem Riesenpulk der Union. Tifflor entschloß sich, eine entsprechende Hyperfunkmeldung durch eine nur ihm bekannte Lücke im Paratronschirm abzustrahlen.

Sein Schiff blieb dadurch hinter den anderen zurück, die unbeirrt der gegnerischen Flotte folgten und den Abstand nicht veränderten.

Es gelang Tifflor, mit Galbraith Deighton direkt Verbindung aufzunehmen. Der Chef des Solaren Geheimdienstes hielt sich noch immer an Bord der INTERSOLAR auf.

»So, das ist interessant, Tifflor. Dazu kann ich Ihnen noch folgendes mitteilen: Agenten der Abwehr sitzen sowohl in Dabrifas Flaggschiff wie auch in Einheiten unserer eigenen Flotte. Durch sie erfuhr ich vor wenigen Minuten, daß an Bord der DOMALO die Revolte ausbrach. Anlaß dazu scheint eine Funkmeldung von Nosmo zu sein, wo die Revolution von Ligzuta offiziell ausgerufen wurde. Wenn der kommandierende Admiral der Zentralgalaktischen Unionsflotte das erfährt, dürfte die Entscheidung gefallen sein. Vielleicht sorgen Sie dafür.«

»Sie meinen – offiziell über Funk?«

»Sicherlich. Der einfachste Weg. Informieren Sie den Vertreter der Kalfaktoren.«

»Wird gemacht. Wir melden uns später.«

»In einer Stunde erreichen Sie die nächste Funklücke.«

Tifflor unterbrach die Verbindung.

Soso, der gute Galbraith hatte seine Leute sogar unter seiner eigenen Besatzung? Allerhand, dachte Tifflor wütend. Aber vielleicht unerläßlich. Sie hatten ja nicht den Auftrag, ihn zu überwachen, sondern geheime Nachrichten weiterzuleiten. Also besaßen sie auch einen geheimen Sender, von dem er nichts ahnte.

Tifflor mußte grinsen. Dieser Galbraith Deighton war ein gewitzter Bursche.

Sein Schiff holte den Vorsprung der anderen wieder auf. An der Spitze der Solaren Flotte angelangt, begab sich Tifflor in die Funkzentrale und bat die diensthabenden Offiziere, eine Verbindung zum Flaggschiff der Zentralgalaktischen Union herzustellen. Aber noch ehe das geschehen konnte, meldete sich der kommandierende Admiral selbst über Bildfunk. Tifflor sah in ein energisches und auf gewisse Weise befreit wirkendes Gesicht, das ihm nicht unsympathisch sein konnte.

»Admiral Rodrigez, Oberbefehlshaber der Flotte der ZGU.«

»Sehr erfreut, Admiral. Solarmarschall Julian Tifflor, Kommandeur der Solaren Flotte. Ich wollte mit Ihnen sprechen, aber Sie kamen mir zuvor, was ich als günstiges Vorzeichen auslegen möchte.«

»Verstehen Sie, es handelte sich um ein Manöver. Wenigstens gelang es Dabrifa unter diesem Vorwand, uns hierherzulocken. Wir denken nicht daran, an einem Angriff gegen Sie teilzunehmen, obwohl Dabrifa uns mit harter Vergeltung drohte. Hinzu kommt der merkwürdige Umstand, daß Ihr System wieder sichtbar wurde – ich meine, es befindet sich nicht mehr im schützenden Zeitfeld eingehüllt. Und gerade deshalb möchte ich Ihnen noch einmal versichern, daß wir nicht an einen Angriff denken.«

»Die Bewegung Ihrer Flotte läßt darauf schließen, Admiral, und ich kann Ihnen meinerseits versichern, daß wir niemals im Ernst an Ihre Angriffsabsichten glaubten. Welchen Sinn sollte das auch haben? Wäre es logisch für Sie, die Macht Dabrifas noch zu stärken?«

»Es wäre höchst unlogisch. Im übrigen kann ich Ihnen eine vertrauliche Information übermitteln: Dabrifa kann sich auf seine eigenen Leute nicht mehr verlassen. Es existiert da eine Widerstandsbewegung gegen ihn, und eines Tages wird sie zuschlagen. Wir wollen weder mit seinen Expansionsgelüsten noch mit der bevorstehenden Revolution etwas zu tun haben. Wir möchten so schnell wie möglich wieder normale Beziehungen zum Solaren Imperium hergestellt wissen.«

Tifflor lächelte.

»Vielen Dank für Ihr Vertrauen, Admiral. Ich will Ihnen beweisen, daß es auf Gegenseitigkeit beruht. Letzten Informationen nach ist die Revolte im Imperium Dabrifa bereits ausgebrochen, und mehr als zweihundert Systeme befinden sich in den Händen der Rebellen. Jetzt im Augenblick dürfte der Diktator schon von seinen eigenen Offizieren verhaftet und getötet worden sein. Die Flotte meutert. Haben Sie noch keine entsprechenden Meldungen erhalten?«

Für lange Sekunden blieb der Admiral schweigsam, dann sagte er seltsam schleppend:

»Das ist nicht wahr!«

»Es *ist* wahr!« erwiderte Tifflor bestimmt. »Unsere Informationsquellen sind absolut zuverlässig. Die Rebellion, von Professor Ligzuta schon seit langem vorbereitet, ist zum Ausbruch gelangt. Und Sie dürfen mir glauben, daß sie wirklich gut vorbereitet wurde. Mit Dabrifas Alleinherrschaft dürfte es nun endgültig vorbei sein.«

Immer noch blieb der Admiral skeptisch. Er schien nicht glauben zu können, was er so gern geglaubt hätte.

»Es wäre großartig, wenn Sie recht behielten, aber ich kenne einige der Sicherheitsvorkehrungen, die Dabrifa für einen solchen Fall bereithält. Ich kann mir nicht denken, daß man ihn so einfach überrumpelt. Immerhin, nehmen wir einmal an, es ist geschehen und Dabrifas Macht gebrochen – würden Sie oder Rhodan dann trotzdem unseren Versicherungen glauben, daß wir den Frieden wünschen und zu diesem angeblichen Manöver nur gezwungen wurden?«

»Selbstverständlich, Admiral. Wir wissen es ohnehin.«

Zum ersten Mal lächelte der Admiral.

»Ja, ich weiß schon: Ihre hervorragenden Informationsquellen.«

»Sehr richtig.«

»Gut.« Der Admiral wurde wieder ernst. »Dann werde ich meiner Flotte jetzt den Befehl erteilen, sich nach Ephelegon zurückzuziehen. Dort werden wir die weiteren Ereignisse abwarten. Die Entscheidung fiel aber bereits, das kann ich Ihnen versichern.«

»Wir hoffen es.« Tifflor hob die Hand zum Gruß. »Dann werden wir uns wohl bald sehen – wenn die endgültigen Verhandlungen zwischen den Imperien beginnen.«

»Bis dann – alles Gute!«

Der Bildschirm erlosch.

Auf dem Panoramaschirm konnte Tifflor wenig später beobachten, wie die Schiffe der ZGU noch enger zusammenrückten und dann plötzlich ihren Kurs änderten. Sie nahmen mit höchster Beschleunigung Fahrt auf und verschwanden dann im Linearraum.

Sie kehrten in ihre Heimat zurück.

Die Funküberwachung bestätigte, daß zwischen Admiral Rodrigez und dem Flaggschiff Dabrifas keine Nachrichtenübermittlung stattgefunden hatte, was wiederum darauf schließen ließ, daß der Admiral rückhaltlos den Worten Tifflors Glauben schenkte. Ein Vertrauensbeweis, der sich später vielleicht bezahlt machen würde.

Wenig später näherte sich Tifflors Schiff abermals einer Strukturlücke des Paratronschirms. Sofort nahm er Verbindung zur INTERSOLAR auf. Rhodan selbst war sein Gesprächspartner.

»Die sind wir los«, stellte Rhodan nach Tifflors Berichterstattung nüchtern fest. »Bis zur endgültigen Friedenskonferenz. Hier die letzten Informationen von Galbraith: Die meisten Schiffe der Flotte Dabrifas befinden sich in der Gewalt der Rebellen. Auch das Flaggschiff, die DOMALO. Allerdings konnte sich Dabrifa selbst in der Funkzentrale seines Schiffes verschanzen. Alle Angriffe auf diese verliefen bisher ergebnislos. Wir warten nun darauf, daß Admiral Hoga Merontus, der Flottenbefehlshaber, Verbindung mit uns aufnimmt. Das wird zwangsläufig mit einem Ihrer Schiffe geschehen, Julian, da wir durch den Paratronschirm isoliert sind. Allerdings werde ich für größere Funklücken sorgen, sobald wir mehr wissen und sicher sein können, daß kein Angriff mehr geplant ist.«

»Ich melde mich in einer Stunde wieder, wie festgelegt.«

»Bis dann«, sagte Rhodan und nickte seinem alten Freund zu.

Tifflor starrte noch eine Weile auf den Bildschirm, der nur langsam dunkel wurde.

Dann gab er seine Befehle.

Admiral Hoga Merontus reagierte auf die überstürzte Flucht seiner »Bundesgenossen« mit einem breiten Lachen. Dabei hatte er durchaus keinen Grund zum Lachen.

Dabrifa saß in der Funkzentrale, von seiner Leibwache umgeben und beschützt, mit allen Nachrichtenfäden in der Hand. In der DOMALO selbst tobte der Kampf zwischen den Rebellen und den Anhängern Dabrifas, die noch von den Robotern unterstützt wurden. Trotzdem wurden sie immer weiter zurückgedrängt, bis sie als letzte Zufluchtsstätte einen Hangar besetzten, den sie erbittert verteidigten.

Merontus machte kurzen Prozeß, um wenigstens Mannschaften und Offiziere der Gegenseite auszuschalten. Er ließ Narkosegas durch die Klimaanlage des Hangars einströmen. Übrig blieben nur noch die Roboter, die entsprechend ihrer Programmierung den Widerstand nicht aufgaben und bis zur Selbstvernichtung kämpften.

Einem Spezialtrupp gelang es, eine starke Sprengladung in den Hangar zu werfen. So konnte zwar nicht verhindert werden, daß einige der bewußtlosen Männer getötet wurden, aber auch die Hälfte der Roboter fiel aus.

In erbitterten Einzelaktionen wurde die Mannschaft der DOMALO dann mit dem Rest fertig.

Das Schiff war in der Hand der Rebellen.

Bis auf die Funkzentrale.

Admiral Merontus sorgte dafür, daß die beiden Eingänge so bewacht wurden, daß ein Ausbruchsversuch Dabrifas im Keim erstickt werden konnte. Dann kehrte er zu Oberst Horatio zurück.

»Kurs unverändert?«

»Umlaufbahn um das Solsystem, wie gehabt.«

»Wir bleiben so, bis wir Dabrifa unschädlich gemacht haben. Setzen Sie inzwischen die Notfunkanlage in Betrieb. Ich muß wissen, was auf den anderen Schiffen geschehen ist.«

Wenig später erhielt er Kontakt zu den Kommandanten der Flotte. Das Kodesignal, das einer der Geheimagenten unbemerkt zu Beginn der Revolte abgestrahlt hatte, war zum Fanal geworden. Auf allen Schiffen hatte die Meuterei zum gleichen Zeitpunkt eingesetzt. Da oft ein Rebell den anderen nicht kannte, war es zu einigen Überraschungen gekommen. Schließlich jedoch hatte sich herausgestellt, daß es nur ganz wenige Offiziere gab, die auf der Seite Dabrifas standen. Als Merontus die Verbindung herstellen konnte, war alles schon so gut wie vorüber. Nur in einzelnen Schiffen wurde noch an der Vernichtung oder Umprogrammierung der Roboter gearbeitet.

Blieben nur noch Dabrifa und seine Leibwache.

»Vielleicht wenden wir noch einmal das Gas an«, machte Horatio einen Vorschlag. »Oder eine Sprengladung.«

»Wollen Sie die wertvolle Funkanlage zerstören? Hören Sie, Oberst, im Grunde genommen kann es uns völlig gleichgültig sein, ob Dabrifa die Funkzentrale besetzt hält oder nicht. Niemand kann uns daran hindern, mit Perry Rhodan zu verhandeln und nach Nosmo zurückzukehren. Dort hungern wir Dabrifa einfach aus.«

»In der Funkzentrale sind keine Lebensmittel.«

»Eben. Aber vergessen Sie nicht, daß jeder Leibwächter Dabrifas einen gewissen Vorrat an Energietabletten bei sich hat. Mit denen kann der Kerl wochenlang existieren. Nun, wie dem auch sei, wir haben jetzt andere Sorgen. Wir wollen versuchen, Kontakt mit den Terranern aufzunehmen. Ich beginne mich schon zu wundern, daß sie nicht angreifen, nachdem sich die Flotte der Zentralgalaktischen Union aus dem Staub gemacht hat.«

»Ich will versuchen, die Verbindung aufzunehmen.«

Oberst Horatio gab einem seiner Offiziere einen Wink. Der Mann war Funkspezialist und bediente die Notanlage.

Merontus atmete auf. Das Schwierigste lag hinter ihnen.

30.

Rhodan und Atlan hatten die Kommandozentrale der INTERSOLAR verlassen und hielten sich nun in der Hyperfunkzentrale auf. Während Reginald Bull zur Erde zurückgekehrt war, hatte Galbraith Deighton es vorgezogen, in Rhodans Nähe zu bleiben. Er ahnte, daß sich in den nächsten Stunden alles entscheiden mußte.

Längst war der Ausbruch der Sonne abgeflaut. Sie schien wieder im üblichen goldgelben Glanz und bedeutete keine Gefahr mehr. Der Todessatellit, der sie aufgeheizt hatte, existierte nicht mehr.

»Immer noch nichts?« erkundigte sich Deighton.

»Vergessen Sie den Paratronschirm nicht«, erinnerte ihn Atlan und sah auf die Rücken der Offiziere, die vor ihren Geräten saßen. »Aber Julian Tifflor wird uns benachrichtigen, wenn jemand versucht, Kontakt mit uns aufzunehmen. Dabrifa hat nur noch fünfunddreißigtausend Schiffe.«

»Er wird bald keine mehr haben.«

Rhodan fragte: »Sind Sie sicher, daß Admiral Merontus die Flotte Dabrifas befehligt und daß er auf der Seite Ligzutas steht?«

»Absolut sicher. Es kann überhaupt kein Zweifel daran bestehen. Ich bin auch davon überzeugt, daß er Verbindung zu uns aufnehmen wird, sobald er dazu in der Lage ist. Und das dürfte in Kürze der Fall sein.«

»In zehn Minuten erwarten wir die dritte Kontaktaufnahme mit Solarmarschall Tifflor«, erinnerte einer der Funkoffiziere.

Die zehn Minuten verstrichen, dann meldete sich Tifflor. Sein Gesicht wirkte äußerst zuversichtlich.

»Wir halten Abstand, Perry. Die Revolution scheint gelaufen zu sein. Soeben hat Admiral Hoga Merontus Verbindung mit uns aufgenommen. Er wünscht mit Ihnen persönlich zu sprechen. Was soll ich ihm antworten?«

»Sind Sie sicher, daß kein Angriff auf uns mehr erfolgen kann?«

»Absolut sicher. Aber wir müssen uns entscheiden. Wir haben noch fünf Minuten, dann unterbricht der Paratronschirm unsere Verbindung.«

Professor Waringer tippte Rhodan auf die Schulter.

»In genau fünfzehn Minuten erreicht Dabrifas Flotte, wenn keine Kursänderung erfolgt, eine größere Strukturlücke, die sich im Notfall sofort schließen läßt. Sie ist ovalförmig und erlaubt einen permanenten Funkkontakt von einer halben Stunde.«

Rhodan nickte ihm zu und sagte zu Tifflor:

»Sie haben es gehört, Julian. Teilen Sie Admiral Merontus mit, daß er in genau fünfzehn Minuten direkten Kontakt mit der INTERSOLAR aufnehmen kann. Geschwindigkeit und Kurs seiner Flotte sollen vorerst beibehalten werden. Das ist alles.«

»Ich werde es ihm sagen. Was ist mit *uns?«*

»Wie gehabt, Julian. Dranbleiben und aufpassen. Immer mit Überraschungen rechnen, das kann nicht schaden.«

»Bis später.«
Tifflors Gesicht verblaßte auf dem Bildschirm.
Rhodan sah auf seine Uhr.
»In zwölf Minuten wissen wir mehr.«
»Vielleicht wissen wir dann sogar alles«, meinte Atlan zuversichtlich und nahm neben dem Hyperfunk-Bildschirm Platz. »Galbraith, welche Daten über diesen Merontus haben Sie sammeln können?«
»Nahezu nur positive«, erwiderte der Chef der Abwehr, setzte sich ebenfalls und wandte sich an Rhodan. »Alle Informationen deuten darauf hin, daß Merontus schon mehr als einmal die Befehle Dabrifas mißachtete, um Menschenleben zu retten. Sie selbst haben mehrmals betont, Sir, daß Ihnen dieser Mann nicht gerade unsympathisch sei. Damals wußten Sie noch nicht, daß er zusammen mit Ligzuta den Sturz Dabrifas vorbereitete.«
»Trotzdem schätzte ich ihn. Sie haben recht«, bestätigte Rhodan nachdenklich. »Und nun wurde er zur entscheidenden Schlüsselfigur.«
Waringer hatte sich nicht zu ihnen gesetzt. Er stand bei den Funkoffizieren und gab ihnen Anweisungen. Nur er wußte genau, wo und wann die Strukturlücke im Paratronschirm begann und wieder endete.
Auf dem großen Bildschirm war noch nichts zu erkennen. Zwar leuchtete er hell und in verschiedenen Farben, zeigte jedoch keine geordneten Muster, die von einem Sender stammen konnten.
Rhodan sah auf die Uhr über dem Schirm.
Noch sechzig Sekunden.
»Alles fertig zum Empfang«, sagte die ruhige Stimme eines Offiziers.
Die Männer starrten wie gebannt auf den Schirm. Noch waren die Farbreflexe vorhanden, aber sie begannen sich plötzlich zu ordnen, wurden zu einer Art Symbol. Rhodan hatte es noch nie zuvor gesehen.
Und dann schälte sich aus dem Symbol das markante Gesicht Admiral Merontus' hervor, wurde deutlicher und besser zu erkennen, während das Symbol allmählich verblaßte.
Rhodan war aufgestanden und hatte sich so gestellt, daß er in die Aufnahmekameras blickte. Sein Gesicht verriet nicht, was er dachte und hoffte. Er wartete nur.

»Großadministrator, ich bin Admiral Hoga Merontus. Wie ist die Verständigung?«

»Bild und Ton ausgezeichnet. Ich habe Ihren Kontakt erwartet, was Sie vielleicht nicht in Verwunderung setzen wird. Sie wollten mich sprechen, wie mir mein Flottenchef mitteilte.«

»Ganz richtig, und ich will es kurz machen. Wir haben nicht viel Zeit.«

»Eine halbe Stunde, Admiral. Genügt das?«

Ein spärliches Lächeln huschte über die sonst so strengen Züge Merontus. »Mehr als genug. Ich habe Ihnen folgendes mitzuteilen: Die Untergrundbewegung unter der Führung Professor Ligzutas hat vor wenigen Stunden die Toleranzrevolution ausgerufen. Letzte Meldungen besagen, daß bereits die Hälfte des ehemaligen Imperiums Dabrifa fest in unserer Hand ist. Die Revolutionsregierung, bestehend aus den geistigen Größen unseres Volkes und unseren besten Wissenschaftlern, bittet hiermit offiziell um Personalunion mit dem Solaren Imperium und Ihnen selbst, Großadministrator. Wir sind bereit und erklären es hiermit feierlich, innerhalb von zwei Monaten freie und demokratische Wahlen innerhalb des ehemaligen Imperiums Dabrifa abzuhalten. Der Toleranzrat hat mich beauftragt, Sie, Perry Rhodan, um die Übernahme der Regierungsgeschäfte zu bitten, allerdings unter der Bedingung, daß unsere Autarkie im Sinne eines Dominions gewahrt bleibt. Darf ich Sie um Ihre Antwort auf meinen Vorschlag bitten?«

Rhodan war durchaus nicht überrascht. Ähnliches hatte er erwartet. Immerhin berührte es ihn doch eigenartig, von Admiral Merontus um die Übernahme der Regierungsgeschäfte gebeten zu werden.

»Fürchten Sie keine zweite Revolution, wenn es so aussehen wird, als kümmere ich mich um Ihre Angelegenheiten, Admiral?«

»Nein, auf keinen Fall. Als die Widerstandsbewegung gegen Dabrifa vor vielen Jahren gegründet wurde, war es ihr oberstes Ziel, den Diktator und seine Herrschaft zu beseitigen. Das zweite Ziel war die enge Zusammenarbeit mit dem Solaren Imperium, von dem wir ja schließlich alle abstammen. Wir alle sind Menschen. Ist es nicht vernünftiger und logischer, unsere Sternenreiche durch eine einzige Hand verwalten zu lassen? Durch einen Mann, der jederzeit durch freie Wahlen in seinem Amt bestätigt oder aus seinem Amt abgewählt werden kann?«

Rhodan nickte langsam.

»Es kann sein, daß Sie recht haben. Und wenn ich schon so direkt gefragt werde, möchte ich Ihnen auch eine direkte Antwort geben: Ich bin mit Ihrem Vorschlag einverstanden. Die Wahlen können in zwei Monaten stattfinden, sagen wir, am 1. Oktober. Bis dahin hoffe ich, daß sich die Verhältnisse auf Ihren Planeten stabilisiert haben.«

»Wir sind davon überzeugt. Darf ich Ihnen für Ihre Antwort den Dank des Toleranzrates aussprechen?«

»Was ist mit Dabrifa? Haben Sie ihn verhaftet?«

»Das ist leider nicht gelungen. Er hat sich in die Funkzentrale meines Schiffes zurückgezogen, zusammen mit seiner Leibwache, die aus Robotern besteht. Zuerst faßten wir den Entschluß, ihn dort zu lassen und einfach nach Nosmo zurückzukehren. Inzwischen jedoch mußten wir diesen Entschluß ändern. Dabrifa hat von der Funkzentrale aus die Möglichkeit, sowohl die einzelnen Schiffe der Flotte wie auch unsere Planetenstationen anzufunken und Verbindung zu ihnen aufzunehmen. Er könnte unschätzbaren Schaden durch falsche Informationen und seine bekannten Drohungen anrichten. Übrigens hat er bereits mit entsprechenden Sendungen begonnen. Sein Einfluß darf nicht unterschätzt werden, auch jetzt noch nicht. Er hat noch immer viele Anhänger.«

»Was haben Sie vor?«

»Es gibt zwei Möglichkeiten, die wir in Betracht gezogen haben. Die eine ist, die Funkzentrale unter allen Umständen zu erobern, auch wenn dabei Opfer gebracht werden müssen. Es gibt auf der DOMALO genug inzwischen umprogrammierte Roboter, die zum Einsatz gebracht werden können. Sie allein werden nicht genügen. Immerhin haben wir eine gewisse Chance, Dabrifa in seiner Festung zu erledigen. Gelingt uns das nicht, werden wir die DOMALO verlassen, uns auf die anderen Schiffe verteilen und das Flaggschiff vernichten.«

»Sie wollen Dabrifa töten?«

Admiral Merontus nickte mit ausdruckslosem Gesicht.

»Selbstverständlich.«

Für einen Augenblick war Rhodan fassungslos. Sicher, Dabrifa war ein Diktator gewesen, ein gnadenloser Herrscher, der Tausende von Menschen umgebracht hatte. Er hatte den Tod verdient. Aber auf keinen Fall einen Tod ohne Gerichtsverhandlung.

»Das kann ich nicht zulassen, Admiral. Sie müssen versuchen, Dabrifa lebend zu erwischen. Er muß vor ein ordentliches Gericht gestellt werden.«

»Das geschah in seiner Abwesenheit. Er wurde zum Tode verurteilt. Wir vollstrecken also lediglich ein Urteil, mehr nicht.«

»Ein politischer Mord ist das, nichts anderes! Hören Sie, Admiral, ich weiß aus der Geschichte, wie leicht jemand zum Märtyrer werden kann und nach einem gewaltsamen Tod noch unübersehbaren Schaden anrichtet. Wollen Sie das? Wollen Sie, daß man einen Diktator Jahrzehnte nach seinem Tod wieder zu verehren beginnt? Sicher, ich verstehe das Aufbegehren des geknechteten Volkes, seinen Durst nach Rache. Aber das alles kann keinen Mord rechtfertigen.«

»Mord?« Admiral Merontus lächelte eiskalt. »Sie können die gerechte Strafe für einen Verbrecher nicht als Mord bezeichnen, Perry Rhodan. Dabrifa ist kein Mensch, er ist eine Bestie. Eine gnadenlos mordende Bestie, nicht mehr. Ich kenne ihn gut genug, denn ich bin oft mit ihm zusammengewesen und kenne seine Einstellung zu jenen Dingen, die uns, Ihnen und mir, das Leben lebenswert erscheinen lassen. Er kennt von diesen Dingen nichts, gar nichts. Für ihn gibt es nur Macht und erbarmungslose Jagd auf jeden, der anderer Meinung ist als er. Nein, wir müssen ihn töten, bevor er abermals versucht, die Völker durch Versprechungen und falsche Ideale auf seine Seite zu bringen.«

»Die Völker werden froh sein, endlich von ihm befreit zu sein. Warum sollten sie auf ihn hören?«

»Dafür gibt es unzählige Gründe. Es sind ja auch nicht die Völker an sich, die entscheiden. Oft genügt ein einziger Mann, einen Planeten zurück in die Arme des Diktators zu führen. Ein Mann, der den Lockungen nicht widerstehen kann und das glaubt, was Dabrifa ihm für seine Treue verspricht. Wollen Sie das Risiko eingehen, daß Tausende sterben müssen, weil wir Dabrifas Leben verschonten?«

Rhodan warf einen Blick auf die Uhr.

Noch zehn Minuten Funkkontakt.

Viel zuwenig, ein solches Problem durchzusprechen oder gar zu lösen.

»Sie sollten versuchen, ihn festzunehmen, ohne daß er bei dem Versuch getötet wird.«

Admiral Merontus' Gesicht wurde hart und abweisend.

»Es tut mir leid, Großadministrator, aber ich kann meine entsprechenden Anweisungen nicht mehr ändern. Ein Sonderkommando hat bereits den Befehl erhalten, die Funkzentrale von verschiedenen Seiten aus anzugreifen. Kampfroboter haben vor dem Haupteingang Aufstellung genommen. Durch die Klimaanlage wird ein hochexplosives Gas in den Raum gepumpt, und wir hoffen, daß es sich rechtzeitig entzündet.«

»Sie bereiten einen politischen Mord vor!« wiederholte Rhodan noch einmal. »Sie haben Ihr ganzes Befreiungswerk eine ›Toleranzrevolution‹, genannt – von dieser Toleranz blieb aber nicht sehr viel übrig. Soweit ich die Berichte vorliegen habe, wurde auf Nosmo auch nicht gerade sanft mit dem Gegner umgegangen.«

»Das glaube ich gern«, gab Merontus zu. »Ligzuta wird wohl kaum eine andere Möglichkeit gehabt haben, die Sache so schnell wie möglich hinter sich zu bringen.«

Rhodan seufzte.

»In der Geschichte der Menschheit mangelt es nicht an Wiederholungen. Wiederholungen übrigens, aus denen man hätte lernen sollen. Das scheint nicht der Fall zu sein. Erteilen Sie mir die Genehmigung, mich an der Unschädlichmachung Dabrifas zu beteiligen, auf meine Art. Sie wissen, daß ich über einige Mittel verfüge, die Ihnen vielleicht nicht bekannt sind. Außerdem halten sich einige Mutanten auf meinem Schiff auf – darunter zwei Teleporter. Meinen Sie nicht auch, daß unter solchen Umständen die Chance wächst, Dabrifa lebend zu erwischen?«

Admiral Merontus war sichtlich verlegen, als er antwortete:

»Ich kann Ihnen nicht verbieten, sich an der Jagd auf Dabrifa zu beteiligen. Teleporter, sagen Sie?«

»Teleporter.« Rhodan sah zur Uhr. »In einer Minute haben wir die Strukturlücke passiert, Admiral. Entscheiden Sie sich schnell.«

»Ihren Teleportern ist das Betreten der DOMALO erlaubt. Aber geben Sie den Plan auf, Dabrifa vor ein Gericht stellen zu wollen. Menschen sind bestechlich, und ich kann mir vorstellen, daß ein gedemütigter Diktator Mitgefühl erwecken wird. Auch das ist schon geschehen. Und darum will ich keinen lebendigen Dabrifa haben . . .«

Das Bild erlosch von einer Sekunde zur anderen.

Rhodan drehte sich langsam zu Atlan und Deighton um.

Gerade wollte er den Mund aufmachen, um etwas zu sagen, als dicht neben ihm Gucky materialisierte.

»Schon zur Stelle, hochverehrter Meister. Dein Wunschgedanke ist mir stets Befehl.« Er verbeugte sich in Richtung der anderen Männer. »Meine Herren . . .«

Rhodan setzte sich. »Die Spione sind unter uns«, sagte er und lachte. »In der Tat dachte ich gerade daran, Gucky und Ras zu verständigen. Bist du soweit informiert, Gucky?«

»Nein, nicht ganz. Ich habe nur den Rest des Gesprächs zwischen dir und dem Admiral Dingsda mitbekommen. Weißt du, wir spielten gerade eine Partie Schach, und dieser Cascal fing an zu schummeln, daß sich die Antigravfelder nur so bogen. Fellmer sagte mir, daß du ein Problem hättest, und dann lauschte ich eben ein wenig. Wir sollen also diesen Dabrifa einfangen?«

»Versuchen sollt ihr es wenigstens. Man will ihn töten. Ich bin überzeugt, er hat den Tod tausendfach verdient, aber ich kann keinen Mord zulassen.«

»Wieso Mord? Schließlich schießt er ja auch nicht mit Knallerbsen. Es wäre also höchstens Notwehr, wenn er dabei umkäme.«

Rhodan stand auf.

»Kommt mit in die Kommandozentrale. Wir müssen mit der INTERSOLAR durch den Paratronschirm. Die Flotte Merontus' hält sich jenseits der Plutobahn auf. Durch den Paratronschirm können auch Teleporter nicht dringen.« Er klopfte Gucky auf die Schulter. »Du brauchst gar nicht so unverschämt zu grinsen, mein Lieber. Und stelle es dir nicht so einfach vor, Dabrifa zu entführen. Angeblich soll er der am besten abgesicherte Mann der Galaxis sein. Du und Ras müßt also mit Schutzmaßnahmen rechnen, die euch neu sind. Ich kann dir nur raten, den Gegner nicht zu unterschätzen.«

»Das tue ich grundsätzlich nicht, Verehrtester. Das wäre ja ein Fehler.«

Sie hatten die Tür zur Kommandozentrale erreicht. Rhodan blieb stehen.

»Legt Kampfanzüge an. Ihr werdet sie brauchen können. Ich warte beim Kommandanten.«

Gucky teleportierte, ohne etwas zu sagen.

Wenig später gab Waringer Oberst Korom-Khan seine Anweisungen:

»Der Kurs kann beibehalten werden, vorerst wenigstens. In genau zehn Minuten ändern Sie ihn um dreizehn Grad Nord, dann erreicht die INTERSOLAR siebzehn Sekunden später die Strukturlücke. Alles klar?«

Noch bevor die beiden Teleporter in der Zentrale erschienen, wurde das Schiff noch einmal angefunkt, diesmal von Terrania aus. Bully gab seinen letzten Bericht, bevor die Verbindung durch den Paratronschirm abriß.

»Die Verhältnisse normalisieren sich. Der Rücktransport zur Venus ist eingeleitet worden. Eine Untersuchungskommission wird den Merkur aufsuchen und die Schäden feststellen. Sonne strahlt normal. Alle anderen Planeten wurden nicht in Mitleidenschaft gezogen, wenn man von einigen Gravitationsbeben absieht. Und wie sieht es bei euch aus?«

»Alles in Ordnung, Bully«, teilte Rhodan mit. »Wir werden den Schutz des Paratronfeldes verlassen und Verbindung mit Dabrifas Flotte aufnehmen beziehungsweise den bereits hergestellten Kontakt festigen. Ich hoffe, daß wir unsere eigene Flotte in einigen Tagen wieder auflösen und die Einheiten zu ihren Stützpunkten zurückschicken können.«

»Der Krieg ist vorbei?«

»Zum Glück kam es zu keinem Krieg, Bully. Die Zukunft sieht wieder ein wenig rosiger aus. Wir melden uns, sobald es wieder möglich sein wird.«

»Viel Glück«, wünschte Bully und schaltete ab.

Drei Minuten vor der entscheidenden Kursänderung erschienen die Teleporter. Sie trugen Kampfanzüge und hatten sich entsprechend bewaffnet. Wie immer, wenn ein gefährlicher Auftrag vor ihm lag, spielte Gucky den Sorglosen.

»Kann's losgehen?« fragte er und grinste von einem Ohr zum anderen. »Wir werden diesem Dabrifa die Wurst vom Butterbrot holen.«

Rhodan blieb ungewöhnlich ernst.

»Holt Dabrifa, nichts anderes, verstanden? Ihr wißt Bescheid. Er hält sich in der Funkzentrale seines Schiffes auf. Kugelraumer unserer Bauweise, ihr werdet den Ort also leicht finden. Vielleicht redet ihr vorher mit Admiral Merontus. Er weiß besser Bescheid, und bis ihr dort seid, kann sich die Situation geändert haben.« Er sah in

Richtung des Kommandanten. »Gleich gehen wir durch die Strukturlücke.«

Die INTERSOLAR änderte den Kurs, wie Waringer es empfohlen hatte. Plötzlich hatten sie den Paratronschirm hinter sich, und die Sterne wurden wieder klar sichtbar. Das Weltall lag offen vor ihnen.

Sekunden später schon wurden auf den Orterschirmen die Schiffe des Imperiums Dabrifa erkennbar. In geordneter Formation flogen sie dahin, immer noch auf ihrer Kreisbahn um die Sonne. In großem Abstand folgte die Solare Flotte.

Rhodan informierte Julian Tifflor, dann rief er die DOMALO.

Admiral Merontus schien auf den Anruf gewartet zu haben.

»Sie wollen es also doch versuchen?« erkundigte er sich, und Rhodan hatte das Gefühl, als schwinge in seiner Stimme eine gewisse Erleichterung mit. »Wir haben es noch nicht geschafft.«

»Meine beiden Teleporter werden es schaffen«, versicherte Rhodan. »Sie werden gleich bei Ihnen sein.«

»Ich erwarte sie.«

Der Funkkontakt blieb ohne weitere Vereinbarung bestehen.

Gucky nahm Ras' rechte Hand.

»Dann wollen wir mal, Gutester. Dieser Merontus sieht zwar aus wie eine bissige Bulldogge, aber das hat nichts zu sagen. Bis später, Perry – und keine Sorge: Wir bringen dir Dabrifa.«

»Lebendig!« rief Rhodan noch, aber die beiden Teleporter waren bereits verschwunden.

In diesem Augenblick kamen Ovaron und Merceile in die Kommandozentrale. Rhodan unterrichtete sie von dem, was inzwischen geschehen war. Mit sichtbarer Erleichterung nahm Ovaron zur Kenntnis, daß die Vernichtung des Sonnensatelliten weiter keine schweren Schäden nach sich gezogen hatte. Sicher, die gigantischen Anlagen zur Errichtung des Antitemporalen Gezeitenfeldes existierten nicht mehr, aber das war ein Opfer, das gebracht werden mußte. Von nun an würde das Solsystem wieder in der Gegenwart bleiben. Die Flucht in die Zukunft war zu Ende.

»Ich freue mich, daß Sie auch das Problem mit Dabrifa bald gelöst haben werden«, sagte Ovaron beeindruckt. »Daß es aber auch immer Schwierigkeiten geben muß! Es sind doch Menschen, die vom selben Planeten stammen wie Sie.«

Rhodan nickte.

»Eben weil sie auch Menschen sind, gibt es diese Probleme. Hatten Sie damals vor zweihunderttausend Jahren nicht ähnliche Schwierigkeiten? Alle Intelligenzen kämpfen um die Macht, und selbst das primitivste Leben steht im ewigen Kampf gegen seine Umwelt. Der Kampf ums Dasein, in dieser oder jener Form, scheint die Grundlage des Lebens überhaupt zu sein. Wo der Kampf aufhört, endet auch das Leben.«

»Das hört sich nicht gerade friedlich an, Perry.«

»Selbst der Friede bedeutet Kampf, Ovaron, Kampf um ebendiesen Frieden. Das hat nichts mit Krieg zu tun, sondern ist ein einfaches und unumstößliches Naturgesetz. Es kommt nur darauf an, wie man es auslegt.« Er sah auf den Bildschirm. »Aha, unsere beiden Freunde sind glücklich auf der DOMALO angelangt. Bald werden wir wissen, ob sie nicht zu spät gekommen sind . . .«

Schweigend beobachteten sie, was weiter geschah.

31.

Bevor Renta Markus auf Nosmo eintraf und dem angeblichen Kaufmann Ramil die wichtige Information hypnotisch entlockte, hatte er im Auftrag Ligzutas etwas getan, das sich nun als äußerst entscheidend erweisen sollte. Ligzuta war es gelungen, ihn dank seiner ausgezeichneten und weitreichenden Verbindungen in die Flotte einzuschmuggeln, und zwar in die DOMALO, auf der Dabrifas Einsatz-Leibwache ständig stationiert war.

Der junge Leutnant Renta Markus war, wenn man seinen Papieren glauben wollte, ein ausgezeichneter Positronikspezialist und Robotiker. Nicht verwunderlich also, wenn er während eines Routinefluges vom Kommandanten damit beauftragt wurde, die Programmierungen der Kampfroboter zu überprüfen.

Zu dieser Zeit waren weder Dabrifa noch Admiral Merontus an Bord. Und Renta wußte auch nicht, wer von der Besatzung noch zur Widerstandsbewegung gehörte. Er arbeitete allein und nur auf sich selbst angewiesen.

Seine Überprüfung der Programmierungspositronik erbrachte keine Fehlschaltungen. Es war alles in Ordnung – und gerade das war *nicht* in Ordnung. Er berichtete dem Kommandanten der DOMALO und erwähnte, daß sein Auftrag nun beendet sei. Vielleicht wäre es nicht unangebracht, auch die persönliche Leibgarde Dabrifas einem Test zu unterziehen.

»Was versprechen Sie sich davon?« fragte der Kommandant. »Wie Sie vielleicht wissen, handelt es sich um fünfzig Spezialroboter. Zehn von ihnen bilden die eigentliche Leibwache. Sie sind seit Jahrhunderten fest programmiert und werden in ständiger Isolation gehalten. Es ist kaum anzunehmen, daß sich ein Fehler eingeschlichen haben könnte.«

»Nicht in der Programmierung, aber vielleicht im Material«, erinnerte ihn der eifrige Leutnant Markus. »Dabrifa muß sich auf seine Roboter verlassen können.«

Der Kommandant sah ihn lange und aufmerksam an. Wenn er einen Verdacht hegte, ließ er sich nichts anmerken.

»Sie haben natürlich recht, Leutnant, denn Sie sind der Spezialist, der mir von Flottenchef Admiral Merontus persönlich empfohlen wurde. Ich werde mit Ihnen gehen und den Saferaum öffnen. Die Roboter werden dort aufbewahrt, und es ist unmöglich, daß jemand Manipulationen an ihnen vornehmen kann. Nur der Kommandant der DOMALO kennt die Öffnungskombination des Safes.«

»Danke«, sagte Leutnant Renta Markus bescheiden.

Sie gingen zum Safe, der ebenfalls positronisch abgesichert war. Leutnant Markus betrachtete die aufgereihten Roboter mit Interesse.

»Jene zehn dort – das ist die Leibwache«, erklärte der Kommandant. »Die übrigen sind Dabrifas persönliche Kampfrobots. Benötigen Sie jemand, der Ihnen hilft?«

»Danke, nicht notwendig.« Er deutete auf seinen Werkzeugkoffer. »Ich habe alles bei mir, was ich brauche.«

Der Kommandant warf ihm einen prüfenden Blick zu.

»Sie müssen es wissen«, sagte er und ging. An der Tür fügte er hinzu: »Ich werde abschließen. Drücken Sie auf den roten Knopf neben der Tür, wenn Sie fertig sind. Ich werde Sie dann abholen.«

Die Tür schloß sich geräuschlos.

Renta Markus machte sich an die Arbeit. Die Überprüfung war

eine reine Routinesache. Die Programmierung stimmte, soweit es Dabrifa anging. Die Roboter töteten jeden, der den Diktator angriff. Die Individualtaster der programmierten Positronik reagierten im Einsatz sogar auf die Haßimpulse eines eventuellen Gegners und ließen den Roboter ohne besonderen Befehl angreifen.

Der Individualtaster eines einzigen Roboters der Leibwache sollte umprogrammiert werden – so lautete Renta Markus' Geheimauftrag.

Vorsichtig entfernte er das vorhandene Programmierungstäfelchen aus dem Innern des Roboters und hütete sich dabei, schlecht über Dabrifa zu denken. Er wußte, wie empfindlich ein Individualtaster reagieren konnte, auch dann, wenn er nicht exakt eingeschaltet worden war.

Aus der Instrumententasche nahm er ein anderes Täfelchen, das bereits auf Nosmo programmiert worden war. Ligzuta hatte es ihm erklärt. Man hatte Dabrifas Gedankenmuster aufgenommen und untersucht. Das Programmierungstäfelchen brachte den Roboter dazu, zwar alle Befehle des Diktators zu befolgen, um keinen Verdacht zu erregen, aber er würde sofort reagieren, wenn Dabrifa große Angst verspürte.

Angstimpulse eigneten sich ganz besonders für den geplanten Zweck, denn sie konnten von dem Gehirn des Betreffenden nur in einer echten Notsituation ausgestrahlt werden. Und die wiederum entstand, wie Ligzuta behauptete, nur in dem Augenblick, in dem Dabrifa von der Revolte erfuhr und in die Enge getrieben wurde.

Sobald also Dabrifa in der Klemme steckte und auf seine Leibwache angewiesen war, würde es geschehen.

Markus war fertig. Er packte seine Instrumente wieder ein und drückte auf den bezeichneten Knopf neben der Tür. Wenig später befreite ihn der Kommandant aus seinem Gefängnis.

»Merkwürdiges Gefühl, in so einem Safe zu sitzen, zusammen mit schwer bewaffneten Robotern, die vielleicht doch mal außer Kontrolle geraten könnten, nicht wahr?« erkundigte er sich, als sie durch den Korridor gingen. »Befürchten Sie das nie?«

Markus schüttelte den Kopf.

»Warum sollte ich? Ich kenne die Roboter und weiß, wie sie konstruiert werden. Sie bilden keine Gefahr, wenn man sie richtig behandelt.«

»Eben«, sagte der Kommandant und verabschiedete sich von ihm vor der Kabinentür. »Sie haben eine Ruhepause verdient. Übrigens befinden wir uns schon wieder auf dem Heimflug. Morgen werden wir auf Nosmo landen. Ihr Auftrag ist erledigt, nehme ich an.«

»Ja, das ist er, Kommandant. Sie können Admiral Merontus die Durchführung melden.«

Der Kommandant nickte. Dann ging er ohne ein weiteres Wort davon.

Renta Markus war in diesem Augenblick davon überzeugt, daß auch er Mitglied der Widerstandsbewegung war.

Beruhigt verschloß er seine Kabinentür und legte sich schlafen.

Als er wenige Wochen später dem angeblichen Kaufmann Ramil die Information abnahm, begann er zu ahnen, daß seine Arbeit auf der DOMALO nicht umsonst gewesen war.

Als Gucky mit Ras Tschubai im Schiff Dabrifas rematerialisierte, stellte er fest, daß er mal wieder ganz ausgezeichnet gepeilt hatte. Der Teleportersprung saß haargenau. Mit einem wilden Aufschrei machte Admiral Merontus einen Satz zur Seite.

Ras war ihm auf die Zehen gestiegen.

»Entschuldigen Sie«, sagte Ras Tschubai und deutete eine Verbeugung an. »Ras Tschubai, von der INTERSOLAR.«

Admiral Merontus starrte voller Verwunderung auf Gucky.

»Und . . . und wer ist das?« fragte er schließlich und deutete auf den Mausbiber, der ihn unschuldig anblickte.

»Darf ich vorstellen: Gucky, der letzte Ilt.«

»Ilt?«

»Die Bezeichnung einer ausgestorbenen Rasse, die von Natur aus telekinetisch veranlagt war. Einige verstanden auch ein wenig von Telepathie und Teleportation. Gucky kann alles. Und gut.«

»Natürlich kenne ich den Namen«, gab Merontus zu, und sein strenges Gesicht verzog sich zu einem sparsamen Lächeln. »Der berühmte Mausbiber. Sein Ruf drang bereits bis zu uns.«

»Gut für euch«, piepste Gucky und stemmte die Fäuste in die Hüften. »Wo steckt dieser Dabrifa? Wir kommen, um ihn zu holen.«

»Alle unsere Angriffe wurden abgeschlagen. Dabrifa ist von der Funkzentrale aus absolut Herr der Lage, wenn er auch nicht richtig aktiv werden kann. Er unterbricht wichtige Interkomgespräche zwischen Kommandozentrale und Gefechtsstationen, sendet falsche Informationen über Hyperfunk aus und gibt Befehle an die Kommandozentrale. Ich muß sagen, ich hätte die Funkzentrale niemals für eine derart uneinnehmbare Festung gehalten.«

»Dann werden Sie, verehrter Admiral, sehr bald Ihre Meinung ändern müssen«, prophezeite ihm Gucky selbstbewußt. »Ras und ich werden eingreifen. Wo ist die Funkbude?«

»Nicht weit von hier, ich kann Sie führen. Aber ich warne Sie. Dabrifa hat seine zehn Spezialroboter bei sich. Sie sind so programmiert, daß sie jeden Gegner töten.« Er lächelte. »Bis auf einen.«

»So?« machte Gucky und hielt den Kopf schief. »Wieso denn?«

Ehe Merontus das erklären konnte, nickte Gucky.

»Aha, ich verstehe schon. Na, damit werden wir auch noch fertig. Kommen Sie, gehen wir. Es ist keine Zeit mehr zu verlieren. Übrigens erwartet Sie Rhodan später noch zu einer persönlichen Aussprache. Wir holen Sie dann ab.«

Auf dem Weg zur Funkzentrale begegneten sie Kommandotrupps und reparaturbedürftigen Kampfrobotern. Dabrifa schien sich in der Tat mit allen Mitteln seiner Haut zu wehren.

Ras zog seinen Strahler aus dem Gürtel.

»Das wird ihm nicht mehr viel nützen. Er wird einen ziemlichen Schreck bekommen, wenn plötzlich Teleporter bei ihm auftauchen. Damit rechnet er nicht.«

»Und wenn er mich sieht«, sagte Gucky, »kriegt er gleich einen Herzinfarkt.«

Gucky watschelte weiter, bis der Korridor vor einer stählernen Tür endete. Sie wies Schmelzschäden auf, war aber noch geschlossen.

»Dahinter steckt Dabrifa«, sagte der Admiral. »Die Tür ist durch positronische Anlagen verschlossen und kann nicht von hier aus geöffnet werden.«

»Unnötig, wir sind Teleporter.« Gucky nickte Merontus zu. »Sie können Ihre Männer und Roboter abziehen. Wir haben sie nicht nötig. In fünf Minuten werden Sie einen ziemlich bedrückten Dabrifa begrüßen können.«

»Dein Wort in Gottes Ohr«, murmelte Ras skeptisch.

Gucky nahm seine Hand, nachdem er seinen Strahler gezogen und entsichert hatte. »Dann wollen wir mal«, sagte er und konzentrierte sich auf das, was hinter der Stahltür war.

Etwa zu diesem Zeitpunkt machte Dabrifa einen entscheidenden Fehler. Die Programmierung seiner Leibwache war in Ordnung, und doch hatte sie einen Nachteil. Natürlich drangen die Mentalausstrahlungen der Belagerer durch die beiden Stahltüren. Das hatte zur Folge, daß die Roboter jedesmal wie wild zu feuern begannen, wenn sich draußen im Schiff ein neuer Kommandotrupp näherte, um die Funkzentrale anzugreifen. Die Roboter schossen auf die geschlossenen Türen, und bald war es trotz Klimaanlage so heiß in dem großen Raum, daß Dabrifa zu schwitzen begann.

Ab und zu öffnete er eine der beiden Türen, um seiner Leibwache für Sekunden freies Schußfeld zu gewähren. Die Angreifer zogen sich dann jedesmal schnell zurück, weil sie mit einem Ausfall rechneten. Aber so dumm war Dabrifa natürlich nicht.

Allerdings rechnete er nicht mit Teleportern.

Er begann mit der Desaktivierung der Roboter. Im Augenblick störten sie ihn nur mit ihrem einprogrammierten Verteidigungswillen. Wenn er sie wieder benötigte, konnte er sie mit einem Knopfdruck wieder in Aktion setzen. Es war reiner Zufall, daß sich unter den sieben Robotern, die er lahmlegte, nicht jener befand, der von Renta Markus präpariert worden war.

Als noch drei Roboter übriggeblieben waren, drangen die beiden Teleporter in die Funkzentrale ein. Da der Raum so groß und durch die vielen Geräte ziemlich unübersichtlich war, entdeckten sie Dabrifa nicht sofort. Er näherte sich dem achten Roboter, als dieser die feindlichen Gefühle Ras Tschubais empfing und entsprechend zu handeln begann.

Dicht an Dabrifas Kopf vorbei zischte das Energiebündel und zerschmolz einige Anlagen. Gucky teleportierte geistesgegenwärtig in eine andere Ecke, während Ras sich zu Boden fallen ließ und den angriffsfreudigen Roboter aufs Korn nahm. Mit einem wohlgezielten Schuß erledigte er ihn.

Als Dabrifa den Roboter stürzen sah, sprang er zur Seite. Im ersten Augenblick begriff er nicht, wie das möglich sein konnte. Keine der beiden Türen hatte sich geöffnet, und doch waren seine Gegner in die Funkzentrale eingedrungen. Gab es einen geheimen Eingang, den er übersehen hatte?

Der vorletzte der Roboter rührte sich nicht, während der letzte Gucky angriff, der ihn in vorzüglicher Deckung erwartete. Wieder gingen wertvolle Anlagen zu Bruch, ehe der Mausbiber seinen Gegner zerstören konnte. Noch während das Schaltzentrum zerschmolz, begriff Dabrifa plötzlich, was geschehen sein mußte.

Teleporter! Perry Rhodan verfügte noch immer über einige Mutanten, darunter auch Teleporter. Ihnen mußte es nicht schwergefallen sein, die DOMALO anzupeilen und an Bord zu springen. Wenn sie sich mit Merontus, dem Verräter, verständigten, war das Weitere kein Kunststück mehr für sie.

Zum erstenmal seit Beginn der Revolte schwanden sein Selbstbewußtsein und seine Sicherheit. Er saß nicht mehr in einer uneinnehmbaren Festung, sondern in einer tödlichen Falle.

Zum erstenmal verspürte er Angst, richtige Angst.

Und das war sein Verderben.

Der umprogrammierte Roboter reagierte blitzschnell. Ehe Ras und Gucky begriffen, was überhaupt geschah, war es schon zu spät. Der Vorgang nahm nur wenige Sekunden in Anspruch.

Der Roboter drehte sich um und richtete die Waffenarme auf den entsetzten Diktator, dessen Angstimpulse sich nun noch verstärkten.

Dann jagte er die Energiebündel in Dabrifas Körper!

Als ihn Guckys Impulsstrahlen trafen und zerstörten, war es bereits zu spät. Ohne einen Laut von sich zu geben, sackte Dabrifa zusammen. Sein Unterkörper war verbrannt, und auch von seinem Kopf war nicht viel übriggeblieben. Er war diesmal nicht mehr dazu gekommen, rechtzeitig seinen HÜ-Schirm aufzubauen.

Dabrifa war tot.

»Das war nicht unsere Schuld«, murmelte Gucky und kam aus seiner Deckung hervor. »Wie ist so etwas möglich?«

Ras näherte sich vorsichtig der halbverkohlten Leiche.

»Merontus sagte etwas von einem der Roboter, der anders handeln würde. Du hättest darauf achten sollen, was er dabei dachte. Ich glaube, einer der Roboter wurde so programmiert, daß er Dabrifa angriff. Merontus wußte das, aber er verriet es uns nicht. Er legte keinen Wert darauf, daß Dabrifa vor ein Gericht gestellt wurde.« Er seufzte. »Wir sind nicht für seinen Tod verantwortlich.«

»Dann können wir ja verschwinden«, schlug Gucky vor, aber dann machte er eine Handbewegung. »Einen Augenblick noch, Ras. Mir fällt da etwas ein.«

Vorsichtig näherte er sich der Leiche und bückte sich. Er hatte den

Strahler wieder eingesteckt und somit beide Hände frei. Geschickt öffnete er die Verschlüsse der Kombination des Diktators dort, wo sie heil geblieben waren – an der Brust.

Seine Hand glitt unter das Gewand, und dann kam sie mit einem hühnereigroßen, blitzenden Gegenstand wieder zum Vorschein.

Es war Dabrifas Zellaktivator. Ohne ein Wort zu sagen, betrachtete Gucky ihn, ehe er den wertvollen Aktivator, der einen Menschen unsterblich machen konnte, in seine Tasche schob. Als er sich wieder aufrichtete, sah er Ras bittend an.

»Was willst du damit?«

Gucky legte einen Finger auf den Mund.

»Wenn du mein Freund bist, dann schweige. Ich will ihn nicht für mich behalten, aber ich will auch nicht, daß er in unrechte Hände gerät. Später wirst du mich verstehen, aber jetzt ist es besser, du vergißt den Zellaktivator. Hast du Vertrauen zu mir, Ras?«

»Ja, natürlich, aber . . .«

»Kein Aber, mein Freund. Vergiß ihn. Wenigstens vorerst.«

»Na schön, Gucky, du mußt schließlich wissen, was du tust.«

»Das will ich meinen!« bestätigte Gucky und deutete zur Tür. »Dann wollen wir mal . . .«

Sie teleportierten durch die verschlossene Tür und standen Sekunden später Admiral Merontus gegenüber.

»Dabrifa ist tot, wie Sie es hofften«, sagte Ras ohne jeden Vorwurf. »Einer seiner Roboter hat ihn erschossen.«

Ohne Verlegenheit nickte Merontus.

»Renta Markus' Arbeit hat sich gelohnt. Ich wußte, daß ich mich auf ihn verlassen konnte. Wir sind Ihnen zu Dank verpflichtet . . .«

»Sagen Sie das Perry Rhodan. Haben Sie noch Funkverbindung?«

Erst jetzt bemerkten Ras und Gucky auf dem großen Panoramaschirm Perry Rhodans Gesicht. Er hatte alles mit angehört. Er sagte: »Dabrifa ist tot, ohne unsere Schuld. Niemand wird uns einen Vorwurf machen können, euch schon gar nicht. Admiral Merontus, Sie allein tragen die Verantwortung.«

»Dabrifas Tod wurde beschlossen, als seine Pläne zum Angriff auf das Solare Imperium zum erstenmal durchsickerten. Sie haben also nichts damit zu tun – und ich, das können Sie mir glauben, stelle mich jedem Gericht, falls man mir eine Schuld geben sollte. Er wurde von seinem eigenen Roboter getötet, das läßt sich nicht mehr abstreiten.

Von einem Roboter, der Dutzende meiner Leute auf dem Gewissen hat. Auf Befehl Dabrifas übrigens.«

Für einen Augenblick schwieg Rhodan, dann sagte er: »Es ist nicht meine Angelegenheit, Admiral. Es ist die Ihre. Dabrifa jedenfalls ist tot, und damit dürften neuen Beziehungen zwischen uns und Ihnen nichts mehr im Wege stehen. Darf ich Sie nun zu der vereinbarten Besprechung auf meinem Schiff einladen? In einer Stunde?«

»Einverstanden. In einer Stunde sind wir bei Ihnen.«

»Danke, Admiral. Ich lasse alles vorbereiten.«

Als Perrys Gesicht vom Bildschirm verschwunden war und Gucky sicher sein konnte, daß seine Worte auf der INTERSOLAR nicht mehr gehört werden konnten, trat er auf Admiral Merontus zu und reckte ihm die rechte Pfote entgegen.

»Eigentlich müßte ich Ihnen dankbar sein. Sie haben uns eine Entscheidung abgenommen. Dabrifa hätte sich gewehrt, und dann wären *wir* vielleicht gezwungen worden, ihn zu töten. Natürlich hätten Sie uns das mit dem Roboter sagen können.«

»Dann hätten Sie anders gehandelt, und vielleicht wäre es sogar noch zu einem Unglück gekommen. Finden Sie nicht, daß es so die beste Lösung war?«

»Doch, das finde ich. Aber Rhodan scheint das nicht zu finden.«

»Er hat nichts damit zu tun und ist frei von Schuld.«

»Nun, bei Gelegenheit wird er sich auch noch darüber freuen«, meinte Gucky. »In diesen Dingen denkt er nicht so schnell.«

»Ich habe aber einen anderen Eindruck von der Geschwindigkeit seines Denkens«, lachte Admiral Merontus und gab zwischendurch einige Befehle an seine Offiziere weiter. »Sie entschuldigen mich jetzt, ich habe noch zu tun, bevor ich Rhodan aufsuche.«

32.

Auf der INTERSOLAR wurden alle Vorbereitungen getroffen, Admiral Merontus und seine Begleitung wie ein Staatsoberhaupt zu empfangen. Im Transmitter-Empfangsraum stand eine Ehrenwache bereit, die die Besucher zum Lift führen sollte. Die Besprechung selbst würde in einer festlich geschmückten Offiziersmesse stattfinden, in der sich die Beteiligten bereits versammelten.

Rhodan, Atlan und Ovaron standen zusammen und unterhielten sich. Etwas abseits hatten die drei Mutanten Platz genommen. Gucky machte einen nervösen Eindruck, was Fellmer Lloyd wiederum veranlaßte, in den Gedanken des Mausbibers herumzusuchen. Aber er traf auf eine Sperre, die er nicht zu durchdringen vermochte. Ein Zeichen, daß Gucky an etwas dachte, das er niemandem mitteilen wollte. Fellmer gab es auf, das Geheimnis herauszufinden.

Waringer und Galbraith Deighton diskutierten über die Vorteile des Paratronschirms gegenüber dem erloschenen Zeitfeld. Über Transmitter war auch Bully wieder auf der INTERSOLAR eingetroffen, um an der wichtigen Konferenz teilzunehmen. Auch Julian Tifflor war anwesend.

Gucky bemerkte es mit steigender Genugtuung. So allmählich bekam sein geplanter Auftritt den festlichen Rahmen, den er sich wünschte. Er saß auch nur deshalb so bescheiden im Hintergrund, damit nicht jedem sofort seine Galauniform auffiel, die er eigens zu diesem Anlaß angezogen hatte. Auf der Brust baumelten einige Orden, die ihm von Rhodan persönlich verliehen worden waren.

Ras bemühte sich, sein Befremden so gut wie möglich zu verbergen. Er ahnte, was Gucky vorhatte. Schließlich war er dabeigewesen, als Dabrifa getötet wurde.

Ein Signal ertönte.

»Noch fünf Minuten, dann treffen sie ein«, sagte Rhodan laut genug, daß jeder ihn hören konnte. »Ich glaube, wir ersparen uns ein offizielles Zeremoniell. Empfangen wir Merontus und seine Begleitung wie Freunde und ein ganz klein wenig wie Helden. Denn ich glaube, diese Ehrung haben sie verdient.«

»Da wir gerade von Verdiensten reden«, sagte Gucky mit seiner schrillen Stimme aus dem Hintergrund, »da hätte ich auch noch etwas.«

Rhodan warf ihm einen erstaunten Blick zu.

»Du?« wunderte er sich.

Gucky erhob sich zur vollen Größe. Seine Orden klimperten wie ein Schellenbaum.

»Ja, ich!« Er kam nach vorn und blieb vor Rhodan, Atlan und Ovaron stehen. »Möchte wissen, was daran so komisch ist.«

Rhodan betrachtete ihn aufmerksam.

»Komisch? Du siehst aus wie ein Schützenkönig, Kleiner.«

Gucky stemmte die Arme in die Hüften.

»Das ist ja wohl das letzte! Schützenkönig! Ich trage meine Auszeichnungen. Ist das verboten?«

Rhodan sah auf die Uhr. »Was willst du? Wir haben noch drei Minuten, dann treffen unsere Gäste im Transmitterraum ein. Beeile dich also, wenn du einen Vorschlag zu machen hast.«

Gucky schüttelte den Kopf eigensinnig und beleidigt. Es klingelte melodisch durch den großen Raum.

»Nee, jetzt nicht mehr! Später!«

Ohne weitere Erklärung kehrte er zu seinem Platz zurück und setzte sich. Ras und Fellmer sahen ihn nur neugierig an.

Rhodan fragte Atlan: »Was hat er denn nur?«

»Du hast ihn nicht wichtig genug genommen, Perry. Das kann er nicht vertragen.«

»Sie waren etwas grob zu ihm, Perry«, meinte auch Ovaron. »Wir werden ihn später fragen, nicht wahr?«

»Sicher werden wir das«, versprach Rhodan, als die Ankunft der Besucher über den Interkom bekanntgegeben wurde. »Jetzt haben wir keine Zeit mehr dafür. Meine Herren, empfangen wir unsere Gäste!«

Eine Minute später betrat Admiral Merontus mit seiner Abordnung die Offiziersmesse. Er lächelte, als er Rhodan die Hand entgegenstreckte.

»Ich bin glücklich, daß alles so gekommen ist.«

»Die Freude ist auf beiden Seiten, Admiral. Darf ich Sie an Bord der INTERSOLAR willkommen heißen? Es ist eine große Ehre für uns, Sie als Gäste und Freunde zu begrüßen.«

»Was wolltest du eben eigentlich?« flüsterte Ras Gucky schnell zu.

Gucky flüsterte bissig zurück:

»Das wirst du noch früh genug sehen. Ruhe jetzt!«

Inzwischen hatten Admiral Merontus und seine Begleiter an dem riesigen Tisch Platz genommen. Rhodan, Atlan, Ovaron und die anderen saßen ihnen gegenüber.

»Die Ehre ist ganz auf unserer Seite. Und Sie können versichert sein, daß wir wirklich als Freunde kommen.« Sein Gesicht wurde wieder ernst. »Ich schlage vor, daß wir gleich zum Thema kommen. Die Revolution dürfte inzwischen erfolgreich zu Ende gegangen sein. Letzten Meldungen nach zu urteilen, wird nur noch auf einigen Planeten des Imperiums gekämpft. Es ist somit nur eine Frage der Zeit, bis Ligzuta die Befreiung verkünden kann. Der Toleranzrat wird die neuen Verwaltungen einsetzen, bis die Wahlen stattfinden.«

Rhodan beugte sich vor und sah Merontus an.

»Und wie stellen Sie sich bis dahin die Arbeit Ihrer geplanten Militärregierung vor, Admiral?«

»Es handelt sich durchaus nicht um eine Militärregierung, das habe ich bereits einmal betont. Glauben Sie nur nicht, die Flotte hätte den Staatsstreich nach eigenem Ermessen durchgeführt. Ich selbst unterstehe, wie alle anderen Offiziere, dem Toleranzrat unserer Wissenschaftler. Es war eine weit voraus geplante Operation, die mit der Beseitigung der Diktatur enden sollte – und tatsächlich auch endete. Dabrifa ist tot. Er hatte viele Anhänger, von denen mehr als die Hälfte starben. Wer sich zur Mitarbeit mit den Revolutionären bereit erklärte, starb nicht. In gut zwei Monaten finden die Wahlen statt, und erst dann, Perry Rhodan, können bindende Abkommen zwischen Ihnen und mir getroffen werden. Bis dahin jedoch schlage ich freundschaftliche Beziehungen zwischen unseren Staatenbünden vor.«

»Einverstanden, Admiral. Sie kommen meinen eigenen Wünschen entgegen. Noch eine Frage: Es scheint mir unmöglich, die bisherige Bezeichnung für Ihr Imperium beizubehalten. Der Name Dabrifa . . .«

»Auch das wurde bereits vom Toleranzrat geregelt. Von nun an gibt es kein Imperium Dabrifa mehr. Sehen Sie in mir den provisorischen Botschafter der ›Galaktischen Föderation Normon‹. Eine solche Bezeichnung hat nichts mehr mit Persönlichkeitskult zu tun. Normon ist der Name unserer Sonne.«

»Ausgezeichnet, Admiral. Sie haben eine gute Wahl getroffen. Eine Galaktische Föderation also. Ich bin davon überzeugt, daß wir später einmal gut zusammenarbeiten werden.«

Merontus nickte. »Besonders dann, wenn Sie in der Tat die Regierungsgeschäfte übernehmen und wir uns als freies Dominion zu betrachten haben. Ich bin davon überzeugt, daß die Wahl zu Ihren Gunsten ausfallen wird.«

»Das hoffe ich. Die Trennung zwischen den verschiedenen Reichen von Terranern und Terranerabkömmlingen war meiner Meinung nach unerträglich. Wir lebten in gutem Einvernehmen mit den meisten außerirdischen Völkern, dafür in Feindschaft mit unseren eigenen Nachkommen. Ein Zustand, der einer Änderung bedurfte.«

»Das ist geschehen. Gott sei Dank!«

»Ich möchte, um alle Mißverständnisse auszuschließen, meine Vorstellung von den künftigen Beziehungen zwischen uns noch einmal wiederholen, Admiral: Sie halten am 1. Oktober 3434 freie Wahlen ab. Gehen Sie wie erwartet aus, übernimmt das Solare Imperium die Regierungsgeschäfte, sichert der Galaktischen Föderation Normon aber völlige Autarkie zu. Sie haben jederzeit das Recht, sich aus der so geschaffenen Union zu lösen, wenn Sie das wünschen. Allerdings wären mit einer solchen Aktion ebenfalls freie Wahlen verbunden. Sind wir uns da einig?«

»Völlig einig. So war es vom Toleranzrat geplant.«

»Gut. Dann würde ich vorschlagen, daß wir Einzelheiten in getrennten Konferenzen besprechen. Es ist die Sache der Experten, die Spezialaufgaben festzulegen. Für Sie und mich ist es nur wichtig, daß es nicht zum Krieg kam und daß ab sofort bei Ihnen demokratische Verhältnisse eingekehrt sind. Wenn Sie gestatten, möchte ich mit Ihnen darauf anstoßen.«

Einige Kadetten brachten Tabletts mit gefüllten Gläsern. Es gab terranischen Champagner, eine kostbare Seltenheit, die nur zu besonderen Anlässen gereicht wurde.

Auch Gucky trank ein Glas, was sowohl seinen Mut wie auch seinen Ärger sichtlich steigerte. Er hatte sich vorgenommen, sein Anliegen erst dann vorzutragen, wenn Merontus die INTERSOLAR wieder verlassen hatte, aber der Alkohol sorgte dafür, daß er seinen Entschluß änderte. Noch ehe die geplanten Einzelbesprechungen begannen, erhob er sich.

»Warte doch noch, Gucky!« warnte sein Freund Ras. »Du kannst doch jetzt nicht . . .«

»Was kann ich nicht?« erkundigte sich Gucky ziemlich rüde. »Ich kann alles, besonders das! Das wollen wir doch mal sehen.«

Er marschierte, zielsicher und doch ein wenig schwankend, auf die Hauptgruppe um Rhodan zu. Die linke Hand behielt er dabei in der Uniformtasche. Mit der rechten hielt er die klimpernden Orden fest.

Er marschierte genau auf Ovaron zu und blieb dicht vor ihm stehen. Der Cappin bemerkte ihn und lächelte.

»Nun, mein kleiner Freund, was gibt es denn?« Er beugte sich zu Gucky hinab und runzelte die Stirn. »Champagner getrunken?«

Rhodan und Atlan wurden aufmerksam. Sie kamen näher, als wollten sie hören, was der Mausbiber mit dem Cappin zu flüstern hatte. Deighton, Tifflor, Bully und die anderen spitzten die Ohren.

»Perry, gibst du zu, daß Ovaron der Menschheit einen großen Dienst erwiesen hat, daß er sich um das Solare Imperium besonders verdient gemacht hat?«

Rhodan nickte zögernd. Er ahnte eine Falle.

»Ja, das gebe ich zu, aber was soll das jetzt?«

Ovaron hatte sich wieder aufgerichtet. Er begriff das alles nicht mehr. Ein wenig verlegen sah er in die Gesichter der Terraner, die wie gebannt auf Gucky blickten.

Nun stand der Mausbiber wahrhaftig im Mittelpunkt des allgemeinen Interesses. Selbst Admiral Merontus war aufmerksam geworden und vergaß seine Besprechungen mit den Experten.

Gucky sagte laut und mit dramatischer Betonung:

»Somit hat sich Ovaron den Dank des Solaren Imperiums verdient, und ich möchte ihm im Namen Perry Rhodans und des Imperiums hiermit das ewige Leben verleihen.« Mit diesen Worten zog er die linke Pfote aus der Tasche und hielt den Zellaktivator hoch. »Er gehörte Dabrifa, und ich selbst habe den Aktivator erbeutet. Nach unseren Gesetzen gehört er damit mir. Also habe ich auch das Recht, ihn zu verschenken. Und ich schenke ihn hiermit Ovaron, dem wahren Freund der Menschen.«

Mit einem Satz hing er dem Cappin um den Hals. Er hielt sich mit der rechten Hand fest, während er ihm mit der linken die Kette um den Hals legte. Elegant sprang er wieder auf den Boden zurück.

Ovaron war derart überrascht, daß er kein Wort sagen konnte. Er starrte nur Perry Rhodan an, als erwarte er von ihm eine Aufklärung.

Gucky watschelte auf seinen Platz zu, aber er kam nicht weit.

Rhodan hielt ihn fest. »Was fällt dir eigentlich ein, Kleiner? Du hast eine Eigenmächtigkeit begangen, die ich auf keinen Fall durchlassen kann. Ein Zellaktivator, das ewige Leben, die Unsterblichkeit! Du verschenkst ihn, ohne andere zu fragen!«

»Du tust vielleicht geschwollen, Meister! Dabei hast du schon die ganze Zeit überlegt, woher du einen Zellaktivator für Ovaron nehmen sollst. Glaubst du, ich wüßte das nicht?«

»Ich gebe zu, an derartige Dinge gedacht zu haben, aber du weißt wie ich, daß der Unsterbliche vom Planeten Wanderer nur mich beauftragt hat, die Zellaktivatoren zu verteilen.«

»Na klar, und ich habe nur das getan, was du tun wolltest.«

»Hast du, richtig, aber ohne mich zu fragen.«

»Sei doch nicht so pingelig!«

»Disziplin scheint dir ein Fremdwort zu sein, lieber Gucky. Du wirst dich damit abfinden müssen, einige Tage in Arrest zuzubringen. Ich verurteile dich hier vor versammelter Mannschaft und vor unseren hochverehrten Gästen zu acht Tagen verschärftem Arrest. Die Strafe ist sofort anzutreten. Major . . .!«

Er winkte einem Offizier zu.

Ovaron trat vor. »Perry, das können Sie doch nicht! Er hat es doch nur gut gemeint.«

»Ja, das habe ich!« protestierte nun auch Gucky, nachdem er seine Überraschung überwunden hatte. »Ich wollte dir nur Gewissenskonflikte ersparen. Ich kenne doch deine Zweifel, wenn ein Aktivator im Spiel war. Du hattest immer Angst, jemanden zu benachteiligen. So habe ich dir die Sorge abgenommen und doch getan, was du selbst am liebsten getan hättest. Siehst du das nicht ein?«

Rhodans Gesicht blieb ernst, aber in seinen Augenwinkeln lächelte er. Er verstand gut, was sein kleiner Freund meinte. Trotzdem sagte er: »Strafe muß sein, Gucky. Du hast gegen die Vorschriften verstoßen. Acht Tage verschärft!«

»Das will ich aber mal erleben, wie du einen Teleporter einsperrst!« sagte Gucky respektlos.

»Ich verlasse mich auf dein Ehrenwort, nicht zu fliehen.«

»Ehrenwort? Ich soll auch noch mein Ehrenwort geben?« Gucky stöhnte herzerweichend. »Was man nicht alles von mir verlangt!« Er sah den Major und zwei andere Offiziere auf die Gruppe zukommen. »Gut, ich gebe mein Wort, nicht abzuhauen. Ich werde meine acht Tage absitzen. Von mir aus verschärft. Ovaron, du bist es mir wert!«

Ovaron legte ihm die Hand auf die Schulter.

»Ich werde dir das nie vergessen, Gucky.«

Und schon wieder grinste der Kleine. »Dann mußt du ein gutes Gedächtnis haben, Ova. Unter Umständen kann es eine Ewigkeit dauern, bis es dich mal erwischt. Bis später.«

Ovaron sah ihm nach, wie er von den drei Offizieren, die nur mit Mühe ernst bleiben konnten, abgeführt wurde. Er watschelte dahin, selbstbewußt und richtig zufrieden, als habe er soeben einen großen Sieg errungen. Und genau das stimmte auch.

»Mußten Sie ihn so hart bestrafen?« fragte Ovaron. »War das nötig?«

»Ja, das war es. Außerdem – seien Sie beruhigt, Ovaron. Er sitzt höchstens die Hälfte seiner Strafe ab. Wenn sich der Vorfall in der INTERSOLAR herumgesprochen hat, häufen sich in meiner Kabine die Gnadengesuche. Es kommen so viele, daß ich gar nicht anders kann, als ihm den Rest der Strafe zu erlassen.« Er lächelte dem Cappin zu. »Ich wette, von Ihnen wird auch eins eintreffen.«

»Worauf Sie sich verlassen können!« versicherte ihm Ovaron.

»Von mir auch«, warf Atlan ein. »Gucky konnte keine bessere Wahl treffen, als Ovaron unsterblich zu machen.« Er lächelte etwas hintergründig. »Dabei ist Ovaron ohnehin der Älteste von uns. Er ist schon zweihunderttausend Jahre alt.«

Es dauerte noch einige Minuten, ehe Gucky als interessanter Gesprächsstoff wichtigeren Themen weichen mußte. Der Major kehrte zurück und meldete, selbst ein wenig erstaunt, daß der Mausbiber keinen Widerstand geleistet und sich verdächtig brav benommen habe. Er sitze seine Strafe in Zelle Sieben ab.

Admiral Merontus und seine Begleiter zogen sich ein wenig später in die Nebenräume zurück, von terranischen Experten begleitet. Rhodan und Atlan besuchten die einzelnen Gruppen und nahmen an den Gesprächen teil.

Der Vorfall mit Gucky und Ovaron war vergessen.

»Hyperfunk?« wunderte sich Rhodan, als ihm ein Offizier eine Meldung überbrachte. »Der Carsualsche Bund?«

»Richtig, Sir. Von höchster Regierungsstelle.«

»Das muß ich mir anhören. Kommst du mit, Atlan?«

Galbraith Deighton kam mit in die Funkzentrale. Seine Agenten saßen natürlich auch auf den Welten des Carsualschen Bundes, aber es geschah selten genug, daß man offiziell Kontakt zu der Regierung erhielt. Der Tod Dabrifas schien sich besonders schnell in der Galaxis herumgesprochen zu haben.

Ein hoher Offizier begrüßte Rhodan vom Bildschirm herab.

»Ich habe die Ehre, Großadministrator Rhodan, Ihnen die Glückwünsche meiner Regierung zu übermitteln. Wir alle sind froh und glücklich, daß Ihr Solares Imperium wieder in die Gegenwart zurückkehrte, und hoffen, daß von nun an wieder normale Beziehungen zwischen Ihnen und uns hergestellt werden können. Werden Sie eine Regierungsdelegation empfangen?«

»Selbstverständlich«, entgegnete Rhodan, der dem Frieden zwar nicht so ganz traute, aber auf keinen Fall den Weg der Verständigung blockieren wollte. »Ich erwarte gern Ihren offiziellen Besuch.«

»Dabrifa wurde gestürzt, damit ist einer der gefährlichsten Unruheherde der Galaxis beseitigt worden.«

»Sehr gut beobachtet«, gab Rhodan schmunzelnd zu.

Der Offizier war eine Sekunde lang irritiert, dann lächelte er zurück.

»Vielleicht gibt es nun endlich Frieden in der Galaxis«, sagte er.

Rhodan nickte.

»Zumindest schon mal zwischen den Menschen«, sagte er gelassen.

Die Hyperfunkverbindung war kaum abgeschaltet worden, als sich die Zentralgalaktische Union meldete. Einer der herrschenden Kalfaktoren wünschte Perry Rhodan zu sprechen.

»Wir scheinen wieder beliebt zu werden«, murmelte Rhodan und sah Atlan und Deighton hilfesuchend an. »Ich fürchte, da rollt eine Welle von Staatsbesuchen auf uns zu. Dabei haben wir im eigenen Hause schon Arbeit genug.«

Auch die Zentralgalaktische Union drückte ihre Hoffnung auf einen dauerhaften Frieden aus und wünschte engere Kontakte zum Solaren Imperium. Schon in Kürze sollten die Botschafter ausgetauscht werden.

Auf Anordnung von Professor Ligzuta kehrte Admiral Merontus' Flotte nicht sofort nach Nosmo zurück. Sie sollte mit Rhodans Erlaubnis noch einige Tage in der Umlaufbahn um das Solsystem bleiben, bis sich die Verhältnisse in der Galaktischen Föderation Normon ein wenig normalisiert hatten. Auf keinen Fall sollte der Verdacht aufkommen, die Revolution sei von der Flotte ausgegangen. Rhodan zeigte volles Verständnis für diese Taktik.

Julian Tifflor kehrte auf sein Flaggschiff zurück. Wenig später löste sich die Solare Flotte in kleinere Verbände auf, die in unterschiedliche Richtung Fahrt aufnahmen und im Linearraum verschwanden. Sie flogen zu ihren Stützpunkten zurück. Nur ein kleiner Rest blieb und folgte, eine Art Ehrengeleit, den Schiffen der neuen Galaktischen Föderation.

Auch Galbraith Deighton und Reginald Bull verließen die INTERSOLAR und kehrten nach Terrania zurück, wo sie eine Unmenge von Arbeit erwartete. Sie hatten nicht versäumt, Rhodan ein offizielles Gnadengesuch für Gucky einzureichen.

Als Rhodan seinen kleinen Freund für die begangene Eigenmächtigkeit mit acht Tagen Arrest bestrafte, hatte er genau gewußt, was auf ihn zukommen würde. Aber auch wenn er mit der Verleihung des Zellaktivators an Ovaron zutiefst einverstanden war und er die Motive des Mausbibers billigte, mußte die Disziplin gewahrt bleiben, so unsinnig das in diesem Fall auch erscheinen mußte.

Als er in seine Kabine kam, floß der Tisch über. Die bordeigene Rohrpost spuckte durchschnittlich zehn Gnadengesuche pro Minute aus. Damit hatte er gerechnet. Natürlich war es ihm unmöglich, sofort auf die Gesuche zu reagieren, aber das pfeifende Geräusch der ankommenden Schriftstücke machte ihn auf die Dauer nervös. Er legte sich aufs Bett und versuchte ein wenig zu schlafen. Admiral Merontus würde Wort halten, daran konnte kein Zweifel bestehen. Ein dauerhafter Frieden zwischen den Machtblöcken war gesichert. Die Menschheit, so konnte Rhodan mit Befriedigung feststellen, war wieder einmal geeinigt. Das war durchaus nicht allein sein Verdienst, sondern auch das tapferer und wagemutiger Terraner, die sich auf ihre gemeinsame Abstammung besonnen hatten. So weit, so gut.

Am 1. Oktober würde sich zeigen, wie andere darüber dachten.

Pfft!

Wieder so ein Gnadengesuch!

Rhodan drehte sich mit dem Gesicht zur Wand und schloß die Augen. Leider konnte er nicht auch die Ohren schließen.

Pfft!

Ich glaube, ich lasse ihn heute noch raus, dachte er verzweifelt. Es sind schon mindestens fünfhundert Gesuche. Der Kleine ist beliebter, als ich dachte. Überhaupt ein Wunder, daß er sich nicht schon selbständig gemacht hat und in seinem Bungalow am Goshunsee sitzt. Scheint Wort halten zu wollen.

Pfft!

Rhodan wälzte sich von einer Seite zur anderen und überlegte, ob es nicht doch vielleicht besser sei, Atlan aufzusuchen, um in dessen Kabine einige Stunden zu schlafen. Aber der Arkonide würde ihn nur auslachen und etwas von übertriebener Dienstauffassung sagen. Vielleicht hatte er sogar recht.

Pfft!

Mit einem Satz war Rhodan aus dem Bett.

Er hätte auch die Möglichkeit gehabt, die Rohrleitung zu sperren, aber das wäre sicherlich manchen Leuten in den falschen Hals gekommen. Ging also auch nicht. Aber was dann . . .

Pfft! Pfft! Pfft! Gleich drei hintereinander!

Nur so zum Spaß nahm Rhodan einen der Briefe und öffnete ihn.

Er las: »Sir! Wir verlangen Amnestie für Gucky, oder wir werden für die Dauer seiner Haft in einen Streik treten. Gezeichnet: die Barmixer der Mannschaftskabinen.«

Rhodan warf den Brief zu den anderen. Die brauchte er gar nicht erst zu lesen. Wenn Gucky in Arrest blieb, würde bald die ganze Flotte streiken. Nur so zum Spaß natürlich.

Pfft!

Rhodan warf einen letzten resignierenden Blick auf den überladenen Tisch, ehe er seine Kabine verließ und den Weg zu den Arrestzellen einschlug. Ihm schien, daß die Grüße der Mannschaftsmitglieder, denen er begegnete, betont zurückhaltend waren. Aber vielleicht war das nur Einbildung, hervorgerufen durch das dauernde »Pfft!«, das ihm noch in den Ohren nachklang.

Als er sich dem Komplex der Zellen näherte, begann er das Unheil bereits zu ahnen. Der Lärm, den er hörte, war für diesen Teil der INTERSOLAR absolut ungewöhnlich. Es kam immer wieder vor, daß die Arrestzellen benutzt wurden, wenn auch weniger von den

Besatzungsmitgliedern der INTERSOLAR. Meist wurden hier Gefangene untergebracht, die von unterschiedlichen Unternehmungen stammten.

Als er um die Biegung des Korridors bog, wurde der Lärm stärker, aber vor Zelle Sieben stand nur ein einzelner Wachtposten. Er stand sehr bequem da, mit dem Rücken gegen die Wand gelehnt. Der vorgeschriebene Strahler lag in der Nähe auf einem kleinen Tisch. Der Posten grinste stillvergnügt vor sich hin. Lediglich als er Rhodan erblickte, schrak er zusammen, griff nach der Waffe und grüßte.

»Arrestgefangener Sonderoffizier Guck wie befohlen in Haft, Sir!«

Rhodan war vor der Tür von Zelle Sieben stehengeblieben.

Hinter der Tür schien eine Party stattzufinden, so ein Lärm war das. Jemand lachte schrill und ausdauernd – die Stimme kam Rhodan äußerst bekannt vor. Das Piepsen dazwischen stammte zweifellos von Gucky, der sich herrlich zu amüsieren schien. Dann redete jemand, und Rhodan erkannte Joak Cascal.

»Gnadengesuche! Der wird sich wundern!« Rhodan war ehrlich wütend. Da kam er, um den Mausbiber herauszuholen, und nun das! Dabei hatte Gucky versprochen, seine Zelle keine Sekunde zu verlassen. »Wer sein Wort nicht hält, hat keinen Anspruch auf Nachsicht.« Er sah den Posten fragend an, aber der Mann blickte stur an ihm vorbei. »Ist die Tür in der Zwischenzeit geöffnet worden?«

»Nein, Sir! Nicht ein einziges Mal!«

»Nicht nötig, das Luder ist ja Teleporter!« Rhodan deutete auf die Tür: »Aber jetzt wird sie geöffnet! Los, machen Sie schon!«

Der Posten öffnete die Tür. Niemand, der in der Zelle war, nahm davon Notiz. In aller Ruhe konnte Rhodan das, was er sah und hörte, in sich aufnehmen. Er hatte ganze zwei Minuten Zeit dazu.

In der Mitte schwebte ein dreidimensionales Schachmuster. Bis zu acht Personen konnten sich an einem solchen Spiel beteiligen, und sieben Personen waren bereits vorhanden.

Gucky hockte zwischen Joak Cascal und Ovaron und gestikulierte mit beiden Armen. Da er noch immer seine Galauniform trug, verursachte er einen Höllenlärm mit den klappernden Orden. Man konnte sein eigenes Wort nicht mehr verstehen. Das war auch der Grund dafür, warum Professor Waringer so laut brüllen mußte, um sich verständlich zu machen. Er wies dauernd darauf hin, daß Fellmer Lloyd nun am Zuge sei.

Ras Tschubai hielt eine bauchige Flasche in der Hand, die zweifelsohne aus der Offiziersmesse stammte. Der Beweis dafür saß daneben: der erste Barmixer aus Messe Drei, Ronny Scotch.

Rhodan blieb ganz ruhig stehen, während er die Tür leise hinter sich schloß. Das letzte, was er von dem Wachposten sah, waren dessen erstaunlich weit aufgerissene Augen.

Er musterte die Gesellschaft, die sichtlich angeheitert war.

Plötzlich begegnete er Professor Waringers Blick.

Der Wissenschaftler hörte auf zu rufen. Es wurde merklich stiller in der geräumigen Zelle. Fellmer Lloyd machte noch seinen Zug, dann sah er auf. Erst jetzt registrierte er Rhodans intensive Gedankenimpulse. Ovaron und Cascal unterhielten sich ungeniert weiter, bis ihnen die Stille plötzlich auffiel.

»Darf ich fragen«, erkundigte sich Rhodan mit beißender Ironie, »wer heute Geburtstag hat?«

Gucky sah nicht einmal hin zur Tür, als er erwiderte:

»Ich, Perry, wenn du nichts einzuwenden hast. Und der wird eben gefeiert, ob ich sitze oder nicht.«

»Es war dir verboten, die Zelle zu verlassen.«

»Ich habe sie nicht verlassen. Meine Freunde sind alle zu mir gekommen.«

»Es war auch verboten, die Tür zu öffnen.«

»Die Tür wurde niemals geöffnet, bis du kamst. Ras brachte meine Besucher zu mir, nachdem ich ihn durch Fellmer darum gebeten hatte. Keins der bestehenden Verbote wurde mißachtet.«

»Und du hast nicht ein einziges Mal diesen Raum verlassen?«

»Nein.«

Rhodan sah, daß er geschlagen war. Gucky war im Recht. Es gab kein Verbot in den Vorschriften, das einem Teleporter untersagt hätte, einen anderen Teleporter in der Arrestzelle zu besuchen und Gäste mitzubringen.

Er sah Ronny Scotch an. »Und was ist mit Ihnen, Ronny?«

Der Barmixer erhob sich schwankend, nachdem er einige Flaschen in den Hintergrund gerückt hatte.

»Sir, ich weiß von nichts! Plötzlich nahm jemand meine Hand, und dann saß ich hier in der Zelle.«

»Und die Flaschen? Die kamen von selbst hinterhergeflogen?«

»Die hatte ich gerade zufällig in der Hand, Sir.«

Gucky kam auf Rhodan zugewatschelt.

»Nun komm schon, Perry, laß den Quatsch! Wir feiern meinen Geburtstag und den Sieg Ligzutas. Wir feiern Ovarons ewiges Leben. Mach mit! Sei kein Spielverderber!«

»Ich wollte dir mitteilen, daß dir der Rest deiner Strafe erlassen wird. Die Gnadengesuche der Mannschaft . . .«

»Abgelehnt!« Gucky deutete empört auf das frei im Raum schwebende Schachmuster. »Was meinst du, was der Aufbau für eine Arbeit war? Und das nur für einen Tag? Nein, ich bleibe hier!« Er tippte Rhodan an. »Und nun setz dich und spiel mit. Dann haben wir acht Mann. Da kann man endlich mit allen Schikanen spielen.«

Rhodan setzte sich neben Ovaron.

»Na, was sagen Sie jetzt? Können Sie sich vorstellen, wie man es anderthalb Jahrtausende mit einem Mausbiber als Freund aushalten kann, ohne den Verstand zu verlieren?«

»Ich versuche es mir vorzustellen«, gab Ovaron lächelnd zu und fuhr erheitert fort: »Ich muß es sogar, denn schließlich trage ich nun einen Zellaktivator und werde es wahrscheinlich eine Ewigkeit mit ihm aushalten müssen.«

»Du bist am Zug, Ova!« unterbrach ihn Gucky. »Und glaube nur nicht, uns beschwindeln zu können . . .!«

Ovaron zuckte die Schultern, warf Rhodan einen belustigten Blick zu und beugte sich zur automatischen Zugvorrichtung hinab.

Ras Tschubai flüsterte Rhodan grinsend zu:

»Nicht wahr, Sir, Sie machen jetzt mit?«

Völlig geschlagen nickte Rhodan.

Nun saß er selbst in der Arrestzelle.

Perry Rhodan-Buch Nr. 50

Gruelfin

erscheint im März 1995

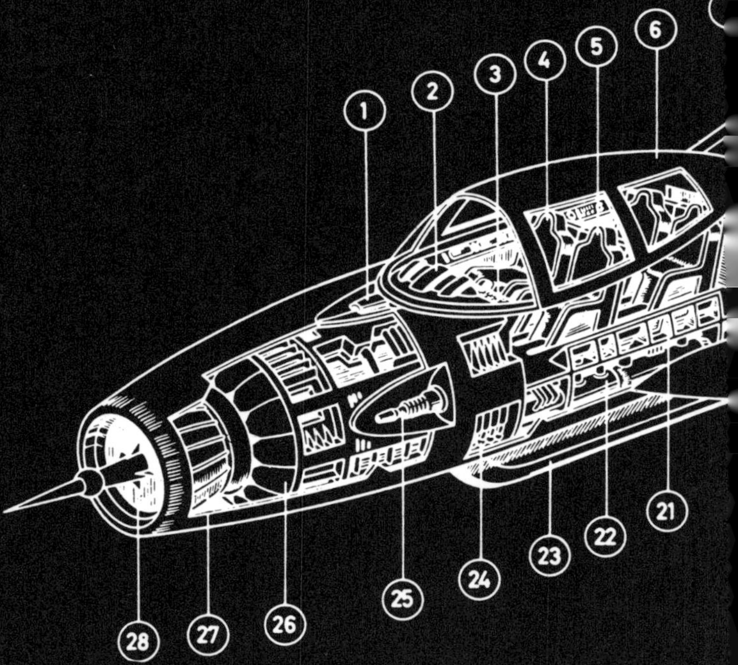

Technische Daten:

1. Paralysator
2. Monitoren und Rückblende zur optischen Beobachtung
3. Instrumentenbrett
4. Pneumatischer Kontursitz des Copiloten
5. Pneumatischer Kontursitz des Kommandanten. Alle Sitze sind verstell- und verschiebbar und können im Notfall als Schleudersitze verwendet werden
6. Absprengbares Kabinendach
7. Vertikalstütze für oberste Zusatztriebwerk
8. Doppelte Panzerwand gegen radioaktive Strahlung des Atomreaktors
9. Reaktionszone des Plasmas
10. Oberes Zusatztriebwerk
11. Brennkammern
12. Austrittsdüsen des Strahltriebwerkes
13. Höhenruder (insgesamt 4 Stück)
14. Seitliches Steuertriebwerk zur Flugkorrektur (insgesamt 2 Stück)